中國語言文字研究輯刊

二 編

許 錟 輝 主編

第 **11** 冊

上博楚簡〈孔子詩論〉文字研究

趙 苑 夙 著

花木蘭文化出版社

國家圖書館出版品預行編目資料

上博楚簡〈孔子詩論〉文字研究／趙苑夙 著 — 初版 — 新北市：花木蘭文化出版社，2012〔民101〕

目 4+340 面；21×29.7 公分

（中國語言文字研究輯刊 二編；第 11 冊）

ISBN：978-986-254-867-7（精裝）

1. 詩經 2. 簡牘學 3. 研究考訂

802.08   101003084

ISBN-978-986-254-867-7

9 789862 548677

中國語言文字研究輯刊

二 編 第十一冊   ISBN：978-986-254-867-7

上博楚簡〈孔子詩論〉文字研究

作　　者	趙苑夙
主　　編	許錟輝
總 編 輯	杜潔祥
出　　版	花木蘭文化出版社
發 行 所	花木蘭文化出版社
發 行 人	高小娟
聯絡地址	新北市永和區中正路五九五號七樓之三
	電話：02-2923-1455 ／傳真：02-2923-1452
網　　址	http://www.huamulan.tw 信箱 sut81518@gmil.com
印　　刷	普羅文化出版廣告事業
初　　版	2012 年 3 月
定　　價	二編 18 冊（精裝）新台幣 40,000 元

上博楚簡〈孔子詩論〉文字研究

趙苑夙　著

作者簡介

趙苑夙，民國六十八年（1979）出生，臺灣中興大學中文研究所碩士，現為中興大學中文研究所博士候選人，兼任東海大學中文系講師，以戰國楚簡爲主要研究方向，師承林清源教授。曾任中央研究院歷史語言研究所「先秦金文簡牘詞彙資料庫」、「殷周金文暨青銅器資料庫」、「甲骨文數位典藏計畫」及資訊科學研究所「典藏系統支援及工具開發計畫」助理，並參與「國際電腦漢字及異體字知識庫」建置，編有《Unicode 電腦漢字及異體字研究附字典》（執行編輯）。

提　要

　　本論文爲筆者之碩士學位論文，撰成於 2004 年，以《上海博物館藏戰國楚竹書（一）》所載〈孔子詩論〉爲主要研究對象，對其作者、分組、編聯、文字考釋，及〈孔子詩論〉在《詩經》學和文字學上的學術價值皆有所討論。

　　筆者認爲上博簡〈孔子詩論〉和〈子羔〉、〈魯邦大旱〉當屬同一卷內不同的三篇，且〈孔子詩論〉之滿寫簡和留白簡形制截然二分，當分開討論。至於簡序編排，此前研究成果豐碩，但仍有可商之處。在簡文釋讀考辨部分，依〈孔子詩論〉自身的評詩方式略分爲「總論」、「〈宛丘〉組」、「〈關雎〉組」、「〈木瓜〉組」和其餘單篇詩評及不確定詩評，並參酌毛《詩》詩目排序。

　　由於〈孔子詩論〉部分簡文內容可與傳世本《詩經》篇名、詩句對應，故有助於解決和發現某些古文字形問題。如〈漢廣〉寫作「灘㙵」，可知《說文》：「漢，從水，難省聲」無誤，不需從段玉裁「蓳聲」或朱駿聲「暵省聲」之說。此外如「邍」字的省變，「㣇」、「兔」、「象」三旁的訛混，皆可由篇名〈㝮（宛）丘〉、〈少（小）㝠（宛）〉的簡文字形窺得一二。本篇楚竹書的出現對於《詩經》學至少有以下助益：一、對傳世本《詩經》因傳抄及錯簡造成的訛誤有所提示；二、稍解千百年來的《詩》義之爭；三、可供觀察詩句異文及篇名異稱。惜因其簡體多有殘泐，部分文字釋讀及評詩意旨無法確定，仍待更多出土材料證成。

凡　例

一、所引各批竹簡的簡號，皆以整理小組刊佈的釋文爲準。

二、「補字」表示補字，「◎」表示斷簡，「□」表示缺一字。

三、本論文將〈孔子詩論〉之標點分「■」、「▃」、「◢」、「＝」四種來表示。
　　「■」表示橫過簡面之墨節，在〈孔子詩論〉中僅出現於簡 1、5、18，可
　　能作爲分章符號使用；「▃」、「◢」兩符號皆置於簡文右下角，用以表示
　　語氣之停頓，相當於句號、逗號或頓號，其中明顯向上勾者，筆者才以
　　「◢」表示，其餘皆以「▃」來表示。「＝」在簡文中用爲重文符或合文
　　符。

四、本論文所標注之上古音，皆採自郭錫良《漢字古音手冊》一書。〔註1〕

五、爲了行文簡便，筆者親炙的先生尊稱爲師，其餘學者一律不加尊稱。

六、本論文所引「簡帛研究」網文章，皆來自於 http://www.jianbo.org/，
　　「confucius2000」網文章，則來自於 http://www.confucius2000.com/。

〔註 1〕郭錫良，《漢字古音手冊》（北京：北京大學，1986）。

第一章　緒　論

第一節　研究動機

　　1950 年以來，出土了大量的戰國楚系文字資料，引起一陣又一陣的研究熱潮。1994 年春天，香港古玩市場又陸續出現一批楚簡，據馬承源所述，此批楚簡經張光裕和馬承源等人一再研究，認定並非偽造，於是立刻搶救蒐購。1994 年 5 月，這批竹簡送達上海博物館時，當時竹簡的情況是：

> 多數竹簡和泥水膠合在一起，稍一顯露於帶紫外線的光源中，已是棕色的簡體會迅速變成黑黃色，若含水量不充分，也會立即變形。

〔註 1〕

這批竹簡，有些大致完整，有些殘斷嚴重，合計一千二百餘支。1994 年秋冬之際，又發現一批竹簡，內容與第一次發現的有關聯，此次由朱昌言、董慕節、顧小坤、陸宗麟、葉昌午合資蒐購，捐贈給上海博物館，共計四百九十七支，但竹簡已然分散不完整。至 1997 年，博物館完成全部竹簡的脫水和去污工作。1997 年夏，正式啟動竹簡辭文內容的注釋及竹簡的排序工作。2001 年，在大家的引領企盼下《上海博物館藏戰國楚竹書（一）》終於出版，之後又陸續出

〔註 1〕馬承源，《上海博物館藏戰國楚竹書（一）‧孔子詩論考釋》（上海：上海古籍出版社，2001），頁 1。

版了《上海博物館藏戰國楚竹書（二）》和《上海博物館藏戰國楚竹書（三）》，立即吸引眾多學者積極投入研究，相關論文如雨後春筍不斷發表，學者多將此批竹簡稱爲「上海博物館簡」，筆者爲求行文簡潔將之簡稱爲「上博簡」。據整理小組判斷，上博簡的時代約在戰國晚期，大概是楚國遷郢以前貴族墓中的隨葬物。整理小組又認爲上博簡很可能與 1993 年考古發掘的郭店楚墓竹簡同出於郭店墓地，但由於上博簡並非考古出土，故此點無法確定。

發表在《上海博物館藏戰國楚竹書（一）》中的三篇簡文，整理者分別將之定名爲〈孔子詩論〉、〈緇衣〉、〈性情論〉，其中〈緇衣〉、〈性情論〉皆見於郭店楚簡，〈緇衣〉同時又見於《禮記》，可做比較研究。〈孔子詩論〉的內容似未見於傳世古文獻，但又跟中國千百年來不斷有人研究，且眾說紛云的《詩》學有關，可供一窺當時《詩》學內容，簡文所引孔子對於《詩》的見解，或可解長久以來《詩》學之謎，故引起莫大關注。由於上博簡並非考古出土，故其出土地點、時間皆不詳，簡文又多有殘斷不清，其中如〈性情論〉、〈緇衣〉已有郭店楚簡本及傳世記載可供對照簡序，但〈孔子詩論〉因資料不足，使得學者對其時代、作者、簡序、定名皆有不同看法，在文字的隸定、考釋、通讀、訓解上，亦常常莫衷一是，因此相關論文雖多，卻不能有較確定的說法。好不容易有機會一窺先秦《詩》學原始面貌，卻因外在因素使之難以成行，甚爲可惜，故筆者在上博簡中選擇〈孔子詩論〉作爲研究材料，希望能在〈孔子詩論〉的解讀上略盡棉薄之力。

《上海博物館藏戰國楚竹書（一）》所載〈孔子詩論〉，總共收錄二十九支簡，可見簡文約 1006 字，這些竹簡均有不同程度的殘斷，在此二十九支簡中，僅有一簡大致完整，該簡全長約 55.5 釐米。這批竹簡大部分皆爲滿寫簡（竹簡頭尾兩端不留空白），而簡 2、3、4、5、6、7，在內容上雖亦與「孔子」和《詩》有關，但在竹簡頭尾兩端皆留一段空白，簡文只寫在中段，與其餘 23 支簡形制不同，此兩種形制不同的簡，筆者認爲不當歸於同一篇。〔註2〕不過，本論文的研究對象，是以《上海博物館藏戰國楚竹書（一）》的〈孔子詩論〉爲範圍，故此二十九支簡不管是滿寫簡或上下留白簡，皆在本論文的研究範圍內。

〔註 2〕詳參本論文第二章第二節。

第二節　研究方法與章節架構

　　本論文在撰寫時，主要以〈孔子詩論〉每一段詩評為單位，儘可能完整蒐羅現有各種意見，分析每一種意見之優缺點，期能找出最合理、最適於簡文的說法。若真的無法判斷，則從缺以待來者，不敢妄自臆測。

　　在研究步驟上，主要是先確定其偏旁隸定無誤，再進入釋字或轉讀的工作，接著再訓解以求其義。在隸定及考釋方面，以〈孔子詩論〉本身簡文資料，和同一書手的〈子羔〉及〈魯邦大旱〉之字形為主要證據，其次參考同為上博簡其他竹書字形寫法，郭店楚簡、包山楚簡等同材質的楚系文字資料亦有很強的證據效力，此外再以不同材質（如璽印、貨幣等）的楚系文字及他系文字為旁證。

　　在轉讀和訓解方面，以〈孔子詩論〉簡文之內證，及傳世文獻有記載者為第一優先。傳統《詩》學，如毛《序》、鄭《箋》等亦不可不參，但主要還是由簡文內容及詩篇原文去作理解，若毛、鄭說法與詩篇原文有異，而從詩篇原文亦可說得通者，皆以其原文為準，若原文無法說通，再依毛、鄭之說。

　　筆者在編排論文時將〈孔子詩論〉二十九支簡區隔為「留白簡」和「滿寫簡」兩大部分，分列於三、四章。第三章之下再將總論《風》、《雅》、《頌》的簡文，與評論單篇文章的簡文分為二節。至於第四章「滿寫簡」的部分，經筆者在本論文第二章第三節的分析，可大致分出「〈宛丘〉組」、「〈關雎〉組」、「〈木瓜〉組」、「民性固然組」及其他詩篇。其中「民性固然組」可見評論詩篇有〈葛覃〉、〈甘棠〉、〈木瓜〉、〈有杕之杜〉四篇，但因〈甘棠〉及〈木瓜〉、〈有杕之杜〉的詩評又分別見於「〈關雎〉組」及「〈木瓜〉組」，為了討論的方便，將此三篇置入〈關雎〉、〈木瓜〉組一併討論，則「民性固然組」僅存〈葛覃〉一篇，篇幅過少無法獨立成節，故置入第四節「《國風》詩評」中。至於除此四組外的其他詩篇，筆者再按其所評詩篇在今本毛《詩》中所處《國風》、《小雅》、《大雅》、《頌》的分類，置於第四、五、六、七節。除此之外，尚有一些因竹簡殘泐而無法歸類的評詞，筆者皆將之列入第八節「不確定所評何詩者」。

第三節　相關研究論著評述

　　由於上博簡〈孔子詩論〉備受關注，相關研究論著相當豐富，單篇論文主

要集中於朱淵清、廖名春主編的《上博館藏戰國楚竹書研究》，及龐樸所主持的「簡帛研究」網站。〔註3〕但論文愈多，說法也愈多樣，以致於大家莫衷一是。若對〈孔子詩論〉簡文缺乏較完整而正確的認識，則無法合理的去詮釋其中的《詩》學內涵，對於《詩》學的研究來說，實在是一大遺憾。目前較完整研究〈孔子詩論〉的著作，就筆者所知已有以下七本。

其一：李零所著《上博楚簡三篇校讀記》。〔註4〕此書分為三個部分，第一個部分在談〈孔子詩論〉，由於李零為〈孔子詩論〉最初的整理者之一，曾長時間觀察原簡，因而所論皆有一定程度的參考價值。在此書中，李零對〈孔子詩論〉重新排序及釋讀，提出許多新看法，可惜論述文句皆甚為簡短，有些看法甚至只見於釋文中而未作深入論證，對於其他學者的意見，往往不予置評，使得問題無法徹底釐清。

其二：黃人二《上海博物館藏戰國楚竹書（一）研究》（武漢大學博士論文）。〔註5〕關於〈孔子詩論〉的研究位於此書第二章，此書按原整理者簡序分簡論述，主要為簡文字詞訓解，對作者、形制、簡序等週邊命題未作討論。其方式是將一簡中可論者分點陳述，先簡單羅列各家說法，最後擇其認為較好的說法，看來簡潔明快、一目瞭然。但在列出各家說法時非常精簡，不方便讀者閱讀，在羅列眾說之後，對其贊成或不贊成之說法，有時亦未說明具體理由。

其三：李銳《〈詩論〉簡禮學思想研究》（北京大學碩士論文）。〔註6〕此論文主要研究範圍雖在〈孔子詩論〉，但著重其中的禮學思想，而非文字釋讀。在論文正文之後雖附錄「〈詩論〉簡釋文疏證」，但非該論文重點，在其「疏證」中主要直指其從某人之說，或羅列〈孔子詩論〉所評詩篇的相關文獻資料。

其四：劉信芳《〈孔子詩論〉述學》。〔註7〕本著作最大特色是相關說法蒐集

〔註3〕朱淵清、廖名春，《上博館藏戰國楚竹書研究》（上海：上海書店，2002）。「簡帛研究」網（http://www.jianbo.org/）。

〔註4〕李零，《上博楚簡三篇校讀記》（臺北：萬卷樓圖書公司，2002）。

〔註5〕黃人二，《上海博物館藏戰國楚竹書（一）研究》（臺中：高文出版社，2002）。

〔註6〕李銳，《〈詩論〉簡禮學思想研究》（北京：清華大學歷史學系，碩士學位論文，2002）。

〔註7〕劉信芳，《〈孔子詩論〉述學》（合肥：安徽大學出版社，2003）。

齊全，並按〈孔子詩論〉簡序歸納整理，對研究〈孔子詩論〉的學者來說，可作爲很好的工具書。在每段資料羅列之後，或有看法或無論述，並非全面性的探討。

其五：鄭玉珊《《上博（一）·孔子詩論》研究》（臺灣師範大學碩士論文）。〔註8〕本論文主要是文字訓解方面的研究，亦旁及〈孔子詩論〉週邊的簡序、作者等命題，其論文體例大概是先作釋文，再羅列各家說法、詩篇原文，以及毛《序》、鄭《箋》等相關說解，最後以按語陳述己見。此論文材料蒐集完整，又將學者說法皆用引文方式原文列出，在論述時兼及《詩經》學相關文獻資料，方便讀者查核。但對於所羅列出的各家說法，往往只選擇其中一、二家進行檢討，未能全面檢討各家說法之是非利弊。

其六：《《上海博物館藏戰國楚竹書（一）》讀本》。〔註9〕此書第一部分爲〈孔子詩論譯釋〉，是由鄭玉珊撰寫，具體意見與鄭玉珊碩論重複，有些地方則註明爲其師季旭昇之說。該書內容分爲「釋文」、「語譯」、「注釋」三部分，想要對〈孔子詩論〉有通盤印象者，此書確實是很好的讀本。

其七：黃懷信所著《上海博物館藏戰國楚竹書〈詩論〉解義》。〔註10〕此書在文字考釋、訓詁方面，雖會針對各家說法提出簡單的評論，但主要在「解義」，由字義、文義再參考詩篇原文來理解〈孔子詩論〉之簡文，文字考釋並非此書重點。

雖然目前已有七本專書探討〈孔子詩論〉，但筆者認爲本論文仍有撰述價值，理由如下：其一，每個人的看法和觀點不盡相同，可使〈孔子詩論〉的研究結果更爲完整；其二，筆者在本論文中致力完整蒐集各家說法，由於成書較晚，所蒐集說法可能更爲齊全；其三，筆者在論述過程中對於已發表的每一種說法，都儘量從形、音、義各方面評斷其優缺得失，並試圖進一步判別每種說法的相對可能性，可做爲學者接續研究的基礎。

〔註8〕鄭玉珊，《《上博（一）·孔子詩論》研究》（臺北：國立臺灣師範大學國文研究所，碩士學位論文，2004）。

〔註9〕季旭昇，《《上海博物館藏戰國楚竹書（一）》讀本》（臺北：萬卷樓圖書公司，2004）。

〔註10〕黃懷信，《上海博物館藏戰國楚竹書〈詩論〉解義》（北京：社會科學文獻出版社，2004）。

第四節　〈孔子詩論〉的作者和定名

　　關於〈孔子詩論〉的作者，馬承源認爲由其遣辭用字的語氣來看，必定出於孔子之手，又云：

> 〈詩論〉就是孔子具體對詩篇中「可施於禮義的辭句作的比較詳細的評述。」《史記·孔子世家》述及的〈關雎〉、〈鹿鳴〉、〈文王〉、〈清廟〉等詩篇，〈詩論〉都有評述，而且很具體。〔註11〕

王齊洲同意馬說。〔註12〕在〈孔子詩論〉中出現了「**㲋**」一字，目前學者大致上皆同意此字當爲「孔子」合文。〔註13〕而〈孔子詩論〉中常以「孔子曰」的方式引用孔子對《詩》之評論，如果〈詩論〉作者確爲「孔子」，當不會自稱「孔子」，且在簡文中多次出現「孔子曰」，那麼在兩個「孔子曰」的段落之間有些話應當不是孔子說的，否則只要在開頭說一次「孔子曰」即可。

　　廖名春認爲此 29 支簡之簡文，既有孔子之言，亦有孔子弟子之言，而這位解詩的弟子很可能是「子羔」。〔註14〕李學勤則認爲孔子弟子之中，能引述這麼多孔子論《詩》之言，當和孔子有著相當親密的關係，而符合此條件又能傳《詩》學者，應爲子夏。江林昌、彭林贊同此說。〔註15〕陳立則將時代再往下推，謂〈孔子詩論〉當爲「孔門再傳弟子」所作，並認爲上海博物館所藏眾多和孔門有關的竹書，都應屬於孔門再傳弟子之記載。〔註16〕又鄭杰文認爲〈孔子詩論〉在思想觀念與解《詩》方法上，與孔子說《詩》皆有差異，經其分析

〔註11〕馬承源，〈《詩論》講授者爲孔子之説不可移〉，《中華文史論叢》第 67 輯。

〔註12〕王齊洲，〈孔子、子夏詩論比較——兼論上海博物館藏戰國楚竹書〈詩論〉之命名〉，《華中師範大學學報（人文社會科學版）》2002.09，頁 48～54。

〔註13〕詳參本論文第四章第六節〈畜亡隱志樂亡隱情文亡隱**㲋**〉小節。

〔註14〕廖名春，〈上博《詩論》簡的作者和作年——兼論子羔也可能傳《詩》〉，《孔子研究》2002.02，頁 94～98。

〔註15〕李學勤，〈《詩論》的體裁和作者〉，《上博館藏戰國楚竹書研究》（上海：上海書店，2002），頁 51～61。江林昌，〈上博竹簡《詩論》的作者及其與今傳本毛《詩》序的關係〉，《中國古代近代文學研究》2004.08，頁 33～44。彭林，〈關於《戰國楚竹書·孔子詩論》的篇名與作者〉，《孔子研究》2002.02，頁 7～9。

〔註16〕陳立，〈《孔子詩論》的作者與時代〉，《上博館藏戰國楚竹書研究》（上海：上海書店，2002），頁 62～73。

認爲〈孔子詩論〉作者當是：「一位雖受孔子早期《詩》學觀影響，但主要是接受春秋官學『以《詩》爲史』的《詩》學論說的作者所作。」〔註17〕

　　以上說法皆有其可能性，但因相關證據不足，筆者認爲現階段還無法拍板論定。目前比較能確定的是馬承源定名爲〈孔子詩論〉的這篇竹書，其中不僅記載了孔子之言，亦有其弟子或再傳弟子的言論，但確實作者現時還不可考，在此僅羅列各家說法，以供讀者參考。

　　馬承源認爲本篇竹書作者爲「孔子」，故將其定名爲〈孔子詩論〉，但如上文所述，本篇竹書內容不以孔子之言爲限，在其篇題加上「孔子」二字似不妥當，故有學者提出另外的名稱以指稱這篇簡文。姜廣輝從此篇竹書的體裁來看，認爲與毛《詩》序相近，也有類似毛《詩》序的大序和小序，故主張命名爲「詩序」。〔註18〕彭林稱此篇爲「詩論」，並反駁命名爲「詩序」的說法，他在分析《詩》序、《書》序後整理出以下兩個特點：

> 如果從體例上歸納《詩》序、《書》序的特點，有兩點是很清楚的：第一，都以介紹背景材料爲主，包括作者、撰作緣由不等，不引用正文，不評論文義，也就是說，以正文的外圍知識爲主。第二，各篇之序各自爲文，彼此不重複，即僅就本篇立說，不旁涉他篇。〔註19〕

葉國良亦由《書》序、毛《詩》序及《史記‧太史公自序》歸納出「序」的三個特點，並以此反駁「詩序」的定名：

> 1.「序」中標明每一篇詩或文篇名。
>
> 2.「序」的寫作以原書各篇的順序爲次第。
>
> 3.「序」以論斷句扼要說明該篇的寫作宗旨。〔註20〕

而本篇簡文的重心是在論述《詩》的思想內涵，著重在《詩》的本身，其順序

〔註17〕鄭杰文，〈上博藏戰國楚竹書〈詩論〉作者試測〉，《文學遺產》2002.04，頁4～13。

〔註18〕姜廣輝，〈《孔子詩論》宜稱「古〈詩序〉」〉，「簡帛研究」網，發表日期不明。

〔註19〕彭林，〈「詩序」、「詩論」辨〉，《上博館藏戰國楚竹書研究》（上海：上海書店，2002），頁93～99。

〔註20〕葉國良，〈上博楚竹書《孔子詩論》箚記六則〉，《臺大中文學報》第17期，頁5～9。

《風》、《雅》、《頌》交雜，與「序」之特點並不相同，故不當稱爲「詩序」。

江林昌認爲本篇簡文的內容非在「論」，主張稱此篇爲「詩說」。〔註21〕但筆者認爲本篇簡文內容不僅止於「說」，在每個篇名後面的相關文字，其實已加入孔子或作者的個人論點，故以稱爲「詩論」較好。但爲了避免造成混淆，筆者在行文時仍沿用《上海博物館藏戰國楚竹書（一）》所定的篇名，稱之爲〈孔子詩論〉。

〔註21〕江林昌，〈由上博簡〈詩說〉的體例論其定名與作者〉，《孔子研究》2004.02，頁5～13。

第二章 〈孔子詩論〉的簡冊復原問題

第一節 〈孔子詩論〉和〈子羔〉、〈魯邦大旱〉的關係

〈孔子詩論〉簡 1 有「行此者疒又不王虖■」句，馬承源讀爲「行此者其有不王乎■」，對於此點，各家無異議。學者們爭議的焦點在於「行此者疒又不王虖■」是否與〈孔子詩論〉同屬一篇。馬承源認爲：

> 詩論的第一章接抄在另一篇的文末：「……行此者其有不王虖？」此辭的語氣既非對子羔、子貢，也非對魯哀公的答問，因此，恐怕還有其他關聯內容。而詩論純粹是評論詩，三者區別很是清楚。《子羔》篇中孔子對子羔的答問，不可能包括這許多內容，因此有兩種可能性：同一篇內有三篇或三篇以上的內容；也可能用形制相同的簡，爲同一人所書，屬於不同卷別。……此辭之下有一較粗的墨節，這是文章分篇的隔離記號，或是大段落的隔離記號。詩論中還有其他與此相同的兩道隔離記號，上下所論的都是詩的內容，有可能是大段落的記號。〔註1〕

〔註 1〕 馬承源，《上海博物館藏戰國楚竹書（一）‧孔子詩論考釋》（上海：上海古籍出版社，2001），頁 121。

季旭昇、鄭玉珊皆贊成馬承源之說。〔註2〕李零則認為〈孔子詩論〉僅為《子羔》篇的一部分，《子羔》篇還包括〈三王之作〉（《上海博物館藏戰國楚竹書（二）》定名為〈子羔〉）、〈魯邦大旱〉兩部分，「行此者其有不王乎」是〈三王之作〉的結尾，不屬於〈孔子詩論〉。又云：「簡文雖包含三類不同內容，但實際上是一章挨著一章抄，其實是不可分割的整體。」與馬承源「《子羔》篇中孔子對子羔的答問，不可能包括這許多內容」的看法不同。〔註3〕林清源師同意李零的看法，認為〈三王之作〉、〈孔子詩論〉、〈魯邦大旱〉當為同一篇裡平行並列的幾個章，並進一步認為其中當以〈三王之作〉為首，〈孔子詩論〉次之，〈魯邦大旱〉或其他亡佚的部分則在〈孔子詩論〉之後。〔註4〕

馬承源和李零、林清源師之說，其實皆將「行此者其有不王乎」與〈孔子詩論〉之內文視為不同的兩部分，但是馬承源認為此兩部分屬於不同的「篇」或「卷」，而李零、林清源師雖將之分為兩大部分，但認為此兩大部分同屬於《子羔》篇。對於「行此者其有不王乎」之後的「■」符號，濮茅左分析云：

> 〈孔子詩論〉篇第一簡中的墨節與墨鉤的意義相同，表示篇結束。「墨節」通常可表示章節符，有的時候也可表示篇結束符。從現有出土文獻分析，當時的句讀標號還沒有非常明確、嚴格的使用規定。在戰國竹書中，我們可以看到，有的時侯用墨柱作為句讀號，有的時候句讀號被遺漏，有的時候甚至整簡無句讀號，有的時候用墨釘。戰國竹書的篇結束符一般用墨鉤表示，有時也用墨節，甚至還有用墨釘標號。因此，竹書中的這種現象是值得我們注意的，特別對於判斷篇章有著重要意義，不能因為在竹簡上出現墨節的緣故，而一定認為墨節表示著章節分割。本卷以墨節為篇結束符的現象至少有兩處，一處在〈魯邦大旱〉最後一簡，次墨節下有 16 釐

〔註2〕季旭昇，〈〈孔子詩論〉新詮〉，《經學研究論叢》第十三輯（臺北：學生書局，2005）。

〔註3〕李零，《上博楚簡三篇校讀記》（臺北：萬卷樓圖書公司，2002），頁13～15。

〔註4〕詳細論述請參考林清源師，《簡牘帛書標題格式研究》（臺北：藝文印書館，2004），頁185～191。

米的留白；另一處在〈子羔〉篇結束。也出現於其他篇，如〈性情論〉的上半篇與《郭店楚墓竹簡·性自命出》的上半篇內容基本相同，〈性情論〉的上半篇以墨節爲結束符，《郭店楚墓竹簡·性自命出》的上半篇以小的墨鉤爲結束符，並下留有空簡。又如《郭店楚墓竹簡》中的〈魯穆公問子思〉、〈唐虞之道〉等也是以墨節爲篇名結束符的。〔註5〕

以此觀之，僅知「■」符號乃用以分別大段落，還不能確定是用於分篇或分章。觀《上海博物館藏戰國楚竹書》（一）～（三）的其他篇，在一篇結束欲開始下一篇時，皆另起一簡，故每一篇的最後一簡簡末常留有空白，未見有接著上一篇簡末空白處開始寫下一篇者。如此看來，「行此者其有不王乎」和「孔＝日詧亡隱志樂亡隱情文亡隱 🗝」即書於同一簡上，兩者間非馬承源所說爲篇與篇的差別。又，〈子羔〉、〈魯邦大旱〉二篇末簡皆有「■」符號，其後並留有大段的空白，以此觀之，〈子羔〉和〈魯邦大旱〉皆獨立成篇，可知〈孔子詩論〉、〈子羔〉、〈魯邦大旱〉三者，亦不如李零、林清源師之說，爲同一篇的三個部分。故筆者認爲，〈孔子詩論〉簡1的「■」符號作用在於分章，「■」之前的「行此者其有不王乎」一段文字亦爲〈孔子詩論〉的一部分，但和「■」之後的「孔＝日詧亡隱志樂亡隱情文亡隱 🗝」屬於〈孔子詩論〉篇之內的不同章，而〈子羔〉、〈孔子詩論〉、〈魯邦大旱〉比較可能是同一卷之內不同的三篇，書手爲同一人。

第二節 〈孔子詩論〉留白簡的意義

在〈孔子詩論〉29支簡中，簡2到簡7等六支簡可明顯觀察出在第一道編繩上或第三道編繩下有留白的情形。此種上下端留白的形態使得2到7號簡在書寫格式上看起來不同於其餘看不出上下端有留白跡象的23支簡。在接下來的討論中，筆者沿用目前學術界已有之用語，將上下端留白的2到7號簡暫稱「留白簡」，至於上下端沒有留白跡象的1號簡和8到29號簡，就稱做「滿寫簡」。

〔註5〕濮茅左，〈〈孔子詩論〉簡序補析〉，《上海博物館藏戰國楚竹書研究》（上海：上海書店，2002），頁12～13。

對於留白簡的形成原因及留白簡和滿寫簡之間的關係，學者們各有不同意見，截至目前爲止約有下列幾種說法：

（一）先寫後削說

周鳳五表示，據他觀察留白簡的上下兩端經過刀削，比中間部分來得薄，而竹簡形制本已薄而細長，若再將上下兩端刻意削薄是完全不合實用的，故此處的留白必定是抄寫之後才出現的狀況，又據文義在留白處予以補字，認爲補字後竹簡完全唧接而且文義較完整，留白處既然可以而且應當補字，則此「留白」只可能出現於抄寫之後，不可能是這批竹簡的原貌。最後他又推測這種不切實用的留白，可能和上古將隨葬器物破壞後入葬的習俗有關。〔註6〕朱淵清亦結合簡 1 和留白簡的內容來看，猜測留白處本有文字，是人爲事後削去的。〔註7〕黃懷信贊同此說。〔註8〕

（二）縮皺脫字說

此說法由李學勤提出，他將簡序重新編排後，將簡 6 排在簡 22 之後，再加以補字，文字唧接順暢，文義也很完美。李學勤大概據此認爲留白簡和滿寫簡當屬同一篇無誤，並以爲留白簡的留白處本來皆當有字，只是後來因人爲或自然的種種因素而縮皺脫字了。〔註9〕

（三）簡 6 是滿寫簡和留白簡的過渡

李零認爲這六支留白簡不該放在簡 1 之後，應置於〈孔子詩論〉全篇篇末。並認爲從簡 6 的文義來看，其殘斷的第一道編繩上應該還有字，只有下面是眞正的留白，和其他五支留白簡上下端皆留白不同，是構成滿寫簡和另五支眞正留白簡的關鍵，二十九支簡的排列順序應是「滿寫簡－簡 6－除去簡 6 外的五

〔註 6〕周鳳五，〈論上博〈孔子詩論〉竹簡留白問題〉，《上博館藏戰國楚竹書研究》（上海：上海書店，2002），頁 187～191。

〔註 7〕朱淵清，〈《孔子詩論》與《清廟》──《清廟》考（一）〉，「簡帛研究」網，2002.08.11。

〔註 8〕黃懷信，《上海博物館藏戰國楚竹書《詩論》解義》（北京：社會科學文獻出版社，2004），頁 8。

〔註 9〕李學勤，〈《詩論》的體裁和作者〉，《上博館藏戰國楚竹書研究》（上海：上海書店，2002），頁 51～61。

支留白簡」。〔註10〕

（四）底本殘缺說

　　姜廣輝在研究簡文時，發現滿寫簡之間文意連貫，留白簡之間則文意間斷，故得到了「留白」乃意味著「此類是殘簡」的啟發，亦即抄寫者據以抄寫〈孔子詩論〉的底本已有殘缺，而此抄寫者大概知道殘缺的字數，因此在抄寫時預留了空白。〔註11〕范毓周贊成姜廣輝的殘簡說，並進一步申論，認為留白簡留白處有明顯的缺文，尤其簡6和簡22的內容可以連接，應在同一章內無疑。范毓周更進一步提出竹簡最易折斷的部位，恰恰就在第一道編繩之上和第三道編繩之下的契口處，和〈孔子詩論〉留白簡的留白處正好相合。〔註12〕

（五）底本互異說

　　支持底本互異說的學者主要是以分篇時形制應先於內容的觀點來看，廖名春針對〈孔子詩論〉留白簡的問題首先提出：「在同一篇竹書裡，各簡的書寫形制應當相同。基於此，我們就應該將上述29簡分為兩種，一種是簡頭簡尾都留空的簡，一種是簡頭簡尾都寫滿了字的簡。這兩種簡，應該有不同的來源：簡頭簡尾都留空的6簡，它們當來自一篇孔子的語錄，其篇名為何，我們現在還不能確知。簡頭簡尾都寫滿了字的簡1和簡8至簡29，它們和『三王者之作』諸簡內容既有聯繫，書法也同，書寫形制無別，當同屬一篇。」此外，他又針對簡22和簡6內容聯繫的問題下去分析，認為此二簡內容雖相類，但體例實不相同，並非完美的啣接，不可據此放棄留白簡和滿寫簡形制上的區別。〔註13〕曹建國贊成此說法，並進一步分析滿寫簡和留白簡的「孔子曰」為例，認為留白簡中皆是引「孔子曰」為證，而滿寫簡則是先引孔子論詩再加以申說，兩者絕然不類，據此亦可區分為滿寫簡和留白簡。〔註14〕此外，彭浩認為

〔註10〕李零，〈上博楚簡校讀記（之一）──〈子羔〉篇「孔子詩論」部分〉，「簡帛研究」網，2002.01.04。

〔註11〕姜廣輝，〈古《詩序》留白簡的意含暨改換簡文排序思路〉，「簡帛研究」網，2002.01.19。

〔註12〕范毓周，〈《詩論》留白問題的再探討〉，「簡帛研究」網，2002.08.03。

〔註13〕廖名春，〈上博〈詩論〉簡的形制和編連〉，《孔子研究》2002.02，頁10～16。

〔註14〕曹建國，〈論上博〈孔子詩論〉簡的編連〉，「簡帛研究」網，2003.04.11。

〈孔子詩論〉簡 2 到簡 7 原來當是分上、中、下三欄抄寫的，後因某種緣故而將上、下欄刮去，其抄寫方式不同於滿寫簡，應另立一組。〔註 15〕

在此，筆者想要先討論一個問題——如果簡文文義相近但書寫格式不同，內容和書寫格式在做為分篇依據時，究竟孰先孰後？對於這個問題，廖名春和范毓周兩人有不同的看法，廖名春認為在分篇時「文義和形制之間，形制應是第一位的，而文義則是第二位的……我們只有在區分了形制的前提下，才能根據文義進一步分類。」〔註 16〕范毓周雖不反對其看法，但認為討論時還要注重其內容的相互聯繫「因為形制只是一種外在的東西，它是為內容服務的。單純根據形制去分析這些「『留白』簡與滿寫簡的區別，難免會導致舍本取末的結果。」〔註 17〕筆者認為在幫竹書分篇時，若能確定其間有形制或書寫格式上的差別，則應就形制和書寫格式來分篇，若無差別再就內容加以區分，畢竟書手不太可能在抄寫同一篇文章時採用不同的規格，而內容相近但不屬同篇的文章則所在多有。

但〈孔子詩論〉滿寫簡和留白簡之間的問題卻非如此單純。在以上所述的五種說法中，支持「先寫後削說」和「縮皺脫字說」這二種說法的學者，都認為簡 2 到簡 7 的留白處原先是有抄寫文字的，只是後來因人為或自然的因素而使文字被刪削或脫落了。支持「底本殘缺說」的學者雖認為留白簡是刻意留白，但仍認為其留白處本當有字，只是書手礙於底本殘缺無法抄寫而留白，並非書寫格式上的留白。這三種說法實質上是否定了此種「留白」乃書寫格式上的區別，當然也無法就書寫格式上去將留白簡和滿寫簡分篇。就內容來看，〈孔子詩論〉屬前所未見之佚籍，無其他傳本可供對照，偏偏引詩述詩的文章在我國古代是常態，不一定同屬一篇，而上博簡又是由古玩市場搶救回來的，斷簡殘編甚多，自然無法完全確定留白簡和滿寫簡之內容當歸為一篇，故由內容文義將之分篇亦有其困難處。

〔註 15〕彭浩，〈〈詩論〉留白簡與古書的抄寫格式〉，《新出楚簡與儒學思想國際學術研討會論文集》（清華大學思想文化研究所／輔仁大學文學院　聯合主辦，2002.03.31～2002.04.02），頁 120～122。

〔註 16〕廖名春，〈上博〈詩論〉簡的形制和編連〉，《孔子研究》2002.02，頁 10～16。

〔註 17〕范毓周，〈〈詩論〉留白問題的再探討〉，「簡帛研究」網，2002.08.03。

　　單就《上海博物館藏戰國楚竹書（一）》的圖版來看，實在看不出留白簡上下端留白處有任何寫過字的跡象，廖名春亦轉述看過原簡的整理者馬承源、陳佩芬、濮茅左等人皆否定留白處有寫過字的可能。〔註18〕李零提出「簡6是滿寫簡和留白簡的過渡」說，基本上也不認爲留白處曾抄寫過文字，筆者想，身爲整理者的他們曾親眼目睹實物，觀察的結果應當較爲可信——留白簡的留白處沒有任何寫過字的跡象。若是如此，則「先寫後削」和「縮皺脫字」兩種說法就顯得比較不可信了，竹簡形制本已細薄，竹片纖維遇到墨水又易產生毛細現象，若眞的是先寫文字而後才刪削、脫落，應當不致於一點痕跡不留。此外，對於周鳳五提出先寫後削可能和上古破壞陪葬器物的習俗有關的猜測，范毓周提出了值得思考的問題：爲何其他簡沒這種先寫後削的現象？若是爲了錯誤而刪削，爲何都剛好錯在同一部位？〔註19〕又留白的成因若眞是因爲「縮皺脫字」爲何會脫字脫得如此一致，剛好都遺失了第一道編繩上和第三道編繩下的文字？〔註20〕若要採取「先寫後削」和「縮皺脫字」兩種說法，這些問題都有待回答，故筆者不採用此兩種說法。

　　其實讓眾多學者認爲滿寫簡和留白簡不該分篇的原因，除了兩者出於同一抄手、內容皆和孔子論《詩》有關之外，其主要癥結在於滿寫簡的簡22和留白簡的簡6文義關聯、體例相當，在經過李學勤於簡6上端補字後，上下文義啣接的更是完美：

　　　〈宛丘〉曰：「洵有情，而無望」，吾善之；〈猗嗟〉曰：「四矢反，以御亂」，吾喜之；〈鳲鳩〉曰：「其儀一兮，心如結也」，吾信之；〈文王〉曰：「文王在上，於昭于天」，吾美之（以上簡22）；〈清廟〉曰：肅雝顯相，濟濟多士，秉文之德，吾敬之。〈烈文〉曰：「亡競維人，丕顯維德，於乎，前王不忘」，吾悅之。「昊天有成命，二后受之」，貴且顯矣，頌▨（以上簡6）

此段文字看起來的確啣接得宜、體例一致，許多學者便據此認爲留白簡和滿寫

〔註18〕廖名春，〈上博〈詩論〉簡的形制和編連〉，《孔子研究》2002.02，頁10～16。

〔註19〕范毓周，〈〈詩論〉留白問題的再探討〉，「簡帛研究」網，2002.08.03。

〔註20〕姜廣輝，〈古《詩序》留白簡的意含暨改換簡文排序思路〉，「簡帛研究」網，2002.01.19。

簡不該分篇。但仔細觀察簡 22 和簡 6，二者體例看似一致實則仍有不同，廖名春已指出，簡 22 皆一引兩句，格式固定，而簡 6 分別是一引四句和一引兩句。〔註21〕若簡 6 上端確如李學勤所補就變成「⟨清廟⟩曰：肅雝顯相，濟濟多士，秉文之德」，又是一引三句了，若要改成一引兩句則必須刪去「肅雝顯相」四字，則又和竹簡規格不合。除了引用句數的不同外，曹建國又注意到了「引《昊天有成命》既沒有篇名，也不是以『吾×之』結束。」〔註22〕其中沒有篇名的問題，我們還可視爲抄寫者將引句和篇名做重文處理，但從最後缺少了「吾×之」這個總結性的結語來看，簡 6 的格式確不如簡 22 來得嚴謹，兩簡的體例並非完全相同。再者，由於簡 6 上端殘斷，我們只能據文義補字，而這種「補字」因無其它版本可供對照，只能當做是一種推測，但下端的留白卻是客觀事實，必須優先考量。

除了簡 6 和簡 22 的文義關聯度不能當做留白簡及滿寫簡同屬一篇的確定證據外，曹建國又察覺到留白簡和滿寫簡中「孔子曰」的用法不同，認爲留白簡中兩處的「孔子曰」皆爲總結性的概述，而滿寫簡皆先以「孔子曰」引述孔子論詩，之後再加以申論。〔註23〕筆者觀察留白簡的簡 3、7 和滿寫簡的簡 1、16、21、27 的「孔子曰」用法，發現確是如此。簡 1 的「孔子曰」之上有個分章符號自然是一章的開頭；簡 16、21 的「孔子曰」之上亦皆有分段符號，由內容上亦可看出和上文無關，乃一段的起頭；簡 27 的「孔子曰」之上雖無任何標號，但從內容上亦可看出和上文關係不大。反觀留白簡中的「孔子曰」，由簡 3 尚看不出其作用，但簡 7 的「孔子曰：『此命也夫，文王隹谷也，得乎此命也』」很明顯的是對其上文「……有命自天，命此文王……」一段的總結，例子雖然稍嫌太少，但仍能看出其間的差別。

李零之所以提出簡 6 爲滿寫簡和留白簡的過渡簡之說法，大概也認爲簡 22 和簡 6 啣接得宜不可分，但觀察原簡後認爲留白簡可見的留白處沒有寫過文字的痕跡，和滿寫簡又確有書寫格式上的不同，剛好簡 6 上端殘斷，無法確定其上端到底有無文字，於是便提出這種簡 6 爲過渡簡的說法，既顧及到書寫格式

〔註21〕廖名春，〈上博〈詩論〉簡的形制和編連〉，《孔子研究》2002.02，頁 10～16。

〔註22〕曹建國，〈論上博〈孔子詩論〉簡的編連〉，「簡帛研究」網，2003.04.11。

〔註23〕曹建國，〈論上博〈孔子詩論〉簡的編連〉，「簡帛研究」網，2003.04.11。

上的差異又不需將簡 22 和簡 6 分置於二篇之中。〔註24〕但簡 22 和簡 6 之間的聯繫如筆者上述，並非牢不可破，而李零這種過渡的說法一方面承認滿寫簡和留白簡書寫格式上的不同，一方面又將這兩種形制不同的簡置於同一篇，實在違背同一篇竹書中所有簡的書寫格式應大致相同的常理，故筆者認為此說法成立的可能性不大。

　　就筆者看來「底本殘缺說」和「底本互異說」似乎都很合理，但「底本殘缺說」想像的成分較大。「底本殘缺說」的說法要成立需符合下述兩個條件：其一，需先假定〈孔子詩論〉的底本在抄寫當時剛好在上下端有殘斷；其二：還要假定〈孔子詩論〉的簡長形制和其底本一模一樣，如此抄寫者在留白時才能剛剛好都留在第一道編繩上方和第三道編繩下方。〔註25〕但這些都只是假設而已，沒有任何一個確實的、看得到的證據可供證明，唯一看得到的只是留白簡和滿寫簡內容之間的高度關聯性，但筆者在前面已說過中國古代引《詩》論《詩》的篇章不在少數，不能僅就其內容都和論《詩》述《詩》有關，便認定兩者必定同屬一篇。基於以上原因，筆者還是贊成將留白簡與滿寫簡分篇處理，畢竟書寫格式上的不同是擺在眼前的，至於內容上的無法接續，亦可以歸因於上博簡非科學考古出土，不但簡數不完整而且殘斷又多，自然會有脫簡的情況出現。

第三節　〈孔子詩論〉的簡序和分組

　　對於〈孔子詩論〉現存二十九支簡的簡序當如何排列，學者眾說紛云，鄭玉珊在其論文中將各種說法整理為一個明白清晰的表格，筆者在此援引之，並加入黃懷信及筆者自己的排序：

〔註24〕李零，〈上博楚簡校讀記（之一）──〈子羔〉篇「孔子詩論」部分〉，「簡帛研究」網，2002.01.04。

〔註25〕第二點由林清源師於課堂討論時提出。

簡號順序	馬承源(註26)	廖名春(註27)	李零(註28)	李學勤(註29)	李守奎(註30)	范毓周(註31)	曹峰(註32)	李銳(註33)	濮茅左(註34)	曹建國(註35)	季旭昇(註36)	黃懷信(註37)	趙苑夙
1	1	1	1	10	1	4	1	10	1	1	1	10	4
2	2	8	19	14	2	5	2	14	2	8	2	14	5
3	3	9	20	12	3	6	3	12	3	9	3	12	7
4	4	10	18	13	4	1	4	13	4	21	4	13	2
5	5	14	11	15	5	10	5	15	5	22	5	15	3
6	6	12	16	11	6	11	6	11	6	23	7	11	6
7	7	13	10	16	7	19	7	16	7	27	8	16	8
8	8	15	12	24	8	15	10	24	8	17	9	24	9
9	9	11	13	20	9	16	14	20	9	25	10	20	21

〔註26〕馬承源,《上海博物館藏戰國楚竹書(一)‧孔子詩論考釋》(上海:上海古籍出版社,2001)。

〔註27〕廖名春,〈上博〈詩論〉簡的形制和編連〉,《孔子研究》2002.02,頁 10~16。鄭玉珊原表格廖名春的簡序部分,在簡 22 之後重出簡 6,於此刪去。

〔註28〕李零,《上博楚簡三篇校讀記》(臺北:萬卷樓圖書公司,2002),頁 18~46。

〔註29〕李學勤,〈上海博物館藏楚竹書〈詩論〉分章釋文〉,「簡帛研究」網,2002.01.06。

〔註30〕李守奎,〈《戰國楚竹書‧孔子詩論‧邦風》釋文訂補〉,《古籍整理與研究學刊》2002.02,頁 7~10。

〔註31〕范毓周,〈關於〈詩論〉簡序和分章的新看法〉,「簡帛研究」網,2002.02.17。

〔註32〕曹峰,〈對孔子詩論第八簡以後簡序的再調整——從語言特色的角度入手〉,《上博館藏戰國楚竹書研究》(上海:上海書店,2002),頁 199~205。

〔註33〕李銳,〈孔子詩論簡序調整芻議〉,《上博館藏戰國楚竹書研究》(上海:上海書店,2002),頁 192~198。

〔註34〕濮茅左,〈〈孔子詩論〉簡序補析〉,《上博館藏戰國楚竹書研究》(上海:上海書店,2002),頁 39~47。

〔註35〕曹建國〈論上博〈孔子詩論〉簡的編連〉,「簡帛研究」網,2003.04.11。

〔註36〕季旭昇,〈〈孔子詩論〉分章編聯補缺〉,《古文字研究》第二十五輯(北京:中華書局,2004),頁 380~390。

〔註37〕黃懷信,《上海博物館藏戰國楚竹書〈詩論〉解義》(北京:社會科學文獻出版社,2004),頁 10。

10	10	16	14	27	10	12	12	19	10	26	14	27	22
11	11	24	15	19	12	14	13	18	14	28	12	19	10
12	12	20	24	18	13	13	15	9	15	29	13	18	14
13	13	19	27	8	15	24	11	21	11	10	15	17	12
14	14	18	29	9	14	20	16	22	12	14	11	25	13
15	15	27	28	17	11	18	24	23	13	15	16	26	15
16	16	29	25	25	16	27	20	27	16	11	24	28	11
17	17	26	26	26	17	29	19	25	20	16	20	29	16
18	18	28	17	23	18	28	18	8	24	24	18	23	24
19	19	17	8	28	19	26	8	28	19	20	19	8	20
20	20	25	9	29	20	17	9	29	17	19	27	9	27
21	21	23	23	21	21	25	21	26	18	12	17	21	19
22	22	21	21	22	22	23	22	17	21	13	23	22	18
23	23	22	22	6	23	9	23	4	22	18	25	6	29
24	24	4	6	7	24	8	27	5	23	4	26	7	17
25	25	5	4	2	25	21	26	6	25	5	28	2	23
26	26	6	5	3	26	22	25	7	26	6	29	3	25
27	27	7	7	4	27	7	28	2	27	7	21	4	26
28	28	2	2	5	28	2	29	3	28	2	22	5	28
29	29	3	3	1	29	23	17	1	29	3	6	1	1

〔註38〕

　　在排序時筆者以爲應該把握形制先於內容的原則，先將形制不同的滿寫簡和留白簡分開處理。兩者內容或有相近而似可連讀之處，但在討論同一個命題時文義相近的形情，在古籍中所在多有，而此處滿寫簡和留白簡的內容皆與《詩》和「孔子」有關，又常常引用孔子之言，內容用詞相近並不奇怪，仍當以形制爲大原則，將簡2-7和其他23支簡分開處理。

　　在留白簡中，由其內容連繫可得出簡5當置於簡4之後，兩簡中間當缺一簡，而簡5後半爲〈清廟〉詩評，與簡7評〈皇矣〉，皆是與文王相關的詩篇，

〔註38〕鄭玉珊，《《上博（一）·孔子詩論》研究》（臺北：國立台灣師範大學國文研究所，碩士學位論文，2004），頁9～10。

故將簡 7 置於簡 5 之後，但其間當有缺簡。簡 7 的內容與「文王受命」有關，簡 2 首句提到「文王受命矣」亦與此命題有關，故置簡 2 於簡 7 之後。簡 2、3句式相同，知簡 3 當接於簡 2 之後。至於簡 6 雖亦在評〈清廟〉，但體例與簡 5並不相同，不應置於簡 5 之後，當是《頌》的另一段詩評的其中一簡，前後不知缺幾簡，筆者將之置於留白簡的最後。則留白簡的簡序為：

　　4-缺一簡-5-缺-7-2-缺一簡-3-缺-6-缺

在滿寫簡中有組詩的評論方式出現，可作為排序的依據，目前可見兩簡以上的組詩有〈關雎〉組、〈木瓜〉組、〈宛丘〉組、「民性固然」組，排序如下：

　　〈關雎〉組：10-缺-14-缺-12-13-缺-15-缺-11-16
　　〈木瓜〉組：19-缺-18
　　〈宛丘〉組：21-缺-22
　　「民性固然」組：16-24-缺-20

在〈關雎〉組的簡序方面，以季旭昇之排序最為合理，能顧及其中三次評論的長短過渡及內在理路，故筆者從之。至於〈木瓜〉組的簡 18，因其末有一墨節符號，似為分章之用，故筆者將之置於簡 19 之後。〈宛丘〉組僅見於簡 21、22，由其內容觀之，簡 22 當置於簡 21 後，且其間當有缺簡。

　　此外，簡 8 之末殘餘篇名〈伐木〉，而簡 9 首句「實咎於其也」當為〈伐木〉之評，故將簡 9 置於簡 8 之後。簡 16、24、20 體例皆為「吾以＋〈篇名〉＋得＋某之某＋民性固然＋……」，當為同一大段詩評，其中簡 24 前半段簡文可與簡 16「孔子曰」之後的評詞文義連貫，可接於簡 16 之後。簡 20 只能置於簡 24後，但兩簡文義無法直接連貫，中間當有缺簡。又從簡 27 前半簡文文義觀之，筆者認為當與簡 20 後半同論《國風·唐風·有杕之杜》，似可置於簡 20 之後。至於簡 23、25、26、28，雖亦可看出成組論述之形式，但所評論之詩篇皆未見於 23 支簡中的其他簡，以致於無法由簡文的聯繫確定其位置，只能由《風》、《雅》、《頌》之排列來暫定其簡序，以下列出此五簡所評詩篇及其在毛《詩》中所處的位置：

　　簡 17：《國風·齊風·東方未明》—《國風·鄭風·將仲子》—《國
　　　　　風·王風·揚之水》—《國風·王風·采葛》
　　簡 23：《小雅·鹿鳴》—《國風·周南·兔罝》

簡 25：　未明—《國風‧王風‧兔爰》—《小雅‧甫田之什‧大田》

　　　　　—《小雅‧谷風之什‧小明》

簡 26：　《國風‧邶風‧柏舟》—《未明‧谷風》—《小雅‧谷風之

　　　　　什‧蓼莪》—《國風‧檜風‧隰有萇楚》

簡 28：　未明—《國風‧鄘風‧牆有茨》—《小雅‧甫山之什‧青

　　　　　蠅》

簡 29：　《國風‧周南‧卷耳》—《國風‧鄭風‧褰裳》—《國風‧

　　　　　齊風‧著》—《國風‧唐風‧葛生》—未明

再參以其他滿寫簡來看，簡 8、9 皆論《小雅》，〈宛丘〉組皆論《國風》，但〈宛丘〉組之簡 21 前半段論〈無將大車〉、〈湛露〉皆爲《小雅》詩篇，故筆者將之置於論《小雅》的簡 9 之後。在〈宛丘〉組之後我們置入同在論《國風》的〈關雎〉組和〈木瓜〉組，兩組誰先誰後並不清楚，但其中〈關雎〉組所論之詩集中在《國風‧周南》、《國風‧邶風》，〈木瓜〉組一在《國風‧唐風‧有杕之杜》、一在《國風‧衛風‧木瓜》，《周南》、《邶風》於今本毛《詩》之排序，在《唐風》、《衛風》之前，且〈關雎〉爲《國風》第一篇，故筆者暫將〈關雎〉組置於〈木瓜〉組之前。簡 29、17 由目前可見之簡文看來，亦全論《國風》，將之置於〈木瓜〉組之後。簡 23、25、26、28 皆《國風》、《小雅》穿插論述，其中〈鹿鳴〉爲《小雅》之首篇，故將簡 23 置於其他四簡之前，簡 25、26、28 以現有資料似無法分之先後，故暫按原簡序羅列於簡 23 之後。至於簡 1 有一墨節，按《上海博物館藏戰國楚竹書（二）》中〈子羔〉、〈魯邦大旱〉兩篇末簡皆有「■」符號，其後並留有大段的空白的形制來看，本簡墨節是分章而非分篇符號，知簡 1 非孔子詩論之首簡。而墨節之後的「孔子曰：詩無憐志，樂無憐情，文無憐意。」一句話，帶有總論性質，或可置於末簡，視爲全篇總結。故滿寫簡的部分，筆者暫時排序爲：

8-9-缺-21-缺-22-缺-10-14-12-13-15-11-16-24-缺-20-27-缺-19-18-缺

-29-缺-17-缺-23-缺-25-缺-26-缺-28-缺-1

〈孔子詩論〉有因缺簡或殘泐而文義無法接續者，更甚者，有某幾簡殘斷嚴重，只能得見其中一小截，根本無法判斷其形制是否爲滿寫簡。受限於這些原因，筆者對〈孔子詩論〉的排序多有可商之處，在此暫定而已。

第四節　全篇釋文

一、留白簡釋文

曰《訇（詩）》丌（其）猷（猶）坪（平）門＿〔註39〕，與戋（賤）民而豫（豫）之〔註40〕，丌（其）甬（用）心也酒（將）可（何）女（如）？曰：《邦風》氏（是）已。民之有慼怨也，卡＝（上下）之不和者，丌（其）甬（用）心也酒（將）可（何）女（如）？ 曰：《少（小）顥（雅）》氏（是）已。☒〔註41〕【簡4】【缺一簡】 可（何）女（如）？曰：《大顥（雅）》 氏（是）已。又（有）城（成）工（功）者可（何）女（如）？曰：《訟（頌）》氏（是）已■。〈清宙（廟）〉王惪（德）也＿，至矣！敬宗宙（廟）之豊（禮）以為丌（其）査（本），秉旻（文）之惪（德）以為丌（其）鞣（業）＿，肅雩（雍）顯相☒〔註42〕【簡5】【缺簡】☒ 帝胃（謂）文王：「袤（懷）尒（爾）㮣（明）惪（德）。」害（曷）？城（誠）胃（謂）之也。「又（有）䢼（命）自天，命此文王。」城（誠）命之也＿。訐（信）矣凵！孔＝（孔子）曰：此䢼（命）也夫凵，文王唯谷（裕）已，㝵（得）虗（乎）此䢼（命）也。〔註43〕【簡7】寺（時）也，文王受命矣＿。〔註44〕《訟（頌）》，坪（平）惪（德）也〔註45〕，多言逡（后），丌（其）樂安而屖（遲），丌（其）訶（歌）紳（伸）而易凵，丌（其）思深而遠，至矣＿！〔註46〕《大顥（雅）》盛惪（德）也，多言【簡2】【缺一簡】 也，多言難而㥜（怨）退（懟）者也，衰矣，少（小）矣。〔註47〕《邦風》丌（其）內勿（物）也，專（博）雚（觀）人谷（欲）安（焉），大斂（斂）材（采）安（焉），丌（其）言旻（文），丌（其）聖（聲）善。孔＝（孔子）曰：隹（誰）

〔註39〕詳參本論文第三章第一節〈平德、平門〉小節。

〔註40〕詳參本論文第三章第一節〈與賤民而豫之〉小節。

〔註41〕詳參本論文第三章第一節〈民之有慼怨也——附論簡5「有成功者何如」〉小節。

〔註42〕詳參本論文第三章第二節《周頌・清廟》小節。

〔註43〕詳參本論文第三章第二節《大雅・皇矣》小節。

〔註44〕詳參本論文第三章第二節《大雅・皇矣》小節。

〔註45〕詳參本論文第三章第一節〈平德、平門〉小節。

〔註46〕詳參本論文第三章第一節〈「其樂安而遲」、「其歌伸而易」、「其思深而遠」〉小節。

〔註47〕詳參本論文第三章第一節〈多言難而怨懟者也〉小節。

能夫〔註48〕【簡3】【缺簡】多士秉旻（文）之悥（德），虗（吾）敬之。〔註49〕〈剌（烈）旻（文）〉曰：乍（無）競佳（唯）人，不（丕）㬎（顯）佳（唯）悥（德），於虖（呼）！前王不忘，虗（吾）敚（悅）之。〔註50〕〈昊＝（昊天）又（有）城（成）盦（命）〉二后受之，貴叡（且）㬎（顯）矣訟〔註51〕【簡6】【缺簡】

二、滿寫簡釋文

〈十月〉善諀言＿。〔註52〕〈雨亡（無）政（正）〉＿、〈即（節）南山〉皆言上之衰也，王公恥之。〔註53〕〈少（小）旻（旻）〉多悆＝（疑矣），言不中念（志）者也。〔註54〕〈少（小）扁（宛）〉丌（其）言不亞（惡），少（小）又（有）怎（念）安（焉）＿。〔註55〕〈少（小）叀（弁）〉、〈考（巧）言〉則言譜（讒）人之害也⌐。〔註56〕〈伐木〉▢〔註57〕【簡8】實咎於其（己）也＿。〔註58〕〈而（天）保〉丌（其）旻（得）彔（祿）蔑畺（疆）矣！巽貣（寡）悥（德）古（故）也⌐。〔註59〕〈詙（祈）父〉之貹（責）亦又（有）以也⌐。〔註60〕〈黃鳴（鳥）〉則困天（而）谷（欲）反（返）丌（其）古（故）也，多恥者（諸）丌（其）忞（方）之虖（乎）。〔註61〕〈靖＝（菁菁）者莪〉則以人

〔註48〕詳參本論文第三章第一節〈邦風其内物也——附論「誰能夫」〉小節。

〔註49〕詳參本論文第三章第二節《周頌·清廟》小節。

〔註50〕詳參本論文第三章第二節《周頌·烈文》小節。

〔註51〕詳參本論文第三章第二節《周頌·昊天有成命》小節。

〔註52〕詳參本論文第四章第五節《小雅·節南山之什·十月》小節。

〔註53〕詳參本論文第四章第五節《小雅·節南山之什·雨無正》、《小雅·節南山之什·節南山》小節。

〔註54〕詳參本論文第四章第五節《小雅·節南山之什·小旻》小節。

〔註55〕詳參本論文第四章第五節《小雅·節南山之什·小宛》小節。

〔註56〕詳參本論文第四章第五節《小雅·節南山之什·小弁》、《小雅·節南山之什·巧言》小節。

〔註57〕詳參本論文第四章第五節《小雅·鹿鳴之什·伐木》小節。

〔註58〕詳參本論文第四章第五節《小雅·鹿鳴之什·伐木》小節。

〔註59〕詳參本論文第四章第五節《小雅·鹿鳴之什·天保》小節。

〔註60〕詳參本論文第四章第五節《小雅·鴻雁之什·祈父》小節。

〔註61〕詳參本論文第四章第五節《小雅·鴻雁之什·黃鳥》小節。

枺（益）也。〔註62〕〈棠（裳裳）者芊（華）〉則☒〔註63〕【簡9】【缺簡】貴也。〈賊（將）大車〉之囂也＿，則以爲不可女（如）可（何）也？〔註64〕〈審（湛）雺（露）〉之賺（益）也，丌（其）猷（猶）軛與＿？〔註65〕

孔〓（孔子）曰：〈畐（宛）丘〉虘（吾）善之。〔註66〕〈於（猗）差（嗟）〉虘（吾）憙（喜）之＿。〔註67〕〈巨（鳲）鴢（鳩）〉虘（吾）訐（信）之＿。〔註68〕〈文王〉虘（吾）屵（美）之。清☒〔註69〕【簡21】【缺簡】之，〈甶（宛）丘〉曰：「訇（洵）又（有）情，而亡（無）望。」虘（吾）善之。〔註70〕〈於（猗）差（嗟）〉曰：「四屰（矢）變（變），以御釁（亂）。」虘（吾）憙（喜）之＿。〔註71〕〈巨（鳲）鴢（鳩）〉曰：「丌（其）義（儀）一氏（兮），心女（如）結也。」虘（吾）訐（信）之。〔註72〕〈文王〉曰：「文王才（在）上，於邵（召）于天。」虘（吾）屵（美）之。〔註73〕【簡22】【缺簡】

〈閗（關）疋（雎）〉之改（改）＿。〔註74〕〈梂（樛）木〉之旹（恃）＿。〔註75〕〈灘（漢）呈（廣）〉之智＿。〔註76〕〈鵲樏（巢）〉之遝（歸）＿。〔註77〕〈甘棠〉之保（報）＿。〔註78〕〈綠衣〉之思。〔註79〕〈鶃〓（燕燕）〉

〔註62〕詳參本論文第四章第五節《小雅・南有嘉魚之什・菁菁者莪》》小節。

〔註63〕詳參本論文第四章第五節《小雅・甫田之什・裳裳者華》》小節。

〔註64〕詳參本論文第四章第五節《小雅・谷風之什・無將大車》》小節。

〔註65〕詳參本論文第四章第五節《小雅・南有嘉魚之什・湛露》》小節。

〔註66〕詳參本論文第四章第一節《國風・陳風・宛丘》》小節。

〔註67〕詳參本論文第四章第一節《國風・齊風・猗嗟》》小節。

〔註68〕詳參本論文第四章第一節《國風・曹風・鳲鳩》》小節。

〔註69〕詳參本論文第四章第一節《大雅・文王之什・文王》》小節。

〔註70〕詳參本論文第四章第一節《國風・陳風・宛丘》》小節。

〔註71〕詳參本論文第四章第一節《國風・齊風・猗嗟》》小節。

〔註72〕詳參本論文第四章第一節《國風・曹風・鳲鳩》》小節。

〔註73〕詳參本論文第四章第一節《大雅・文王之什・文王》》小節。

〔註74〕詳參本論文第四章第二節《國風・周南・關雎》》小節。

〔註75〕詳參本論文第四章第二節《國風・周南・樛木》》小節。

〔註76〕詳參本論文第四章第二節《國風・周南・漢廣》》小節。

〔註77〕詳參本論文第四章第二節《國風・周南・鵲巢》》小節。

〔註78〕詳參本論文第四章第二節《國風・召南・甘棠》》小節。

之情┗。〔註80〕害（曷）？曰：童（動）而皆臤（賢）於丌（其）初者也┗。〔註81〕〈闕（關）疋（雎）〉以色俞（喻）於豊（禮）▨〔註82〕【簡10】兩矣▁，丌（其）四章則俞（喻）矣┗；以蝨（琴）жκ（瑟）之敓（悅）怣（擬）好色之恧（願），以鐘鼓之樂▨〔註83〕【簡14】▨好反內（入）於豊（禮），不亦能攺（改）虖（乎）▁？〔註84〕〈梂（樛）木〉福斯才（在）孚＝（君子），不▨〔註85〕【簡12】▨不求不可㝵（得），不巧（攻）不可能，不亦智（知）亙（恆）虖（乎）┗？〔註86〕〈鵲樔（巢）〉出以百兩（輛），不亦有邎（當）虖（乎）┗？甘▨〔註87〕【簡13】▨思及丌（其）人敬蟁（愛）丌（其）查（樹），丌（其）保（報）㲬（厚）矣▁！〈甘棠〉之蟁（愛）以卲（召）公之德也▨〔註88〕【簡15】▨情蟁（愛）也┗。〈闕（關）疋（雎）〉之攺（改），則丌（其）思嫌（益）矣┗。〔註89〕〈梂（樛）木〉之音（恃），則以丌（其）彔（祿）也▁。〔註90〕〈灘（漢）坓（廣）〉之智，則智（知）不可㝵（得）也。〔註91〕〈鵲樔（巢）〉之邎（歸），則邎（當）者（諸）〔註92〕【簡11】▨卲（召）公也▁。〈彔（綠）衣〉之惪（憂），思古人也▁。〔註93〕〈㝬＝（燕燕）〉之情，以丌（其）蜀（獨）也▁。〔註94〕

〔註79〕詳參本論文第四章第二節〈《國風・邶風・綠衣》〉小節。
〔註80〕詳參本論文第四章第二節〈《國風・邶風・燕燕》〉小節。
〔註81〕詳參本論文第四章第二節〈童而皆臤於丌初者也〉小節。
〔註82〕詳參本論文第四章第二節〈《國風・周南・關雎》〉小節。
〔註83〕詳參本論文第四章第二節〈《國風・周南・關雎》〉小節。
〔註84〕詳參本論文第四章第二節〈《國風・周南・關雎》〉小節。
〔註85〕詳參本論文第四章第二節〈《國風・周南・樛木》〉小節。
〔註86〕詳參本論文第四章第二節〈《國風・周南・漢廣》〉小節。
〔註87〕詳參本論文第四章第二節〈《國風・周南・鵲巢》〉小節。
〔註88〕詳參本論文第四章第二節〈《國風・召南・甘棠》〉小節。
〔註89〕詳參本論文第四章第二節〈《國風・周南・關雎》〉小節。
〔註90〕詳參本論文第四章第二節〈《國風・周南・樛木》〉小節。
〔註91〕詳參本論文第四章第二節〈《國風・周南・漢廣》〉小節。
〔註92〕詳參本論文第四章第二節〈《國風・周南・鵲巢》〉小節。
〔註93〕詳參本論文第四章第二節〈《國風・邶風・綠衣》〉小節。
〔註94〕詳參本論文第四章第二節〈《國風・邶風・燕燕》〉小節。

孔＝（孔子）曰：虗（吾）以〈荟（葛）軸（覃）〉夏（得）氏（是）初之畬（詩），民省（性）古（固）肰（然）▂，見丌（其）兟（美）必谷（欲）反丌（其）本，夫荟（葛）之見訶（歌）也則〔註95〕【簡16】以絑（絺）菽（綌）之古（故）也▂，后稷之見貴也▃，則以文武之悳（德）也▃。〔註96〕虗（吾）以〈甘棠〉夏（得）宗宙（廟）之敬▃，民省（性）古（固）肰（然），甚貴丌（其）人必敬丌（其）立（位），欨（悅）丌（其）人必好丌（其）所爲，亞（惡）丌（其）人者亦肰（然）▨〔註97〕【簡24】【缺簡】▨虗（吾）以〈木苽（瓜）〉夏（得）希（幣）帛之不可迲（去）也▂，民省（性）古（固）肰（然），丌（其）陵（憐）念（志）必又（有）以俞（喻）也▂，丌（其）言又（有）所載而后（後）內（納），或前之而后（後）交，人不可犀（觸）也。〔註98〕虗（吾）以〈折（杕）杜〉夏（得）雀（爵）服之憙（喜）▨〔註99〕【簡20】▨女（如）此可（何），斯雀（爵）之矣，邅（暢）丌（其）所悉（愛），必曰：「虗（吾）圣（悉）舍（捨）之。」賓贈氏（是）已。〔註100〕

孔＝（孔子）曰：〈七（蟋）衒（蟀）〉智（知）難▂。〔註101〕〈中（螽）氏（斯）〉群子▂。〔註102〕〈北風〉不丝（絕）人之慐（怨）。〔註103〕〈子立（衿）〉不▨〔註104〕【簡27】【缺簡】▨溺念（志），既曰天也，猷（猶）有慐（怨）言▂。〔註105〕〈木苽（瓜）〉有臧（藏）悉（願）而未夏（得）達也▂。交▨〔註106〕【簡19】▨因木苽（瓜）之保（報）以俞（喻），丌（其）慐（婉）者也。〔註107〕

〔註95〕詳參本論文第四章第四節〈《國風・周南・葛覃》〉小節。

〔註96〕詳參本論文第四章第四節〈《國風・周南・葛覃》〉小節。

〔註97〕詳參本論文第四章第二節〈《國風・召南・甘棠》〉小節。

〔註98〕詳參本論文第四章第三節〈《國風・衛風・木瓜》〉小節。

〔註99〕詳參本論文第四章第三節〈《國風・唐風・有杕之杜》〉小節。

〔註100〕詳參本論文第四章第三節〈《國風・唐風・有杕之杜》〉小節。

〔註101〕詳參本論文第四章第四節〈《國風・周南・螽斯》〉小節。

〔註102〕詳參本論文第四章第四節〈《國風・周南・螽斯》〉小節。

〔註103〕詳參本論文第四章第四節〈《國風・邶風・北風》、《國風・鄭風・子衿》〉小節。

〔註104〕詳參本論文第四章第四節〈《國風・邶風・北風》、《國風・鄭風・子衿》〉小節。

〔註105〕詳參本論文第四章第三節〈《國風・邶風・北門》〉小節。

〔註106〕詳參本論文第四章第三節〈《國風・衛風・木瓜》〉小節。

〔註107〕詳參本論文第四章第三節〈《國風・衛風・木瓜》〉小節。

〈折（杕）杜〉則情憙（喜）丌（其）至也■。〔註108〕【簡18】【缺簡】

　　▨悉（卷）而（耳）不智人＿。〔註109〕〈涉溱〉丌（其）丝（絕）。〔註110〕〈條（著）而〉士＿。〔註111〕〈角幡（枕）〉婦＿。〔註112〕河水智▨〔註113〕【簡29】【缺簡】▨ 東方未明 又（有）利詞＿。〔註114〕〈牆（將）中（仲）〉之言不可不韋（畏）也▄。〔註115〕〈湯（揚）之水〉丌（其）悉（愛）婦秨（烈）＿。〔註116〕〈茉（采）萮（葛）〉之悉（愛）婦▨〔註117〕【簡17】【缺簡】▨〈麇（鹿）鳴〉以樂始而會，以道交，見善而學，冬（終）虗（乎）不猒（厭）人＿。〔註118〕〈兔蒦（罝）〉丌（其）甬（用）人則虗（吾）取 之 。〔註119〕【簡23】【缺簡】▨腸＝（？）少（小）人＿。〔註120〕〈又（有）兔〉不奉（逢）旹（時）▄。〔註121〕〈大田〉之卒章智（知）言而又（有）豊（禮）▄。〈少（小）明〉不〔註122〕【簡25】【缺簡】忠＿。《北（邶）‧白（柏）舟》悶＿。〔註123〕〈浴（谷）風〉悉（？）＿。〔註124〕〈蓼（蓼）莪〉又（有）孝忑（志）＿。〔註125〕〈隆

〔註108〕詳參本論文第四章第三節《國風‧唐風‧有杕之杜》小節。

〔註109〕詳參本論文第四章第六節〈卷而不智人〉小節。

〔註110〕詳參本論文第四章第四節《國風‧鄭風‧褰裳》、《國風‧齊風‧著》小節。

〔註111〕詳參本論文第四章第四節《國風‧鄭風‧褰裳》、《國風‧齊風‧著》小節。

〔註112〕詳參本論文第四章第四節《國風‧唐風‧葛生》小節。

〔註113〕詳參本論文第四章第六節〈卷而不智人〉小節。

〔註114〕詳參本論文第四章第四節《國風‧齊風‧東方未明》小節。

〔註115〕詳參本論文第四章第四節《國風‧鄭風‧將仲子》小節。

〔註116〕詳參本論文第四章第四節《國風‧王風‧揚之水》小節。

〔註117〕詳參本論文第四章第四節《國風‧王風‧采葛》小節。

〔註118〕詳參本論文第四章第五節《小雅‧鹿鳴之什‧鹿鳴》小節。

〔註119〕詳參本論文第四章第四節《國風‧周南‧兔罝》小節。

〔註120〕詳參本論文第四章第六節〈腸＝少人〉小節。

〔註121〕詳參本論文第四章第四節《國風‧王風‧兔爰》小節。

〔註122〕詳參本論文第四章第五節《小雅‧甫田之什‧大田》、《小雅‧谷風之什‧小明》小節。

〔註123〕詳參本論文第四章第四節《國風‧邶風‧柏舟》小節。

〔註124〕詳參本論文第四章第六節〈浴風悉〉小節。

〔註125〕詳參本論文第四章第五節《小雅‧谷風之什‧蓼莪》小節。

（隰）又（有）長（萇）楚〉旻（得）而愳（謀）之也▨〔註126〕【簡26】【缺簡】
▨亞（惡）而不虜（憫）。〔註127〕〈牆（牆）又（有）薺（茨）〉懠（愼）窖（密）
而不智（知）言＿。〔註128〕〈青蠅（蠅）〉智▨〔註129〕【簡28】【缺簡】

　　▨行此者亓（其）又（有）不王虐（乎）？〔註130〕孔二（孔子）曰：耆（詩）
亡（無）隱（憐）志（志），樂亡（無）隱（憐）情，文亡（無）隱（憐）意▨
〔註131〕【簡1】

〔註126〕詳參本論文第四章第四節〈《國風·檜風·隰有萇楚》〉小節。

〔註127〕詳參本論文第四章第六節〈亞而不虜〉小節。

〔註128〕詳參本論文第四章第四節〈《國風·鄘風·牆有茨》〉小節。

〔註129〕詳參本論文第四章第五節〈《小雅·甫田之什·青蠅》〉小節。

〔註130〕詳參本論文第四章第六節〈行此者其有不王乎〉小節。

〔註131〕詳參本論文第四章第六節〈耆亡隱志樂亡隱情文亡隱🖑〉小節。

第三章　〈孔子詩論〉留白簡的釋讀

第一節　總論《風》、《雅》、《頌》

一、平德、平門

　　日善丌猷![img]門■（簡4）→曰《詩》其猶平門。

　　訟![img]惪也（簡2）→《頌》，平德也。

（一）「![img]」、「![img]」字形辨證

　　對於「![img]」、「![img]」兩字字形的分析，目前共有六種說法：其一，馬承源將此字隸爲「坪」，李天虹、范毓周、劉信芳、程二行、臧克和等人從之，但在訓解上或有不同。〔註1〕其二，廖名春、周鳳五、馮勝君、王志平、李銳、孟蓬

〔註1〕馬承源，《上海博物館藏戰國楚竹書（一）·孔子詩論考釋》（上海：上海古籍出版社，2001），頁127。李天虹，〈上海簡書文字三題〉，《上博館藏戰國楚竹書研究》（上海：上海書店，2002），頁377～382。范毓周，〈上海博物館藏楚簡〈詩論〉第2簡的釋讀問題〉，「簡帛研究」網，2002.03.06。劉信芳，〈關於上博藏楚簡的幾點討論意見〉，《新出楚簡與儒學思想國際學術研討會論文集》（清華大學思想文化研究所／輔仁大學文學院　聯合主辦，2002.03.31～2002.04.02）。程二行，〈楚竹書〈孔子詩論〉關於「邦風」的二條釋文〉，《武漢大學學報（人文科學版）》2002.05，頁560～565。臧克和，〈釋上海博物館藏《戰國楚竹書》中的「詩論」文字〉，《語言文字學》2002.10，頁120～122。臧克和，〈上博楚竹書中的「詩論」

生、董蓮池等人將其隸爲「塝」，在釋義上也有不同說法。〔註2〕其三，何琳儀、楊澤生、張桂光認爲此字從「土」從「雱」（「雨」和「方」之間共用一筆劃），而「雱」乃是「旁」之籀文，故此字可釋爲「塝」，但在字形分析及隸定上，與直接將此二字隸定爲「塝」者不同。〔註3〕其四，俞志慧據其師董楚平在《吳越徐舒金文集釋》中對「旁」字的考釋，認爲「甲骨文、金文各有方、旁二字，……方原指土地。至於四方八面的方，甲金文皆用旁字。……上部是義符，表示東南西北四方八面之邊界，下部從方，是聲符。後來只用聲符之方。」故此二字可隸定爲「坊」，義則取其本字「旁」。〔註4〕其五，姜廣輝將此字左下所從，換位於此字上部，認爲即《字彙補》所見「重」之本字，又說「此字從一從田從王，或省一從田從王，是一個指事會意兼形聲字，《說文》：『王，象物出地挺生也。』段玉裁注：『上象挺出形，下當是土字也。』土字成文，上象挺出形，不成文，故『王』字屬合體指事，謂於地中挺出芽苗，合『田』字而言，謂春種秋收，年復一年，有重復之義，此當是『重』字造字之本意。」故認爲此二字可隸爲「重」。〔註5〕其六，裘錫圭懷疑「𡑞」、「𡎚」兩字皆爲「聖」之

文獻及範型〉，《學術研究》2003.09，頁 121～122。

〔註 2〕廖名春，〈上海博物館藏〈詩論〉簡校釋〉，《上博館藏戰國楚竹書研究》（上海：上海書店，2002），頁 260～276。周鳳五，〈〈孔子詩論〉新釋文及注解〉，《上博館藏戰國楚竹書研究》（上海：上海書店，2002），頁 152～172。馮勝君，〈讀上博簡〈孔子詩論〉札記〉，「簡帛研究」網，2002.01.11。王志平，〈〈詩論〉箋疏〉，《上博館藏戰國楚竹書研究》（上海：上海書店，2002），頁 210～227。李銳，〈讀上博楚簡箚記〉，《上博館藏戰國楚竹書研究》（上海：上海書店，2002），頁 397～402。孟蓬生，〈〈詩論〉字義疏證〉，《新出楚簡與儒學思想國際學術研討會論文集》（清華大學思想文化研究所／輔仁大學文學院 聯合主辦，2002.03.31～2002.04.02）。董蓮池，〈上海博物館藏《戰國楚竹書（一）》解詁（一）〉，《古籍整理與研究學刊》2002.02，頁 15。

〔註 3〕何琳儀，〈滬簡詩論選釋〉，《上博館藏戰國楚竹書研究》（上海：上海書店，2002），頁 243～259。楊澤生，〈上海博物館所藏楚文字說叢〉，「簡帛研究」網，2002.02.03。張桂光，〈戰國楚竹書孔子詩論文字考釋〉，《上博館藏戰國楚竹書研究》（上海：上海書店，2002），頁 335～341。

〔註 4〕俞志慧，〈〈孔子詩論〉五題〉，《上海博物館藏戰國楚竹書研究》（上海：上海書店，2002），頁 307～326。

〔註 5〕姜廣輝，〈《上海博物館藏戰國楚竹書》（一）幾個古異字的辨識〉，《新出楚簡與儒

訛字。〔註6〕

對於「⿰」、「⿰」兩字字形分析的五種說法中，筆者以為將此二字隸為「重」之本字是最不可信的。要將此二字隸定為「重」，首先必須先將此二字左下所從移到字體的上部，這種移動文字部分筆劃（非文字偏旁）來曲合自己意見的釋讀方式是很不恰當的，尤其在文例尚未確定之前更是如此，何況姜廣輝認為應移動的左下筆劃，從圖版上看來是和上部結構一筆相連的，不應斷然解散其形體。其次，姜廣輝用成書於明代的《字彙補》來對照結構更動後的兩字，對照材料的時代相差太遠。而且他說「此字從一從田從壬」，但楚文字中「田」的寫法，尚未見過如此二字所從一般，下部兩端皆出頭者。〔註7〕我們可參看〈孔子詩論〉第 25 簡「大田」的「田」字作「田」形，下部圓轉，筆順和「⿰」字上部不同，「⿰」字中間筆劃向下折拗，更和「田」字下部向上彎曲之形有別。再者，「⿰」、「⿰」兩字下部所從實不像「壬」形，舉〈孔子詩論〉中以「壬」為偏旁的字為例：

簡 6：（虗）   簡 10：（童）

簡 22：（虗）   簡 22：（望）

其所從「壬」不論是寫作四筆或寫作三筆者，皆不同於所討論字下部所從。

裘錫圭舉〈孔子詩論〉簡 3 的「聖」字作「⿰」為例，認為如果「聖」字「口」旁的左豎畫寫得跟「耳」旁的右豎畫貼近，「壬」旁上端筆畫又寫得偏左偏下，就有可能被沒有認出此字的抄寫者誤摹成「⿰」形。〔註8〕其實，由裘錫

學思想國際學術研討會論文集》（清華大學思想文化研究所／輔仁大學文學院 聯合主辦，2002.03.31～2002.04.02）。

〔註6〕 裘錫圭，〈談談上博簡和郭店簡中的錯別字〉，《新出楚簡與儒學思想國際學術研討會論文集》（清華大學思想文化研究所／輔仁大學文學院 聯合主辦，2002.03.31～2002.04.02）。

〔註7〕 此意見由林清源師於中興大學「戰國簡帛文獻專題」課堂上提出。

〔註8〕 裘錫圭，〈談談上博簡和郭店簡中的錯別字〉，《新出楚簡與儒學思想國際學術研討會論文集》（清華大學思想文化研究所／輔仁大學文學院 聯合主辦，2002.03.31～2002.04.02）。

圭所舉簡 3「聖」字的寫法，可知上博簡〈孔子詩論〉的抄寫者對「聖」字結構的理解無誤，而其所據底本的「聖」字寫法，亦不會和一般「聖」字的寫法相去太遠，就算偶有訛誤，當不至於同時出現兩次相近的訛誤寫法。再者，裘錫圭所論「聖」訛爲「𦥑」的過程稍嫌迂迴。故筆者認爲「𦥑」、「𦥑」二字爲「聖」之訛寫的可能性不大。

俞志慧將此二字隸定爲「坊」，筆者亦以爲不妥。他引用董楚平的說法，認爲甲骨文中寫作「方」的原指土地，而四方八面的「方」都用「旁」來表示，故「𦥑」、「𦥑」兩字可隸定爲「坊」。但據觀察，甲骨文中「四方」之「方」皆寫作「𣎼（方）」形，不作「𣎼（旁）」形。〔註9〕且《甲骨文合集》6666 和《小屯南地甲骨》918 都同時出現「旁」、「方」二字，足見「旁」、「方」仍應視爲不同的兩字。此外，應該注意的是，我們現在所討論的二個字是處於戰國楚竹簡的位置上，而戰國文字的「方」字一般寫作「𣎼」形，「旁」旁一般寫作：

梁十九年亡智鼎：𣎼（徹省朔旁）

楚帛書：𣎼（天旁遱）　　　　睡虎地秦簡：𣎼（有田其旁）

石鼓靁雨：𣎼（流迄滂滂）　　石鼓汗沔：𣎼（又鱯又鰋）

其中「方」字習見，未有作「旁」之寫法者，故不應將「方」、「旁」混同。

古文字中「平」字和「旁」字的寫法最大的差別，在於「平」字下部作一筆「丿」，而「旁」字以「方」爲聲符，故下部皆從「方」作兩筆分叉的「𠂇」形，但「平」亦有在其下部贅加一筆或二筆者，偶亦有作分叉寫法者，戰國楚系「平」旁見以下字例：

包山 181：𡉈（坪夜君）　　　包山 200：𡉈（文坪夜君）

包山 240：𡉈（文坪夏君）　　楚帛書乙 5：𡉈（九州不平）

〔註 9〕參看《甲骨文合集》28239、30394、34144，《小屯南地甲骨》493、932、1059、3661。

郭店簡〈老子丙〉簡 4：[字形]（執大象，天下往，往而不害，安平大）

郭店簡〈尊德義〉簡 12：[字形]（不治不順，不順不平）

郭店簡〈尊德義〉簡 34：[字形]（均不足以平政）

包山 181 和楚帛書乙 5 的「平」字上半部與所討論的「[字]」旁上半部很相似，在結構上與「土」旁的相對位置亦相同，最大的差別在於此二例的「平」旁下部作一筆之形，但在郭店簡〈尊德義〉有兩個「平」旁作分叉寫法，這兩個作分叉寫法的「坪」字，筆者懷疑是因爲「平」、「方」音近，故將「平」旁下部變形音化爲「方」，以標其音。〔註10〕若就變形音化的角度來考量，〈孔子詩論〉的「[字]」、「[字]」兩字形有可能是「[字]」字變形音化之後，上部再稍加訛變的結果。

那麼，「[字]」、「[字]」兩字有沒有可能是從「土」從「旁」的「墇」字呢？從「旁」字的分叉寫法看來有其可能性，在字義上也解釋得通，只是字形上部的筆劃仍有所不同。針對此點，何琳儀提出此二字實從「土」從「雱（旁的籀文）」，其中「雨」和「方」共用中間一橫畫，當隸定爲「塝」，可釋爲「墇」，楊澤生更指出〈孔子詩論〉簡 8 的「雨」字作「[字]」形、簡 21 的「露」字作「[字]」，其「雨」字的寫法和所討論字上部所從一致。其實「雨」字和從「雨」旁的字在戰國文字中多見，〈孔子詩論〉簡 8「雨」字的寫法，在楚文字中是一種常態寫法，如：

郭店簡〈老子甲〉簡 19：[字形]（以逾甘露）

郭店簡〈五行〉簡 17：[字形]（泣涕如雨）

楚帛書乙七：[字形]（百神風雨）

而將「雨」字最上一橫畫省去者，在戰國文字中亦不是沒有，如《陶彙》3.1264 的「污[字]」、《璽彙》0762 的「長[字]」、《貨幣大系》1933 的「[字]」、中山王圓壺

〔註10〕「變形音化」之說可參林清源師，《戰國楚文字構形演變研究》（臺中市：東海大學中國文學研究所博士論文，1997），頁 134～137。

的「🔲祠先王」，皆省去最上一橫畫。如此一來，將「🔲」、「🔲」二字視爲從「土」從「旁」的籀文「雱」，在字形分析上看起來似乎也很有可能。其實在金文中「旁」字常態雖做上下分開的 A、B 之形，但已有將上下兩部件共用筆畫的 C 形出現：

A：🔲 （周🔲旁尊）

B：🔲 （旁鼎）

C：🔲 （妣🔲母簋）

C 字形體和「🔲」字所從偏旁的差別只在於上橫畫和左右兩豎畫連接與否，故「🔲」字「土」旁之外的構形也有可能是由 C 類這種共用筆畫的「旁」進一步連接筆畫而來。

由以上討論可知，光就「土」旁以外的字形來看，「🔲」、「🔲」二字釋爲「坪」或「塝」皆有其可能性，但就整體字形結構而論，從「土」從「平」的「坪」字在楚簡中多見，而「旁」字在楚簡中卻未見有和「土」旁合寫爲「塝」者，故筆者暫將「🔲」、「🔲」二字釋爲「坪」。

（二）「🔲德」、「🔲門」釋義

雖然筆者暫將「🔲」、「🔲」二字的字形分析爲從「土」從「平」，但在釋讀上，由於由「旁」、「方」、「平」得聲的字音近可通，因此對於將此二字釋爲「塝」或「坊」的文義訓解，亦不可不重視，以下筆者將「🔲德」直稱「坪德」、「🔲門」直稱「坪門」，以便於討論。

目前對於〈孔子詩論〉簡 2「坪德」的說法，最多人贊同的是將其釋爲「塝德」解釋爲「大德」，何琳儀、楊澤生、張桂光、馮勝君、俞志慧、李天虹等人皆採此說法。〔註11〕此外，馬承源解爲「平成天下之德」、范毓周釋爲

〔註11〕 何琳儀，〈滬簡詩論選釋〉，《上博館藏戰國楚竹書研究》（上海：上海書店，2002），頁 243～259。楊澤生，〈上海博物館所藏楚文字說叢〉，「簡帛研究」網，2002.02.03。張桂光，〈戰國楚竹書孔子詩論文字考釋〉，《上博館藏戰國楚竹書研究》（上海：上海書店，2002），頁 335～341。馮勝君，〈讀上博簡〈孔子詩論〉札記〉，「簡帛研究」網，2002.01.11。俞志慧，〈〈孔子詩論〉五題〉，《上博館藏戰國楚竹書研究》

「平安舒緩之德」、劉信芳說是「天下歸往之德」。〔註 12〕臧克和則釋爲「辯德」，云：

> 基於《頌》在《詩》中主要是「形容盛德」的部分，我們可以理解
> 爲「《頌》就是辯德的」。……說者所謂「平成天下之德」、「直德」
> （其實，「德」字初文原本從「直」符得聲構造）云云，多少讓人感
> 到有些含混游移。〔註13〕

臧克和未明言讀爲「辯」在簡文中當訓爲何義，但由其「《頌》就是辯德的」之言，似是將「辯」字視爲動詞，但由相同句式的「大夏（雅），盛德也」觀之，「坪」字應與「盛」同爲形容詞，讀「坪」爲「辯」的可能性很小。就〈孔子詩論〉上下文來看，馮勝君已提到「頌，坪德也」與下文的「大夏（雅），盛德也」相對而言，而「盛德」一詞無法確定其所指，故「坪德」也應該理解爲泛稱，此說有理。〔註14〕就相同句式的比較而言，將「坪德」釋爲「大德」，似乎和下文的「盛德」重複性較高，無法突顯《頌》和《大雅》之不同。就文義上來講，本段上下文爲「訟（頌）坪德也多言後丌樂安而遲丌訶（歌）紳（伸）而蒡（易）■丌思深而遠至矣」，下文以「安」、「遲」、「伸」、「易」來形容《頌》之樂歌，其「安和」、「遲緩」、「舒緩」、「平易」之義，和「大德」不甚相合，和「平成天下之德」或「天下歸往之德」亦不能完全切合，只有范毓周所釋「平安舒緩之德」與其密切相關。在全段的最後用「至矣」來做總結，而「至」在此當用作「完善」、「極致」之義，如《孝經・開宗明義章》：「先王有至德要道。」《呂氏春秋・雜俗覽・爲欲》：「天子至貴也，天下至富也，彭祖至壽也。誠無

（上海：上海書店，2002），頁 307～326。李天虹，〈上海簡書文字三題〉，《上博館藏戰國楚竹書研究》（上海：上海書店，2002），頁 377～382。

〔註12〕馬承源，《上海博物館藏戰國楚竹書（一）・孔子詩論考釋》（上海：上海古籍出版社，2001），頁 127。范毓周，〈上海博物館藏楚簡〈詩論〉第 2 簡的釋讀問題〉，「簡帛研究」網，2002.03.06。劉信芳，〈關於上博藏楚簡的幾點討論意見〉，《新出楚簡與儒學思想國際學術研討會論文集》（清華大學思想文化研究所／輔仁大學文學院　聯合主辦，2002.03.31～2002.04.02）。

〔註13〕臧克和，〈釋上海博物館藏《戰國楚竹書》中的「詩論」文字〉，《語言文字學》2002.10，頁 120～122。臧克和，〈上博楚竹書中的「詩論」文獻及範型〉，《學術研究》2003.09，頁 121～122。

〔註14〕馮勝君，〈讀上博簡〈孔子詩論〉札記〉「簡帛研究」網，2002.01.11。

欲，則是三者不足以勸。」《頌》之思「深而遠」，自然可以達到完善、極致之境界。在《左傳·襄公二十九年》有一段話：

> 爲之歌《大雅》，曰：「廣哉，熙熙乎，曲而有直體，其文王之德乎。」
> 爲之歌《頌》，曰：「至矣哉！直而不倨，曲而不屈，邇而不偪，遠
> 而不攜，遷而不淫，復而不厭，哀而不愁，樂而不荒，用而不匱，
> 廣而不宣，施而不費，取而不貪，處而不底，行而不流。五聲和，
> 八風平，節有度，守有序，盛德之所同也。」

亦用「至矣」來評「頌」，並曰其「五聲和，八風平」，正與「平和之德」相呼應。附帶一提，上段引文在評《大雅》時曰「廣哉」，「盛」亦有「廣」之意，則〈孔子詩論〉所謂「《大雅》，盛德也」之「盛」，當即此處「廣哉」之意。

對於〈孔子詩論〉簡4「坪門」的訓解，各家莫衷一是。同樣爲「平門」，但馬承源謂「《詩》之義理猶如城門之寬達」。〔註15〕范毓周說成「細大不逾的平和之門」，意即人人可以進入之門。〔註16〕劉信芳謂「平門」爲「貴賤平等出入之門，是因爲文學無貴賤」，在此孔子用以比喻說明《詩》是公眾參與的文學形式。〔註17〕程二行則認爲「平門」可讀作「便門」，是一般平民出入之門，孔子用以爲比，可和下文「賤民」相呼應。〔註18〕黃懷信認爲「平」在此爲動詞，將「平門」解釋爲「平齊行列之門」，謂：「孔子於此先以『平門』爲喻，然後下文具體言《邦風》、《小雅》、《大雅》、《頌》之平齊與區分」。〔註19〕王志平將「坪門」讀爲「衡門」；董蓮池雖未將「坪門」直讀爲「衡門」，但認爲「坪門」或即《詩·衡門》之初名，或是與〈衡門〉內容類同的逸詩之名。

〔註15〕 馬承源，《上海博物館藏戰國楚竹書（一）·孔子詩論考釋》（上海：上海古籍出版社，2001），頁130。

〔註16〕 范毓周，〈上海博物館藏楚簡〈詩論〉第2簡的釋讀問題〉，「簡帛研究」網，2002.03.06。

〔註17〕 劉信芳，〈關於上博藏楚簡的幾點討論意見〉，《新出楚簡與儒學思想國際學術研討會論文集》（清華大學思想文化研究所／輔仁大學文學院　聯合主辦，2002.03.31～2002.04.02）。

〔註18〕 程二行，〈楚竹書〈孔子詩論〉關於「邦風」的二條釋文〉，《武漢大學學報（人文科學版）》2002.05，頁560～565。

〔註19〕 黃懷信，《上海博物館藏戰國楚竹書《詩論》解義》（北京：社會科學文獻出版社，2004），頁14。

〔註20〕廖名春將「坪門」讀爲「廣聞」,指《詩》內容繁富,故下文有數問。

〔註21〕李銳讀「防門」,俞志慧、孟蓬生讀「坊門」,其實取義相同,一引《禮記‧坊記》:「君子之道,譬則坊與」爲證、一引《大戴禮記‧禮察》:「君子之道,譬猶防與」爲證,認爲〈孔子詩論〉以此喻《詩》與民的關係。〔註22〕馮勝君亦讀「坊門」,但認爲此「坊門」是「里巷之門」。〔註23〕周鳳五將「坪門」理解爲「四通之門」,喻讀《詩》可以周知四方之事,通達人情事理,猶四門洞開。〔註24〕張桂光讀爲「塝門」取其廣大義,認爲是以「塝門」喻《詩》的義理之寬達。〔註25〕

　　我們先列出位於簡4、簡5的這段文字以明其上下文:

　　簡4:「曰詩亓猶坪門▆▆與戋民而馭之亓甬(用)心也牀(將)可

　　　　(何)女(如)曰邦風氏(是)已▆民之又(有)慼(感)

　　　　惹(怨)也卡(上下)之不和者亓甬(用)心也牀(將)可

　　　　(何)女(如)」

　　簡5:「氏(是)也又(有)城(成)工(功)者可(何)女(如)

　　　　曰訟(頌)氏(是)已■……」

由上下文我們可以看出「詩亓猶坪門」一句位於本段之首,在「門」字之下有

〔註20〕 王志平,〈《詩論》箋疏〉,《上博館藏戰國楚竹書研究》(上海:上海書店,2002),頁 210~227。董蓮池,〈上海博物館藏《戰國楚竹書(一)》解詁(一)〉,《古籍整理與研究學刊》2002.02,頁 17。

〔註21〕 廖名春,〈上海博物館藏《詩論》簡校釋〉,《上博館藏戰國楚竹書研究》(上海:上海書店,2002),頁 260~276。

〔註22〕 李銳,〈讀上博楚簡箚記〉,《上博館藏戰國楚竹書研究》(上海:上海書店,2002),頁 397~402。俞志慧,〈《孔子詩論》五題〉,《上博館藏戰國楚竹書研究》(上海:上海書店,2002),頁 307~326。孟蓬生,〈《詩論》字義疏證〉,《新出楚簡與儒學思想國際學術研討會論文集》(清華大學思想文化研究所／輔仁大學文學院　聯合主辦,2002.03.31~2002.04.02)。

〔註23〕 馮勝君,〈讀上博簡〈孔子詩論〉札記〉,「簡帛研究」網,2002.01.11。

〔註24〕 周鳳五,〈《孔子詩論》新釋文及注解〉,《上博館藏戰國楚竹書研究》(上海:上海書店,2002),頁 152~172。

〔註25〕 張桂光,〈戰國楚竹書孔子詩論文字考釋〉,《上博館藏戰國楚竹書研究》(上海:上海書店,2002),頁 335~341。

一墨釘將本句與下文斷開，從墨釘之後是論述《邦風》和《頌》的兩個平行問答句，筆者猜想中間大約遺失了論述《小雅》、《大雅》的一簡，而簡4的第二個問句，正是其論述《雅》的開頭問句。在第5簡《頌》的問答句結束後，接著的是一個墨節，此種墨節亦見於第1簡，當是表示章或篇的完結。由「詩亓猶坪門」一句所處的位置，及其下文平行的問答句句式看來，「詩亓猶坪門」於此段文字中當有提綱挈領的作用，先說了《詩》是怎麼樣的，然後再以問答的形式，各舉《詩》中的《風》、《雅》、《頌》為例。

若將「詩亓猶坪門」視為本段提綱，則此「坪門」之義就必須和下文《風》、《雅》、《頌》的問答句皆有關係，不能專指其一。如此一來，將「坪門」釋為「便門」理解為「一般平民出入之門」、釋為「坊門」或「防門」以喻《詩》和平民的關係、或者釋為「里巷之門」等說法，皆專就《邦風》一段的問答來講，對於簡5《頌》的「有成功者何如」無法涵括，義有偏廢。至於將「坪門」讀為「衡門」在聲轉上不妥，「平」古音為並母耕部，「衡」則為匣母陽部，聲母一為雙唇音一為喉音，不可冒然通轉，而如董蓮池一般將之視為〈衡門〉或與之類同的逸詩之名，亦有無法涵括下文之病。廖名春將之讀為「廣聞」，認為其義如「友直，友諒，友多聞」的「多聞」，指《詩》的內容繁富，這種解釋於文義可通，但「詩亓猶坪門」一句用的是譬喻法，當是以比較具體的「坪門」喻較抽象的《詩》的義理，若將其讀為「詩其猶廣聞」，就失去了這種譬喻的意義。至於將其釋為細大不逾的「平和之門」或「貴賤平等出入之門」，似乎也和本段之問答句的內容無太大關係，試看目前可見三個問句的前兩個，雖然都是在講「民」，但討論的內容有所不同，因此筆者認為其重點不當只著重於「貴賤平等」之義。

黃懷信將「坪門」讀為「平門」，訓為「平齊行列之門」。此說置於簡文中可將之理解為在講述《詩經》分門別類的作法，不同的情況可以在《邦風》、《大雅》、《小雅》、《頌》等不同的類別中獲得反映，故下文云「與賤民而豫之，其用心也將何如？曰：《邦風》是已。」、「民之有感怨也，上下之不和者，其用心也將何如？曰：《小雅》是已。」、「有成功者何如？曰：《頌》是也。」正是用以解釋其分類情形。

在讀為「塝門」的文義訓解上，馬承源和張桂光最終皆認為「塝門」是「用以喻《詩》的義理之寬達」，筆者認為就其下文來看，此種解釋亦很合理。如上

所述，在目前可見三個問句的前兩個，雖然都是在講「民」，但討論的內容有所不同，而第三個問句討論的是「成功者」，指的當是《頌》詩中所提到的地位較高者。由此三問答句可見得《詩》之義理寬達，各式各樣的人物、情境皆可在其中求得對應。至於周鳳五將「㝵門」理解爲「四通之門」，喻「讀《詩》可以周知四方之事、通達人情事理，猶四門洞開。」的說法，與馬承源、張桂光的釋義其實是一體之兩面，《詩》之義理寬達，自然可借由讀《詩》來周知四方之事、通達人情事理，故周鳳五的說法亦能符合整體文義。

如上所述，將「坪門」讀爲「平門」訓爲「平齊行列之門」，或讀爲「㝵門」理解爲「用以喻《詩》的義理之寬達」及「四通之門」，就文義來說皆可通。但「平」、「旁」二字雖音近可通，卻未見有「平」聲系字和「旁」聲系字的通假例證，故筆者在此採「平門」之說。

（三）結　論

總結以上論述，在字形分析上，筆者認爲〈孔子詩論〉簡2的「坕」字和簡4的「坕」字，都應隸定爲「坪」。就「坪德」一詞來說，「坪」字從「平」得聲，可讀爲「平」，「平德」即「平和之德」，正好和下文用以形容《頌》之樂歌的「安」、「遲」、「伸」、「易」之情狀相合。至於「坪門」一詞的訓解有多種可能性，但就簡4、簡5的整體佈局來看，筆者認爲「詩丌猶坪門」一句當爲本段提綱，其意義必須能涵括下文關於《風》、《雅》、《頌》的平行問答句，以此點而論，將「坪門」之「坪」讀爲「平」理解爲「平齊行列」義，將「詩丌猶坪門」理解爲「《詩》有如平齊行列之門，讓各種詩篇各得其所」是較爲合適的。

二、與賤民而豫之

與䢧民而豫之丌甬心也牉可女日邦風氏已（簡4）→與賤民而豫之，其用心也將何如？曰：《邦風》是已。

（一）「谻」字字形及斷句問題

馬承源分析「谻」字從「谷」從「兔」，隸定爲「谻」，未多做釋讀。〔註26〕

〔註26〕馬承源，《上海博物館藏戰國楚竹書（一）·孔子詩論考釋》（上海：上海古籍出版社，2001），頁131。

廖名春依其左旁從「谷」將此字讀爲「裕」、李零讀爲「逸」，對字形皆未作分析。〔註 27〕何琳儀師將此字釋爲「豫」訓爲「樂」。〔註 28〕范毓周贊成何師之說法，並認爲此字左旁之「谷」可能和「予」形近相訛。〔註 29〕孟蓬生亦認爲釋「豫」是正確的，但訓之爲「預備」義。〔註 30〕周鳳五分析此字左旁爲「沿」字所從，其形則爲《說文》訓「山間陷泥地」之字的古文省形，又認爲此字右旁實爲「冐」字，二者疊加聲符，當讀爲「怨」。〔註 31〕李山贊同周鳳五之字形分析，但認爲此字應讀爲「躅兔」之「躅」。〔註 32〕俞志慧亦認爲此字右旁似從「冐」，但說左旁作「谷」或是「欲」之省文，字當與怨或壓、厭等義有關。〔註 33〕王志平則以此字爲從「谷」從古文「怨」（從兔從肉）之字，疑從「怨」得聲，故讀爲「怨」。〔註 34〕程二行以此字從「谷」從「舍」，是古文「舒」字別構。〔註 35〕

程二行首先找出在《古文四聲韻》中「舍」字和「舒」字有作以下寫法：

華嶽碑：（舍）　　　　垃菂韻：（舍）

〔註 27〕廖名春，〈上海博物館藏〈詩論〉簡校釋〉，《上博館藏戰國楚竹書研究》（上海：上海書店，2002），頁 260～276。李零，〈上博楚簡校讀記（之一）──〈子羔〉篇「孔子詩論」部分〉，「簡帛研究」網，2002.01.04。

〔註 28〕何琳儀，〈滬簡詩論選釋〉，《上博館藏戰國楚竹書研究》（上海：上海書店，2002），頁 243～259。

〔註 29〕范毓周，〈〈詩論〉第四枚簡釋論〉，「簡帛研究」網，2002.05.09。

〔註 30〕孟蓬生，〈〈詩論〉字義疏證〉，《新出楚簡與儒學思想國際學術研討會論文集》（清華大學思想文化研究所／輔仁大學文學院　聯合主辦，2002.03.31～2002.04.02）。

〔註 31〕周鳳五，〈〈孔子詩論〉新釋文及注解〉，《上博館藏戰國楚竹書研究》（上海：上海書店，2002），頁 152～172。

〔註 32〕李山，〈舉賤民而躅之──《戰國楚竹書·孔子詩論》札記之一〉，「簡帛研究」網，2002.05.26。

〔註 33〕愈志慧，〈《戰國楚竹書·孔子論詩》校箋〉，「簡帛研究」網，2002.01。

〔註 34〕王志平，〈〈詩論〉箋疏〉，《上博館藏戰國楚竹書研究》（上海：上海書店，2002），頁 210～227。

〔註 35〕程二行，〈楚竹書〈孔子詩論〉關於「邦風」的二條釋文〉，《武漢大學學報（人文科學版）》2002.05，頁 560～565。

古老子：（捨）　　雲臺碑：（捨）

樊先生碑：（舒）　楊大夫集：（舒）　楊存義切韻：（舒）

並以此推論古文「舍」從「呂」聲，而「舒」從「舍」聲，「予」爲「舒」之義符，「」字右旁即《古文四聲韻》中「舍」字字形之省，左旁寫作「谷」是因爲「谷」、「予」皆有張大、弛衍、舒緩之意，故義近互換。但《說文》在「舒」字之下說：「從舍、從予，予亦聲。」可見「舒」字根本不從「舍聲」，而是從「予」聲。當然，《說文》有錯誤的可能，但若由同源詞的角度來看，得出來的結果是一樣的，我們知道從同一聲旁得聲之字，其義常常相近，「舒」有「寬緩」、「排解」之義，而「紓」、「抒」等字亦皆有「寬緩」、「排解」的意思。〔註36〕例《左傳·莊公三十年》：「鬥穀於菟爲人令尹，自毀其家，以紓楚國之難。」《宋史·卷三九八·李蘩傳》：「民力稍紓，得以盡於農畝。」《左傳·文公六年》：「有此四德者，難必抒矣。」可見《說文》所述「予亦聲」無誤。況且就算「舒」字眞如程二行所述從「舍」得聲，但楚文字中「舍」字習見，皆不作如《古文四聲韻》「舍」字之寫法，「舒」字亦不作「」之寫法，而「予」和「谷」的義近互換也找不到其他例證。故筆者認爲「」字不應釋爲「舒」。

至於廖名春因「」字從「谷」而將其讀爲「裕」，周鳳五、俞志慧、王志平以「」字右旁從「胃」而將其讀爲「怨」，孟蓬生同意何琳儀將此字釋爲「豫」，但訓其爲「預備」之意，這些說法，從字形上來講皆可通，但這三種釋讀都必須將〈孔子詩論〉簡4原來的「詩丌猶坪門▃與伐民而之」一句的墨釘下移成「詩丌猶坪門與（歟）▃伐民而之」，將此墨釘當成書手誤標。我們不能否認書手有錯寫或誤標的可能，但在〈孔子詩論〉並無其他版本可供對照，而我們對於本句文義，甚至文字釋讀都還有爭議的情況下，冒然改動原墨釘的位置以合於自己說法的做法，似乎有待商榷。

何琳儀、范毓周、董蓮池將「」字釋爲「豫」，前二者認爲「」字左旁之「谷」是和「予」形近訛混的結果，這樣的理解是不是合理呢？〔註37〕「谷」

〔註36〕此意見由林師清源於中興大學「戰國簡帛文獻專題」課堂上提出（2003.05.27）。

〔註37〕何琳儀，〈滬簡詩論選釋〉，《上博館藏戰國楚竹書研究》（上海：上海書店，2002），

字在楚簡文字中常見,在〈孔子詩論〉中亦有好幾個「谷」字寫作「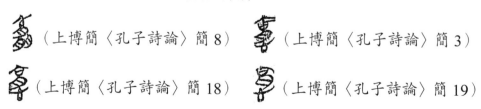」形,和「」字左旁一致,單就其左旁來看,隸定爲「谷」應該沒有問題。而「予」旁在楚文字中多作「」形,也有作「」、「」等形的,和「」字左旁字形不同,但在包山簡11有「豫」字寫作「」,其左旁之「予」和「谷」的差別只在「予」較「谷」多了一個圈形部件,而「」字整體結構和所討論的「」字亦很類似,故范毓周認爲「」字左旁之「谷」可能是「予」訛混之後的結果,但在郭店簡〈六德〉簡33中有一字寫作「」,若說是訛混錯寫,不應這麼巧兩個書手都錯寫成同一字形,故筆者認爲只能將其視爲省略同形,至於可以不顧區別律將「予」省成跟「谷」同形,是因爲此「予」旁處於「豫」的字形結構內,不易搞混。

　　總而言之,就字形來看,「」字左旁若隸定爲「谷」當不會錯,但此「谷」可能是由「予」旁簡省而來。而「」字右旁所從,有釋爲「兔」、「象」、「肙」三種說法,其中「兔」和「象」的寫法在戰國楚文字中字形相近,容易混淆,「象」旁象徵大象鼻子的部分往上揚起或向下垂亦不固定,例如包山簡「豫」字所從「象」旁就有下墜和不下墜兩種寫法:

（包山簡 147）　　（包山簡 163）　　（包山簡 72）

（包山簡 11）　　（包山簡 7）　　（包山簡 52）

由〈孔子詩論〉簡3、18、19從「肙」之字,可看出「肙」字上部和「象」、「兔」兩字原本差別較大,但在類化及書手書風較爲草率的影響上,就變得和「象」、「兔」兩字很像了,例如〈孔子詩論〉簡8「小宛」的「宛」字上所從之「肙」字形,和「象」、「兔」之寫法幾無法分辨:

（上博簡〈孔子詩論〉簡 8）　　（上博簡〈孔子詩論〉簡 3）

（上博簡〈孔子詩論〉簡 18）　　（上博簡〈孔子詩論〉簡 19）

頁 243～259。范毓周,〈《詩論》第四枚簡釋論〉,「簡帛研究」網,2002.05.09。董蓮池,〈上海博物館藏《戰國楚竹書(一)》解詁(一)〉,《古籍整理與研究學刊》2002.02,頁 17。

因爲這種種訛混的情形，故單用偏旁分析法，「⿰言予」字的可能性太多，就字形整體結構來看，釋爲「豫」字的可能性較大，但目前可見確定的「予」旁又未有省略成一個圈形部件者，因此「⿰言予」字的釋讀不能單就字形分析論定，必須要配合文義來觀察。

（二）「與賤民而⿰言予之」釋義

在解讀「詩亓猶坪門＿與戋民而⿰言予之」一句時，有些學者對此句原有的斷句墨釘有異議，認爲墨釘應下移到「與」字之後。若按原簡的斷句方式，則「與」字應作動詞用，而「戋民」顯然是個名詞組；若將「與」字上移當作句末助詞，就得將「戋」字視爲動詞，整個句法結構有所改變。關於斷句的問題，筆者認爲在證據不足的情況下，不應冒然改動原簡標號，這在上一節已提到過，在此不再詳述。如果我們認爲原標點是對的，那麼必需移動墨釘符號才能成立的「裕」、「怨」，及讀爲「豫」訓爲「預備」等說法自然不足採信。

就算書手真的誤標墨釘，由相關文義來看也不應該解釋爲「殘民以逞」、「親善人民而使之富裕」，或「在民亂之前預爲之設防（前民而豫之）」的意思，以下我們將本段文字及簡2、簡3的相關段落列出：

> 訟坪德也多言後亓樂安而屖亓詞紳而⿰言予＿亓思深而遠至矣＿大夏盛德也多言（簡2）……也多言難而怨懟者也衰矣少矣邦風亓内物也專觀人谷安大僉材安亓言旻亓聖善（簡3）

> 曰詩亓猶坪門＿與戋民而⿰言予之亓甬心也將可如曰邦風氏已＿民之有感怨也上下之不和者亓甬心也將可如（簡4）……氏已有城工者何如曰訟氏已（簡5）

應當注意到此二段落的文義內容相關，只是《邦風》、《小雅》、《大雅》、《頌》的排列順序相反，本段文字中應屬於《小雅》的第二個問句「民之有戚怨也上下之不和者其用心也將何如？」及屬於《頌》的第三個問句「有成功者何如？」在簡二、簡三一段文字中皆有所對應：第二個問句說可在《小雅》詩中獲得反映的是「民之有感怨也上下之不和者」，表現在詩中則是「多言難而怨懟者也衰矣少矣」。〔註38〕第三個問句說可在《頌》詩中獲得反映的是「成功者」，所以

〔註38〕對「感怨」一詞雖有不同釋法，但不論何種釋法皆認爲此二字所表達的是一種負面情緒。

在簡二說《頌》詩「多言後」，這裡的「後」當讀爲「后」，指「君主」，即《頌》詩中有「成功」事跡的人，由此可見這二段論述《風》、《雅》、《頌》的文字在內容上是相應的。簡三論述《邦風》的文字說「邦風丌內物也，尃觀人谷焉，大僉材焉，丌言文，丌聖善」，由其正面意義的文字可知「與戉民而猷之」一句不當會有「殘民以逞」或「在民亂之前預爲之設防」的意涵，而「使人民富裕」的意思在此似乎也不能獲得很好的反映。

至於李山將本句讀爲「舉賤民而蠲之」已經注意到以上兩段文字間的關係，扣緊其「大僉材」之意來解讀「舉賤民而蠲之」，又舉漢代何休《公羊傳解詁・宣公十五年》：「男年六十、女年五十無子者，官衣食之，使之民間求詩。」爲證，認爲「出身低賤的老年男女由官家提供衣食」，正與「舉賤民而蠲之」合若符契。〔註39〕但我們觀察「民之有感怨也，上下之不和者，丌用心也將何如？」和「有成功者何如？」可以發現這兩個問句皆從《詩》中的內容來說，若只有「與戉民而猷之」從王官采詩的制度面來講，將其釋爲「舉賤民而蠲之」，雖有可能，卻稍顯突兀。

在各種說法中，筆者認爲將「與戉民而猷之」釋爲「與賤民而豫之」的意思，從文義來看較恰當。從簡3論述《邦風》「納物也」、「博觀人欲」、「大僉采」，可以知道〈孔子詩論〉2到簡4的二段文字對《邦風》的著重點，在於其廣納各地民情的特性，其後又說《邦風》「丌言文，丌聲善」，可知在此是比較著重其正面情感的部分。將本句釋爲「與賤民而豫之」，有透過《邦風》所記載的各地民情而能「與民同樂」之意，之所以不講「民」，而特地強調「賤民」，大概是用以強調《邦風》反映的是一般平民情感的內容。下文「其用心也將何如？曰：邦風是已。」則是緊接在「與賤民而豫之」之下的問答句，問句問「與賤民而豫之」這種用心表現於何處？回答說：「是《邦風》啊！」

此外，董蓮池對本句的讀法雖然也是「與賤民而豫之，其用心也將何如？曰：《邦風》是也。」但解釋有所不同：

> （與賤民而豫之）句當是言《邦風》的作者們都像〈旄門〉的作者
> 一樣，地位低下，混處賤民之中卻能作詩自道其安樂的心志。……

〔註39〕李山，〈舉賤民而蠲之——《戰國楚竹書・孔子詩論》札記之一〉，「簡帛研究」網，2002.05.26。

（其用心也將何如）句承上，是慨嘆《邦風》的作者們作詩時的用心到了極點。……（邦風是已）句言《邦風》全部詩篇都是這樣。

〔註40〕

解釋「詩其猶坪門」的三個平等並列文字中，「《訟》是已」之前云：「有成功者何如？」在講到《雅》的時候問「民之有感怨也，上下之不和者，其用心也將何如？」皆就《雅》、《頌》所表達之內容提問，不當僅在「《邦風》是已」之前針對其作者說「混處賤民之中卻能作詩自道其安樂的心志」云云。「其用心也將何如」以「何如」結尾，下文接「曰：《邦風》是已」，明顯是一問答句式，而且從「其用心也將何如」一句中，無法得出「用心到了極點」的意思，所以不能將之解釋爲「慨嘆《邦風》作者們作詩時的用心到了極點。」基於以上理由，筆者不從董蓮池之說。

（三）結　論

　　總而言之，由於戰國文字類化和訛變情形嚴重，「象」、「兔」、「冎」三個偏旁有混淆的情形，讓我們在分析「㝵」字字形時產生多種可能性，從整體字形結構來看，釋爲「豫」的字形較近，但在可見的戰國文字中，「豫」所從之「予」旁從未有省略成一圈形部件者，是否爲戰國文字中常見的省略同形，仍待證明。

　　在斷句方面，筆者認爲在字義不明的情況下，不可冒然改動原簡斷句，故「戈民而裕之」、「前民而豫之」，和「殘民而怨之」等需改動原墨釘位置的說法，從斷句和文義來看，較不適當。至於「舉賤民而躅之」的說法雖然已注意到本段文字和簡4、簡5一段文字的關係，但從王官採詩的制度面來講和另外兩個問句較不相應。從文義方面來講，筆者認爲將「㝵」字釋爲「豫」，將「與戈民而㝵之」釋爲「與賤民而豫之」，有透過《邦風》所記載的各地民情而能「與民同樂」之意，是比較恰當的，但在字形上還有再證明的必要。

三、民之有感怨也——附論簡5「有成功者何如」

　　〈孔子詩論〉簡4、簡5，有三組句式相似的文字，用來論證簡4一開頭所

〔註40〕董蓮池，〈上海博物館藏《戰國楚竹書（一）》解詁（一）〉，《古籍整理與研究學刊》2002.02，頁17。

說的「曰：詩其猶坪門」，這三組文字分別是：

　　與㥑民而䐊之丌甬心也牲可女曰邦風氏已▬（簡 4）→與賤民而豫
　　之，其用心也將何如？曰：《邦風》是已。

　　民之又𢿙𡥦也卡＝之不和者丌甬心也牲可女（簡 4）→民之有感怨
　　也，上下之不和者，其用心也將何如？

　　氏已又城工者可女曰訟氏已■（簡 5）→是已。有成功者何如？曰：
　　《頌》是已。

其中「𢿙𡥦」二字在字形上已有爭議，在釋讀上說法更多，爲了能正確通讀
上下文，筆者認爲有辨正「𢿙𡥦」二字字形的必要。

（一）「𢿙」字字形辨正

　　「𢿙」字，整理者將其隸定爲「㦎」，認爲是以㦎爲聲符，讀作「撲」，假
借爲「罷」。〔註41〕范毓周認爲整理者將「𢿙」字，視爲從「㦎」得聲可從，
但「𢿙」字在〈孔子詩論〉簡 4 中當假借爲「㾓」，在文獻中多用爲「疲敝而
病」之義，並認爲郭店〈性自命出〉簡 34「𢿙」字亦讀爲「㾓」。〔註42〕何琳
儀師認爲郭店〈語叢四〉簡 8「𢿙鉤者㦎」，對照今本《莊子·胠篋》當讀
「竊鉤者誅」，又讀郭店〈性自命出〉簡 34「𢿙」字爲「憯」，以此證〈孔子詩
論〉「𢿙」字亦可讀「竊」，訓爲「私也」。〔註43〕李零亦舉郭店〈性自命出〉
簡 34「𢿙」字爲例，但以爲當釋爲「感」，證「𢿙」字實爲「感」字，是憂愁
的意思。俞志慧、白于藍、周鳳五、劉樂賢、彭裕商、廖名春等學者贊同其看
法。〔註44〕

〔註41〕馬承源，《上海博物館藏戰國楚竹書（一）·孔子詩論考釋》（上海：上海古籍出版
　　　　社，2001），頁 131。

〔註42〕范毓周，〈〈詩論〉第四枚簡釋讀〉，「簡帛研究」網，2002.05.09。

〔註43〕何琳儀，〈滬簡詩論選釋〉，《上博館藏戰國楚竹書研究》（上海：上海書店，2002），
　　　　頁 243～259。

〔註44〕李零，〈上博楚簡校讀記（之一）——〈子羔〉篇「孔子詩論」部分〉，「簡帛研究」
　　　　網，2002.01.04。俞志慧，〈〈孔子詩論〉五題〉，《上博館藏戰國楚竹書研究》（上
　　　　海：上海書店，2002），頁 307～326。白于藍，〈《上海博物館藏戰國楚竹書（一）》
　　　　釋注商榷〉，《中國文字》新二十八期，頁 133～142。周鳳五，〈〈孔子詩論〉新釋
　　　　文及注解〉，《上博館藏戰國楚竹書研究》（上海：上海書店，2002），頁 152～172。

　　由以上各家說法觀之，目前學界對「」字構形的分析約可分爲三派，一派以爲「𣀍」字從「戡」，一派以爲「𣀍」字從「戚」。至於何琳儀師舉郭店簡〈語叢四〉簡 8「𣀍」字爲證，似以「𣀍」字從「業」。「業」字在西周時作：

僕：　（呂仲僕爵）　　　　（幾父壺）　　　　（召伯簋）

戡：　（𫓧鐘）

「戚」字在甲文和金文中作：

戚：　（《屯南》2194）

　　（戚作彝觶）　　　　（薛侯鼎）　　　　（戚姬簋）

　　由上列從「業」之字和「戚」字的字形比較下，似乎「業」旁才有在上橫畫之上加上豎筆的習慣，尤其是𫓧鐘的「戡」字，只要省略「業」旁下部，看起來就和「𣀍」字所從「戡」幾乎一模一樣，差別只在於「業」旁和「戈」旁連不連筆，這也是整理者據以說「𣀍」字從「戡」得聲的一個重要證據。到了戰國時期，「業」旁和「戚」字的寫法稍有改變。其中「戚」字「戈」旁以外的寫法改變較大，變成在橫畫上下各加上三或四筆豎畫的形體，若將下部豎畫省略，便和和「𣀍」字所從「戡」一模一樣，可惜在目前出土的戰國文字資料中，尚未見有確定爲「戚」的字做此種省略。以下是幾個戰國「戚」字的字例：

　　（郭店〈尊德義〉簡 7）　　　　（郭店《語叢一》簡 34）

　　（十鐘）　　　　（詛楚文）

劉樂賢，〈讀上博簡箚記〉，《上博館藏戰國楚竹書研究》（上海：上海書店，2002），頁 383～387。彭裕商，〈讀《戰國楚竹書》（一）隨記三則〉，《新出楚簡與儒學思想國際學術研討會論文集》（清華大學思想文化研究所／輔仁大學文學院　聯合主辦，2002.03.31～2002.04.02）。廖名春，〈上海博物館藏〈詩論〉簡校釋〉，《中國哲學》2002.01，頁 9～19。

至於「羕」旁在戰國楚文字中雖常有省略下部筆劃之例，但我們需注意的是，「羕」旁在戰國文字中多見，爲了容納其他部件而省略下部筆劃時，通常會省成「艸」，目前所見最簡也只有省成「艸」形，未見有省成「艸」之例，亦未見「羕」旁有和「戈」旁連筆之例：

羕：**字形**（望山 2.42）　　　僕：**字形**（包山 145）

儠：**字形**（包山 15）　　　　**字形**（包山 155）

至於「業」旁，有作「**字形**」（三十三年業令戈）、「**字形**」（中山王方壺）、「**字形**」（中山王方鼎）、「**字形**」（十四年業下庫戈）等形，少有簡省。楚簡中，郭店簡〈語叢四〉簡 8 作「**字形**」，〈孔子詩論〉簡 5 作「**字形**」，都和「**字形**」字相差甚遠。

　　三者相較之下，筆者認爲「**字形**」爲「業」的可能性較小。但，將「**字形**」字所從「**字形**」理解爲「戔」旁或「戚」之簡省皆有其可能性，故不能僅就字形來論斷。

　　多位學者在考釋「**字形**」字時，皆注意到郭店簡〈性自命出〉簡 34、35 有「慍斯憂，憂斯**字形**，**字形**斯戁，戁斯**字形**，**字形**斯通，通慍之終也。」一句。其中「**字形**」字構形和「**字形**」字完全相同，成爲釋讀的關鍵。但對於〈性自命出〉簡 34 的「**字形**」字該釋爲何，各家學者亦有不同的說法。李零將「**字形**」字讀爲「感」，訓爲「憂愁」之義，劉樂賢同其看法。〔註45〕鳳五更據「憂斯感」一句，認爲「戚」之程度甚於「憂」。〔註46〕彭裕商則云：「該篇『喜斯陶』一段，有『**字形**斯嘆』一句，與《禮記・檀弓下》相對照，可知「**字形**」即「戚」字。彭林先生已指出，此字經典作慼，字形「當從心，戚省聲。」其說甚是。〔註47〕范

〔註45〕李零，〈上博楚簡校讀記（之一）──〈子羔〉篇「孔子詩論」部分〉，「簡帛研究」網，2002.01.04。劉樂賢，〈讀上博簡箚記〉，《上博館藏戰國楚竹書研究》（上海：上海書店，2002），頁 383～387。

〔註46〕周鳳五，〈〈孔子詩論〉新釋文及注解〉，《上博館藏戰國楚竹書研究》（上海：上海書店，2002），頁 152～172。

〔註47〕彭裕商，〈讀《戰國楚竹書》（一）隨記三則〉，《新出楚簡與儒學思想國際學術研討會論文集》（清華大學思想文化研究所／輔仁大學文學院　聯合主辦，2002.03.31

毓周和何琳儀師都認為「![字]」字從「戔」，但范毓周認為「![字]」在〈性自命出〉簡 34 或假為「痡」，為「疲敝而病」之義。〔註48〕而何琳儀師讀「![字]」為「際」。〔註49〕

　　要釐清郭店簡〈性自命出〉簡 34「![字]」字，若由字形上來論其從「戚」或從「戔」，就如同前述討論上博簡〈孔子詩論〉「![字]」字一般，皆有其可能性。幸運的是，〈性自命出〉「![字]」字是處在一段對文中，和「慍斯憂」一段相對的文字是，「喜斯慆，慆斯奮，奮斯詠，詠斯猷，猷斯迁，迁喜之終也。」而彭裕商已指出在《禮記‧檀弓下》有一段文字云：「人喜則斯陶，陶斯詠，詠斯猶，猶斯舞，舞斯慍，慍斯戚，戚斯歎，歎斯辟，辟斯踊矣。」我們對照〈性自命出〉和《禮記‧檀弓下》，可發現他們在論述情緒發展進程中的各種表現，幾乎是一模一樣的，差別只在郭店簡〈性自命出〉中，「喜」的進程多了「奮」，「慍」的進程多了「憂」。對照之下，可知「![字]」字在〈性自命出〉中當釋為「感」，此「感」字筆者以為當從《禮記注疏》之「戚」字訓為「憤恚」，如此才能和「慍」訓為「怒」文義相合，亦和〈性自命出〉中「慍」的第一個進程「憂」的「憂愁」義有所區別。

　　由郭店簡〈性自命出〉簡 34「![字]」字當釋為「感」，我們更可確定上博簡〈孔子詩論〉簡 4「![字]」字應該是從「心」、從「戚」省，而非從「業」或從「業」得聲。

（二）「![字]」字字形辨正

　　「![字]」字整理者隸為「悬」，讀為「惓」。〔註50〕何琳儀師釋為「惓」，但讀為「怨」，「怨恨」之意。〔註51〕彭裕商釋為「悹」，認為字形上部和郭店簡〈窮達以時〉「管夷吾」之「管」寫法相同，又云「完」聲與「官」聲之字古

　　　　　　　　　　～2002.04.02）。

〔註48〕范毓周，〈《詩論》第四枚簡釋讀〉，「簡帛研究」網，2002.05.09。

〔註49〕何琳儀，〈滬簡詩論選釋〉，《上博館藏戰國楚竹書研究》（上海：上海書店，2002），頁 243～259。

〔註50〕馬承源，《上海博物館藏戰國楚竹書（一）‧孔子詩論考釋》（上海：上海古籍出版社，2001），頁 131。

〔註51〕何琳儀，〈滬簡詩論選釋〉，《上博館藏戰國楚竹書研究》（上海：上海書店，2002），頁 243～259。

時互通，舉《汗簡》卷下「完」字寫作「〔字〕」，構形和〈窮達以時〉「管夷吾」之「管」類同爲例，似是以〈孔子詩論〉「〔字〕」字上部，和〈窮達以時〉「〔字〕」字皆爲「完」字，但讀爲「官」聲。〔註52〕李學勤將「〔字〕」字讀爲「患」，但未做任何說明。〔註53〕白於藍同李學勤之說，且進一步解釋，「悁」從「卷」聲，上古音「卷」爲見母元部字，「患」爲匣母元部字，兩字聲母同爲喉音，韻則疊韻，自可相通。廖名春、周鳳五、劉樂賢、范毓周等學者皆同意讀「〔字〕」爲「患」。〔註54〕

「〔字〕」字又見於上博簡〈孔子詩論〉簡29「〔字〕」、〈性情論〉簡31「〔字〕」、簡35「〔字〕」，整理者皆隸爲「惓」，在郭店簡〈性自命出〉簡62、簡42和其相對的字皆作「患」，對照如下：

凡憂〔字〕之事欲任，樂事欲後……（〈性情論〉簡31）

凡憂〔字〕之事欲任，樂事欲後……（〈性自命出〉簡62）

凡用心之趨者，思爲甚。用智之疾者，〔字〕爲甚……（〈性情論〉簡35）

凡用心之噪者，思爲甚。用智之疾者，〔字〕爲甚……（〈性自命出〉簡42）

就字形來說，郭店簡〈老子乙〉簡5：「人寵辱若驚，貴大〔字〕若身……」、簡7：「吾所以有大〔字〕者，爲吾有身……」，對照今本《老子‧道經》十三章：「寵辱若驚，貴大患若身……」、「何謂貴大患若身？吾所以有大患，爲吾有身……」，可知郭店簡〈老子乙〉「〔字〕」、「〔字〕」兩字，確應釋爲「患」。而〈性自命出〉「〔字〕」、「〔字〕」，和〈老子乙〉「〔字〕」、「〔字〕」兩字的差別，僅在於「〔字〕」、「〔字〕」

〔註52〕彭裕商，〈讀《戰國楚竹書》（一）隨記三則〉，《新出楚簡與儒學思想國際學術研討會論文集》（清華大學思想文化研究所／輔仁大學文學院　聯合主辦，2002.03.31～2002.04.02）。

〔註53〕李學勤，〈上海博物館藏楚竹書〈詩論〉分章釋文〉，「簡帛研究」網，2002.01.06。

〔註54〕白於藍，〈《上海博物館藏戰國楚竹書（一）》釋注商榷〉，《中國文字》新二十八期，頁133～142。廖名春，〈上海博物館藏〈詩論〉簡校釋〉，《中國哲學》2002.01，頁9～19。周鳳五，〈〈孔子詩論〉新釋文及注解〉，《上博館藏戰國楚竹書研究》（上海：上海書店，2002），頁152～172。劉樂賢，〈讀上博簡箚記〉，《上博館藏戰國楚竹書研究》（上海：上海書店，2002），頁383～387。

兩字上部的兩圈形部件沒有閉合，是較草率的寫法。就辭例來說，「憂患」成詞於古文獻中常見，如《禮記・大學》：「有所憂患，則不得其正」、《孟子・告子下》：「然後知生於憂患，而死於安樂也。」《周易・繫辭下》：「唯變所適，其出入以度，外內使知懼，又明於憂患與故。」故〈性自命出〉「𢟞」、「𢟞」兩字當釋為「患」無疑，而〈性情論〉「𢟞」、「𢟞」兩字亦應讀為「患」。

但〈性情論〉「𢟞」、「𢟞」兩字，在字形上畢竟和「𢟞」、「𢟞」、「𢟞」、「𢟞」等「患」字有所不同，當不可直釋為「患」，只能說是讀為「患」。那麼〈孔子詩論〉「𢟞」、「𢟞」，和〈性情論〉「𢟞」、「𢟞」的字形該如何分析呢？此字「心」旁以外的部件，均與戰國文字中「关」旁的寫法相同，如「豢」作「𢀬」（望山簡 206）、「圈」作「𢀬」（包山簡 254），因此「𢟞」字當從李學勤之說，直接隸定為「悆」，從「关」得聲。《說文》：「关讀若書卷。」故「𢟞」亦可視為從「卷」得聲。至於「完」字，從「宀」從「元」，其上之「宀」旁雖有可能斷裂筆畫而成「丷」，但戰國時「元」旁作「𠄐」、「𠄐」、「𠄐」等形，從未見作「𠄐」形者，故「𢟞」字上部，不太可能是「完」旁。

白於藍已指出上古音「卷」為見母元部字，「患」為匣母元部字，兩字聲母同為喉音，韻則疊韻，自可相通。[註55] 故上博簡〈性情論〉讀為「患」的「𢟞」、「𢟞」兩字，可從「卷」得聲。至於《汗簡》卷下「完」字寫作「𡩨」，李家浩有以下看法：

《古文四聲韻》卷四襇韻下引《籀韻》「綣」字作𦁣

《汗簡》卷下之二引王存義《切韻》「完」字作𡩨

據《籀韻》的「綣」字：可知王存義《切韻》「完」字是一個從「土」「关」聲的字，疑即見於《廣韻》《集韻》書的「塇」字。古代「完」「卷」二音極近。「完」和「卷」的韻母同屬元部。「完」的聲母屬匣母，「卷」的聲母屬見母，上古匣、見二母的字關係非常密切。「粽」字或體作「糉」，是「完」「卷」音通的明證。

〔註55〕白於藍，〈《上海博物館藏戰國楚竹書（一）》釋注商榷〉，《中國文字》新二十八期，頁 133～142。

「完」、「卷」兩聲系字的關係，就如同「患」、「卷」兩系一般，故從「关」得聲而可讀「完」。「官」字上古音和「卷」字同爲見母元部，故郭店簡〈窮達以時〉「管夷吾」之「管」，可以直接寫爲「关（关）」，讀爲「管」。又「完」聲系字和「官」聲系字常有互通之例，如《左傳‧莊公九年》：「管仲。」《淮南子‧繆稱》作「筦仲」、《大戴禮記‧勸學》：「莞蒲生焉。」《尚書大傳‧略說》「莞」作「菅」、《淮南子‧齊俗》：「而求之乎浣準。」《淮南子‧泰族》「浣」作「管」。〔註56〕「完」、「官」互通，正可證上古時「匣母元部」字和「見母元部」字可相互通轉，是「舍」從「关」得聲而可讀爲「患」的另一證明。此外，何琳儀師已指出：

> 「惓」，可讀「怨」。《詩‧豳風‧九罭》：「袞衣繡裳」，《釋文》：
> 「袞字或作卷」。而《玉篇》系部引《韓詩》「袞」作「綣」。是其確
> 證。〔註57〕

「袞」上古音爲見母文部，「宛」和「怨」同爲影母元部字。「怨」和「卷」二字，聲母同爲喉音，韻部相同，當可通轉。而《詩‧豳風‧九罭》「袞」字作「卷」又作「綣」，更證明了「卷」字聲系和「夗」字聲系聲音關係密切。

到此我們能確定上博簡〈孔子詩論〉簡4「舍」字可隸爲「卷」，當從「关」得聲。但究竟該就原簡字形讀爲「惓」，或轉讀爲「悁」、「怨」、「患」，得由上下文義來推求之，筆者將在下一段討論這個問題。

（三）「民之有戚舍也」上下文釋讀

由上下文觀之，「民之有戚舍也，上下之不和者，其用心也將何如？」一段問句後面，當還有「某某是已」的答句，但因佚文或缺簡而不可見。據簡4前段「邦風是已」，和簡5整段問答的最後「頌是已」的答句來推測，「民之有戚舍也」一段的答句，當爲「小雅是已」。則「民之有戚舍也」的文義，當和下文「上下之不和者」及《小雅》整體詩義相關聯。

觀察今本毛《詩》中《小雅》的各個篇章以後，我們發現由其內容可以略分爲兩類，一類是用以表達對上位者的不滿，詩旨在諷失譏過。這裡以〈孔子

〔註56〕高亨，《古字通假會典》（山東：齊魯書社，1989），頁158～159。

〔註57〕何琳儀，〈滬簡詩論選釋〉，《上博館藏戰國楚竹書研究》（上海：上海書店，2002），頁243～259。

詩論〉簡 8、9、21、25、28 提到的《小雅》詩篇爲例：

> 毛《序》：「〈節南山〉，家父刺幽王也。」「〈十月之交〉，大夫刺幽王
> 也。」「〈雨無正〉，大夫刺幽王也。雨自上下者也，眾多如雨，而非
> 所以爲政也。」「〈小旻〉，大夫刺幽王也。」「〈小宛〉，大夫刺幽王
> 也。」「〈小弁〉，刺幽王也。大子之傅作焉。」「〈巧言〉，刺幽王
> 也。大夫傷於讒，故作是詩也。」「〈大田〉，刺幽王也。言矜寡不能
> 自存焉。」「〈蓼莪〉，刺幽王也。民人勞苦，孝子不得終養爾。」
> 「〈裳裳者華〉，刺幽王也。古之仕者世祿，小人在位，則讒諂並
> 進，棄賢者之類，絕功臣之世焉。」「〈青蠅〉，大夫刺幽王也。」
> 「〈祈父〉，刺宣王也。」「〈黃鳥〉，刺宣王也。」「〈無將大車〉，大
> 夫悔將小人也。」「〈小明〉，大夫悔仕於亂世也。」《箋》：「名篇曰
> 小明者，言幽王日小其明，損其政事，以至於亂。」

另一類則在歌頌上位者和下位者之間敦睦的關係，例如〈孔子詩論〉簡 8、9、
23 提到的〈天保〉、〈伐木〉、〈鹿鳴〉、〈菁菁者莪〉、〈湛露〉等篇：

> 毛《序》：「〈天保〉，下報上也。君能下下以成其政，臣能歸美以報
> 其上焉。」「〈伐木〉，燕朋友故舊也。自天子至於庶人，未有不須友
> 以成者。親親以睦，友賢不棄，不遺故舊，則民德歸厚矣。」「〈鹿
> 鳴〉，燕群臣嘉賓也。既飲食之，又實幣帛筐篚，以將其厚意，然後
> 忠臣嘉賓得盡其心矣。」「〈菁菁者莪〉，樂育材也。君子能長育人
> 材，則天下喜樂之矣。」《箋》：「樂育材者，歌樂人君教學國人，秀
> 士、選士、俊士、造士、進士，養之以漸，至於官之。」、「〈湛露〉，
> 天子燕諸侯也。」

則「民之有戚　也，上下之不和者」當和此正、反兩類詩旨有關。

「　」字從「关」得聲，有讀爲「惓」、「悹」、「患」、「怨」四種說法。
「惓」之義爲「眞摯誠懇」，如《漢書・卷三十六・楚元王劉交傳》：「念忠臣
雖在畎畝，猶不忘君，惓惓之義也。」但多「惓惓」兩字連用。若將「惓」視
爲「倦」之異體，則有「疲備」、「懈怠」之義，如《易經・繫辭下》：「通其
變，使民不倦。」《說文》：「悹，憂也。」故「悹」之義同「憂」。「患」之義大
約有三，其一，「憂慮」、「擔心」之義，如《論語・學而》：「不患人之不己

知，患不知人也。」其二，「災害」之義，如《周禮‧地官司徒‧司救》：「凡歲時有天患民病，則以節巡國中及郊野，而以王命施惠。」其三，「遭逢」之義，如《禮記‧中庸》：「君子素其位而行，不願乎其外，素富貴行乎富貴，素貧賤行乎貧賤，素夷狄行乎夷狄，素患難行乎患難。」「怨」之義有當動詞訓爲「責備」、「痛恨」者，如《論語‧里仁》：「事父母幾諫，見志不從，又敬不違，勞而不怨。」有當名詞訓爲「仇恨」者，如《尚書‧周書‧泰誓下》：「今商王受，狎侮五常，荒怠弗敬，自絕于天，結怨于民。」有當形容詞訓爲「不滿的」、「哀愁的」，如《禮記‧樂記》：「亂世之音，怨以怒，其政乖。」在上博簡〈孔子詩論〉簡4中，若將「𢗳」字訓爲「惓」的「疲憊」、「懈怠」義，或「忨」的「憂慮」義，甚至是「患」的「擔心」、「災害」、「遭逢」等義，雖和《小雅》的詩義有些許關係，卻無法和下文的「上下之不和者」有密切關聯。故筆者以爲「𢗳」字在此以讀爲「怨」較爲恰當，訓爲「怪罪」或「不滿」之義。而「𢦏」字在此當釋爲「慼」，和《禮記‧檀弓下》：「慍斯戚」的「戚」字一樣訓爲「憤恚」。

　　筆者將「民之有𢦏𢗳也」讀爲「民之有慼怨也」，訓爲「人民有憤恚不滿」或「人民有憤恚和責備」。在此人民所「憤恚」、「不滿」、「責備」的對象，便是主政的「上位者」，故有下文的「上下之不和者」。「不和」在此當是「不敦睦」、「不調諧」之義，如《左傳‧襄公‧傳二十六年》：「叔向曰：秦晉不和久矣。」下位者對上位者憤恚不滿、有所嫌隙，上下之間自然不敦睦、不調諧了。這種情況，正可由《小雅》中一些表現負面情感的諷刺詩篇看到。而其上下敦睦和樂的典範，則可由《小雅》中歌頌上位者和下位者之間敦睦關係的詩篇來尋求。

　　此外，董蓮池在釋「上下之不合者」一句時，云：「句謂《邦風》的詩篇反映在上的爲政者和在下的賤民不能相協一體。」〔註58〕簡5「有成功者何如？曰：《頌》是已」之下以一墨節「▄」和另一大段「〈清廟〉王德也⋯⋯」隔開，知「《頌》是已」是本段關於《訟》的問答句的最後一句話，在「⋯⋯何如？」之後以答句「曰：《頌》（《邦風》、《大雅》、《小雅》）是已」作答，當是本大段

<hr>

〔註58〕董蓮池，〈上海博物館藏《戰國楚竹書（一）》解詁（一）〉，《古籍整理與研究學刊》
　　　　2002.02，頁17。

簡文的一貫句式，前文云「與賤民而豫之，其用心也將何如？曰：《邦風》是已。」則本大段文字中論《邦風》的部分當至「《邦風》是已」結束，「民之有，戚怨也，上下之不和者，其用心也將何如？」等文字都在「《邦風》是已」之後，不太可能是在討論《邦風》，當在討論《雅》。

（四）簡5「有成功者」

「有」原簡作「又」，馬承源僅將其隸爲「又」，未特別釋讀，但將簡4「民之又感怨也」之「又」讀爲「有」。「成功」原簡寫作「城工」二字，「成」和「城」及「工」和「功」，爲聲母、聲子之關係，通假沒有問題。馬承源謂：「『成功』是就西周初建國興邦的功烈而言」。〔註59〕孟蓬生則認爲簡5「又」讀爲「侑」，指「侑祭」，在此是泛指祭祀，而「成功者」指的是「成就功業的祖先」。〔註60〕

除了簡4、5以外，〈孔子詩論〉中另有14個「又」字，分別出現於：簡6「昊天又成命」、簡7「又命自天」、簡8「小又念焉」、簡9「〈祈父〉之責亦又以也」、簡13「不亦又蕩乎」、簡17「〈東方未明〉又利詞」、簡19「猶又怨言」、簡20「其憐志必又以喻也，其言又所載而後內」、簡22「洵又情而無望」、簡25「〈有兔〉不逢時……知言而又禮」、簡26「〈蓼莪〉又孝志，〈隰又萇楚〉……」、簡28「〈牆又茨〉縝密而不知言」，由其文例看來，皆可讀爲「有」，故「又成功者」之「又」，亦很有可能讀爲「有」。但甲文中常假「又」爲「侑」，因此我們亦不能排除簡5「又」字假借爲「侑」的可能性。

毛《序》在談論「四始」時說到《頌》：「《頌》者美盛德之形容，以其成功告於神明者也。」若由此段文字看來，將「又」讀爲「侑」，當作祭祀的泛稱，似乎非常合理。但《論語・泰伯》：「子曰：『大哉！堯之爲君也。巍巍乎！唯天爲大，唯堯則之。蕩蕩乎！民無能名焉。巍巍乎！其有成功也。煥乎其有文章。』」即有「有成功」一詞，可見在孔子的用詞中確有「有成功」之用法，且「堯」在孔子的觀念中，乃一賢明之上古帝王，與《頌》詩所稱頌之先

〔註59〕馬承源，《上海博物館藏戰國楚竹書（一）・孔子詩論考釋》（上海：上海古籍出版社，2001），頁131～132。

〔註60〕孟蓬生，〈〈詩論〉字義疏證〉，《新出楚簡與儒學思想國際學術研討會論文集》（清華大學思想文化研究所／輔仁大學文學院 聯合主辦，2002.03.31～2002.04.02）。

公先王地位基本相合，故孔子很可能將稱頌「堯」的「有成功也」，拿來說明《頌》詩。再者，簡5「又成功者何如？曰：《頌》是已」，與簡4「民之又戚怨也，上下之不合者，其用心也將何如？曰：《小雅》是已」處於近似的句式中，其「又」字用法亦當相近，若將「民之又戚怨也」讀爲「民之侑戚怨也」，則其義不可解，當讀爲「民之有戚怨也」，而「又成功者」亦當讀爲「有成功者」。

至於「『成功』者」一詞，就《頌》詩內容來看，馬承源及孟蓬生的訓讀皆合其義，但若依照孟蓬生的訓讀，「者」字用以指稱「先祖」，「成功者」爲名詞組，而簡4「民之又戚怨也，上下之不合者」，其「者」字爲無義之語尾助詞，兩者不同。若依照馬承源之訓讀，「成功者」之「者」亦爲語尾助詞，與簡4正相合，就此點而論，似以馬承源所訓「成功」之義較佳。此處「有成功者」當即《論語・泰伯》：「有成功也」，「者」、「也」皆爲語尾助詞，可互換。

（五）結 論

對於上博簡〈孔子詩論〉簡4「[字] [字]」兩字，筆者認爲「[字]」字從「心」從「戚」省，當釋爲「感」，讀爲「戚」，訓爲「憤恚」。「[字]」字隸爲「悆」，由「关」得聲，可讀爲「怨」，訓「責備」、「不滿」之義。簡文「民之有戚怨也，上下之不和者，其用心也將何如？」一段文字，由上下文看來，當是和《小雅》有關的問句。將「民之有感怨也」一句，訓讀爲「人民有所憤恚不滿」，正好和下文的「上下之不和者」文義密切相關，亦和《小雅》中用以諷失譏過的負面情緒表達，及歌頌上下和樂的正面詩篇，皆有關聯。

對於簡5「又成功者何如，曰：《頌》是已」一段文字，由簡4「民之又感怨也，上下之不合者」，及《論語・泰伯》中「其有成功也」一句話來看，「又」字讀爲「有」，「成功者」訓爲「成就功烈」的說法，不但和《頌》詩內容及簡文用法相合，其用詞於先秦文獻亦有據。

四、「其樂安而遲」、「其歌伸而易」、「其思深而遠」

訟坪惪也多言逡丌樂安而[字]丌詞[字]而[字]丄丌思深而遠至矣▆（簡2）

→《頌》，平德也，多言后，其樂安而遲，其歌伸而易，其思深而遠，至矣！

「坪德」可讀爲「平德」，即「平安舒緩之德」。〔註61〕「言」字，董蓮池認爲當讀爲「延」，訓爲「及也」，云「句謂訟詩所表現的周德被及文武後人」。〔註62〕此處還是如字讀爲「言」較恰當，下文處於相同位置的「多言難而怨懟者也」，「言」字便只能讀「言」，不能讀「延」，簡文中的其他「言」字亦皆讀爲「言」。「遙」，馬承源讀爲「後」，認爲是指文王、武王之後。〔註63〕「遙」爲「後」之異體，故「遙」可直讀爲「後」。但《頌》詩中亦不乏歌頌文王、武王之前君主的詩篇，說其「多言文王、武王之後」似乎不是那麼恰當。「后」、「後」兩字古音同在匣母侯部，筆者認爲此「遙（後）」字，當讀爲「后」，訓「君王」義。《頌》詩多爲歌頌君王之詩篇，如《詩經・商頌・玄鳥》：「商之先后，受命不殆，在武丁孫子。」說《頌》詩「多言君主之事跡」，跟其篇章內容相符。

孟蓬生將「多言遙」讀爲「侈（或「哆」）言厚」，釋爲「極言其（祖德之）厚」，並將簡 3「多言難」釋爲「極言其患難（之多）」。〔註64〕由簡文句式看來，「多言厚」及「多言難而怨懟者也」之「多言」，當爲相同用法。而「多言難而怨懟者也」一句，當是評論《小雅》的文字，但《小雅》中並非只有「難而怨懟」之詞，如「〈天保〉，下報上也，君能下下以成其政，臣能歸美以報其上焉。」「〈皇皇者華〉，君遣使臣也，送之以禮樂，言遠而有光華也。」「〈魚麗〉，美萬物盛多能備禮也」等，若說《小雅》「極言其患難（之多）」似與《小雅》詩篇不合，只能說其「多（大部分）言難而怨懟者也」，故將「多言」讀爲「侈（或「哆」）言」之說仍待商榷。至於將「遙」讀爲「厚」，訓「祖德之厚」，於文義亦通，可備一說。

「𥎊」字一般隸爲「犀」，仍有不同釋讀。「訶」可通作「歌」，沒有問

〔註61〕范毓周，〈上海博物館藏楚簡〈詩論〉第 2 簡的釋讀問題〉，「簡帛研究」網，2002.03.06。詳參本論文第三章第一節〈平德、平門〉小節。

〔註62〕董蓮池，〈上海博物館藏《戰國楚竹書（一）》解詁（一）〉，《古籍整理與研究學刊》2002.02，頁 15。

〔註63〕馬承源，《上海博物館藏戰國楚竹書（一）・孔子詩論考釋》（上海：上海古籍出版社，2001），頁 127。

〔註64〕孟蓬生，〈〈詩論〉字義疏證〉，《新出楚簡與儒學思想國際學術研討會論文集》（清華大學思想文化研究所 / 輔仁大學文學院 聯合主辦，2002.03.31～2002.04.02）。

題，在上文「樂」字的對照下更可確定其讀爲「歌」。「其詞⿰而⿰」的「⿰」字隸定爲「紳」，學者並無異議，但在釋讀上有所歧異。至於「⿰」字，因其下半部構形較爲奇特，各家隸定不同，意見頗爲分歧。在本篇文章中，筆者擬先解決「⿰」、「⿰」、「⿰」三字的釋讀問題，以求對簡 2 此段文字能夠更順利的通讀。

（一）「⿰」字釋讀

「⿰」字，馬承源謂：

> 屖，從尸從辛，辛左右兩傍有增飾筆道。金文「屖」字或左傍有增飾筆道，左右兩傍皆有增飾的，見於《命瓜君壺》「屖屖康盅」。但《驫羌鐘銘》「樂辟韓宗」之「辟」，也寫作從尸從辛，但沒有增飾筆道。簡文是指樂曲，宜讀如壺銘爲「屖」。「屖」或作「遲」，也通作「遲」，棲遲緩慢之意。辭文是說《訟》樂曲節奏安和而緩慢。〔註65〕

曹峰舉了二段文字以證「遲」也是一種藝術的表達方式：

> 《左傳‧昭公二十年》：「先王之濟五味、和五聲也，以平其心，成其政也。聲亦如味，一氣、二體、三類、四物、五聲、六律、七音、八風、九歌，以相成也；清濁、大小、長短、疾徐、哀樂、剛柔、遲速、高下、出入、周疏，以相濟也。」

> 《禮記‧樂記》：「賓牟賈侍坐於孔子，孔子與之言，及樂，曰『夫武之戒之已久，何也？……敢問，遲之遲而又久，何也？』」〔註66〕

從字形和字義上看來，將「⿰」隸爲「屖」，讀爲「遲」，應該是很恰當的。

俞志慧認爲「⿰」字左邊爲「亻」旁，右上爲「言」之省文，右下一橫三豎，疑讀爲「侃」或「𧨀」，並舉《論語‧鄉黨》：「朝，與下大夫言，侃侃如也。」何晏等《集解》引孔安國語：「侃侃，和樂之貌。」取「侃」之「和樂」義。〔註67〕就字形上來看「⿰」右上確實同於「言」字上半部，如同簡

〔註65〕馬承源，《上海博物館藏戰國楚竹書（一）‧孔子詩論考釋》（上海：上海古籍出版社，2001），頁 127～128。

〔註66〕曹峰，〈試析已公布的兩支上海戰國楚簡〉，「簡帛研究」網，2002.12.17。

〔註67〕俞志慧，〈《戰國楚竹書‧孔子論詩》校箋（上）〉，「簡帛研究」網，2002.01.17。

「言」字作「![字形]」形，但從可見的甲文到戰國文字中，「言」旁雖或省豎畫作「![字形]」（上博簡〈孔子詩論〉簡 2）、「![字形]」（《璽彙》4510），少數將「口」形填實作「![字形]」（《璽彙》5282）、或將「口」形簡化作「![字形]」（卯簋），卻從未有將「口」形完全省略寫作「![字形]」者。再者，「侃」字在金文作「![字形]」（士父鐘）、「![字形]」（萬尊）、「![字形]」（吳生鐘），在戰國文字中作「![字形]」（天星觀簡 8）、「![字形]」（侯馬盟書 323），亦未見省略「口」形之例。故「![字形]」字當非「侃」或「僭」，仍以隸爲「犀」讀爲「遲」較合理。

（二）「紳」字訓讀

「紳」字馬承源讀爲「塤」，訓爲陶製管樂器。〔註68〕對於此一訓讀，張桂光已從上下文的詞性提出反駁：

> 上句「其樂安而犀」即描寫樂曲節秦（筆者按：當爲「奏」之誤）之安和而緩慢，下句「其思深而遠」亦描寫思想之深且遠，居中的「其歌紳而荡」自然也應該是對歌詠情狀的描寫，而不應是合樂樂器的稱名。〔註69〕

范毓周則從古文獻記載和地下出土物的觀察予以反駁：

> 《詩·小雅·何人斯》中既言：「伯氏吹塤，仲氏吹篪。」乃知塤、篪相和爲一般貴族之樂，《頌》爲天子王者之樂，自然是鐘鳴磬和，這似乎可從殷墟和西周大型墓葬出土多爲鐘、磬得到暗示。塤、篪之器，迄未見有出土於商周大型墓葬者，何以會成爲歌詠天子王者廟堂之中的和歌之器？〔註70〕

許全勝亦認爲由上下文義觀之，「紳」、「![字形]」兩字當爲形容詞無疑。〔註71〕以上

〔註68〕 馬承源，《上海博物館藏戰國楚竹書（一）·孔子詩論考釋》（上海：上海古籍出版社，2001），頁 128。

〔註69〕 張桂光，〈《戰國楚竹書·孔子詩論》文字考釋〉，《上博館藏戰國楚竹書研究》（上海：上海書店，2002），頁 335～341。

〔註70〕 范毓周，〈上海博物館藏楚簡〈詩論〉第 2 簡的釋讀問題〉，「簡帛研究」網，2002.03.06。

〔註71〕 許全勝，〈〈孔子詩論〉零拾〉，《上博館藏戰國楚竹書研究》（上海：上海書店，2002），頁 363～373。

反駁之說很有道理，故此處「紳」不應讀「壎」。而「⿰竹⿱⿰象」亦不應讀爲竹製管樂器的「籈」。

李學勤讀「紳」爲「引」，未有說解。〔註72〕「紳」古音在書母眞部，「引」古音在余母眞部，兩字古韻同部，書、余二紐音近可通，故「紳」可讀爲「引」。「引」有「伸長」、「延長」之意，如《左傳・成公十三年》：「我君景公，引領西望。」《周易・繫辭上》：「引而伸之，觸類而長之，天下之能事畢矣。」就〈孔子詩論〉簡 2 上下文義而論，將「紳」讀爲「引」，於義可通，但在先秦文獻中，未見以「引」形容樂、歌之例。

季旭昇直接讀「紳」，訓爲「約束」之意，于茀同其釋讀，但季旭昇又說「紳也可以讀成申，有舒和的意思」。〔註73〕「紳」字在先秦文獻中有以下三義：其一，指「古代官員束在腰間的大帶子」，《說文》：「紳，大帶也。」其二，引申可指「退職的官僚或地方上有名望的人」，如《莊子・雜篇・天下》：「其在於詩書禮樂者，鄒魯之士搢紳先生多能明之。」其三，引申而有「約束」義，如《韓非子・外儲說左上》：「書曰：『紳之束之』；宋人有治者，因重帶自紳束也。」季旭昇在此取其「約束」義，將「其歌紳而易」解釋爲「頌的歌聲約束而警惕」，雖和前後文「安」、「犀」、「深」、「遠」同爲形容詞，但「約束」之意與上下文營造出來的情狀相去較遠。此外，俞志慧訓「紳」爲「綿長」義，未說明其出處或理由，在先秦文獻中亦未見其用法，仍待商確。〔註74〕

曹峰認爲「紳」可能爲「伸」或「申」的假借。讀爲「伸」即「伸展」、「伸長」之意，讀爲「申」即「重複」之意。〔註75〕何琳儀師亦認爲「申」、「伸」兩讀皆可，訓爲「舒緩」。〔註76〕李零、周鳳五、范毓周、許全勝皆讀「紳」爲「申」；李零訓「寬展」、「舒緩」之意，周鳳五訓「長也」，范毓周訓

〔註72〕 李學勤，〈〈詩論〉簡的編連與復原〉，《中國哲學史》2002.01，頁 5～8。

〔註73〕 季旭昇，〈讀郭店、上博簡五題：舜、河滸、紳而易、牆有茨、宛丘〉，《中國文字》新 27 期，頁 113～120。于茀，〈上海博物館藏戰國楚簡詩論補釋〉，《北方論叢》2003.01，頁 57。

〔註74〕 俞志慧，〈《戰國楚竹書・孔子論詩》校箋（上）〉，「簡帛研究」網，2002.01.17。

〔註75〕 曹峰，〈試析已公布的兩支上海戰國楚簡〉，「簡帛研究」網，2000.12.17。

〔註76〕 何琳儀，〈滬簡詩論選釋〉，《上博館藏戰國楚竹書研究》（上海：上海書店，2002），頁 243～259。

「舒暢」，許全勝訓「舒緩」、「重複」之意。〔註77〕張桂光讀「紳」爲「伸」，作「伸舒」解，徐鍇《說文繫傳》所謂「歌者，長引其聲以誦之也。」即其意。〔註78〕

「紳」、「伸」皆從「申」得聲，故「紳」無疑地可讀爲「伸」或「申」。歸結以上對「紳」字的訓釋約有二種：其一，訓爲「舒緩」、「伸長」，如《周易·繫辭上》：「引而伸之，觸類而長之，天下之能事畢矣。」《論語·述而》：「子之燕居，申申如也，夭夭如也。」此義「伸」、「申」兩字皆有。其二，訓爲「重複」，如《詩·小雅·采菽》：「樂只君子，天子命之。樂只君子，福祿申之。」《詩·商頌·烈祖》：「嗟嗟烈祖，有秩斯祜，申錫無疆。」此二「申」字毛《傳》皆訓爲「重」。「重複」義只見於「申」，不見於「伸」。在「其歌紳而𦱦」一句中若將「紳」讀爲「申」，訓爲「重複」，和上下文「安」、「屖」、「深」、「遠」之情狀不盡相合，就《頌》詩來看，亦不知其有何重複之處，對於此點，曹峰和俞志慧皆未有說解。再者，《禮記·樂記》：「故鐘鼓管磬，羽籥干戚，樂之器也。屈伸俯仰，綴兆舒疾，樂之文也。」有以「伸」形容樂聲之例，此「伸」和「屈」對文，即「舒緩」之意。又《禮記·樂記》：「寬而靜、柔而正者，宜歌《頌》。」用「舒緩」來形容「歌」，正有「寬」、「柔」之象。故筆者認爲將「紳」讀爲「伸」，訓爲「舒緩」，在〈孔子詩論〉簡 2「其歌紳而𦱦」一句中是較爲合理的。

（三）「𦱦」字字形分析

劉釗和周鳳五二人，都認爲「𦱦」字當從「艸」從「尋」。〔註79〕「尋」字

〔註77〕 李零，〈上博楚簡校讀記（之一）——〈子羔〉篇「孔子詩論」部分〉，「簡帛研究」網，2002.01.04。周鳳五，〈〈孔子詩論〉新釋文及注解〉，《上博館藏戰國楚竹書研究》（上海：上海書店，2002），頁 152～172。范毓周，〈上海博物館藏楚簡〈詩論〉第 2 簡的釋讀問題〉，「簡帛研究」網，2002.03.06。許全勝，〈〈孔子詩論〉零拾〉，《上博館藏戰國楚竹書研究》（上海：上海書店，2002），頁 363～373。

〔註78〕 張桂光，〈《戰國楚竹書·孔子詩論》文字考釋〉，《上博館藏戰國楚竹書研究》（上海：上海書店，2002），頁 335～341。

〔註79〕 劉釗，〈讀《上海博物館藏戰國竹書（一）》札記（一）〉，「簡帛研究」網，2002.01.08。周鳳五，〈〈孔子詩論〉新釋文及注解〉，《上博館藏戰國楚竹書研究》（上海：上海書店，2002），頁 152～172。

在甲文作「」（《前》2.26.3）、「」、「」，像人兩手張開以尺爲度之形，在手臂後方還有一豎畫連接張開的雙手，大概是用以象徵人體，或加「口」形部件爲飾，或從「丙」（「覃」之初文）聲作「」（《前》4.4.6）。在金文作「」（虢簋）、「」（齊侯鎛）、「」（遱邜鐘）、「」（黖命鎛），雙手和人體之形皆保留，尺形或有省略。至戰國時更省略爲兩手之形，「」（《古幣》283）、「」（《新典》49）。由此可知一直到戰國時代，兩手之形仍是「尋」字的基本結構，在楚系文字亦是如此，如「」（上博簡〈孔子詩論〉簡 16）、「」（郭店簡〈成之聞之〉簡 34）兩字所從「尋」旁，皆是如此。劉釗和周鳳五將「」字所從「」視爲「尋」旁，大概就是認爲「」旁爲兩手之形。但我們需注意的是，「尋」旁省爲兩手之形雖有其例，但不論省或不省，其兩手皆朝向同一方向（就目前所見皆朝向左），未有如「」旁作兩手相對之形者，同在〈孔子詩論〉的「」字所從「」亦是如此。故「」旁爲「尋」之可能性很低，「」字當不從「尋」。

馬承源在註中將「」字分析爲從「艸」從「豸」，讀作「篪」，認爲即《詩‧小雅‧何人斯》：「伯氏吹壎，仲氏吹篪。」之「篪」，是合樂歌吹之物，不過對於爲何隸定爲「苐」並沒有解釋。〔註80〕許全勝、張桂光、俞志慧、廖名春等對於此字的釋讀雖有不同，但在隸定上皆從整理者而來，亦未說明取此字形分析之理由。〔註81〕

「豸」旁戰國秦文字作：

（睡虎地秦簡《日書甲種》49 反）

（龍崗秦簡 255「豻」字所從）

〔註80〕馬承源，《上海博物館藏戰國楚竹書（一）‧孔子詩論考釋》（上海：上海古籍出版社，2001），頁 128。

〔註81〕許全勝，〈〈孔子詩論〉零拾〉，《上博館藏戰國楚竹書研究》（上海：上海書店，2002），頁 363～373。張桂光，〈《戰國楚竹書‧孔子詩論》文字考釋〉，《上博館藏戰國楚竹書研究》（上海：上海書店，2002），頁 335～341。俞志慧，〈《戰國楚竹書‧孔子論詩》校箋（上）〉，「簡帛研究」網，2002.01.17。廖名春，〈上海博物館藏詩論簡校釋札記〉，《上博館藏戰國楚竹書研究》（上海：上海書店，2002），頁 260～276。

燕文字作：

（《陶彙》3.1056）

（《陶彙》3.1057「貉」所從）

由甲文「豸」作「𧳚」（《存》1306）、「𧳚」（《乙》442），及金文「𧳚」（貔卣）、「𧳚」（貉子卣）所從「豸」旁，可知戰國時秦系文字「豸」和甲金文一脈相承，燕系或有訛變，但「」形亦和秦系相去不遠。楚系文字至今未見「豸」旁，他系從「豸」旁之字，楚系多改從「鼠」旁。但若就秦系作「豸」形、燕系作「」形來看，其上部像動物頭、口之形作「夕」，下部則象身體、足、尾作「𡮀」形，象徵頭的「夕」和象徵身體的「丿」，上下分筆寫作「彡」，此點由甲文到戰國文字未有例外，從未見「豸」旁有將頭部下半形體和身體連筆作「𠃌」形者，故「」字亦不從「豸」。〔註82〕

　　季旭昇、李零、李學勤、何琳儀師、董蓮池皆將「」字隸爲「蜴」，但在釋讀上有所不同。李零、李學勤對其字形未有分析。〔註83〕季旭昇和何琳儀師舉包山簡157「」字，認爲此字上從「易」，字形和〈孔子詩論〉「」旁相近，許子濱則從何琳儀師之說。〔註84〕

　　「易」字甲文作「」形，會傾一皿之水注入另一皿中之意，引申爲變易。〔註85〕或作「」（《前》4.2.5）、「」（《京津》3810），截取部分形體而成。金文作「」（德簋）、「」（師虎簋）、「」（矢簋）形。戰國文字承襲

〔註82〕此論點由林清源師於2004.04.15在中興大學討論時提出。

〔註83〕李零，〈上博楚簡校讀記（之一）——〈子羔〉篇「孔子詩論」部分〉，「簡帛研究」網，2002.01.04。李學勤，〈《詩論》簡的編連與復原〉，《中國哲學史》2002.01，頁5～8。董蓮池，〈上海博物館藏《戰國楚竹書（一）》解詁（一）〉，《古籍整理與研究學刊》2002.02，頁15。

〔註84〕何琳儀，〈滬簡詩論選釋〉，《上博館藏戰國楚竹書研究》（上海：上海書店，2002），頁243～259。季旭昇，〈讀郭店、上博簡五題：舜、河滸、紳而易、牆有茨、宛丘〉，《中國文字》新27期，頁113～120。許子濱，〈讀《上海博物館藏戰國楚竹書》（一）小識〉，《新出楚簡與儒學思想國際學術研討會論文集》（清華大學思想文化研究所／輔仁大學文學院　聯合主辦，2002.03.31～2002.04.02）。

〔註85〕何琳儀，《戰國古文字典》（北京：中華書局，1998），頁759。

甲金文中截取部分形體的字形，其中楚系文字多作「（字形）」（信陽簡 1.02）、「（字形）」（包山簡 163「惕」字所從）、「（字形）」（包山簡 3「湯」字所從），不論哪種形體，其象徵器皿把手的筆畫及象徵內容物的斜畫，總是一在左一在右，未見有在同一側者，和「（字形）」旁位於同一側不同。但季旭昇和何琳儀師已指出包山簡 157「（字形）」字上從「易」，其所從「（字形）」和「（字形）」字字形相近，若「（字形）」字從「易」成立，那麼將「（字形）」隸為「募」亦很有可能。

包山簡 157「（字形）」字，曹峰、范毓周認為「（字形）」乃從「易」旁。〔註86〕「（字形）」字在包山簡 157 中當作人名來使用，無法完全確定其從「易」或從「易」。但同在包山簡 138、163 有「（字形）」、「（字形）」、「（字形）」三字，字形結構和「（字形）」字相同，其上確定從「易」，皆用作人名，此其一。再者，「易」字中間多有一橫畫，目前可見甲金文中未有例外，楚系文字中僅天星觀簡 3703「（字形）」字一例省中間橫畫，此其二。「易」字上從「日」形，在甲金文中未有例外，在楚文字亦是如此，楚文字中雖偶有「日」旁寫作「目」形之例，但從未見「易」字上部從「目」形部件者，此其三。基於以上理由，包山簡 157「（字形）」字應該隸為「愓」。但就算「（字形）」字所從為「易」，其上「（字形）」從「目」形部件，仍和「（字形）」旁結構有一定的差異，再加上「易」旁有其他的慣用寫法，故要以「（字形）」證「（字形）」從「易」，只能說相較於其他說法來看，可能性較高，但仍不能以此論定。

此外，虞萬里雖然認為「（字形）」字下部所從為「易」，但認為此乃「易」之訛寫，並說漢以還兩字多相混不分，故「（字形）」字可讀為「蕩」。〔註87〕由虞萬里所舉之例，的確可以看出「易」、「易」二字在漢代以後有字形混同的傾向，但在戰國楚文字中，兩字字形仍有所區別，未有混用之例，以漢代的混用例來證戰國文字，似乎不夠恰當。

在「蕩」字的用法上，虞萬里舉《左傳·襄公二十九年》：

〔註86〕曹峰，〈試析已公布的兩支上海戰國楚簡〉，「簡帛研究」網，2000.12.17。范毓周，〈上海博物館藏楚簡〈詩論〉第 2 簡的釋讀問題〉，「簡帛研究」網，2002.03.06。

〔註87〕虞萬里，〈上博〈詩論〉簡「其歌紳而蕩」臆解〉，《新出楚簡與儒學思想國際學術研討會論文集》（清華大學思想文化研究所／輔仁大學文學院　聯合主辦，2002.03.31～2002.04.02）。

吳公子季札來聘……請觀於周樂……爲之歌齒，曰：「美哉，蕩乎！

樂而不淫，其周公之東乎！」

虞萬里又設問，〈孔子詩論〉作者爲何取季札評《豳風》之「蕩」字概括《頌》義？他歸納出兩個理由：其一，季札評《詩》到〈詩論〉評《詩》，用字（詞）多相同相近；其二，《豳》雖列於《風》中，其意義直與《周頌》同，若從其周道之所以興角度視之，並不亞於追懷文、武之《頌》。就第一個理由來看，〈孔子詩論〉中的確有些用字和季札評《詩》雷同，但這並不能用爲「𢑛」字讀「蕩」的有力證據，此種雷同，可能源自於當時評論《詩》有其共同用詞，而非季札的獨特用字，且在其所舉季札用詞中，亦有用「易」字評《魏風》者，那麼我們是否能以此證「𢑛」字可讀爲「易」呢？其次，就算《豳風》之意義直與《周頌》同，但此乃「意義」上的相似，而簡文此處明言「其『歌』伸而𢑛」，其義在評論《頌》之「歌」，而非《頌》之意義，不可混爲一談。故將「𢑛」下之「易」視爲「易」之訛寫，並讀「𢑛」爲「蕩」的說法，可能性不高。

（四）「𢑛」字訓讀

就「𢎵」旁字形來看，釋爲「易」的可能性較大，但仍有其不足處。包山簡 157「𧜀」字所從「易」旁作「𧾷」，和「𢎵」旁近似，但上部結構不盡相同，且「易」旁在楚文字中另有其他較常出現的寫法，故在字形上仍待更多出土材料的證明。不過我們可在上下文和「易」旁的基礎上，去推求「𢑛」字在〈孔子詩論〉簡 2 中可能的讀法。此外，「易」字古音在余母錫部，「多」字古音在定母支部，兩者音近可通，故對於將「𢑛」字視爲從「多」的各種訓讀，亦不可不討論。

在將「𢑛」字視爲從「多」的基礎上，馬承源將「𢑛」讀爲「篪」，是一種竹製的管樂器。〔註88〕張桂光讀爲「迻」，訓爲「盤旋繚繞」義。〔註89〕許全勝讀爲「遞」，訓爲「更迭」、「代易」、「悠遠」之意。〔註90〕俞志慧認爲「𢑛」爲

〔註88〕馬承源，《上海博物館藏戰國楚竹書（一）・孔子詩論考釋》（上海：上海古籍出版社，2001），頁 128。

〔註89〕張桂光，〈《戰國楚竹書・孔子詩論》文字考釋〉，《上博館藏戰國楚竹書研究》（上海：上海書店，2002），頁 335～341。

〔註90〕許全勝，〈《孔子詩論》零拾〉，《上博館藏戰國楚竹書研究》（上海：上海書店，

「蘱」之省，而「蘱」可讀爲「眇」，未釋其義。〔註91〕廖名春讀爲「引」，訓「長也」。〔註92〕

上文「『紳』字訓讀」一段已論，將「🦌」讀爲「篪」，訓爲「竹製管樂器」，不論從簡文上下文義、古文獻記載、出土資料考證來看，皆不適宜。張桂光讀爲「邐」，訓爲「盤旋繚繞」義，在文義上雖可通，但先秦文獻中皆「邐迤」合用來表示「盤旋繚繞」之意，如《爾雅·釋丘》：「邐迤沙丘」，未見「邐」字單獨使用，而「邐迤」也未見用來形容音樂之例。

許全勝讀「🦌」爲「遞」，訓爲「更迭」、「代易」、「悠遠」之意。其中用爲「更迭」、「代易」義者，在先秦文獻中屢見，如《呂氏春秋·季春紀·先己》：「當今之世，巧謀並行，詐術遞用。」《荀子·天論》：「列星隨旋，日月遞炤，四時代御……」，但「遞」用爲「悠遠」在先秦中似未見，許全勝舉《玉篇》釋「遞」爲「遠也」，《玉篇》年代較晚，未必與先秦文獻相合。

俞志慧讀「🦌」爲「眇」，雖未釋其義，但由其說「與『紳』之綿長義正合」，可知是取「眇」之「高遠」義，如《楚辭·九章·哀郢》：「眇不知其所蹠」。但「眇」字在古文獻中多用爲「瞎眼」或「微小」之意，就算用爲「高遠」義，亦未見有以「眇」來形容音樂的。

廖名春讀「🦌」爲「引」，訓「長也」。並舉《周禮·地官·封人》：「置其絼」，《釋文》：「絼本作紖」、《禮記·祭統》：「君執紖」，鄭玄注：「紖，《周禮》作絼」，證「多」、「引」二聲系可通。而「引」字在先秦文獻用法中，亦確有訓「伸長」、「延長」之例，如《左傳·成公十三年》：「我君景公，引領西望。」《周易·繫辭上》：「引而伸之，觸類而長之，天下之能事畢矣。」就簡文上下文義來看，將「🦌」訓爲「延長」之意，確實可通。

在將「🦌」字視爲從「易」的基礎上，何琳儀師將「🦌」讀爲「易」，訓爲「簡易」。〔註93〕李零、李學勤讀爲「逖」，李學勤沒有說明，李零訓爲「悠遠」

2002），頁 363～373。

〔註91〕俞志慧，〈《戰國楚竹書·孔子論詩》校箋（上）〉，「簡帛研究」網，2002.01.17。

〔註92〕廖名春，〈上海博物館藏詩論簡校釋札記〉，《上博館藏戰國楚竹書研究》（上海：上海書店，2002），頁 260～276。

〔註93〕何琳儀，〈滬簡詩論選釋〉，《上博館藏戰國楚竹書研究》（上海：上海書店，2002），頁 243～259。

義。〔註94〕季旭昇有二讀，讀爲「惕」則爲「警惕」義，讀爲「易」則爲「平易」之意。〔註95〕

　　季旭昇、董蓮池讀「𢔜」爲「惕」，訓「警惕」義，與上下文「安」、「犀」、「深」、「遠」營造出來的情狀相去較遠，於義不合。「逖」之「悠遠」義，放在「其歌紳而𢔜」一句中可通。至於何琳儀師和季旭昇讀爲「易」，一訓「簡易」、一訓「平易」。形容歌詠之情狀，似無法說其「簡易」，若所說者爲《頌》詩內容，雖有如〈清廟〉、〈維天之命〉、〈維清〉等內容簡易的詩篇，但亦有〈玄鳥〉、〈長發〉、〈殷武〉等篇幅較長的詩篇，雖然何琳儀師舉《禮記・樂記》：「大樂必易，大禮必簡。」認爲其「易」、「簡」對文見義，但觀《樂記》此段上下文「樂由中出，禮自外作。樂由中出故靜，禮自外作故文。大樂必易，大禮必簡。」在於講述「禮」、「樂」一內一外有所不同，但又相輔相成，此「簡」、「易」兩字當是義近而不同，並非完全同義。故在〈孔子詩論〉簡2中，若將「𢔜」讀爲「易」，似以訓爲「平易」較符合上下文義。

　　由以上論述可知將「𢔜」字讀爲「邐」、「遞」、「眇」、「引」、「逖」、「易」等字，在字義上皆可和簡文上下文相合。但我們要注意的是，以何字來形容何種事物，有時自有其習慣用法。「邐」、「遞」、「眇」、「引」、「逖」等字，在先秦文獻中，皆未見有用以形容樂、歌之例，而在《禮記》中卻數次用「易」字來形容「樂」：

　　《禮記・樂記》：「樂由中出，禮自外作，樂由中出故靜，禮自外作故文。大樂必易，大禮必簡。」

　　《禮記・樂記》：「而民思憂，嘽諧、慢易、繁文、簡節之音作。」

　　《禮記・樂記》：「樂觀其深矣！土敝則草木不長，水煩則魚鱉不大，氣衰則生物不遂，世亂則禮慝而樂淫。是故其聲哀而不莊，樂而不安，慢易以犯節，流湎以忘本，廣則容姦，狹則思欲，感條暢之氣，

〔註94〕李學勤，〈《詩論》簡的編連與復原〉，《中國哲學史》2002.01，頁5～8。李零，〈上博楚簡校讀記（之一）——〈子羔〉篇「孔子詩論」部分〉，「簡帛研究」網，2002.01.04。

〔註95〕季旭昇，〈讀郭店、上博簡五題：舜、河滸、紳而易、牆有茨、宛丘〉，《中國文字》新27期，頁113～120。

而減平和之德，是以君子賤之也。」

《禮記‧郊特牲》：「賓入大門而奏肆夏，示易以敬也，卒爵而樂闋，
孔子屢歎之。奠酬而工升歌，發德也，歌者在上，匏竹在下，貴人
聲也。樂由陽來者也，禮由陰作者也，陰陽和而萬物得。」

因此筆者認爲在〈孔子詩論〉簡2中，「𤕩」字讀爲「易」，訓爲「平易」之意，
不但和簡文上下文義相通，也符合先秦文字的習慣性用法。

（五）結　論

將「𤕩」讀爲「遲」，訓爲「緩慢」、「遲緩」；「𦁈」讀爲「伸」，訓爲舒緩；
「𤕩」讀爲「易」，訓爲「平和」，正和前文所說「《頌》，平德也。」文義相合。
《左傳‧襄公二十九年》有一段話：

爲之歌《頌》，曰：「至矣哉！直而不倨，曲而不屈，邇而不偪，遠
而不攜，遷而不淫，復而不厭，哀而不愁，樂而不荒，用而不匱，
廣而不宣，施而不費，取而不貪，處而不底，行而不流。五聲和，
八風平，節有度，守有序，盛德之所同也。」

其中說《頌》之音「五聲和」、「八風平」，正可作「其樂安而遲」之註解。而《禮
記‧樂記》：「寬而靜、柔而正者宜歌《頌》。」亦可爲「其歌伸而易」之證。故
〈孔子詩論〉簡2「訟，坪德也，多言送，其樂安而𤕩，其詞𦁈而𤕩，其思深
而遠，至矣。」可讀爲「《頌》，平德也，多言后。其樂安而遲，其歌伸而易，
其思深而遠，至矣。」其大意爲「《頌》詩所表達的是一種平和之德，內容多在
講述君王事跡。《頌》的配樂安和而緩慢，歌詠之聲舒緩而平易，《頌》詩所表
達之思慮既深入又遠闊，可以達到完善、極致的境界。」

五、多言難而怨懟者也

也多言懟而𡊰退者也衰矣少矣（簡3）→也，多言難而怨懟者也，
衰矣，小矣。

對於此段文字，馬承源讀爲「也。多言懟而怡懟者也，衰矣少矣。」觀察
簡2前段「《頌》，平德也，多言后，其樂安而遲，其歌紳而易，其思深而遠，
至矣。」的句式，可知簡2後半對於《大雅》的評論：「《大雅》盛德也，多
言」，少了後面一部分，而上引簡3的第一個「也」字之前，則少了詩經篇卷名

和「某德」之詞，據此可推論簡 2、簡 3 之間當缺一簡，而簡 3 此段文字位於《大雅》和《邦風》的評論之間，當是評《小雅》之詞。「象退」一詞，馬承源讀作「悁懟」，學者對此頗多異議。

（一）「象」字構形分析

馬承源謂「象」與第十八簡「象」同爲一字，皆以「肙」爲聲符。〔註96〕對於此字構形分析，學者多從之，惟陳秉新認爲「象」之基本聲符「象」，並非「肙」字，實爲「克」之變體，亦即古「弁」字。〔註97〕陳秉新所謂的古「弁」字，指的大概是多見於楚簡的以下字形：

以上所列字形，前三種多釋爲「弁」，後三種多釋爲「史」，但因字形相近亦有混用之例。〔註98〕但不論如何，可看出其上「口」形部件中央皆有一橫畫，與「象」旁所從「口」形部件中間沒有橫畫不同，由〈孔子詩論〉「小弁」之「弁」作「象」（簡 8）、「象」（簡 22），更可知「象」當非「弁」旁。又陳秉新將「象」讀爲「怨」，而「弁」之上古音在並母元部，「怨」在影母元部，韻部雖可通，但聲母相差較遠，不如由「肙」得聲再轉讀爲「怨」來得音理相合，再加上構形相似的簡 18「象」字，將「象」旁寫爲「多」，和「弁」旁相差更遠，故筆者認爲「象」旁仍以釋爲「肙」較恰當。

季旭昇曾對楚簡從「肙」之字作一全面性探討，茲依據其說，將「肙」旁字形演變歷程展示如下：

〔註96〕馬承源，《上海博物館藏戰國楚竹書（一）・孔子詩論釋文》（上海：上海古籍出版社，2001），頁 129。

〔註97〕陳秉新，〈《上海博物館藏戰國楚竹書（一）》補釋〉，《東南文化》2002.09，頁 80。

〔註98〕袁國華，《包山楚簡研究》（香港：香港中文大學博士論文，1994），頁 87〜97。張桂光，〈楚簡文字考釋二則〉，《江漢考古》1994.03。張桂光，〈《郭店楚墓竹簡・老子》釋注商榷〉，《江漢考古》1999.02。張桂光，〈《郭店楚墓竹簡》考釋續商榷〉，《簡帛研究》（桂林：廣西師範大學出版社，2001）。謝佩霓，《郭店楚簡〈老子〉訓詁疑難辨析》（南投：暨南國際大學碩士論文，2002），頁 47〜61。

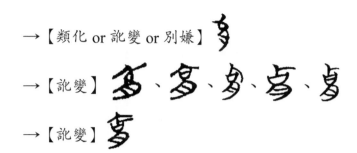

→【類化 or 訛變 or 別嫌】

→【訛變】

→【訛變】

筆者認爲此演變過程就字形來看甚爲合理，在從「肙」各字的通讀及釋義上，亦多能說得通，更可證〈孔子詩論〉簡3「**臱**」字當從「肙」旁無疑。附帶一提，郭店簡〈緇衣〉簡10、22讀爲「怨」之字寫作：

（簡10）　　　　　（簡22）

此字在上博簡〈緇衣〉簡6、12卻寫作「**多**」、「**令**」二形，陳佩芬將之直接隸定爲「命」、「令」。〔註99〕季旭昇則以爲「**多**」、「**令**」二字不當隸定爲「命」、「令」，且又進一步將「**多**」視爲「**怨**」的省「心」之形，其下「肉」形訛成「卩」形，「**令**」則再進一步將「口」形也省掉了。〔註100〕

多→【簡化】**多**→【簡化（省「口」）】**令**

筆者認爲「**多**」、「**令**」的確不該隸爲「命」、「令」，但將之視爲「**怨**」之省則待商權。對於「**多**」、「**令**」二字，李零認爲是與今「宛」字直接對應的字形，筆者以爲相較之下李零之說較爲合理。〔註101〕其一，「肙」旁所從之「口」形部件上端皆突出，爲楚簡常見「口」旁寫法，例如上博簡〈緇衣〉簡8「**命**」（命）字所從「口」就寫作「**凵**」，而「**多**」所從之圈形部件上端未突出，《侯馬盟書·詛咒類》105.3「眾人怨死」之「怨」字作「**命**」，其圈形部件上端亦未突出。其二，我們不排除「肉」旁和「卩」旁有相混的可能性，但兩旁在字形上仍有一定的差別，若將「**多**」直釋爲「宛」，則「卩」旁不需視爲「肉」

〔註99〕陳佩芬，《上海博物館藏戰國楚竹書（一）·緇衣釋文》（上海：上海古籍出版社，2001），頁181、187。

〔註100〕季旭昇，〈由上博詩論「小宛」談楚簡中幾個特殊的從肙的字〉，《漢學研究》第20卷第2期，頁377～397。

〔註101〕李零，〈上博楚簡校讀記（之二）：〈緇衣〉〉，《上博館藏戰國楚竹書研究》（上海：上海書店，2002），頁410。

旁之訛亦說得通。

（二）「戀而怨懟者也」釋讀

儘管多數學者對「𢝕」字當從「昌」得聲並無異議，但對於「𢝕退」二字該如何讀，仍有不同意見。馬承源讀為「悁懟」、范毓周讀為「悁退」，李零、李學勤、秦樺林、陳秉新、董蓮池讀為「怨懟」，俞志慧讀為「怨退」，廖名春讀為「怨湛」，黃人二、周鳳五讀為「怨悱」。〔註102〕其中「退」字上古音在透母物部，「悱」字在滂母微部，韻相近，但聲母相差較遠，似未見透母與雙唇音之字通假的例子。「湛」字古音在定母侵部，韻部也與「退」字相差較遠，因此「怨悱」、「怨湛」二說成立的可能性較低。至於「悁」和「怨」及「退」和「懟」，皆音近可通，故其餘幾種說法無法僅由字形、字音獲得釐清，須由文義來考量。

首先我們需注意的是，本段簡文在評論《詩經》中的《小雅》，而「悁」字在《詩經》中僅出現於《陳風·澤陂》，詩云：「有美一人，碩大且卷，寤寐無為，中心悁悁。」毛《傳》：「悁悁，猶悒悒也。」此處「悁悁」為憂傷之意。除此之外，「悁」字在先秦文獻又見於《韓非子·亡徵》，文云：「變褊而心急，輕疾而易動發，心悁忿而不訾前後者，可亡也。」此「悁」當訓為「忿」。相對於「悁」字在先秦文獻之罕見，「怨」字在古文獻中則為常用字，在毛《詩》中出現二十次，其中在《小雅》出現五次，毛《序》以「怨」字評《小雅》者四次。「怨」字在《論語》一書中亦使用二十次之多，其中《論語·陽貨》：「詩，可以興、可以觀、可以群、可以怨。」一段話，更以「怨」字來說明《詩》的

〔註102〕馬承源，《上海博物館藏戰國楚竹書（一）》（上海：上海古籍出版社，2001），頁129。范毓周，〈《詩論》第三枚簡釋讀〉，「簡帛研究」網，2002.05.07。李零，《上博楚簡三篇校讀記》（臺北：萬卷樓圖書公司，2002），頁43。李學勤，〈《詩論》簡的編聯與復原〉，《中國哲學史》2002.01，頁7。秦樺林，〈上博簡〈孔子詩論〉辯証〉，「簡帛研究」網，2002.08.31。陳秉新，〈《上海博物館藏戰國楚竹書（一）》補釋〉，《東南文化》2002.09，頁80。俞志慧，〈《戰國楚竹書·孔子論詩》校箋（上）（下）〉，「簡帛研究」網，2002.01.17。廖名春，〈上海博物館藏詩論簡校釋札記〉，《上博館藏戰國楚竹書研究》（上海：上海書店，2002），頁274。周鳳五，〈〈孔子詩論〉新釋文及注解〉，《上博館藏戰國楚竹書研究》（上海：上海書店，2002），頁157。黃人二，《上海博物館藏戰國楚竹書（一）研究》（臺中：高文出版社，2002），頁24～25。

功用。由《小雅》詩句本身、毛《序》對《小雅》的理解、先秦的用字習慣，
以及孔子評《詩》的用詞習慣來看，將「夅」字讀爲「怨」確實比讀爲「悁」
來的好。且毛《序》有云：

> 治世之音安以樂，其政和。亂世之音怨以怒，其政乖。亡國之音哀
> 以思，其民困。

〈孔子詩論〉簡 2 說到《頌》之樂便以「安而遲」形容之，而《頌》之樂在《詩
經》當屬「治世之音」的一部分，更可相互參照。至於簡 3「多言難而夅退者
也」一句，雖非用以形容音樂，但由「懇」字，及其下「衰矣！小矣！」之嘆，
可知其內容和「治世」相去甚遠，當近於「亂世」，亦可和毛《序》：「亂世之音
『怨』以怒」之說呼應。

　　「懇」字，在此可讀爲「難」，各家無異議。「退」字，范毓周、俞志慧直
接讀爲「退」，與「怨」字分爲二詞來解釋。〔註103〕范毓周訓「退」爲「衰減」，
但「怨」字爲情緒動詞，「退」字亦當爲情緒動詞較合宜。至於俞志慧訓「退」
爲「緩」，並以爲《史記・屈賈列傳》：「《小雅》怨誹而不亂。」或可作「怨緩」
之注解，但「怨誹」與「怨緩」實不相同，「誹」無「緩」義。秦樺林對「難而
夅（怨）退（懟）」之語法結構有以下看法：

> 「怨懟」當爲同義複詞，《說文》：「懟，怨也。」《穀梁傳・莊公三
> 十一年》：「財盡則怨，力盡則懟。」《孟子・萬章上》：「以懟父母。」
> 趙歧注：「以怨懟父母。」《淮南子・原道訓》：「聖人處之，不爲愁
> 悴怨懟。」從上下文判斷，「而」應是表示並列關係的連詞，因此「而」
> 所連接的「難」和「怨懟」應該詞性一致，並且其所指也應屬於同
> 一範疇，即描述心理狀況的動詞。〔註104〕

就上下文而言，如秦樺林所舉，「怨」、「懟」二字義近，在《穀梁傳》中已有對
言之例，在《淮南子》中更有連讀之例，因此將「夅退」視爲同義複詞而讀爲
「怨懟」確實很有可能。且秦樺林注意到了「夅退」接在連詞「而」的後面，
認爲「夅退」一詞當與「難」同樣是描述心理狀況的動詞，故讀之爲「怨懟」，

〔註103〕范毓周，〈《詩論》第三枚簡釋讀〉，「簡帛研究」網，2002.05.07。俞志慧，〈《戰國
　　　　楚竹書・孔子論詩》校箋（上）（下）〉，「簡帛研究」網，2002.01.17。
〔註104〕秦樺林，〈上博簡〈孔子詩論〉辯証〉，「簡帛研究」網，2002.08.31。

可備一說。筆者則認爲此處「而」字，亦有可能是表示因果關係之連詞，如〈孔子詩論〉簡 9：「〈黃鳥〉則困而欲反其故」之「而」字即用以表示因果關係，若此，則「難」字在此可訓爲「遭逢災難」之意，「難而怨懟」即「遭逢災難而有所怨恨指責」，就文義來看亦說得通。

　　此外，李銳將此句斷爲「多言難而怨，退者也」，並引《國語‧晉語二》：「雖欲有退，眾將責焉」，韋《注》：「退，謂悔改也」。〔註105〕但在此將「退」訓爲「悔改」，似與上文的「難」、「怨」及下文的「衰矣」、「少矣」無太大的關聯。

（三）「衰矣、小矣」所指為何？

　　本段簡文末尾以「衰矣」、「少矣」二嘆來做爲評論《小雅》的結語，馬承源認爲可能是指《小雅》中許多反映社會衰敗、爲政者少德的作品而言，又提到：

> 又備用的殘簡中有一簡是有關《詩》的，其文云：「者。《少夏》亦德之少者也。……」所謂「德之少者」，可以作爲「衰矣少矣」的進一步解釋。但此簡與〈詩論〉並非爲同一人手筆，今附之以供參考。〔註106〕

范毓周訓「衰」爲「減退」，將「少」讀爲「小」，此言《小雅》乃與《大雅》相對而言，指的是《小雅》全體，非如馬承源所言爲部分詩篇，「衰矣小矣」謂《小雅》已是衰落之詩，爲德之小者之詩。〔註107〕觀察簡 2 在「多言後」之後的簡文，都是在評論《頌》詩整體的，故簡 3 的「衰矣少矣」亦當在評論《小雅》之大概。但《小雅》全體詩篇，似乎不能以「衰落之詩」來概括，此「衰矣」當指《小雅》詩中所反映的世道，相較於《頌》和《大雅》之時代是較爲衰退的。毛《序》有類似的評語：「至于王道衰、禮義廢、政教失、國異政、家殊俗，而變《風》變《雅》作矣！」認爲「王道『衰』」和變《雅》的

〔註105〕李銳，〈讀上博楚簡箚記〉，《上博館藏戰國楚竹書研究》（上海：上海書店，2002），頁 399。

〔註106〕馬承源，《上海博物館藏戰國楚竹書（一）》（上海：上海古籍出版社，2001），頁 129。

〔註107〕范毓周，〈《詩論》第三枚簡釋讀〉，「簡帛研究」網，2002.05.07。

產生有一定關係，其所謂變《雅》當即簡文所指「多言難而怨懟者也」的《小雅》詩篇，由此看來，毛《序》和〈孔子詩論〉在評《小雅》時，有其共同的觀點。

至於「少矣」之「少」，筆者贊同范毓周將其讀為「小」。「少」字讀為「小」，其例所在多有，如〈孔子詩論〉簡 8 在講述《詩》篇名〈小旻〉、〈小宛〉、〈小弁〉時，其「小」字皆寫作「少」。又馬承源所引殘簡云：「《少夏》亦德之少者也。」此二「少」字皆當讀為「小」，則〈孔子詩論〉簡 3「小矣」，亦當指《小雅》德之小。「衰矣！小矣！」當近於《孟子・滕文公》：「世衰道微」，意在言《小雅》所反映的世道是較為衰退的，其所反映之德性相較於《頌》和《大雅》，亦只是小德性而已，其言《小雅》中多有因遭逢災難而怨恨責備之內容。

六、邦風其內物也──附論「隹能夫」

邦風丌内勿也尃僮人谷安大會材安丌言旻丌聖善孔＝曰隹能夫（簡3）→《邦風》其內物也，博觀人欲焉，大斂采焉，其言文，其聲善。孔子曰：誰能夫。

（一）斷句問題

本段簡文馬承源讀為：

邦風丌（其）内勿（物）也，尃（溥）僮（觀）人谷（俗）安（焉），大會（斂）材安（焉）。丌（其）言旻（文），丌（其）聖（聲）善。

孔子曰：隹（唯）能夫……〔註108〕

先不論釋字的不同，就馬承源讀為「邦風其內物也，溥觀人俗焉，大斂材焉」的一段，就有另外兩種不同的斷句方式。龐樸認為「尃」字應歸入上句，讀為「邦風其內物也尃：觀人俗焉，大斂材焉」，並舉《周易・繫辭下》：「其稱名也小，其取類也大」、《左傳・昭公二十六年》：「其取之公也薄，其施之民也厚」等例，證明此為常見之句型；董蓮池在斷句方面和龐樸同。〔註109〕其次，俞志

〔註108〕馬承源，《上海博物館藏戰國楚竹書（一）・孔子詩論釋文》（上海：上海古籍出版社，2001），頁 129～130。

〔註109〕龐樸，〈上博藏簡零箋〉，《上博館藏戰國楚竹書研究》（上海：上海書店，2002），

慧認爲「大」字亦應歸入上句，讀爲「邦風其內物也博，觀人欲焉大，僉在焉」，並訓第一個「焉」爲「則」、「乃」之意，後一個「焉」爲單純的句末語助詞。〔註110〕

　　關於斷句的問題，汪維輝已提到「『某某（邦風，或雅、頌），某某也』乃〈詩論〉之固定句式，如第二簡：『頌，平德也，多言后。』『大雅，盛德也。』」〔註111〕汪維輝之觀察有其道理，但「其內物也」和「平德也」、「盛德也」所言「某（平、盛）德也」在句式上不完全相同，最後以「其言文，其聲善」作結，也和前文以「某（至、衰、少）矣」作結有所不同，故無法單由句式的比較，來論斷「專」字究竟屬上讀或屬下讀，仍需其他證據的支持。相同地，龐樸雖然指出「其內物也專」之句型常見，但在〈孔子詩論〉其他簡文中皆以「也」字作結，未見在「也」字後加上形容詞者，再由簡2評論《頌》和《大雅》的句式觀之，雖有可能性，但證據不足。

　　就文義來看，若將「專」字上讀，訓爲「廣泛」（不論「專」、「溥」、「博」皆有此義）之意，則其義當在強調《邦風》「內物之『專』」，而下文的「大斂材焉」（龐樸解釋爲「看重這些從事斂材的男女百姓」）和「觀人俗焉」，皆無法體現其所強調之「廣泛」特色。至於俞志慧進一步將「大」字連上文，讀爲「觀人欲焉大」，訓「焉」爲「乃」、「則」，並引《孟子·盡心下》曰：「充實而有光輝之謂大。」又說「國風展現人性之光輝和男女情感世界之豐富，其洋洋大觀，豈只禮之儉奢與政之善惡而已，此其所以大也。」〔註112〕「焉」字在先秦文獻中的確有訓爲「乃」、「則」之例，多用以表示後果，如《墨子·兼愛上》：「必知亂之所自起，焉能治之。」俞志慧在此未直釋其「觀人欲焉大」之意，筆者猜想其意爲「（《邦風》）可觀察人欲，所以充實而有光輝」，如此一來，亦無法表現上文所說「《邦風》內物廣博」的特色。就算將「《邦風》其內物也博」和

　　頁236～237。董蓮池，〈上海博物館藏《戰國楚竹書（一）》解詁（一）〉，《古籍整理與研究學刊》2002.02，頁16。

〔註110〕俞志慧，〈〈孔子詩論〉五題〉，《上博館藏戰國楚竹書研究》（上海：上海書店，2002），頁307～326。

〔註111〕汪維輝，〈上博楚簡〈孔子詩論〉釋讀管見〉，「簡帛研究」網，2002.06.17。

〔註112〕俞志慧，〈〈孔子詩論〉五題〉，《上博館藏戰國楚竹書研究》（上海：上海書店，2002），頁307～326。

「觀人欲焉大」視爲前後關聯的兩句話，其下文讀爲「僉在焉」(俞志慧訓「僉」爲「皆」)，亦不知何義。

馬承源將本句讀爲「《邦風》，其內物也，溥觀人俗焉，大斂材焉。其言文，其聲善。」的斷句方式，就文義和句法來說是較合理的。「內物」一詞未指明所納何物，本已有廣泛收容事物之意，而下文「溥觀人俗焉」、「大斂材焉」，以「溥」、「大」形容「觀人俗」和「斂材」之動作，皆可和「內物」之「廣泛收容」義相呼應。就句法而言，上文所述汪維輝之說仍有一定的道理，且「溥觀人俗焉」、「大斂材焉」都是「形容詞＋動詞＋名詞＋焉」的句式（筆者認爲「材」讀爲「采」，訓爲「文采」，詳見下文），是兩個平行句，用以說明《邦風》內物之寬廣，不宜將「尃」字歸入上句，或將「大」字連上讀。

（二）文字考釋

「內」，有學者讀爲「納」，讀爲「內」或「納」皆通，「內」亦有「收受」之意，如《荀子・富國》：「婚姻娉內，送逆無禮。」故筆者在此就原簡字形讀爲「內」。「尃」，原簡字形作「」，學者們對於將其釋爲「尃」沒有異議，但在通讀上則有所不同。馬承源讀爲「溥」，通假作「普」；董蓮池亦讀爲「溥」。〔註113〕龐樸認爲「尃」字本有「遍」義，不需再轉讀。〔註114〕李零讀「尃」爲「博」，未多做解釋，但在下文說「簡文是說《邦風》可以博覽風物……」，應是取「博」之「廣博」義。〔註115〕

「尃」字在現知金文中見於以下幾個器物：

1. 臣諫簋：「井侯尃（搏）戎」(《集成》04237)
2. 師𩛥鼎：「小子夙夕尃古先祖烈德」(《集成》02830)
3. 克鐘：「克不敢㒸（墜），尃奠王令」(《集成》00207)
4. 毛公鼎：「尃（敷）命尃（敷）政」(《集成》02841)

〔註113〕馬承源，《上海博物館藏戰國楚竹書（一）・孔子詩論釋文》(上海：上海古籍出版社，2001)，頁129～130。董蓮池，〈上海博物館藏《戰國楚竹書（一）》解詁（一）〉，《古籍整理與研究學刊》2002.02，頁16。

〔註114〕龐樸，〈上博藏簡零箋〉，《上博館藏戰國楚竹書研究》(上海：上海書店，2002)，頁236～237。

〔註115〕李零，〈上博楚簡校讀記（之一）——〈子羔〉篇「孔子詩論」部分〉，「簡帛研究」網，2002.01.04。

5. 王孫遺者鐘：「余專旬于國」（《集成》00261）

6. 叔尸鐘：「公曰：女（汝）尸，余經乃先且（祖），余既專乃心」（《集成》00272）

7. 叔尸鐘：「女（汝）專余于囍匌，易（賜）休命」「飄命于外內之事，中專罍（盟）井（刑），台（以）專戒公家」（《集成》00274）

8. 秦公鐘：「睿專明井（刑）」（《集成》00270）

9. 番生簋蓋：「虔夙夜專求不朁德」（《集成》04326）

10. 叔尸鐘：「又敢才（在）帝所，專受天」（《集成》00275）

11. 之利鐘「台（以）樂賓客，志勞專者（諸）侯。」（《集成》00171）

12. 皇方鼎：「豐白（伯）、專（薄）姑咸弋」（《集成》02739）

13. 叔專父簋：「弔（叔）專父乍（作）奠（鄭）季寶鐘六、金尊盌四、鼎七」（《集成》04454）

14. 蔡候墓殘鐘四十七片：「吳王光穆曾□金青呂專皇台乍（作）寺（持）吁」（《集成》00224）

15. 儞匜「專（薄）趫齒覼儨」（《集成》10285）

在以上例子中，除例 14、15 的「專」字不知其義，其餘「專」字大多作為動詞使用，少部分用以指稱人物，未見用作形容詞且訓為「遍」者。就傳世文獻來看，「專」字似未見於傳世先秦文獻，在先秦以後的文獻，亦多用為「散布」之意，如《史記·司馬相如傳》：「旁魄四塞，雲專霧散。」「非唯雨之，又潤澤之；非唯濡之，氾專濩之。」《集解》徐廣曰：「古『布』字作『專』」，皆當動詞用，雖可能由「散布」義引申出龐樸所舉《玉篇》：「專，遍也」之意，但在意義和詞性上畢竟有所不同，故在此就原字讀為「專」的可能性較低。「溥」、「博」皆可訓為「廣泛」、「寬廣」，且皆有當形容詞和副詞的用法，在此不論釋為何者，於義皆可通。但《論語》中孔子屢言「博施於民」、「博學」，卻未見一「普」或「溥」字，可見以「博」來表示「廣泛」義當是孔子的習慣用法。先秦文獻中「博」字亦常與「大」字連用，如《墨子·尚同上》：「以天下為博大」、《韓非子·難言》：「閎大廣博，妙遠不測，則見以為夸而無用。」「溥」、「普」二字則未見與「大」字合用例。從字形上來說，此字寫作「專」，在意義無差別的情況下，還是以讀為「博」較直接，不必讀為「溥」再通作「普」。「博觀」

之意當和《荀子‧勸學》:「不如登高之博見也」之「博見」相近。

　　「觀」字原簡作:

學者對此字釋讀爲「觀」沒有異議,但在隸定和構形分析上稍有不同。馬承源隸爲從「亻」、從「雚」、從「目」。〔註116〕俞志慧則分析此字爲上「雚」下「囧」的結構,並引《說文》「見」部「觀」字下謂:「『𧠗』古文觀,從囧」,以證之。〔註117〕

　　甲文中「觀」字假「雚」爲之,如《甲》1850:

到西周的觀鼎中已有加「見」旁的「觀」字,作爲人名使用,其形如下:

到了戰國時期,或以「目」旁替換「見」旁,如上博簡〈性情論〉簡9、簡15之「觀」字皆從「目」,至於從「囧」之「觀」,在出土材料中尚未發現。但〈孔子詩論〉簡3「觀」字下部「⬙」形,與楚系文字常見「目」旁寫作「⬙」確有不同,其圈形部件中間筆畫的上半部,似非作一斜畫,而是寫成有如「人」形部件般的兩筆。其實在先秦文字中「目」字中間上部筆畫亦有寫成「人」形部件之例,如西周時的叔鐘作「⬙」(「眔」字所從)、戰國時信陽簡 2.021 作「⬙」、郭店簡〈唐虞之道〉簡26作「⬙」、《璽彙》3521 作「⬙」(「睪」所從)。徐在國認爲《說文》古文「目」字作「⬙」,及「𧠗」字所從「囧」,皆由這種特殊結構的「目」旁演變而來,筆者認爲其說有一定的道理。〔註118〕從

〔註116〕馬承源,《上海博物館藏戰國楚竹書(一)‧孔子詩論釋文》(上海:上海古籍出版社,2001),頁 129～130。

〔註117〕俞志慧,〈〈孔子詩論〉五題〉,《上博館藏戰國楚竹書研究》(上海:上海書店,2002),頁 307～326。

〔註118〕徐在國,《隸定古文疏證》(合肥:安徽大學出版社,2002),頁 77、185。

先秦文字「目」字有作「」形寫法，且「觀」字多從「目」或從「見」的情形來看，〈孔子詩論〉簡 3「觀」字從「目」的可能性比從「囧」大得多。朱歧祥師則認爲「」旁形似「百」字，且「百」字所強調者仍在其目，故「」旁有可能即「百」旁。〔註119〕「百」在楚簡中多作「」（包山簡 237）、「」（隨縣簡 175）、「」（望山 2 號墓簡 13）形，與「」旁筆畫結構近似，就字形上來看，「」形更近於「百」旁，可備一說。此外，「觀」字左上所從「亻」形部件，乃「萑」字之「隹」形筆畫脫離後的結果，如包山簡 259 作「」（「懽」所從），又〈孔子詩論〉中「隹」字左部筆畫亦近「亻」形。故其上部應直接隸定爲「萑」，不須再贅加「亻」旁。

「人谷」，馬承源、董蓮池讀爲「人俗」。〔註120〕龐樸謂「人俗」即「民俗」。〔註121〕李零則將「谷」讀爲「欲」，但未作解釋。〔註122〕范毓周以爲楚簡「谷」字多通假爲「欲」，而「專觀人欲」之意當和郭店簡、上博簡〈緇衣〉所云「以視民欲」大體相同。〔註123〕俞志慧以「人俗」一詞未聞，贊同將此字讀爲「欲」。〔註124〕汪維輝則以〈孔子詩論〉簡 9、簡 16「谷」字皆讀「欲」證之。〔註125〕基於以上理由，筆者亦贊成將「人谷」讀爲「人欲」，此「欲」字當訓爲「願望」或「想要得到滿足的意念」，「博觀人欲」即「廣博的觀察人民的願望」，讓在上位者可藉由《邦風》知道人民的願望，從而檢討其施政得失。

對於「」字，馬承源謂：「疑讀爲斂」。〔註126〕范毓周以爲「」字即是

〔註119〕朱歧祥師於觀看本小節論文後所寫的意見。

〔註120〕馬承源，《上海博物館藏戰國楚竹書（一）・孔子詩論釋文》（上海：上海古籍出版社，2001），頁 129～130。董蓮池，〈上海博物館藏《戰國楚竹書（一）》解詁（一）〉，《古籍整理與研究學刊》2002.02，頁 16。

〔註121〕龐樸，〈上博藏簡零箋〉，《上博館藏戰國楚竹書研究》（上海：上海書店，2002），頁 236～237。

〔註122〕李零，〈上博楚簡校讀記（之一）——〈子羔〉篇「孔子詩論」部分〉，「簡帛研究」網，2002.01.04。

〔註123〕范毓周，〈《詩論》第三枚簡釋讀〉，「簡帛研究」網，2002.05.07。

〔註124〕俞志慧，〈〈孔子詩論〉五題〉，《上博館藏戰國楚竹書研究》（上海：上海書店，2002），頁 307～326。

〔註125〕汪維輝，〈上博楚簡〈孔子詩論〉釋讀管見〉，「簡帛研究」網，2002.06.17。

〔註126〕馬承源，《上海博物館藏戰國楚竹書（一）・孔子詩論釋文》（上海：上海古籍出版

「斂」，又舉上博簡〈緇衣〉簡 14「吾大夫恭且斂」之「斂」亦作「會」爲例。〔註 127〕但戰國文字已有從「僉」從「攵」的「斂」字，如：

（睡虎地秦簡 78）　　　　　　　　（《璽彙》3862）

亦有寫作從「會」從「攵」之形者，如：

（中山王方壺）　　　　　　　　　（包山簡 149）

由此可知「　」當爲「僉」之繁文，仍應釋作「僉」。且上博簡〈緇衣〉簡 14「吾大夫恭且會」之「會」字，在郭店簡〈緇衣〉簡 26 中寫作從「章」從「會」，讀爲「儉」，於義亦通，由此可見〈緇衣〉此字不一定是「斂」字。更何況其下文有「不斂」一詞，其「斂」字不管在上博或郭店〈緇衣〉皆寫作從「會」從「攵」，更可證「會」、「斂」當爲二字，而〈緇衣〉「會」字讀爲「儉」的可能性較大，若眞是讀爲「斂」，亦只能視爲假借。

「大斂材焉」一句，馬承源對於「大」字未作說明，但由其斷句方式和將「斂材」解釋爲「收集邦風佳作」，可推知是將「大」字視爲副詞，大約是訓爲「廣大」義。〔註 128〕龐樸則認爲「大」是動詞，訓「看重」義，而「斂材」乃一種由臣妾（貧賤的男女百姓）來擔任的職事，「大斂材焉」即「看重這些從事斂材的男女百姓」。〔註 129〕雖然龐樸舉《周禮・大宰》：「以九職任萬民……八日臣妾，聚斂疏材」，和《周禮・大司徒》：「頒職事十有二于邦國都鄙，使以登萬民……八日斂材」，以證「斂材」一詞可釋爲「斂材者」，但「斂材」僅爲十二職事之一種，從事「斂材」之「臣妾」亦僅佔九職之一，在此若特別強調看重「斂材者」，反倒和上文說《邦風》「內物」之意不合。而李零解釋「斂材」爲「彙聚人材」，就文義來看亦不相合，我們很難想像《邦風》和「彙聚人材」

社，2001），頁 129～130。

〔註 127〕范毓周，〈《詩論》第三枚簡釋讀〉，「簡帛研究」網，2002.05.07。

〔註 128〕馬承源，《上海博物館藏戰國楚竹書（一）・孔子詩論釋文》（上海：上海古籍出版社，2001），頁 129～130。

〔註 129〕龐樸，〈上博藏簡零箋〉，《上博館藏戰國楚竹書研究》（上海：上海書店，2002），頁 236～237。

之間的關係。〔註130〕

　　程二行訓「材」爲「物」，釋「大斂材焉」的字面意義爲「收集材料」，其深義則在說「從《邦風》中可以積累有關『物材』的豐富知識」，是「多識於草木鳥獸之名」的另一種說法。〔註131〕此說於義亦通，前提是「材」要等同於「物」。但「材」字一般指「可供利用之物料」，例如程二行所舉：

　　　　《左傳・隱公五年》：「凡物不足以講大事，其材不足以備器用，則君不舉焉。」杜氏注：「材謂皮革、齒牙、骨角、毛羽也。」孔穎達《正義》曰：「凡物者，廣言諸物，鳥器魚鱉之類也。材謂所有皮革毛羽之類也。器謂車馬兵甲軍國所用之物也。」

程二行據此曰：「綜觀以上經、傳、注、疏之說，則所謂『材』，就是『物』。」但筆者卻認爲上述引文更可證明「材」、「物」義雖相近，但仍有不同處，「物」所指稱的範圍較大，而「材」乃是「物」中可供人利用的一部分，如「虎」爲「物」，「虎皮」則爲「材」。故《邦風》所記的草木鳥獸之名，能否稱爲「材」仍有問題。

　　王志平將「斂材」讀爲「斂采」，以「材」爲從母之部字，而「采」爲清母之部字，音近可通，雖未解釋「采」字之詞性和意義，但由其引「博采風俗」、「采詩獻之」等例子，可知是將其視爲動詞，訓爲「收集」義。〔註132〕筆者贊同將「材」字讀爲「采」，但當視爲名詞，訓爲「文采」義。如《楚辭・九章・懷沙》：「文質疏內兮，眾不知余之異采。」此「采」字可訓爲「文采」，南朝《文心雕龍・情采》：「繁采寡情，味之必厭。」即沿用其「文采」義。「大斂采」即「大量的收集各地文采」，此「文采」並非在說明《邦風》特別有文采，而是用以代稱各國詩篇，《邦風》本是集結各國詩篇而成，故說其「大斂采」。

　　俞志慧將「大」字歸入上句，將「🖋材安」讀爲「斂在焉」，又將「斂」

〔註130〕李零，〈上博楚簡校讀記（之一）——〈子羔〉篇「孔子詩論」部分〉，「簡帛研究」網，2002.01.04。

〔註131〕程二行，〈楚竹書〈孔子詩論〉關於「邦風」的二條釋文〉，《武漢大學學報（人文科學版）》2002.05，頁561～562。

〔註132〕王志平，〈〈詩論〉箋疏〉，《上博館藏戰國楚竹書研究》（上海：上海書店，2002），頁210～211。

訓「皆」。〔註 133〕本論文在上文討論斷句問題時，已提到此種斷句方式就整體文義來看是有問題的，「僉在」置於此亦難知其義。董蓮池亦將「𤺄」如字讀爲「僉」訓爲「眾」，引《尚書·堯典》：「僉曰：……」，孔《傳》：「僉，皆也。」《楚辭·天問》：「僉曰何憂？」王逸《章句》：「僉，眾也」，又將「材」讀如「哉」，「材安」即「哉焉」，爲兩個句末言氣詞連用，「大僉哉焉」謂能和大眾。〔註 134〕上句「專觀人谷安（焉）」（董蓮池讀爲「……溥，觀人俗焉」）和「大僉材安（焉）」同爲解釋「《邦風》其內物也」的兩個平行句，既然前句的句尾語氣詞僅用「焉」一字，則「大僉材安」句式應與上句相近，末兩字皆爲語氣詞的可能性較小。再者，就算本句可讀爲「大僉哉焉」，亦只能有「大眾」義，董蓮池將其解釋爲「和大眾」，則「和」義不知從何而來。

基於以上理由，筆者將〈孔子詩論〉簡 3 論述《邦風》的一段文字，讀爲「《邦風》其內物也，博觀人欲焉，大斂采焉。其言文，其聲善。」「博觀人欲焉」、「大斂采焉」二句是用以補充「《邦風》其內物也」，前句在說明《邦風》的功能在使上位者體察民情，後句在解釋《邦風》的來源。全段義爲「《邦風》含納多樣化的事物：可由其廣博的內容觀察人民的願望，其來源則是大量收集的各國詩篇。其言辭有文采，樂聲也很和美。」

最後附帶一提，簡 3 末尾有「𰀁能夫」三個字，其下文雖然殘斷，無法得知其意，但在隸定方面少有疑議。唯李銳認爲：

> 與本篇簡六、二十、二十七之佳、雀、雀比較，此「佳」字亻形下猶有一點。郭店簡〈緇衣〉簡九原隸定爲「佳」之字亦有點，上海簡〈緇衣〉簡五加有短橫，皆當隸定爲「隼」，同其他「佳」字有不同，與今本《詩經》對照，讀爲「誰」。此疑當讀爲「誰」。〔註 135〕

李銳此說有理。「佳」旁在楚文字中雖有加點或短橫者，但皆加於中豎畫下部。僅李銳所述上博簡、郭店簡三例，加於左豎畫下部，而〈緇衣〉二例皆讀

〔註 133〕俞志慧，〈〈孔子詩論〉五題〉，《上博館藏戰國楚竹書研究》（上海：上海書店，2002），頁 307～326。

〔註 134〕董蓮池，〈上海博物館藏《戰國楚竹書（一）》解詁（一）〉，《古籍整理與研究學刊》2002.02，頁 16。

〔註 135〕李銳，〈讀上博楚簡箚記〉，《上博館藏戰國楚竹書研究》（上海：上海書店，2002），頁 399。

爲「誰」，〈孔子詩論〉此例則由於簡尾殘斷，故不能確定讀法，但在字形上確和〈孔子詩論〉中的其他「隹」字有所不同，可能亦讀爲「誰」。又秦簡有一從「言」之「誰」字寫作：

誰（睡虎地秦簡〈編年記〉簡 53）

其所從「隹」旁在人形部件下部亦加一橫畫，更可證「隹」字人形部件上之圓點或短橫可能是一種區別符號，在提示讀者「隹」字當讀爲「誰」，非一般「隹」字。那麼將「隹」字隸定爲「隼」是否恰當呢？《說文》「雖」（「隼」之異體）字下附「隼」形，釋曰：「雖或從隹」。「隼」形和「隹」、「隼」（上博簡〈緇衣〉簡 5）、「隼」（郭店簡〈緇衣〉簡 9），尤其和睡虎地秦簡「誰」字所從近似，故將「隹」隸爲「隼」亦無不可，但爲防和《說文》訓爲「祝鳩也」的「隼」字相混，還是就其字形隸定爲「隼」較好。

第二節 單篇詩評

一、《周頌・清廟》

清霝王惠也▅至矣敬宗霝之豊呂爲丌杏秉昊之惠呂爲丌鞏▅肅售▨（簡 5）→〈清廟〉王德也，至矣！敬宗廟之禮以爲其本，秉文之德以爲其業，肅雝 顯相 。

多士秉昊之惠虐敬之（簡 6）→多士秉文之德，吾敬之。

「霝」字，從「宀」、「苗」聲，「廟」之古文。馬承源已指出「清霝」即今本《詩・周頌・清廟》。[註 136]「王惠」，即「王德」，董蓮池、鄭玉珊認爲此「王德」指「文王之德」；朱淵清則認爲這個「王德」應該是成王之德，更確切的說是周公制禮作樂之德。[註 137]〈清廟〉：

[註 136] 馬承源，《上海博物館藏戰國楚竹書（一）・孔子詩論考釋》（上海：上海古籍出版社，2001），頁 132。

[註 137] 董蓮池，〈《上海博物館藏戰國楚竹書（一）・孔子詩論》解詁（一）〉，《古籍整理與研究學刊》2002.02，頁 17。鄭玉珊，《《上博（一）・孔子詩論》研究》（臺北：國立台灣師範大學國文研究所，碩士學位論文，2004），頁 95～97。朱淵清，〈〈孔子詩論〉與〈清廟〉──〈清廟〉考（一）〉，「簡帛研究」網，2002.08.11。

於穆清廟，肅雝顯相，濟濟多士，秉文之德，對越在天，駿奔走在

廟，不顯不承，無射於人斯。

由〈清廟〉「秉文之德」一語觀之，將「王德」理解爲「文王之德」似乎較好。
但簡文「王德」前後未加任何形容詞，且下文「敬宗廟之禮以爲其本，秉文之
德以爲㩱」，似在解釋「王德」之內容，若「王德」指文王之德，下文當不會說
其「秉文之德」，故筆者認爲此處「王」或泛指「君主」，「王德」理解爲「君主
之德」即可，不需特指文王之德或成王之德。「至矣」爲盛美之詞。「豊」，由上
下文看來，當如馬承源之說，讀爲「禮」。「杏」，「本」之古文，目前楚、晉二
系皆見從「臼」的「本」字寫法，詳見鄭玉珊之說。〔註138〕「敬宗窗之豊呂爲
丌杏」即「敬宗廟之禮以爲其本」。

「秉旻之惪」即「秉文之德」，爲〈清廟〉之詩句，上文「以爲其本」之前
的「敬宗廟之禮」非引用詩句，知此處「秉文之德」乃援引〈清廟〉之成語爲
己用，非單純的引用原文。「㩱」字原簡作「㩱」，馬承源說此字《說文》所
無，但與中山王方壺的「業」字相近。〔註139〕李學勤、邴尚白、董蓮池、劉
信芳皆釋爲「業」，並如字讀爲「業」。〔註140〕周鳳五、朱淵清、俞志慧、馮
勝君、黃人二亦釋爲「業」，但讀爲「蘗」。〔註141〕李零則認爲「㩱」應讀爲
「質」，來源是「對」字；據鄭玉珊所述，其師季旭昇原讀「業」，後改從李零

〔註138〕鄭玉珊，《《上博（一）‧孔子詩論》研究》（臺北：國立台灣師範大學國文研究所，
　　　　碩士學位論文，2004），頁98。

〔註139〕馬承源，《上海博物館藏戰國楚竹書（一）‧孔子詩論考釋》（上海：上海古籍出版
　　　　社，2001），頁132。

〔註140〕李學勤，〈上海博物館藏楚竹書〈詩論〉分章釋文〉，「簡帛研究」網，2002.01.16。
　　　　邴尚白，《上博孔子詩論》札記〉，《「新出土文獻與古代文明研究」國際學術研討
　　　　會論文集》（上海：上海大學，2002.07.28～30）。董蓮池，〈《上海博物館藏戰國楚
　　　　竹書（一）‧孔子詩論》解詁（一）〉，《古籍整理與研究學刊》2002.02，頁 17。
　　　　劉信芳，《孔子詩論述學》（合肥：安徽大學出版社，2003），頁 144。

〔註141〕周鳳五，〈論上博〈孔子詩論〉竹簡留白問題〉，「簡帛研究」網，2002.01.19。朱
　　　　淵清，〈〈孔子詩論〉與〈清廟〉——〈清廟〉考（一）〉，「簡帛研究」網，2002.08.11。
　　　　俞志慧，《戰國楚竹書‧孔子論詩》校箋（上）〉，「簡帛研究」網，2002.01.17。
　　　　馮勝君，〈讀上博簡〈孔子詩論〉箚記〉，「簡帛研究」網，2002.01.01。黃人二，《上
　　　　海博物館藏戰國楚竹書（一）研究》（臺中：高文出版社，2002），頁 28～29。

讀「質」：

> 但《上博（三）》〈恆先〉篇簡 4 有「業業天地」一詞，寫法與〈孔子詩論〉完全相同。業師季旭昇於 2004 年 4 月 20 日初睹，以爲讀爲「察察天地（天地清明）」比讀爲「業業天地」更適合。故季師以爲還是當從李零之說，將「秉文之德，以爲其業」之「業」釋爲「察」，讀爲「質」，於簡文中作「根本」之義較適合。

鄭玉珊從季旭昇之說。〔註 142〕筆者認爲就算〈恆先〉之「業業天地」確當讀爲「察察天地」，仍無法排除〈孔子詩論〉簡 5「業」字釋爲「業」的可能性，因爲在晉公盉中已有「業」字寫作「業」形，和「業」字近似，在《汗簡》、《古文四聲韻》亦有類似的「業」字字形，只是省略了最上方的直豎畫。況且，就如李學勤所言，郭店簡中用爲「察」、「竊」之字原簡字形如下：

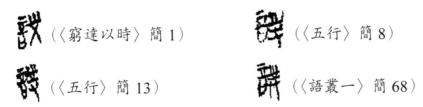

（〈窮達以時〉簡 1）　　（〈五行〉簡 8）

（〈五行〉簡 13）　　（〈語叢一〉簡 68）

觀其字形，與「業」形相差甚遠。再者，〈恆先〉之「業業」目前尙不確定讀爲「察察」，若眞讀爲「察察」，也有可能是「業」字聲符與「業」字形近訛混的結果。以此觀之，「業」釋爲「業」的可能性較大。當然我們還是無法排除「業」釋爲「察」讀爲「質」的可能性，不過就如季旭昇先前之說，「質」字與上文「本」字義嫌重複。〔註 143〕讀爲「業」和讀爲「櫱」的兩種說法中，以讀爲「業」訓爲「功業」的說法較好，鄭玉珊對讀爲「櫱」的說法有以下批評：

> 筆者以爲，「櫱」爲樹遭砍伐過後新生之枝條，有中斷後又新生之

〔註 142〕李零，《上博楚簡三篇校讀記》（臺北：萬卷樓圖書公司，2002），頁 41。季旭昇，《說文新證（上）》（臺北：藝文印書館，2002），頁 156。鄭玉珊，《《上博（一）‧孔子詩論》研究》（臺北：國立台灣師範大學國文研究所，碩士學位論文，2004），頁 95〜97。

〔註 143〕季旭昇，〈〈孔子詩論〉新詮〉，《經學研究論叢》第十三輯（臺北：學生書局，2005）。

義。〈清廟〉的詩旨爲祭祀文王，美文王聖德並祈子孫承先啓後，繼往開來。周代自文王受命，武王克殷，奠定周代之基，正是一國國勢如旭日東昇，正要開展之時，成王、康王繼之，開成康之治，繼往開來建立功業，並無中斷而又復興之事，故此處讀爲「蘖」字並不合適。

此說有其道理，但筆者也不排除〈孔子詩論〉作者在簡文中僅取其「新生」義。不過，從〈清廟〉原文知「秉文之德」者，乃「肅雍顯相」、「濟濟多士」，皆朝廷執治國大業的諸侯卿士，又說文王之德能「不（丕）顯不（丕）承」，被大大的顯揚和繼承。由此看來，「丵」讀爲「業」比讀爲「蘖」更能合於〈清廟〉原詩。

「肅𩇨」即「肅雝」，筆者注意到「肅」字在戰國文字中一般下部從「淵」旁，而本簡「肅」字下部與「淵」在形體上有所差別。對於「肅」字下部所從，吳振武認爲可能是「泉」。〔註144〕「泉」字形體作：

（包山簡143）　　　　　　　　　（包山簡86）

與本簡「肅」字所從確實近似，而「淵」、「泉」義近可互換。上引〈清廟〉有「肅雍顯相」之語，多位學者據此補「顯相」二字，可從。季旭昇則補爲「肅𩇨顯相，以爲其□；□□」。〔註145〕季旭昇之說有其可能性，但因爲「肅𩇨」之前有一墨節，且「肅𩇨顯相」與「敬宗廟之禮」、「秉文之德」的「動詞＋名詞＋之＋名詞」句式並不相同，很可能墨節前後不是平等並列的句式，故筆者暫不從此說。周鳳五依馬承源原來之簡序，將本簡下接簡6，補爲「肅𩇨顯相，□□□□□□□（簡5）□□□□□□□，濟」多士，秉文之德。吾敬之。（簡6）」。〔註146〕筆者亦以爲不妥，從簡6下文「〈烈文〉曰：『亡競維人，丕顯維德。嗚呼！前王不忘。』吾悅之。」可知，簡6這一大段的句式爲「〈詩篇名〉曰：『詩原文』吾×之」，和簡5論述〈清廟〉的句式根本不同，不可連爲一段。

〔註144〕吳振武，〈燕國銘刻中的「泉」字〉，《華學》1996.12。

〔註145〕季旭昇，〈〈孔子詩論〉分章編聯補缺〉，《古文字研究》第二十五輯（北京：中華書局，2004），頁380～390。

〔註146〕周鳳五，〈論上博〈孔子詩論〉竹簡留白問題〉，「簡帛研究」網，2002.01.19。

李學勤則將本簡下接簡 1，變成「肅雝顯相……（簡 5）……行此者其有不王乎？（簡 1）」。〔註147〕但簡 5「清廟」之前已有「■」符號，而「行此者其有不王乎？」之下又有一「■」符號，此符號在〈孔子詩論〉還見於簡 18「〈杕杜〉則情喜其至也」之下。簡18於「■」符號之下殘斷，無法知其前後文相屬關係如何，但在簡 5「■」用以分開總評《風》、《雅》、《頌》和分論〈清廟〉的段落，在簡 1「■」符號之下以「孔子曰」另起一段，明顯和「行此者其有不王乎？」分開，如此觀之，「■」似是分章符號。若依李學勤將簡 5 下接簡 1，則以〈清廟〉之論述獨立爲一章，篇幅似嫌過短，可能性不大。筆者以爲當如李零之說，在簡 5 之下疑脫一簡。〔註148〕

二、《大雅・皇矣》

☐襄尔㫛惪害城胃之也又佥自天命此文王城命之也。訏矣┗孔＝曰此佥也夫┗文王唯谷巳叟启此佥也（簡7）→帝謂文王：「懷爾明德。」曷？誠謂之也。「有命自天，命此文王。」誠命之也。信矣！孔子曰：此命也夫，文王唯裕巳，得乎此命也。

音也文王受命矣■（簡2）→時也，文王受命矣。

（一）補字問題

馬承源已指出「又命自天命此文王」即「有命自天，命此文王」爲《毛詩・大雅・大明》之引文，「襄爾㫛惪」即「懷爾明德」，當爲《毛詩・大雅・皇矣》之引文，但今本云：「予懷明德」，和簡文有一字之差，馬承源認爲：

> 「爾」、「予」一字之差，文義有異。第十一章後半章「帝謂文王」詩句，均稱之爲「爾」：「詢爾仇方，同爾兄弟，以肅鉤授，與爾臨街」（苑夙按：當爲「以爾鉤援，與爾臨衝」）。此「懷爾明德」正可與之對應。〔註149〕

不少學者亦以此一字之差，對本簡補字和毛《詩》「予懷明德」句產生不同看法。

〔註147〕李學勤，〈上海博物館藏楚竹書〈詩論〉分章釋文〉，「簡帛研究」網，2002.01.16。
〔註148〕李零，《上博楚簡三篇校讀記》（臺北：萬卷樓圖書公司，2002），頁 41。
〔註149〕馬承源，《上海博物館藏戰國楚竹書（一）・孔子詩論考釋》（上海：上海古籍出版社，2001），頁 135。

龐樸認爲〈孔子詩論〉簡 7 的「懷爾明德」一句，才是〈皇矣〉第七章「予懷明德」的正確寫法，由其與下文「詢爾××」、「同爾××」、「以爾××」各句句法相同可知，今本毛《詩》「予懷明德」乃是當年抄寫錯誤，將簡文補爲「帝謂文王：懷爾明德」，似認爲毛《詩》奪「爾」字、衍「予」字；董蓮池、汪維輝在補字方面與龐樸同。〔註150〕李零、李學勤、廖名春、王志平、李銳將簡文補爲「帝謂文王：予懷爾明德」，其中廖名春云：

> 簡文「懷爾明德」文義並非與今本有異，只是毛《詩》漏脫一「爾」字，《大雅·文王之什·皇矣》的原文應是「予懷爾明德」。這樣，第 7 簡當脫「文王，予」3 字，而上簡定有「帝謂」二字。〔註151〕

認爲毛《詩》脫一「爾」字，但未言「予」字是衍文。〔註152〕黃人二認爲簡本與傳世本在版本上爲不同之版本，於其文字可以兩存之：

> 「懷」訓「歸」，「予」指「帝」，「爾」指「文王」，則「予懷爾明德」、「予懷明德」、「懷爾明德」，句義並不因代名詞之省而不能理解。〔註153〕

季旭昇亦認爲簡本、今本句子皆說得通，但參酌《大雅》的句式，只補「帝謂文王」四個字，鄭玉珊從季說，補簡文爲「□□□□□□□帝謂文王懷爾明

〔註150〕龐樸，〈上博藏簡零箋〉，《上博館藏戰國楚竹書研究》（上海：上海書店，2002），頁 234。董蓮池，〈上海博物館藏《戰國楚竹書（一）》解詁（二）〉，《古籍整理與研究學刊》2003.02，頁 9。汪維輝，〈上博楚簡〈孔子詩論〉釋讀管見〉，「簡帛研究」網，2002.06.17。

〔註151〕廖名春，〈上博〈詩論〉簡的天論和「誠」論〉，《新出楚簡與儒學思想國際學術研討會論文集》（清華大學思想文化研究所／輔仁大學文學院　聯合主辦，2002.03.31～2002.04.02）。

〔註152〕李零，《上博楚簡三篇校讀記》（臺北：萬卷樓圖書公司，2002），頁 42。李學勤，〈上海博物館藏楚竹書〈詩論〉分章釋文〉，「簡帛研究」網，2002.01.16。王志平，〈〈詩論〉箋疏〉，《上博館藏戰國楚竹書研究》（上海：上海書店，2002），頁 212～213。李銳，《〈詩論〉簡禮學思想研究》（北京：清華大學歷史學系碩士論文，2003），頁 85～86。

〔註153〕黃人二，《上海博物館藏戰國楚竹書（一）研究》（臺灣：高文出版社，2002），頁 34。

德。」〔註154〕

　　廖名春、李銳已指出在《墨子・天志下》中曾引用《大雅・皇矣》作「予懷而明德」。〔註155〕《墨子》文云：

　　　　於先王之書《大夏（雅）》之道之然：「帝謂文王，予懷而（爾）明德，毋大聲以色，毋長夏以革，不識不知，順帝之則。」帝善其順法則也，故舉殷以賞之，使貴爲天子，富有天下，名譽至今不息。

在《墨子・天志中》卻引〈皇矣〉作：

　　　　帝謂文王：「予懷明德，不大聲以色，不長夏以革，不識不知，順帝之則。」帝善其順法則也，故舉殷以賞之，使貴爲天子，富有天下，名譽至今不息。

李銳將「懷」訓爲「懷藏」，將「帝謂文王：予懷爾明德」解釋爲「天帝告語文王曰：我心中懷藏著爾之美好德性」，認爲有「爾」字義勝。但李銳又提到《中庸》文末引〈皇矣〉作：「予懷明德，不大聲以色。」其中沒有「爾」字，子思所引之詩句不太可能是先有「爾」字，而後儒從毛《詩》或三家詩刪改，對於此點，李銳提出的解釋是：「此處子思有可能是節引〈皇矣〉，轉換《詩》文。」〔註156〕其實，若依毛《傳》：「懷，歸也。」之訓，「予懷爾明德」、「予懷明德」、「懷爾明德」等異文，在意義上並無不同，只是對於「予」、「爾」兩代名詞有所省略，《中庸》：「予懷明德」的用法，可證毛《詩》在抄寫本句詩文時並無不妥，《墨子・天志》中篇和下篇皆引《詩・皇矣》，而有「予懷爾明德」和「予懷明德」之不同，更可證少了一代名詞「爾」，對詩義並不會有太大的影響。故筆者贊成〈孔子詩論〉：「懷爾明德」及毛《詩》：「予懷明德」的用法可以兩存。在補字方面，由於下文「有命自天，命此文王」皆四字成詞，〈皇矣〉原詩又有「詢爾仇方」、「同爾兄弟」、「以爾鉤援」、「與爾臨衝」的句式，故簡文補作「帝

〔註154〕李旭昇，〈〈孔子詩論〉新詮〉，《經學研究論叢》第十三輯（臺北：學生書局，2005）。

〔註155〕廖名春，〈上博〈詩論〉簡的天論和「誠」論〉，《新出楚簡與儒學思想國際學術研討會論文集》（清華大學思想文化研究所／輔仁大學文學院　聯合主辦，2002.03.31～2002.04.02）。李銳，〈「懷爾明德」探析〉，「簡帛研究」網，2001.10.06。

〔註156〕李銳，〈「懷爾明德」探析〉，「簡帛研究」網，2001.10.06。

謂文王，懷爾明德」較佳。

（二）斷讀問題

本簡在「懷爾明德」之後有一「害」字，對於此「害」字在簡文中當屬上讀、下讀，或獨立成詞，學者有不同的見解。李零、濮茅左皆將「害」讀爲「曷」，連上文讀爲「……懷爾明德曷？誠謂之也」〔註157〕「害」字亦見於簡10「〈燕燕〉之情害曰動而皆賢於其初者也」，「害」字與上文有一墨節分開，不可能連上讀，簡7用法當與之相同，亦不能連上讀。彭裕商則將「害」讀爲「蓋」，作爲句首語助詞，與下文連讀爲「蓋誠謂之也」，陳偉武、劉信芳皆從之。〔註158〕但下文「誠命之也」前並無「害」字，若將「害」字連下讀爲「蓋誠謂之也」，便與「誠命之也」句式不協，再加上簡10「害」字之後接了一個「曰」字，明顯爲一問答句式，知「害」字不當讀爲「蓋」。〔註159〕

李學勤亦將「害」讀爲「曷」，但獨立成句，讀爲「……懷爾明德。曷？誠謂之也。」〔註160〕筆者認爲這是較合理的讀法，前文「懷爾明德」乃引用〈皇矣〉詩句，而「害」字並非詩句的一部分，當與「懷爾明德」斷開。將「害」字與下文斷開亦能讓「誠謂之也」、「誠命之也」句式相等。「有命自天，命此文王」和「誠命之也」之間當省略一「害（曷）」字，因上文「『帝謂文王，懷爾明德。』曷？誠謂之也！」已提出問題，下文在相同句式中省略一「害（曷）」字並不會造成誤會。

（三）「城胃之也」、「城命之也」如何解讀？

簡文「城胃之也」、「城命之也」，馬承源讀爲「誠謂之也」、「誠命之也」，

〔註157〕李零，《上博楚簡三篇校讀記》（臺北：萬卷樓圖書公司，2002），頁42。濮茅左，〈〈孔子詩論〉簡序解析〉，《上博館藏戰國楚竹書研究》（上海：上海書店，2002），頁30～31。

〔註158〕彭裕商，〈讀《戰國楚竹書》（一）隨記三則〉，《新出楚簡與儒學思想國際學術研討會論文集》（清華大學思想文化研究所／輔仁大學文學院 聯合主辦，2002.03.31～2002.04.02）。陳偉武，〈上博藏簡識小錄〉，第一屆中國語言文字國際學術研討會論文（香港：香港大學，2002）。劉信芳，《孔子詩論述學》（合肥：安徽大學出版社，2003），頁149。

〔註159〕詳參本論文第四章第二節〈害曰童而皆𝔅於丌初者也〉小節。

〔註160〕李學勤，〈上海博物館藏楚竹書〈詩論〉分章釋文〉，「簡帛研究」網，2002.01.16。

沒有多做解釋，多數學者從此讀。〔註161〕惟劉信芳讀為「成謂之也」、「成命之也」，意思是天帝之「謂」、天帝之「命」已然是事實，不是說說玩玩兒的。〔註162〕依劉信芳之說，似是將「成」訓為「事實」，即《說文》：「就也」之義。龐樸已指出「誠謂之也」、「誠命之也」這種句型，不見於現存其他經子諸書中，只有馬王堆帛書〈五行〉篇中出現過兩次。〔註163〕〈五行〉云：

> 君子知而舉之，謂之尊賢。君子知而舉之也者，猶堯之舉舜□，□
> 之舉伊尹也。舉之也者，誠舉之也。知而弗舉，未可謂尊賢。
>
> 君子從而事之也者，猶顏子、子路之事孔子也。事之者，誠事之也。
>
> 知而弗事，未可謂尊賢也。

其中「誠舉之也」、「誠事之也」，劉信芳讀為「成舉之也」、「成事之也」。由帛書〈五行〉上下文觀之，「×舉之也」、「×事之也」之「×」，比較可能是用以表示肯定之義的副詞，與下文「知而弗舉」、「知而弗事」的「弗」相對，不當讀為「成」訓為「事實」。再者，若「成」代表的是「既成的事實」，則事實已成，後面何需再有「舉之」、「事之」的動作呢？

　　同樣讀為「誠謂之也」、「誠命之也」的學者，對於此二句簡文所表達的意涵，亦存在不同的理解。廖名春認為「誠謂之」即「謂之誠」、「解釋是『誠』」，是文王之「誠」使帝「懷」、使帝歸心。〔註164〕俞志慧則說「誠謂之也」或是「誠之謂也」之倒。〔註165〕帛書〈五行〉既有「誠舉之也」、「誠事之也」之言，可見「誠×之也」的句型確實存在，不宜輕易將〈孔子詩論〉「誠謂之也」、「誠命之也」以倒裝句型論之，若將此種句型視為倒裝句，則〈五行〉「誠舉之也」、「誠事之也」，將變為「舉之誠也」、「事之誠也」，或變為「誠之

〔註161〕馬承源，《上海博物館藏戰國楚竹書（一）‧孔子詩論考釋》（上海：上海古籍出版社，2001），頁135。

〔註162〕劉信芳，《孔子詩論述學》（合肥：安徽大學出版社，2003），頁150～151。

〔註163〕龐樸，〈上博藏簡零箋〉，《上博館藏戰國楚竹書研究》（上海：上海書店，2002），頁234。

〔註164〕廖名春，〈上博〈詩論〉簡的天論和「誠」論〉，《新出楚簡與儒學思想國際學術研討會論文集》（清華大學思想文化研究所／輔仁大學文學院　聯合主辦，2002.03.31～2002.04.02）。

〔註165〕俞志慧，〈《戰國楚竹書‧孔子論詩》校箋（上）〉，「簡帛研究」網，2002.01.14。

舉也」、「誠之事也」，與上下文義合而觀之，皆無法通讀。再者，若如廖名春之說，「誠謂之也」該讀為「謂之誠也」，則下文「誠命之也」亦當讀為「命之誠也」，「謂之誠也」即「解釋是『誠』」，「命之誠也」於簡文中卻不知該釋為何義。

董蓮池認為「誠」指內心真實無偽、誠正無私、專一無二，其文云：

> 「何？誠謂之也」是詩論的作者對「懷爾明德」大義的掘發，是
> 在講帝謂文王「懷爾明德」有什麼深刻寓意，「誠謂之也」是以作
> 答的形式作出的解說。言這句詩表明上帝告命文王要有純正無私，
> 專一無二的聖明之德。儒家向以誠信為美德，如《禮記·中庸》：
> 「誠者天之道也，誠之者，人之道也。誠者不勉而中，不思而得，
> 從容中道，聖人也。誠之者，擇善固執之者也。自誠明謂之性，自
> 明誠謂之教，誠則明矣，明則誠矣。」這是論者借以宣揚「誠」。
> 〔註166〕

依董說，則「誠」在簡文中作為名詞使用，指稱儒家所重視之「誠德」，但這種解釋卻無法適用於〈五行〉的「誠舉之也」、「誠事之也」。從文義上來看，簡文「帝謂文王，懷爾明德」，確可得出「上帝告命文王要有純正無私，專一無二的聖明之德。」之義，但從「有命自天，命此文王」這兩句詩，卻無法得出上述的結論，故筆者不從董蓮池之說。

龐樸謂「誠×之也」乃「誠由其中心行之」，訓「誠」為「誠懇」、「真心」等意思。〔註167〕鄭玉珊認為「誠謂之也」是在強調「上帝真的有告訴文王」，將「誠」訓為「真的」。〔註168〕若依龐樸之說，則「誠謂之也」、「誠命之也」是在強調上帝是「誠懇的告訴文王」、「誠懇的賜命給文王」，但從〈孔子詩論〉所引詩文「帝謂文王，懷爾明德」、「有命自天，命此文王」，無法看出上帝是否「誠由其中心行之」。筆者認為將「誠」訓為「真的」是比較好的說法，一方

〔註166〕董蓮池，〈上海博物館藏《戰國楚竹書（一）》解詁（二）〉，《古籍整理與研究學刊》2003.02，頁9。

〔註167〕龐樸，〈上博藏簡零箋〉，《上博館藏戰國楚竹書研究》（上海：上海書店，2002），頁234。

〔註168〕鄭玉珊，《《上博（一）·孔子詩論》研究》（臺北：國立台灣師範大學國文研究所，碩士學位論文，2004），頁105。

面與下文的「信矣」（確實可信）相呼應，帶入帛書〈五行〉「誠舉之也」、「誠事之也」中，也正好作爲表達肯定語氣的副詞，和「知而弗舉」、「知而弗事」的「弗」相對。

綜上所論，筆者讀本段簡文爲「『〔帝謂文王〕，懷爾明德。』曷？誠謂之也！『有命自天，命此文王。』誠命之也！信矣」，意思是「〈皇矣〉言『〔帝謂文王〕，懷爾明德。』的用意爲何？在表示上帝眞的有訓勉文王。〈大明〉言『有命自天，命此文王。』的用意在表示上帝眞的有賜命給文王。兩段詩文用以說明〈皇矣〉、〈大明〉中所述之天命乃確實可信的。」

（四）孔＝曰此命也夫文王隹谷已尋虘此命也

「▇孔＝曰此命也夫▇文王隹谷已尋虘此命也」一段簡文引「孔子」之言，以證〈孔子詩論〉作者「『帝謂文王懷爾明德。』曷？誠謂之也！『有命自天，命此文王。』誠命之也。信矣！」之言論。「此命也夫」即「這是天命啊」，言〈皇矣〉、〈大明〉皆言文王受天命。

簡文「文王隹谷也尋虘此命也」，劉信芳讀爲「文王唯谷也，得乎？此命也。」〔註169〕但未說明「唯谷」當釋爲何義，故暫不討論。馬承源讀爲「文王唯裕也，得乎？此命也。」董蓮池從之。〔註170〕李學勤讀爲「文王雖欲也，得乎？此命也。」廖名春、俞志慧從之。〔註171〕李零、劉樂賢讀爲「文王雖欲已，得乎？此命也。」龐樸、姜廣輝、季旭昇、鄭玉珊從之，其中龐樸、姜廣輝認爲「已」在本簡中很可能用爲動詞。〔註172〕「文王隹谷 δ 」之「 δ 」字

〔註169〕劉信芳，《孔子詩論述學》（合肥：安徽大學出版社，2003），頁 150〜151。

〔註170〕馬承源，《上海博物館藏戰國楚竹書（一）‧孔子詩論考釋》（上海：上海古籍出版社，2001），頁 135。董蓮池，〈上海博物館藏《戰國楚竹書（一）》解詁（二）〉，《古籍整理與研究學刊》2003.02，頁 9。

〔註171〕李學勤，〈上海博物館藏楚竹書〈詩論〉分章釋文〉，「簡帛研究」網，2002.01.16。廖名春，〈上博〈詩論〉簡的天論和「誠」論〉，《新出楚簡與儒學思想國際學術研討會論文集》（清華大學思想文化研究所／輔仁大學文學院　聯合主辦，2002.03.31〜2002.04.02）。俞志慧，〈《戰國楚竹書‧孔子論詩》校箋（上）〉，「簡帛研究」網，2002.01.14。

〔註172〕李零，《上博楚簡三篇校讀記》（臺北：萬卷樓圖書公司，2002），頁 41。劉樂賢，〈讀上博簡札記〉，《上博館藏戰國楚竹書研究》（上海：上海書店，2002），頁 384。龐樸，〈上博藏簡零箋〉，《上博館藏戰國楚竹書研究》（上海：上海書店，

上部兩端未出頭，和簡文中「也」作「<ruby>𠃌</ruby>」不同，簡 10、11、12 的「改」字所從「巳（已）」旁皆作「<ruby>𢆉</ruby>」，故「文王隹谷<ruby>𢆉</ruby>」之「<ruby>𢆉</ruby>」還是釋爲「已」較佳。

將簡文「文王隹谷已尋卣此命也」，讀爲「文王雖欲已，得乎？此命也。」釋爲「文王雖然想要，能行嗎？這是天命啊！」或「文王雖然想不要，能行嗎？這是天命啊！」似乎文王能否代商興周的決定權全在於天命。觀〈大明〉原文首句便云：「明明在下，赫赫在上。」先說文王之德明明於下，而後才言其赫赫然著見於天，知先有其德，而後才上達於天。又云：「天難忱斯，不易維王，天位殷適，使不挾四方。」因紂王之惡，故天使其政令不達於四方而國亡。據此兩段詩文，知天命之歸取決於德。又：

> 維此文王，小心翼翼，昭事上帝，聿懷多福，厥德不回，以受方國。

> 毛《傳》：「回，違也。」

四方諸國所以歸附於文王，乃因其德不違於天。再觀〈皇矣〉首章：

> 皇矣上帝，臨下有赫，監觀四方，求民之莫。維此二國，其政不獲；
> 維彼四國，爰究爰度。上帝耆之，憎其式廓，乃眷西顧，此維與宅。

亦可知上帝之所以棄殷，乃因當時殷德之惡。〈皇矣〉四章：

> 比於文王，其德靡悔。既受帝祉，施於孫子。

謂從周之先人至於文王之大德，其德皆善，既受上帝之福祉，更延流於孫子，亦先言其德而至於受上帝之福祉。《大雅·文王之什》的其他詩篇亦有近似的說法，如〈文王〉：

> 有周不顯，帝命不時。文王陟降，在帝左右。

言有周之德光明，上帝之命以時，蓋以文王上接天道，下接人治，乃察上帝之意，順其左右之宜而行之。

> 無念爾祖，聿修厥德，永言配命，自求多福。

亦在勉勵要修德配命。「殷之未喪師，克配上帝。」言殷先世未失眾心之時，其

2002），頁 235～236。姜廣輝，〈古《詩序》復原方案（修正本）〉，「簡帛研究」網，2002.05.22，註 xlix。季旭昇，〈〈孔子詩論〉新詮〉，《經學研究論叢》第十三輯（臺北：學生書局，2005）。

德皆能配上天而行。

　　　上天之載，無聲無臭，儀刑文王，萬邦作孚。

言上天之事，無聲音可聞，無臭味可嗅，唯善法文王配天之道，則可讓萬邦信順之。由詩文可知，文王雖因受天命而能代商興周，但天命之所以在文王之身，乃因其德能配天，德才是天命之歸向。

　　根據上段之分析，「文王雖欲也」之說雖有其可能性，但筆者較贊成「文王惟裕也」之說，「裕」可從董蓮池訓爲「容」，不過「也」字需改釋爲「已」。而「尋虜此命也」一句，可直讀爲「得乎此命也」，不必斷讀爲「得乎？此命也。」「得乎此命也」即「得此命」，相同句式見於《孟子・盡心下》：「得乎丘民而爲天子，得乎天子爲諸侯，得乎諸侯爲大夫」、《公羊傳・莊公二十八年》：「未得乎師也」。「文王惟裕也，得乎此命也。」即「文王之德能容配於天，故能得此天命。」此說正合於〈大明〉謂文王「昭事上帝」、「厥德不回」和〈文王〉「文王陟降，在帝左右」的說法。從詩教的意義來看，亦有勸人修德以配天之意。

（五）寺也文王受命矣

　　李零、李學勤、廖名春、俞志慧、姜廣輝、李銳等人皆認爲簡 2「寺也文王受命矣」當接於簡 7 之後。〔註173〕簡 7「『帝謂文王，懷爾明德。』曷？誠謂之也。『有命自天，命此文王。』誠命之也。信矣。孔子曰：『此命也夫！文王惟裕已，得乎此命也。』」〔註174〕亦在談論文王之受天命，且兩簡之形制相同，故筆者從此說。

　　馬承源對「寺也」未有解釋，對於「文王受命矣」則云：

　　　今本毛《詩》中記文王受命的詩是《大雅・文王》，在〈小明〉的首

〔註173〕李零，《上博楚簡三篇校讀記》（臺北：萬卷樓圖書公司，2002），頁 42。李學勤，〈上海博物館藏楚竹書〈詩論〉分章釋文〉，「簡帛研究」網，2002.01.16。廖名春，〈上海博物館藏〈詩論〉簡校釋〉，《中國哲學史》2002.01，頁 18。俞志慧，〈《戰國楚竹書・孔子論詩》校箋（上）〉，「簡帛研究」網，2002.01.14。姜廣輝，〈古《詩序》復原方案（修正本）〉，「簡帛研究」網，2002.05.22。李銳，《〈詩論〉簡禮學思想研究》（北京：清華大學歷史學系，碩士學位論文，2002），頁 86。

〔註174〕詳見本論文第三章第二節《大雅・皇矣》小節。

句也曾提到。此殘文所論應是〈大夏〉。

汪維輝將「寺」讀作「詩」，未作解釋。〔註175〕「詩」字在〈孔子詩論〉中出現於簡1、4、16皆從「止」從「言」，不從「止」從「又」。又「詩」可指稱的範圍可能包括《詩經》全部，不能說《詩》都是在表達文王受命的。當然，若將此句補爲「××之詩也」，則可將其範圍縮減爲某單一詩篇，但〈孔子詩論〉中在提及所討論之詩時，皆直稱篇名，或以其中一詩句代替篇名，未有用「××之詩」來代表所討論的主體者，故「寺」讀爲「詩」的可能性很小。

簡文「寺也文王受命矣」，董蓮池認爲當是由〈文王〉：「有周不顯，帝命不時」而來，毛《傳》訓「不時」爲「時也」，而林義光云：「時，持久也。……言有周之光明，帝命之持久。……時、持、峙古並同音。」董蓮池據此將簡文讀爲「持也，文王受命矣。」「持」乃在闡發〈文王〉詩蘊，「文王受命矣」則爲論後追嘆贊美之語。〔註176〕〈文王〉首章：

> 文王在上，於昭于天，周雖舊邦，其命維新。有周不顯，帝命不時。
>
> 文王陟降，在帝左右。

由其上下文看不出「帝命持久」之意，「周雖舊邦，其命維新。」一句以「舊」、「新」相對，言周邦雖爲久舊之國，但其所受天命是新的，而此新天命之降下正逢「令聞不已」的文王執政之時，以此觀之，「帝命不時」之「不時」當如毛《傳》訓爲「時也」，不能訓爲「持久」，「寺也文王受命矣」亦不能讀爲「持也，文王受命矣」。

李零、李學勤、周鳳五、俞志慧、王志平、姜廣輝、劉信芳等人皆將「寺也」讀爲「時也」。〔註177〕廖名春對此提出疑問並提出「此命也，志也，文王

〔註175〕汪維輝，〈上博楚簡〈孔子詩論〉釋讀管見〉，「簡帛研究」網，2002.06.17。

〔註176〕董蓮池，〈上海博物館藏《戰國楚竹書（一）》解詁（一）〉，《古籍整理與研究學刊》2003.02，頁15。

〔註177〕李零，《上博楚簡三篇校讀記》（臺北：萬卷樓圖書公司，2002），頁42。李學勤，〈上海博物館藏楚竹書〈詩論〉分章釋文〉，「簡帛研究」網，2002.01.16。周鳳五，〈〈孔子詩論〉新釋文及注解〉，《上博館藏戰國楚竹書研究》（上海：上海書店，2002），頁152。俞志慧，〈《戰國楚竹書·孔子論詩》校箋（上）〉，「簡帛研究」網，2002.01.14。王志平，〈〈詩論〉箋疏〉，《上博館藏戰國楚竹書研究》（上海：上海書店，2002），頁210。姜廣輝，〈古《詩序》復原方案（修正本）〉，「簡

受命矣」的新說：

> 簡文上下說「命」，並沒有涉及到「時」，這裡突然冒出來一個「時」
> 字，又有什麼意義？因此，「寺」字當求別解。我認為此「寺」字當
> 讀為「志」。兩字皆從「之」得聲，只不過一從「寸」，一從「心」
> 而已。此「志」字之義可訓為德或慕。……這一訓為德或慕的
> 「志」，其義與上文所引《大雅・皇矣》「予懷爾明德」之「懷」
> 同。「此命也，志也，文王受命矣」，是說此天命，是上帝的報答，
> 是上帝對文王歸心所致，文王正是具有「誠」德，他才獲得了難得
> 的天命。〔註178〕

他又說「志」指天志。「此命也，志也」，此命就是天志，這是說文王受命為天
子，這是天的意志，李銳贊同廖名春之說。〔註179〕「寺」可通讀為「時」或
「志」是無可懷疑的。雖說「寺也，文王受命矣」沒有明顯證據可證明是在論
《大雅・文王》，如鄭玉珊之言，《詩經》經文中提到文王受命的還有其他篇，
如〈皇矣〉、〈文王有聲〉、〈江漢〉等，故簡文「文王受命矣」不一定是在論
〈文王〉。〔註180〕但「天命」本可說是由天之意志所降下之命，有「志」之
義，又周於文王之際而受天命，亦可謂之「時」，故讀為「時」和讀為「志」兩
說，從上下文義來看皆說得通，筆者在此暫不作取捨。

三、《周頌・烈文》

剌叟曰乍競佳人不盛佳惠於唇前王不忘虚敞之（簡6）→〈烈文〉曰：

> 帛研究」網，2002.05.22。劉信芳，《孔子詩論述學》（合肥：安徽大學出版社，
> 2003），頁111。
>
> 〔註178〕廖名春，〈上博〈詩論〉簡的天論和「誠」論〉，《新出楚簡與儒學思想國際學術研討
> 會論文集》（清華大學思想文化研究所／輔仁大學文學院　聯合主辦，2002.03.31
> ～2002.04.02）。
>
> 〔註179〕廖名春，〈上海博物館藏〈詩論〉簡校釋〉，《中國哲學史》2002.01，頁18。李銳，
> 《〈詩論〉簡禮學思想研究》（北京：清華大學歷史學系，碩士學位論文，2002），
> 頁86。
>
> 〔註180〕鄭玉珊，《《上博（一）・孔子詩論》研究》（臺北：國立台灣師範大學國文研究所，
> 碩士學位論文，2004），頁34。

無競唯人，丕顯唯德，於乎！前王不忘，吾悅之。

「剌」字原簡作「」形，馬承源將之讀為「烈」，認為「剌旻」即今本《詩·周頌·清廟之什》的篇名〈烈文〉。〔註181〕今本〈烈文〉有「無競維人」、「不顯維德」、「於乎前王不忘」等句子，與本段簡文所引詩句幾乎相同，知「剌旻」為今本〈烈文〉無誤。

但簡本引文和今本〈烈文〉之間仍有些微差異，簡文「乍競」一詞，今本寫為「無競」，馬承源據簡文「乍」字認為今本「亡」字為傳抄之訛。〔註182〕臧克和則認為：

> 這裡「乍競隹人」可能就是〈十月之交〉「職競由人」、〈桑柔〉「職競用力」等句型的同類。其中的「職」字是虛詞，功能相當於句首發語詞。「乍競隹人，不顯維德」，兩句構成對文，後句的「不」即丕，也是虛詞。「乍競」，競也；「不顯」，顯也。簡文的實際語義就是「競維人，顯維德」。〔註183〕

「乍」、「亡」兩字在先秦文字中法寫雖然有所不同，但字形相近，在傳抄時確有訛混的可能。但李學勤、俞志慧看法與馬承源相反，認為簡文「乍」字當為「亡」字之訛。〔註184〕姚小鷗更徵引《詩》中其他「無競」的用法：

> 《大雅·抑》：「無競維人，四方其訓之。有覺德行，四國順之。」
>
> 《大雅·桑柔》：「君子實維，秉心無競，誰生屬階，至今為梗。」
>
> 《周頌·執競》：「執競武王，無競維烈。不顯成康，上帝是皇。」
>
> 《周頌·武》：「於皇武王，無競維烈。」

〔註181〕馬承源，《上海博物館藏戰國楚竹書（一）·孔子詩論考釋》（上海：上海古籍出版社，2001），頁133。

〔註182〕馬承源，《上海博物館藏戰國楚竹書（一）·孔子詩論考釋》（上海：上海古籍出版社，2001），頁133。

〔註183〕臧克和，〈上博楚竹書中的「詩論」文獻及範型〉，《學術研究》2003.09，頁 122～123。

〔註184〕李學勤，〈〈詩論〉說〈宛丘〉等七篇釋義〉，《新出楚簡與儒學思想國際學術研討會論文集》（清華大學思想文化研究所／輔仁大學文學院　聯合主辦，2002.03.31～2002.04.02）。俞志慧，〈《戰國楚竹書·孔子論詩》校箋（上）〉，「簡帛研究」網，2002.01.17。

又引宗周鐘:「佳皇上帝百神,保餘小子,朕猷又成亡競。我佳司配皇天,對作宗周寶鐘。」其中亦有「亡競」一詞。〔註185〕于茀、黃人二、董蓮池、季旭昇、鄭玉珊亦皆讚同簡本「乍」字當爲「亡」字之訛。〔註186〕由姚小鷗所舉之例證觀之,「無競」一詞爲《詩》中的常用詞,而「乍競」一詞全《詩》未見,不太可能《詩》中所有的「無競」皆由「乍競」訛寫而來,比較可能簡文「乍」字爲「亡」字之訛。

四、《周頌・昊天有成命》

昊=又城命二后受之貴敊㬎矣訟(簡 6)→〈昊天有成命〉二后受之,貴且顯矣訟。

簡文「昊=天又城命」,馬承源謂即〈昊天有成命〉,位於《頌》之中,「二后」指的是文王、武王,「貴敊㬎矣」讀爲「貴且顯矣」。〔註187〕以上說法學者皆無異議。至於簡末「訟」字,學者雖皆認同其當讀爲「頌」,但對於此「頌」字是否屬於〈昊天有成命〉之詩評、在此如何解釋,持不同看法。

馬承源謂此簡末之「頌」字,說明論《頌》的辭文尚未結束。〔註188〕似是認爲「頌」字當屬下文。李零認爲此「頌」字可能是講本簡所評論的〈清廟〉、〈烈文〉、〈昊天有成命〉。〔註189〕李說是將「頌」字獨立開來,亦不認爲「頌」字屬〈昊天有成命〉。俞志慧則云:「『頌』字繫於簡末,則此簡爲論《頌》之末

〔註185〕姚小鷗,〈〈孔子詩論〉第六簡釋文考釋的若干問題〉,《上博館藏戰國楚竹書研究》(上海:上海書店,2002),頁 350~353。

〔註186〕于茀,〈上海博物館藏戰國楚簡詩論補釋〉,《北方論叢》2003.01,頁 58。黃人二,《上海博物館藏戰國楚竹書(一)研究》(臺中:高文出版社,2002),頁 30。董蓮池,〈上海博物館藏《戰國楚竹書(一)》解詁(二)〉,《古籍整理與研究學刊》2003.02,頁 8。季旭昇,《上海博物館藏戰國楚竹書(一)讀本》(臺北:萬卷樓圖書公司,2004),頁 75。鄭玉珊,《《上博(一)・孔子詩論》研究》(臺北:國立台灣師範大學國文研究所,碩士學位論文,2004),頁 318~320。

〔註187〕馬承源,《上海博物館藏戰國楚竹書(一)・孔子詩論考釋》(上海:上海古籍出版社,2001),頁 134。

〔註188〕馬承源,《上海博物館藏戰國楚竹書(一)・孔子詩論考釋》(上海:上海古籍出版社,2001),頁 134。

〔註189〕李零,《上博簡三篇校讀記》(臺北:萬卷樓圖書公司,2002),頁 39。

簡無疑。」﹝註190﹞似乎將「頌」字視為章末的章題,即「大題在下」之體例。
李學勤、廖名春、季旭昇則參照上文評〈清廟〉、〈烈文〉「吾×之」的體例,認
為「頌」字之前當脫一「吾」字,又在「頌」字之後補「之」字,讀為「吾頌
之」。﹝註191﹞此說就體例上來看甚有道理,但卻必須改動簡文,假設「頌」之
前脫「吾」字。以上各說雖皆有其道理,但皆為臆測之詞,僅餘一「頌」字實
無法判定簡文原義,故暫存疑。

﹝註190﹞俞志慧,〈《戰國楚竹書·孔子論詩》校箋(上)〉,「簡帛研究」網,2002.01.17。
﹝註191﹞李學勤,〈〈詩論〉說〈宛丘〉等七篇釋義〉,《新出楚簡與儒學思想國際學術研討
　　　　會論文集》(清華大學思想文化研究所╱輔仁大學文學院　聯合主辦,2002.03.31
　　　　～2002.04.02)。廖名春,〈上海博物館藏詩論簡校釋箚記〉,「簡帛研究」網,
　　　　2002.01.01。季旭昇,〈〈孔子詩論〉新詮〉,《經學研究論叢》第十三輯(臺北:學
　　　　生書局,2005)。

第四章 〈孔子詩論〉滿寫簡釋讀考辨

第一節 〈宛丘〉組

一、《國風・陳風・宛丘》

孔＝曰🔲丘虗善之▬（簡21）→孔子曰：〈宛丘〉吾善之。

🔲丘曰洵又情而亡望虗善之（簡22）→〈宛丘〉曰：「洵有情，而無望。」吾善之。

簡22所引「洵又情而亡望」，馬承源已指出《陳風・宛丘》：「洵有情兮，而無望兮。」正可和簡文「🔲丘曰：『洵又情而亡望』，吾善之……」相對應。〔註1〕可知簡22「🔲丘」應讀爲「宛丘」，而簡21「🔲丘」和簡22「🔲丘」皆以「吾善之」爲評語，知「🔲丘」亦爲「宛丘」，「🔲」、「🔲」爲一字之異體。但〈孔子詩論〉簡8的〈小宛〉寫作「少🔲」，「宛」字和「🔲」形有別。對此，馬承源認爲「不可能『宛』字作『🔲』，又再作『🔲』。簡本、今本兩字並待考。」〔註2〕後有何琳儀師和季旭昇、李天虹、顏世鉉、許全勝等學者，試著對「🔲」

〔註1〕馬承源，《上海博物館藏戰國楚竹書（一）・孔子詩論考釋》（上海：上海古籍出版社，2001），頁150～152。

〔註2〕馬承源，《上海博物館藏戰國楚竹書（一）・孔子詩論考釋》（上海：上海古籍出版社，2001），頁136。

字構形提出解釋。

　　李天虹主張將「⿱」釋爲「巹」，並舉「陸」字包山楚簡的簡 171 作「⿰」、郭店〈老子甲〉簡 16 作「⿰」，認爲其所從「巹」旁作「⿱」、「⿱」二形，和「⿱」字接近。而古「陸」屬曉母歌部，「宛」屬影母元部，音近可通。但又說「〈詩論〉『⿱』字與『土』相當之處作『二』或『⿱』，亦非『土』，這是不能確定此釋的根本原因。」〔註3〕

　　「土」旁在出土資料中多見，目前可見有「⿱」（《乙》1731）、「⿱」（《甲》2902）、「⿱」（《明藏》620「皇」所從）、「⿱」（《前》7.36.1）、「⿱」（《後》2.38.3）、「⿱」（《璽彙》0124）、「⿱」（《陶彙》3.585）、「⿱」（《陶彙》6.225）、「⿱」（《貨系》2005）、「⿱」（《貨系》2018）、「⿱」（《璽彙》2614「徒」所從）、「⿱」（《璽彙》2614「徒」所從）、「土」（包山簡 233）、「⿱」（郭店簡〈成之聞之〉7「均」所從）、「⿱」（郭店簡〈唐虞之道〉10）、「⿱」（郭店簡〈緇衣〉13）幾種形體，戰國楚系文字中僅見最後四種，皆爲一般常見之「土」旁寫法。由以上各形體可知，「土」旁無論如何省略，其象徵土塊的豎筆都還保留，從未見有省成「二」、「⿱」兩形者。如李天虹自己所論，「二」、「⿱」兩形當非「土」旁，而「陸」旁所從「⿱」、「⿱」二形，其上又確爲「土」旁無疑。故「⿱」字不應釋爲「巹」。

　　許全勝以「⿱」字對應今本「宛」字推之，認爲可讀爲「畎」或「畎」，又舉文獻之例證「畎丘」與「宛丘」義近，而「畎丘」與「畎丘」爲義同而名異者，故「畎丘」亦和「宛丘」義近。〔註4〕

　　「畎丘」、「畎丘」皆未見於先秦文獻，亦未有證據能證明「畎丘」與「畎丘」爲義同名異之關係。再者，「畎丘」就算與「宛丘」義近，其義亦必不相同，否則《爾雅》何必在〈釋丘〉一篇中將兩者分列，釋其爲「宛中宛丘」、「如畎畎丘」。在〈釋丘〉除了「宛中宛丘」，另有「丘上有丘，爲宛丘」一段話提到「宛丘」，至於此二「宛丘」之間的關係爲何，則非本文探討重點。若「⿱」

〔註3〕李天虹，〈上海簡書文字三題〉，《上博館藏戰國楚竹書研究》（上海：上海書店，2002），頁 377～382。

〔註4〕許全勝，〈宛與智──上博〈孔子詩論〉簡二題〉，《新出楚簡與儒學思想國際學術研討會論文集》（清華大學思想文化研究所／輔仁大學文學院　聯合主辦，2002.03.31～2002.04.02）。

字眞能讀爲「畎」，其與今本「宛」的關係只能從聲音上的通假來講，要由意義來關聯「宛丘」和「畎丘」二詞，需有更多證據來證明。

就字形而論，「畎」、「甽」二字似未見於出土資料中，但由《說文》：「甽，古文く從田從川。畎，篆文く從田犬聲。」雖不知其所謂古文之確切區域，但已有多位學者論述《說文》古文大約爲戰國時期的文字，可知戰國時「甽」字當從「川」，而「甬」、「甬」二字上所從不似「川」旁。若說「甬」爲「畎」，則其可能性更低，《說文》已言「畎」爲篆文，就算戰國時已有「畎」字，作爲聲符使用的「犬」旁當不會隨便省略，故「甬」字不大可能釋爲「甽」或「畎」。那麼，是否可能從聲音上通讀爲「畎」呢？細觀「甬」、「甬」二字字形，似未有與「畎」音近之偏旁，通假的條件不足，故「甬」字不當讀爲「畎」。

何琳儀師、季旭昇皆認爲「甬」字乃「邍」之省變形體。何琳儀師舉魯原鐘以下字例爲證：

認爲此字上半所從部件與〈孔子詩論〉「甬」相同，後者應是前者之省變形體。〔註5〕季旭昇認爲《古文四聲韻》「宛」字下，收〈碧落文〉一體作「宛」，可能是由上博簡「甬」形訛變而來。〔註6〕「邍」在金文中作：

其上「攵」旁或省變作：

戰國楚文字中未見確定之「邍」字，此字但見於秦、晉二系文字，秦系石鼓文三例皆作：

晉系「邍」字可省「辵」、「彖」二旁：

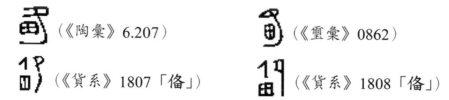

由晉系文字「邍」省作「备」，可知楚系文字亦有將「邍」省爲「备」之可能。

楚系之「夊」旁一般寫作「夂」（包山簡162「客」所從）、「夂」（《璽彙》0161「客」所從），但亦有訛作「屮」（《曾侯乙墓》564.6「峇」所從）、「夂」（曾侯乙墓簡171「客」所從）、「弓」（《輯證》181.2「峇」所從）之例，其中寫作「弓」的形體可能是承金文中有所省略的「夊」旁而來（如上舉單伯鬲、魯邍鐘）。而在楚簡中和「备」字構形類似的，還有「菖」（九店簡56.13）、「菖」（包山簡2.151）二例，其中間部分作「冖」、「一」。筆者認爲「备」、「备」、「菖」、「菖」所從之「冖」、「弓」、「一」等形，可能是由省變之後的「夊」旁演變而來，其演變軌跡如下：

$$夂 \longrightarrow 弓、冖 \longrightarrow 冖 \longrightarrow 弓、一$$

且「邍」之上古音在疑母元部、「宛」在影母元部，二字韻同聲近，在通假上亦沒有問題。故筆者贊同何琳儀師和季旭昇，將〈孔子詩論〉「备」、「备」二字視爲「邍」之省。

此外，顏世鉉認爲李家浩將九店簡13「菖」字釋爲「荀」可信，故以此推知上博簡〈孔子詩論〉「备」字當釋爲「旬」，讀爲「宛」，二者是眞、元旁轉。[註7]「旬」字在戰國楚文字中作「旬」（包山簡186）、「畋」（曾侯乙墓簡65「畋」）、「旷」（曾侯乙墓簡67「畋」）、「畋」（曾侯乙墓簡151「畋」）等形，其上所從「勹」旁雖未見作「一」、「冖」兩形之例，但在訛變過程中亦有其可能性，且就「旬」字整體字形來看，和「备」字的確很相近。不過，「旬」、「宛」上古音韻部雖眞、元旁轉，但其聲母一在定母、一在影母，相差較遠，若要將「备」字釋爲「旬」，而後和「宛」字通假，在聲音上較說不通。而將「备」、

<hr>

〔註7〕顏世鉉，〈上博楚竹書散論（二）〉，「簡帛研究」網，2002.04.18。

「⿰」二字隸爲「备」當作「邊」之省，不但在字形上有其可能性，在聲韻通假上亦很完美，可能性較大。

二、《國風・齊風・猗嗟》

於差虘憙之▆（簡21）→〈猗嗟〉吾喜之。

於差曰四矢貞吕御亂虘憙之▆（簡22）→〈猗嗟〉曰：「四矢變，以御亂。」吾喜之。

簡文「於差」，馬承源讀爲《詩・國風・齊風》之篇名〈猗嗟〉，由簡22引文可知此說無誤，學者對此亦無異議。〔註8〕「矢」，在簡文中作「中」形，與古文中常見的「矢」字上下顚倒，此種倒「矢」的寫法已見於曾侯乙墓竹簡的簡文中，通常與「弓」、「箙」並言，又以「秉」這個量詞來計數，知寫爲倒「矢」的這個字，當釋爲「矢」或「箭」，雖然就其字形來看，此字仍近於「矢」，但楚系銘文和簡文的「晉」字上部皆從二「矢」並排而讀爲「晉」，就此點看來，「矢」字當讀爲「箭」，爲「箭」字異體，「四箭變」和「四矢變」在文義上無別，不過考慮到「矢」爲象形字，就算其形上下顚倒仍可釋爲「矢」，故此仍從毛《詩》讀爲「矢」。「虘憙之」即「吾喜之」，是孔子在陳述對於〈猗嗟〉之觀感，〈猗嗟〉：

猗嗟昌兮，頎而長兮，抑若揚兮，美目揚兮，巧趨蹌兮，射則臧兮。

猗嗟名兮，美目清兮，儀既成兮，終日射侯，不出正兮，展我甥兮。

猗嗟孌兮，清揚婉兮，舞則選兮，射則貫兮，四矢反兮，以禦亂兮。

除了形容其人儀表不凡外，又一再云「射則臧兮」、「終日射侯」、「射則貫兮」，形容其射技不凡，可知射技當是本詩的一個重點，而孔子在引用「四矢變，以禦亂」之後說「吾喜之」，當是喜其射藝之精，具備平亂的能力。

簡22所引「四矢貞吕御亂」在今本毛《詩》寫作「四矢反兮，以禦亂兮」，在韓《詩》則「反」作「變」，學者各有所從。李學勤、廖名春皆從毛《詩》將簡文「弁」字讀爲「反」。〔註9〕俞志慧、王志平、李銳則讀「弁」爲「變」，認

〔註8〕 馬承源，《上海博物館藏戰國楚竹書（一）・孔子詩論考釋》（上海：上海古籍出版社，2001），頁151。

〔註9〕 李學勤，〈〈詩論〉說〈宛丘〉等七篇釋義〉，《新出楚簡與儒學思想國際學術研討會論文集》（清華大學思想文化研究所／輔仁大學文學院聯合主辦，2002.03.31～2002.04.02）。廖名春，〈上海博物館藏〈詩論〉簡校釋〉，《中國哲學史》2002.01，

爲〈孔子詩論〉的說法近於韓《詩》。〔註10〕鄭玉珊採折衷說法，謂讀爲「四矢反兮」，是指每支箭都能射到前一支箭射中的地方；讀爲「四矢變兮」，則是指每支箭都能射到與前一支不同的地方，無論哪一種說法，皆在描述箭術之精妙。〔註11〕由於「弁」之古音在並紐元部，與古音同在幫紐元部的「變」、「反」二字皆可通假，故此處兩說皆可通。但目前的楚文字出土資料中，「弁」字大都讀爲「變」，且讀爲「四矢變」可有平定四方亂事之意，與下文「以禦亂」之義相合。

廖名春由簡文中看出孔子論〈猗嗟〉之觀點與毛《序》有所不同，毛《序》文云：「〈猗嗟〉，刺魯莊公也。齊人傷魯莊公有威儀技藝，然而不能以禮防閑其母，失子之道，人以爲齊侯之子焉。」而孔子卻說「吾喜之」，顯然是「美」而非「刺」，他又引用方東樹《原始》：

> 〈猗嗟〉，魯莊公材藝之美也。

> 此齊人初見莊公而嘆其威儀技藝之美，不失名門子，而又可以爲戡亂材，誠哉，其爲齊侯之甥也。意本贊美，以其母不賢，故自後人觀之而以爲刺耳。

廖名春認爲當以方說爲是。〔註12〕觀〈孔子詩論〉簡文，確實較近於方東樹之說，皆就原詩文內容而論。

三、《國風・曹風・鳲鳩》

尸鴼虘訐之▆（簡21）→〈鳲鳩〉吾信之。

尸鴼曰丌義一氏心女結也虘訐之（簡22）→〈鳲鳩〉曰：「其儀一兮，心如結也。」吾信之。

頁16～17。

〔註10〕俞志慧，〈《戰國楚竹書・孔子論詩》校箋（上）〉，「簡帛研究」網，2002.01.17。王志平，〈《詩論》箋疏〉，《上博館藏戰國楚竹書研究》（上海：上海書店，2002），頁223。李銳，〈讀上博楚簡劄記〉，《上博館藏戰國楚竹書研究》（上海：上海書店，2002），頁62～63。

〔註11〕鄭玉珊，《《上博（一）・孔子詩論》研究》（臺北：國立台灣師範大學國文研究所，碩士學位論文，2004），頁311～312。

〔註12〕廖名春，〈上海博物館藏〈詩論〉簡校釋〉，《中國哲學史》2002.01，頁16～17。

簡文「尼䳾」，馬承謂即今本《詩・曹風》之篇名〈鳲鳩〉，由簡 22 引文知此說可從。學者亦多從馬說，唯于茀認爲「尼」字當讀爲「仁」，其文云：

> 疑「尼」當讀如字，即「仁鳩」，王先謙《詩三家義集疏》：「齊說曰：『鳲鳩七子，均而不殆。』韓說曰：『七子均養者，鳲鳩之仁也。』」若如此，傳世文獻字作「尸」或「鳲」，當是「尼」（仁）的假借字，從音韻上說，即然「尼」可以假借爲「尸」（鳲），「尸」（鳲）當然就可以假借爲「尼」（仁）。〔註13〕

觀〈鳲鳩〉原文四章，皆以「鳲鳩」二字爲首句開頭，照當時取首句爲篇名的命名習慣看來，將之名爲「鳲鳩」非常合理，而全文並無「仁鳩」一詞出現，似不太可能將之命名爲「仁鳩」，故簡文「尼」字還是以讀爲「鳲」較好。〈鳲鳩〉描述淑人君子「其儀一兮，心如結也」、「其儀不忒，正是四國」，孔子認爲此君子值得信賴，故說「吾信之」。

簡文「丌義一氏心女結也」一句，今本毛《詩》作「其儀一兮，心如結兮。」句末語助詞用字不同。李學勤認爲簡文「氏」字當從毛《詩》讀爲兮。〔註 14〕何琳儀師將之讀爲「只」，廖名春同之。〔註 15〕王志平則認爲「氏」當讀爲「示」，並引《周禮・天官・大宰》：「祀大神示，亦如之。」《釋文》云：「示本又作祇。」爲證。〔註 16〕「兮」、「只」皆爲《詩》及先秦文獻常出現的語尾助詞，而「示」字在《詩》中很少看到用作語尾助詞者，故在此「氏」字當讀爲「兮」或「只」，筆者暫從毛《詩》，將之讀爲「兮」。

〈孔子詩論〉對〈鳲鳩〉評爲「吾信之」，明顯是正面的稱讚，廖名春已指出與朱熹《辯說》：「此美詩，非刺詩。」《詩集傳》：「詩人美君子之用心均平專

〔註13〕 于茀，〈上海博物館藏戰國楚簡詩論補釋〉，《北方論叢》2003.01，頁 60。

〔註14〕 李學勤，〈《詩論》說〈宛丘〉等七篇釋義〉，《新出楚簡與儒學思想國際學術研討會論文集》（清華大學思想文化研究所／輔仁大學文學院聯合主辦，2002.03.31～2002.04.02）。

〔註15〕 何琳儀，〈滬簡詩論選釋〉，《上博館藏戰國楚竹書研究》（上海：上海書店，2002），頁 253。廖名春，〈上海博物館藏〈詩論〉簡校釋〉，《中國哲學史》2002.01，頁 16～17。

〔註16〕 王志平，〈《詩論》箋疏〉，《上博館藏戰國楚竹書研究》（上海：上海書店，2002），頁 223。

一。」之說較近，與毛《傳》：「鳲鳩之養其子，朝從上下，暮從下上，平均如一。」鄭《箋》：「喻人君之德當均一於下也，以刺今在位之人不如鳲鳩。」之看法皆不同。〔註17〕觀簡文之義，確是如此。

四、《大雅・文王之什・文王》

文王虘㞷之清▨（簡21）→〈文王〉吾美之。清▨

文王 ⬚曰文王 才上於卲于天虘㞷之。（簡22）→〈文王〉⬚曰：「文王 在上，於召于天。」吾美之。

簡文「文王」，馬承源已指出即今《詩・大雅・文王之什》的篇名〈文王〉，為《大雅》之首。〔註18〕孔子對〈文王〉一篇的態度是「吾美之」。

〈孔子詩論〉中馬承源定為簡22之簡，實則由兩段斷簡組合而成，由其「篇名＋曰＋引文＋吾×之」的論述句式來看，此綴合無誤。在兩斷簡之間，馬承源補「曰文」二字。〔註19〕李學勤則主張不補字，謂詩句包括篇題〈文王〉，故不再重出，與〈昊天有成命〉例同。〔註20〕但觀簡文照片，兩斷簡之間仍有殘字，似當補字。

簡21之末有一「清」字，關於〈文王〉之論述，當止於「吾美之」，故知「清」字與〈文王〉無關，當為下一段評論之詩篇名，此詩篇名最有可能是〈清廟〉。

第二節　〈關雎〉組

一、《國風・周南・關雎》

闡疋之 *⿰* ∟（簡10）→〈關雎〉之改。

〔註17〕廖名春，〈上海博物館藏〈詩論〉簡校釋〉，《中國哲學史》2002.01，頁16〜17。

〔註18〕馬承源，《上海博物館藏戰國楚竹書（一）・孔子詩論考釋》（上海：上海古籍出版社，2001），頁151。

〔註19〕馬承源，《上海博物館藏戰國楚竹書（一）・孔子詩論考釋》（上海：上海古籍出版社，2001），頁152。

〔註20〕李學勤，〈〈詩論〉說〈宛丘〉等七篇釋義〉，《新出楚簡與儒學思想國際學術研討會論文集》（清華大學思想文化研究所／輔仁大學文學院　聯合主辦，2002.03.31〜2002.04.02）。

闔疋以色俞於豊▨（簡 10）→〈關雎〉以色喻於禮。

▨情蜑也▃闔疋之𢓃，則丌思暕矣▃。（簡 11）→情愛也。〈關雎〉之改，則其思益矣。

▨兩矣▃丌四章則俞矣▃以盤瑟之敓㦡好色之恖以鐘鼓之樂▨（簡 14）→兩矣，其四章則喻矣：以琴瑟之悦擬好色之願，以鐘鼓之樂▨。

▨好反内於豊不亦能攺𣫍▃（簡 12）→好反入於禮，不亦能改乎？

（一）闔疋之𢓃

「闔疋」，馬承源云：「今本《詩·國風·周南》作〈關雎〉。『闔』從門從串，以串爲聲符。」又云：「『雎』和『疋』音近通用，同部雙聲。」〔註21〕由字形、字音和簡文相關內容觀之，馬承源讀「闔疋」爲「關雎」非常正確。不過，其將「𢓃」隸爲「攺」，認爲與「改」非一字的意見，引起學者的討論，馬承源云：

> 《說文》云：「攺，毆攺，大剛卯吕逐鬼魅也。從攴，巳聲，讀若巳。」段玉裁注云：「余止切。一本作古亥，非。」若讀古亥切，則是「改」字。改，在簡文中無義可應，當是從巳聲的假借字。《關雎》是賀新婚之詩，當讀爲「怡」，「怡」、「攺」雙聲疊韻。《說文》釋「怡」爲「和也」。《爾雅·釋詁》云「樂也」。《玉篇》釋作「悦也」。「怡」當指新人心中的喜悦。

對馬承源讀「𢓃」爲「怡」之說，曹峰提出反駁：

> 如將「怡」解作「喜悦」，「關雎之怡」從文義表面看可以講得通。但缺乏傳世文獻中的例證。其次也無法將「和悦」之意與下文的「以色俞於禮」、「闔疋之改，則丌思賭矣。」及「好反内於禮，不亦能改虖」關聯起來。

曹峰之反駁有理，「改」確實不該讀爲「怡」。此外，李零將「改」讀爲「妃」訓爲「配」；周鳳五讀爲「娶」，但未進一步訓解；顏世鉉據周鳳五之說，進一

〔註21〕馬承源，《上海博物館藏戰國楚竹書（一）·孔子詩論釋文》（上海：上海古籍出版社，2001），頁 139。

步訓為「悅」或「妃」；王志平讀為「述」訓為「妃配」義，即〈關雎〉「君子好述」之意。〔註22〕上述四說，在「關雎之改」一句中雖可說得通，但由簡 10「〈關雎〉以色喻於禮」看來，「妃配」及「喜悅」等義似非〈孔子詩論〉論〈關雎〉之重點，置於「好反內於禮不亦能改乎」一句中亦較難說得通，與馬承源之說有相同的缺點。至於黃人二讀為「熙」訓為「光」，〔註23〕不論置於「〈關雎〉之改」、「〈關雎〉之改，則其思賸矣」、「好反內於禮不亦能改乎」任一句，似乎都說不通，就《詩·關雎》的內容，亦看不出和「熙」有何關係。

　　臧克和將「改」字隸定為從「也」從「攵」，此字《說文·攴部》解釋為：「敷也，從攴也聲，讀與施同。」又說「施」的本義是張樂施樂。〔註24〕首先要指出的是，「改」字左旁所從偏旁，其「口」形上端未出頭，當為「已」旁而非「也」旁。再者，《說文》所云從「攴」、「也」聲的字，出土材料中尚無緣見到，不知其實際寫法，但已有許多學者指出，「改」字結構與目前可見甲、金文及戰國文字的「改」字相同，由此看來，「改」字釋為「改」的可能性大得多。況且，若將「改」訓為「施樂」或「安排」，對於簡文所說「以色喻於禮」、「囗好反內於禮」等由色進於禮的進程，都不能夠有很好的呼應，用於簡 11「關雎之改，則其思賸矣」中，亦不好解釋，故筆者不從此說。

　　李學勤、廖名春、俞志慧、刑文、鄭玉珊皆釋「改」為「改」，並如字讀為「改」，但李學勤訓為「更易」，廖名春則以為指「移風易俗」。〔註25〕姜廣輝

〔註22〕李零，〈上博楚簡三篇校讀記（之一）──《子羔》篇「孔子詩論」部分〉，「簡帛研究」網，2002.01.04。又見李零《上博楚簡三篇校讀記》（臺北：萬卷樓圖書公司，2002），頁 25～26。周鳳五，〈〈孔子詩論〉新釋文及注解〉，《上博館藏戰國楚竹書研究》（上海：上海書店，2002），頁 160～161。顏世鉉，〈上博楚竹書散論（一）〉，「簡帛研究」網，2002.04.14。王志平，〈〈詩論〉箋疏〉，《上博館藏戰國楚竹書研究》（上海：上海書店，2002），頁 215、217。

〔註23〕黃人二，《上海博物館藏戰國楚竹書（一）研究》（臺中：高文出版社，2002），頁 41。

〔註24〕臧克和，〈上博楚竹書中的「詩論」文獻及範型〉，《學術研究》2003.09，頁 121～122。

〔註25〕李學勤，〈〈詩論〉說〈關雎〉等七篇釋義〉，《齊魯學刊》2002.02，頁 91。廖名春，〈上海博物館藏〈詩論〉簡校釋〉，《中國哲學史》2002.01，頁 10。廖名春，〈上博簡〈關雎〉七篇詩論研究〉，《中州學刊》，2002.01，頁 71。俞志慧，〈《戰國楚

早先讀爲「妃」，後又讀爲「改」。〔註26〕饒宗頤雖釋「改」爲「改」，但轉讀爲「叠」，許子濱則轉讀爲「哀」。〔註27〕其實從吳大澂、羅振玉、郭沫若、于省吾等學者以來，都認爲「改」、「改」本一字，甚至認爲「改」才是「改」的正字。〔註28〕姜廣輝亦有此看法，並舉郭店簡「長民者衣服不改」（〈緇衣〉簡16）、「其容不改」（〈緇衣〉簡17）、「教非改道也」（〈尊德義〉簡4）、「學非改倫也」（〈尊德性〉簡5），四個「改」字皆從「攴」從「巳」，證〈孔子詩論〉「𢾭」可釋爲「改」字。魏慈德贊成吳大澂等人的說法，進一步分析「改」字實從「巳」聲。〔註29〕

由「改」字在甲文寫作「𢾭」（《乙》7030）、「𢾭」（《前》5.17.6），在金文寫作「𢾭」（改盨），再參以目前可見的戰國「改」字皆從「巳」從「攴」看來，吳大澂等人以「改」爲「改」之正字，可從。

筆者認爲李學勤將「改」訓爲「更易」，在〈孔子詩論〉簡文中是很合適的。簡12「好反內於禮不亦能改乎」，由「色」而「反內於禮」，即〈關雎〉一詩中由前三章到第四章意境上的「更易」，故評其「能改」，可由〈關雎〉原文明顯窺得：

竹書・孔子論詩》校箋（上）〉，「簡帛研究」網，2002.01.17。刑文，〈說〈關雎〉之「改」〉，《新出楚簡與儒學思想國際學術研討會論文集》（清華大學思想文化研究所／輔仁大學文學院　聯合主辦，2002.03.31～2002.04.02）。鄭玉珊，《《上博（一）・孔子詩論》研究》（臺北：國立台灣師範大學國文研究所，碩士學位論文，2004），頁155～156。

〔註26〕姜廣輝，〈《上海博物館藏戰國楚竹書》（一）幾個古異字的辨識〉，《新出楚簡與儒學思想國際學術研討會論文集》（清華大學思想文化研究所／輔仁大學文學院　聯合主辦，2002.03.31～2002.04.02）。姜廣輝，〈釋「動而皆賢於其初」——解讀〈關雎〉等七首詩的詩教意含〉，「簡帛研究」網，2002.01.30，註1。

〔註27〕饒宗頤，〈竹書〈詩序〉小箋〉，《上博館藏戰國楚竹書研究》（上海：上海書店，2002），頁228～230。許子濱，〈讀《上海博物館藏戰國楚竹書（一）》小識〉，《新出楚簡與儒家思想國際學術研討會論文集》（清華大學思想文化研究所／輔仁大學文學院　聯合主辦，2002.03.31～2002.04.02）。

〔註28〕于省吾《甲骨文字詁林（二）》（北京：中華書局，1996），頁1802。

〔註29〕魏慈德，〈說古文字中的「改」字〉，《第十五屆中國文字學國際學術研討會論文集》（輔仁大學中國文學系／中國文字學會　主辦，2004.04.17～2004.04.18），頁200。

關關雎鳩，在河之洲，窈窕淑女，君子好逑。

參差荇菜，左右流之，窈窕淑女，寤寐求之。

求之不得，寤寐思服，悠哉悠哉，輾轉反側。

參差荇菜，左右采之，窈窕淑女，琴瑟友之。

參差荇菜，左右芼之，窈窕淑女，鍾鼓樂之。

而此種更易使得〈關雎〉的思想意境更上一層，故簡 11 云：「〈關雎〉之改，則其思益矣」，也就是這種由「色」到「禮」的「改」，使得〈關雎〉有「以色喻於禮」的作用。由簡 14「兩矣其四章則喻矣以琴瑟之悅擬好色之願以鐘鼓之樂……」一段話，更可知〈孔子詩論〉「攺」字當讀爲「改」訓爲「更易」，爲了強調其「改」，才須將〈關雎〉各章分論，使讀者明瞭〈關雎〉前三章和第四章有何不同，其間有何「改」。

廖名春訓「改」爲「移風易俗」義，就簡文「〈關雎〉之改」、「〈關雎〉以色喻於禮」、「好反內於禮不亦能改乎」來看，亦非常合理，且毛《序》：「〈關雎〉，后妃之德也，風之始也，所以風天下而正夫婦也。」、「〈關雎〉……之化。」以「風」、「正」、「化」來說明〈關雎〉一詩的作用，和「移風易俗」義，亦正相合。但先秦文獻中未見以一「改」字，表達「移風易俗」之意的例子。且將「移風易俗」義，置於「〈關雎〉之改，則其思益矣。」一句中，上下文義並不通順。再者，〈孔子詩論〉若欲強調〈關雎〉「移風易俗」的作用，則不必分章而論，亦不必在簡 14 特地將「琴瑟」、「鐘鼓」兩段詩句提出來說明，〈孔子詩論〉以「改」字評〈關雎〉當是就其內容而論，不同於毛《序》就其功能而論。

饒宗頤將「改」讀爲「巹」，取《說文·己部》：「巹，謹身有所承也。」之意。筆者以爲「謹身有所承」之意，似不能於〈關雎〉之詩文內容求得，且「巹」字在文獻中皆用作名詞，指「半瓢」，未見「謹身有所承」之用義。而由簡文「不亦能改」乎之句式觀之，「改」字在此當爲動詞用法，「巹」字卻未見有用作動詞者。故筆者認爲「改」字亦不當轉讀爲「巹」。至於許子濱讀「改」爲「哀」，未明言其義，但由其引王先謙《詩三家義集疏》：「『哀』之爲言『愛』，思之甚也。」觀之，大概認爲此「哀」可再讀爲「愛」或有「愛」之義。「改」字上古音在見母之部，「哀」字在影母微部，「之」、「微」二部雖可以旁轉，但「見」、

「影」二紐相差較遠，仍不宜轉讀。且不論將「改」字讀爲「哀」或「愛」，皆無法體現簡 10 所謂「以色喻於禮」的特色，而簡 12 的「反內於禮」和「不亦能哀（愛）乎」也看不出有所關聯。

曹峰以爲「改」字從「巳」，而「巳」、「已」二字不但在字形上相似可混用，在字音上亦可通，故將「改」視爲「已」之假借字，訓爲「止」，認爲〈關雎〉的特色在於雖「好色」，但能適可而止，不過於禮。〔註30〕趙建偉雖釋「改」爲「改」，但轉讀爲「止」，亦訓爲「止」。〔註31〕將「改」訓爲「止」，於〈孔子詩論〉簡文及〈關雎〉內容皆可說得通，但目前可見的甲、金文及戰國文字，從「巳」從「攴」的「改」字，皆可讀爲「改」，尙未見讀爲「已」或「止」之例，當然，由於「改」字從「巳」，我們不能完全排除「改」字讀爲「已」或「止」的可能性，但讀爲「改」的可能性仍是大得多。且就字義上來看，「改」字訓爲「止」，僅能表現第四章「止於禮」的結果，若讀爲「改」則能表現由前三章到第四章詩境的更易過程，意思較好。故筆者認爲「關雎之改」當讀爲「〈關雎〉之改」，指的是〈關雎〉由色反內於禮的更易。

（二）闚眂以色俞於豊

「豊」在此當讀爲「禮」。馬承源將「俞」讀爲「喻」，又云：「『色』爲『窈窕淑女』，在此不用作貶義」，認爲孔子直言「〈關雎〉以色」，然而「喻於禮」，若「俞」讀爲「逾」，則與詩意相違。〔註32〕饒宗頤、廖名春同意馬承源將「俞」讀爲「喻」，俞志慧、曹峰雖將「俞」讀爲「諭」，但認爲意與「喻」近，「喻」、「諭」二字義通。〔註33〕其中饒宗頤引馬王堆帛書〈德行〉篇爲證：

〔註30〕曹峰，〈試析上博楚簡〈孔子詩論〉中有關「闚眂」的幾支簡〉，「簡帛研究」網，2001.12.26。

〔註31〕趙建偉，〈「關雎之改」解〉，「簡帛研究」網，2003.06.24。另見趙建偉，〈上博簡拾零〉，「簡帛研究」網，2003.07.06。

〔註32〕馬承源，《上海博物館藏戰國楚竹書（一）・孔子詩論考釋》（上海：上海古籍出版社，2001），頁 140。

〔註33〕饒宗頤，〈竹書〈詩序〉小箋〉《上博館藏戰國楚竹書研究》（上海：上海書店，2002），頁 229～230。廖名春，〈上博簡〈關雎〉七篇詩論研究〉，《中州學刊》2002.01，頁 73。俞志慧，《戰國楚竹書・孔子論詩》校箋（上）〉，「簡帛研究」網，2002.01.17。曹峰，〈試析上博楚簡〈孔子詩論〉中有關「闚眂」的幾支簡〉，

辟（譬）而知之，謂之進之；弗辟（譬）也，辟（譬）則知之矣，
知之則進耳……榆（喻）而知之謂之□，□弗榆（喻）也，榆（喻）
則知之，知之則進耳。榆（喻）之也者，自所小好榆（喻）庳所小
好，茭（窈）芍（窕）淑女，寤昧（寐）求之。思色也。求之弗得，
晤（寤）昧（寐）思伏，言其急也。繇（悠）才（哉）繇（悠）才
（哉）輾轉反厠（側）。言其甚□□□如此其甚也。交諸父母之厠
（側），爲諸？則有死弗爲之矣。交諸兄弟之厠（側），亦弗爲也。
交□邦人之厠（側），亦弗爲也。□父兄，其殺畏人，禮也。繇色榆
（喻）於禮，進耳。

與「榆而知之」處於相同位置者，爲「辟而知之」，此前饒文未引出的一段爲「目
而知之」，再參以「榆而知之」下所舉〈關雎〉之例，可知「榆」當讀爲「喻」，
爲「知」的一種方法。帛書〈德行〉言「繇色榆於禮」，即「由色喻於禮」，與
〈孔子詩論〉的「以色俞於禮」一句，僅首字「由」、「以」的不同，兩者句式
相同，「由」和「以」皆有「憑藉」之意，在此當爲義近互換，故〈孔子詩論〉
「以色俞於禮」之「俞」當讀爲「喻」。由帛書〈德行〉篇從「窈窕」開始對〈關
雎〉的分章論述，一直到「禮也」的論述，可知「由色喻於禮」和「以色喻於
禮」即「憑藉色來曉喻禮」。

　　另外，李守奎和董蓮池皆將「以色俞於禮」，讀爲「以色逾於禮」，但在「逾」
字的訓解上有所不同，李守奎說：「『色逾於禮』就是好色超過了好禮，正像孔
子所慨嘆的『吾未見好色如好德者也』那樣。」董蓮池則云：「此言〈關雎〉有
好色之內容違離於禮。」〔註34〕

　　首先要指出的是，簡10末句當斷爲「關雎以色俞於禮」，若將「色俞於禮」
單獨斷出，則上文「關雎以」三字不知所從，「以色俞於禮」雖然僅較「色俞於
禮」多了一個「以」字，語法結構便不相同。「以」字用法很多，在「以色俞於
禮」一句中，若不考慮文義，則可能爲「用」、「憑藉」、「認爲」、「使」、「目的

「簡帛研究」網，2001.12.26。

〔註34〕李守奎，〈《戰國楚竹書・孔子詩論・邦風》釋文訂補〉，《古籍整理與研究學刊》
　　　　2002.02，頁9。董蓮池，〈上海博物館藏《戰國楚竹書（一）》解詁（二）〉，《古籍
　　　　整理與研究學刊》2003.02，頁12。

在於」等五種用法，考慮其主語爲詩篇名〈關雎〉，則說〈關雎〉「目的在於好色超過好禮」、「認爲好色超過好禮」、「馮藉好色超過好禮」、「用好色超過好禮」等四種說法便不太可能。若將「以」訓爲「令」、「使」，說「〈關雎〉（詩文的內容）讓好色超過好禮」，就〈關雎〉詩句來看或有可能。但〈孔子詩論〉在簡12評〈關雎〉時說「好反內於禮，不亦能改乎？」可見其認爲〈關雎〉最後還是「內於禮」的，當不會在總評〈關雎〉時又說其「色逾於禮」，由「不亦能改乎」的語氣看來，簡10總評〈關雎〉的「改」字亦非負面意義，甚至有正面讚賞之意，則總評〈關雎〉的「以色俞於禮」一句同爲正面讚賞意義的可能性較高。至於董蓮池將「逾」訓爲「違離」，可能亦是由其「超越」、「超過」義引申而來，說「〈關雎〉有好色之內容違離於禮」，據〈關雎〉內容來看說亦可通，但基於簡10和簡12評論〈關雎〉的相關簡文，筆者認爲不論是將「逾」訓爲「超過」或「違離」，於簡文句義皆有扞格，再加上馬王堆帛書〈德行〉篇提到〈關雎〉的相關文字來看，「俞」字還是讀爲「喻」較合理。

（三）情愛也闤泲之改則其思賺矣

「情愛也」三字之上因簡首殘斷，無法知其切確文義，於此暫不論。「闤泲」即《詩》篇名〈關雎〉，「改」字筆者認爲當讀爲「改」，訓爲「更易」。「賺」，原簡字形作「𧴼」，馬承源分析爲從「貝」從「蒜」，以「蒜」爲「益」之古文，此字從「貝」可釋作「賹」。〔註35〕《說文》：「蒜，籀文嗌，上象口，下象項脈理也。」故「蒜」當爲「嗌」之古文，但三體石經〈皋陶謨〉「𡘾」字讀若「益」，戰國文字中從「蒜」旁之字亦多讀爲「益」聲系之字，故「蒜」在偏旁中可隸定爲「益」。馬承源對「賹」該如何通讀訓解皆未有說明，對於「思」字，認爲即「求之不得，寤寐思服，悠哉悠哉，輾轉反側」之義。

對於「賹」字的釋讀，目前有讀爲「諡」、「溢」、「益」三種說法。臧克和將「賹」讀爲「諡」，引《爾雅・釋詁上》：「諡，靜也。」並謂〈關雎〉篇出現「寤寐思服」也就是「靜言思之」的描寫。〔註36〕在臧克和的說法中，上文「改」

〔註35〕馬承源，《上海博物館藏戰國楚竹書（一）・孔子詩論釋文》（上海：上海古籍出版社，2001），頁141。

〔註36〕臧克和，〈上博楚竹書中的「詩論」文獻及範型〉，《學術研究》2003.09，頁121～122。

字讀爲「施」，訓爲「施樂」或「安排」，都不能看出和其所謂「靜言思之」有什麼因果關係。若將「改」讀爲「改」訓爲「更易」，和「其思諡（靜）矣」亦找不出關聯性，故筆者認爲「賹」讀爲「諡」的可能性不高。

姜廣輝認爲「賹」通「溢」，訓爲「過」，「其思溢矣」即其思稍有所過。〔註37〕李零讀「賹」爲「益」，認爲「則其思益矣」是形容思之過甚，與姜廣輝之說相似，另有周鳳五訓「益」爲「增也」、「多也」，似與姜、李二說相近，但未說明置於「則其思益矣」一句中爲何義，筆者不敢妄自揣測，故暫不將其列入討論。〔註38〕由句式結構來看，在「〈關雎〉之改」和「其思賹矣」中間，有一「則」字作爲連結，此「則」字表示上下句之間具有因果關係，如毛《序》：「關雎之化行，則天下無犯非禮。」再由簡12「反內於禮不亦能改乎」一句，可知「改」字當爲正面意義，則此處不該由正面意義的「〈關雎〉之改」，得出「其思稍有所過」、「思之過甚」等結果。

許子濱將「賹」讀爲「益」，其云：

> 〈德行〉更以「思色也」、「言其急也」、「言其甚（若是也）」、「如此其甚也」說明詩人求女越來越急切的心理變化。這也就是〈詩論〉所説的「〈關雎〉之𡘋，則其思𧶠（益）矣」。〔註39〕

首先要指出的是，許子濱所引馬王堆帛書〈德行〉篇四段文字，其句式、用字皆與「〈關雎〉之改，則其思賹矣」不同，其文義不一定相等。將「其思益矣」解爲「求女之思越來越急切」，配合〈德行〉篇講述〈關雎〉之文字乍看似可通，但置於「〈關雎〉之改，則其思益矣」一句中，就算如許子濱所論將「改」字讀爲「哀」或「愛」，此「求女之思越來越急切」的心理狀態，與

〔註37〕姜廣輝，〈《上海博物館藏戰國楚竹書》（一）幾個古異字的辨識〉，《新出楚簡與儒學思想國際學術研討會論文集》（清華大學思想文化研究所／輔仁大學文學院　聯合主辦，2002.03.31～2002.04.02）。

〔註38〕李零《上博楚簡三篇校讀記》（臺北：萬卷樓圖書公司，2002），頁27。周鳳五，〈〈孔子詩論〉新釋文及注解〉，《上博館藏戰國楚竹書研究》（上海：上海書店，2002），頁160～161。

〔註39〕許子濱，〈讀《上海博物館藏戰國楚竹書（一）》小識〉，《新出楚簡與儒家思想國際學術研討會論文集》（清華大學思想文化研究所／輔仁大學文學院　聯合主辦，2002.03.31～2002.04.02）。

「〈關雎〉之哀（愛）」之間的因果關係還是不明顯，更何況「改」字不該讀爲「哀」。

李守奎訓「益」爲「增益」、「進步」之意，認爲〈關雎〉之思由好色到「反入於禮」，當然是進步了，劉信芳、鄭玉珊二人亦採此說。〔註40〕筆者認爲李守奎將「賹」讀爲「益」訓爲「進步」之說，可從。簡10「以色喻於禮」、簡12「反內於禮，不亦能改乎。」簡14「其四章則喻矣，以琴瑟之悅擬好色之願，以鐘鼓之樂……」皆可見〈孔子詩論〉評〈關雎〉時，重在其由色「進」（或「入」）於禮的特色，尤其由簡12知所謂的〈關雎〉之「改」，指的是〈關雎〉能由色反內於禮，則簡11既然以〈關雎〉由色到禮之「改」爲因，其結果必與此種「改」能夠相呼應，將「益」字訓爲「增益」、「進步」，其義正合。

李學勤將「益」訓爲「大」、「重要」。〔註41〕饒宗頤釋「其思益矣」爲「其思有所益」，又認爲「賹」亦可讀爲「溢」，訓如《周頌・維天之命》：「維天之命，假以溢我。」之「溢」。〔註42〕李、饒之說於簡文文義亦通，皆可備一說。但筆者以爲「增益」、「大」、「助益」三種訓釋相較之下，訓爲「增益」更能和「改」的動作相呼應，其因果關係亦較明顯，故筆者仍傾向將「賹」讀爲「益」訓爲「增益」、「進步」，全句意謂：〈關雎〉由色反入於禮的更易，使得其思想境界更爲提昇。

（四）兩矣其四章則俞矣

由於〈孔子詩論〉簡14上半殘斷，故對開頭的「兩矣其四章則俞矣」究竟評論何詩，學者稍有不同看法。馬承源認爲「兩矣」乃「百兩矣」的殘文。〔註43〕此說由簡13「〈鵲巢〉出以百兩」而來，當是將簡14「兩矣」二字，視

〔註40〕李守奎，〈《戰國楚竹書・孔子詩論・邦風》釋文訂補〉，《古籍整理與研究學刊》2002.02，頁 7～8。劉信芳，《孔子詩論述學》（合肥：安徽大學出版社，2003），頁 182～183。鄭玉珊，《《上博（一）・孔子詩論》研究》（臺北：國立台灣師範大學國文研究所，碩士學位論文，2004），頁 186。

〔註41〕李學勤，〈《詩論》說〈關雎〉等七篇釋義〉，《齊魯學刊》2002.02，頁 91。

〔註42〕饒宗頤，〈竹書〈詩序〉小箋〉，《上博館藏戰國楚竹書研究》（上海：上海書店，2002），頁 228～230。

〔註43〕馬承源，《上海博物館藏戰國楚竹書（一）・孔子詩論考釋》（上海：上海古籍出版社，2001），頁 143。

為評〈鵲巢〉之文。對於「其四章則俞矣」，馬承源則以為是談〈關雎〉第四章「窈窕淑女，琴瑟友之」。〔註44〕如此看來，馬承源認為「兩矣」和「其四章則俞矣」，分別評論不同詩篇。對於「兩矣」二字，廖名春有不同看法：

> 從論〈關雎〉七篇順序看，是〈關雎〉、〈樛木〉、〈漢廣〉、〈鵲巢〉、〈甘棠〉、〈綠衣〉、〈燕燕〉；從下文看，仍為論〈關雎〉之語。因此，「兩矣，其四章則喻矣」不是論〈燕燕〉，就是論〈關雎〉，不可能是論〈鵲巢〉的殘文。〔註45〕

準此，廖名春認為「兩矣」可能是評〈燕燕〉或〈關雎〉。對於「其四章則俞矣」，廖名春則視為評〈關雎〉之言。〔註46〕

「兩矣」及「其四章則俞矣」是否為不同詩篇的詩評？筆者認為答案是否定的。「其四章則俞矣」的「其」字，作用當在指稱所評之詩，必定前有所承。若將「兩矣」和「其四章則俞矣」斷為兩段不同的詩評，那麼「其四章則俞矣」便成為下段詩評的首句，導致「其」字前無所承，遂不知所評何篇。故筆者認為「兩矣」、「其四章則俞矣」，所評當為同一詩，在「兩矣」以上殘斷不可見的部分當有該詩篇名，該篇名之後直到「兩矣」的評論文字，當在評論前三章。

對於「兩矣，其四章則俞矣」所評之詩篇，李零尚有以下看法：

> 「其四章則逾矣」，「逾」原作「俞」，原書讀為「愉」。我懷疑，簡文「曰」字以下的缺文是講〈綠衣〉、〈燕燕〉（與上文不同，是放在〈甘棠〉之前講），而今《周南》、《召南》各篇皆作三章，《邶風》以下始有作四章或四章以上者（如這裡的〈葛覃〉、〈關雎〉、〈樛木〉、〈漢廣〉、〈雀巢〉（苑鳳按：「雀」當作「鵲」）、〈甘棠〉就都是三章，〈綠衣〉和〈燕燕〉，才是四章），它是指〈綠衣〉、〈燕燕〉比前面幾篇多出一章，故這裡讀為「逾」。〔註47〕

〔註44〕馬承源，《上海博物館藏戰國楚竹書（一）·孔子詩論考釋》（上海：上海古籍出版社，2001），頁143。

〔註45〕廖名春，〈上海博物館藏〈詩論〉簡校釋〉，《中國哲學史》2002.01，頁11。

〔註46〕廖名春，〈上博簡〈關雎〉七篇詩論研究〉，《中州學刊》2002.01，頁73。

〔註47〕李零，《上博楚簡三篇校讀記》（臺北：萬卷樓圖書公司，2002），頁27～28。

究竟「兩矣，其四章則俞矣」在評〈鵲巢〉、〈燕燕〉、〈關雎〉，或是同時評〈綠衣〉和〈燕燕〉呢？廖名春從〈孔子詩論〉論〈鵲巢〉等七篇的順序來看，認爲馬承源將「兩矣」視爲論〈鵲巢〉之言不可信，廖氏之說有理，此句所論非指〈鵲巢〉。此句下接「以琴瑟之悅」云云，明顯可知在討論〈關雎〉；若以評論順序觀之，將「兩矣，其四章則俞矣」視爲同時評〈綠衣〉、〈燕燕〉，或單獨評〈燕燕〉，或單獨評〈關雎〉，這三種說法皆有可能。但若爲前兩種說法，則下文「以琴瑟之悅」云云，成爲論〈關雎〉一段的首句，前無主語。就〈孔子詩論〉的論詩習慣看來，在評論單獨篇章時，不是「詩篇名＋評論詞」，就是「吾以＋詩篇名＋得＋所得內容」，未見空有評詞，卻不指明詩篇者。故筆者認爲「兩矣，其四章則俞矣」與「以琴瑟之悅」當爲同一段詩評，皆在評論〈關雎〉。

接下來討論「其四章則俞矣」，此句是指〈關雎〉的哪個部分呢？大多數學者認爲，「其四章」特指〈關雎〉「琴瑟友之」、「鐘鼓樂之」二段。但廖名春以爲泛指〈關雎〉全詩，簡文「其四章則俞（廖名春讀爲「喻」）矣」，意即「喻」的藝術特色爲〈關雎〉四章的共同特點。〔註48〕不過由簡14看來，在「其四章則俞矣」之下，只有「以琴瑟之悅」、「以鐘鼓之樂」兩個段落，並未提到〈關雎〉前三章，由此可見「其四章」當指「琴瑟」、「鐘鼓」兩段。況且，「其四章則俞矣」一句中尚有「則」字，據此可知，該句之前當有平行並列的論述，此既言「其四章」，那麼與之平行並列的論述當指前三章，故「其四章」不會是論〈關雎〉全體的。又簡10在論述〈關雎〉全篇時直言「關雎」，〈孔子詩論〉中在論述其他詩篇時，亦皆直稱篇名或取其一詞以爲代表，爲何獨於簡14以「其四章」指稱〈關雎〉全篇，導致讀者誤會作者所論者僅爲「第四章」，此舉實在沒有必要。從〈關雎〉每一章的藝術特色來看，「君子好逑」和「寤寐求之」二章有「興」的藝術手法，但「興」與「喻」可否混爲一談仍是個問題，而第三章「求之不得，寤寐思服，悠哉悠哉，輾轉反側。」連「興」的手法都沒有，根本就是直言其「求之不得」之狀，何來所謂的「喻」？故「其四章」非指〈關雎〉全詩，仍當指「琴瑟」、「鐘鼓」之章。

歷來對〈關雎〉分章的說法，有毛《傳》的三章說、陸德明《經典釋文》

〔註48〕廖名春，〈上博簡〈關雎〉七篇詩論研究〉，《中州學刊》2002.01，頁73。

的五章說，和俞樾的四章說，廖名春贊同俞樾之說，筆者也以爲這是正確的判斷。〔註49〕〈孔子詩論〉簡 14 提到〈關雎〉「琴瑟」和「鐘鼓」兩段時，皆置於「其四章則俞矣」之下，既已提到「四章」，則毛《傳》的三章說自然不能成立。而「窈窕淑女，鐘鼓樂之」已是〈關雎〉末句，其後不可能又多出一章來，因此五章說亦可商。但如李銳認爲簡文言及「琴瑟之悅」、「鐘鼓之樂」，只云「四章」而未言「卒章」，疑仍當分爲五章，謂第四章開始就有「喻」。〔註50〕李銳之說亦有理，則五章說不是不可能，不過鑑於簡文只說「其四章」，未言「自其四章」，又從〈關雎〉詩句觀之，第一段在講「君子好逑」、第二段「思求淑女」、第三段「求之不得」，雖層層相關，但每章用詞不同且各有主題。至於第四、五段前三句用詞基本相同，「采」、「芼」二字義近，僅是換個用字而已，第四句一曰「琴瑟友之」、一云「鐘鼓樂之」，皆以「樂器」（在此當爲「禮」之代表）來「友」、「樂」淑女，論述手法和主題皆相同，確實當視爲同一章。故筆者認爲〈關雎〉仍以俞樾之四章說爲是。

馬承源將「其四章則俞矣」的「俞」字，讀爲「愉」，意思是從「求之不得」到四章「琴瑟友之，鐘鼓樂之」的境地，則情懷愉悅。〔註51〕〈關雎〉第四章的「琴瑟友之，鐘鼓樂之」，確實比前三章的「思求」和「求之不得」來得愉悅，但由簡 10「〈關雎〉以色喻於禮」及簡 12「好反內於禮不亦能改乎」，知其論著重在第四章的「喻於禮」和「反內於禮」，而不在「愉」。

董蓮池將「俞」讀爲「逾」，謂簡文「其四章則逾矣」指〈關雎〉第四章的行爲超過禮的界限。〔註52〕此說於簡文於詩義皆不合，簡文云「以色喻於禮」和「反內於禮」，在〈關雎〉全篇中，僅「琴瑟友之」、「鐘鼓樂之」二段有所喻，謂其「反」，當指〈關雎〉前三章原本未「內於禮」，到第四章時才「『反』內於禮」，由此看來第四章當是〈關雎〉中最合於禮的一章，〈孔子詩論〉作者當不

〔註49〕廖名春，〈上博簡〈關雎〉七篇詩論研究〉，《中州學刊》2002.01，頁 73。

〔註50〕李銳，《《詩論》簡禮學思想研究》（北京：清華大學歷史學系，碩士論文，2002），頁 76。

〔註51〕馬承源，《上海博物館藏戰國楚竹書（一）·孔子詩論考釋》（上海：上海古籍出版社，2001），頁 143。

〔註52〕董蓮池，〈上海博物館藏《戰國楚竹書（一）》解詁（二）〉，《古籍整理與研究學刊》2003.02，頁 13。

會特別將第四章提出來，謂其超過禮的界限，故「其四章則俞矣」不當讀爲「其四章則逾矣」。李零亦將「俞」讀爲「逾」，但認爲「其四章則逾矣」意指「〈綠衣〉、〈燕燕〉比前面幾篇多出一章」，筆者在上文已指出「其四章則逾矣」非評論〈綠衣〉、〈燕燕〉，而在評論〈關雎〉，故筆者不從此說。〔註53〕

　　姜廣輝謂將「俞」字就原字爲釋，謂：「俞，然也，應諾之辭，《禮記・內則》：『男唯女俞』注：『俞，然也。』」〔註54〕在先秦文獻中「俞」字確有作爲應諾之辭的例子，這種用法在《尚書》中最多，如《尚書・堯典》：「師錫帝曰：『有鰥在下，曰虞舜。』帝曰：『俞！予聞，如何？』」〔註55〕但在「其四章則俞矣」一句中，主語爲「〈關雎〉之第四章」，此「俞」字當爲動詞或形容詞，而非應諾之辭。就文義來看，將「俞」字解爲應諾之辭，在「其四章則俞矣」一句中，不能有很好的解釋。故不該將簡14「俞」字解爲「應諾之辭」。

　　李學勤與廖名春皆將「其四章則俞矣」讀爲「其四章則喻矣」，李學勤謂「窈窕淑女，琴瑟友之」、「窈窕淑女，鐘鼓樂之」，即作者所言之喻；廖名春則認爲從簡10「以色喻於禮」來看，簡14「俞」仍當讀爲「喻」。〔註56〕李、廖之說有理，〈關雎〉「琴瑟」、「鐘鼓」兩段與前三段最明顯的差別，在於此二段除了「興」的手法外，還用了「喻」的手法；而前二段在「興」之後便直言「君子好逑」、「寤寐求之」，第三段甚至連「興」都沒有，直接就說「求之不得，寤寐思服」。〈關雎〉前三章大膽直接的告白，就〈孔子詩論〉的作者看來，雖不一定會反對，但畢竟離儒家強調的「溫柔敦厚」詩教較遠。讓〈關雎〉反內於禮的關鍵，就在於第四章以琴瑟、鐘鼓爲「喻」，此種表達法較爲含蓄亦較合於禮，故〈孔子詩論〉作者在講到〈關雎〉第四章時，特地提及其「喻」的手法。再者，簡14與簡10的「俞」字同樣是評論〈關雎〉，既然簡10末句「〈關雎〉以色俞於禮」之「俞」讀爲「喻」，則簡14「俞」讀爲「喻」的可能性也很大，大概本段簡文便是在說明其如何「喻」。

〔註53〕李零，《上博楚簡三篇校讀記》（臺北：萬卷樓圖書公司，2002），頁27～28。

〔註54〕姜廣輝，〈古《詩序》復原方案（修正本）〉，「簡帛研究」網，2002.05.22。

〔註55〕在其他先秦文獻中，則通常以「俞」爲「愈」之假借。

〔註56〕李學勤，〈〈詩論〉說〈關雎〉等七篇釋義〉，《齊魯學刊》2002.02，頁91。廖名春，〈上海博物館藏〈詩論〉簡校釋〉，《中國哲學史》2002.01，頁11。

此外，李守奎讀「俞」為「渝」，謂「其四章則渝也」可釋為「〈關雎〉第四章就改變了」，意指將「色逾於禮」變為「反內於禮」。〔註 57〕首先要指出的是，簡 10 末句當斷為「關雎以色俞於禮」，並非「色俞於禮」，因此就算將「俞」釋為「逾」，「以色逾於禮」亦不能與簡文或〈關雎〉詩義相合，與李守奎所謂「色逾於禮」之意亦不相同，不可用為簡 14「其四章則俞矣」之證。但由簡文看來，李守奎將簡 14「渝」字訓為「改變」仍有可能，因簡 10 總評〈關雎〉之「改」字亦為「改變」義，由此點看來，將之讀為「其四章則渝矣」，似乎正好和簡 10 前後呼應，可備一說。不過筆者以為，簡 10 既已用「改」字表示「改變」之意，則此處若要強調其四章「改變」，當亦用「改」字方能達到前後呼應之效，如簡 12「好反內於禮不亦能改乎」，亦用「改」字表達其反內於禮的改變，再加上簡 10「〈關雎〉以色俞於禮」的「俞」字讀為「喻」，故筆者認為讀「其四章則俞矣」為「其四章則渝矣」，雖然可備一說，但可能性較低，還是以讀為「其四章則喻矣」較合理。

（五）以🀄🀄之🀄🀄好色之🀄

簡文云：「以🀄🀄之🀄，🀄好色之🀄」，馬承源將前句讀為「以琴瑟之悅」，由下文「以鐘鼓之樂」觀之，所釋甚確；但馬承源又認為後句的「好色」指「淑女」，並將「🀄」讀為「嬉」訓為「遊樂」，「🀄」讀為「玩」訓為「愛」，則引起較多爭議。〔註 58〕若依馬承源將後句讀為「嬉好色之玩」，直釋為「遊樂淑女之愛」，則文義難通。李守奎讀為「改好色之忥」，說「矣」、「疑」、「改」都是之部字，聲皆在牙音，音近可通。〔註 59〕從字音上來看，「🀄」字雖有假借為「改」的可能，但目前未見「矣」字聲系通假為「改」之例，且〈孔子詩論〉簡 10、11、12「改」字皆寫作「改」，故筆者認為「🀄」讀為「改」的可能性很低。

董蓮池和曹峰皆讀「🀄」為「怡」，前者將「🀄好色之🀄」讀為「怡好色

〔註 57〕李守奎，〈《戰國楚竹書・孔子詩論・邦風》釋文訂補〉，《古籍整理與研究學刊》2002.02，頁 9。

〔註 58〕馬承源，《上海博物館藏戰國楚竹書（一）・孔子詩論考釋》（上海：上海古籍出版社，2001），頁 143～144。

〔註 59〕李守奎，〈《戰國楚竹書・孔子詩論・邦風》釋文訂補〉，《古籍整理與研究學刊》2002.02，頁 9。

之願」；後者將之讀爲「怡好色之玩」，釋爲「怡好色之貪」。〔註60〕「怡」字在先秦文獻中有「和悅的」、「快樂的」之意，如《禮記・內則》：「父母有過，下氣怡色，柔聲以諫。」《楚辭・九章・哀郢》：「心不怡之長久兮，憂與愁其相接。」曹峰未直訓其義，但云「『琴瑟之敚』與『鐘鼓之樂』可以養心怡志」，似是將「怡」視爲動詞，由「**𢆷**」字在「以琴瑟之悅**𢆷**好色之**𠫑**」的所在位置觀之，「**𢆷**」字確當做爲動詞使用，但在文獻中似未見「怡」字有用作動詞者。董蓮池解釋此句爲「以琴瑟悅人之音，加重好色之願的愉快喜悅。」不知是將「怡」字視爲動詞或形容詞。將「怡」視爲動詞，前文已述似無此例，而「怡」字亦無「加重」意；若將之視爲形容詞，雖與其用例合，但「**𢆷**」字在簡 14 中當爲動詞，且「加重」的動作不知從何而來。故筆者認爲「**𢆷**」不該讀爲「怡」。

李零讀本句爲「以琴瑟之悅，凝好色之願」，但沒有說明「凝」在簡 14 中訓爲何意。〔註61〕「凝」字在文獻中有「凝結」、「聚集」、「形成」、「鞏固」、「停止」、「徐緩」、「美麗」、「莊嚴」等義，筆者無法由此揣度李零之意，故暫不論。

李學勤、李銳、周鳳五、廖名春、俞志慧、胡平生等人，皆將「**𢆷**」讀爲「擬」訓爲「比」，將「**𠫑**」字讀爲「願」訓爲「願望」。〔註62〕「**𢆷**」字在〈孔子詩論〉中又見於簡 8，簡 8 此字右下有重文符，目前有爲「疑矣」、「疑疑」、「疑心」三種讀法。〔註63〕不論哪一種讀法，都認爲簡 8「**𢆷**」字應釋爲

〔註60〕董蓮池，〈上海博物館藏《戰國楚竹書（一）》解詁（二）〉，《古籍整理與研究學刊》2003.02，頁 13。曹峰，〈試析上博楚簡〈孔子詩論〉中有關「關雎」的幾支簡〉，「簡帛研究」網，2001.12.26。

〔註61〕李零，《上博楚簡三篇校讀記》（臺北：萬卷樓圖書公司，2002），頁 27～28。

〔註62〕李學勤，〈《詩論》簡的編連與復原〉，《中國哲學史》2002.01，頁 7。李銳，〈讀上博楚簡箚記〉，《上博館藏戰國楚竹書研究》（上海：上海書店，2002），頁 400。周鳳五，〈〈孔子詩論〉新釋文及注解〉，《上博館藏戰國楚竹書研究》（上海：上海書店，2002），頁 161。廖名春，〈上海博物館藏〈詩論〉簡校釋〉，《中國哲學史》2002.01，頁 11。俞志慧，〈《戰國楚竹書・孔子論詩》校箋（上）〉，「簡帛研究」網，2002.01.17。胡平生，〈讀上博藏戰國楚竹書〈詩論〉箚記〉，《上博館藏戰國楚竹書研究》（上海：上海書店，2002），頁 284～285。

〔註63〕馬承源，《上海博物館藏戰國楚竹書（一）・孔子詩論考釋》（上海：上海古籍出版

「疑」。郭店簡〈緇衣〉簡4「則君不惑其臣，臣不惑於君」、簡5「上人惑則百姓惑」、簡44「此以邇者不惑，而遠者不惑」，「惑」字皆讀爲「疑」，可爲佐證。「疑」和「擬」是聲母與聲子的關係，自可通讀。又簡14前文云：「其四章則喻矣」、簡10曰：「〈關雎〉以色喻於禮」，將「𡥈」字讀爲「擬」，與「喻」字正相呼應。

至於「忨」字，雖大多數學者將之訓爲「願望」，但馬承源、劉信芳將之讀爲「玩」，訓爲「愛」，就〈關雎〉詩句來看，後說文義亦通。〔註64〕但廖名春、張桂光已指出此字中山王方壺二見，皆讀爲「願」；康少峰更有專文論「忨」字，認爲「忨」爲表示「心願」、「欲願」之意的本字，《說文》將其訓爲「貪」，實爲引申義，其說可從。〔註65〕如此看來，「忨」讀爲「願」的可能性較高。至於曹峰將「忨」訓爲「貪」，「好色之貪」與上文「琴瑟之悅」及〈關雎〉內容關聯更遠，不當訓爲「貪」。〔註66〕

那麼「好色」一詞該如何解釋呢？胡平生云：「以琴瑟之愉悅，比象對美女的思念」，當亦是將「好色」視爲「淑女」，與馬承源同。〔註67〕若將「好色」釋爲「淑女」，則「好色之願」便解爲「淑女的願望」，與〈關雎〉內容不合。筆者以爲簡14「好」爲動詞，「好色」二字組成動賓結構的名詞組，張桂光釋其爲「追求淑女」，與〈關雎〉「寤寐求之」義正相合，「好」字有「喜好」、「友

社，2001），頁136。董蓮池，〈上海博物館藏《戰國楚竹書（一）》解詁（二）〉，《古籍整理與研究學刊》2003.02，頁9～10。李零，《上博楚簡三篇校讀記》（臺北：萬卷樓圖書公司，2002），頁35～36。汪維輝，〈上博楚簡〈孔子詩論〉釋讀管見〉，「簡帛研究」網，2002.06.17。

〔註64〕馬承源，《上海博物館藏戰國楚竹書（一）・孔子詩論考釋》（上海：上海古籍出版社，2001），頁144。

〔註65〕廖名春，〈上海博物館藏《詩論》簡校釋〉，《中國哲學史》2002.01，頁11。張桂光，《戰國楚竹書・孔子詩論》文字考釋〉，《上博館藏戰國楚竹書研究》（上海：上海書店，2002），頁340。康少峰，〈「忨」字本義辨析〉，「簡帛研究」網，發表日期不明。

〔註66〕曹峰，〈試析上博楚簡〈孔子詩論〉中有關「關雎」的幾支簡〉，「簡帛研究」網，2001.12.26。

〔註67〕胡平生，〈讀上博藏戰國楚竹書〈詩論〉箚記〉，《上博館藏戰國楚竹書研究》（上海：上海書店，2002），頁284～285。

愛」之意，或可由「友愛」義引伸出「追求」義，或者解為「友愛淑女的願望」，其義亦通。

　　總而言之，筆者認為〈孔子詩論〉簡 14「兩矣」、「其四章則俞矣」皆在評論〈關雎〉，「其四章則俞矣」至「以鐘鼓之樂」一段簡文，在評論〈關雎〉「琴瑟友之」、「鐘鼓樂之」兩段。「俞」當讀為「喻」，言此二段用了明顯的「喻」的手法。「以琴瑟之悅，擬好色之願。以鐘鼓之樂……」則承上文，說明「喻」的方式是「用和悅的琴瑟之音，來比擬友愛淑女的願望」，可惜「以鐘鼓之樂」之下已殘斷，未能明其意。

（六）好反內于豊不亦能改𦀣

　　馬承源將本段簡文讀為「好，反內（納）於豊（禮），不亦能改（怡）虖（乎）」，未作任何解釋。〔註 68〕由「不亦能改𦀣」之評，及下文接著評〈樛木〉一詩的順序，可知本段簡文所論者為〈關雎〉。本簡於「好」字之上殘斷，故無法確知此「好」字之意，但由簡 10「〈關雎〉以色喻於禮」、簡 14「以琴瑟之悅擬好色之願」，皆在講述「色」和「禮」，知「好」字及其上不可見之部分簡文，當與「色」有關。

　　對於「反內於禮」一句的釋讀，多將其理解為由色回歸到禮的意思，學者間無太大爭議，主要差別僅在「內」字如何通讀。馬承源、李零、許子濱、鄭玉珊將「內」讀為「納」，而李學勤、饒宗頤就原字形讀為「內」，趙建偉、王志平則將之讀為「入」。〔註 69〕由字形觀之，此字當釋為「內」無疑，但「入」、

〔註 68〕 馬承源，《上海博物館藏戰國楚竹書（一）·孔子詩論釋文》（上海：上海古籍出版社，2001），頁 142。

〔註 69〕 馬承源，《上海博物館藏戰國楚竹書（一）·孔子詩論釋文》（上海：上海古籍出版社，2001），頁 142。李零《上博楚簡三篇校讀記》（臺北：萬卷樓圖書公司，2002），頁 25。許子濱，〈讀《上海博物館藏戰國楚竹書（一）》小識〉，《新出楚簡與儒家思想國際學術研討會論文集》（清華大學思想文化研究所／輔仁大學文學院　聯合主辦，2002.03.31～2002.04.02）。李學勤，〈《詩論》說〈關雎〉等七篇釋義〉，《齊魯學刊》2002.02，頁 91。饒宗頤，〈竹書〈詩序〉小箋〉，《上博館藏戰國楚竹書研究》（上海：上海書店，2002），頁 228～230。鄭玉珊，《《上博（一）·孔子詩論》研究》（臺北：國立台灣師範大學國文研究所，碩士學位論文，2004），頁 177。趙健偉，〈「關雎之改」解〉，「簡帛研究」網，2003.06.24。王志平，〈《詩論》箋疏〉，《上博館藏戰國楚竹書研究》（上海：上海書店，2002），頁 215、217。

「內」、「納」爲聲母和聲子之關係，故三種讀法都有可能，又三字皆有「收進」之意，亦皆可引申出「回歸」義，在此不論讀爲何者，其義皆同。但鑑於傳世先秦文獻中未見「反納」、「反內」成詞者，而「反入」一詞則常見，如《莊子・至樂》：「人又反入於機」，「反入於機」與〈孔子詩論〉「反內於禮」句式相同，故筆者傾向於將「反內於禮」讀爲「反入於禮」。

「不亦能改」可讀爲「不亦能改乎」。馬承源將「𥄉」字隸爲「虖」讀爲「乎」，季旭昇則認爲「𥄉」字從示、虍聲，當隸爲「虖」。〔註70〕季旭昇之說有理，戰國從「虍」從「乎」的「虖」字，在秦、晉二系作：

（《珍秦齋古印展》65）

（侯馬盟書）   （侯馬盟書）

其下部皆可看出從「乎」，至於楚系「虖」字寫法雖與秦、晉二系稍有不同，但仍可看得出由「乎」字訛變而來的痕跡，例如郭店簡中寫作：

（〈語叢三〉簡 68）   （〈唐虞之道〉簡 23）

而〈孔子詩論〉簡 12「𥄉」字下作「示」形，與上所舉「虖」字所「乎」旁全不類，反與〈孔子詩論〉簡 5「宗」字所從「示」作「示」形體相似，的確當隸爲「虖」。筆者認爲〈孔子詩論〉「虖」字之所以下從「示」，可能是由上舉郭店簡〈唐虞之道〉簡 23「虖」字的訛變形體，再次訛變而來。

二、《國風・周南・樛木》

樛木之音▂（簡 10）→〈樛木〉之恃。

樛木福斯才翠＝☞▢（簡 12）→〈樛木〉福斯在君子，不。

樛木之音則呂丌象也▂（簡 11）→〈樛木〉之恃，則以其祿也。

（一）樛木之音

馬承源已指出「樛」、「樛」爲同部音近字，故「樛木」即今本《詩・國風・

〔註70〕季旭昇，《上海博物館藏戰國楚竹書（一）讀本》（臺北：萬卷樓圖書公司，2004），頁 41。

周南・樛木》。「旹」，原簡作「(圖)」，馬承源隸爲「旹」引《說文》：「旹，古文時，從日之作。」〔註71〕鄭玉珊認爲馬承源之隸定有誤，「(圖)」字從日、之聲，當隸爲「旹」。〔註72〕季旭昇已對「之」、「止」二字做過詳細比對，認爲在古文字中，除秦文字偶見「之」、「止」二字互作外，其實兩者區別極嚴（「止」爲三劃，「之」爲四劃），少見互作者。〔註73〕而「(圖)」字上部作四劃寫法，實應隸定爲「之」。且《說文》言「時」字「從日之作」，故此從鄭玉珊說，將「(圖)」字隸爲「旹」。

對於「時」字的訓讀，馬承源僅云：「〈樛木〉詩意三言『樂只君子』，則簡文『時』或當讀爲『持』。」卻未解釋如何由「樂只君子」看出「持」之意。〔註74〕姜廣輝亦認爲「時」當讀爲「持」，因〈樛木〉一詩在先秦常被引用，並常引申出以德持祿的思想，認爲「德」是保持祿位的根本。〔註75〕「時」固然可讀爲「持」，但由「樂只君子」似無法明顯得出「持」的詩旨。由於〈樛木〉之時」一段簡文過於簡短，需由〈孔子詩論〉另兩處評論〈樛木〉的相關簡文來探求「時」字之訓解。

簡11「以」字訓爲「因」，若將「時」讀爲「持」，「〈樛木〉之持，則以其祿也」之句義，便與姜廣輝所謂「以德持祿」的因果關係相反，義不相合，知「時」不當讀爲「持」。王志平則云：「『時』疑讀爲『待』」。〔註76〕，但未解釋「待」字在此當訓爲何義。「待」字有「等候」、「對待」、「打算」、「停留」等義，但此四義均與簡11文義不合，知此「時」字不當讀爲「待」。

〔註71〕馬承源，《上海博物館藏戰國楚竹書（一）・孔子詩論釋文》（上海：上海古籍出版社，2001），頁140。

〔註72〕鄭玉珊，《《上博（一）・孔子詩論》研究》（臺北：國立台灣師範大學國文研究所，碩士學位論文，2004），頁157～158。

〔註73〕季旭昇，〈古璽雜識二題〉，《中國學術年刊》第二十期，頁85～94。季旭昇，《說文新證（上冊）》（臺北：藝文印書館，2002），頁498。

〔註74〕馬承源，《上海博物館藏戰國楚竹書（一）・孔子詩論釋文》（上海：上海古籍出版社，2001），頁140。

〔註75〕姜廣輝，〈關於古《詩序》的編連、釋讀與定位諸問題研究〉，「簡帛研究」網，2002.05.24。

〔註76〕王志平，〈《詩論》箋疏〉，《上博館藏戰國楚竹書研究》（上海：上海書店，2002），頁215。

多數學者將「時」字直讀爲「時」，但訓解有異。俞志慧以爲「時」指君子得福祿之及時也，並云：「爲何及時，莫非是如葛藟得逢樛木故能蔓緣而上？」〔註77〕首先，典籍文獻似未見以「時」一字表達「及時」之意者，且「及時」義置於簡11中並不通順，由〈樛木〉詩文：

　　南有樛木，葛藟纍之。樂只君子，福履綏之。
　　南有樛木，葛藟荒之。樂只君子，福履將之。
　　南有樛木，葛藟縈之。樂只君子，福履成之。

亦無法看出「及時」之詩旨。邴尚白將「時」字訓爲「承」，爲承受（葛藟、福履）之意。〔註78〕就〈樛木〉一詩來看，似可得「承受」福履之意，套用於簡12「〈樛木〉福斯在君子，不 亦□時乎」，亦能理解爲君子承受福履，但未見典籍文獻有將「時」訓爲「承受」之用法，用於簡11評論〈樛木〉的簡文中，亦顯得文義不順。李銳則訓「時」爲「順時」義，其文云：

　　「時」之意當爲順時、得當。胡承珙：「今案之詩義，亦自有深淺次
　　第：葛藟始生蔓延，漸長蒙密，愈久則更盤結，此『纍之』、『荒之』、
　　『縈之』相次之序也。君子之福祿，始而安吉，繼而盛大，終而成
　　就，此『綏之』、『將之』、『成之』相次之序也。」〔註79〕

由詩文中確可看出「綏之」、「將之」、「成之」的漸近次序，但簡12只強調「福斯在君子」，並未說明福履的順時變化，知其重點不在「順時」，簡11如果解釋爲「〈樛木〉之順時，是因爲祿之故」，與詩文內容亦不相合，故筆者認爲「時」不當訓爲「順時」義。

　　廖名春認爲「時」指「得天時」，其云：

　　〈樛木〉一詩屢言「福履綏之」、「福履將之」、「福履成之」，所謂「綏」
　　（訓「降」）、「將」、「成」「福履」於「君子」的，當是上天，「君子」
　　有上天降福，是得天時，故於〈樛木〉而稱時。〔註80〕

〔註77〕俞志慧，〈《戰國楚竹書·孔子論詩》校箋（上）〉，「簡帛研究」網，2002.01.17。

〔註78〕邴尚白，〈上博〈孔子詩論〉札記〉，「『新出土文獻與古代文明研究』國際學術研討會」會議論文（上海：上海大學出版社，2002.07.28）。

〔註79〕李銳，《《詩論》簡禮學思想研究》（北京：清華大學歷史學系，碩士論文，2002），頁69。

〔註80〕廖名春〈上海博物館藏〈詩論〉簡校釋〉，《中國哲學史》2002.01，頁10。

「將」、「成」福履於君子的，是否爲上天，於〈樛木〉詩文中不可得，毛《序》：「〈樛木〉，后妃逮下也。言能逮下而無嫉妒之心焉。」鄭《箋》：「后妃能和諧眾妾，不嫉妒。其容貌恒以善，言逮下而安之。」皆以「后妃逮下」解之，未有天降福祿之說。不過，由於〈樛木〉一詩，並未明言福祿由何而來，故〈孔子詩論〉之作者，是有可能將之理解爲「天降福祿」，而說其「得天時」，簡 12「〈樛木〉福斯在君子」，與「得天時」之意亦正相合，但簡 11「〈樛木〉之時，則以其祿也」，若將「時」理解爲「得天時」，說「〈樛木〉之得天時，是因爲福祿的關係」，則不免本末倒置。

對於簡文「時」字的訓解，李零言「遇其時」、李學勤言「逢遇時會」、晁福林言「等待機遇」、董蓮池言「抓住機遇」，皆將之訓爲「時會」義，但置於簡文中，對其句義解釋各有些許不同。〔註 81〕不論由詩文或簡文觀之，「〈樛木〉之時」都不太可能在表達「等待機遇」或「抓住機遇」，〈樛木〉詩中已言「福履綏之」、「福履將之」、「福履成之」，簡 12 亦云「〈樛木〉福斯在君子」，福既已在君子之身，似不需再等待機遇，亦不需爲了福祿之求而刻意去抓住機運。至於將簡 12 解爲「〈樛木〉一詩中，福集中於君子之身，是遇其時會」，可謂文從字順，於詩文「南有樛木，葛藟纍之」、「南有樛木，葛藟荒之」、「南有樛木，葛藟縈之」，亦可見葛藟遇上樛木而得以生長發展，正有「逢遇時會」之意。但置於簡 11 中，言「〈樛木〉之遇其時，乃因祿之故」，則又有倒果爲因之病，於義不合，故「時」字訓爲「時會」的可能性不高。

鄭玉珊訓「時」爲「善」，「〈樛木〉之善」意謂「〈樛木〉，乃是稱頌君子之德美善，而能多福祿之詩；這就是『時』」，並舉《詩·頍弁》：「爾酒既旨，爾殽既時。」《傳》：「時，善也。」爲例。〔註 82〕「時」訓爲「善」之說，直接帶入簡 10、11、12 中雖然皆文從字順，但依鄭玉珊的解釋，則「君子之德美善」

〔註 81〕李零，《上博楚簡三篇校讀記》（臺北：萬卷樓圖書公司，2002），頁 27。李學勤，〈《詩論》説〈關雎〉等七篇釋義〉，《齊魯學刊》2002.02，頁 91～92。晁福林，〈《上博簡·孔子詩論》「樛木之時」釋義——兼論《詩·樛木》的若干問題〉，《古籍整理與研究學刊》2002.03，頁 1～4。董蓮池，〈上海博物館藏《戰國楚竹書（一）》解詁（二）〉，《古籍整理與研究學刊》2003.02，頁 12。

〔註 82〕鄭玉珊，《《上博（一）·孔子詩論》研究》（臺北：國立台灣師範大學國文研究所，碩士學位論文，2004），頁 157～158。

為因、「多福祿」為果，簡 11「〈樛木〉之時，則以其祿也」，卻以「祿」為因、「時（善）」為果。〔註83〕再者，由簡 12 知福已在君子，若在其後才言及君子之善，亦與君子之德美善而能多福祿之義不能切合。

筆者以為簡 10、11、12 的「時」字，或可讀為「恃」，訓為「憑恃」、「依恃」。簡 11「〈樛木〉之恃，則以其祿也」即「〈樛木〉詩中之君子有所依恃，乃因其擁有福祿之故」。簡 12「〈樛木〉福斯在君子，不〔亦□恃乎〕」，大概是說〈樛木〉詩中福祿集於君子之身，也算是有所依恃。〈樛木〉詩云：「樂只君子，福履綏之」、「樂只君子，福履將之」、「樂只君子，福履成之」，先言君子之樂，後言其樂之因，「福履」即君子所恃以樂之因。另一方面，〈樛木〉由「南有樛木，葛藟纍之」、「南有樛木，葛藟荒之」、「南有樛木，葛藟縈之」起興，亦可見葛藟依恃樛木以生長繁榮之意。〈孔子詩論〉以為〈樛木〉中君子之所以能安樂，乃憑恃於福祿的「綏」、「將」、「成」，與齊詩釋以「安樂之象」正和，和毛《序》：「〈樛木〉，后妃逮下也。言能逮下，而無嫉妒之心焉。」則立論點不同，但皆由〈樛木〉取義而各有所得。

（二）樛木福斯才

關於「樛木福斯才 」一段簡文，馬承源有以下說法：

> 「𣂔」讀作「斯」，字形從斤從其，可能為「斯」字形變，「斯」從「其」。「其」為箕形，楚簡文「斯」字有寫作「𣂔」之例。「𦣞＝」為「君子」合文。〈樛木〉小序云「后妃逮下也，言能逮下而無嫉妒之心焉」。可說是對詩意的曲解。詩句「樂只君子，福履綏之」、「福履將之」、「福履成之」，孔子云：「福斯在君子」，點出了詩意。〔註84〕

「福」，原簡作「」，上「畐」下「示」，「福」字古文。「才」在本句中讀為「在」。「𣂔」，原簡字形作「」，此種寫法目前僅見於戰國楚系文字，金文和戰國他系的「斯」字多從「其」從「斤」，在郭店簡中有省「斤」旁之例。

〔註83〕鄭玉珊解釋簡 11 相關段落為「〈樛木〉言君子之德美善，故上天降之以（福）祿」，但筆者認為「以」字當訓為「因」。

〔註84〕馬承源，《上海博物館藏戰國楚竹書（一）・孔子詩論釋文》（上海：上海古籍出版社，2001），頁 142。

造成戰國楚系「斯」字特殊寫法的原因，可能有二，其一爲「其」字上部的「□」訛變爲「□」形；其二，「□」爲「齒」旁，與「丌」旁一樣有標音作用，「斯」字古音爲心母之部，「齒」爲昌母之部，韻同聲近。《說文》：「齒，口齗骨也，象口齒之形，止聲……□，古文齒字。」「齒」字甲文作「□」（《乙》611）、「□」（《乙》2203）、「□」（《乙》7482）等形，象齒之形，後才加「止」爲聲符，戰國楚文字多作「□」（郭店簡〈唐虞之道〉簡5），但用作偏旁時有省「止」者，如「牙」字作「□」（郭店簡〈緇衣〉簡9），其所從「齒」旁便作「□」。

對於馬承源將「斯」字釋爲「斯」，學者沒有異議，大多如字讀爲「斯」，只有王志平讀爲「禠」，訓爲「福」，並引《左傳・襄公十年》：「狄虒彌。」陸德明《音義》：「虒音斯。」證「斯」可讀爲「禠」。〔註85〕「斯」、「虒」古音皆在心母之部，故「斯」字確可讀爲從「虒」得聲的「禠」字。若將簡文「福斯」讀爲「福禠」，則兩字爲同義複詞，「福禠在君子」即「福在君子」，文義可通。但在目前可見的先秦文獻中未有「福禠」二字連用之例，故筆者不從此說。

李銳讀爲「斯」訓爲「盡」，舉《禮記・檀弓》：「我喪也斯沾」，鄭《注》：「斯，盡也。」爲證。〔註86〕鄭玉珊雖然亦讀爲「斯」，但視之爲關係詞，舉《論語・公冶長》：「再，斯可矣。」《論語・述而》：「我欲仁，斯仁至矣。」爲例。〔註87〕依鄭玉珊之說，則「福斯在君子」即「福在君子」，依李銳之說則爲「福盡在君子」，由〈樛木〉：

> 南有樛木，葛藟纍之。樂只君子，福履綏之。
> 南有樛木，葛藟荒之。樂只君子，福履將之。
> 南有樛木，葛藟縈之。樂只君子，福履成之。

只能看出福在君子，且有「綏」、「將」、「成」的變化，無法由詩文內容得出「福『盡』在君子」之意，故筆者從鄭玉珊，將「〈樛木〉福斯在君子」的「斯」字

〔註85〕王志平，〈〈詩論〉箋疏〉，《上博館藏戰國楚竹書研究》（上海：上海書店，2002），頁217。

〔註86〕李銳，《〈詩論〉簡禮學思想研究》（北京：清華大學歷史學系，碩士學位論文，2002），頁77。

〔註87〕鄭玉珊，《《上博（一）・孔子詩論》研究》（臺北：國立台灣師範大學國文研究所，碩士學位論文，2004），頁178～179。

讀爲「斯」，爲無義之關係詞。

「￢」字殘泐，其上半部殘餘筆畫與「不」字相近，再參以簡 12、13「……好反內於禮不亦能改乎」、「可得不攻不可能不亦智恆乎」、「〈鵲巢〉出以百兩不亦有蕩乎」等句式，知「￢」確爲「不」字的殘餘筆畫，其後當如季旭昇補「亦□時（按：筆者讀「時」爲「恃」）乎」。〔註88〕「〈樛木〉福斯在君子，不 亦□恃乎 」，大意是說〈樛木〉詩中福祿集於君子之身，也算是有所憑恃。

（三）樛木之音則呂丌彔也

「以」字，馬承源未有訓解；董蓮池訓爲「因」；鄭玉珊雖然未直言「以」字當如何訓解，但是將此句簡文，解釋爲「〈樛木〉言君子之德美善，故上天降之以（福）祿。」〔註89〕筆者認爲此處「以」字當從董蓮池之說，訓爲「因」，其用法和〈孔子詩論〉簡 15「〈甘棠〉之愛以邵公……」、簡 16「〈燕燕〉之情，以其獨也」的「以」字相同。「〈樛木〉之恃則以其祿也」，意謂〈樛木〉詩中的君子之所以能有所憑恃而處於安樂之中，乃因其擁有福祿之故。

三、《國風・周南・漢廣》

灘垟之智 ■（簡 10）→〈漢廣〉之智。

□可尋不乏不可能不亦智互唐 ■（簡 13）→ 不求不 可得不攻不可能不亦知恆乎？

灘垟之智則智不可尋也（簡 11）→〈漢廣〉之智則知不可得也。

（一）灘垟之智

「灘垟」，馬承源已指出即今本《詩・國風・周南》之〈漢廣〉，並云：「灘，從隹從漢。『垟』爲『往』字的聲符，『廣』、『垟』一聲之轉。」〔註90〕對於「灘垟」即毛《詩》篇名〈漢廣〉，學者未有異議。

〔註88〕季旭昇，《上海博物館藏戰國楚竹書（一）讀本》（台北：萬卷樓圖書公司，2004），頁 31。

〔註89〕董蓮池，〈上海博物館藏《戰國楚竹書（一）》解詁（二）〉，《古籍整理與研究學刊》2003.02，頁 12。鄭玉珊，《《上博（一）・孔子詩論》研究》（臺北：國立台灣師範大學國文研究所，碩士學位論文，2004），頁 187。

〔註90〕馬承源，《上海博物館藏戰國楚竹書（一）・孔子詩論釋文》（上海：上海古籍出版社，2001），頁 140。

「**智**」，當釋爲「智」，戰國文字智見。簡 10「**智**」字，馬承源僅云：「簡文多讀爲『智』或『知』。」未作訓解。〔註91〕學者對此「**智**」字之釋讀，亦可大致分作讀爲「智」和讀爲「知」二類。許全勝讀爲「知」訓爲「匹配」，云：「〈漢廣〉述士人求女不得之狀，與簡文之旨符會。」並舉以下文獻證「知」可訓「匹配」：

〈隰有萇楚〉：「樂子之無知」，《注》云：「魯說曰：知，匹也。」《箋》云：「知，匹也。疾君之恣，故於人年少沃沃之時，樂其無妃匹之意。」

《爾雅‧釋詁》云：「仇、讎、敵、妃、知、儀，匹也。」

《禮記‧曲禮》：「男女非有行媒，不相知名」，《釋文》作「不相知」，馬瑞辰云：「『不相知』即『不相匹』也。」〔註92〕

〈漢廣〉確實在陳述士人求女不得之狀，簡 11「知不可得也」和簡 13「不求不可得，不攻不可能」之評論可爲之證。既然是「求女不得」，當不會用「匹配」爲〈漢廣〉之詩評，且許全勝將簡 11「知不可得也」的「知」字亦訓爲「匹」，則簡 11 全句爲「〈漢廣〉之知（匹），則知（匹）不可得也」，上文言〈漢廣〉之「匹」，僅用「匹配」一義，當無法表示下文「匹不可得」之意，前後文矛盾。故「〈漢廣〉之智」的「智」字，不當訓爲「匹」。

李學勤、廖名春將本簡「智」字，如字讀爲「智」，並訓爲「智慧」，是更合理的說法。〔註93〕王志平、俞志慧、汪維輝、董蓮池、鄭玉珊皆從此說。〔註94〕李學勤配合簡 11「〈漢廣〉之智，則知不可得也」，和簡 13「不求不可

〔註91〕馬承源，《上海博物館藏戰國楚竹書（一）‧孔子詩論釋文》（上海：上海古籍出版社，2001），頁 140。

〔註92〕許全勝，〈宛與智——上博〈孔子詩論〉簡二題〉，《新出楚簡與儒學思想國際學術研討會論文集》（清華大學思想文化研究所／輔仁大學文學院　聯合主辦，2002.03.31～2002.04.02）。

〔註93〕李學勤，〈《詩論》說〈關雎〉等七篇釋義〉，《齊魯學刊》2002.02，頁 92。廖名春〈上海博物館藏〈詩論〉簡校釋〉，《中國哲學史》2002.01，頁 10。

〔註94〕王志平，〈《詩論》箋疏〉，《上博館藏戰國楚竹書研究》（上海：上海書店，2002），頁 215。俞志慧，〈《戰國楚竹書‧孔子論詩》校箋（上）〉，「簡帛研究」網，2002.01.17。汪維輝，〈上博楚簡〈孔子詩論〉釋讀管見〉，「簡帛研究」網，

得，不攻不可能」觀之，說簡文認爲不作非分之想，不去強求不可得的對象，硬作不能成的事情，是智慧的表現。就簡文文義及〈漢廣〉詩句觀之，此說可通。

姜廣輝讀「智」爲「知」，與許全勝同，但將之解爲「自知之明」。〔註95〕〈漢廣〉：

南有喬木，不可休息。漢有游女，不可求思。漢之廣矣，不可泳思。
江之永矣，不可方思。

翹翹錯薪，言刈其楚，之子于歸，言秣其馬，漢之廣矣，不可泳思。
江之永矣，不可方思。

翹翹錯薪，言刈其蔞，之子于歸，言秣其駒，漢之廣矣，不可泳思。
江之永矣，不可方思。

據以上〈漢廣〉詩文，及簡11「〈漢廣〉之知，則知不可得也」觀之，評此男子有「自知之明」，於簡文及〈漢廣〉詩文皆能相合，有其可能性。姜廣輝讀爲「知」，訓爲「自知之明」的說法，和李學勤讀爲「智」訓爲「智慧」之說，於義皆可通，但相較之下，筆者認爲李氏之說更爲合理，原因有二：能否僅以一「知」字表「自知之明」的意思，仍有疑慮，而「智」有「智慧」義，則是無庸置疑的，此其一；就〈漢廣〉：「南有喬木，不可休息。漢有游女，不可求思。漢之廣矣，不可泳思。江之永矣，不可方思。」及簡文「知不可得」、「不求不可得」、「不攻不可能」等語觀之，其「知」的程度當不僅止於「自知之明」，還應包括對外在因素的觀察，以「智慧」爲詩評較能總括其義，此其二。故筆者傾向將簡10「智」字，如字讀爲「智」訓爲「智慧」。

（二）不求不可导不殳不可能不亦智互虘

「不求不」三字據李零、廖名春補。〔註96〕簡11已有「不可得」一詞，可

2002.06.17。董蓮池，〈上海博物館藏《戰國楚竹書（一）》解詁（二）〉，《古籍整理與研究學刊》2003.02，頁12。鄭玉珊，《《上博（一）‧孔子詩論》研究》（臺北：國立台灣師範大學國文研究所，碩士學位論文，2004），頁159～160。

〔註95〕姜廣輝，〈關於古《詩序》的編連、釋讀與定位諸問題研究〉，「簡帛研究」網，2002.05.24。

〔註96〕李零，《上博楚簡三篇校讀記》（臺北：萬卷樓圖書公司，2002），頁27。廖名春〈上

知本簡「可得」前當補一「不」字。又，毛《序》:「〈漢廣〉，德廣所及也。文
王之道被于南國，美化行乎江漢之域，無思犯禮，求而不可得也。」知「不可
得」之前和「㝵」相呼應的動詞很可能是「求」字。下文「不㝵不可能」在動
詞「㝵」前有否定詞「不」，故可據以在「求不可得」前亦補「不」字，讀爲「不
求不可得」與「不㝵不可能」正相呼應。

　　「㝵」字原簡作「𰯲」，馬承源云:「㝵字從又從工，待考。文辭爲評述〈漢
廣〉。」〔註97〕周鳳五認爲「㝵」字是「求」之訛寫，舉郭店簡〈六德〉簡 33:
「求養親之志」的「求」字作「𣏌」爲例，謂其結構與「𰯲」相似，只是上下
易位罷了。〔註98〕「求」旁在〈孔子詩論〉中出現於簡 10、11、12 的「棣」字，
其字形分別是「𣏌」、「𣏌」、「𣏌」，其中簡 11「求」旁和〈六德〉簡 33「求」
字寫法相似，與簡 10、12「求」旁的差別在於將左右四撇拉直爲二橫畫，將筆
畫拉直的「求」旁寫法在楚文字中常見，當不會輕易搞混，由簡 11 作「𣏌」
的「求」旁寫法，便可知〈孔子詩論〉抄寫者對「求」字寫法有正確認識。再
者，「求」字在結構上是一體成形的，〈六德〉「𣏌」的寫法亦是如此，並非分
爲二個偏旁或部件，抄寫者大概不會無緣無故將其上下易位寫成「𰯲」，故「㝵」
爲「求」之訛寫的可能性很低。

　　已有多位學者指出，「㝵」當爲「攻」字異體，俞志慧、汪維輝、董蓮池指
出從「攴」從「又」在古文字中常可通，汪維輝舉〈孔子詩論〉中的「敬」字，
第 5 簡從「攴」、第 15 簡改從「又」爲例。〔註99〕「〈關雎〉之改」的「改」字，
在簡 10 從「攴」旁，簡 11、12 卻從「又」旁，亦是一例。黃德寬、徐在國、
鄭玉珊皆指出「攻」字本有從「工」從「又」的寫法，如「𤺔」(輪鎛)、「𢼸」

　　　海博物館藏〈詩論〉簡校釋〉，《中國哲學史》2002.01，頁 12。

〔註97〕馬承源，《上海博物館藏戰國楚竹書(一)‧孔子詩論釋文》(上海:上海古籍出版
　　　社，2001)，頁 143。

〔註98〕周鳳五，〈〈孔子詩論〉新釋文及注解〉，《上博館藏戰國楚竹書研究》(上海:上海
　　　書店，2002)，頁 160～161。

〔註99〕俞志慧，〈《戰國楚竹書‧孔子論詩》校箋(上)〉，「簡帛研究」網，2002.01.17。
　　　汪維輝，〈上博楚簡〈孔子詩論〉釋讀管見〉，「簡帛研究」網，2002.06.17。董蓮
　　　池，〈上海博物館藏《戰國楚竹書(一)》解詁(二)〉，《古籍整理與研究學刊》
　　　2003.02，頁 13。

（攻吾臧孫鐘），差別在於「攻」字通常作左右結構，〈孔子詩論〉簡 13「」字作上下結構。〔註100〕對於此點，俞志慧認爲在當時書法尚無嚴格規範的情況下並無實質性區別，又舉《古籀彙編》收有二個上下結構的「攻」字爲證，其說可從，所以「」字當爲「攻」字異體。

李零對「妐」字結構沒有分析，僅云：「『窮』，原從工從又。」〔註101〕「妐」字構形與郭店簡〈成之聞之〉「窮」字從「宀」從「躬」的寫法相去甚遠，李零此處應非釋「妐」爲「窮」，可能是由「工」旁而讀爲「窮」，或釋爲「攻」讀爲「窮」，「工」、「攻」二字古音同在見母東部，與古音在群母冬部的「窮」字音近可通。「窮」有「窮究」、「極端」、「貧困」、「荒僻」等義，在簡文「不妐不可能」中，只有「窮究」義能使上下文義順暢。若將「不妐不可能」讀爲「不窮不可能」，解爲「不窮究不可能的事物」，意即不執著於不可能的事物，就〈孔子詩論〉評〈漢廣〉的相關簡文，及〈漢廣〉原文觀之，可備一說。

大部分將「妐」字釋爲「攻」的學者，皆如字讀爲「攻」，訓爲「治」、「作」。〔註102〕李學勤舉《小爾雅・廣詁》：「攻，治也。」何琳儀師舉《詩・大雅・靈台》：「庶民攻之。」《傳》：「攻，作也。」證「攻」有「治」、「作」之義，其他如《詩・小雅・鶴鳴》：「它山之石，可以攻玉。」《論語・爲政》：「攻乎異端，斯害也已。」皆可爲之證。若將「不妐不可能」讀爲「不攻不可能」，可解爲「不去攻治不可能的事物」，亦合於〈孔子詩論〉評〈漢廣〉的相關簡文及〈漢廣〉原文。相較於前述李零讀「妐」爲「窮」的說法，此說就原字爲訓，不需再轉讀，且與上文「求」字字義更能相互呼應，故筆者傾向於將「不妐不可能」讀

〔註100〕黃德寬、徐在國，〈上海博物館藏戰國楚竹書（一）・〈孔子詩論〉釋文補正〉，《安徽大學學報（哲學社會科學版）》2002.03。鄭玉珊，《《上博（一）・孔子詩論》研究》（臺北：國立台灣師範大學國文研究所，碩士學位論文，2004），頁 180。

〔註101〕李零，《上博楚簡三篇校讀記》（臺北：萬卷樓圖書公司，2002），頁 27。李零，〈上博楚簡校讀記（之一）——《子羔》篇「孔子詩論」部分〉，「簡帛研究」網，2002.01.04。

〔註102〕李學勤，〈《詩論》說〈關雎〉等七篇釋義〉，《齊魯學刊》2002.02，頁 92。何琳儀，〈滬簡詩論選釋〉，《上博館藏戰國楚竹書研究》（上海：上海書店，2002），頁 248～249。俞志慧，〈《戰國楚竹書・孔子論詩》校箋（上）〉，「簡帛研究」網，2002.01.17。李銳，《《詩論》簡禮學思想研究》（北京：清華大學歷史學系，碩士學位論文，2002），頁 70。

爲「不攻不可能」。

　　馬承源將「**智亙**」讀爲「智恆」，未有解釋。〔註103〕董蓮池亦讀作「智恆」，解爲「永恆之智」。〔註104〕通常要表達「永恆之智」，比較可能用「恆智」這種「形容詞＋名詞」的結構，若言「智恆」則須視爲倒裝用法，可能性偏低。況且「永恆之智」的語義和上文「〔不求不〕可得，不攻不可能」並無明顯關係，故將「**智亙**」讀爲「智恆」的可能性不高。周鳳五讀爲「知極」，引《詩・周頌・思文》：「莫匪爾極。」《傳》：「極，中也。」訓「極」爲「中」。〔註105〕周鳳五未明言「極」訓爲「中」在簡文中要如何解讀。不過一般視「莫匪爾極」的「極」字有「中性」、「執中」之義，此種意涵與「〔不求不〕可得，不攻不可能」似無相關。

　　李學勤、俞志慧、李銳、許全勝、臧克和、鄭玉珊等人皆讀「**智亙**」爲「知恆」。李學勤訓「恆」爲「常」，云：「知足守常，是智慧的表現」。〔註106〕解「知常」爲「知足守常」，頗有增字解經之慮，而 「不求不可得」、「不攻不可能」所表現的皆非「知足」，乃因認清其「不可得」和「不可能」，於是只好選擇「不求」和「不攻」。俞志慧亦訓爲「知常」，訓解和李學勤稍有不同，引〈老子〉第十六章：「復命曰常，知常曰明。不知常，妄作，凶。」以「知常」爲「知常道」，鄭玉珊、臧克和亦採信此說。〔註107〕對於「不可得」和「不可能」的事物不去強求，確可視爲一種常道，故將「知恆」訓爲「知常道」，於義可通，可備一說。李銳先言「恆」可訓爲「常」、「久」，後又引《莊子・盜跖》：「是欲規我以利而恆民畜我也」，《釋文》：「『恆民』一本作『順民』。」說「恆」有「順」

〔註103〕馬承源，《上海博物館藏戰國楚竹書（一）・孔子詩論釋文》（上海：上海古籍出版社，2001），頁142。

〔註104〕董蓮池，〈上海博物館藏《戰國楚竹書（一）》解詁（二）〉，《古籍整理與研究學刊》2003.02，頁13。

〔註105〕周鳳五，〈〈孔子詩論〉新釋文及注解〉，《上博館藏戰國楚竹書研究》（上海：上海書店，2002），頁160～161。

〔註106〕李學勤，〈《詩論》說〈關雎〉等七篇釋義〉，《齊魯學刊》2002.02，頁92。

〔註107〕俞志慧，〈《戰國楚竹書・孔子論詩》校箋（上）〉，「簡帛研究」網，2002.01.17。鄭玉珊，《《上博（一）・孔子詩論》研究》（臺北：國立台灣師範大學國文研究所，碩士學位論文，2004），頁159～160。臧克和，〈上博楚竹書中的「詩論」文獻及範型〉，《學術研究》2003.09，頁121～122。

之義。〔註108〕李銳「恆」字二訓並列，不知欲取何義。「恆」訓爲「常」、「久」之說，前文已經檢討，不再贅述。若訓「恆」爲「順」，不僅例子較少，且與「〔不求不〕可得，不攻不可能」關係疏遠，亦不可取。至於許全勝，因其未作進一步訓解，故暫不討論。〔註109〕

　　除了將「智互」讀爲「知恆」解爲「知常道」之說外，筆者認爲「智互」亦可能如周鳳五所說讀爲「知極」，但應訓爲「盡頭」、「極限」之義。「互」字古音在見母蒸部，「亟」字在見母職部，聲同韻近，而且蒸、職二部有通假例，故「互」、「亟」兩聲系的字應可通假。「知極」即「明白其極限」，由毛《序》：「〈漢廣〉，德廣所及也。文王之道被于南國，美化行乎江漢之域，無思犯禮，求而不可得也。」觀之，此「極限」指的很可能就是「禮」，有「發乎情，止於禮」之義。簡 11「〈漢廣〉之智，則知不可得也」，所謂「知不可得」與此處「知極」義近，因明白其界限，才能知何者可得、何者不可得。與上文「不求不可得，不攻不可能」合觀之，謂「不去強求不可得者，不去硬攻不可能者，不就是能知其（可得和不可得）界限嗎？」上下文義貫通。

（三）灘里之智則智不可尋也

　　「灘里之智」即「〈漢廣〉之智」，「智」訓爲「智慧」，同簡 10。「智不可尋也」，馬承源云：

> 即「智不可得也。」〈樛木〉（苑鳳按：當爲〈漢廣〉之誤）篇言漢有游女待有求之者，然而漢水、江水廣闊，求者秣馬秣駒，猶不可泳渡，之子無法往嫁。大概是一詼諧性的民間故事，說明人有「智不可得」者。

觀其意大概是將「智」訓爲「智慧」。〔註110〕董蓮池亦讀此句爲「智不可得

〔註108〕李銳，《〈詩論〉簡禮學思想研究》（北京：清華大學歷史學系，碩士學位論文，2002），頁 70。

〔註109〕許全勝，〈宛與智——上博〈孔子詩論〉簡二題〉，《新出楚簡與儒學思想國際學術研討會論文集》（清華大學思想文化研究所／輔仁大學文學院　聯合主辦，2002.03.31～2002.04.02）。

〔註110〕馬承源，《上海博物館藏戰國楚竹書（一）・孔子詩論釋文》（上海：上海古籍出版社，2001），頁 141。

也」，但釋「不可得」爲「不可多得」，意在極言其智的珍貴。〔註111〕筆者認爲簡文「不可得」不能解作「不可多得」，「不可得」三字連讀，習見於先秦文獻，多訓爲「無法得到」，未見訓爲「不可多得」者。且簡文「不可得」，當與毛《序》：「〈漢廣〉，德廣所及也。文王之道被于南國，美化行乎江漢之域，無思犯禮，求而不可得也。」之「不可得」同義，不能訓爲「不可多得」。又簡13「不求不可得，不攻不可能」，由句式觀之，「不可得」當與「不可能」義近，訓爲「無法得到」義正相合，故董蓮池之說不可從。若如馬承源之說，「智不可得」在強調「人有智不可得者」，則其上文就不會說「〈漢廣〉之智」，先說其「智」，後說「人有智不可得者」，兩句文義不相連貫。由簡13「不求不可得，不攻不可能」觀之，其「不可得」、「不可能」之前還有「不求」、「不攻」的動作，其義當不僅在說明「人有智不得者」，故筆者不從馬承源之說。

許全勝從李學勤將上文「〈漢廣〉之知」的「知」字亦訓爲「匹配」，「知不可得」即「匹不可得」，大概是說男子求游女之匹配而不可得。〔註112〕前言其「匹」，後又云「匹不可得」，前後矛盾。再者，簡13「不求不可得，不攻不可能」，強調對於「不可得」、「不可能」之事物「不求」、「不攻」，不僅止於其有所「不可得」、「不可能」的意涵，故許全勝將「知」訓爲「匹」之說亦不可從。筆者贊同李學勤、俞志慧對於「知不可得也」的訓解，「知」在此作動詞用，訓爲「知道」、「明白」義。前云「〈漢廣〉之智」，以「智慧」來評論〈漢廣〉，下文「知不可得也」則針對「智」來加以解說，說明〈漢廣〉的智慧表現在「明白什麼事物是不可求得的」，上下文義貫通。此說與簡13「不求不可得，不攻不可能」，所突顯的「不強求」之意亦正相合，因爲在心理上明白事物有不可得者，故在行動上就不會去強求。由〈漢廣〉原文，也可以窺得男子知其不可得的心態，故詩中有「不可休息」、「不可求思」、「不可泳思」、「不可方思」之嘆。

〔註111〕董蓮池，〈上海博物館藏《戰國楚竹書（一）》解詁（二）〉，《古籍整理與研究學刊》2003.02，頁12。

〔註112〕許全勝，〈宛與智——上博〈孔子詩論〉簡二題〉，《新出楚簡與儒學思想國際學術研討會論文集》（清華大學思想文化研究所／輔仁大學文學院 聯合主辦，2002.03.31～2002.04.02）。

四、《國風・周南・鵲巢》

　　鵲樔之遏▙（簡 10）→〈鵲巢〉之歸。

　　鵲樔出吕百兩不亦又㥀庤▙甘▨（簡 13）→〈鵲巢〉出以百輛不亦有當乎？

　　鵲樔之遏則㥀者▨（簡 11）→〈鵲巢〉之歸則當諸。

（一）鵲樔之遏

　　簡文「鵲樔」，馬承源認為即今本《詩・國風・周南》篇名〈鵲巢〉，並對「樔」字結構有以下分析：

> 「樔」字《說文》所無，所以「桌」可能是「卓」的繁筆，是為聲符。《善夫山鼎》之「𩰪」和《蔡姞簋》之「𩰬」所從「卓」作𦥑、𦥯，其上部形體相似。〔註113〕

馬承源分析為從「木」從「卓」的這個字，原簡作「樔」，胡平生、張桂光、黃德寬、徐在國、鄭玉珊皆認為此字右旁所從實為「巢」，並非「桌」或「卓」。〔註114〕「樔」字右旁作「桌」，觀其形確與「卓」字構形不類，張桂光已指出，「卓」字中部所從，皆為平頂環狀之「⊙」，與簡文「樔」所從之頭角上出的「ᗺ」有明顯區別，兩者不能混同。胡平生謂：「『巢』字頭部筆劃正體作『𭭕』，或省作『ᗺ』，又省作『𠙵』。」認為簡文「樔」字右上所從即其省寫，張桂光更舉「甹」、「妻」（金文有聲化為從「𭭕」聲者）二字之「𭭕」旁，在簡帛中皆有寫作「𠙵」形之例，證「東」確有寫作「桌」的可能。就字形及其讀音觀之，筆者贊成「樔」字當隸定為「樔」，實即「巢」字繁文。

〔註113〕馬承源，《上海博物館藏戰國楚竹書（一）・孔子詩論釋文》（上海：上海古籍出版社，2001），頁 140。

〔註114〕胡平生，〈讀上博藏戰國楚竹書〈詩論〉箚記〉，《上博館藏戰國楚竹書研究》（上海：上海書店，2002），頁 284。張桂光，〈《戰國楚竹書・孔子詩論》文字考釋〉，《上博館藏戰國楚竹書研究》（上海：上海書店，2002），頁 338～339。黃德寬、徐在國，〈《上海博物館藏戰國楚竹書（一）・孔子詩論》釋文補正〉，轉引自劉信芳，《孔子詩論述學》（合肥：安徽大學出版社，2003），頁 174。鄭玉珊，《《上博（一）・孔子詩論》研究》（臺北：國立台灣師範大學國文研究所，碩士學位論文，2004），頁 161～163。

「⿺辶帚」字，原字作「」形，馬承源云：「古『歸』字，楚簡多從辵。」並將之訓爲「嫁」，爲「婦女嫁夫」之義。〔註 115〕〈鵲巢〉：

> 維鵲有巢，維鳩居之；之子于歸，百兩御之。
>
> 維鵲有巢，維鳩方之；之子于歸，百兩將之。
>
> 維鵲有巢，維鳩盈之；之子于歸，百兩成之。

毛《序》：「〈鵲巢〉，夫人之德也。國君積行累功以致爵位，夫人起家而居有之。德如鳲鳩乃可以配焉。」朱熹《詩集傳》：「南國諸侯被文王之化，能正心修身，以齊其家。其女子亦被后妃之化，而有專靜純一之德。故來嫁諸侯而其家人美之。」一言「配」、一言「來嫁」，知馬承源對簡文「歸」字之訓解無誤。

（二）「⿰彳亶」、「百兩」

「⿰彳亶」字，簡 11 作「」、簡 13 作「」，另在〈孔子詩論〉簡 27 有以下一段話：

> 可斯雀之矣丌所愛必曰吾奚舍之賓贈氏已（簡 27）

其中「」字，與簡 11「」當爲同一字，但此字所從「」旁，在現有出土資料中似乎找不到完全平行之例證。學者對「」字所從「」旁該釋爲何字，用於簡文中該如何解讀，各有不同看法。

馬承源認爲此字「似『叀』而非是，簡文另有『叀』字。此字形有兩角交叉線，和『叀』不同，與金文『疐』的主體相近……」。〔註 116〕

疐：（楚簋） （井人妄鐘） （𢦚簋）

整理者所舉楚簋和楚人妄鐘「疐」字，其中間構形和「」字雖有相似之處，但我們須注意的是，目前可見的戰國楚國「疐」字中段構形寫成「田」形，和「」字並不相同，如包山 105、167 簡，而「疐」字上方的「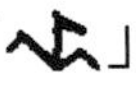」、「」，

〔註 115〕馬承源，《上海博物館藏戰國楚竹書（一）‧孔子詩論釋文》（上海：上海古籍出版社，2001），頁 140。

〔註 116〕馬承源，《上海博物館藏戰國楚竹書（一）‧孔子詩論考釋》（上海：上海古籍出版社，2001），頁 141～142。

也和「𢕌」上端不同。

<table>
<tr><td>寠：</td><td>（包山 105）</td><td>（包山 167）</td></tr>
</table>

當然，既有楚篋之例，戰國楚國「寠」字亦不排除有其他異體，寫成類似楚篋「寠」字之形，而「寠」字上方的「𠂢」、「𡳆」，或許也有可能演變成十字形和豎畫。但有一點我們更需注意的是，「寠」字和「遠」字一樣，結構中從未出現加底座形的「𠃜」、「𠃊」之形體。因此「ㄓ」字釋爲從「寠」，是不太妥當的。

俞志慧依據郭店簡〈老子甲〉簡 10、〈成之聞之〉簡 37「遠」字，將「𢕌」字釋爲「遠」。〔註117〕「遠」字字形如下：

（史牆盤）　　　　　　　　　（㝬簋）

（郭店簡〈老子甲〉簡 10）　（郭店簡〈成之聞之〉簡 37）

（包山簡 89）

筆者以爲此說有待商榷，理由如下：其一，「遠」字所從「袁」旁的圈形部件雖可省，但所從「衣」形部件未見有寫成「𠃜」形者；其二，「遠」字所從「袁」旁的構形，從未出現「𠃜」、「𠃊」形部件。「遠」字字形如上所列，其中俞志慧認爲和「𢕌」字「形似」的郭店簡〈老子甲〉簡 10、〈成之聞之〉簡 37 的「遠」字，在字形上其實仍有很大的差別。俞志慧之所以認爲其形似，大概是因爲這兩個「遠」字上方看來和「𢕌」字上方的十字形相近。

目前較多學者贊成的說法，是將「ㄓ」字釋爲「离」，採此說法者有李學勤、周鳳五、朱淵清、李零、胡平生、廖名春、張桂光、鄭玉珊等人，但各家對於該如何通讀則有不同見解。〔註118〕將「𢕌」三字分析爲「從辵從离」，主

〔註117〕俞志慧，〈《戰國楚竹書‧孔子論詩》校箋（上）〉，「簡帛研究」網，2002.01.17。

〔註118〕李學勤，〈《詩論》說〈關雎〉等七篇釋義〉，《齊魯學刊》2002.02，頁 90～93。周鳳五，〈孔子詩論〉新釋文及注解〉，《上博館藏戰國楚竹書研究》（上海：上海書店，2002），頁 152～172。朱淵清，〈《甘棠》與孔門《詩》教〉，《中國哲學史》2002.01，頁 27～30。李零，〈上博楚簡校讀記（之一）——〈子羔〉篇「孔子詩

要是因為「离」的主體部分寫成「」，和「」字主體相同，而「离」字在「」形上下又有添加其他形體者：

（妥陰令戈）　　　　（郭店簡〈尊德義〉簡 24）

但就如何琳儀師所分析：

> 以上字形主體部分若釋為「离」，有兩點障礙。其一，「离」上從「屮」旁，而該字則上從「十」形。其二，儘管「离」或可省其下之「厹」形（《郭店》尊 24），然而「厹」形卻未見有作環形或變體環形者。〔註119〕

其中「屮」旁要變成「十」形或許還有其可能性，而「厹」旁不管在「离」字或其他字形中，的確從未見有作環形或變體環形者。可惜的是，就目前出土的戰國楚國文字資料中，未見確定可釋為「离」旁者。但我們可由「萬」、「禹」二字所從「厹」旁之演變可窺其一二：〔註120〕

离：（《鐵》5.1「禽」）→ （《京津》258「禽」）→ （妥陰令戈）

萬：（《存下》582）→ （仲阜父簋）→ （豆閉簋）→ （郭店簡〈老子甲〉簡 13）

禹：（鼎文）→ （禹鼎）→ （郭店簡〈成之聞之〉簡 33）

以上「萬」、「禹」兩字所從「厹」旁之演變，和「离」字所從「厹」旁之演變歷程當有其一致性，故我們可以此推論，「离」字所從之「厹」旁，在戰國楚

論」部分〉，「簡帛研究」網，2002.01.04。胡平生，〈讀上博藏戰國楚竹書〈詩論〉箚記〉，《上博館藏戰國楚竹書研究》（上海：上海書店，2002），頁 277～288。廖名春，〈上海博物館藏〈詩論〉簡校釋〉，《中國哲學史》2002.01，頁 9～19。張桂光，〈《戰國楚竹書·孔子詩論》文字考釋〉，《上博館藏戰國楚竹書研究》（上海：上海書店，2002），頁 335～341。鄭玉珊，《〈上博（一）·孔子詩論〉研究》（臺北：國立台灣師範大學國文研究所，2004），頁 181～183。

〔註119〕何琳儀，《戰國文字通論（訂補）》（南京：江蘇教育出版社，2003），頁 279～280。

〔註120〕詳參劉釗，《古文字構形研究》（吉林：吉林大學博士學位論文，1991），頁 29～31。

國時應不致於訛變成「∪」、「ヒ」之形，故「𢓊」字自然也不應釋爲「從辵從离」。

此外，許全勝認爲「簡文此字亦從『辵』，聲旁似從重」。〔註121〕王志平雖未對其字形做分析，但將「𢓊」字直釋爲「惠」，顯然亦認爲「𢓊」字從「重」。〔註122〕將「𢓊」視爲「從辵從重」，從「重」字的結構來看自有其可能性，以下列出「重」字字例：

（何尊）　　　　　　（戈重爵）　　　　　　（哀成叔鼎）

雖然馬承源認爲「此字形有兩角交叉線，和『重』不同」，但「重」下部確有「∪」、「ヒ」之形，其上之「屮」形只要拉直亦可演變成十字形。差別較大者如馬承源所說，乃在於其主體部分呈封閉狀態，無「兩角交叉線」，但若將其想成「⊗」上部筆畫收縮成「⊠」形，亦不無可能。但由郭店簡〈忠信之道〉簡5的「重」字，和包山簡的兩個「剚」字所從「重」旁看來：

重：（郭店簡〈忠信之道〉簡5）

剚：（包山137反）　　　　　　　　　（包山134）

當時「重」旁之寫法無太大改變，和「𢓊」所從偏旁仍有一段距離，將「𢓊」、「𢓊」、「𢓊」釋爲從「重」不免曲折。

比起「重」字之說，何琳儀師將「𢓊」分析爲從「邕」，在字形上更爲切合。何琳儀師以邵鐘「邕」字作「⬚」形爲證，認爲其上所從「十」形，和〈孔子詩論〉「𢓊」字吻合，可能是一種飾筆，或是「形聲標音」。〔註123〕姜廣輝雖然也認爲所討論字從「邕」，但其分析和何琳儀師稍有不同，他認爲「𢓊」字「從彳從止從午從邕」，亦即將「𢓊」、「𢓊」、「𢓊」上之豎畫或十字形視爲「午」

〔註121〕許全勝，〈〈孔子詩論〉零拾〉，《上博館藏戰國楚竹書研究》（上海：上海書店，2002），頁363～373。

〔註122〕王志平，〈〈詩論〉箋疏〉，《上博館藏戰國楚竹書研究》（上海：上海書店，2002），頁210～227。

〔註123〕何琳儀，〈滬簡詩論選釋〉，《上博館藏戰國楚竹書研究》（上海：上海書店，2002），頁243～259。

旁，不同於何琳儀師將「辵」旁以外的整體結構視爲「鹵」。〔註124〕

　　「鹵」字不見於已知的戰國文字資料，在甲金文中，其主體部分一般都作「」形：

少數不作「」形者，如伯晨鼎和邵鐘，皆保留左右兩角：

少數不作

而「鹵」字結構中有象徵器物底座的「∪」形，更是無可疑的，甚至未見有省略之例，這些特點皆和「𨙙」字所從相近。此外，雖然「鹵」字一般字例作「𡿺」、「𡿺」，在兩角之上未見其他筆畫，但在甲文中「鹵」字已有上加「人」形者：

（《乙》5783）

在金文中，邵鐘「鹵」字有在「𡿺」上加筆畫者：

其中第一式大概是由甲文加「人」之「鹵」字一脈相承而來的寫法。至於第二和第三式寫法，筆者猜想其上所加類似豎畫的形體，可能由「人」形省略而來，其實比起何琳儀師所舉邵鐘「𨙙」形寫法，「𡿺」、「𡿺」兩形，和「𡿺」更是近似，可作爲「𨙙」、「𨙙」、「𨙙」三字從「鹵」的有力證據。

　　至於姜廣輝將上部之豎畫和十字視爲「午」，認爲「𨙙」、「𨙙」、「𨙙」三字由「午」得聲，可通「御」，並且認爲「𨙙」、「御」的差別只在於一從「鹵」一從「卩」，只是後來「御」字通行，而「𨙙」字遂廢而不用。此說法

〔註124〕姜廣輝，〈《上海博物館藏戰國楚竹書》（一）幾個古異字的辨識〉，《新出楚簡與儒學思想國際學術研討會論文集》（清華大學思想文化研究所／輔仁大學聯合主辦，2002.03.31～2002.04.02）。

有幾點可疑，其一，甲文「午」字雖有寫作「▮」（《甲 1314》）、「▮」（《佚》518 背）、「▮」（《佚》213）者，但戰國文字中「午」字多寫成「▮」（包山 164）、「▮」（陳純釜），僅鑄客匜「御」字作「▮」一例，少左右二撇筆。其二，戰國時「御」字寫作「▮」（包山 74）、「▮」（子禾子釜）或「▮」（包山 33），有其習慣用法。其三，若「▮」字是「御」字異體，後來才廢而不用，爲何在甲、金文和戰國文字中，皆只見從「卩」的「御」字寫法，從未出現從「𨺚」從「午」的「御」字寫法或以之爲偏旁者。再者，既然在金文中已可找到相應的「𨺚」字寫作「▮」，實在不必要再多此一舉，將其分割爲從「午」從「𨺚」，直接就何琳儀師所說，將「▮」釋爲「從辵從𨺚」即可。

〈鵲巢〉有「之子于歸，百兩御（將、成）之」之句，「百兩」即「百輛」，言諸侯之子嫁於諸侯，送御皆以百乘。本篇詩義主要在以鳲鳩成事之天性，興夫人貞壹均平之德，並詠其嫁時車從之盛，以明德稱其位之旨。何琳儀師將〈孔子詩論〉簡 11、13 和〈鵲巢〉相關的段落，讀爲「〈鵲巢〉之歸則蕩者☒」、「〈鵲巢〉出以百輛，不亦有蕩乎」，將「▮」、「▮」皆讀爲「蕩」，有「盛大」之義，正和〈鵲巢〉送迎皆以百輛的浩蕩場面相合，可備一說。又簡 13 特地將其「出以百輛」點出，顯見「▮」字與「出以百輛」的情狀密切相關，讀「▮」爲「蕩」亦可與之呼應。

但筆者以爲簡文「▮」字，亦可能讀爲「當」，「𨺚」字古音在透母陽部，「當」在端母陽部，兩字韻同聲近可通，「當」字在此可訓爲「合宜」、「相稱」。毛《序》云：「〈鵲巢〉，夫人之德也。國君積行累功以致爵位，夫人起家而居有之。德如鳲鳩乃可以配焉。」此處「配」字亦訓作「相稱」，與「當」字詞義相近，二者可以互相佐證。又「者」字可從李銳、廖名春讀爲「諸」。〔註125〕「〈鵲巢〉之歸則當諸☒」一段簡文後半殘泐，但配合簡 13「〈鵲巢〉出以百輛，不亦有當乎」來看，可知其意大概是說〈鵲巢〉一詩中描寫諸侯之女出嫁，送迎皆以百輛，兩者是門當互對的。

〔註125〕李銳，〈〈孔子詩論〉簡序調整芻議〉，《上博館藏戰國楚竹書研究》（上海：上海書店，2002），頁 195。廖名春，〈上海博物館藏〈詩論〉簡校釋〉，《中國哲學史》2002.01，頁 12。

五、《國風・召南・甘棠》

甘棠之保▅（簡 10）→〈甘棠〉之報。

☒及丌人敬蟸丌壹丌保厚矣▅甘棠之蟸呂邵公☒（簡 15）→思及其人敬愛其樹其報厚矣！〈甘棠〉之愛以召公。

虘呂甘棠㝵宗宿之敬▅民省古然甚貴丌人必敬丌立敊丌人必好丌所爲亞丌人者亦然☒（簡 24）→吾以〈甘棠〉得宗廟之敬，民性固然，甚貴其人必敬其位，悦其人必好其所爲，惡其人者亦然。

（一）甘棠之保

馬承源認爲簡文「甘棠」即指今本《詩・國風・召南・甘棠》，並讀「保」爲「褒」，美召伯之意。〔註 126〕對於簡文「甘棠」指〈甘棠〉一篇的說法，各家無異議。對於「保」字的訓讀，學者則有不同看法。其中李零、董蓮池同意馬承源讀「保」爲「褒」之說。〔註 127〕饒宗頤、姜廣輝、俞志慧皆就原字讀爲「保」，前二者訓爲「保養」、「保民」，意即「保養人民」；俞志慧則云：「詩中：『勿翦勿伐』正可解釋〈甘棠〉之保的『保』字，由此看來，當認爲「保」是指「保養其樹」。〔註 128〕李學勤、廖名春、周鳳五、朱淵清、王志平、鄭玉珊皆讀爲「報」，訓「報答」之義，晁福林則以之爲「報祭」之「報」。〔註 129〕顏

〔註 126〕馬承源，《上海博物館藏戰國楚竹書（一）・孔子詩論釋文》（上海：上海古籍出版社，2001），頁 140。

〔註 127〕李零，《上博楚簡三篇校讀記》（臺北：萬卷樓圖書公司，2002），頁 25。董蓮池，〈上海博物館藏《戰國楚竹書（一）》解詁（二）〉，《古籍整理與研究學刊》2003.02，頁 12。

〔註 128〕饒宗頤，〈竹書〈詩序〉小箋〉，《上博館藏戰國楚竹書研究》（上海：上海書店，2002），頁 230。姜廣輝，〈關於古《詩序》的編連、釋讀與定位諸問題研究〉，「簡帛研究」網，2002.05.24。俞志慧，〈《戰國楚竹書・孔子論詩》校箋（上）〉，「簡帛研究」網，2002.01.17。

〔註 129〕李學勤，〈〈詩論〉說〈關雎〉等七篇釋義〉，《齊魯學刊》2002.02，頁 92。廖名春〈上海博物館藏〈詩論〉簡校釋〉，《中國哲學史》2002.01，頁 11。周鳳五，〈〈孔子詩論〉新釋文及注解〉，《上博館藏戰國楚竹書研究》（上海：上海書店，2002），頁 160。朱淵清，〈《甘棠》與孔門《詩》傳〉，《中國哲學史》2002.01，頁 27～30。王志平，〈〈詩論〉箋疏〉，《上博館藏戰國楚竹書研究》（上海：上海書店，2002），頁 215。鄭玉珊，《《上博（一）・孔子詩論》研究》（臺北：國立台灣

世鉉讀「保」爲「服」，訓爲「懷念」之意。〔註130〕

　由於〈孔子詩論〉簡 10 對〈甘棠〉詩的評論，僅有簡短的「〈甘棠〉之保」四字，故要釐清「保」字的訓讀，還需由簡 15、24 評論〈甘棠〉的相關簡文推敲。簡 15「及」字之前雖殘斷，但由「敬愛其樹」之語，知本句主詞爲「敬愛召公之百姓」，如此一來，饒宗頤、姜廣輝之說便不可從，若要將「保」字訓爲「保養人民」之意，則其主詞必爲在上位者的「召公」，不可能是保養之人民。簡 24 亦從百姓的觀點爲評，可供參照。俞志慧所言「保養其樹」之意，就〈甘棠〉內容看來似可通：

　　蔽芾甘棠，勿翦勿伐，召伯所茇。

　　蔽芾甘棠，勿翦勿敗，召伯所憩。

　　蔽芾甘棠，勿翦勿拜，召伯所說。

詩文內容的確是感念召伯而去保護甘棠樹，但簡 15 既然先云：「……及其人敬愛其樹」，指因思及其人（當指召公）之恩澤而對甘棠樹有敬愛之情，則後言之「其保厚矣」一句，當在總結「……及其人敬愛其樹」整句話，則保樹之意，只能與「敬愛其樹」呼應，似無法概括其整體內涵。再參以簡 24 觀之，「吾以〈甘棠〉得宗廟之敬」、「甚貴其人必敬其位悅其人必好其所爲」，皆非「保樹」之意所能概括，故「〈甘棠〉之保」的「保」字，不應訓爲保養其樹之意。

　晁福林引聞一多之說，認爲甘棠乃南國之社樹，晁福林云：「樹由於召公的原因而被保護，由此繁茂異常而被視爲社神之樹。」並云：

　　簡文「保（報）」如果籠統地說是對召公的報德，固然也不誤，但
　　是具體而言，則作爲報祭之「報」來理解，似又優於籠統之說。
　　若能夠進一步指出此「報」祭是對於社樹的祭祀，則庶幾近於實際
　　矣。〔註131〕

筆者認爲，就算〈甘棠〉一詩中之甘棠確爲社神之木，有舉行報祭之實，但在

　　師範大學國文研究所，碩士學位論文，2004），頁 164～165。晁福林，〈上博簡
　　《甘棠》之論與召公奭史事探析——附論《尚書‧召誥》的性質〉，《南都學壇》
　　2003.05，頁 20。

〔註130〕顏世鉉，〈上博楚竹書散論（一）〉，「簡帛研究」網，2002.04.14。

〔註131〕晁福林，〈上博簡《甘棠》之論與召公奭史事探析——附論《尚書‧召誥》的性質〉，
　　《南都學壇》第 23 卷第 5 期，頁 20。

〈甘棠〉詩文中完全看不到有關「報祭」之詞語，顯示「報祭」實非〈甘棠〉之重點。就〈孔子詩論〉簡文來看，簡15「⬚及其人敬愛其樹」、簡24「甚貴其人必敬其位，悅其人必好其所爲」，亦皆與「報祭」扯不上關係，故知此處「保」字不當讀爲「報祭」之「報」。

　　簡 15 在「……⬚及其人敬愛其樹，其保厚矣」之下斷開，後接「甘棠之愛以召公……」，知〈孔子詩論〉由百姓「敬愛甘棠樹」的行爲出發，再加以論述其感念召公恩澤的背後動機，而此種敬愛甘棠樹的感恩表現，並非直接稱頌召公之功德，似與「褒」之「稱揚」、「讚許」的動作有所不同。筆者認爲將「〈甘棠〉之保」讀爲「〈甘棠〉之報」，將「報」訓爲「回報」的說法，就〈孔子詩論〉簡文和〈甘棠〉詩旨，都是比較合理的。敬愛召公所愛之樹，即百姓對召公恩澤的報答方式，故簡 15 曰：「……⬚及其人敬愛其樹，其報厚矣」，簡 24 曰：「吾以〈甘棠〉得宗廟之敬」，此種「敬」乃是百姓回報上位者恩澤的方式，無法用「褒」的動作來指稱，下文的「敬其位」、「好其所爲」皆爲「報」的一種表現方式。在先秦文獻中，多以「報」字指稱回報別人恩澤之動作，如毛《序》：「〈天保〉，下報上也。君能下下以成其政，臣能歸美以報其上焉。」此言「下報上」正與〈甘棠〉百姓回報召公恩德的情形相類。又「〈木瓜〉，美齊桓公也。衛國有狄人之敗，出處于漕，齊桓公救而封之，遺之車馬器服焉，衛人思之，欲厚報之，而作是詩也。」以「厚」形容「報」，與簡 15「其報厚矣」同。由《論語・憲問》：「子曰：『何以報德，以直報怨，以德報德。』」可知孔子亦有用「報」字表達「回報」之意的習慣。毛《序》：「〈白華〉，周人刺幽后也。幽王取申女以爲后，又得褒姒而黜申后。」「〈崧高〉，尹吉甫美宣王也。天下復平，能建國親諸侯、褒賞申伯焉。」前例「褒」字作爲姓氏使用，後例則用爲上對下之「褒賞」義。就〈甘棠〉內容來看，「褒揚」、「保民」之意可引申得之，但不如「回報」之意可直觀而得，故讀爲「報」的可能性較大。

　　另外，顏世鉉將「保」讀爲「服」，訓爲懷念之意，與「思」字同義，並認爲此處用「保」字，可能是要和下句「〈綠衣〉之思」的「思」字有所區別。〔註132〕「保」字上古音在幫母幽部，「服」字在並母職部，兩者皆爲雙唇音，

且〈老子〉:「保此道者,不欲盈。」《淮南子‧道應》、《文子‧十守》皆引「保」作「服」,故「保」確有通假爲「服」之可能性。但「服」字未見確定訓爲「懷念」義者,顏世鉉雖舉例云:

> 《詩‧關雎》:「求之不得,寤寐思服。」毛《傳》:「服,思之也。」
> 鄭《箋》:「服,事也。」孔穎達《正義》引王肅云:「服膺思念之。」
> 王引之《經傳釋詞》云:「思,句中語助詞。」;鄭、王之說皆於義
> 未安。胡承珙《毛詩後箋》:「〈康誥〉曰:『要囚,服念五六日』,服
> 念連文,服即念也,念即思也。」

但〈關雎〉、〈康誥〉二例尚有不同說法,皆有爭議,不能用爲確證,此二例之外,似未見「服」字訓作「懷念」義者。且文獻中以「思」、「念」等字表「懷念」之義者眾,〈孔子詩論〉簡10、16評論〈綠衣〉的相關簡文亦皆用「思」字,由〈綠衣〉:「我思古人」句,知「思」字當訓爲「懷念」,若此處要表達懷念之意,當不會用讀爲「服」的「保」字。再者,李零認爲簡15「……及其人敬愛其樹,其保厚矣」一句,前面缺去的字,可能是「思」、「慕」一類的字眼,由傳世文獻的證據觀之,確是如此。〔註133〕既然前已有「思」、「慕」一類的字眼,則不太可能僅以「懷念」義的「服」字做總結。且「懷念」之意並不能很好的呼應下文的「甘棠之愛以召公……」,及簡24「吾以甘棠得宗廟之敬」、「甚貴其人必敬其位悅其人必好其所爲惡其人者亦然」等相關簡文。故筆者認爲「〈甘棠〉之保」的「保」字,仍以讀爲「報」訓爲「回報」、「報答」之意較適當。

(二) 思 及 丌人敬蟲丌查丌保厚矣

馬承源認爲本段簡文是評述〈甘棠〉,所謂「及其人」是指邵公。〔註134〕「甘棠之蟲呂邵公」已點出「甘棠」二字,自是評〈甘棠〉無疑。而「及丌人敬蟲丌查丌保厚矣」一段與簡10「〈甘棠〉之保」,同以「保」字爲評,其所述詩義與〈甘棠〉亦能對應,可知亦爲〈甘棠〉之評,則「及其人」之「其人」確實即指「邵公」,亦即《詩‧甘棠》之「召伯」。「蟲」,簡15二例作「**蚤**」,

---

〔註133〕李零,《上博楚簡三篇校讀記》(臺北:萬卷樓圖書公司,2002),頁28。

〔註134〕馬承源,《上海博物館藏戰國楚竹書(一)‧孔子詩論釋文》(上海:上海古籍出版社,2001),頁144。

此字又見於簡 11「青（情）蟋（愛）也」，字形作「蟋」，馬承源云：

> 「蟋」從虫從炁，《說文》所無。當假爲「僾」，即「愛」，「炁」爲
> 「僾」的聲符，《說文》釋爲「惠也」。〔註135〕

簡 17、27 有「炁」、「炁」二字，由上下文看來，亦當讀爲「愛」，結構上較「蟋」字少了「虫」旁。《說文》：「僾，行貌，從夊、炁聲。」、「愛，惠也。從心、旡聲。炁，古文。」由其義觀之，訓爲「惠也」的「愛」字，較近於後代「愛」字的「喜愛」、「情愛」之意，且戰國時皆以「炁」、「懑」兩形表示「喜愛」義，正合於《說文》「愛」字之說，以此知戰國時當以「炁」字爲「喜愛」義之本字，「蟋」、「懑」二字皆從「旡」聲，故亦可讀爲「炁」。〔註136〕但就字形上來看，今日「愛」字從「夊」，反近於被訓爲「行貌」的「僾」字，對此，段玉裁《說文解字注》云：「今字假僾爲炁，而炁廢矣。」做了很好的解釋，「僾」字從「炁」得聲，假借爲「炁」是沒有問題的。但由「炁」字構形觀之，筆者猜想「炁」所以寫成「僾」，也有可能是「蟋」之「虫」旁訛作「夊」，造成兩字間的混淆。「查」原簡作「查」，馬承源讀爲「樹」，認爲指的是「甘棠」。〔註137〕「查」從木、豆聲，「豆」字上古音在定母侯部，「樹」在禪母侯部，兩字韻同聲近。對於「查」字之形構，鄭玉珊已有詳解，於此不再贅述。〔註138〕「保」，筆者認爲當從李學勤、周鳳五等人讀爲「報」。「厚」字則用以形容「報」。

　　李零認爲「及其人」前缺去的字，可能是「思」、「慕」一類的字眼。〔註139〕李零之說可從，「及其人」之前當補「思」字，顏世鉉已舉以下例證：

〔註135〕馬承源，《上海博物館藏戰國楚竹書（一）‧孔子詩論釋文》（上海：上海古籍出版社，2001），頁 141。

〔註136〕關於「炁」、「懑」兩字在戰國時的使用情形，詳參鄭玉珊，《《上博（一）‧孔子詩論》研究》（臺北：國立台灣師範大學國文研究所，碩士學位論文，2004），頁 183～184。

〔註137〕馬承源，《上海博物館藏戰國楚竹書（一）‧孔子詩論釋文》（上海：上海古籍出版社，2001），頁 144。

〔註138〕鄭玉珊，《《上博（一）‧孔子詩論》研究》（臺北：國立台灣師範大學國文研究所，碩士學位論文，2004），頁 184。

〔註139〕李零，《上博楚簡三篇校讀記》（臺北：萬卷樓圖書公司，2002），頁 28。

《孔子家語・好生》：

　孔子曰：「吾于《甘棠》，見宗廟之敬甚矣。思其人，必愛其樹；尊
　其人，必敬其位，道也。」

《左傳・定公九年》：

　故用其道，不棄其人。《詩》云：「蔽芾甘棠，勿翦勿伐，召伯所茇。」
　思其人，猶愛其樹，況用其道而不恤其人乎！

《漢書・韋賢傳》：

　《詩》云：「蔽芾甘棠，勿鬍勿伐，邵伯所茇。」思其人，猶愛其樹，
　況宗其道而毀其廟乎！

《說苑・貴德》：

　召公述職，當桑蠶之時，不欲變民事，故不入邑中，舍于甘棠之下，
　而聽斷焉。陝間之人，皆得其所。是故後世思而歌詠之。善之故言
　之，言之不足，故嗟歎之，嗟歎之不足，故歌詠之。

此外，鄭《箋》：「召伯聽男女之訟，不重煩勞百姓，止舍小棠之下而聽斷焉。
國人被其德，說其化，思其人，敬其樹。」朱熹《詩集傳》：「召伯巡行南國，
以布文王之政。或舍於甘棠之下，其後人思其德，故愛其樹而不忍傷也。」皆
可證「及其人」之前當補「思」字。

（三）甘棠之蟘吕邵公

　　簡文「甘棠之愛」，當指〈甘棠〉詩中百姓對甘棠樹的愛護心態。「以」在
此訓為「因為」、「由於」之意，如《論語・衛靈公》：「君子不以言舉人，不以
人廢言。」《韓非子・喻老》：「千丈之隄，以螻蟻之穴潰。」「以邵公」即「因
為邵公」。「甘棠之愛以邵公」與上文「及其人敬愛其樹其報厚矣」互相呼應，
與〈甘棠〉：「蔽芾甘棠，勿翦勿伐，召伯所茇。」之言亦正相合。

　　馬承源云：「簡末『邵公』之後，至少可補『也』字。」鄭玉珊則直言「〈甘
棠〉之愛，以邵公也。」當是從馬承源之說。〔註140〕簡 11 有「〈關雎〉之改則

〔註140〕馬承源，《上海博物館藏戰國楚竹書（一）・孔子詩論釋文》（上海：上海古籍出版
社，2001），頁 144。鄭玉珊，《《上博（一）・孔子詩論》研究》（臺北：國立台灣
師範大學國文研究所，碩士學位論文，2004），頁 183～184。

其思益矣」、「〈樛木〉之時則以其祿也」、「〈漢廣〉之智則知不可得也」、「〈鵲巢〉之歸則蕩者……」三句話，簡 16 有「〈綠衣〉之憂思古人也」、「〈燕燕〉之情以其篤也」二句話，皆與「〈甘棠〉之愛以邵公……」句式相近，再加上簡 16 上段雖殘，但仍留有「邵公也」三字，由這些地方來看，在簡 15「邵公」之後補上「也」字，似是理所當然。但若細觀之，可發現簡 15 和簡 11、16 雖同在評〈關雎〉等七詩篇，卻非同一大段的評論詞，此意可由以下幾點得之：其一，簡 11 皆有表示並列關係的「則」字，「〈甘棠〉之愛以邵公」卻沒有；其二，簡 16 前既殘存「邵公也」三字，知其上已有〈甘棠〉之評，則與簡 15 關於〈甘棠〉的評論自然不屬於同一大段。其三，「〈甘棠〉之愛以邵公」之前，有「及其人敬愛其樹其報厚矣」一段話，亦是在評〈甘棠〉，與簡 11、16 之體例皆不同。這樣看來，馬承源說「〈甘棠〉之愛以邵公」之後至少可補「也」字，是較保守的講法，至於直接讀為「〈甘棠〉之愛，以邵公也」，其可能性當然存在，但沒有確切證據，或許在句末助詞的「也」字之前，還可補上其他解釋的字詞。由鄭《箋》：「國人被其德，說其化，思其人，敬其樹。」朱熹《詩集傳》：「其後人思其德，故愛其樹而不忍傷也。」可知百姓對甘棠之愛護，乃因思及召公之德，則或可補字讀為「〈甘棠〉之愛，以邵公 之德也 」，句義較完整。

（四）虘吕甘棠尋宗宙之敬

馬承源將本段讀為「吾以甘棠得宗廟之敬，民性固然。甚貴其人，必敬其位。悅其人，必好其所為。惡其人者亦然。」〔註141〕對其釋讀，學者間未有異議。學者已指出，本段簡文有多處傳世文獻可與之對應，如顏世鉉引《說苑・貴德》：

> 孔子曰：「吾於〈甘棠〉見宗廟之敬。甚尊其人，必敬其位。」

〔註142〕

王志平引《孔子家語・好生》：

> 孔子曰：「吾於〈甘棠〉見宗廟之敬也，甚矣。思其人必愛其樹；尊

〔註141〕馬承源，《上海博物館藏戰國楚竹書（一）・孔子詩論釋文》（上海：上海古籍出版社，2001），頁 153～154。

〔註142〕顏世鉉，〈上博楚竹書散論（一）〉，「簡帛研究」網，2002.04.14。

其人必敬其位，道也。」〔註143〕

這些文獻的用字立義，皆與〈孔子詩論〉本段簡文相近，最大差別在於簡文從正面立論後，還從反面說「惡其人者亦然」。鄭玉珊更引《孔子家語‧廟制》：

> 子羔問曰：「《祭典》云：『昔有虞氏祖顓頊而宗堯，夏后氏亦祖顓頊而宗禹，殷人祖契而宗湯，周人祖文王而宗武王。』此四祖四宗，或乃異代，或其考祖之有功德，其廟可也。若有虞宗堯，夏祖顓頊，皆異代之有功德者也，亦可以存其廟乎？」孔子曰：「善，如汝所聞也。如殷周之祖宗，其廟可以不毀，其他祖宗者，功德不殊，雖在殊代，亦可以無疑矣。《詩》云：「蔽芾甘棠，勿翦勿伐，召伯所憩。」周人之於邵公也，愛其人猶敬其所舍之樹，況祖宗其功德而可以不尊奉其廟焉。」〔註144〕

與此段簡文相關的，尚有《漢書‧韋賢傳》：「《詩》云：『蔽芾甘棠，勿翦勿伐，召伯所茇。』思其人，猶愛其樹，況宗其道而毀其廟乎！」其說較簡，但與《孔子家語‧廟制》之言相近。由此二段文字可知，在〈孔子詩論〉及傳世文獻中孔子所言從〈甘棠〉一詩可以得「宗廟之敬」，其背後的道理。

「甚」字，廖名春認為當訓為「誠」，舉《戰國策‧秦策四》：「王曰……『今以無能之如耳、魏齊，帥弱韓、魏以攻秦，其無奈寡人何，亦明矣。』左右皆曰：『甚然』。」高誘注：「甚，謂誠也。」〔註145〕在此例中，「甚」若訓為「誠」，當為「的確」、「確實」之意，「甚然」即「確實如此」。「甚」本身又有「很」、「非常」之意，如《詩‧鄭風‧東門之墠》：「東門之墠，茹藘在阪，其室則邇，其人甚遠。」《禮記‧內則》：「子婦有勤勞之事，雖甚愛之，姑縱之，而寧數休之。」以上兩義若置於簡15「甚貴其人必敬其位」中，若用前義則解為「真的尊奉那個人，一定會移情而尊敬其所居處的地方」，若用後義則解為「非常尊奉那個人，一定會移情而尊敬其所居處的地方」，兩義皆可通。但「甚」字訓為「誠」，多是在「甚＋語助詞」的情況下，再加上簡15「思及其人敬愛其

〔註143〕王志平，〈詩論札記〉，「簡帛研究」網，2002.10.15。

〔註144〕鄭玉珊，《《上博（一）‧孔子詩論》研究》（臺北：國立台灣師範大學國文研究所，碩士學位論文，2004），頁203。

〔註145〕廖名春〈上海博物館藏〈詩論〉簡校釋〉，《中國哲學史》2002.01，頁13。

樹，其報厚矣。」以「厚」字做爲形容，其「深厚」義與「非常」義可相呼應，故筆者較傾向將「甚」字訓爲「很」、「非常」之意，用以表示「貴其人」、「悅其人」的程度之高。「位」字，原簡作「立」，由原簡上下文義和傳世文獻記載，可知當讀爲「位」。馬承源對「位」字未多加註解，鄭玉珊將之解釋爲「人所坐立之處」，即召公所休憩之甘棠樹下。〔註146〕鄭玉珊之說無誤，「甚貴其人必敬其位」意在評論〈甘棠〉，而〈甘棠〉云：「蔽芾甘棠，勿翦勿敗，召伯所憩。」知其在敬愛召伯的心理下，召伯所休憩的甘棠樹，也連帶受到敬愛，此點由簡15「思及其人敬愛其樹」一句可證。故簡24的「敬其位」語義，實近於簡15的「敬愛其樹」，「位」當訓爲「人所坐立之處」。

六、《國風・邶風・綠衣》

綠衣之思（簡10）→〈綠衣〉之思。

綠衣之愳思古人也▬（簡16）→〈綠衣〉之憂思古人也。

（一）綠衣之思

簡文「綠衣之思」，馬承源註云：

> 綠衣，今本《詩・國風・邶風》篇名〈綠衣〉與之相同。思，〈綠衣〉的詩意。詩云：「心之憂矣，曷維其亡。」、「我思古人，實獲我心。」「〈綠衣〉之思」的主旨在此。〔註147〕

學者對此說沒有異議。

對於毛《詩》篇名〈綠衣〉的「綠」字，鄭玄、朱熹皆認爲是「褖」之誤，鄭《箋》文云：

> 「綠當爲褖，故作褖，轉作綠，字之誤也。」又説：「褖兮衣兮者，言褖衣自有禮制也。諸侯夫人祭服之下，鞠衣爲上，展衣次之，褖衣次之，次之者眾妾亦以貴賤之等服之。鞠衣黃，展衣白，褖衣黑，皆以素紗爲裡。令褖衣反以黃爲裡，非其禮制也，故以喻妾上僭。」

〔註146〕鄭玉珊，《《上博（一）・孔子詩論》研究》（臺北：國立台灣師範大學國文研究所，碩士學位論文，2004），頁203。

〔註147〕馬承源，《上海博物館藏戰國楚竹書（一）・孔子詩論釋文》（上海：上海古籍出版社，2001），頁140。

朱熹《詩集傳》：

> 褖兮衣兮者，言褖衣自有禮制也。諸侯夫人祭服之下，鞠衣爲上，
> 展衣次之，褖衣次之，次之者，眾妾亦以貴賤之等服之。鞠衣黃，
> 展衣白，褖衣黑，皆以素紗爲裡。今褖衣反以黃爲裡，非甚禮制
> 也。故以喻妾上僭。

廖名春以〈孔子詩論〉簡 10、16 兩處皆作「綠衣」，不作「褖」或「象」，認爲
李富孫在《詩經異文釋》的意見才是正確的，其文云：

> 鄭箋《詩》有以禮釋之者，「綠衣」爲「褖衣」，「說於農郊」爲「隧」。
> 蓋鄭學長於禮，故或以禮訓《詩》。《御覽》引作「褖」，是從箋說，
> 毛《傳》「綠，正色」，亦改「褖」字，非。」〔註148〕

由〈孔子詩論〉簡文看來，確以李富孫之說爲是。

（二）綠衣之慇思古人也

簡文「慇」字，馬承源謂即《說文》「慇」，義爲「愁也」。〔註149〕〈綠衣〉：

> 綠兮衣兮，綠衣黃裏，心之憂矣，曷維其已。
> 綠兮衣兮，綠衣黃裳，心之憂矣，曷維其亡。
> 綠兮絲兮，女所治兮，我思古人，俾無訧兮。
> 絺兮綌兮，淒其以風，我思古人，實獲我心。

兩言「心之憂矣」，與〈孔子詩論〉用「慇」字評點〈綠衣〉相合，更證「慇」
字讀爲「憂」無疑；又兩言「我思古人」，與簡文「思古人也」亦相應。廖名春
將「古人」讀爲「故人」，認爲簡文「憂」字當訓爲「思」，引《爾雅·釋詁下》：
「憂，思也。」爲證。〔註150〕毛《序》：「〈綠衣〉，衛莊姜傷己也。妾上僭，夫
人失位，而作是詩也。」謂其「傷己」，是針對「心之憂矣，曷維其已」、「心之
憂矣，曷維其亡」二句而言，毛《傳》亦云：「憂雖欲自止，何時能止也？」知
「憂」仍以訓爲「憂心」較好。況且，若將「憂」訓爲「思」，其所思者當即下
文「俾無訧兮」、「實獲我心」的「古人」，不當有「曷維其已」、「曷維其亡」之

嘆。至於「古人」，還是如字讀爲「古人」，較能合乎〈綠衣〉詩旨，嫡庶之教乃古人所訂立，今嬖妾上僭、尊卑失次，所思者當爲訂立嫡庶之教的古人，若將「古人」讀爲「故人」，則不知所思者爲誰。

七、《國風・邶風・燕燕》

鳦＝之情▇（簡 10）→〈燕燕〉之情。

鳦＝之情呂亓蜀也▇（簡 16）→〈燕燕〉之情以其獨也。

簡文「鳦＝」，馬承源云：

> 「鳦」字下有重文符，爲「鳦鳦」二字。今本《詩・國風・邶風》
> 有篇名作〈燕燕〉。「鳦」從鳥從晏，晏爲聲符。《說文》所無。
>
> 〔註151〕

對「鳦＝」即〈燕燕〉的說法，學者無異議。對於〈燕燕〉之「情」，李學勤云：「簡文強調其中體現之情，對離去者的愛，送行者的孤獨，均與詩意切合。」〔註152〕俞志慧認爲是離別之情；鄭玉珊則云：「〈燕燕〉一詩，描述衛莊姜送戴嬀大歸，依依不捨之情。」皆與李學勤之說相近。〔註153〕廖名春認爲該詩所表達的是專一、愼（誠）獨之情。〔註154〕〈燕燕〉原詩：

> 燕燕于飛，差池其羽，之子于歸，遠送于野，瞻望弗及，泣涕如雨。
> 燕燕于飛，頡之頏之，之子于歸，遠于將之，瞻望弗及，佇立以泣。
> 燕燕于飛，下上其音，之子于歸，遠送于南，瞻望弗及，實勞我心。
> 仲氏任只，其心塞淵，終溫且惠，淑愼其身，先君之思，以勖寡人。

由「遠送」而「瞻望」，進而「泣涕」、「佇立」、「勞心」，顯見離別之情濃厚，雖然其四章有「終溫且惠，淑愼其身」，與「愼獨」義相關聯，但是簡 16 云「〈燕燕〉之情，以其獨也」（詳見下文），用「以」（訓爲「因」）字來連結「〈燕

〔註151〕馬承源，《上海博物館藏戰國楚竹書（一）・孔子詩論釋文》（上海：上海古籍出版社，2001），頁 140。

〔註152〕李學勤，〈《詩論》說〈關雎〉等七篇釋義〉，《齊魯學刊》2002.02，頁 92。

〔註153〕俞志慧，〈《戰國楚竹書・孔子論詩》校箋（上）〉，「簡帛研究」網，2002.01.17。鄭玉珊，《《上博（一）・孔子詩論》研究》（臺北：國立台灣師範大學國文研究所，碩士學位論文，2004），頁 168～169。

〔註154〕廖名春〈上海博物館藏《詩論》簡校釋〉，《中國哲學史》2002.01，頁 11。

之情」和「獨」之間的關係，知此「獨」當訓爲「孤獨」，而〈燕燕〉之情即離別之情。

此兩段簡文中爭議最大的是「蜀」字，馬承源認爲當讀作「獨」，又認爲亦可假借爲「篤」，「篤」乃言情之厚。〔註155〕董蓮池僅云：「蜀，讀作篤。」未作任何解釋。〔註156〕已有多位學者指出郭店簡〈五行〉和馬王堆帛書〈五行〉在引述〈燕燕〉詩時，皆以「君子愼其獨也」作結，故此處「蜀」字仍以讀爲「獨」較好。

多數學者雖讀「蜀」爲「獨」，但各家訓解又有不同。李學勤、俞志慧皆以「孤獨」解之；李銳云：「別情深厚之原因在於傷及自身之煢煢孑立。」亦是將「獨」視爲「孤獨」之意。〔註157〕廖名春、龐樸、饒宗頤、晁福林皆以〈五行〉之說，將「獨」訓爲「專一」、「愼獨」；李零云：「今〈燕燕〉有『先君之思，以勗寡人』句，蓋即所謂『獨』。」似亦將「獨」訓爲「愼獨」。〔註158〕季旭昇則言：

> 釋「獨」較優。本詩如果照晚近詩人說成一般的送別，分離之後只剩孤獨，並沒有什麼特別深的含義。但是，照《毛詩‧序》舊說，莊姜送戴嬀，二人遭遇到的是國家重大的動亂，從此生離死別，則其分離之後的孤獨感特別深。而戴嬀臨行前還說「先君之思，以勗

〔註155〕馬承源，《上海博物館藏戰國楚竹書（一）‧孔子詩論釋文》（上海：上海古籍出版社，2001），頁145。

〔註156〕董蓮池，〈上海博物館藏《戰國楚竹書（一）》解詁（二）〉，《古籍整理與研究學刊》2003.02，頁13。

〔註157〕李學勤，〈〈詩論〉說〈關雎〉等七篇釋義〉，《齊魯學刊》2002.02，頁92。俞志慧，〈《戰國楚竹書‧孔子論詩》校箋（上）〉，「簡帛研究」網，2002.01.17。李銳，《〈詩論〉簡禮學思想研究》（北京：清華大學歷史學系，碩士學位論文，2002），頁72～73。

〔註158〕廖名春〈上海博物館藏〈詩論〉簡校釋〉，《中國哲學史》2002.01，頁12。龐樸，〈上博藏簡零箋〉，《上博館藏戰國楚竹書研究》（上海：上海書店，2002），頁237～238。饒宗頤，〈竹書〈詩序〉小箋〉，《上博館藏戰國楚竹書研究》（上海：上海書店，2002），頁230。晁福林，〈《詩‧燕燕》與儒家「愼獨」思想考析〉，《中國古代近代文學研究》2004.05，頁46～48。。李零，《上博楚簡三篇校讀記》（臺北：萬卷樓圖書公司，2002），頁27。

寡人」，諄諄勸勉莊姜以禮義，這就合乎〈孔子詩論〉「關雎組」的核心思想「動而皆賢於其初」了。也就是說：一般人在離別的時候，多半只有傷感，而〈燕燕〉一詩則能在此時以禮義相勉，越孤獨越要惕勵自己。順著這個思考脈絡，《郭店‧五行》簡17、《馬王堆‧五行》186都在引完「燕燕于飛，差池其羽，之子于歸，遠送于野。瞻望弗及，泣涕如雨。」之後說能「差池其羽，然後能至哀。君子慎其獨也。」可見戰國、西漢人推演此詩，是強調其「獨」，「蜀」讀爲「獨」較好。〔註159〕

季旭昇未明言此「獨」字之後如何訓解，觀其引用〈五行〉「君子慎其獨」，並言「越孤獨越要惕勵自己」，似近於「慎獨」義。由〈燕燕〉第四章「終溫且惠，淑慎其身，先君之思，以勖寡人」之語，確可窺得「專一」、「慎獨」之情，與郭店簡、帛書〈五行〉之引述相合，但由前三章看來，其「孤獨」之情也溢於言表，兩義皆能與〈燕燕〉詩旨相合。若由簡文「〈燕燕〉之情，以其獨也」的句式看來，「以」在此可訓爲「因」，「獨」在解釋「情」的由來，訓爲「孤獨」較好，「〈燕燕〉之情，以其獨也」意指〈燕燕〉詩中的離別之情所以濃厚，乃因送者傷感於自身的煢煢獨立。而「慎獨」、「專一」並不能作爲「情」的起因，只能是送別而歸於獨之後，特別突顯出來的操守。再者，簡帛〈五行〉雖引〈燕燕〉詩句，而後以「君子慎其獨」作結，但「慎獨」之義乃由「慎其獨」三字合而得之，其「獨」字仍作「孤獨」解，故筆者傾向將簡16「蜀」字讀爲「獨」訓爲「孤獨」，〈孔子詩論〉簡16和簡帛〈五行〉是站在不同層次來講述〈燕燕〉，前者就原詩論其情之起因，後者則截取詩義印證更深層次的德行觀念。

八、童而皆叞於亓初者也

害曰童而皆叞於亓初者也▅（簡10）→曷？曰動而皆賢於其初者也。

馬承源將本段文字隸定爲「害曰童而皆叞於亓（其）初者也」，此外沒有任

〔註159〕季旭昇，〈〈孔子詩論〉新詮〉，《經學研究論叢》第十三輯（臺北：學生書局，2005）。

何解釋。學者爭議的焦點，在於「害」、「童」、「叞」、「初」四字當如何訓讀，以及「害曰」當連讀或分讀，及其與上下文關係如何。

（一）「害曰」訓讀

李零、何琳儀、濮茅左將「害」讀爲「曷」，與下文「曰」字連讀爲「……，曷曰：……」。〔註160〕李學勤、周鳳五、廖名春、季旭昇、曹峰、黃人二等人將「害」讀爲「曷」或「何」，但單讀成句，與「曰」字分讀爲「……，曷？曰：……」，鄭王珊同意季旭昇之說。〔註161〕彭裕商、陳偉武則讀「害」爲「蓋」，爲句首語氣詞，與下句連讀爲「蓋曰童而皆叞於丌初者也」，劉信芳、李銳贊同此說。〔註162〕

李零、何琳儀、濮茅左皆未解釋爲何將「害」字讀爲「曷」，又謂當與「曰」字連讀。「害」、「曷」二字古音同在匣母月部，音同可通，但若讀爲「曷曰：童而皆叞於丌初者也」，則「曷」字並無句首語氣詞的用法，在簡文中無法通讀。將「害（曷）」視爲疑問詞，讀爲「……，曷？曰：……」，或將「害（蓋）」視

〔註160〕李零，《上博楚簡三篇校讀記》（臺北：萬卷樓圖書公司，2002），頁25。何琳儀，〈滬簡詩論選釋〉，《上博館藏戰國楚竹書研究》（上海：上海書店，2002），頁248。濮茅左，〈〈孔子詩論〉簡序補析〉，《上博館藏戰國楚竹書研究》（上海：上海書店，2002），頁16。

〔註161〕李學勤，〈〈詩論〉說〈關雎〉等七篇釋義〉，《齊魯學刊》2002.02，頁91。周鳳五，〈〈孔子詩論〉新釋文及注解〉，《上博館藏戰國楚竹書研究》（上海：上海書店，2002），頁160。季旭昇，〈〈孔子詩論〉新詮〉，《經學研究論叢》第十三輯（臺北：學生書局，2005）。曹峰，〈對〈孔子詩論〉第八簡以後簡序的再調整〉，《上博館藏戰國楚竹書研究》（上海：上海書店，2002），頁200。黃人二，《上海博物館藏戰國楚竹書（一）研究》（臺中：高文出版社，2002），頁31～34。鄭玉珊，《《上博（一）・孔子詩論》研究》（臺北：國立台灣師範大學國文研究所，碩士學位論文，2004），頁172。廖名春，〈上海博物館藏〈詩論〉簡校釋〉，《中國哲學中》2002.01，頁11。

〔註162〕彭裕商，〈讀《戰國楚竹書》（一）隨記三則〉，《新出楚簡與儒學思想國際學術研討會論文集》（清華大學思想文化研究所／輔仁大學文學院　聯合主辦，2002.03.31～2002.04.02）。陳偉武，〈上博藏簡識小錄〉，第一屆中國語言文字國際學術研討會論文（香港：香港大學，2002）。劉信芳，《孔子詩論述學》（合肥：安徽大學出版社，2003），頁180。李銳，《《詩論》簡禮學思想研究》（北京：清華大學歷史學系，碩士學位論文，2002），頁73～74。

爲句首語氣詞，讀爲「蓋曰：……」，就語法上來看，皆有其可能性。

「蓋曰」連讀在先秦文獻有其例，《荀子‧宥坐》引孔子曰：

> 太廟之堂亦嘗有說，官致良工，因麗節文，非無良材也，蓋曰貴文
> 也。

《禮記‧中庸》：

> 詩曰：「惟天之命，於穆不已。」蓋曰天之所以爲天也。「於乎不顯，
> 文王之德之純。」蓋曰文王之所以爲文也，純亦不已。

亦有「蓋言」連讀者，與「蓋曰」用法相近，如《周易‧坤》：

> 《易》曰：「履霜堅冰至」，蓋言順也。

《禮記‧禮器》：

> 孔子曰：「禮不可不省也，禮不同，不豐，不殺。」此之謂也，蓋言
> 稱也。

觀其用法，「蓋曰」、「蓋言」之後的文字，都是直接對「蓋曰」、「蓋言」之前的文字下註解。

〈孔子詩論〉簡 10「害曰」之前簡文皆非直接引用原詩語句，但簡文「童而皆取於丌初」由文義看來，當是針對〈關雎〉等七篇的原詩內容而言，不當在「〈關雎〉之改」、「〈樛木〉之恃」、「〈漢廣〉之智」、「〈鵲巢〉之歸」、「〈甘棠〉之報」、「〈綠衣〉之思」、「〈燕燕〉之情」後面，直接說這七句簡文「蓋曰童而皆取於丌初者也」，若如此通讀，則變成「『〈關雎〉的更易、〈樛木〉的憑恃、〈漢廣〉的智慧、〈鵲巢〉的出嫁、〈甘棠〉的回報、〈綠衣〉的思念、〈燕燕〉的離情』，以上七句話都是在說『童而皆取於丌初者也』。」與事實並不相合。

表達「童而皆取於丌初者也」的，當是〈關雎〉等七篇詩的本身，而非此七句簡文。若將簡文讀爲「〈關雎〉之改、〈樛木〉之恃、〈漢廣〉之智、〈鵲巢〉之歸、〈甘棠〉之報、〈綠衣〉之思、〈燕燕〉之情，曷？曰：童而皆取於丌初者也」，中間有個疑問詞「曷」作轉折，則本段簡文成爲問答句型，可解爲「『〈關雎〉的更易』、『〈樛木〉的憑恃』、『〈漢廣〉的智慧』、『〈鵲巢〉的出嫁』、『〈甘棠〉的回報』、『〈綠衣〉的思念』、『〈燕燕〉的離情』，是怎麼樣的呢？答曰：『童而皆取於丌初者也』」，則「童而皆取於丌初者也」一句，仍可

視爲對〈關雎〉等七篇詩文內容的評論，文義較將「害」讀爲「蓋」的說法來得通順。

再者，「童而皆攺於丌初者也」中有一「皆」字，在簡文中當訓爲「全部」，指〈關雎〉、〈樛木〉、〈漢廣〉、〈鵲巢〉、〈甘棠〉、〈綠衣〉、〈燕燕〉七篇都有「童而攺於丌初者也」的特色，若將「害」讀爲「蓋」，應該會說「……，蓋曰童而攺於丌初者也」，不會說「蓋曰童而『皆』攺於丌初者也」，多了這個「皆」字，則「童而皆攺於丌初者也」爲答句的可能性很高，問句問：「〈關雎〉之改……，曷（是怎麼樣的呢）？」答曰：「這七篇詩皆有『童而攺於丌初』的特色。」因此，筆者傾向讀「害」爲「曷」或「何」，與「曰」字分讀。

（二）「童而皆攺於丌初者也」訓讀

李學勤將「童而皆攺於丌初者也」讀爲「誦而皆賢於其初者也」，意思是「誦讀這些詩篇便能有所提高，勝於未讀之時」，旨在說明《詩》的教益，並舉《說文》「鐘」字或從「甬」作「鋪」，證「童」可讀爲「誦」。〔註 163〕此說義雖可通，但站在《詩》教的立場來看，《詩經》中大部分詩篇讀後皆能有所提昇，何必特地提出〈關雎〉等七篇來發此議論。廖名春雖在最後贊成將「童」讀爲「重」，但在此前曾先後提出讀爲「同」和讀爲「終」的說法，未解釋爲何放棄前兩說，他將「同」訓爲「總括」義，「同而皆攺於其初者也」意指〈關雎〉等七篇「總括而言，皆得於其初也」。〔註 164〕此義亦可通，但不如「動而皆賢於其初者也」來得切合詩義。

在將「童」讀爲「終」的說法中，廖名春提出簡文文義「終」、「初」相對，以支持其說法。〔註 165〕晁福林、許全勝亦贊成讀「童」爲「終」，許全勝未有解釋，晁福林則將其解釋爲「最終的結果要好於其初。」〔註 166〕讀「童」爲「終」，

〔註 163〕李學勤，〈《詩論》說〈關雎〉等七篇釋義〉，《齊魯學刊》2002.02，頁 91。

〔註 164〕廖名春，〈上博簡〈關雎〉七篇詩論研究〉，《中州學刊》2002.01，頁 72。

〔註 165〕廖名春，〈上海博物館藏《詩論》簡校釋〉，《中國哲學史》2002.01，頁 11。

〔註 166〕晁福林，〈上博簡《詩論》「〈漢廣〉之智」與《詩‧漢廣》篇探論——並論儒家情愛觀的若干問題〉，《古籍整理與研究學刊》2003.02，頁 4～5。晁福林，〈《上博簡‧孔子詩論》「樛木之時」釋義——兼論《詩‧樛木》的若干問題〉，《古籍整理與研究學刊》2003.03。許全勝，〈宛與智——上博〈孔子詩論〉簡二題〉，《新出楚簡與儒家思想國際學術研討會論文集》（清華大學思想文化研究所／輔仁大學文學院

確與下文「初」字相對，說「最終的結果好於其初」，從〈關雎〉等七篇內容看來，亦可說得通，但所謂最終的「好」，不一定如晁福林所說爲「好結果」，在七詩篇獲得好結果的，只有〈樛木〉、〈鵲巢〉、〈甘棠〉等三篇，至於〈關雎〉則未提及追求結果，〈綠衣〉最後只能在心理上「思古人」、〈燕燕〉最後亦難免離別，都不能算是好結果。所謂「賢於其初者」，當指其心態或境界有所提昇，當然在提昇後，可以說最終是好於其初的，故「終而皆賢於其初」的說法有其可能性，但〈關雎〉等七篇詩的提昇並非皆在最後一章才顯現出來，〈樛木〉、〈鵲巢〉是在過程中逐漸提昇，〈漢廣〉和〈甘棠〉更是第一章便可看出「想求→不求不可得」、「思及其人→敬愛其樹」的進步，故筆者認爲「童」讀爲「終」的可能性不大。

　　周鳳五、李守奎、廖名春、黃人二諸位，皆讀「童」爲「重」。周鳳五訓「重」爲「重複」，意指〈關雎〉等七篇「皆連章複沓，反覆言之，其情亦由淺而深，至於卒章後止」；李守奎則解釋爲「這些詩篇都是重章疊句，所表達的情思內容後面的都比前面的好。」；廖名春則訓爲「善」、「貴」，指〈關雎〉等七篇「都是可貴的，都是值得看重。爲什麼呢？因爲他們『皆賢於其初者也』。」；黃人二訓「重」爲「尙」、「看重」，說法近於廖名春。〔註 167〕周鳳五、李守奎兩人對「重」字的訓讀，是針對七詩篇複沓的形式而言，認爲後面幾章所表現的情思皆比初章好，但前段已言〈漢廣〉、〈甘棠〉兩篇的思想行爲提昇，由第一章便可窺得，並非在反覆誦詠之後才逐漸顯現，故讀「童」爲「重」、訓爲「重複」的可能性不大。依廖、黃之說，則「皆賢於其初者也」是用來解釋「重」字，說明〈關雎〉等七篇之所以值得被「看重」的原因，但「童」和「皆敃於丌初者也」中間有「而」字作爲連結，「而」字用以表示因果關係時，通常爲「原因＋而（因而）＋結果」，如《左傳‧成公八年》：「謂汶陽之田，敝邑之舊也，而用師於齊，使歸諸敝邑。」未見「結果＋而＋原因」之句式，故筆者亦不贊同

聯合主辦，2002）。

〔註 167〕周鳳五，〈〈孔子詩論〉新釋文及注解〉，《上博館藏戰國楚竹書研究》（上海：上海書店，2002），頁 160。李守奎，〈《戰國楚竹書‧孔子詩論‧邦風》釋文訂補〉，《古籍整理與研究學刊》2002.02，頁 8。廖名春，〈上海博物館藏詩論簡校釋札記〉，《上博館藏戰國楚竹書研究》（上海：上海書店，2002），頁 263。黃人二，《上海博物館藏戰國楚竹書（一）研究》（臺中：高文出版社，2002），頁 42。

將「童」讀爲「重」、訓爲「看重」。

劉信芳將本句讀爲「童而偕，賢於其初者也」，對於〈關雎〉等七篇的「童而偕」有以下見解：

〈關雎〉一詩寫青年人求偶，「輾轉反側」乃發之於性，今所謂青春期苦悶階段；「鐘鼓樂之」則是與社會群體相諧的理性行爲，今所謂青年人「懂事」階段。在孔子看來，知道「鐘鼓樂之」的青年人較之「輾轉反側」之時爲「賢」，此即所謂「賢於其初者也」。……（〈樛木〉）葛藟未得樛木，居下位者未得君子，是其「童」也；葛藟攀援樛木，居下位者知遇於君子，是其「偕」也。……（〈漢廣〉）「之子于歸，言秣其駒」，詩中主人公的美好向往如此，是其「童」也；「知不可得」，是其「偕」也。……（〈鵲巢〉）女子出嫁是最爲典型的「童」而「偕」。嫁女之「歸」是男女之偕，迎之送之是藉婚姻而結兩姓之好，此乃家族與家族之「偕」。……（〈甘棠〉）知甘棠爲召伯所發，長者也。好爬樹折枝者，童子天性使然也。既有「勿剪勿伐」之勸誡，則已有欲剪欲伐者，可知也。童子經長者教導而後知甘棠「勿剪勿伐」的道理，與〈詩論〉所評「童而偕」，「賢於其初者也」，可謂契合無間。……〈綠衣〉一詩，始之於「心之憂矣，曷爲其已」，因其無力具衣裳之禮，心中焦慮如此，此與「童」未及於禮，共同點都是於禮有所未備。〈綠衣〉一詩，終之於「我思古人，實獲我心」，嚮往理想中的「古人」，嚮往得到應有的美好與尊嚴，則已依禮而得到一定程度的解脫，是其偕也。由「憂」而「獲」，也合於「賢於其初」的解釋模式。……〈燕燕〉一詩中的情愛之「獨」，是在人所共有的情愛中表現出的「獨」，獨一無二之獨。從文學的角度說，體現的是共性與個性的和諧。孔子在〈詩論〉中往往藉文學的形式表述其哲學思想，可知〈燕燕〉之「獨」的哲學意義在於揭示群體與個體的和諧。〔註168〕

觀劉信芳之意，似是將「童」訓爲「童稚的」，將「偕」訓爲「共同的」、「和諧的」。但由〈甘棠〉原詩只能看出詩人不忍攀折甘棠樹之心意，不能看到欲爬樹

〔註168〕劉信芳，《孔子詩論述學》（合肥：安徽大學出版社，2003），頁 25～35。

折枝者是否爲童子。在〈綠衣〉一詩中眞正不合於禮的，乃是其夫君和小妾，與「思古人」者並非同一人，而「思古人」者在「無力具衣裳之禮」這方面的立場終其全詩都沒有改變過，實際上也非其力所能改變的，如何能說是由「童」而「偕」呢？至於〈燕燕〉之「童」表現於何處亦無從得知。

多數學者將「童而皆叡於亓初者也」讀爲「動而皆賢於其初者也」，李零、濮茅左、曹峰、何琳儀、李銳沒有說明原因。〔註169〕姜廣輝云：

> 所謂「動」，概指人生行爲，而「賢」爲「崇重」之義，《禮記‧禮運篇》「以賢勇知」《疏》：「賢，猶崇重也。」而「初」爲「根本」之義，此語的意思是人生的行爲應崇重其根本，這個根本就是「德」和「禮」。

此說於簡文及〈關雎〉等七篇原詩皆可通，「初」字若訓爲「根本」，其義近於〈孔子詩論〉簡16「見其美必欲反其本」的「本」字。但在簡10中，若只簡單的說〈關雎〉等七篇詩所提示的是「人生的行爲應崇重其根本」，則無法就字面上的意義知此「根本」爲何，較爲籠統，雖然姜廣輝指出這個根本是「德」和「禮」，但「德」、「禮」當是後天外加的（尤其是「禮」），能否稱爲人生行爲之「根本」，仍是個問題，故筆者暫不從此說。

鄭玉珊同意季旭昇之說：

> 業師季旭昇讀作：「曷？曰：動而皆賢於其初者也。」並以爲「動」，指情之發動，即「人之生也靜，感於物而動」之「動」也。「賢」爲「勝」。此句當爲總括前述七詩，反詰詩教之益爲何（曷）？曰：「詩教之益，正在於情感發動之後，經過反省，皆能勝於其初發之時。」〔註170〕

〔註169〕李零，《上博楚簡三篇校讀記》（臺北：萬卷樓圖書公司，2002），頁25。濮茅左，〈〈孔子詩論〉簡序解析〉，《上博館藏戰國楚竹書研究》（上海：上海書店，2002），頁16。曹峰，〈對〈孔子詩論〉第八簡以後簡序的再調整〉，《上博館藏戰國楚竹書研究》（上海：上海書店，2002），頁200。何琳儀，〈滬簡詩論選釋〉，《上博館藏戰國楚竹書研究》（上海：上海書店，2002），頁248。李銳，《〈詩論〉簡禮學思想研究》（北京：清華大學歷史學系，碩士學位論文，2002），頁75。

〔註170〕鄭玉珊，《《上博（一）‧孔子詩論》研究》（臺北：國立台灣師範大學國文研究所，碩士學位論文，2004），頁172。季旭昇之說筆者未見，鄭玉珊亦未註明出處。

筆者認爲季旭昇此說可從，但「動」字所指稱的範圍，可能不僅止於「情感」的發動，亦可指事物的發展。「初」字有「開始」、「初發之時」之意，簡文「動而皆賢於其初者也」之意涵，蓋指〈關雎〉等七篇的共同特色是「發動之後，皆能勝於其始發之時」。若將七詩篇個別來看，〈關雎〉「動而勝於其初」之處在於「反入於禮」，由好色而進於禮；〈樛木〉在於「綏」→「將」→「成」的進程，由降臨其身到成就之；〈漢廣〉在於「想求」→「不求不可得」，由原始的追求欲望到理智的分析情勢；〈鵲巢〉在於「御」→「將」→「成」的進程，由「迎」到「成就」；〈甘棠〉在於「思及其人」→「敬愛其樹」，由單純的感念到愛其所愛的行動；〈綠衣〉在於「心之憂矣，曷維其已」→「我思古人，實獲我心」，由憂愁怨嘆到遙思古人；〈燕燕〉在於「瞻望弗及，泣涕如雨」→「終溫且惠，淑慎其身」，由依依不捨的悲傷情緒到孤獨時也要淑慎其身的勉勵。皆和「動而皆賢於其初者也」之評論相合。

第三節 〈木瓜〉組

一、《國風・邶風・北門》

　　▢█念既曰天也猶又█言█木苽又戚忑而未得達也██▢（簡19）

　　→溺志，既曰天也，猶有怨言。〈木瓜〉有藏願而未得達也。交

　　本節所欲討論者，是第一個墨節之前的「█志既曰天也猶又█言」一段文字，但在討論其歸屬之詩篇時，不免牽涉到下文評〈木瓜〉之辭，故一併列出。對於此段文字，學者關注的焦點有三：一、右上殘泐的「█」字應釋爲何字？二、「█」字該如何通讀？三、「既曰天也猶有怨言」所評何詩？以下亦將就此三點展開討論。

（一）「█志既曰天也猶又█言」釋讀

　　「█」字，馬承源未有釋，僅描摹其字形。〔註171〕俞志慧則云：

　　首字作左右結構，左邊作「己」，右邊上部依稀可辨，與金文所見「其」字同，下部爲「水」，金文「其」字又多作「己」下「其」，

〔註171〕馬承源，《上海博物館藏戰國楚竹書（一）・孔子詩論釋文》（上海：上海古籍出版社，2001），頁148。

故此字疑爲「淇」字，在「志」字之前，或爲「其」之借。〔註172〕

此字右上偏旁殘泐，是否與金文「其」字同，仍待證明。但〈孔子詩論〉中「其」字皆寫作「丌」，金文中寫爲「己」下「其」之字，在楚文字中全寫爲「己」下「丌」，且皆作上下結構，未見作左右結構者，與此字結構不類，如包山簡 182「夁」、郭店簡〈尊德義〉5「夁」、郭店簡〈緇衣〉11「夁」。再者，「己」旁在楚文字中作「乙」（包山簡 226）、「弖」（郭店簡〈尊德義〉5「異」所從），向左向右各彎一次，在他系戰國文字基本上亦不出此二形，頂多將其下端筆畫往下延申爲「弖」（璽彙 3322），多出現於燕系璽印文字。而「溺」字左旁看得出二次向右彎曲的弧度，與「己」字不同。相較之下，楚系「弓」字寫作「弖」（曾侯乙墓簡 33）、「弖」（包山簡 260），字形寫法和「溺」字左旁相似，故不應將「溺」字左旁隸爲「己」，而「溺」字亦不該釋爲「淇」。

李零、何琳儀師皆認爲「溺」字左旁從「弓」、右下從「水」，可能是「溺」字，廖名春、楊澤生、秦樺林從之。〔註173〕黃懷信則認爲「溺」字以字形和文義來看皆當釋爲「強」。〔註174〕「強」字在楚簡中多作以下寫法：

強（包山簡 162）　　　　　**強**（郭店簡〈語叢四〉簡 25）

強（郭店簡〈六德〉簡 32）　　　**強**（郭店簡〈成之聞之〉簡 13）

左部與「溺」字相近，但右部形體並不相同，故「溺」字不當釋爲「強」。「溺」字在楚文字寫作「溺」（郭店簡〈老子甲〉簡 37）、「溺」（包山簡 7）、「溺」

〔註172〕俞志慧，〈《戰國楚竹書・孔子詩論》校箋（下）〉，「簡帛研究」網，2002.01.17。

〔註173〕李零，《上博楚簡三篇校讀記》（臺北：萬卷樓圖書公司，2002），頁 22。何琳儀，〈滬簡詩論選釋〉，《上博館藏戰國楚竹書研究》（上海：上海書店，2002），頁 251 ～252。廖名春，〈上海博物館藏詩論簡校釋箚記〉，《中國哲學史》2002.01，頁 13。楊澤生，〈「既曰『天也』，猶有怨言」的是《鄘風・柏舟》〉，《新出楚簡與儒學思想國際學術研討會論文集》（北京：清華大學思想文化研究所，2002.03.31～2002.04.02）。秦樺林，〈上博簡〈詩論〉「……溺志，既曰『天也』猶有怨言」解〉，「簡帛研究」網，2004.12.26。

〔註174〕黃懷信，《上海博物館藏戰國楚竹書〈詩論〉釋義》（北京：社會科學文獻出版社，2004），頁 89。

（郭簡店〈語叢二〉36），左從「弓」、右下從「水」，看得出來與「㲻」字結構相似，至於「溺」字的右上筆畫，若寫得潦草一點，亦有可能近似「㲻」字右上殘存筆畫。且李零、廖名春指出先秦確有「溺志」之用法：

> 《禮記・樂記》：「文侯曰：『敢問溺音何從出也』子夏對曰：『鄭音好濫淫志，宋音燕女溺志，衛音趨數煩志，齊音敖辟喬志。』」孔穎達《疏》：「燕，安也。溺，沒也。言宋音所安唯女子，以人意志沒矣。」

如此看來，「㲻」字以釋爲「溺」較恰當。孔穎達將「溺志」之「溺」解爲「沒」，可從，「溺」本有「沒於水中」之意，如《孟子・離婁上》：「嫂溺不援，是豺狼也。」「溺志」下接「既曰天也」，由其語氣觀之，「溺志」一詞與「既曰天也猶有怨言」當爲同一篇詩評的一部分。

「𢍏」字從「胃」得聲，馬承源釋爲「捐」，卻未作說明，不知其義，若依簡 18 訓爲「棄也」，似又文義不通。〔註175〕李學勤、龐樸讀「𢍏」爲「悁」，訓爲「忿也」，簡文「既曰天也，猶有𢍏言」，即「既然說過這是天命，就不該再發牢騷了」。〔註176〕李零、李學勤、廖名春、何琳儀、季旭昇、楊澤生、俞志慧等學者，皆將「𢍏」讀爲「怨」。〔註177〕在先秦文獻中「悁」字少見，而「怨」字在《詩經》及《論語》中爲常用字，亦見於《國風》詩句及毛《序》

〔註175〕馬承源，《上海博物館藏戰國楚竹書（一）・孔子詩論釋文》（上海：上海古籍出版社，2001），頁 148。

〔註176〕李學勤，〈〈詩論〉與《詩》〉，「中國社會科學院歷史所楚簡〈詩論〉學術研討會」論文，轉引自劉信芳，《孔子詩論述學》，頁 208～209。龐樸，〈上博藏簡零箋〉，《上博館藏戰國楚竹書研究》（上海：上海書店，2002），頁 239。

〔註177〕李零，《上博楚簡三篇校讀記》（臺北：萬卷樓圖書公司，2002），頁 22。李學勤，〈〈詩論〉簡的編聯與復原〉，《中國哲學史》2002.01，頁 7。廖名春，〈上海博物館藏詩論簡校釋劄記〉，《中國哲學史》2002.01，頁 13。何琳儀，〈滬簡詩論選釋〉，《上博館藏戰國楚竹書研究》（上海：上海書店，2002），頁 251～252。季旭昇，〈由上博詩論「小宛」談楚簡中幾個特殊的從胃的字〉，《漢學研究》第 20 卷第 2 期，頁 377～397。楊澤生，〈「既曰『天也』，猶有怨言」的是《鄘風・柏舟》〉，《新出楚簡與儒學思想國際學術研討會論文集》（北京：清華大學思想文化研究所，2002.03.31～2002.04.02）。俞志慧，〈《戰國楚竹書・孔子詩論》校箋（下）〉，「簡帛研究」網，2002.01.17。

評國風之詞中,故筆者認爲此處讀爲「怨」的可能性較大。

(二)「溺志既曰天也猶有怨言」是否在評論〈木瓜〉?

〈孔子詩論〉簡 19 上部殘斷,無從得見「溺志既曰天也猶又怨言」之上是否言及其所評之詩篇名,因此第十九簡的斷句,及本段簡文的詩篇歸屬,便成爲討論焦點。馬承源云:「首句辭殘,文義未全,是與〈木瓜〉篇成組合評述若干篇詩中的另一篇評」,認爲「溺志既曰天也猶又怨言」非評〈木瓜〉之詞,故在「怨言」之後施加句號。〔註178〕李零則在「怨言」之後施加逗號,對此段文字之歸屬有所疑惑,其云:

> 〈木瓜〉見今《衛風》,但今〈木瓜〉無怨天之辭,其他各篇也沒有
> 這類話,有之,唯《鄘風‧柏舟》,作「母也天只,不諒人只」,疑
> 文有誤,或孔子對〈木瓜〉別有解釋,和今天的理解不同。另外,
> 我也考慮過,「既曰天也,猶有怨言」,是不是論它前面的另一篇詩,
> 「怨言」下面確實應點句號,但下文簡 18「〈木瓜〉之報,以輸其
> 怨者也」,仍然是說〈木瓜〉有發泄怨言的含義,看來點句號也不合
> 適。這裡,只能把問題提出,俟高明教之。〔註179〕

其實由〈孔子詩論〉其他簡文的評論體例,便可知簡 19「溺志既曰天也猶有怨言」與下文〈木瓜〉云云,所評非同一詩篇。目前所見的〈孔子詩論〉簡文,除簡 4、簡 5 總評《邦風》、《頌》時,將其評論主體置評詞之後,寫作「《邦風》是也」、「《頌》是也」。此外就只有簡 16、20、24 將詩篇名置於「吾以」之後,但其詩篇名仍在評詞之前,由其出現頻率看來,「吾以＋詩篇名＋得＋所得之內容」的結構,當爲〈孔子詩論〉中的一種固定句式。其餘在評論單一詩篇時,皆將所評詩篇名置於評論文字之前。此處「溺志既曰天也猶又怨言▄木苽又臧志而未得達也▄」,若皆視爲《衛風‧木瓜》之詩評,則其評論主體〈木瓜〉便夾於兩句評詞之間,與簡文體例不合。且「怨言」和「木瓜」之間有一墨釘符號「▄」,其用途當與簡 10「〈關雎〉之改▄〈樛木〉之時▄〈漢廣〉之智▄〈鵲巢〉之歸▄〈甘棠〉之報」之「▄」相近,義在區隔不同詩篇的評論文字。此

〔註178〕馬承源,《上海博物館藏戰國楚竹書(一)‧孔子詩論釋文》(上海:上海古籍出版社,2001),頁 148。

〔註179〕李零,《上博楚簡三篇校讀記》(臺北:萬卷樓圖書公司,2002),頁 22。

外，簡文云：「既曰天也」，則其所評之詩的詩句中，當有「天」之類的文字出現，而〈木瓜〉一詩完全無此類文字。故筆者認爲馬承源將之視爲與下文不同篇評的看法是正確的。

（三）「溺志既曰天也猶有怨言」所評何詩？

簡文「溺志既曰天也猶又怨言」，所評會是〈木瓜〉之外的哪一篇呢？俞志慧將《國風》中與「天」相關之詩句列出：

1. 天實爲之，謂之何哉？（《邶風・北門》）
2. 母也天只，不諒人只！（《鄘風・柏舟》）
3. 胡然而天也，胡然而帝也？（《鄘風・君子偕老》）
4. 悠悠蒼天，此何人哉！（《王風・黍離》）
5. 悠悠蒼天，曷其有所？（《唐風・鴇羽》）
6. 彼蒼著天，殲我良人。（《秦風・黃鳥》）

在這個例句中，他認爲《鄘風・君子偕老》僅以「天」、「帝」作比，可以排除；本段簡文的下文是在評論《衛風・木瓜》，則《衛風》之後的〈黍離〉亦可排除；又，簡18將〈木瓜〉置於《唐風・有杕之杜》之前，在此當不會討論〈鴇羽〉和更遠的〈黃鳥〉；〈柏舟〉詩義雖與「怨言」合，但其「天」字是由「母」字帶出，不具實際意義。故簡文「溺志既曰天也猶有怨言」，俞志慧認爲在討論〈北門〉。〔註180〕邴尙白亦認爲簡文當在評〈北門〉，「天」在此當指不可掌控之天命，意思是說：「既然說是天了，卻還是有怨言。」〔註181〕〈北門〉原詩如下：

出自北門，憂心殷殷，終窶且貧，莫知我艱。已焉哉！天實爲之，謂之何哉？

王事適我，政事一埤益我，我入自外，室人交遍讁我。已焉哉！天實爲之，謂之何哉？

王事敦我，政事一埤遺我，我入自外，室人交遍摧我。已焉哉！天實爲之，謂之何哉？

〔註180〕俞志慧，〈《戰國楚竹書・孔子詩論》校箋（下）〉，「簡帛研究」網，2002.01.17。

〔註181〕邴尙白，〈上博〈孔子詩論〉札記〉，「『新出土文獻與古代文明研究』國際學術研討會」會議論文（上海：上海大學出版社，2002.07.28），頁8〜9。

毛《序》：「刺士不得志也。言衛之忠臣不得其志爾」。俞志慧將「[圖]志」讀爲「其志」，認爲〈北門〉「不得其志，因而怨天尤人」適與殘存簡文相合。楊澤生對此有不同看法，他認爲由「已焉哉！天實爲之，謂之何哉？」可看出詩人對於現實是無奈接受和認命的，因爲這是天命所爲，故〈北門〉一詩沒有多少怨天尤人的味道。而《鄘風・柏舟》：

> 汎彼柏舟，在彼中河，髧彼兩髦，實維我儀，之死矢靡它。母也天只！不諒人只！
>
> 汎彼柏舟，在彼河側，髧彼兩髦，實維我特，之死矢靡慝。母也天只！不諒人只！

由「母也天只！不諒人只！」二句可見其怨，今本《鄘風・柏舟》的「母也天只」很可能是「母也天也」之誤，故「既曰『天也』，猶有怨言」當在評《鄘風・柏舟》。〔註182〕毛《傳》：「諒，信也。母也天也，尙不信我。『天』謂父也」，可見此「天」並非如俞志慧所說，爲不具實義之詞，「既曰天也」仍有可能在評《鄘風・柏舟》。

　　由用字和詩義看來，〈北門〉、〈柏舟〉兩者皆有「天」字，亦皆有「怨言」，但其意義不同，而〈柏舟〉之「怨」可能更爲明顯。但我們需注意到，簡文「既曰天也，猶有怨言」中，先有「既」、後有「猶」這個轉折語氣。像〈柏舟〉「母也天只！不諒人只！」如此明顯的怨懟語氣，當直說其「有怨言」，而不會說『猶』有怨言」。反觀〈北門〉的「已焉哉！天實爲之，謂之何哉？」確實如楊澤生所說，可看出詩人對於現實是無奈接受和認命的，因爲這是天命所爲。但認命不代表毫無怨言，若眞無怨，亦不需作〈北門〉一詩來抒發了。由其「終窶且貧，莫知我艱」、「我入自外，室人交遍謫我」、「我入自外，室人交遍摧我」，便可見詩人雖在每章最後，感嘆「此乃天命，又能奈之何？」但心中仍有不得志之怨，這種轉折的心理，正和〈孔子詩論〉簡 9「既曰天也，猶有怨言」之說相合。而上文「溺志」一詞因簡文上部殘斷，無法確知其意，筆者猜想其義近於「不得志」。準此，本段簡文當標點爲「……溺志，既曰『天』也，猶有怨言」，言

〔註182〕楊澤生，〈「既曰『天也』，猶有怨言」的是《鄘・風・柏舟》〉，《新出楚簡與儒學思想國際學術研討會論文集》（清華大學思想文化研究所／輔仁大學文學院　聯合主辦，2002.03.31～2002.04.02）。

作《邶風‧北門》一詩的詩人在「不得志」後，雖然狀似認命的說此乃「天」之所爲，但仍有怨懟之言。

此外，李學勤、廖名春、王志平認爲此段在評〈君子偕老〉。〔註183〕廖名春認爲「既曰：『天也』」是驚其容貌之美，「猶有怨言」是刺其有失事君子之道。李學勤則說：「詩第二章云：『胡然而天也。胡然而帝也』，故簡文說既稱爲『天也』，還有什麼可忿悁的呢？」但光由〈君子偕老〉詩句中，很難見其「怨言」：

> 君子偕老：副笄六珈，委委佗佗，如山如河，象服是宜。子之不淑，
> 云如之何？
>
> 玼兮玼兮！其之翟也。鬒髮如雲，不屑髢也。玉之瑱也，象之揥也。
> 揚且之晳也。胡然而天也？胡然而帝也？
>
> 瑳兮瑳兮！其之展也，蒙彼縐絺，是紲袢也。子之清揚，揚且之顏
> 也。展如之人兮！邦之媛也！

毛《序》云：「〈君子偕老〉，刺衛夫人也。夫人淫亂，失事君子之道；故陳人君（《箋》：「人君，小君也。或者小字誤作人耳。」）之德，服飾之盛，宜與君子偕也。」廖名春以此說明其於簡文「怨言」之關係。但由上引文可看出，〈君子偕老〉之內容在贊頌可與君子偕老之夫人容飾，其詞唯述古之美，不言今之失，很難由字裡行間看出其有「怨言」。雖有將刺意寄於言外，使人微悟其旨之用，不過此種「言外之刺」能不能稱爲「怨」還是個問題，就算能稱之爲「怨」，這種無法由字裡行間窺得的「怨」，似亦不當稱之爲「怨『言』」，故筆者認爲本段簡文不在評《鄘風‧君子偕老》。

總而言之，筆者認爲「﹢」字可能爲「溺」字，「﹢」當讀爲「怨」。「溺志既曰天也猶有怨言」一段，所評爲《邶風‧北門》，當標點爲「溺志，既曰『天』也，猶有怨言。」指作《邶風‧北門》一詩的詩人在「不得志」後，雖然狀似認命的說此乃「天」意，但仍有怨懟之心。

〔註183〕李學勤，〈《詩論》與《詩》〉，「中國社會科學院歷史所楚簡〈詩論〉學術研討會」論文，轉引自劉信芳，《孔子詩論述學》，頁 208～209。廖名春，〈上海博物館藏詩論簡校釋箚記〉，《中國哲學史》2002.01，頁 13。王志平，〈《詩論》箋疏〉，《上博館藏戰國楚竹書研究》（上海：上海書店，2002），頁 220。

二、《國風・衛風・木瓜》

希帛之不可迭也▅民省古然丌陜志必又呂俞也▅丌言又所載而后内或前之而后交人不可卑也（簡 20）→吾以〈木瓜〉得 幣帛之不可去也，民性固然，其憐志必有以喻也，其言有所載而後納，或前之而後交，人不可觸也。

木芯又宬悉而未得達也▅▟（簡 19）→〈木瓜〉有藏願而未得達也。交

□▟木芯之保以俞其掌者也（簡 18）→因木瓜之報以喻，其婉者也。

簡 20 評論〈木瓜〉的相關段落，由其體例觀之，本應置於「民性固然」組，但為了集中討論文義，故置於此節。

（一）木芯又宬悉而未得達也

「木芯」即「木瓜」，在簡 19 作為詩篇名用，指《衛風・木瓜》。〈孔子詩論〉中提到「木瓜」一詞者，尚有簡 18「因木瓜之報以喻，其婉者也」。馬承源將簡 18 置於簡 19 之前；李學勤則將簡 18 置於簡 19 之後；李零亦將簡 19 置於簡 18 之前，但在簡 19、18 之間插入簡 20，其順序為簡 19、簡 20、簡 18。〔註184〕就〈孔子詩論〉論詩體例來看，除簡 16、20、24 有「吾以＋詩篇名＋得＋所得之內容」的固定句式外，皆將所評之詩篇名置於評詞之前，簡 18「木瓜」之前尚有一「因」字，故簡 18 之「木瓜」當指稱「木瓜」其物，而非《衛風・木瓜》之篇名。至於簡 19「木瓜有宬悉而未得達也」，與上文「溺志既曰天也猶有怨言」一段不相屬，此處「木瓜」確實置於句首。若將簡 19 之「木瓜」視為在《衛風・木瓜》中「投之以木瓜」的「木瓜」，則與下文「有宬悉而未得達也」之述不符，「有宬悉」者當是〈木瓜〉一詩中「報之以瓊琚」的動作執行者，絕不可能說「木瓜」（被投之物）有宬悉，故簡 19 之「木瓜」只能是詩篇

〔註184〕馬承源，《上海博物館藏戰國楚竹書（一）・孔子詩論考釋》（上海：上海古籍出版社，2001），頁 147～148。李學勤，〈《詩論》簡的編聯與復原〉，《中國哲學史》2002.01，頁 7。李零，《上博楚簡三篇校讀記》（臺北：萬卷樓圖書公司，2002），頁 22～24。

名〈木瓜〉。根據〈孔子詩論〉將詩篇名置於評詞之前的體例，筆者傾向將提及〈木瓜〉篇名的簡 19 置於簡 18 之前。

由簡 18 可知〈孔子詩論〉的評論順序，是將〈杕杜〉置於〈木瓜〉之後，簡 20「幣帛之不可去也▅民性故然其憐志必有以喻也▅其言有所載而後內或前之而後交人不可觸也」，由其文義看來，當亦在評〈木瓜〉，故簡 20 之評序亦先〈木瓜〉後〈杕杜〉。簡 19 的末字雖殘泐，但由殘餘的「⿰」形看來，絕非「折」字，故若將簡序列爲簡 19→20→18，則只有簡 19 在〈木瓜〉之評後面不接〈杕杜〉，與評序不合。若將簡 18 置於簡 19 之後，可將「因木瓜之報以喻其婉者也」視爲〈木瓜〉評詞的後段，其後接〈杕杜〉之評詞，於體例正合。且先云「木瓜有臧惡而未得達也」，再說「因木瓜之報以喻，其婉者也」，文義先後承接亦正相合。（詳見下文）

「⿰」字中間構形稍殘，但看得出來與簡 14「好色之⿰」的「⿰」字爲一字之異構。馬承源將「⿰」、「⿰」皆隸爲「惡」，於簡 14 認爲「惡」即《說文》訓爲「貪也」的「忨」字，而「忨」字亦通「玩」，《玉篇》訓爲「愛也」，在簡 14 與「敓」字相對應，當取《玉篇》之訓，但在簡 19 未有解釋。〔註185〕劉信芳對簡 19 之「⿰」字，亦讀爲「玩」訓爲「愛」，讀此句爲「木瓜有臧，忨而未得達也」，意即「我心中體味木瓜之美善，而未得木瓜之至也。」〔註186〕〈木瓜〉詩句如下：

　　投我以木瓜，報之以瓊琚；匪報也，永以爲好也。

　　投我以木桃，報之以瓊瑤；匪報也，永以爲好也。

　　投我以木李，報之以瓊玖；匪報也，永以爲好也。

「玩」有「愛」之義，但由「愛」義似乎不能引申出「體味」的用法。且若將此句解爲「我心中體味木瓜之美善，而未得木瓜之至也。」與簡 18「謂〈木瓜〉一詩，藉木瓜情意之寶，以諭未得之怨也。」之文義無法銜接。由劉信芳之解法，雖簡 19、18 皆與「未得」有關，但簡 19「未得達」的主詞，乃〈孔子詩論〉之作者或孔子，其未得者乃「〈木瓜〉之至」（不知所指爲何）；簡 18 因未

〔註185〕馬承源，《上海博物館藏戰國楚竹書（一）‧孔子詩論考釋》（上海：上海古籍出版社，2001），頁 148、144。

〔註186〕劉信芳，《孔子詩論述學》（合肥：安徽大學出版社，2003），頁 45、210～211。

得而有「怨」者，乃〈木瓜〉一詩中的投者或報者，其未得者乃「永以爲好」
之願，主語及未得者兩簡皆不同。

俞志慧謂「𧣪」字即《說文》訓爲「頭痛也」的「痕」字，並分析「𨠨」
字爲上「丌」下「心」，即「惎」字，訓爲「毒」，但此二字用於「〈木瓜〉有痕
忎而未得達也」中句義難明，俞志慧未釋其句義，僅說「待識者明示」。〔註187〕
將「痕」、「忎」二字訓爲「頭痛」和「毒」之義，不但無法通讀簡文文義，於
〈木瓜〉詩句亦未能尋得其關聯性，此乃俞志慧說法的最大弱點。由字形來
看，「丌」字下的兩筆一般皆向外張開，如「𠀔」（郭店簡〈老子甲〉簡 23）、
「𠀔」（包山簡 7），做爲偏旁之「丌」字亦是如此，例「𤩇」（包山簡 16「典」）；
而「元」字下部兩筆較無此外開之勢，如「𠀎」（楚屈叔佗戈）、「𠀔」（侯馬盟
書 299）。簡 19「𨠨」字、簡 14「𧣪」字之上部構形皆近於「元」，而不似「丌」
旁，不當釋爲「惎」。

李零、許全勝、胡平生、陳劍、黃人二、季旭昇皆將「𨠨」字讀爲「願」，
張桂光、康少峰則將之讀爲「愿」。〔註188〕各家讀法雖有不同，但「愿」與「願」
通，皆可訓爲「希望」、「期許」之義。中山王方壺銘文中有一從元、從心之「忨」
字，亦讀爲「願」，更可證〈孔子詩論〉「𨠨」字讀「願」的可能性很大，在此
當指「永以爲好之願」，〈木瓜〉一詩中，之所以厚報彼薄投者，不僅止於報，
還希望能永以爲好。對於「痕」字，尚有讀爲「藏」訓爲「隱匿」，及讀爲「臧」
訓爲「善」等二種說法，單由「〈木瓜〉有痕忎而未得達也」一句觀之，讀爲「藏」
或「臧」，釋爲「〈木瓜〉有隱匿的願望尚未達成」，或解爲「〈木瓜〉有良好的

〔註187〕俞志慧，〈《戰國楚竹書·孔子論詩》校箋（下）〉，「簡帛研究」網，2002.01.17。

〔註188〕李零，《上博楚簡三篇校讀記》（臺北：萬卷樓圖書公司，2002），頁 23。許全勝，
　　　　〈〈孔子詩論〉零拾〉，《上博館藏戰國楚竹書研究》（上海：上海書店，2002），頁
　　　　372～373。胡平生，〈讀上博藏戰國楚竹書〈詩論〉劄記〉，《上博館藏戰國楚竹書
　　　　研究》（上海：上海書店，2002），頁 284～285。陳劍，〈釋〈孔子詩論〉的幾條
　　　　簡文〉，轉引自劉信芳，《孔子詩論述學》（合肥：安徽大學出版社，2003），頁 210。
　　　　黃人二，《上海博物館藏戰國楚竹書（一）研究》（臺中：高文出版社，2002），頁
　　　　52。張桂光，〈《戰國楚竹書·孔子詩論》文字考釋〉，《上博館藏戰國楚竹書研究》
　　　　（上海：上海書店，2002），頁 340。季旭昇，〈〈孔子詩論〉「木瓜之報以喻其婉」
　　　　說〉，「簡帛研究」網，2004.01.07。康少峰，〈「忨」字本義辨析〉，「簡帛研究」網，
　　　　發表日期不明。

願望尚未達成」，皆能合於簡 19 文義及〈木瓜〉詩義。

那麼，〈孔子詩論〉簡 19 之「寁悆」，究竟該讀爲「藏願」或「臧願」呢？我們可由〈孔子詩論〉中也談到〈木瓜〉的其他簡文窺得一二。上引簡 18 提到「因木瓜之報以喻」、簡 20「其憐志必有以喻也」，兩簡皆用了「喻」字，「喻」即「譬喻」，《潛夫論・釋難》：「夫譬喻也者，生於直告之不明，故假物之然否以彰之。」評詩者所以要用「喻」來表達，乃因詩意有不明說之處，由此看來簡 19 之「寁悆」似以讀爲「藏願」較能和簡 18、20 呼應，「藏」在此當訓爲「隱匿」，簡 20「憐志」之「憐」有「保留」之義，可與之參照。

「藏願」指的是「永以爲好之願」。彼投我以木瓜，而我報之以瓊琚，表面看來是以瓊琚之禮報木瓜之贈，但爲何以瓊琚之厚報木瓜之薄呢？乃因我所欲者不僅止於相對等的「報」，還希望能借此厚報，使彼明白我未能直言的永以爲好之「願」，故〈木瓜〉云：「匪報也，永以爲好也。」「報之以瓊琚」的動作，由表面看來其目的爲「報」，其實除了「報」之外還有未能明示的「永以爲好」之「願」，故稱之爲「藏願」；又其「報」的目的已借瓊琚之報達到，但永以爲好之願仍止於「喻」的階段，故云其「未得達也」。

筆者將「木苽又寁悆而未得達也」，讀爲「〈木瓜〉有藏願而未得達也」，其意爲「〈木瓜〉有隱匿的願望尚未達成」。簡 18 則接續此隱匿而尚未達成的願望云：「因木瓜之報以喻，其婉者也」，其意思爲「假借木瓜等物品的薄施厚報以喻（永以爲好之藏願），這是含蓄的表現啊！」與簡 20「其憐志必有以喻也」義近。（簡 18 相關論述詳見下文）

（二）🐾木苽之保以俞其🐾者也

「🐾」，馬承源將其隸爲「因」，李零則認爲釋「因」可疑。〔註189〕「因」字在曾侯乙墓簡 53 寫作「🐾」、郭店簡〈語叢一〉簡 31 作「🐾」，「🐾」字殘餘部分與此二「因」字下半近似，故隸爲「因」似可從。「木苽」即「木瓜」，在此指的是「木瓜」此物，不作詩篇名，〈孔子詩論〉中皆將所評之《詩》篇名置於句首，此「木瓜」之前尚有「🐾」字。此句當在評《衛風・木瓜》，對於

〔註189〕馬承源，《上海博物館藏戰國楚竹書（一）・孔子詩論考釋》（上海：上海古籍出版社，2001），頁 147。李零，《上博楚簡三篇校讀記》（臺北：萬卷樓圖書公司，2002），頁 24～25。

此點，未有異說。

「保」字，馬承源釋爲「報」，云：「今本作『報』」。〔註190〕劉信芳則將「保」讀爲「寶」，並認爲與簡 19「木苽有臧」文義相貫，但未明言「寶」字在此訓爲何義，由其上文言「木瓜與金錯刀，同爲信物，象徵美好」看來，似是將「寶」訓爲「珍貴的」，或由「珍貴的」引申出「美好的」之意，謂〈木瓜〉一詩，藉木瓜情意之寶，以諭未得之「怨」。怨者，男女相愛，往往因愛生「怨」。〔註191〕但觀《衛風・木瓜》之詩文，似乎無法由其施報之情意而得其「怨」，且由〈木瓜〉詩句「報之以瓊琚（瑤、玖）」、「匪報也」觀之，簡18仍以讀爲「木瓜之報」與詩意較合。

簡文「俞其𢜬者也」該如何通讀，學者間爭議頗大。「𢜬」字由「肙」得聲，學者皆以「肙」聲爲基礎再去通讀。馬承源將「𢜬」讀爲「捐」，認爲「捐」與「投我以木瓜」之「投」義近，又將「俞」讀爲「愉」，謂即「厚報以愉薄投者」。〔註192〕此釋看來似與〈木瓜〉詩意相合，但若要強調「厚報以愉薄投者」，當言「瓊琚之報」，被提出的當是「瓊琚」而非「木瓜」。再參以簡 19「〈木瓜〉有臧願而未得達也」，此「臧願」即「永以爲好之願」，有此願者乃「報者」（「報之以瓊琚」動作的執行者）而非「捐（投）者」（即「投之以木瓜」之人），前說「〈木瓜〉（之報者）有臧願而尙未能實現」，後說「假借木瓜之報以愉薄投者」，上下文義無法銜接。故將簡文讀爲「以愉其捐者也」的可能性較小。

龐樸讀「𢜬」爲「悁」，通「狷」，訓爲「潔身自好也」；讀「俞」爲「喻」，謂〈木瓜〉薄投厚報，狷介者之情也。〔註193〕但「薄投厚報」之作爲，與「潔身自好」的品行之間，似乎沒有明確的關係，通常我們會說「由其薄投厚報之作爲，可以看得出此人之感念恩德」，但不會說「由其薄投厚報之作爲，可以看

〔註190〕馬承源，《上海博物館藏戰國楚竹書（一）・孔子詩論考釋》（上海：上海古籍出版社，2001），頁 148。

〔註191〕劉信芳，《孔子詩論述學》（合肥：安徽大學出版社，2003），頁 45、210～211。

〔註192〕馬承源，《上海博物館藏戰國楚竹書（一）・孔子詩論考釋》（上海：上海古籍出版社，2001），頁 148。

〔註193〕龐樸，〈上博藏簡零箋〉，《上博館藏戰國楚竹書研究》（上海：上海書店），頁 239。

得出此人之潔身自好」，故筆者以爲將之讀爲「以喻其狷者也」的可能亦很小。李學勤將此句釋讀爲「以俞（抒）其㤟（悁）者也」，但未見具體說明，不知其將「悁」字訓爲何義。〔註194〕

　　多數學者皆從李零之說將「㤟」讀爲「怨」，但對於「俞」字之讀法學者則各有主張。〔註195〕俞志慧謂「俞」通「予」，又通「抒」，讀「俞其㤟者也」爲「抒其怨者也」，並曰：「鄙意古人講和之時有此施報之禮，故曰：『非報也，永以爲好也』。」〔註196〕俞志慧此說有兩點不妥，在文獻中未見古人講和時有「投之以木瓜，報之以瓊琚」的施報之禮，此其一；就算講和時有此施報之禮，似當禮尙往來，而不當薄投厚報。

　　季旭昇結合李零之說及李學勤之釋文，認爲簡19、18當讀爲「〈木瓜〉有藏願，而未得達也。因木瓜之報，以抒其怨者也」，至於〈木瓜〉篇有什麼怨，已無法考知，但後來又改讀爲「因〈木瓜〉之報以喻其婉者也」。〔註197〕姜廣輝謂鄭張尙芳認爲此處「俞」當讀爲「揄」，訓爲「出」，義與「抒」同，對「㤟」字未有說解。〔註198〕董蓮池則將「俞」讀爲「輸」，認爲本義是往出運送，引申而有「抒發」之意，「因木瓜之報，以輸其怨者也」的意思爲，「借著木瓜的回報的往來以傳達內心的怨憤。」〔註199〕季的第一說和鄭、董二人之說對於「俞」字的讀法不同，但取義相同。由〈木瓜〉一詩觀之，實不見其有「怨憤」之意。周鳳五對此有所解釋：「贈答之厚薄迥異，所寓之情意懸殊。簡文蓋謂以厚報輕，寄其愛慕之意，而求之不得，心中不能無怨也。」此說和董蓮池之說不同的是，他將「俞」讀爲「喻」，訓爲「譬喻」。〔註200〕不過前人對〈木瓜〉詩旨的闡述，

〔註194〕李學勤，〈〈詩論〉簡的編聯與復原〉，《中國哲學史》2002.01，頁7。

〔註195〕李零，《上博楚簡三篇校讀記》（臺北：萬卷樓圖書公司，2002），頁24～25。

〔註196〕俞志慧，〈《戰國楚竹書・孔子詩論》校箋（下）〉，「簡帛研究」網，2002.01.17。

〔註197〕季旭昇，〈由上博詩論「小宛」談楚簡中幾個特殊的從月的字〉，《漢學研究》第20卷第2期，頁377～397。季旭昇，〈〈孔子詩論〉「木瓜之報以喻其婉」說〉，「簡帛研究」網，2004.01.07。

〔註198〕姜廣輝，〈古《詩序》復原方案（修正本）〉，「簡帛研究」網，2002.05.22。

〔註199〕董蓮池，〈上海博物館藏《戰國楚竹書（一）》解詁（二）〉，《古籍整理與研究學刊》2003.02，頁14。

〔註200〕周鳳五，〈〈孔子詩論〉新釋文及註解〉，《上博館藏戰國楚竹書研究》（上海：上海書店，2002），頁162。

似未見「求之不得而有怨」之義：

毛《序》：

〈木瓜〉，美齊桓公也。衛國有狄人之敗，出處于漕，齊桓公救而封
之，遺之車馬器服焉。衛人思之，欲厚報之，而作是詩也。

毛《傳》：

孔子曰：「吾於〈木瓜〉，見苞苴之禮行。」

《新書・禮篇》：

由余云：「苞苴時有，筐篚時至，則群臣附。」詩曰：「投我以木瓜，
報之以瓊琚；匪報也，永以爲好也。」上少投之，則下以軀償矣。
弗敢謂報，願長以爲好。古之蓄其下者，其施如此。

對〈木瓜〉詩旨之說解，前人雖有不同，但皆從正面立義，未曾提及「怨憤」。
〈孔子詩論〉爲儒家評《詩》文獻，其對〈木瓜〉之看法或當有所流傳，即令
因故失傳，其說亦不太可能迴異於所有傳世文獻對〈木瓜〉之評語。且毛《傳》
所引孔子語，僅謂於〈木瓜〉見「苞苴之禮行」，未云其有「怨」。「苞」、「苴」
皆爲饋贈的禮物，由〈木瓜〉有投有報的描述看來，的確可見「互相饋贈之禮
節的實行」。再者，就算是失傳的「求之不得而有怨」之詩旨，亦當能由詩句中
窺其一二，但由〈木瓜〉一詩頂多能見其有「永以爲好」之願，卻不能見其「求
之不得」。故筆者認爲「俞其**𢓨**者也」，似不能讀爲「揄其怨者也」、「輸其怨者
也」或「喻其怨者也」。

于茀將「俞」讀爲「逾」，訓爲「越過」、「遠離」，認爲「逾**𢓨**（怨）」即
越過怨恨、遠離怨恨，可謂〈木瓜〉通過投桃報李使彼此超越怨恨，又云：

「結好」的反面，就是結怨，不結怨而結好，就是越過怨恨、遠離
怨恨。所以，簡書詩論「因木瓜之報，以逾其怨」之論正合詩義。
後人多從「結好」的角度去理解，可是，沒有遠離怨恨，哪有「永
以爲好」。〔註201〕

于茀此一釋讀雖能同時將簡文「**𢓨**」讀爲「怨」，又能合於〈木瓜〉「結好」之
意。但細觀〈木瓜〉內容，似未有需要超越之「怨」。當然，此「怨」字可能

〔註201〕于茀，〈上海博物館藏戰國楚簡詩論補釋〉，《北方論叢》2003.01，頁59。

不是指任何一種特定的「怨」，我們不排除他可能是一種泛稱，指「怨憤的情緒」。但簡文「以俞其𡘊者也」，在「𡘊」字之前加了有指稱作用的「其」字，而非僅止於「以逾怨者也」，則「逾其怨者也」之「其怨」當指某人之怨或因某事而起之怨，我們由〈木瓜〉中卻未能見到投者或報者有怨，亦未見其有「怨」事。

　　廖名春將「俞」讀爲「諭」，訓爲「告」，將「𡘊」讀爲「娟」，訓爲「好」，謂「因木瓜之報以諭其娟者也」即借「木瓜」之「報」以明「永以爲好」之願。〔註202〕此說於簡文文義及〈木瓜〉詩旨皆可通，但「娟」僅有「好」義，當不能僅以一個「娟」字即表示「永以爲好」之義，否則將觸及增字解經的疑慮。

　　竊意以爲簡文「𡘊」字可從季旭昇後說讀爲「婉」，但由簡20評論〈木瓜〉的相關段落云：「幣帛之不可去也，民性固然，其憐志必有以喻也」，此簡似在「喻」字之下斷句，讀爲「因木瓜之報以喻，其婉者也」較好。「俞」字當同簡20「其憐志必有以喻也」讀爲「喻」訓爲「譬喻」，《潛夫論・釋難》：「夫譬喻也者，生於直告之不明，故假物之然否以彰之。」〈木瓜〉一詩中的「木瓜（桃、李）」及「瓊琚（瑤、玖）」即其所假之物。筆者在「喻」字下點逗點，「因木瓜之報以喻」即「假借木瓜等物品的施報爲喻」，其所喻者即簡19「〈木瓜〉有藏願而未得達也」之「藏願」，亦即「永以爲好之願」。「𡘊」讀爲「婉」，「婉」有「含蓄」、「和順」之義，如《左傳・成公十四年》：「故君子曰：春秋之稱微而顯、志而晦、婉而成章、盡而不汙，懲惡而勸善，非聖人誰能脩之」、《左傳・昭公三十一年》：「春秋之稱，微而顯、婉而辨。」〈木瓜〉以物爲喻的婉約做法，正合於《禮記・經解》引孔子曰：「入其國，其教可知也。其爲人也，溫柔敦厚，詩教也……其爲人也，溫柔敦厚而不愚，則深於詩者也。」中所謂「溫柔敦厚」的詩教。因爲是「藏願」，無法直接言明，於是借由「薄投厚報」這種含蓄的「喻」來表現之。季旭昇讀「因〈木瓜〉之報以喻其婉者也」斷句與筆者不同，季解釋爲：「藉著〈木瓜〉詩一樣用厚重的禮物去回報人家，是要表達心中委婉的願望啊！」但筆者認爲「委婉」這一形容詞當用以形容其借物爲喻

〔註202〕廖名春，〈上海博物館藏詩論簡校釋札記〉，《上博館藏戰國楚竹書研究》（上海：上海書店，2002），頁267～268。

的表現手法，而非形容其心中的願望很委婉。〔註203〕「因木瓜之報以喻，其婉者也」，意即「假借木瓜等物品的薄施厚報爲喻，這是含蓄的表現啊！」

（三）㠱帛之不可法也民眚古然丌陘志必又㠱俞也

「㠱」，「幣」之古文。「幣帛」，馬承源指其爲禮品的泛稱，並云：

> 此處是由〈木瓜〉詩中的「瓊琚」、「瓊玖」等所報贈玉器所引申出
> 來的禮品的稱謂。〔註204〕

則馬承源當認爲本段簡文是關於〈木瓜〉之評論。李零認爲「幣帛」之上可能是「此猶」一類話。〔註205〕李學勤則在「幣帛」前補「吾以□□得」五字。〔註206〕廖名春在簡24末補「吾以」二字，下接本簡，又云：「從簡19（苑夙按：當爲簡18）看〈杕杜〉前是〈木瓜〉，故補『〈木瓜〉得』三字。」補字句式近於李學勤，但進一步補入篇名〈木瓜〉。〔註207〕季旭昇與廖名春同。〔註208〕由簡18：「因木瓜之報以喻，其婉者也。〈杕杜〉則情喜其至也▃」的評論順序觀之，本段簡文在評論〈木瓜〉的可能性很大；由其文義來看，「幣帛」在古時常爲禮品的代稱，和〈木瓜〉詩中的「瓊琚」等等有相通之處；又簡18云：「因木瓜之報以喻」，此處云：「必有以喻也」，評論亦有共通之處，知本段文字確在評論〈木瓜〉。「民性固然」還出現於簡16「吾以〈葛覃〉得氏初之詩，民性固然」，及簡24「吾以〈甘棠〉得宗廟之敬，民性固然」，皆「吾以＋篇名＋得……＋民性固然」的句式，則此處當如李學勤、廖名春補「吾以□□得」之句式，本簡末云：「吾以〈杕杜〉得雀……」更可證本組詩評當以「吾以」爲開頭。

「法」，在此讀爲「去」訓爲「去除」、「廢除」。「民眚古然」即「民性固然」，謂人性本然如此，「幣帛之不可去也，民性固然」即「幣帛往返之禮不可拋棄，

〔註203〕季旭昇，〈〈孔子詩論〉「木瓜之報以喻其婉」說〉，「簡帛研究」網，2004.01.07。

〔註204〕馬承源，《上海博物館藏戰國楚竹書（一）・孔子詩論考釋》（上海：上海古籍出版社，2001），頁149。

〔註205〕李零，《上博簡三篇校讀記》（臺北：萬卷樓圖書公司，2002），頁23。

〔註206〕李學勤，〈上海博物館藏楚竹書〈詩論〉分章釋文〉，「簡帛研究」網，2002.01.16。

〔註207〕廖名春，〈上海博物館藏〈詩論〉簡校釋〉，《中國哲學史》2002.01，頁13。

〔註208〕季旭昇，〈〈孔子詩論〉「木瓜之報以喻其婉」說〉，「簡帛研究」網，2004.01.07。

這是民性本然如此。」

　　「隁」，馬承源讀爲「離」。〔註209〕簡 1 有「詩亡隱志樂亡隱情文亡隱言。」一段話，其中「隱」和本簡「隁」字差別在於有無心旁，從「隱志」、「隁志」的詞例、字形，及兩者皆在論詩來看，「隱」、「隁」很可能是異體字關係，學者有讀爲「離」、「吝」、「隱」、「泯」、「忞」、「鄰」、「憐」等七種說法，其中「吝志」、「隱志」、「憐志」三讀義近，但基於字形、聲韻等考量，筆者認爲「隁」在簡文中當讀爲「憐」，「憐志」即「保留之志」即「隱藏之志」，意近於簡 19 之「藏願」。〔註210〕「俞」字之釋讀爭議亦大，馬承源讀「俞」爲「逾」，謂「若廢去禮贈的習俗，這個使人們離志的事情太過分了。」〔註211〕如上所述，不論由字形或簡 19「〈木瓜〉有藏願而未得達也」相對照，此「隁志」不當讀爲「離志」，則讀「俞」爲「逾」亦失去其根據。王志平讀爲「其吝志必有以偷也」，並引《國語・齊語》：「則民不偷」，《注》：「偷，苟且也。」但對句意未有解釋。〔註212〕此處所「吝」者爲「志」而非「幣帛（禮）」，謂其隱藏之志必有所苟且，於義不通。

　　李零、董蓮池讀本句爲「其吝志必有以輸也」，訓「輸」爲「傾洩」、「輸出」。〔註213〕李學勤讀爲「其隱志必有以抒也」，「抒」有「抒發」之義。〔註214〕廖名春讀「俞」爲「諭」，訓爲「曉諭」、「告」，秦樺林、李銳、劉信芳從之，秦、李二學者並引《漢書・藝文志》：「必稱《詩》以諭其志」爲證。〔註215〕龐樸、

〔註209〕馬承源，《上海博物館藏戰國楚竹書（一）・孔子詩論考釋》（上海：上海古籍出版社，2001），頁 149。

〔註210〕詳見本論文第四章第五節〈孔＝曰詩亡隱志樂亡隱情文亡隱言〉小節。

〔註211〕馬承源，《上海博物館藏戰國楚竹書（一）・孔子詩論考釋》（上海：上海古籍出版社，2001），頁 149。

〔註212〕王志平，〈〈詩論〉箋疏〉，《上博館藏戰國楚竹書研究》（上海：上海書店，2002），頁 221。

〔註213〕李零，《上博簡三篇校讀記》（臺北：萬卷樓圖書公司，2002），頁 23。董蓮池，〈上海博物館藏《戰國楚竹書（一）》解詁（二）〉，《古籍整理與研究學刊》2003.02，頁 15。

〔註214〕李學勤，〈上海博物館藏楚竹書〈詩論〉分章釋文〉，「簡帛研究」網，2002.01.16。

〔註215〕廖名春，〈上海博物館藏〈詩論〉簡校釋〉，《中國哲學史》2002.01，頁 13。秦樺林，〈上博簡〈孔子詩論〉辯証〉，「簡帛研究」網，2002.08.31。李銳，《〈詩論〉

俞志慧、季旭昇、鄭玉珊皆認爲「俞」當讀爲「喻」。〔註 216〕置於簡文之中，此四讀皆有「表達」之義，皆可通。但筆者認爲其中又以讀爲「喻」較好，「喻」字非單純的表達，而是「借物以表達」，和上文言「幣帛」其物，及下文「其言有所載」、「前之而後交」謂言需有所載、交前需有禮先行，義正相合。本段簡文意爲「幣帛往返之禮不可廢除，民性本然如此。人有隱藏之志必定要（借物）有所表達。」

（四）丌言又所載而后內或前之而后交人不可羍也

對於本段簡文，馬承源沒有解釋，僅云：「觧，《說文》所無。待考。」〔註 217〕「觧」，原簡字形如下：

對於此字下部所從爲何偏旁，學者持見分歧，有「干」、「主」、「牛」三種說法。馬承源將此字隸定爲左從「角」右從「干」，李零、季旭昇、鄭玉珊、周鳳五、廖名春、李銳、何琳儀皆從此隸定，或將其隸定調整爲上下結構的「羍」，仍認爲此字下部所從爲「干」。〔註 218〕張桂光認爲此字應釋爲「觓」，其下所從爲

簡禮學思想研究》（北京：清華大學歷史學系碩士論文，2003），頁 76。劉信芳，《孔子詩論述學》（合肥：安徽大學出版社，2003），頁 202～203。

〔註 216〕龐樸，〈上博藏零箋（二）〉，「簡帛研究」網，2002.01.04。俞志慧，〈《戰國楚竹書‧孔子論詩》校箋（上）〉，「簡帛研究」網，2002.01.17。季旭昇，〈〈孔子詩論〉「木瓜之報以喻其婉」說〉，「簡帛研究」網，2004.01.07。鄭玉珊，《《上博（一）‧孔子詩論》研究》（臺北：國立台灣師範大學國文研究所，碩士學位論文，2004），頁 205～206。

〔註 217〕馬承源，《上海博物館藏戰國楚竹書（一）‧孔子詩論考釋》（上海：上海古籍出版社，2001），頁 149。

〔註 218〕李零，《上博簡三篇校讀記》（臺北：萬卷樓圖書公司，2002），頁 24。季旭昇，〈〈孔子詩論〉新詮〉，《經學研究論叢》第十三輯（臺北：學生書局，2005）。鄭玉珊，《《上博（一）‧孔子詩論》研究》（臺北：國立台灣師範大學國文研究所，碩士學位論文，2004），頁 208。周鳳五，〈〈孔子詩論〉新釋文及注解〉，《上博館藏戰國楚竹書研究》（上海：上海書店，2002），頁 162。廖名春，〈上海博物館藏〈詩論〉簡校釋〉，《中國哲學史》2002.01，頁 13。李銳，《〈詩論〉簡禮學思想研究》（北京：清華大學歷史學系碩士論文，2003），頁 76。何琳儀，〈滬簡詩論選釋〉，《上

「主」。〔註219〕王志平、陳斯鵬、黃德寬、徐在國、魏宜輝、劉信芳則以爲「」爲「牛」旁。〔註220〕此字下部所從如下：

觀其形體，筆者贊成「」爲「牛」旁，而非「干」或「主」。「主」字甲文作「丁」（《後上》1.2）、金文有或加點作「丅」（幾父壺），戰國楚簡「主」旁則有「夕」（郭店簡〈性自命出〉簡14）、「今」（郭店簡〈老子甲〉簡6）、「冬」（包山207）。楚簡「主」旁一般習慣在長橫畫之上加短橫畫，且筆畫較爲平直，當然，短橫畫可省，而長橫畫亦可能因書手書寫筆勢的關係而上彎，但細觀「」旁和「主」最大的不同在於其豎畫貫穿橫畫，而「主」字未見此種寫法。至於「干」字，就如劉信芳所言，上部筆畫皆明顯分叉，如「Ｙ」（虡簋）、「Ｙ」（干氏弔子盤）、「Ｙ」（包山木牘），而「」旁則爲彎曲的弧形，又「干」字未見中豎畫穿透其上部交叉筆畫的寫法。楚簡「牛」字一般作「半」（包山簡200），亦有將下橫畫收縮爲點者，如「半」（包山簡125）、「半」（郭店簡〈窮達以時〉簡5）字形與「」旁較接近。就字體結構來看，出土資料中已見從「角」從「牛」的字，且亦爲上下結構，同於本簡「角」字，如：

（十一年盉）　　　　　（十年平國君鈹）　　　（《陶彙》3.820）

（《璽彙》0664）　　　（《璽彙》2099）　　　（《璽彙》2101）

而從「角」從「主」或從「角」從「干」之形構則尚未得見，以此觀之，「角」字當分析爲從「角」從「牛」。

此外，俞志慧云：

博館藏戰國楚竹書研究》（上海：上海書店，2002），頁252。

〔註219〕張桂光，〈《戰國楚竹書·孔子詩論》文字考釋〉，《上博館藏戰國楚竹書研究》（上海：上海書店，2002），頁341。

〔註220〕王志平，〈〈詩論〉箋疏〉，《上博館藏戰國楚竹書研究》（上海：上海書店，2002），頁221～222。

蜀，此字形已見於郭店簡〈老子甲〉簡二一「獨立不改」、〈五行〉簡十六「君子慎其獨也」、〈性自命出〉簡七「獨行」、「獨言」，彼皆逕釋爲「獨」，於義無誤，但「蜀」本有「獨」之義（見簡十六校箋），鄙意不煩改字。孔子對〈木瓜〉的解釋可見其對古人在禮尚往來中培養的樂群精神的重視。〔註221〕

竊意以爲「🖼」和「蜀」字形並不相同，「蜀」字上部從「目」，其圈形部件中多作兩直橫畫或直斜畫，不作兩「人」字形；而下部「虫」旁兩撇往左右下形成「人」字形，未見有向上彎曲者，如「🖼」（郭店簡〈五行〉簡16）、「🖼」（郭店簡〈老子甲〉簡21）、「🖼」（郭店簡〈性自命出〉簡7）。且〈孔子詩論〉簡16有「蜀」字作「🖼」，和「🖼」字並不相同，故「🖼」不當釋爲「蜀」。

　　以下再由文義方面來考量從「干」、從「主」、從「牛」等說法的可能性，何琳儀師將本段簡文讀爲「其言有所載而後納，或前之而後，佼人不可盰也」，認爲「佼人」截取自《詩・陳風・月出》，爲篇名，釋「佼人不可盰也」爲「不可以盯著美人瞧」。〔註222〕對於此說，秦樺林不表贊同，其文云：

> 「而後」爲連詞，表示前後兩事的連續關係或條件，「而後」連接的應是一個動詞。「而後內」、「而後交」表現出章法的整飭。先秦典籍多採用這種句式，如上博簡〈性情論〉第一簡云：「寺（待）勿（物）而句（後）乍（作），寺（待）兌（悅）而句（後）行，寺（待）習而句（後）奠。」〔註223〕

在〈孔子詩論〉簡23有「鹿鳴以樂始而會」，可參。除了句式的問題外，何琳儀師在「後」、「交」兩字之間標上逗號，不但「或前之而後」一句難以訓解，且依此斷讀方式，「其言有所載而後納，或前之而後」和「佼人不可觸也」當在評論同一詩篇，而代表篇名的「佼人」二字置於整段評論的中間，和〈孔子詩論〉將所評篇名置於句首的習慣不同。再由下文「吾以〈杕杜〉得雀……」知

〔註221〕俞志慧，〈《戰國楚竹書・孔子論詩》校箋（下）〉，「簡帛研究」網，2002.01.17。

〔註222〕何琳儀，〈滬簡詩論選釋〉，《上博館藏戰國楚竹書研究》（上海：上海書店，2002），頁252。

〔註223〕秦樺林，〈上博簡〈孔子詩論〉辯証〉，「簡帛研究」網，2002.08.31。

本組評論句式為「吾以＋詩篇名＋評論」，讀為「〈佼人〉不可觸也」不合於此句式。

李零讀此句為「其言有所載而後入，或前之而後效，人不可捍也」，釋義為「《詩》的歌詞必有所負載，然後才能深入人心，或賦之於前見效於後，其感染力之深，為聽者不能抗拒。」季旭昇從之。〔註224〕本段簡文句首沒有篇名出現，當是接著「幣帛之不可去也，民性固然，其憐志必有以喻也」而言，為同一詩篇之評論，在此很可能是在論〈木瓜〉，多數學者皆持此看法。〔註225〕就算本段簡文不是在論〈木瓜〉，從上下文來看，亦當是在評論單一詩篇，非對《詩》的總評，故筆者不從此說。

周鳳五讀為「其言有所載而後納，或前之而後交，人不可干也。」引《公羊傳・定公四年》：「以干闔廬」，《注》：「不待禮見曰干。」認為本段簡文論〈木瓜〉之朋友贈答，連類論及賓客幣帛之不可廢。〔註226〕廖名春、李銳同周鳳五說。〔註227〕「干」在此可訓為「不以禮節相見」，此義用於簡文中，與上文「幣帛之不可去」的意思相呼應，就文義來說可通。鄭玉珊讀為「其言有所載而後納，或前之而後交，人不可扞也。」意謂：

> 一定的場合有一定的禮節；透過一定的秩序先言而行，言語發之於內心真情（有所載而後納），與人接觸交往之行為（或前之而後交）一切合禮，自然能被對方接受，不會被拒絕或引發別人的抗拒之心。〔註228〕

此說就文義來看亦可通。

〔註224〕李零，《上博簡三篇校讀記》（臺北：萬卷樓圖書公司，2002），頁24。季旭昇，〈〈孔子詩論〉「木瓜之報以喻其婉」說〉，「簡帛研究」網，2004.01.07。

〔註225〕詳見本論文第四章第三節《國風・衛風・木瓜》》小節。

〔註226〕周鳳五，〈〈孔子詩論〉新釋文及注解〉，《上博館藏戰國楚竹書研究》（上海：上海書店，2002），頁162。

〔註227〕廖名春，〈上博〈詩論〉簡『以禮說詩』初探〉，《清華簡帛研究》第二輯（北京：清華大學思想文化研究所，2002），頁144。李銳，《《詩論》簡禮學思想研究》（北京：清華大學歷史學系碩士論文，2003），頁76。

〔註228〕鄭玉珊，《《上博（一）・孔子詩論》研究》（臺北：國立台灣師範大學國文研究所，碩士學位論文，2004），頁208。

王志平讀為「其言有所采而後納，或親之而後交，人不可解也。」云：

「其言」謂《詩》言。「載」疑讀為「采」，「載」為精母之部字，而「采」為清母之部字，音近可通。……「前」疑讀為「親」。……此或謂「親迎」之禮。……「解」，疑為從角、從牛之字。《氓》：「士之耽兮，猶可說也。女之耽兮，不可說也」，《箋》：「說，解也。」〔註229〕

前文已論述本段簡文當在評論〈木瓜〉，而非《詩》整體。〔註230〕謂「《詩》言有所納采而後納」，從文義來看並不適合，「納采」和〈木瓜〉的關係並不大。讀「前」為「親」訓為「親迎之禮」亦不恰當，能否以一「親」字表「親迎」之意仍有疑問。對於「解」字究竟訓為何義，王志平並未明言，但引〈氓〉之詩句，又引鄭《箋》：「說，解也。」似是將「解」訓為「解釋」義，但在此處言「人不可解釋」，與上文文義看不出關聯。陳斯鵬讀為「其言有所載而後納，或前之而後交，人不可懈也。」對字義及句義都沒有解釋。〔註231〕「懈」有「怠惰」、「弛緩不振」之意，若訓為此義，與上文似無密切關係。

黃德寬、徐在國、魏宜輝、董蓮池、劉信芳皆隸「🖌」字為「觡」，釋為「觸」。黃、徐兩學者對其字義沒有解釋。〔註232〕魏宜輝認為「觸」字在簡文裡似應讀作「屬」，訓作「逮」，「人不可屬也」是說「人們無法把握詩所言之志。」〔註233〕就〈孔子詩論〉目前可見的簡文觀之，內容大多在述說各詩篇之志，簡26云：「〈蓼莪〉有孝志。」更為明顯，當不會在此說人們無法把握詩所言之志。董蓮池將「人不可觸也」解為「人性是不可逆犯的」。〔註234〕在指稱「人性」

〔註229〕王志平，〈《詩論》箋疏〉，《上博館藏戰國楚竹書研究》（上海：上海書店，2002），頁221～212。

〔註230〕詳見本論文第四章第三節《國風・衛風・木瓜》小節。

〔註231〕陳斯鵬，〈初讀上博楚簡〉，「簡帛研究」網，2002.02.05。

〔註232〕黃德寬、徐在國，〈上海博物館藏戰國楚竹書（一）・〈孔子詩論〉釋文補正〉，《安徽大學學報哲學社會科學版》2002.03。

〔註233〕魏宜輝，〈讀上博簡文字札記〉，《上博館藏戰國楚竹書研究》（上海：上海書店，2002），頁390。

〔註234〕董蓮池，〈上海博物館藏《戰國楚竹書（一）》解詁（二）〉，《古籍整理與研究學刊》2003.02，頁15。

時，先秦古籍一般言「性」或直言「人性」較多，與上文「民性固然」之「民性」的指稱方式相似，如《孟子・告子》中孟子曰：「……人性之善也，猶水之就下也。……是豈水之性哉？其勢則然也。人之可使爲不善，其性亦猶是也。」當然我們不可否認亦有以「人」字指稱「人性」之例，不過前言「幣帛不可去」、「憐志必有以喻」、「言有所載」、「前之而後交」云云，當屬於「禮」的範疇，似不能稱之爲「人性」。劉信芳則云：「人不可與禮相抵觸。」又解「其言有所載而後納」爲：

> 相愛之「言」、媒妁之「言」藉載體而相通，然後有納徵之禮，此所
> 謂「其言有所載而後納」。〔註235〕

筆者認爲將「觸」訓爲「觸犯」、「抵觸」，和「無思犯禮」之「犯禮」義近，「人不可觸也」即「人不可犯禮」或「人不可無禮」，和上文「幣帛之不可去」相呼應，而〈木瓜〉一詩的內容本與互相饋贈的禮節有關，故此說能合於〈木瓜〉原文。張桂光亦讀「𧣨」字爲「觸」，但隸爲「觟」，且未釋其義，在此暫不討論。

比較文義之後，筆者認爲讀爲「人不可觸也」和「人不可干也」、「人不可扜也」義皆可通，但就字形上來看，「𧣨」字從「角」從「牛」的可能性很高，故傾向於將之讀爲「不可觸也」。「其言有所載而後納，或前之而後交，人不可觸也」：欲訴之言透過載體表達而後接納，或禮行於前而交往於後，人不可無禮。

三、《國風・唐風・有杕之杜》

折杜則情意兀至也■（簡 18）→〈杕杜〉則情喜其至也。

虘以折杜得爵♙▯（簡 20）→吾以〈杕杜〉得爵服……

女此可斯雀之矣邐兀所悉必曰虘公舍之賓贈氏巳（簡 27）→如此何，斯爵之矣，暢其所愛，必曰：「吾悉捨之。」賓贈是巳。

簡 27 關於〈有杕之杜〉的簡文，依形式本應置於〈民性固然〉組，但爲了文義討論的方便，在此一起討論。

（一）「折杜」所指爲何

馬承源從字形上分析，認爲簡文「折杜」之「折」字，在後世可能因傳抄

〔註235〕劉信芳，《孔子詩論述學》（合肥：安徽大學出版社，2003），頁 214～215。

而誤爲「杕」，故「折杜」即今本詩經篇名「杕杜」。〔註236〕但何琳儀師已指出：

> 考釋以爲「折」爲「杕」之形誤，於字形不合。按：「折」乃「杕」
> 之音變，二字均屬舌音月部，故可相通。〔註237〕

何師之說既不必改動今本篇名，又合於〈孔子詩論〉簡文，筆者從其說。今本《詩經》中和「杕杜」一詞有關的，不只《小雅‧鹿鳴之什‧杕杜》一篇，故此「杕杜」究指何詩篇，仍待討論。簡18有「杕杜則情喜其至也」一句，所指「杕杜」當和簡20「杕杜」爲同一詩篇，可互相參照。《詩經》中以「杕杜」爲篇名者有《唐風‧杕杜》和《小雅‧鹿鳴之什‧杕杜》，另有《唐風‧有杕之杜》篇名亦與之相關，此三篇皆以「有杕之杜」爲首句，皆有可能稱作「杕杜」。學者在討論「吾以杕杜得雀 ☙」所評之詩時，亦不出此三篇。

馬承源在討論簡18時云：

> 〈杕杜〉一在《國風‧唐風》，一在《小雅‧鹿鳴之什》，前者言「人
> 無兄弟」，後者言「征夫遑止」、「征夫歸止」和「征夫邇止」。孔子
> 云：「折杜則情喜其至也」，那麼，詩篇可能屬於《小雅》中的《折
> 杜》。〔註238〕

將「杕杜」視爲今本《小雅‧鹿鳴之什‧杕杜》。劉信芳更進一步解釋《小雅‧杕杜》之所以「得雀（爵）」，乃因征夫建功得爵，以大夫之禮駕四牡而歸，離家已「不遠」。征夫之妻聞訊，賦詩以表達喜悅之情，故簡18說「杕杜，則情喜其至也。」〔註239〕黃懷信亦贊成簡文「折杜」指《小雅‧杕杜》，並將本句斷讀爲「〈杕杜〉則（之）情，喜其至也」，認爲此處「『則』，用同『之』，或以音誤。」〔註240〕但觀《小雅‧杕杜》：

〔註236〕馬承源，《上海博物館藏戰國楚竹書（一）‧孔子詩論考釋》（上海：上海古籍出版社，2001），頁148。

〔註237〕何琳儀，〈滬簡〈詩論〉選釋〉，《上博館藏戰國楚竹書研究》（上海：上海書店，2002），頁251。

〔註238〕馬承源，《上海博物館藏戰國楚竹書（一）‧孔子詩論考釋》（上海：上海古籍出版社，2001），頁148。

〔註239〕劉信芳，〈楚簡〈詩論〉述學九則〉，「簡帛研究」網，2002.07.31。

〔註240〕黃懷信，《上海博物館藏戰國楚竹書〈詩論〉釋義》（北京：社會科學文獻出版社，

有杕之杜，有睆其實。王事靡盬，繼嗣我日。日月陽止，女心傷止，
征夫遑止。

有杕之杜，其葉萋萋。王事靡盬，我心傷悲。卉木萋止，女心悲止，
征夫歸止。

陟彼北山，言采其杞。王事靡盬，憂我父母。檀車幝幝，四牡痯痯，
征夫不遠。

匪載匪來，憂心孔疚，期逝不至，而多為恤。卜筮偕止，會言近之，
征夫邇止。

全詩皆「傷」、「悲」之詞，就算到了最後一章，仍言「憂心孔疚」和「期逝不至，而多為恤」，擔心征夫是否會如期歸來，甚至還求助於卜筮，和簡 18「情喜其至」無法關聯。廖名春以《唐風‧杕杜》解簡文「杕杜」，然而《唐風‧杕杜》詩旨在刺君「不能親其宗族，骨肉離散，獨居而無兄弟，將為沃所并爾。」跟「情喜其至」就更扯不上關係了。〔註 241〕

李零以《唐風‧杕杜》和《小雅‧杕杜》皆述愁怨之辭，與「〈杕杜〉則情，喜其至也」不諧，認為簡文〈杕杜〉當是指《唐風‧有杕之杜》。〔註 242〕周鳳五、李銳採此說法。〔註 243〕俞志慧更引鄭《箋》：「言中心誠好之，何但飲食之，當盡禮極歡以待之。」以證「情喜其至」之句。〔註 244〕筆者亦贊同此說，試觀《唐風‧有杕之杜》：

有杕之杜，生于道左。彼君子兮，噬肯適我，中心好之，曷飲食之。

有杕之杜，生于道周。彼君子兮，噬肯來遊，中心好之，曷飲食之。

其中「中心好之」正是其「喜」，「適我」、「來遊」即為「至」，所表現之情正是

2004），頁 62～67、93。

〔註241〕廖名春，〈上海博物館藏詩論簡校釋札記〉，《上博館藏戰國楚竹書研究》（上海：上海書店，2002），頁 260～276。

〔註242〕李零，〈上博楚簡校讀記（之一）──〈子羔〉篇「孔子詩論」部分〉，「簡帛研究」網，2002.01.04。

〔註243〕周鳳五，〈〈孔子詩論〉新釋文及注解〉，《上博館藏戰國楚竹書研究》（上海：上海書店，2002），頁 152～172。李銳，〈〈孔子詩論〉簡序調整芻議〉，《上博館藏戰國楚竹書研究》（上海：上海書店，2002），頁 192～198。

〔註244〕俞志慧，〈《戰國楚竹書‧孔子論詩》校箋（下）〉，「簡帛研究」網，2002.01.17。

「喜君子之至」。

（二）「雀 」釋讀

簡 20、簡 27 兩「雀」字，俞志慧、劉信芳讀爲「爵」，訓作「官職」義。
〔註245〕李銳讀爲「焦」，解爲「焦急」之義。〔註246〕廖名春則讀爲「誚」，訓作
「責」、「刺」之義。〔註247〕周鳳五讀簡文二「雀」字爲「釂」，其義爲「飲酒
盡也」，認爲《唐風・有杕之杜》二章，均以「中心好之，曷飲食之」作結，則
讀「釂」爲是。〔註248〕李學勤認爲簡 20「雀」字當和後一字連讀爲「爵服」，
簡 27 亦讀「爵」，但未有解釋。〔註249〕何琳儀師將簡 27「雀」讀爲「爵」，訓
爲「盡」。〔註250〕許全勝則讀爲「戳」，通「截」；晁福林贊同許說，並認爲簡
20「雀 」應讀「截服」，即《禮記・大傳》所謂的「絕族無移服」。〔註251〕

簡 20 開頭爲「幣帛之不可去也，民姓固然」，結尾即「吾以杕杜得雀
……」，由簡 16「吾以葛覃得氏初之詩，民性固然」、簡 24「吾以甘棠得宗
廟之敬，民性固然」之文例來看，簡 20 和簡 16、24 當屬同一大段的詩評，而
「吾以杕杜得雀 」正是這大段落其中一個小段落的開頭。就簡 16 和簡 24
的句式來看，這些小段落的開頭，句式皆爲「吾以＋詩篇名＋得＋名詞（或名
詞組）＋之＋名詞（或名詞組）」，故「吾以杕杜得『雀 』」的「雀 」當

〔註245〕俞志慧，〈《戰國楚竹書・孔子論詩》校箋（下）〉，「簡帛研究」網，2002.01.17。
　　　　劉信芳，〈楚簡〈詩論〉述學九則〉，「簡帛研究」網，2002.07.31。

〔註246〕李銳，〈〈孔子詩論〉簡序調整芻議〉，《上博館藏戰國楚竹書研究》（上海：上海書
　　　　店，2002），頁 192～198。

〔註247〕廖名春，〈上海博物館藏詩論簡校釋札記〉，《上博館藏戰國楚竹書研究》（上海：
　　　　上海書店，2002），頁 260～276。

〔註248〕周鳳五，〈〈孔子詩論〉新釋文及注解〉，《上博館藏戰國楚竹書研究》（上海：上海
　　　　書店，2002），頁 152～172。

〔註249〕李學勤，〈〈詩論〉的體裁和作者〉，《上博館藏戰國楚竹書研究》（上海：上海書店，
　　　　2002），頁 51～61。

〔註250〕何琳儀，〈滬簡詩論選釋〉，《上博館藏戰國楚竹書研究》（上海：上海書店，2002），
　　　　頁 243～259。

〔註251〕許全勝，〈〈孔子詩論〉零拾〉，《上博館藏戰國楚竹書研究》（上海：上海書店，
　　　　2002），頁 363～373。晁福林，〈上博簡〈詩論〉之「雀」與《詩・何人斯》探論〉，
　　　　《文史》2003.03，頁 49～50，註 3。

爲名詞或名詞組。如今由於「雀」之後一字殘泐，故無法得知此「雀 🖼 」究竟爲何，但《唐風・有杕之杜》：

> 有杕之杜，生于道左，彼君子兮，噬肯適我，中心好之，曷飲食之。
>
> 有杕之杜，生于道周，彼君子兮，噬肯來遊，中心好之，曷飲食之。

由其「求賢以自輔」之喻意來看，「雀」比較可能讀爲和任用賢才有關的「爵」字。由通假習慣來看，「雀」字亦多通假爲「爵」。

「🖼 」字，李零從殘畫觀之，以爲當是「見」字。〔註252〕李學勤以爲「🖼 」是「服」字。〔註253〕「見」字〈孔子詩論〉簡23寫作「🖼 」，上部之形和「🖼 」字殘餘筆畫相似。戰國楚文字雖未見「服」字，但「服」字在甲文作「🖼 」（《林》1.24.5），金文作「🖼 」（毛公鼎），戰國時見於睡虎地秦簡作「服」，由甲、金文知「服」字從「舟」，「舟」旁在戰國時常訛似「月」形，若「🖼 」爲「服」字，則其殘畫爲「舟」旁之一部分。將「🖼 」釋爲「見」或「服」，就字形來說皆有其可能性，需由辭例探求之。由辭例來看，「爵見」一詞目前僅見於秦以後之文獻資料，指下位者見上位者。而「爵服」見於先秦文獻，本指「官服」引申而有「官職」或「官員」之義，如《荀子・王霸》：「故百里之地，其等位爵服，足以容天下之賢士矣。」《管子・立政》：「金玉貨財之說勝。則爵服下流，觀樂玩好之說勝。則姦民在上位。」又引申而有「封爵」之義，如《荀子・富國》：「尙賢使能以次之，爵服慶賞以申重之」。筆者猜想簡20「雀 🖼 」當讀爲「爵服」，再由簡18「杕杜則情喜其至也」來看，簡20此句可能讀爲「吾以杕杜得爵服之喜」，即「我由〈杕杜〉一詩知道進用賢才之喜悅」。至於晁福林雖將「雀 🖼 」讀爲「截服」，但尙未發文解釋其義，筆者在此不敢妄加揣測，故暫不討論。

（三）「如此可斯雀之矣」所評何詩

對於〈孔子詩論〉簡27「可斯雀之矣🖼 其所愛必曰吾奚舍之賓贈氏已」一段文字，究竟在評論《詩經》哪一篇，各家說法出現歧異。馬承源認爲：

〔註252〕李零，〈上博楚簡校讀記（之一）──〈子羔〉篇「孔子詩論」部分〉，「簡帛研究」網，2002.01.04。

〔註253〕李學勤，〈〈詩論〉的體裁和作者〉，《上博館藏戰國楚竹書研究》（上海：上海書店，2002），頁51～61。

可斯篇名，或讀爲「何斯」。今本《詩・小雅・節南山之什》有篇名
《何人斯》，但詩意與評語不諧。《詩・國風・召南・殷其靁》有句
云：「殷其靁，在南山之陽，何斯違斯，莫敢或遑。」此「何斯或不
在詩篇之句首」，詩篇名取字在第二句以下的，也有其例，如〈桑中〉、
〈權與〉、〈大東〉、〈庭燎〉等皆是。但詩義與評語難以銜接，今闕
釋。〔註254〕

胡平生認爲簡文「可斯」即「何斯」，所指正是《召南・殷其雷》。〔註255〕 何琳
儀師、王志平看法亦同。〔註256〕〈殷其雷〉詩句如下：

殷其靁，在南山之陽。何斯違斯？莫敢或遑。振振君子，歸哉歸哉！
殷其靁，在南山之側。何斯違斯？莫敢遑息。振振君子，歸哉歸哉！
殷其靁，在南山之下。何斯違斯？莫或遑處。振振君子，歸哉歸哉！

詩句中三次出現「何斯」，可和簡文之「可斯」相對應，雖不合於取首句爲篇名
之貫例，但整理者已指出《詩經》中篇名取自第二句以下者，亦有其例。筆者
則以爲將此段簡文視爲《召南・殷其雷》之評詞，在篇名上雖可說得通，在文
義上卻不好解釋。何琳儀師雖將「雀」讀爲「爵」，並引《白虎通・爵》：「爵
者，盡也。各量其職，盡其才也。」證明「爵」有「盡」義，又將「賓贈」釋
爲「贈別」，譯此段簡文爲「〈何斯〉情感淋漓盡致，思念所愛之人。當然要說，
如何才能停止對他的思念？這是一首贈別之詩。」但〈殷其雷〉一詩之重點似
不在此，毛序：「殷其靁，勸以義也。召南之大夫遠行從政，不遑寧處。其室家
能閔其勤勞，勸以義也。」則其詩旨乃在「勸以義」。且先秦「爵」字似未見有
訓「盡」者，大多訓爲「酒器」、「爵祿」、「雀鳥」等義。何琳儀師舉《禮記・
月令》：「鴻雁來賓」，注：「來賓，言其客止未去也。」亦無法證明「賓」字有
「送別」之義。

〔註254〕馬承源，《上海博物館藏戰國楚竹書（一）・孔子詩論考釋》（上海：上海古籍出版
　　　　社，2001），頁157。

〔註255〕胡平生，〈讀上博藏戰國楚竹書〈詩論〉箚記〉，《上博館藏戰國楚竹書研究》（上
　　　　海：上海書店，2002），頁277～288。

〔註256〕何琳儀，〈滬簡詩論選釋〉，《上博館藏戰國楚竹書研究》（上海：上海書店，2002），
　　　　頁243～259。王志平，〈〈詩論〉箋疏〉，《上博館藏戰國楚竹書研究》（上海：上
　　　　海書店，2002），頁210～227。

　　廖名春認爲「可斯」當指〈何人斯〉，在「如此，〈何斯〉誚之矣。」之下斷句，將「离其所愛，必曰吾奚舍之，賓贈是也。」歸爲《秦風‧渭陽》之詩評，說「賓贈」即「贈賓」。〔註257〕俞志慧之說近於廖名春，但以爲「遠其所愛，必曰吾奚舍之」句是針對「賓贈」的點評，故「賓贈」必是詩篇名，而此〈賓贈〉指《秦風‧渭陽》。〔註258〕筆者以爲「可斯雀之矣㢟其所愛必曰吾奚舍之賓贈氏已」當是同一詩篇的評論。如要將「㢟其所愛必曰吾奚舍之賓贈氏已」獨立爲另一詩篇的評論，按照〈孔子詩論〉的文例，在評論時必定會提及所評之詩篇名，則此段文字中必有所評詩篇之篇名或以部分詩詞代之，若照廖名春之說法，則本段文字獨缺詩篇名，不能得知所評爲何，故俞志慧認爲「賓贈」當是詩篇名。的確，在此段文字中只有「賓贈」最有可能是詩篇名，但在《詩經》中，未見有名爲「賓贈」之詩，亦未有任何詩句出現「賓贈」一詞。且由〈孔子詩論〉之體例來看，只有在簡4、簡5總評《邦風》、《頌》時，將其評論主體置評詞之後，寫作「《邦風》是也」、「《頌》是也」。此外就只有簡16、20、24將詩篇名置於「吾以」之後，但其詩篇名仍在評詞之前，由其出現頻率看來，「吾以＋詩篇名＋得＋所得之內容」的結構，當爲〈孔子詩論〉中的一種固定句式。其餘在評論單篇詩篇時，皆將其評論之詩篇名置於最前，而此處「賓贈」不但在末句，且在評詞之後，故「賓贈」爲詩篇名的可能性不大。

　　許全勝、晁福林雖亦認爲「可斯」爲〈何人斯〉，但未將「㢟其所愛必曰吾奚舍之賓贈氏已」斷開。〈何人斯〉爲一絕交詩，正合許全勝所釋「〈何斯〉截之矣，斷其所愛……」之旨。〔註259〕就篇名來說，〈何人斯〉省爲〈何斯〉很有可能，但根據筆者之分析，「㢟」字當不能讀爲「斷」。就算「㢟」字可讀爲「斷」，筆者以爲《何人斯》的絕交之意雖可與許全勝所釋「截之矣」、「斷其所愛」相合，卻無法解釋其後「必曰吾奚舍之，賓贈氏已。」一段文字。晁福林將本段簡文讀爲「〈何斯〉截之矣！離其所愛，必曰：吾奚與之賓贈是也。」

〔註257〕廖名春，〈上海博物館藏〈詩論〉簡校釋〉，《中國哲學史》2002.01，頁9～19。

〔註258〕俞志慧，〈《戰國楚竹書‧孔子論詩》校箋（下）〉，「簡帛研究」網，2002.01.17。

〔註259〕許全勝，〈〈孔子詩論〉零拾〉，《上博館藏戰國楚竹書研究》（上海：上海書店，2002），頁363～373。晁福林，〈上博簡〈詩論〉之「雀」與《詩‧何人斯》探論〉，《文史》2003.03，頁49～50。

釋其義云：

> 〈何人斯〉一詩表現了與鬼蜮般的讒人的決斷意志，故簡文評論其
> 主旨爲「截之矣」。……簡文所謂「離其所愛」，即指讒人通過挑撥
> 離間使人與他所愛的人疏遠分離。簡文「必曰虗（吾）奚舍之」，是
> 對於「崔（截，絕也）之矣」的進一步解釋。「舍」，孟蓬生先生「讀
> 爲賜與之與（予）」，甚是。……簡文「必曰虗（吾）奚舍之」，意即
> 如果一定要我說饋贈些什麼給他的話。簡文「賓贈氏（是）也」是
> 對於「吾奚舍之」這一問題的回答。……愚以爲簡文的「賓贈」以
> 向死者贈送助葬之物取義，非贈送財物，而是贈送一首送葬之歌，
> 恰如〈何人斯〉末尾之句「作此好歌，以極反側」。意猶讓那反復無
> 常的爲鬼爲蜮的讒譖小人去死吧，如果說我一定要送他些什麼的
> 話，我將贈送一首送葬之歌。詩的「好歌」，反話正說，表示氣憤已
> 極。……喪禮上賓贈本指贈送助葬財物，簡文「賓贈氏（是）也」
> 不是贈送財物，而是贈一首送葬挽歌給讒人，以後世語類之，即謂
> 爲讒人敲響喪鐘。

晁福林之說既使簡文合於〈何人斯〉詩旨，對「賓贈」一詞亦有很好的交待，
但「離其所愛」和「必曰吾奚舍之，賓贈是也」兩段文字皆省略主詞，則其主
詞當爲同一人，而且很可能是作詩的詩人，故可以直接省略而不造成混淆。若
照晁福林之說「離其所愛」的主詞，即動作執行者是讒人，而「必曰：吾奚舍
之，賓贈是也」的說話者爲〈何人斯〉之作者，〈孔子詩論〉簡文當不會將兩處
主詞皆省略，造成讓讀者容易混淆的行文方式。基於以上理由，筆者認爲許、
晁之說可能性亦不大。

　　李銳將「可斯」讀爲「何期」，指《小雅》之〈頍弁〉篇，將簡文此句讀爲
「……如此。〈何期〉，焦之矣，離其所愛，必曰吾奚捨之，賓增是已」，並舉
《詩·小雅，頍弁》：「實維何期」，《詩經考文》：「古本期作斯」爲證，對其釋
義則云：

> 此處「崔」宜讀爲「焦」，因爲將要長別離，所以希望見見親人，「未
> 見君子，憂心奕奕；既見君子，庶幾說懌」，「未見君子，憂心怲怲；
> 既見君子，庶幾有臧。」未見君子固然心焦，但面後也只是「庶幾」

喜悦，原因在於「死喪無日，無幾相見」，反過來說，就是因爲「離其所愛，必曰吾奚捨之」。而因爲將有長別離，所以著頍弁者宴請的嘉賓，逐漸增多，從「兄弟匪他」，到「兄弟俱來」，再到「兄弟甥舅」。「贈」、「增」皆由「曾」得聲，故可相通。……這種請所見賓客逐漸增多的過程，符合別離人的心情，也與儒家有等差的親情觀相符。〔註260〕

「實維何期」的「期」字，《箋》云：「何期，猶伊何也。期，辭也。」《釋文》：「期，本亦作其。何其，何也。其，語詞。」可見「期」字在〈頍弁〉中作爲語尾助詞使用，而「斯」字在《詩》中常用爲語尾助詞，如《小雅・何人斯》：「彼何人斯，其心孔艱。」《豳風・鴟鴞》：「恩斯勤斯，鬻子之閔斯。」再加上「期」、「斯」皆由「其」得聲，可以通轉，故「實維何期」寫爲「實維何斯」，於音於義皆有可能。「雀」讀爲「焦」，「贈」讀爲「增」，在通假上亦沒有問題。《小雅・頍弁》全文爲：

> 有頍者弁，實維伊何？爾酒既旨，爾殽既嘉，豈伊異人，兄弟匪他。
>
> 蔦與女蘿，施于松柏。未見君子，憂心奕奕；既見君子，庶幾說懌。
>
> 有頍者弁，實維何期？爾酒既旨，爾殽既時，豈伊異人，兄弟俱來。
>
> 蔦與女蘿，施于松上。未見君子，憂心怲怲；既見君子，庶幾有臧。
>
> 有頍者弁，實維在首。爾酒既旨，爾殽既阜，豈伊異人，兄弟甥舅。
>
> 如彼雨雪，先集維霰。死喪無日，無幾相見，樂酒今夕，君子維宴。

由以上引文可知，〈孔子詩論〉若以「何斯」爲〈頍弁〉之篇名，則由其第二章之第二句截取。前文已述，《詩經》中之〈桑中〉、〈權與〉、〈大東〉、〈庭燎〉等篇名，亦取自第二句以下，但〈桑中〉、〈權與〉、〈庭燎〉之篇名用詞皆於首章就出現了，唯一取自第二章的〈大東〉，其「大東」一詞亦出現於首句，且爲有義之詞，指的是〈大東〉一詩的主體——生活勞苦的「東國」，即「譚國」，或可視爲以詩義命名的方式。而「何期」一詞，不但在〈頍弁〉的第二章第二句才出現，且無特別意義。〈孔子詩論〉的作者，似乎沒有理由捨棄第一章和其他有義之詞句，特別由第二章第二句取無關詩義之「何期」爲篇名。

〔註260〕李銳，〈上博楚簡續札〉，《新出楚簡與儒學思想國際學術研討會論文集》（清華大學思想文化研究所／輔仁大學文學院 聯合主辦，2002.03.31～2002.04.02）。

就〈頍弁〉的詩義來說，「憂心弈弈」、「憂心恓恓」只能見其「憂」，未能見其「焦」。而「兄弟匪他」、「兄弟俱來」、「兄弟甥舅」三句話之前皆有「豈伊異人」一語，可知此三句話意在強調參加宴會者非外人，皆爲兄弟、同姓，毛《序》：「〈頍弁〉，諸公刺幽王也。暴戾無親，不能燕樂同姓，親睦九族，孤危將亡，故作是詩也。」此即詩中強調宴會賓客皆爲同姓之原因。非如李銳理解的，在述說「賓客逐漸增多的過程」，當然也無關「儒家等差的親情觀」，尤其「兄弟匪他」、「兄弟俱來」皆僅提及「兄弟」，何來「增加」和「等差」呢？以此看來，將「何期」視爲〈頍弁〉、「雀」讀爲「焦」、「贈」讀爲「增」之說法，仍可商。

李學勤將簡 27 上接簡 20，讀爲：「吾以〈杕杜〉得雀（爵）〔服〕……如此可，斯雀（爵）之矣。𨗴（離）其所愛，必曰吾奚舍之，賓贈是也。……」在「雀之矣」下斷開，認爲簡 20 末到簡 27「雀之矣」以上所評爲「杕杜」之詩，「雀之矣」以下另爲一段。〔註261〕「吾以杕杜得雀」和「如此可斯雀之矣」，皆以「雀」字爲評，再將簡 18、20、27 相關段落綜合觀之，筆者贊成李學勤將簡 20 下接簡 27，但不贊成將「𨗴（離）其所愛，必曰吾奚舍之，賓贈是也。」和上文斷開。因此句「吾奚舍之，賓贈是也。」之下文爲「孔子曰」，應另起一段，明顯和「賓贈氏也」不能連讀。若在「雀之矣」斷句，則「𨗴其所愛」一段便被孤立，不知所評爲何。姜廣輝已提出簡 27 此段文字當在評論《唐風・有杕之杜》，其說可從。〔註262〕將「如此可斯雀之矣𨗴其所愛必曰吾奚舍之賓贈氏已」一段，視爲和簡 20「吾以杕杜得雀」一樣是《唐風・有杕之杜》之詩評，就簡文文義和〈有杕之杜〉詩旨來看是很恰當的。

簡 27「斯雀之矣」之「雀」，筆者認爲亦應讀「爵」，當動詞用，即「與人官職」之義，如《禮記・王制》：「任事然後爵之，位定然後祿之。」上文已言《有杕之杜》旨在「求賢以自輔」，就君王而言，求得賢者必定封之爲官以求其佐國，簡文「雀之矣」之「之」即詩中所言「君子」。

簡文「𨗴其所愛」，「𨗴」從「辵」從「𧮫」，可讀爲「暢」，即「暢言」、「表

〔註261〕李學勤，〈《詩論》的體裁和作者〉，《上博館藏戰國楚竹書研究》（上海：上海書店，2002），頁 51～61。

〔註262〕姜廣輝，〈關於古《詩序》的編連、釋讀與定位諸問題研究〉，「簡帛研究」網，2002.05.24。

達」之義。〔註263〕「所」在此當虛詞用，如《論語‧顏淵》：「己所不欲，勿施於人。」「暢其所愛」即「表達其好賢之心」。故下文「必曰：吾奚舍之」，「必曰」和有表達之義的「暢」字相呼應。「奚」當讀為「悉」，「全部」之義，如《書經‧盤庚上》：「王命眾，悉至于庭。」〈有杕之杜〉：「中心好之，曷飲食之」。鄭《箋》：「言中心誠好之，何但飲食之，當盡禮極歡以待之。」不只「飲食之」且「悉捨之」的盡禮以待。「舍」字孟蓬生讀為「與（予）」，在通假上沒問題，於義亦可通。〔註264〕「賓」有「賞賜」之意，如孟蓬生所舉「王姜命作冊睘安夷伯，夷伯賓睘貝布」（睘卣），《周禮‧宰夫》：「凡朝覲、會同、賓客，以牢禮之法掌其牢禮、委積、膳獻、飲食、賓賜之飧牽與其陳數。」更有「賓賜」一詞。而「贈」亦有「賞賜」之意，有時會「爵贈」連文，作為「賜官爵」之動詞，如《後漢書‧卷十六‧鄧禹傳》：「皆遺言薄葬，不受爵贈，太后並從之。」「賓贈氏已」即「盡禮賜爵以求佐國是也」，和上文「斯爵之矣」義正相合。故筆者讀此段文字為「如此可，斯爵之矣，暢其所愛，必曰：吾悉捨之，賓贈是已。

第四節　評論《國風》詩篇

一、《國風‧周南‧葛覃》

　　孔子曰虐以葢萳夏氏初之耆民省古狀　見丌岦必谷反丌本夫葢之見訶也則（簡16）→孔子曰：吾以〈葛覃〉得是初之詩，民性固然，見其美必欲反其本，夫葛之見歌也則。

　　呂莁籹之古也　后稷之見貴也　則呂文武之惪也　（簡24）→以絺綌之故也，后稷之見貴也，則以文武之德也。

（一）葛　覃

　　在〈孔子詩論〉簡16中有「葢」、「𦯧」二字，目前學界對於將此二字連讀為《詩經》篇名〈葛覃〉沒有任何異議，討論較多的在於此二字的構形如何

〔註263〕詳參本論文第四章第二節《《國風‧周南‧鵲巢》》小節。

〔註264〕孟蓬生，〈〈詩論〉字義疏證〉，《新出楚簡與儒學思想國際學術研討會論文集》（清華大學思想文化研究所／輔仁大學文學院　聯合主辦，2002.03.31～2002.04.02）。

分析，尤其對於「𦕈」字右部構形著墨更多。

　　和「龏」字相近的字，在〈孔子詩論〉中，還見於簡 16「夫」字之後的「𦳋」及簡 17 的「𦳋」。「𦳋」、「𦳋」二字皆從「艸」從「禹」，「龏」字則在「禹」字的上部多了一筆，寫法略不同於「𦳋」、「𦳋」二字，在此可視爲同一字的異體或簡省，皆可讀爲從「艸」從「害」，再讀爲「葛」。「龏」字所從之「萬」，何琳儀師將其分析爲從倒趾、從禹，並認爲〈孔子詩論〉「龏」字下部構形乃長沙楚帛書乙 5.6「𣥂」字之簡省，其說可從。〔註265〕在甲骨文中有大量從「止」從「虫」之字，寫作「𧈫」（《京津》1162）、「𧈫」（《後》1.22.5）、「𧈫」（《前》3.1.2）、「𧈫」（《乙》8896）、「𧈫」（《甲》181），在金文中亦有「𧈫」（冊徲卣），而「禹」字本像蟲形，故「萬」字可能由甲骨這種從「止」從「虫」的寫法演變而來，裘錫圭已指出，由「虫」到「禹」的演變可參照「萬」字的演變過程（𧈫→𧈫→𧈫→𧈫）。

　　「蚩」字在甲骨文中多用爲「亡蚩（害）」之「蚩」，其中亦有將「蚩」省爲「虫」者，裘錫圭引《屯南》644 對貞卜辭「丙寅鼎（貞）：岳𧈫 雨。弗 𧈫 雨。」《前》1.16.6「□□卜王（貞）：□辛酉□□小乙□□亡 𧈫 」，都是省「蚩」爲「虫」之例。〈孔子詩論〉中「𦳋」、「𦳋」二字較「龏」字少一筆，大概也是省其上部之「止」，其省略方式和「蚩」、「虫」二字相同，「𦳋」、「𦳋」二字應可視爲同一字之異體或簡省。至於「萬」、「害」、「葛」的關係和通轉問題，裘錫圭於〈釋「蚩」〉一文中已有詳盡的說明，〔註266〕筆者於此不再贅述。

　　「𦕈」字左邊部件各家學者大多釋爲「尋」。俞志慧則認爲此字「左邊爲『長』之反書，右邊與金文『覃』字同，《說文》：『覃，長味也。』段注：『引伸之凡長皆曰覃。』《廣雅・釋詁》：『覃，長也。』準此，其左邊爲義符，右邊亦聲。」〔註267〕「長」字甲文做：

　　𠱏（《後》1.19.6）　　　𠱏（《林》2.26.7）

〔註265〕何琳儀，〈滬簡詩論選釋〉，《上博館藏戰國楚竹書研究》（上海：上海書店，2002），頁 243～259。

〔註266〕裘錫圭，〈釋「蚩」〉，《古文字論集》（北京：中華書局，1992），頁 11～14。

〔註267〕俞志慧，〈《戰國楚竹書・孔子論詩》校箋（上）〉，「簡帛研究」網，2002.01.17。

金文做：

（臣諫簋）　　　　（長子鼎）

楚簡做：

（包山 2.216）　　（包山 2.271）　　（包山 2.59）

未有省中間橫畫者，其反書和「犭」字左旁不類。「覃」字金文做：

（父乙卣）　　　　（共覃父乙簋）

和「犭」字右旁「古」亦不類，俞志慧所說其與金文「覃」字同，不知有何依據。

　　李守奎將「犭」字隸為從「兆」從「由」，在此讀為「籀」，「由」、「籀」都是定紐幽部字，又將「羕」讀為「禹」，認為「禹籀」即禹被諷頌，與下文「禹之見歌也」同義。〔註268〕簡24「吾以〈甘棠〉得宗廟之敬，民性固然」與本簡「吾以羕 犭 得氏初之詩，民性固然」句式相同，由簡24可知「羕 犭」所在的位置當為篇名，而讀為「禹籀」並無可供對照之《詩》篇。

　　對於「犭」字左邊部件釋為「尋」當無太大疑問，「尋」字聲系和「覃」字聲系通假例多，例如《淮南子・天文》：「火上蕁。」高注：「蕁讀若葛覃之覃。」《爾雅・釋言》：「流，覃也。覃，延也。」《釋文》：「覃本又作嬂」，故「犭」字可依其左旁通轉為「覃」。至於其右旁「古」當釋為何字？在「犭」字中擔任什麼樣的角色，才是筆者接下來所要討論的。李零分析此字「從古從尋」，但未說明為何從「古」，大概只是依形隸定。〔註269〕

　　陳秉新認為「犭」字當隸定為從「缶」從「尋」。〔註270〕「缶」字在西周金文有缶鼎寫作「古」形，隸「古」為「缶」，大概是以為「古」字下方之點

〔註268〕李守奎，〈《戰國楚竹書・孔子詩論・邦風》釋文訂補〉，《古籍整理與研究學刊》2002.02，頁9。

〔註269〕李零，〈上博楚簡校讀記（之一）——〈子羔〉篇「孔子詩論」部分〉，「簡帛研究」網，2001.01.04。

〔註270〕陳秉新，〈《上海博物館藏戰國楚竹書（一）》補釋〉，《東南文化》2002.09，頁80。

變爲橫畫，此說有其可能性，但目前尚未見「缶」字有作「🝿」形者。且在甲骨文、戰國文字和金文的常態寫法中，「缶」字上方皆有左右兩撇，例如「🝿」（乙 155）、「🝿」（包山 58）、「🝿」（蔡侯龖缶），故筆者認爲「🝿」字右方不當隸爲「缶」。

黃德寬、徐在國則分析此字「從尋從由」，認爲簡文此字從「由」可能是贅加的聲符。〔註271〕顏世鉉亦認爲此字「從尋從由」，並列舉「由和尤」、「尤和淫」、「由和淫」、「淫和覃」、「淫和潯」皆有通假之例，以此得出「由從『由』諧聲之字與從『尤』、『淫』、『尋』、『覃』諧聲之字的材料，以及古音學者所歸納出的看法，『由』和『尋』二者確有相近的語音關係。故簡文『尋』字，加上『由』爲聲符，作爲標音作用，這是很有可能的。」〔註272〕由「🝿」之構形看來和楚系「由」字寫法確實相似。從聲音上來看，「由」爲余母幽部、「尋」爲邪母侵部，邪母和喉音字通假例多，侵部也偶有和幽部通假之例，釋「🝿」字右旁爲「由」，起著爲「尋」標音的作用也不無可能。只是筆者可見的材料內，尚未發現「由」字聲系有任何和「覃」字聲系或「尋」字聲系直接通假的例子。

周鳳五〈〈孔子詩論〉新釋文及注解〉一文，於網上首發時，說此字「左旁作『尋』，以聲音通假爲覃。右旁所從似古非古，其上半直畫象尺形，點、橫皆羨筆；其下之『甘』，則疊加聲符。」〔註273〕但在正式發表時則改其原說，云：「及門顏世鉉君以爲『由』字，可從。」〔註274〕觀其前說，以「甘」爲「尋」或「覃」之疊加聲符，在聲韻上可通。但仔細觀察甲、金文「尋」字，其所從之尺形皆位於手臂之前方，以像度量兩臂張開之形，未見將尺形置於手之後方者，故「🝿」字右旁之上半直畫像尺形的可能性不大。〔註275〕再者，楚簡中「由」旁，如：

〔註271〕黃德寬、徐在國，〈《上海博物館藏戰國楚竹書（一）‧孔子詩論》釋文補正〉，《安徽大學學報（哲學社會科學版）》2002.02，頁 1～6。

〔註272〕顏世鉉，〈上博楚竹書散論（一）〉，「簡帛研究」網，2002.04.14。

〔註273〕周鳳五，〈〈孔子詩論〉新釋文及注解〉，「簡帛研究」網，2002.01.16。

〔註274〕周鳳五，〈〈孔子詩論〉新釋文及注解〉，《上博館藏戰國楚竹書研究》（上海：上海書店，2002），頁 152～172。

〔註275〕此意見由林清源師於討論時提出。

（鄂君啓舟節）　　　（天星觀簡）　　　（包山牘 1）

這些字所從之形，在形體上和「」字右旁甚爲相像。基於以上兩點，筆者認爲顏世鉉將「」字右旁隸爲「由」的說法的確是比較合理的。

但爲何要以「由」（余母幽部）爲疊加音符，而不選擇其他聲韻更相合的字來幫「尋」（邪母侵部）標音呢？筆者認爲這必須由「尋」字本身的構形去觀察：

甲骨文：（《前》2.26.3）、、、（《前》4.4.6）

金文：（鄧簋）、（齊侯鎛）、（遹邗鐘）、（尋仲匜）

戰國楚文字：（〈孔子詩論〉簡 16）、（郭店〈成之聞之〉簡 34）

甲文裡「尋」字在雙手之前常有一直豎畫，在雙手後又有一豎畫將雙手連結起來，可能在象徵人體，在金文裡有將雙手前之豎畫省去者（如齊侯鎛「」字所從），戰國「尋」字像兩手之形體主要當承此形而來。在甲文和金文裡「尋」字皆有增「口」形部件爲飾者，筆者猜想，象徵人體之直豎畫及贅加的「口」形部件，在演變過程中可能類化爲「古」形部件，但「古」形部件對於「尋」字來說，於義無補亦無標音功能，於是才在「口」形部件中加上一橫畫，使其成爲附加標音功能的「由」字形體，〈孔子詩論〉「」字之右旁即由此演變而來。

（二）得氏初之詩

「氏」在原簡寫做「」，是「氏」的一般寫法，在〈孔子詩論〉中「」字還見於簡 4、5、22、27，除了簡 22 讀爲語尾助詞「只」，其餘三例皆讀爲「是也」之「是」。此處「氏」字，何琳儀師認爲即《詩‧周南‧葛覃》：「言告師氏，言告言歸。」中「師氏」的省稱。〔註276〕但在文獻中尚未見到將「師氏」省稱爲「氏」之用法。許全勝則將「氏」字讀爲「遂」，將此句讀爲「得遂初之詩」，但未說明其「遂初」之義。〔註277〕

〔註276〕何琳儀，〈滬簡詩論選釋〉，《上博館藏戰國楚竹書研究》（上海：上海書店，2002），頁 243～259。

〔註277〕許全勝，〈〈孔子詩論〉零拾〉，《上博館藏戰國楚竹書研究》（上海：上海書店，2002），頁 363～373。

秦樺林、董蓮池、裘錫圭猜測此處「氏」字乃是「厥」的古文「𠂤」之訛。

〔註278〕「𠂤」字在甲骨文寫做「𠂤」（《甲》2908）、「𠂤」（《存下》729）、「𠂤」（《京津》2512）等形，一直到戰國時代都沒有太大的改變，戰國楚國「𠂤」字基本上仍寫做「𠂤」（楚帛書甲2）形，偶有將上部筆畫往下拉長作「𠂤」（姑虜句鑃）形者，秦樺林所說，與簡文「氏」字字形極為相近的古文「𠂤」字，大概就是指「𠂤」這種形體。由「氏」和「𠂤」的字形來看，此說有其可能性，但筆者認為此處「𠂤（氏）」字以原簡字形亦能通讀上下文（詳見下文），不須將其視為「𠂤」之訛字。

廖名春由「氏」通「祇」，而「祇」又通「祇」，將「氏」讀為「祇」，訓「敬也」，又將「𠂤」讀為「志」，將本句讀為「祇初之志」，訓為「敬初之心」。

〔註279〕黃懷信贊同廖名春之說，但認為「祇初之志」當直釋為「敬本」的思想。〔註280〕在〈孔子詩論〉簡中「𠂤」字又見於簡1、4，由其上下文看來皆應釋為「詩」無疑，至於「志」字則見於簡1、8、19、20、26，皆寫作從「止」從「心」之「𠂤」形，在簡1「詩無憐志」一句就將「𠂤（詩）」、「𠂤（志）」二字分得很清楚了，故筆者認為簡16從「止」從「言」的「𠂤」字亦應釋為「詩」。「氏」讀為「祇」訓為「敬」於音可通，但上文已說過〈孔子詩論〉中「𠂤」字應釋為「詩」，則「祇初之詩」在此便不知其所指。

劉信芳以先秦女子已嫁乃有氏稱的觀點，得出「『得氏之初』謂女子出嫁，初有氏稱也。」而「見其美必欲反其本」乃謂「女子已嫁後，由於已知何者當澣，何者當否，可以歸而告慰父母，使父母安寧也。」〔註281〕但〈孔子詩論〉簡16文句本為「得氏初之詩」，似不應改動文句為「得氏之初」來牽就所釋

〔註278〕秦樺林，〈以詩解詩──上博簡〈孔子詩論〉保存的孔詩教的方法之一〉，「簡帛研究」網，2002.10.18。董蓮池，〈上海博物館藏《戰國楚竹書（一）》解詁（二）〉，《古籍整理與研究學刊》2003.02，頁14。裘錫圭，〈談談上博簡和郭店簡中的錯別字〉，《新出楚簡與儒學思想國際學術研討會論文集》（清華大學思想文化研究所／輔仁大學文學院　聯合主辦，2002.03.31～2002.04.02）。

〔註279〕廖名春，〈上海博物館藏詩論簡校釋札記〉，《上博館藏戰國楚竹書研究》（上海：上海書店，2002），頁260～276。

〔註280〕黃懷信，《上海博物館藏戰國楚竹書〈詩論〉解義》（北京：社會科學文獻出版社，2004），頁52～53。

〔註281〕劉信芳，〈楚簡〈詩論〉述學九則〉，「簡帛研究」網，2002.07.31。

文義。

　　至於李零將其讀爲「得始初之詩」、周鳳五將其理解爲「得此初之詩」，就下文「見其美必欲反其本」的「溯源反本」之義來看，似乎都是很合理的。不過已有學者指出〈孔子詩論〉簡 24「孔子曰：吾以甘棠得宗廟之敬，民性固然」、簡 16「吾以葛覃得氏初之詩，民性固然」，兩者句式一模一樣，不應遠隔。且簡 24 最上二字，陳劍將其釋爲〈葛覃〉：「爲絺爲綌，服用無斁」之「絺」和「綌」，筆者認爲可信。〔註282〕則簡 16 當和簡 24 連讀爲「吾以〈葛覃〉得氏初之詩，民性固然，見其美必欲反其本。夫葛之見歌也，則（以上簡16）以絺綌之故也。后稷之見貴也，則以文武之德也。吾以《甘棠》得宗廟之敬，民性固然……（以上簡24）」，由本段文字可以看得出以「吾以〈葛覃〉得氏初之詩」開頭之一段文字，當以「則以文武之德也」一句話爲結尾，以下才是同句式的另一段開頭。這麼一來，若將所討論文字釋爲「吾以葛覃得始初之詩」或「吾以葛覃得此初之詩」雖能符合「以絺綌之故也」之前的文義，但對於「后稷之見貴也，則以文武之德也。」的一段文字卻無法涵括。

　　筆者雖不認同周鳳五對於「是（此）初之詩」之解讀，但贊同其將「氏」字讀爲「是」的說法。〔註283〕「是」字在此之用法當如「其」或「厥」，作爲指示代名詞，類似例子有《詩經‧國風‧鳲鳩》：「鳲鳩在桑，其子在棘，淑人君子，其儀不忒，其儀不忒，正是四國。」《論語‧學而》：「夫子至於是邦也，必聞其政。」

　　那麼，「氏（是）初之詩」在本句中當做何解呢？秦樺林認爲「氏」字可能是「厥」字之訛，並說「厥初之詩」當指《大雅‧生民》，〈生民〉首句曰：「厥初生民，時維姜嫄。」〈生民〉小序：「尊祖也。文武之功起於后稷，故推以配

〔註282〕陳劍，〈〈孔子詩論〉補釋一則〉，《上博館藏戰國楚竹書研究》（上海：上海書店，2002），頁 374～376。陳劍分析〈孔子詩論〉簡 24 第二字，右下從「氐」，而「氐」聲字和「希」聲字在聲韻上可通，故〈孔子詩論〉簡 24 首字可讀爲「絺」。陳劍將〈孔子詩論〉簡 24 第三字隸爲「鞍」，以「夆」爲聲符。「夆」在戰國文字中常作「戟」的聲符，「戟」亦有寫作從「各」聲者，是以「夆」和「各」聲音亦相近。「戟」、「各」、「格」古音和「綌」字音近可通。故從「夆」得聲之「鞍」字可和「綌」相通。

〔註283〕周鳳五，〈〈孔子詩論〉新釋文及注解〉，《上博館藏戰國楚竹書研究》（上海：上海書店，2002），頁 152～172。

天焉。」正和簡 24「后稷之見貴也,則以文武之德也。」義通。〔註284〕筆者認為其在文義通解上非常合理,但不必將「氏」字視為「㞢」字之訛。「氏」可讀為「是」,而「是」字本有指示代名詞之用法,正和「厥初生民」用為指示代名詞之「厥」字可通。此處以〈生民〉句首二字指稱〈生民〉全篇並不會造成混淆,因為在《詩經》當中以「指示代名詞+初」為開頭的,就只有〈生民〉一篇。

「見其美必欲反其本」之「美」字,原簡寫做「**𡨄**」,音通而可讀為「美」。許全勝則認為讀為「美」不確,當讀為「微」,並云:「『葛之覃兮』,『見其微』者也;『歸寧父母』,『反其本』者也。」〔註285〕筆者認為在此還是把「**𡨄**(敚)」讀為「美」較為恰當。由簡 16 到簡 24 的文義來看,皆為感受到物或人的美善才進一步去歌頌其「本」,其重點似乎不在於見了微小的事物而後去追本溯源,畢竟「絺」、「綌」之於「葛」,「文王」、「武王」之於「后稷」,都不是以「微」所能夠形容的。

本句之所以說「吾以〈葛覃〉得是初之詩」乃因〈葛覃〉和〈生民〉二詩皆有「見其美而反其本」之義。人們因為見「絺」、「綌」之好,使人「服之無斁」,故歌頌可以「為絺為綌」之「葛」,就如同人們感受到周文王、周武王之功德,因此亦連帶尊重起二王之祖先后稷,關於這點簡 16 到簡 24 的文義本身已說得很明白了。

二、《國風・唐風・蟋蟀》

孔=曰七衒**智**難▄(簡 27)→孔子曰:〈蟋蟀〉知難。

簡文「七衒」,馬承源謂即今本《詩・國風・唐風》之篇名〈蟋蟀〉,此說可從,學者對此亦無異議。〔註286〕

「**智**難」二字,馬承源如字讀為「智難」,謂其所指當為詩句「日月其

〔註284〕秦樺林,〈以詩解詩——上博簡〈孔子詩論〉保存的孔詩教的方法之一〉,「簡帛研究」網,2002.10.18。

〔註285〕許全勝,〈〈孔子詩論〉零拾〉,《上博館藏戰國楚竹書研究》(上海:上海書店,2002),頁 363~373。

〔註286〕馬承源,《上海博物館藏戰國楚竹書(一)・孔子詩論考釋》(上海:上海古籍出版社,2001),頁 157。

除」、「日月其邁」、「日月其慆」，皆是日月難以淹留的用語，但未詳釋「智難」之義。〔註287〕〈蟋蟀〉原文如下：

> 蟋蟀在堂，歲聿其莫。今我不樂，日月其除。無已大康，職思其居。
> 好樂無荒，良士瞿瞿。
>
> 蟋蟀在堂，歲聿其逝。今我不樂，日月其邁。無已大康，職思其外。
> 好樂無荒，良士蹶蹶。
>
> 蟋蟀在堂，役車其休。今我不樂，日月其慆。無已大康，職思其憂。
> 好樂無荒，良士休休。

並沒有特地想用巧智去留住時間的用意，謂其「智難」似不相合。李零讀「智難」爲「知戁」，並謂「戁」有「惶恐」、「慚愧」之義。〔註288〕依此說則「知戁」爲「知道要惶恐、慚愧」，但原詩文中未見惶恐、慚愧之詞。胡平生、廖名春、李銳、鄭玉珊皆讀「智難」爲「知難」。〔註289〕胡平生謂「知難」即「知世事之艱難」，鄭玉珊則認爲「〈蟋蟀〉知難」一句，當指由〈蟋蟀〉可了解良士深具憂患意識，是以雖欲宴樂卻又深自警惕，心情之複雜，故謂之曰「難」。若依鄭玉珊之說，則「知難」的主詞爲〈蟋蟀〉之讀者，而非〈蟋蟀〉。故在此筆者從胡平生之說。

三、《國風・周南・螽斯》

中氏君子■（簡27）→〈螽斯〉群子。

簡文「中氏」未見於今本《詩》篇名。對於此「中氏」究竟指何篇，目前有四種說法，馬承源認爲即《小雅・節南山之什・何人斯》第七章：「伯氏吹壎，

〔註287〕馬承源，《上海博物館藏戰國楚竹書（一）・孔子詩論考釋》（上海：上海古籍出版社，2001），頁157。

〔註288〕李零，《上博簡三篇校讀記》（臺北：萬卷樓圖書公司，2002），頁30。

〔註289〕胡平生，〈讀上博藏戰國楚竹書〈詩論〉箚記〉，《上博館藏戰國楚竹書研究》（上海：上海書店，2002），頁286～287。廖名春，〈上海博物館藏《詩論》簡校釋〉，《中國哲學史》2002.01，頁14。李銳，《〈詩論〉簡禮學思想研究》（北京：清華大學歷史學系碩士論文，2003），頁79。鄭玉珊，《《上博（一）・孔子詩論》研究》（臺北：國立台灣師範大學國文研究所，碩士學位論文，2004），頁228～229。

仲氏吹篪」之「仲氏」。〔註290〕〈何人斯〉：

> 彼何人斯，其心孔艱。胡逝我梁，不入我門。伊誰云從，誰暴之云。
> 二人從行，誰爲此禍。胡逝我梁，不入唁我。始者不如，今云不我
> 可。
> 彼何人斯，胡逝我陳。我聞其聲，不見其身。不愧于人，不畏于天。
> 彼何人斯，其爲飄風。胡不自北，胡不自南。胡逝我梁，祇攪我心。
> 爾之安行，亦不遑舍。爾之亟行，遑脂爾車。壹者之來，云何其盱。
> 爾還而入，我心易也。還而不入，否難知也。壹者之來，俾我祇也。
> 伯氏吹壎，仲氏吹篪。及爾如貫，諒不我知。出此三物，以詛爾斯。
> 爲鬼爲蜮，則不可得。有靦面目，視人罔極。作此好歌，以極反側。

觀其全文，似不合於君子之評，若只就其第七章來看，亦與「君子」無關。且本組詩評上下皆在評論《國風》詩篇，似不應獨此處在評論《小雅》詩篇。

胡平生以爲簡文「中氏」當指《大雅・蕩之什・烝民》裡的仲山甫，就詩義而言，指仲山甫爲君子是沒有問題的，李銳從此說。〔註291〕觀〈烝民〉原文，形容仲山甫「令儀令色」、「既明且哲」等眾多德性，則此「仲山甫」可當「君子」之譽無疑，但依命名體例來看，多取詩中一詞爲名，而〈烝民〉中只有「仲山甫」，並沒有「仲氏」一詞，似不能有〈仲氏〉之別名。且本組詩評上下皆論《國風》，而〈烝民〉在《大雅》，在評論《國風》的簡文中插入一《大雅》詩篇來評論，雖然不是全無可能，但其可能性畢竟較低。

晁福林則認爲〈孔子詩論〉的記載表明《詩》中原來應有〈仲氏〉一篇，此篇後來散逸，而〈仲氏〉一詩所散逸者，至少有兩章存於今本〈燕燕〉的第四章和〈何人斯〉第七章。〔註292〕〈何人斯〉第七章：「伯氏吹壎，仲氏吹篪。及爾如貫，諒不我知。出此三物，以詛爾斯。」〈燕燕〉第四章：「仲氏任只，

〔註290〕馬承源，《上海博物館藏戰國楚竹書（一）・孔子詩論考釋》（上海：上海古籍出版社，2001），頁158。

〔註291〕胡平生，〈讀上博藏戰國楚竹書〈詩論〉箚記〉，《上博館藏戰國楚竹書研究》（上海：上海書店，2002），頁285～286。李銳，《〈詩論〉簡禮學思想研究》（北京：清華大學歷史學系碩士論文，2003），頁79～80。

〔註292〕晁福林，〈《詩・燕燕》與儒家「慎獨」思想考析〉，《中國古代近代文學研究》2004.05，頁42。

其心塞淵。終溫且惠，淑慎其身。先君之思，以勖寡人。」兩者雖皆有「仲氏」，但內容似不相關，且〈何人斯〉第七章「出此三物，以詛爾斯」之激烈用語，與〈何人斯〉其他章語氣一貫，似不必將之分開來。

李學勤、楊澤生則以爲是《邶風·燕燕》第四章「仲氏任只，其心塞淵。終溫且惠，淑慎其身。先君之思，以勖寡人。」之「仲氏」，李學勤猜測當時〈燕燕〉第四章當是獨立的，不同於今本接在〈燕燕〉之後。〔註293〕而楊澤生亦云「其心塞淵。終溫且惠，淑慎其身」正是君子之德，與簡文評爲「君子」正合。〔註294〕此說有其可能性，但前題是〈燕燕〉第四章確實不屬於〈燕燕〉，此點目前無法確定，故筆者對此說存疑。

李零、何琳儀、廖名春、李守奎、王小盾、馬銀琴、鄭玉珊皆認爲本簡「中氏」可能即今本篇名《詩·周南·螽斯》，「中」古音在端母冬部、「螽」在章母冬部，兩字音近可通；「氏」古音在禪母支部、「斯」在心母支部，亦音近可通，故「中氏」可讀爲「螽斯」是沒有問題的，但各家對於評語「君子」又有不同的解釋。李零謂〈螽斯〉是以「宜爾子孫」祝福別人，所祝者蓋即君子。〔註295〕〈螽斯〉：

> 螽斯羽，詵詵兮。宜爾子孫，振振兮。
> 螽斯羽，薨薨兮。宜爾子孫，繩繩兮。
> 螽斯羽，揖揖兮。宜爾子孫，蟄蟄兮。

由〈螽斯〉原文中未得見其所祝者是否爲君子，就算其所祝者確爲君子，似亦不該僅以此點就評〈螽斯〉爲「君子」。

李守奎則認爲〈孔子詩論〉和毛《詩》不同之處，在於毛《詩》以爲是后妃以不妒之德致福，而〈孔子詩論〉以爲是「君子」以美德致此多子之福。〔註296〕以美德而致多子之福者是否爲君子，由詩文不可得而知，但若依此釋，

〔註293〕李學勤，〈《詩論》與《詩》〉，《清華簡帛研究》第二輯（北京：清華大學思想文化研究所，2002）。

〔註294〕楊澤生，〈試說〈孔子詩論〉中的篇名〈中氏〉〉，《上博館藏戰國楚竹書研究》（上海：上海書店，2002），頁355～362。

〔註295〕李零，《上博簡三篇校讀記》（臺北：萬卷樓圖書公司，2002），頁30。

〔註296〕李守奎，〈楚簡〈孔子詩論〉中的〈詩經〉篇名文字考〉，《上博館藏戰國楚竹書研究》（上海：上海書店，2002），頁346～347。

詩文之重點亦非「君子」，當在美德。

何琳儀師、廖名春皆據《詩》序：「〈螽斯〉，后妃子孫眾多也。言若螽斯不妒忌，則子孫眾多也。」謂此「不妒忌」正是君子的德行。〔註297〕鄭玉珊則謂：

> 筆者以爲「不忌妒」本爲后妃之德，但后妃所以不忌妒，最根源仍需要君子修身齊家作得好。因此〈孔子詩論〉推其本原，說「〈螽斯〉君子」。〔註298〕

此二說皆由《詩》序「不忌妒」之義而來，亦可參。但似不會將后妃之不忌妒評爲「君子」。謂其不忌妒的根本在於「君子」能修身齊家，似乎繞得較遠，故筆者不從此說。

由〈螽斯〉原文實在無法和「君子」之評密切相關，故王小盾、馬銀琴認爲此處「君」字不應解爲「君子」之「君」，引《廣雅・釋言》：「君，群也。」「中氏君子」即「〈螽斯〉群子」，意爲〈螽斯〉多子。〔註299〕此說與〈螽斯〉原文所表達出來的意象完全相合，在聲韻上亦無問題，故筆者從此說。

四、《國風・邶風・北風》、《國風・鄭風・子矜》

> 北風不**絲**人之息子立不□（簡27）→〈北風〉不絕人之怨。〈子矜〉
> 不

簡文「北風」，馬承源認爲即今本《詩・邶風》之篇名〈北風〉，對此各家無異議。〔註300〕「絲」字，馬承源讀爲「絕」，多數學者從之。〔註301〕唯周鳳

〔註297〕何琳儀〈滬簡詩論選釋〉，《上博館藏戰國楚竹書研究》（上海：上海書店，2002），頁 255。廖名春，〈上海博物館藏〈詩論〉簡校釋〉，《中國哲學史》2002.01，頁14。

〔註298〕鄭玉珊，《《上博（一）・孔子詩論》研究》（臺北：國立台灣師範大學國文研究所，碩士學位論文，2004），頁230～231。

〔註299〕馬銀琴、王小盾，〈上博簡〈詩論〉與《詩》的早期形態〉，「簡帛研究」網，2003.04.14。

〔註300〕馬承源，《上海博物館藏戰國楚竹書（一）・孔子詩論考釋》（上海：上海古籍出版社，2001），頁158。

〔註301〕馬承源，《上海博物館藏戰國楚竹書（一）・孔子詩論考釋》（上海：上海古籍出版社，2001），頁158。

五認爲簡文此字不從「刀」，當釋「繼」。〔註302〕楚簡中「繼」、「絕」二字寫法相近，有混用的例子，故此字當讀爲「繼」或「絕」，不能僅就字形而論，還需參照文義。

李零謂〈北風〉以「北風」、「雨雪」起興，講天怒人怨，民率逃離，故曰「不絕人之怨」。〔註303〕鄭玉珊亦認爲「不絕人之怨」指人民對當政者的不滿與抱怨不斷。〔註304〕周鳳五則云：

> 「不繼怨」，指雖一時交惡，而彼此無怨，終能和樂相處也。《邶風‧北風》共三章，首、次二章前兩句以「北風」、「雨雪」之寒涼比喻朋友交惡；次兩句「惠而好我，攜手同行」、「惠而好我，攜手同歸」，則二人言歸於好；結尾「其虛其邪，既亟只且」，形容二人同行，一徐一疾，前者作態，後者欣喜，寫來歷歷如繪，可謂善體人情、善解人意者。《易林‧晉之否》：「北風寒涼，雨雪益冰。憂思不樂，哀悲傷心。」寫二人交惡；《易林‧否之損》（《易林‧噬嗑之乾》同）：「北風牽手，相從笑語。伯歌仲舞，燕樂以喜。」則寫二人言歸於好，與簡文「不繼怨」之說相應，與毛《傳》：「刺虐也。衛國並爲威虐，百姓不親，莫不相攜持而去焉。」立說迥異。《易林》在三家詩爲齊詩，與簡文相同，其說蓋前有所承也。〔註305〕

周鳳五之說雖然有其道理，但簡文所云乃「不絕人之怨」而非「不絕怨」，若要表達「不接續怨恨，終能和樂相處」之意，言「不繼怨」即可，此讀爲「不繼人之怨」，文義較不通暢，故筆者認爲此處以讀爲「不絕人之怨」較好。〈孔子詩論〉評「〈北風〉不絕人之怨」，與毛《序》：「〈北風〉，刺虐也。衛國並爲威虐，百姓不親，莫不相攜持而去也。」有相通之處。

簡文「子立不」之下殘斷，馬承源對此三字未有釋。李零認爲「子立」二

〔註302〕周鳳五，〈〈孔子詩論〉新釋文及注解〉，《上博館藏戰國楚竹書研究》（上海：上海書店，2002），頁 163～164。

〔註303〕李零，《上博簡三篇校讀記》（臺北：萬卷樓圖書公司，2002），頁 30。

〔註304〕鄭玉珊，《《上博（一）‧孔子詩論》研究》（臺北：國立台灣師範大學國文研究所，碩士學位論文，2004），頁 232～234。

〔註305〕周鳳五，〈〈孔子詩論〉新釋文及注解〉，《上博館藏戰國楚竹書研究》（上海：上海書店，2002），頁 163～164。

字當爲篇名，但今本未見，待考。〔註 306〕馮勝君則進一步指出「子立」很可能是今本《詩・鄭風・子衿》，鄭玉珊從馮說。〔註 307〕觀本簡「孔子曰」以下所評〈蟋蟀〉、〈北風〉皆在《國風》之中，則「子立」亦很可能是《國風》中的一篇。〈子衿〉正位於《鄭風》之中，篇名首字爲「子」亦和簡文「子立」相同，「立」、「衿」二字又可通轉，故簡文「子立」讀爲篇名〈子衿〉的可能性很大。

　　此外，李學勤將本段簡文斷讀爲「〈北風〉不絕，人之怨子，泣不……」。〔註 308〕李銳則斷讀爲「〈北風〉不絕，人之怨子，立不……」。〔註 309〕兩者差別僅在於李學勤將「立」讀爲「泣」。黃懷信則將本段簡文讀爲「〈北風〉不絕。人之怨子，泣不 敢言，〈雨無正〉是也。」〔註 310〕此種斷句方式是不將「子立」二字視爲篇名，李學勤和李銳將「不絕」、「人之怨子」、「立（泣）不……」皆視爲在評論〈北風〉，但前文評論〈蟋蟀〉、〈仲氏〉皆僅以一句話爲評，似乎不該在評〈北風〉時突然增加成三句話。再者，在此種斷讀方式之下，文義並不通順。而黃懷信在其後補上 敢言，〈雨無正〉是也。」是將「人」字以下的簡文皆視爲〈雨無正〉之評詞，但上文評論的〈蟋蟀〉、〈螽斯〉、〈北風〉等篇皆在《國風》之中，在此轉而言《小雅・雨無正》，稍顯突兀。就形式上而言，本段評詞前三段皆爲「篇名＋評詞」，不該獨此段爲「評詞＋篇名＋是也」的句式。且簡 8 言「〈雨無正〉、〈節南山〉皆言上之衰矣！王公恥之。」已對〈雨無正〉作了評論，當然，在〈詩論〉簡文中對同一詩篇可以反覆論述，如對〈關雎〉的評論就出現了好幾次，但這些論述之間當有一定的關聯性，如對〈關雎〉的論述都和「改」及「反入於禮」有關，簡 8 既已說〈雨無正〉在言上之衰，

〔註 306〕李零，《上博簡三篇校讀記》（臺北：萬卷樓圖書公司，2002），頁 30。

〔註 307〕馮勝君，〈讀上博簡〈孔子詩論〉札記〉，《古籍整理與研究學刊》2002.02，頁 12。鄭玉珊，《〈上博（一）・孔子詩論〉研究》（臺北：國立台灣師範大學國文研究所，碩士學位論文，2004），頁 232～234。

〔註 308〕李學勤，〈上海博物館藏楚竹書〈詩論〉分章釋文〉，「簡帛研究」網，2002.01.16。

〔註 309〕李銳，《〈詩論〉簡禮學思想研究》（北京：清華大學歷史學系碩士論文，2003），頁 80。

〔註 310〕黃懷信，《上海博物館藏戰國楚竹書〈詩論〉解義》（北京：社會科學文獻出版社，2004），頁 81～85。

若在此簡又說其「泣不敢言」，似乎有所矛盾。故筆者認爲此處仍當讀爲「〈北
風〉不絕人之怨。〈子矜〉不……」。

五、《國風・鄭風・褰裳》、《國風・齊風・著》

涉秦亓幽[圖]而士▄（簡 29）→〈涉溱〉其絕。〈著而〉士。

簡文「涉秦」，馬承源認爲取自《詩・國風・鄭風・褰裳》：「子惠思我，褰
裳涉溱。」「涉秦」通「涉溱」。馬承源將簡文「[圖]」隸爲「俌」，認爲「俌而」
爲今本毛《詩》所無之篇名。〔註311〕「涉秦」指〈褰裳〉之說，學者無異議，
但對於「[圖]」字該如何隸定，「[圖]而」是否爲篇名，又該如何訓讀，學者爭議
較大。

李零、何琳儀以及大部分學者，皆認爲「[圖]」字從「人」、從「又」、從「木」，
當釋爲「柎」。〔註312〕戰國文字「付」字常作從「人」、從「又」之寫法，與「[圖]」
字上部相同，以此觀之，將「[圖]」釋爲「柎」似乎很合理的。廖名春認爲「[圖]」
字當釋爲「條」，「條」字一般上從「攸」，但在蔡侯墓殘鐘片出現了三個「條」
字，其中兩個作從「攸」從「木」的正常寫法，第三個卻省略直豎點而變成從
「人」從「又」從「木」的寫法，和「[圖]」字形同，故就字形來看，「[圖]」亦
很有可能釋爲「條」。在此，筆者贊同將「[圖]」字釋爲「條」，一方面是因爲釋
爲「條」之說更能通讀簡文，另一方面則因從「付」從「木」之構形在出土資
料中沒有其他例子，可能性較低。周鳳五則疑此字右旁爲「隶」之訛，「[圖]」
字下部明顯從「木」，與「隶」字下部作兩個八字形不同，不過我們也不否認其
有訛混的可能，但在「[圖]」字形可說得通的情形下，不應隨意改動其字形，況
且視「[圖]」爲「隶」之訛誤的說法，並不能很好的通讀本段簡文，詳見下文。

〔註311〕馬承源，《上海博物館藏戰國楚竹書（一）・孔子詩論考釋》（上海：上海古籍出版
　　　　社，2001），頁 158。

〔註312〕李零，《上博簡三篇校讀記》（臺北：萬卷樓圖書公司，2002），頁 30～31。何琳
　　　　儀，〈滬簡詩論選釋〉，《上博館藏戰國楚竹書研究》（上海：上海書店，2002），頁
　　　　256～257。張桂光，〈《戰國楚竹書・孔子詩論》文字考釋〉，《上博館藏戰國楚竹
　　　　書研究》（上海：上海書店，2002），頁 341。于茀，〈上海博物館藏戰國楚簡詩論
　　　　補釋〉，《北方論叢》2003.01，頁 61。劉信芳，《孔子詩論述學》（合肥：安徽大學
　　　　出版社，2003），頁 257～258。鄭玉姍，《《上博（一）・孔子詩論》研究》（臺北：
　　　　國立台灣師範大學國文研究所，碩士學位論文，2004），頁 281～283。

　　周鳳五認爲本段簡文僅評一詩，釋「絀」爲「繼」，以爲「𩖝」字右旁爲「肃」之訛，當讀爲「肆」，引《論語‧陽貨》：「古之狂也肆，今之狂也蕩。」謂「繼肆」指繼「古之狂」者，即「今之狂」，亦即行爲放蕩不檢者，「繼肆而士」謂其人放蕩，行爲不知檢束。〔註313〕未見以「繼肆」稱「今之狂者」的例子，若要說其人放蕩，曰「肆」即可，不需用「繼肆」這種古籍未見的指稱方式。又周鳳五將本段簡文斷爲「〈涉溱〉，其繼肆而士。」將「繼肆而士」等文字皆視爲〈褰裳〉之詩評，但〈褰裳〉文云：

> 子惠思我，褰裳涉溱。子不我思，豈無他人。狂童之狂也且。
> 子惠思我，褰裳涉洧。子不我思，豈無他士。狂童之狂也且。

文中雖有「狂童之狂也且」之語，但全詩內容並非在描述「狂童」之放肆行爲，而在傳達對「狂童」之不滿，當不會從狂童的放肆作爲來評論。

　　于茀讀本段簡文爲「〈涉溱〉，其繼附而士（侍）」，謂「柎」假借爲「附」，訓爲「親附」，認爲〈褰裳〉詩旨以朱熹《詩經集傳》：「淫女語其所私者。」爲是。「繼附而侍」意謂「先已親附於前好，繼而又侍他人。」對於「𩖝而」兩字是否爲篇名，則有如下之說：

> 從此簡圖片看，在每首詩論結束處，都有墨釘，而在「涉秦」與「𩖝
> 而」之間沒有墨釘，因此，「𩖝而」不是另一詩篇名。〔註314〕

其實在〈孔子詩論〉中，墨釘並非絕對的斷句標準，有墨釘處固然該斷句，但沒有墨釘不代表不能斷句，如簡10在評論〈關雎〉等七篇詩時，〈關雎〉、〈樛木〉、〈漢廣〉、〈鵲巢〉、〈甘棠〉、〈燕燕〉評論之後皆有墨釘和下文斷開，唯獨〈綠衣〉和〈燕燕〉之間沒有墨釘，但從文義上，亦知該分爲兩段。在釋義方面，就算以朱熹之說爲是，但從〈褰裳〉原文可知詩中女子所謂「豈無他士」仍止於威脅其情人，尚未眞有「繼附而侍」的情形出現。此說與〈褰裳〉內容並不相合。

　　劉信芳斷讀爲「〈涉溱〉其絕，柎而士」，認爲「柎而士」是對「〈涉溱〉其絕的進一步說明。」謂：

〔註313〕周鳳五，〈〈孔子詩論〉新釋文及注解〉，《上博館藏戰國楚竹書研究》（上海：上海書店，2002），頁164～165。

〔註314〕于茀，〈上海博物館藏戰國楚簡詩論補釋〉，《北方論叢》2003.01，頁61。

詩中「士」與「狂童」形成映襯，可知主人公對「狂童」的拒絕，

其實是一種撫慰，是希望「狂童」自強而爲「士」。〔註315〕

但由〈褰裳〉詩文中實看不出有希望狂童自強而爲士的意思，且「拒絕」和
「撫慰」是兩種相差甚遠的動作，當不會說「其拒絕其實是一種撫慰。」再
者，上下文詩評皆一句就結束，此處在一句詩評後再用一句話來解釋，可能性
較低。

季旭昇讀爲「〈涉溱〉其絕撫而士」，對本句簡文的背景有以下之說：

《左傳・桓公十一年》，鄭國公子突（鄭厲公）挾宋援而篡立，太子
忽出奔，直至桓公十五年才復歸于鄭。這段期間內，大臣祭仲受到
宋莊公的脅迫，不得已而暫時屈從，與之妥協並取得權利，等到時
機成熟之後，毅然把庶子突趕走，重新迎回太子忽（鄭昭公），這就
是「絕撫而士」——斷絕不合義理的安撫，而作出士（知識份子）
該做的事，這樣的解釋，〈孔子詩論〉和毛《詩》相當吻合。〔註316〕

毛《序》：「〈褰裳〉，思見正也。狂童恣行，國人思大國之正己也。」鄭《箋》：
「狂童恣行，謂突與忽爭國，更出更入，而無大國正之。」從詩文「狂童狂也
且」之句，及毛《序》、鄭《箋》之說，知道作〈褰裳〉一詩時，詩人仍思大國
正之，狂童仍然恣行，祭仲尚未趕走突而迎太子忽，不當評〈褰裳〉爲「絕撫
而士」。此外，鄭玉珊從季旭昇之說，但在行文中又謂：「整句當讀爲『〈涉溱〉
其絕，撫而士』。」斷句不同，可能誤置逗號。〔註317〕

李零、何琳儀、張桂光皆將「⿰甶而」視爲篇名〈芣苢〉。李零將「〈涉溱〉
其絕」和「〈芣苢〉士」斷開，視爲不同詩篇的評論，謂〈芣苢〉篇舊說是「傷
夫有疾之辭」，故曰「士」。〔註318〕〈芣苢〉原文如下：

采采芣苢，薄言采之。采采芣苢，薄言有之。

采采芣苢，薄言掇之。采采芣苢，薄言捋之。

〔註315〕劉信芳，《孔子詩論述學》（合肥：安徽大學出版社，2003），頁257～258。

〔註316〕季旭昇，〈〈孔子詩論〉新詮〉，《經學研究論叢》第十三輯（臺北：學生書局，2005）。

〔註317〕鄭玉珊，《《上博（一）・孔子詩論》研究》（臺北：國立台灣師範大學國文研究所，碩士學位論文，2004），頁281～283。

〔註318〕李零，《上博簡三篇校讀記》（臺北：萬卷樓圖書公司，2002），頁30～31。

采采茉苢，薄言袺之。采采茉苢，薄言襭之。

毛《序》云：「〈茉苢〉，后妃之美也。和平則婦人樂有子矣。」不論從原文或毛《序》皆看不出和「士」有何關係。就算從「傷夫有疾之辭」的舊說，詩中主人翁亦爲「婦」而非「夫（男子、士）」。何琳儀師亦注意到〈茉苢〉之內容和「士」的關係不大，故認爲簡文抄寫者可能將此處「士」字和下文「婦」字互倒，「〈茉苢〉士。〈角⺀〉婦。」當爲「〈茉苢〉婦。〈角⺀〉士。」〔註319〕何師此說需將上下詩評互倒，並假設下文所評確爲〈角⺀〉，在原簡文可通讀的情形下，筆者不採此說。

余瑾在〈清華大學簡帛講讀班上博簡研究綜述〉提到廖名春將「倏而」讀爲「倏而」，即「突而」，以爲指〈甫田〉。〔註320〕但在同一刊物的不同文章中，廖名春則改從許全勝之說，認爲「🀆而」讀爲「著而」，即今本〈著〉，其首句爲「俟我於著乎而」，今本篇名省略語氣詞「而」，〈著〉篇在描寫新郎迎親，故謂之「士」。〔註321〕〈著〉之原文如下：

俟我於著乎而，充耳以素乎而，尚之以瓊華乎而。
俟我於庭乎而，充耳以青乎而，尚之以瓊瑩乎而。
俟我於堂乎而，充耳以黃乎而，尚之以瓊英乎而。

毛《序》云：「〈著〉，刺時也，時不親迎也。」可知此詩和親迎之禮有關，詩中的主人翁當爲男子，且僅守親迎之禮，或可稱之爲「士」。在目前的幾種說法中，筆者較贊成此說。

姚小鷗則支持廖名春原說，謂「🀆而」指《齊風‧甫田》，有以下論述：

由於古代社會中的「成人」指具有「士」身份的男性社會成員，這就揭示了「弁」與「士」的內在關聯。……由《儀禮‧士冠禮》等古代文獻可知，〈甫田〉篇之所以特意將「總角⺀」與「突而弁」對舉，是因爲在行冠禮時要改變少年人「總角」的髮式，由羊角式的

〔註319〕何琳儀，〈滬簡詩論選釋〉，《上博館藏戰國楚竹書研究》（上海：上海書店，2002），頁256～257。

〔註320〕余瑾，〈清華大學簡帛講讀班上博簡研究綜述〉，《中國哲學史》2002.01，頁31。

〔註321〕許全勝之說未見。廖名春，〈上海博物館藏〈詩論〉簡校釋〉，《中國哲學史》2002.01，頁14。

> 兩個髮髻改爲盤髮在頭頂，以利固定「弁」即「冠」。髮式的這一改
> 變引人注目，故成爲具有象徵性的描寫對象。對本篇主旨而言，這
> 一形象也是詩篇敘述重點所在，故〈詩論〉取其作爲篇名。

此說雖有可能，但〈甫田〉一詩若從字面上看，主要是從女子的觀點去觀察心愛男子的轉變，主人翁並非由「突而弁」的男子，不當稱之爲「士」。觀毛《序》之言，亦與「士」無多大關係，其文云：「〈甫田〉，大夫刺襄公也。無禮義而求大功，不脩德而求諸侯，志大心勞，所以求者非其道也。」故筆者認爲「**🀥**而」還是以讀爲「著而」較佳。

再回頭來看「涉秦其絥」一句若讀爲「〈涉溱〉其繼」，就詩文內容看來是不相通的，〈褰裳〉既有「子不我思，豈無他人」之語，則此處「絥」還當讀爲「絕」較能合於其意。故筆者認爲「涉秦丌絥**🀥**而士」當斷讀爲「〈涉溱〉其絕。〈著而〉士。」

六、《國風・唐風・葛生》

角橘婦▂（簡 29）→〈角枕〉婦。

簡文「角橘」，馬承源謂：「篇名，今本所無。」〔註322〕李零亦云：「今《詩》所無，或是佚篇。」〔註323〕另外又有許多學著從聲韻和字形方面著手，嚐試找出「角橘」和今本毛《詩》之關聯。

何琳儀師將「角橘」直釋爲「角幡」讀爲「角丱」，取自今本《詩・齊風・甫田》：「婉兮變兮，總角丱兮。未幾見兮，突而弁兮。」在簡文用作篇名。又云：

> 〈詩論〉「芣苡士，角丱婦。」似應作「芣苡婦，角丱士。」因爲〈芣
> 苡〉是有關婦人求子之詩，而〈角丱〉（即〈甫田〉）則是有關思戀
> 少艾之詩。「婦」與「士」互倒，可能是當時書寫者之誤筆⋯⋯如果
> 不改字，將「芣苡士，角丱婦。」理解爲「婦人采芣苡求子以取悅
> 於士，少艾是婦人思戀的對象。」如此解釋雖然也勉強可通，但是

〔註322〕馬承源，《上海博物館藏戰國楚竹書（一）・孔子詩論考釋》（上海：上海古籍出版社，2001），頁 158。

〔註323〕李零，《上博簡三篇校讀記》（臺北：萬卷樓圖書公司，2002），頁 30。

畢竟頗爲牽強，況且有「增字解經」的嫌疑。〔註324〕

但〈甫田〉之主人翁爲女子而非士，況且何師此說需改動原簡文字順序，在有其他說法可通的情形下，筆者暫不從此說。

　　許全勝、廖名春、魏宜輝、王志平、晁福林、姚小鷗皆將「角橘」從聲韻上通讀爲「角枕」，取自《詩·唐風·葛生》：「角枕粲兮」，在簡文中用作篇名。〔註325〕〈葛生〉：

　　葛生蒙楚，薟蔓于野。予美亡此，誰與獨處？

　　葛生蒙棘，薟蔓于域。予美亡此，誰與獨息？

　　角枕粲兮，錦衾爛兮。予美亡此，誰與獨旦？

　　夏之日，冬之夜，百歲之後，歸于其居。

　　冬之夜，夏之日，百歲之後，歸于其室。

此爲婦人懷夫之詩，毛《序》：「〈葛生〉，刺晉獻公也。好攻戰則國人多喪矣。」從詩文和毛《序》皆可知婦人之夫婿可能出征在外，或已辭世，而婦人雖獨處，見葛蔓仍思其夫，更甚者望百年之後能同歸墓室，可見其忠貞，正是古人認爲婦人應有之德行，與〈孔子詩論〉評之爲「婦」相合，故筆者贊成「角橘」即「角枕」即〈葛生〉之說。季旭昇亦認爲「角橘」即「葛生」，和其他學者不同的是，他認爲「橘」不能從聲音上通讀爲「枕」，並舉信陽簡 2.23「枕」字：

〔註324〕何琳儀，〈滬簡詩論選釋〉，《上博館藏戰國楚竹書研究》（上海：上海書店，2002），頁 256～257。

〔註325〕許全勝，〈《孔子詩論》零拾〉，《上博館藏戰國楚竹書研究》（上海：上海書店，2002），頁 369～370。廖名春，〈上海博物館藏〈詩論〉簡校釋〉，《中國哲學史》2002.01，頁 14。魏宜輝，〈讀上博簡文字札記〉，《上博館藏戰國楚竹書研究》（上海：上海書店，2002），頁 392～393。王志平，〈《詩論》箋疏〉，《上博館藏戰國楚竹書研究》（上海：上海書店，2002），頁 226。晁福林，〈上博簡〈詩論〉「《浴（谷）風》忌」釋義──並論先秦儒家婚姻觀念的若干問題〉，《中華文化論壇》2003.02，頁 23。姚小鷗，〈《孔子詩論》第二十九簡與古代社會的禮制與婚俗〉，「簡帛研究」網，2002.06.29。

認爲信陽簡「枕」字和本簡「橘」字作「**榃**」相似，有訛混的可能，其左旁「木」替換成「市」，右上的「尤」訛作「釆」，鄭玉珊從此說。〔註326〕「釆」古音在並母元部、「番」在滂母元部，而「沈」、「審」皆在書母侵部，「瀋」則在昌母侵部，依此觀之，字形從「釆」的「**榃**」和「枕」從古音來看確實無法相通。「**榃**」、「**榃**」二字右上亦確如季旭昇所言有訛混之可能，在〈葛生〉中「枕」用爲「枕頭」之義，其「木」旁替換成「市」旁亦很合理。故筆者在此從季旭昇之說。

馮勝君將「角橘」讀爲「澤陂」，即《陳風・澤陂》，其詩云：

彼澤之陂，有蒲與荷。有美一人，傷如之何。寤寐無爲，涕泗滂沱。

彼澤之陂，有蒲與蕑。有美一人，碩大且卷。寤寐無爲，中心悁悁。

彼澤之陂，有蒲菡萏。有美一人，碩大且儼。寤寐無爲，輾轉伏枕。

其內容亦與女子有關，但若要稱爲「婦」，且與「婦」之評論相關者，仍以〈葛生〉較好。

此外，周鳳五將「角橘婦」連上文讀爲「〈涉溱〉，其繼肆而士，角艷婦。」認爲「橘」字右旁爲「臽」之訛，「橘」字當讀爲「豔」，而「士」字下的墨釘爲句讀，於「士」字一頓，其句號則在「婦」字右下。〔註327〕但由〈褰裳〉原文，實看不出何以有「豔婦」之評。又前云「繼肆而士」接著說「角豔婦」，其內在聯繫亦不清楚。故筆者不從此說。

七、《國風・齊風・東方未明》

☐方未明又利訓▉（簡17）→〈東方未明〉有利詞。

簡文「東方未明」爲詩篇名，馬承源已指出即今《詩・齊風・東方未明》，各家無異議。〔註328〕「利訓」，馬承源讀爲「利詞」，多數學者從之。李零則讀

〔註326〕季旭昇，〈〈孔子詩論〉新詮〉，《經學研究論叢》第十三輯（臺北：學生書局，2005）。

〔註327〕周鳳五，〈〈孔子詩論〉新釋文及注解〉，《上博館藏戰國楚竹書研究》（上海：上海書店，2002），頁165。

〔註328〕馬承源，《上海博物館藏戰國楚竹書（一）・孔子詩論考釋》（上海：上海古籍出版社，2001），頁146。

「訒」爲「始」,謂指天未明。〔註329〕但讀爲「利始」文義難明,故不從其說。又王志平讀「利」爲「戾」,但未釋「戾詞」之義。〔註330〕筆者認爲就原文讀爲「利詞」已可通,不需再轉讀爲「戾詞」。〈東方未明〉詩云:

> 東方未明,顛倒衣裳,顛之倒之,自公召之。
>
> 東方未晞,顛倒裳衣,倒之顛之,自公令之。
>
> 折柳樊圃,狂夫瞿瞿,不能辰夜,不夙則莫。

〈孔子詩論〉評之爲「有利詞」,大概是指其諷刺言詞鋒利。

八、《國風·鄭風·將仲子》

牆中之言不可不韋也▂(簡17)→〈將仲〉之言不可不畏也。

簡文「牆中」,馬承源認爲指《詩·鄭風·將仲子》。〔註331〕由下文評其「言不可不畏也」,知馬承源之說無誤。〈將仲子〉一詩云:

> 將仲子兮,無踰我里,無折我樹杞,豈敢愛之,畏我父母。仲可懷
> 也,父母之言,亦可畏也。
>
> 將仲子兮,無踰我牆,無折我樹桑,豈敢愛之,畏我諸兄。仲可懷
> 也,諸兄之言,亦可畏也。
>
> 將仲子兮,無踰我園,無折我樹檀,豈敢愛之,畏人之多言。仲可
> 懷也,人之多言,亦可畏也。

其「父母之言,亦可畏也」、「諸兄之言,亦可畏也」、「人之多言,亦可畏也」,和簡文之評正相合。

九、《國風·王風·揚之水》

湯之水丌㥿婦𤔔▂(簡17)→〈揚之水〉其愛婦烈。

毛《詩》中有三篇〈揚之水〉,分別在《鄭風》、《王風》、《唐風》。簡文「湯

〔註329〕 李零,《上博簡三篇校讀記》(臺北:萬卷樓圖書公司,2002),頁34。

〔註330〕 王志平,〈《詩論》箋疏〉,《上博館藏戰國楚竹書研究》(上海:上海書店,2002),頁219。

〔註331〕 馬承源,《上海博物館藏戰國楚竹書(一)·孔子詩論考釋》(上海:上海古籍出版社,2001),頁146。

之水」，馬承源認爲指《詩‧王風‧揚之水》。〔註332〕李學勤、廖名春、周鳳五、
俞志慧、王志平、董蓮池皆從馬說。〔註333〕李零、廖群認爲指《詩‧鄭風‧揚
之水》。〔註334〕李銳則以爲指的是《詩‧唐風‧揚之水》。〔註335〕俞志慧觀〈孔
子詩論〉說詩次序而有以下論述：

> 本簡上論《鄭風》、《齊風》，此下論《王風‧采葛》，依其邏輯順序
> 言，當不會再返回《鄭風》……從詩篇次序看，唐風與王風懸隔，
> 故此〈揚之水〉當就《王風》中之詩篇。

由今本毛《詩》及《左傳》等傳世文獻之記載觀之，《王風》、《鄭風》、《齊風》
三者皆緊密排列，而《唐風》確實與之相隔較遠，不太可能是此處的評論對
象。但本簡「湯之水」之上的評論順序並非先論《鄭風》再論《齊風》，而是
先論《齊風‧東方未明》再論《鄭風‧將仲子》，由此評論順序觀之，接下來
的「湯之水」有可能是《鄭風‧揚之水》或《王風‧揚之水》。但《鄭風‧揚之
水》云：

> 揚之水，不流束楚。終鮮兄弟，維予與女。無信人之言，人實迋女。
> 揚之水，不流束薪。終鮮兄弟，維予二人。無信人之言，人實不信。

由其內容看來，似乎與「愛婦」不相關，故筆者贊同簡文「湯之水」即《王
風‧揚之水》。

〔註332〕馬承源，《上海博物館藏戰國楚竹書（一）‧孔子詩論考釋》（上海：上海古籍出版
　　　　社，2001），頁147。

〔註333〕李學勤，〈詩論與詩〉，《清華簡帛研究》第二輯（北京：清華大學思想文化研究所，
　　　　2002）。廖名春，〈上海博物館藏〈詩論〉簡校釋〉，《中國哲學史》2002.01，頁16。
　　　　周鳳五，〈〈孔子詩論〉新釋文及注解〉，《上博館藏戰國楚竹書研究》（上海：上海
　　　　書店，2002），頁161。俞志慧，〈《戰國楚竹書‧孔子論詩》校箋（下）〉，「簡帛
　　　　研究」網，2002.01.17。王志平，〈〈詩論〉箋疏〉，《上博館藏戰國楚竹書研究》（上
　　　　海：上海書店，2002），頁220。董蓮池，〈上海博物館藏《戰國楚竹書（一）》解
　　　　詁（二）〉，《古籍整理與研究學刊》2003.02，頁14。

〔註334〕李零，《上博簡三篇校讀記》（臺北：萬卷樓圖書公司，2002），頁34。廖群，〈樂
　　　　亡毋離情：〈孔子詩論〉「歌言情」說〉，《文藝研究》2002.02。

〔註335〕李銳，《《詩論》簡禮學思想研究》（北京：清華大學歷史學系碩士論文，2003），
　　　　頁64。

此外，鄭玉珊認為簡文「湯之水」可能為佚詩，非今傳毛《詩》三篇〈揚之水〉的任何一篇，亦可能是〈孔子詩論〉對〈揚之水〉的解釋與毛《詩》不同。〔註336〕說本簡「湯之水」為佚詩當然有其可能性，但筆者認為《王風·揚之水》的內容可合於簡文評論，比較可能是〈孔子詩論〉和毛《傳》的評論觀點不同。劉信芳則認為簡文「湯之水」兼指《鄭風》、《王風》、《唐風》三篇〈揚之水〉，其文云：

> 拙見謂〈揚之水〉乃民歌體裁，其一題數作，有如漢樂府之一題數作。《詩》中的三篇〈揚之水〉均以「揚之水」起興，節奏相同，其表現的主題即孔子所歸納的愛婦恝。〔註337〕

觀〈孔子詩論〉其他簡文，似未有以一篇名來指稱多篇者，且《鄭風·揚之水》的內容與「愛婦」之評無關，故筆者不從此說。

對於「恝」字的釋讀，學者莫衷一是。在將簡文「湯之水」視為《王風·揚之水》的學者中，馬承源認為「恝」即《說文》「㤨」字，《說文》：「㤨，恨心。從心黎聲，一曰怠也。」謂「湯之水其愛婦㤨」意即「〈揚之水〉中所代表的愛懷，也是婦人的離恨。」俞志慧從馬說。〔註338〕但筆者認為雖可由男子之愛懷而聯想至家中婦人之離恨，但「愛懷」和「離恨」畢竟是兩回事，「愛」與「懷歸」亦不相等，不當直說其愛為婦人之恨。又此說是將「其愛」和「婦恝」視為兩個詞，但由下文「〈采葛〉之愛婦……」觀之，「愛婦」似乎當連讀為一詞，由〈采葛〉「一日不見，如三秋兮」的詩句來看，解為「愛婦」亦很恰當。

周鳳五亦將「恝」釋為「㤨」，但認為該取「怠惰」之義，謂：「其人遠戍異地而愛婦懷歸，實有怠惰之意。」〔註339〕《王風·揚之水》：

〔註336〕鄭玉珊，《《上博（一）·孔子詩論》研究》（臺北：國立台灣師範大學國文研究所，碩士學位論文，2004），頁239～240。

〔註337〕劉信芳，《孔子詩論述學》（合肥：安徽大學出版社，2003），頁202～203。

〔註338〕馬承源，《上海博物館藏戰國楚竹書（一）·孔子詩論考釋》（上海：上海古籍出版社，2001），頁147。俞志慧，〈《戰國楚竹書·孔子論詩》校箋（下）〉，「簡帛研究」網，2002.01.17。

〔註339〕周鳳五，〈〈孔子詩論〉新釋文及注解〉，《上博館藏戰國楚竹書研究》（上海：上海書店，2002），頁161。

揚之水，不流東薪。彼其之子，不與我戍申。懷哉懷哉，曷月予還歸哉。

揚之水，不流東楚。彼其之子，不與我戍甫。懷哉懷哉，曷月予還歸哉。

揚之水，不流束蒲。彼其之子，不與我戍許。懷哉懷哉，曷月予還歸哉。

從原文看來，似與怠惰之意無關。

李學勤讀「悡」爲「烈」，形容感情之強烈，廖名春從之。〔註340〕筆者認爲這是目前較好的說法。從聲韻上來看，「利」爲來母質部、「烈」爲來母月部，聲同韻近可通假。由「彼其之子，不與我戍申」、「懷哉懷哉，曷月予還歸哉」等詩文可見其思念之情的強烈，而「愛婦」連讀又可與下文「〈采葛〉之愛婦」相呼應，故筆者從此說。

十、《國風·王風·采葛》

菜蒿之悉婦☒（簡17）→〈采葛〉之愛婦。

簡文「菜蒿」，馬承源以爲是今本毛《詩》所無之詩篇名。〔註341〕但李零、李學勤、何琳儀師、李守奎等多位學者已指出「菜蒿」實即〈采葛〉，位於今本《詩·國風·王風》。〔註342〕「菜」之聲符爲「采」，自可讀爲「采」無疑，而「蒿」字當爲簡16「萬」之省簡，在簡16用爲〈葛覃〉之「葛」。〔註343〕〈采

〔註340〕李學勤，〈詩論與詩〉，《清華簡帛研究》第二輯（北京：清華大學思想文化研究所，2002）。廖名春，〈上海博物館藏〈詩論〉簡校釋〉，《中國哲學史》2002.01，頁16。

〔註341〕馬承源，《上海博物館藏戰國楚竹書（一）·孔子詩論考釋》（上海：上海古籍出版社，2001），頁147。

〔註342〕李零，《上博簡三篇校讀記》（臺北：萬卷樓圖書公司，2002），頁34～35。李學勤，〈詩論與詩〉，《清華簡帛研究》第二輯（北京：清華大學思想文化研究所，2002）。何琳儀，〈滬簡詩論選釋〉，《上博館藏戰國楚竹書研究》（上海：上海書店，2002），頁251。李守奎，〈楚簡〈孔子詩論〉中的《詩經》篇名文字考〉，《上博館藏戰國楚竹書研究》（上海：上海書店，2002），頁344～345。

〔註343〕詳參本論文第四章第四節《國風·周南·葛覃》小節。

葛〉文云：

> 彼采葛兮，一日不見，如三月兮。
> 彼采蕭兮，一日不見，如三秋兮。
> 彼采艾兮，一日不見，如三歲兮。

毛《序》：「〈采葛〉，懼讒也。」朱熹《詩集傳》：「采葛所以爲絺綌，蓋淫奔者託以行也。故因以指其人，而言思念之深，未久而久也。」本簡「之愛婦」之下殘斷，故無法確知有何評論，但由「愛」、「婦」等用字觀之，〈孔子詩論〉看〈采葛〉的觀點當與毛《序》有所不同，當近於「男女之思」的說法。

十一、《國風·周南·兔罝》

　　兔蘆丌甬人則虖取（簡23）→〈兔罝〉其用人則吾取[之]。

　　馬承源隸定爲「兔虘」之字，何琳儀師隸定爲「象蘆」。〔註344〕「象」、「兔」二字演變到戰國時代寫法相近，多有混用，在此兩者皆有可能，但此篇名以釋爲〈兔罝〉之說較好（詳見下文），故筆者暫從馬承源隸爲「兔」。至於馬承源隸爲「虘」之字，細察原簡字形，上似有「艸」旁，故此字從何師之隸定。

　　對簡文「兔蘆」一詞，馬承源認爲即今本《毛詩·國風·周南·兔罝》，多數學者從之。〔註345〕唯何琳儀師隸爲「象蘆」讀爲「桑扈」，認爲即《詩·小雅·桑扈》。〈桑扈〉：

> 交交桑扈，有鶯其羽。君子樂胥，受天之祜。
> 交交桑扈，有鶯其領。君子樂胥，萬邦之屏。
> 之屏之翰，百辟爲憲。不戢不難，受福不那。
> 兕觥其觩，旨酒思柔。彼交匪敖，萬福來求。

何琳儀師認爲「君子樂胥，萬邦之屏。」「之屏之翰，百辟爲憲。」與簡文「用人」之義相涵。〔註346〕但此兩句似在稱贊君子爲萬邦之屏，百官都應以其

〔註344〕馬承源，《上海博物館藏戰國楚竹書（一）·孔子詩論考釋》（上海：上海古籍出版社，2001），頁153。何琳儀，〈滬簡詩論選釋〉，《上博館藏戰國楚竹書研究》（上海：上海書店，2002），頁253～254。

〔註345〕馬承源，《上海博物館藏戰國楚竹書（一）·孔子詩論考釋》（上海：上海古籍出版社，2001），頁153。

〔註346〕何琳儀，〈滬簡詩論選釋〉，《上博館藏戰國楚竹書研究》（上海：上海書店，2002），

為學習對象，和「用人」或有相關，但關係不是那麼密切。而〈兔罝〉之內容如下：

> 肅肅兔罝，椓之丁丁。赳赳武夫，公侯干城。
> 肅肅兔罝，施于中逵。赳赳武夫，公侯好仇。
> 肅肅兔罝，施于中林。赳赳武夫，公侯腹心。

其內容如李零所說，在言赳赳武夫可為公侯所用。〔註347〕又毛《序》云：「〈兔罝〉，后妃之化也。〈關雎〉之化行，則莫不好德，賢人眾多也。」提到賢人眾多。從〈兔罝〉內容及毛《序》所言可知此詩確和「用人」有關，合於〈孔子詩論〉「用人」之評論。再加上何師雖云「戶」、「疋」、「且」聲系相通，但「戶」、「且」二聲系沒有直通之例，故「蘆」讀為「扈」雖有可能，但不如「蘆」、「罝」兩字皆從「且」聲來得直接，故筆者贊成「兔蘆」當為〈兔罝〉。

由於本段簡文文意未完，故學者或補字，或嘗試找出其所應接何簡。李零將此簡下接簡 21，讀為「〈兔罝〉其用人則吾取（簡 23）貴也（簡 21）。」〔註348〕李銳則補字為「〈兔罝〉其用人則吾取[賢也]。」〔註349〕但筆者認為此兩種讀法就上下文義來講並不通順，〈孔子詩論〉作者所取的當是〈兔罝〉的用人之意或用人之法，而非在表達作者本身用人取「貴」或「賢」。本段簡文或當補為「〈兔罝〉其用人則吾取之。」意即「吾取〈兔罝〉之用人。」其句式同於簡 6「吾敬之」，及簡 21、22「吾善之」、「吾喜之」、「吾信之」、「吾美之」。

十二、《國風・王風・兔爰》

有兔不弄音▬（簡 25）→〈有兔〉不逢時。

簡文「又兔」，馬承源讀為「有兔」，認為當取自《詩・王風・兔爰》：「有兔爰爰」的首二字，在此用作篇名。〔註350〕此說合於古書取首句之字詞為篇

頁 253～254。

〔註347〕李零，《上博簡三篇校讀記》（臺北：萬卷樓圖書公司，2002），頁 38。

〔註348〕李零，《上博簡三篇校讀記》（臺北：萬卷樓圖書公司，2002），頁 38。

〔註349〕李銳，《《詩論》簡禮學思想研究》（北京：清華大學歷史學系碩士論文，2003），頁 81。

〔註350〕馬承源，《上海博物館藏戰國楚竹書（一）・孔子詩論考釋》（上海：上海古籍出版社，2001），頁 155。

名之命名例，再加上「不逢時」之評語和〈兔爰〉內容亦合，知馬承源此說無誤。

　　對於「弄」字讀為「逢」，學者皆表贊同。但在釋字方面，彭裕商認為「弄」當釋為「封」。〔註351〕鄭玉珊則以為「弄」為「捧」之初文，當釋為「奉」。〔註352〕筆者認為當以鄭玉珊之說為是，《說文》：「奉，承也，從手、從収，丰聲。」由此觀之「弄」字以釋為「奉」較好，「奉」、「逢」皆從「丰」聲，音近可通。又秦系「逢」字從「辵」、「攵」、「丰」，齊、晉二系的「夆」旁亦多從「攵」從「丰」，皆不同於「弄」字構形，晉系更另有「奉」字寫作從「丰」從「収」，與本簡「弄」字同，雖非楚系文字，但可為旁證。

　　〈兔爰〉一篇內容如下：

> 有兔爰爰，雉離于羅。我生之初尚無為，我生之後，逢此百罹，尚寐無吪。

> 有兔爰爰，雉離于罦。我生之初尚無造，我生之後，逢此百憂，尚寐無覺。

> 有兔爰爰，雉離于罿。我生之初尚無庸，我生之後，逢此百凶，尚寐無聰。

詩文言「生之初」如何，又言「生之後」逢百凶，與簡文評語「不逢時」正相切合。

十三、《國風・邶風・柏舟》

　　忠▁北白舟悶▁（簡26）→忠。《邶・柏舟》悶。

　　「忠」字之下有墨釘，知應與「北白舟悶」分為二段，但其上殘斷，無法得知欲評何詩。雖然黃懷信認為「忠」字之上可補篇名「節南山」。〔註353〕但僅由「忠」一字即認定是在評〈節南山〉，實在過於冒險。

〔註351〕彭裕商，〈讀《戰國楚竹書》（一）隨記〉，「簡帛研究」網，2002.04.12。

〔註352〕鄭玉珊，《《上博（一）・孔子詩論》研究》（臺北：國立台灣師範大學國文研究所，碩士學位論文，2004），頁252～254。

〔註353〕黃懷信，《上海博物館藏戰國楚竹書〈詩論〉解義》（北京：社會科學出版社，2004），頁111～115。

　　簡文「北白舟」，馬承源認爲即《詩・國風》之《邶風・柏舟》，之所以要特別標出其地域「邶」，是爲了和《鄘風・柏舟》有所區別。〔註 354〕對「北白舟」即「邶柏舟」一說，學者多無異議。唯俞志慧謂金文、簡帛「北」皆作二人相背之狀，其收筆處爲弧形，而本簡「北」字收筆處卻作頓挫狀，疑爲「行」之省，並據此將「北白」讀爲「巷伯」，又將馬承源釋爲「舟」之字釋爲「月」，云：「唯『月悶』二字不得其解，姑存疑以待高明。」〔註 355〕「行」字已見於簡 1「行此者其有不王乎」，未作省體寫法。且簡 1「行」字下部明顯向左右彎出，而此簡「北」字下部爲直豎畫，知其當非「行」字省寫。「白」之後一字作五筆寫法，與簡文中作四筆的「月」旁寫法亦明顯不同。再者，若依此說，則「月悶」二字不知其義。故「北白舟」仍當從馬承源讀爲「邶柏舟」。

　　《邶風・柏舟》原文如下：

> 汎彼柏舟，亦汎其流。耿耿不寐，如有隱憂。微我無酒，以敖以遊。
> 我心匪鑒，不可以茹。亦有兄弟，不可以據。薄言往愬，逢彼之怒。
> 我心匪石，不可轉也。我心匪席，不可卷也。威儀棣棣，不可選也。
> 憂心悄悄，慍于群小。覯閔既多，受侮不少。靜言思之，寤辟有摽。
> 日居月諸，胡迭而微。心之憂矣，如匪澣衣。靜言思之，不能奮飛。

馬承源認爲乃因其詩皆詩人慍鬱憂愁之嘆，故〈孔子詩論〉評之爲「悶」。〔註 356〕觀詩文內容「覯閔既多，受侮不少」、「靜言思之，寤辟有摽」、「心之憂矣，如匪澣衣」、「靜言思之，不能奮飛」等句，確實愁悶鬱結，故馬承源之說大致可通，但其中「慍」者爲「群小」而非詩中主人翁，不適合用「慍」形容之。董蓮池更進一步謂此詩是言一女子自傷不得於夫，整日遭眾妾欺侮之事。〔註 357〕但由詩中「無酒」、「威儀」、「奮飛」等用詞，此詩主人翁似乎更可能是男子。

〔註 354〕馬承源，《上海博物館藏戰國楚竹書（一）・孔子詩論考釋》（上海：上海古籍出版社，2001），頁 156。

〔註 355〕俞志慧，〈《戰國楚竹書・孔子論詩》校箋（下）〉，「簡帛研究」網，2002.01.17。

〔註 356〕馬承源，《上海博物館藏戰國楚竹書（一）・孔子詩論考釋》（上海：上海古籍出版社，2001），頁 156。

〔註 357〕董蓮池，〈上海博物館藏《戰國楚竹書（一）》解詁（二）〉，《古籍整理與研究學刊》2003.02，頁 17。

孟蓬生將「悶」讀爲「閔」，謂「所謂閔即詩人閔仁人之不遇」。〔註358〕但詩中並未有憐憫之語，就詩文內容來看，「悶」字還是如字讀爲「悶」較能切合文義。

十四、《國風・檜風・隰有萇楚》

陸又長楚寻而愸之也▨（簡26）→〈隰有萇楚〉得而謀之也。

簡文「陸又長楚」，馬承源謂即今本《毛詩・檜風・隰有萇楚》。又云：「《集韻》『侮』古作『愸』。」似是將簡文「愸」讀爲「侮」，但未釋句義。〔註359〕〈隰有萇楚〉：

> 隰有萇楚，猗儺其枝。夭之沃沃，樂子之無知。
> 隰有萇楚，猗儺其華。夭之沃沃，樂子之無家。
> 隰有萇楚，猗儺其實。夭之沃沃，樂子之無室。

「侮」字有「欺凌」、「輕慢」之義，將簡文讀爲「得而侮之」，似不能和〈隰有萇楚〉原文有任何呼應。

龐樸讀「愸」爲「無」，文云：

> 其詩有云「樂子之無知」、「樂子之無家」、「樂子之無室」，皆以無爲樂，即以無爲得也。能以無爲得，便能以得爲無。以得爲無，非無得也。「得而無之」也。得而無之，非眞無也，其心能無也。〔註360〕

「以無爲樂」之意，確可由「樂子之無知（無家、無室）」得之，但「以無爲樂」是否同於「以無爲得」則有疑問，若要將「樂」等同於「得」，則「得」當訓爲「快意」、「自得」，但「以無爲得」、「以得爲無」、「得而無之」之「得」和「無」相對而言，當訓爲「獲得」而非「自得」，故「以無爲樂」和「以無爲得」並不相等，和「以得爲無」相去更遠。由〈隰有萇楚〉原文亦無法看出「以得爲無」之義，在原文中「無知」、「無家」、「無室」者爲「子」，「子」乃對他人的代稱，

〔註358〕孟蓬生，〈《詩論》字義疏證〉，《新出楚簡與儒學思想國際學術研討會論文集》（清華大學思想研究所／輔仁大學文學院　聯合主辦，2002.03.31～2002.04.02）。

〔註359〕馬承源，《上海博物館藏戰國楚竹書（一）・孔子詩論考釋》（上海：上海古籍出版社，2001），頁157。

〔註360〕龐樸，〈上博藏簡零箋〉，《上博館藏戰國楚竹書研究》（上海：上海書店，2002），頁239。

而非詩中之主人翁自己，若「以得爲無」則不需以他人之「無知」爲樂，詩中的主人翁不樂己之得而樂他人之無，知其並非以得爲無，故筆者認爲「愳」不當讀爲「無」。

李零讀「愳」爲「悔」，謂詩人自嘆命薄，竟草木之不如，雖「有知」、「有家」、「有室」，反不如萇楚無之，故曰得而悔之也。〔註361〕董蓮池亦言：「此詩內容是寫羨慕長（苑夙按：當爲「萇」）楚無妻、子之牽累。」〔註362〕賀福凌引胡承珙《毛詩後箋》云：「此篇傳語甚簡，詩旨難以遽明，惟以前二句爲興，訓夭爲少，沃沃爲壯佼，則子字自當指人，不指萇楚，可見者如此而已。」以此解釋「子」，所指稱者爲「人」，而非「植物（萇楚）」。〔註363〕此說可信，「萇楚」乃用以起興，「無知」、「無家」、「無室」之主詞當爲「人」，故謂詩人自嘆命薄可，但意不在嘆草木之不如。

何琳儀引《詩》序：「疾恣也，國人疾其君之淫恣，而思無情欲者也。」認爲「思無情欲者」有「悔」之義。〔註364〕李銳亦讀「愳」爲「悔」，並認爲朱熹解詩旨可取，朱熹文云：「政煩賦重，人不堪其苦，歎其不如草木之無知而無憂也。」〔註365〕何琳儀、李銳皆由後人說詩之義來解「得而愳之」，但君之淫恣或賦稅繁重非國人所欲得，亦非國人所願，不能由此說國人「得而悔之」，若云國君「得而悔之」，則更不合其義。

若將「得而愳之」讀爲「得而悔之」，則其「悔」義宜從詩文內容求義解，于茀云：

〈隰有萇楚〉凡三章，分別於每章尾句言「樂子之無知」、「樂子之無家」、「樂子之無室」，鄭《箋》云：「知，匹也。」可見，此三句

〔註361〕李零，《上博簡三篇校讀記》（臺北：萬卷樓圖書公司，2002），頁33。

〔註362〕董蓮池，〈上海博物館藏《戰國楚竹書（一）》解詁（二）〉，《古籍整理與研究學刊》2003.02，頁17。

〔註363〕賀福凌，〈釋上楚簡〈孔子詩論〉中的「愳」字——兼辨《檜風‧隰有萇楚》詩義〉，《古漢語研究》2004.01，頁101～102。

〔註364〕何琳儀〈滬簡詩論選釋〉，《上博館藏戰國楚竹書研究》（上海：上海書店，2002），頁254。

〔註365〕李銳，《〈詩論〉簡禮學思想研究》（北京：清華大學歷史學系碩士論文，2003），頁57～58。

實爲同義複詠，此是詩的主旨，以子之無室家爲樂，實即羨慕別人沒有室家，猶今言羨慕單身漢。可見，此人已經有了室家無疑，如此羨慕別人沒有室家，必然悔不當初。……「得而悔之」當是〈隰有萇楚〉的本義……毛《詩》序所云是「說詩」之義，而非作詩之義。

于茀之說近於李零，但以「無知」者爲「人」，姚小鷗、劉信芳與之同。〔註366〕此說成立與否，關係〈隰有萇楚〉作詩本義的問題，若將其詩義解爲有室家之人羨慕無室家之人，則簡文讀爲「得而悔之」即能完全切合詩旨，此說可通。不過，對於〈隰有萇楚〉的詩本義，歷來多有爭辯，莫衷一是，筆者以爲「羨慕他人無室家」之義雖有可能，但尚有其他說法更能合於詩文及簡文用字，故筆者不從此說。至於濮茅左、廖名春、俞志慧雖亦將「愄」讀爲「悔」，但未詳釋其義，於此暫不討論。

鄭玉珊讀「愄」爲「謀」，舉上博簡〈緇衣〉、〈性情論〉及郭店簡〈語叢〉「愄」字皆讀爲「謀」證之，贊成鄭《箋》訓「樂子之無知」的「知」字應訓爲「匹」，又認爲「樂」字釋爲「喜悅」之義較恰當，簡文「謀」字則訓爲「求」，在釋義方面其文云：

> 簡文「隰有長楚，得而謀之也」可以解釋爲「〈隰有萇楚〉描述詩人因看見濕地上茂生的萇楚，枝葉婀娜多姿，故而見物起興，聯想到所愛悅之人正值年少美盛；表現出內心的欣喜，因爲心上人尚未婚配，故尚有機會可謀求姻緣，期待與對方結爲連理以成室家之好。」〔註367〕

賀福凌同意鄭玉珊之說，並進一步指出「據張守中等《郭店楚簡文字編》統計，『愄』字共出現十次，都讀爲『謀』。這應該是很直接可靠的證據。」又舉《衛風‧氓》：「氓之蚩蚩，抱布貿絲，匪來貿絲，來即我謀。」鄭《箋》：「謀，謀

〔註366〕于茀，〈上海博物館藏戰國楚簡詩論補釋〉，《北方論叢》2003.01，頁60。姚小鷗，〈《周易》經傳與〈孔子詩論〉的哲學品格〉，《文學評論》2003.05，頁52。劉信芳，《孔子詩論述學》（合肥：安徽大學出版社，2003），頁231。

〔註367〕鄭玉珊，《《上博（一）‧孔子詩論》研究》（臺北：國立台灣師範大學國文研究所，碩士學位論文，2004），頁266～268。

為婚姻之事也。」證「謀」在《詩》中有「謀為婚姻之事」的用法。〔註368〕此說是將作詩之義視為「見心上人之無匹，故樂之」，而簡文則進一步解釋其所以「樂」，乃因心上人尚未婚配，可「得而謀之」。觀〈隰有萇楚〉原文，筆者認為「樂心上人無匹」之義勝於「羨慕他人無室家」的解釋，由原詩不能得詩中主人翁已婚配之義，主人翁已有室家之義皆由後人從反面設想，此其一。三章之重點在「樂子之無知」、「樂子之無家」、「樂子之無室」，只見其「樂」不見其「悔」，此其二。且簡文「愍」讀為「謀」確實較合於楚簡習慣用法，故筆者贊同此說，將「得而愍之」讀為「得而謀之」。

除此之外，朱湘蓉認為「愍」當讀為「媒」，解「得而媒之」為「覓得意中之人而欲婚配為室家之意」。〔註369〕「覓得」之義無法由詩文看出，〈隰有萇楚〉既強調「樂子之無知」，重點當不在「覓得」，而在其無室家因此有與之婚配的可能，故「得」訓為「可以」、「能夠」較好。且雖然將「愍」讀為「媒」在簡文中說得通，但楚簡「愍」字多讀為「謀」，且讀「愍」為「謀」在「〈隰有萇楚〉得而愍之」一句中亦說得通，則此處還是依照楚簡文字習慣用法，將「愍」讀為「謀」較好。

十五、《國風・鄘風・牆有茨》

瓄又薺憨審而不智言▄（簡28）→〈牆有茨〉慎密而不知言。

「瓄」字，馬承源隸為從「爿」、從「章」，謂「瓄又薺」為今本所無之詩篇名。〔註370〕李學勤、廖名春從其隸定，但李學勤以為此字從「章」得聲，廖名春則以為從「爿」得聲。〔註371〕李零、何琳儀、胡平生、李守奎、白於藍、季旭昇、鄭玉珊等學者則認為此字右旁所從非「章」，而是「郭」、「墉」等

〔註368〕賀福凌，〈釋上楚簡〈孔子詩論〉中的「愍」字——兼辨《檜風・隰有萇楚》詩義〉，《古漢語研究》2004.01，頁101～102。

〔註369〕朱湘蓉，〈《詩論》二十六簡「愍」字之我見〉，「簡帛研究」網，2003.06.03。

〔註370〕馬承源，《上海博物館藏戰國楚竹書（一）・孔子詩論考釋》（上海：上海古籍出版社，2001），頁158。

〔註371〕李學勤，〈《詩論》與《詩》〉，《清華簡帛研究》第二輯（北京：清華大學思想文化研究所，2002）。廖名春，〈上海博物館藏〈詩論〉簡校釋〉，《中國哲學史》2002.01，頁15～16。

字所從的「𩫏」旁，其中李零、何琳儀、李守奎、白於藍、鄭玉珊等人認爲此字從「爿」聲，胡平生則認爲從「𩫏」得聲。如胡平生所言楚簡「章」字上部皆做一點一横，而本字原簡作「」形，右旁與「章」字並不相同，反近於戰國「墉」字所從「𩫏」旁，故當棣爲「𦊰」。「𦊰」字亦見於郭店簡〈語叢四〉簡 2，其「牆有耳」之「牆」字構形與本簡「」字全同，知本簡「」字可讀爲「牆」無疑。「牆」字本從「爿」聲，故在此當以「爿」爲聲符，若只就聲音來看，「牆」字古音在從母陽部、「𩫏」字若讀爲「墉」則古音在余母東部，而從「爿」的「奘」在從母陽部、「壯」在莊母陽部，知「牆」、「爿」音較近，在此「牆」字仍當以「爿」爲聲符。而「𩫏」字在此可能是作爲義符使用，「牆」、「𩫏」皆爲「垣」，故「𩫏」可當「牆」之義符。簡文「𦊰又薺」，李零與多位學者已指出即今本《詩・鄘風》之篇名〈牆有茨〉，「薺」、「茨」二字古音皆在從母脂部，可通。

〈孔子詩論〉對〈牆有茨〉的評論是「慎密而不𣉻言」。對於「慎」字結構，陳劍已有專文討論，筆者在此不贅述。〔註 372〕簡文「慎密」二字馬承源讀爲「慎密」，又說也可能作「縝密」，讀「不𣉻言」爲「不智言」，未詳釋句義。〔註 373〕其他學者在釋義方面則稍有不同，爲了討論方便，我們引〈牆有茨〉原文如下：

> 牆有茨，不可埽也。中冓之言，不可道也。所可道也，言之醜也。
> 牆有茨，不可襄也。中冓之言，不可詳也。所可詳也，言之長也。
> 牆有茨，不可束也。中冓之言，不可讀也。所可讀也，言之辱也。

毛《序》:「〈牆有茨〉，衛人刺其上也。公子頑通乎君母，國人疾之，而不可道也。」廖名春據毛《序》而論，認爲公子頑通乎君母是國恥，需「慎密」，故詩文言「不可道也」，但如果因「言之醜也」、「言之辱也」而不刺其上，爲了「慎密」而不加以諷諫，就是「不知言」。〔註 374〕此就毛《序》爲說，但觀〈牆有

〔註 372〕陳劍，〈說慎〉，《簡帛研究二〇〇一・上》（桂林：廣西師範大學出版社，2001），頁 207～212。

〔註 373〕馬承源，《上海博物館藏戰國楚竹書（一）・孔子詩論考釋》（上海：上海古籍出版社，2001），頁 158。

〔註 374〕廖名春，〈上海博物館藏〈詩論〉簡校釋〉，《中國哲學史》2002.01，頁 15～16。

茨〉原文，並未提到刺不刺上的問題，故筆者認爲此說可能性較低。

俞志慧則認爲「愼密而不知言」，當指詩中反覆吟詠的「中冓之言」，「不知言」謂不知如何言說。〔註375〕觀詩文內容，其義並非不知如何言說，而是因「言之醜」、「言之辱」而不可說，就是因爲如此才會評其「愼密」，若其不說的原因只是因爲不知如何言說，而非經過詩人主人翁的考量才不說，就不會有「愼密」之評了。

胡平生認爲從詩句「不可道」、「不可詳」、「不可讀」觀之，此處當讀爲「縝密」而非「愼密」，所謂「縝密而不知言」指「中冓之言」極其秘密而無法知道究竟說了些什麼。〔註376〕若照此釋，則「縝密」之主詞爲〈牆有茨〉一詩或詩中主人翁，而「不知言」的主詞爲〈牆有茨〉之讀者，兩者主詞不同，但在「不知言」之前並沒有任何其他可當作主詞的字詞出現，故「不知言」比較可能跟「愼密」同一主詞，即〈牆有茨〉。至於讀爲「愼密」或「縝密」，筆者以爲兩詞義近，且皆見於先秦文獻，在此讀爲「愼密」即可。劉信芳謂「中冓之言」隱密不可道，是其「愼密」，而傳出來「所可道者」，醜惡不當，不知該不該說、說不出口，是「不知言」。〔註377〕亦有前後主詞不一之病，故不從。

對於本段簡文，季旭昇云：

> 宮廷穢聞，極其醜惡，爲之者往往自以爲行事愼密，而不知隔牆有
> 耳，此即「愼密而不知言」。

鄭玉珊從之。〔註378〕若從此說，則〈孔子詩論〉是就詩中被批評者而論。但〈牆有茨〉原文看不出隔牆有耳之意，而「不知言」三字似亦不能表達「隔牆有耳」之意，故筆者不從此說。

彭裕商釋「愼密而不知言」爲「愼密而不使其言爲外所知」。〔註379〕在目

〔註375〕俞志慧，〈《戰國楚竹書·孔子論詩》校箋（下）〉，「簡帛研究」網，2002.01.17。

〔註376〕胡平生，〈讀上博藏戰國楚竹書〈詩論〉劄記〉，《上博館藏戰國楚竹書研究》（上海：上海書店，2002），頁 277～278。

〔註377〕劉信芳，《孔子詩論述學》（合肥：安徽大學出版社，2003），頁 254～255。

〔註378〕季旭昇，〈〈孔子詩論〉新詮〉，《經學研究論叢》第十三輯（臺北：學生書局，2005）。

〔註379〕彭裕商，〈讀《戰國楚竹書》（一）隨記三則〉，《新出楚簡與儒學思想國際學術研討會論文集》（清華大學思想研究所／輔仁大學文學院　聯合主辦，2002.03.31～

前的幾種說法中，筆者認爲此說較好，觀〈牆有茨〉全篇，雖屢言「中冓之言，不可道（詳、讀）也」，又言此中冓之言「醜」、「辱」，但卻始終未言明此「中冓之言」爲何，在此便可見其「愼密」，而其「愼密」之因就再於不使此中冓之言爲外人所知。

第五節　評論《小雅》詩篇者

一、《小雅·谷風之什·無將大車》

貴也贓大車之嚚也▇則以爲不可女可也？（簡 21）→貴也。〈將大車〉之嚚也，則以爲不可如何也？

簡首「貴也」兩字，當爲上一篇詩評，所評何詩今不可知。

「贓」在郭店簡中多讀爲「藏」，從「臧」得聲，與「將」字音近可通。馬承源將簡文「贓大車」讀爲「將大車」，認爲即《詩·小雅·谷風之什·無將大車》，又據簡文謂今本「無將大車」衍「無」字。〔註380〕劉信芳將今本「無」字視爲有義之詞，即駕車者之呼聲。〔註381〕季旭升則認爲「無將大車」與「無思百憂」同一句型，「無」當視爲否定詞，在詩文不可省略，於詩題則可有可無。〔註382〕鄭玉珊贊同季旭升之說，但進一步認爲「無」當讀作「勿」，有勸阻勿行之意。〔註383〕〈無將大車〉原文如下：

無將大車，祇自塵兮。無思百憂，祇自疧兮。

無將大車，維塵冥冥。無思百憂，不出于熲。

無將大車，維塵雍兮。無思百憂，祇自重兮。

觀其句式，三章「無將」皆與下文「無思」呼應，則「無」字當從季旭升所言，

2002.04.02）。

〔註380〕馬承源，《上海博物館藏戰國楚竹書（一）·孔子詩論考釋》（上海：上海古籍出版社，2001），頁 150。

〔註381〕劉信芳，《孔子詩論述學》（合肥：安徽大學出版社，2003），頁 218～219。

〔註382〕季旭升主編，《上海博物館藏戰國楚竹書（一）讀本》（臺北：萬卷樓圖書公司），頁 68。

〔註383〕鄭玉珊，《《上博（一）·孔子詩論》研究》（臺北：國立台灣師範大學國文研究所，碩士學位論文，2004），頁 292～293。

視爲否定詞,而「無」字既有否定之意,當不需再轉讀爲「勿」。

簡文「嚻」字,除了王志平將之轉讀爲「謷」,其他學者皆如字讀爲「嚻」,但在訓解上又有不同。王志平引毛《序》:「〈無將大車〉,大夫悔將小人也。」又引《說文》:「謷,不肖人也。」似是認爲「謷」指小人,即「不肖人」。〔註384〕但「不肖人」並非本詩重點,在詩中亦未曾提及,似不當以「不肖人」爲本詩之評語,更何況說「〈將大車〉之不肖人」云云,於文義並不通順。

馬承源對「嚻」字未作訓解。劉信芳則云「嚻」爲將車車父之嚻,與詩文「無」字爲車父呼聲相呼應。〔註385〕前段已云「無」字非車父呼聲,故劉信芳此說不可通。董蓮池訓「嚻」爲「嚻浮」義,云:

> 這兩句是論者評者評論〈無將大車〉之語,認爲這首詩表達的情緒嚻浮,是詩人認爲所面對之事不知如何處理爲好的一種情緒表達。
> 〔註386〕

觀〈無將大車〉內容,雖以消極的心態勸人「無思百憂」,但卻未表現出嚻浮的情緒,故此說亦不恰當。鄭玉珊則以爲「嚻」指的是小人之讒言喧嚻,使君子遭受譖害,本段簡文意謂「〈將大車〉言小人之讒言喧嚻,君子遭憂,卻是自己當初進舉小人,使其有機可趁,故雖病之而無可奈何。」〔註387〕但原詩內容並未提及小人如何讒言喧嚻,喧嚻者亦非詩中之主人翁,當不會以「小人之讒言喧嚻」爲其詩評。

廖名春引《爾雅·釋言》:「嚻,閑也。」謂簡文認爲此詩內容憂讒畏譏、態度消極,故曰「嚻」。〔註388〕李銳說法與廖名春同,引《孟子·盡心上》:「人知之亦嚻嚻,人不知亦嚻嚻。」《注》:「嚻嚻,自得無欲之貌。」證之,又認爲

〔註384〕王志平,〈〈詩論〉箋疏〉,《上博館藏戰國楚竹書研究》(上海:上海書店,2002),頁222。

〔註385〕劉信芳,《孔子詩論述學》(合肥:安徽大學出版社,2003),頁218～219。

〔註386〕董蓮池,〈上海博物館藏《戰國楚竹書(一)》解詁(二)〉,《古籍整理與研究學刊》2003.02,頁15。

〔註387〕鄭玉珊,《《上博(一)·孔子詩論》研究》(臺北:國立台灣師範大學國文研究所,碩士學位論文,2004),頁292～293。

〔註388〕廖名春,〈上海博物館藏〈詩論〉簡校釋〉,《中國哲學史》2002.01,頁16。

〈孔子詩論〉點出此詩表面上的勸人無思百憂、自得無欲，其實是因爲無可奈何，[註389]筆者認爲此說可從。〈無將大車〉全詩所呈現的確爲一種較消極的態度，且將「嚚」訓爲「自得無欲」之意，後再轉到下文「則以爲不可如何也」的無可奈何，文義通暢。

　　簡文「則呂爲不可女可也」，馬承源斷讀爲「則以爲不可如何也。」有無可奈何、再努力也起不了作用之意，學者多從之。[註390]于茀則斷讀爲「將大車之嚚也，則以爲不可，如何也？」其文云：

> 所謂「將大車之嚚也，則以爲不可」，也是認爲〈無將大車〉之義是
> 「以爲不可」與小人處。簡文「如何也」，則是詩論作者的發問，應
> 該是對自己學生的發問。[註391]

在簡文「則以爲不可如何也」之後接著是評論〈湛露〉的文字，若照于茀之斷讀，則在「如何也？」的問句之後，並沒有任何回答。觀〈孔子詩論〉的其他簡文，在評論時若有設問，之後都會接一答句來回答此問題，故此處將「如何也」斷開視爲問句的可能性較小，當讀爲直述句的「則以爲不可如何也。」較恰當。

二、《小雅・南有嘉魚之什・湛露》

　　審霂之䁯也丌猷軑與▂（簡21）→〈湛露〉之益也，其猶軑與？

　　簡文「審霂」馬承源謂即《詩・小雅・南有嘉魚之什》之篇名〈湛露〉，此釋各家無異議。[註392]對於「䁯」、「軑」兩字之訓讀，則各家持見分歧。〈湛露〉：

> 湛湛露斯，匪陽不晞，厭厭夜飲，不醉無歸。
> 湛湛露斯，在彼豐草，厭厭夜飲，在宗載考。

〔註389〕李銳，《《詩論》簡禮學思想研究》（北京：清華大學歷史學系碩士論文，2003），頁62。

〔註390〕馬承源，《上海博物館藏戰國楚竹書（一）・孔子詩論考釋》（上海：上海古籍出版社，2001），頁150。

〔註391〕于茀，〈上海博物館藏戰國楚簡詩論補釋〉，《北方論叢》2003.01，頁59。

〔註392〕馬承源，《上海博物館藏戰國楚竹書（一）・孔子詩論考釋》（上海：上海古籍出版社，2001），頁150。

　　　湛湛露斯，在彼杞棘，顯允君子，莫不令德。

　　　其桐其椅，其實離離，豈弟君子，莫不令儀。

馬承源以「厭厭夜飲，在宗載考。」之詩句，認為「軘」當讀為「酡」，云：「蓋雖未醉而顏已酡。」對於「賺」字則未有訓解。〔註393〕李零、俞志慧、王志平、李銳亦將「軘」讀為「酡」，但李零將「賺」讀為「益」，未訓其義；俞志慧則以為「賺」乃「賜」之假借字；李銳引《古書虛字集釋》：「猶，猶『應』也，『宜』也。」又認為《易林·屯之鼎》：「湛露之歡，三爵畢恩。」正是說湛露之益、之歡，在於不醉。〔註394〕將「酡」解釋為「未醉」或「微醉」，將「猶」訓為「如同」或「宜」、「應」，雖與〈湛露〉「厭厭夜飲」之句相關，但不論「賺」字讀為「益」或「賜」，說「〈湛露〉之賺，其猶酡與」，謂「如同微醉一般」、「宜微醉」於文義似皆不妥。

　　周鳳五讀「軘」為「馳」，其文云：

　　　《小雅·湛露》共四章，結句為「不醉無歸」、「在宗載考」、「莫不令德」、「莫不令儀」，所言始於燕私夜飲，進而祭宗廟、進而有德行、進而美姿儀；亦即由口腹之慾始，以修德修業終。簡文以車馬奔馳喻其進德之速，蓋美之也。〔註395〕

廖名春從周鳳五之說，並曰：「『益』而故稱『馳』。」〔註396〕劉信芳亦以為「軘」當讀「馳」，又訓「益」為「加也」。〔註397〕季旭昇則認為「軘」之義即「車疾」，不必改讀為「馳」，云：

〔註393〕馬承源，《上海博物館藏戰國楚竹書（一）·孔子詩論考釋》（上海：上海古籍出版社，2001），頁150。

〔註394〕李零，《上博簡三篇校讀記》（臺北：萬卷樓圖書公司，2002），頁38。俞志慧，《〈戰國楚竹書·孔子論詩〉校箋（上）》，「簡帛研究」網，2002.01.17。王志平，〈〈詩論〉箋疏〉，《上博館藏戰國楚竹書研究》（上海：上海書店，2002），頁222。李銳，〈上博楚簡續札〉，《新出楚簡與儒學思想國際學術研討會論文集》（清華大學／輔仁大學文學院　聯合主辦，2002.03.31～2002.04.02）。

〔註395〕周鳳五，〈〈孔子詩論〉新釋文及注解〉，《上博館藏戰國楚竹書研究》（上海：上海書店，2002），頁162～163。

〔註396〕廖名春，〈上海博物館藏〈詩論〉簡校釋〉，《中國哲學史》2002.01，頁16。

〔註397〕劉信芳，《孔子詩論述學》（合肥：安徽大學出版社，2003），頁219～220。

疑〈孔子詩論〉謂本詩的「益」，是天子能以禮待諸侯，因爲天下很快就能化之以德，就像車行路上，只要遵循法度，速度雖快，不但不會翻覆，而且會很快地到達目的。〔註398〕

筆者認爲季旭昇之說較佳，「軚」既有「車疾」之義，不需再轉讀爲「馳」。至於「賺」字，在〈孔子詩論〉中又見於簡11「〈關雎〉之改則其思賺矣」，簡11「賺」當有「增益」之意，和「改」字相呼應。此處「賺」字，筆者認爲很可能和簡11同訓爲「增益」，即劉信芳所訓「加也」，用「車疾」來形容其增益之速度是很恰當的，但所增益者爲「進德之速」或「德之化」，抑或是其他，在此不可得知。

三、《小雅・節南山之什・十月》

十月善諀言■（簡8）→〈十月〉善諀言。

簡文「十月」，馬承源認爲即《詩・小雅・節南山之什・十月之交》，各家對此無異議。「諀」字，馬承源讀爲「諞」，文云：

> 善諀言，「諀」字《說文》所無，從言卑聲，當讀爲「諞」。《尚書・秦誓》：「惟截截善諞言，俾君子易辭」。「善諀言」，即《秦誓》之「善諞言」。毛亨《傳》云：「惟察察便巧善爲辨佞之言，使君子迴心易辭」。孔子認爲《十月》詩中內容反映了西周官場中慣有的諞言，這種現象王公們以爲恥辱。〔註399〕

對於馬承源此說，胡平生、周鳳五皆有所反駁。胡平生認爲自文義上看，孔子評價〈十月〉「善諀言」，應當是贊揚之辭，故「諀言」不會是《尙書》中的「諞言（辨佞之言）」。〔註400〕周鳳五從〈十月之交〉的內容來看，認爲其詩直斥小人讒言之害，若謂其「善爲辨佞之言」，明顯不合詩旨。〔註401〕胡、周之說有

〔註398〕季旭昇，〈〈孔子詩論〉新詮〉，《經學研究論叢》第十三輯（臺北：學生書局，2005）。

〔註399〕馬承源，《上海博物館藏戰國楚竹書（一）・孔子詩論考釋》（上海：上海古籍出版社，2001），頁136。

〔註400〕胡平生，〈讀上博藏戰國楚竹書〈詩論〉箚記〉，《上博館藏戰國楚竹書研究》（上海：上海書店，2002），頁280～281。

〔註401〕周鳳五，〈〈孔子詩論〉新釋文及注解〉，《上博館藏戰國楚竹書研究》（上海：上海

理。不過，黃人二從馬承源之說，謂「善諞言」即「刺善諞言者」之義，以反面言之。〔註402〕依黃人二之說，確可解答胡、周之疑問，但「善諞言」一語，動詞為「善」而非「刺」，似不能解作「刺善諞言者」。

　　胡平生讀「諞言」為「卑言」，訓「卑」為「卑小」、「非正統」之意，「卑言」即「下民之言」，認為該詩代表下民對國家政治、達官貴人的怨恨之言，孔子說「〈十月〉善卑言」，是稱讚它善於將下民之言表達出來。〔註403〕〈十月之交〉雖有「今此下民，亦孔之哀」、「下民之孽，匪降自天」之類詩句，指責權臣病民文過，但該詩原文云：

十月之交，朔月辛卯，日有食之，亦孔之醜，彼月而微，此日而微，今此下民，亦孔之哀。

日月告凶，不用其行，四國無政，不用其良，彼月而食，則維其常，此日而食，于何不臧。

爗爗震電，不寧不令，百川沸騰，山冢崒崩，高岸為谷，深谷為陵，哀今之人，胡憯莫懲。

皇父卿士，番維司徒，家伯維宰，仲允膳夫，聚子內史，蹶維趣馬，楀維師氏，豔妻煽方處。

抑此皇父，豈曰不時，胡為我作，不即我謀，徹我牆屋，田卒汙萊，曰予不戕，禮則然矣。

皇父孔聖，作都于向，擇三有事，亶侯多藏，不憖遺一老，俾守我王，擇有車馬，以居徂向。

黽勉從事，不敢告勞，無罪無辜，讒口囂囂，下民之孽，匪降自天，噂沓背憎，職競由人。

悠悠我里，亦孔之痗，四方有羨，我獨居憂，民莫不逸，我獨不敢休，天命不徹，我不敢傚，我友自逸。

　　書店，2002），頁158。

〔註402〕黃人二，《上海博物館藏戰國楚竹書（一）研究》（臺中：高文出版社，2002），頁36。

〔註403〕胡平生，〈讀上博藏戰國楚竹書〈詩論〉箚記〉，《上博館藏戰國楚竹書研究》（上海：上海書店，2002），頁280～281。

據末章「民莫不逸，我獨不敢休」之語推敲，全詩重點可能不在代民抒怨。

周鳳五讀「善諆言」爲「善辟言」，並引《詩‧雨無正》：「如何昊天，辟言不信！」毛《傳》：「辟，法也。」謂簡文美〈十月之交〉善於正言，所言合於法度也。〔註404〕〈十月之交〉前三章以「日食」和「高岸爲谷、深谷爲陵」喻權臣傾君、第四章言權臣侍寵專朝、第五章責其病民而文過、第六章言權臣僭擅君主、第七章言讒風之盛、第八章言詩人之憂，多由反面指責，非從正面建設性立論，評之爲「善辟言」似與內容不相切合。

李學勤將「善諆言」讀爲「善譬言」，未有任何解釋。〔註405〕許子濱、李銳皆從之，李銳並解釋「譬言」即「譬喻之言」；黃德寬、徐在國雖亦從此說，但認爲還有另一種可能，即直讀爲「善諆言」（「善諆言」之說見後文）。〔註406〕從〈十月之交〉的內容來看，確有譬喻的手法，如李銳舉《左傳‧昭公七年》：

> 公曰：「《詩》所謂『彼日而食，于何不臧』者，何也？」對曰：「不善政之謂也。國無政，不用善，則自取讁于日月之災，故政不可不慎也。」

又《左傳‧昭公三十二年》所記晉史墨語引《十月》之詩：

> 魯君世從其失，季氏世修其勤，民忘君矣。雖死於外，其誰矜之？社稷無常奉，君臣無常位，自古以然。故《詩》曰：「高岸爲谷，深谷爲陵。」

以此觀之，「譬言」之說似亦可通。但下文評〈雨無正〉、〈節南山〉、〈小旻〉、〈小宛〉、〈小弁〉、〈巧言〉等詩，皆就詩的內容而言，未論及詩的表現手法，且〈十月〉的譬喻之言僅限於前三章，不能做爲全詩的特色，故筆者認爲「諆言」讀

〔註404〕周鳳五，〈〈孔子詩論〉新釋文及注解〉，《上博館藏戰國楚竹書研究》（上海：上海書店，2002），頁158。

〔註405〕李學勤，〈上海博物館藏楚竹書〈詩論〉分章釋文〉，「簡帛研究」網，2002.01.16。

〔註406〕許子濱，〈讀《上海博物館藏戰國楚竹書》（一）小識〉，《新出楚簡與儒學思想國際學術研討會論文集》（清華大學思想文化研究所／輔仁大學文學院 聯合主辦，2002.03.31～2002.04.02）。李銳，《詩論》簡禮學思想研究》（北京：清華大學歷史學系碩士論文，2003），頁58。黃德寬、徐在國〈上海博物館藏戰國楚竹書（一）‧〈孔子詩論〉釋文補正〉，《安徽大學學報（哲學社會科學版）》2002.03。

爲「譬言」的可能性較低。

　　筆者以爲簡 8「善諽言」當從李零、廖名春之說，如字讀爲「善諽言」即可，俞志慧、王志平、董蓮池、鄭玉珊皆同此說。〔註407〕學者引《廣雅・釋言》：「諽，訾也。」《一切經音義》引《通俗文》：「難可謂之諽訾。」「諽言」當如李零訓爲「訾議之言」，是對在上位者的斥責之言，尤其表達對亂臣的不滿，並借此暗喻王之過，在前三章以適切的譬喻來責此亂象，故簡文評〈十月〉爲「善諽言」。黃德寬、徐在國認爲「譬言」、「諽言」兩說皆可，引《集韻・支韻》：「諽，諽訾，好毀譽也。」將「諽言」訓爲「毀譽之言」。〔註408〕但〈十月之交〉中的「諽訾之言」是爲了表達對在上位者所造成亂象的不滿，甚至憂心忡忡的希望此亂象能有所改進，非是爲了毀譽，故訓爲「毀譽之言」較不好。

四、《小雅・節南山之什・雨無正》、《小雅・節南山之什・節南山》

　　雨亡政▅即南山皆言上之衰也王公恥之（簡 8）→〈雨無正〉、〈節南山〉皆言上之衰也，王公恥之。

　　簡文「雨亡政」、「即南山」，馬承源已云即指今本《詩・小雅・節南山之什》的〈雨無正〉、〈節南山〉，對此各家無異議。馬承源在解釋「〈十月〉善諽言」句時云：

　　孔子認爲〈十月〉詩中內容反映了西周官場中慣有的謠言，這種現象王公們以爲恥辱。〔註409〕

似是認爲「王公恥之」兼指〈十月〉，俞志慧亦言：「『皆』字綜合上述三詩而

〔註407〕李零，《上博楚簡三篇校讀記》（臺北：萬卷樓圖書公司，2002），頁 36。廖名春，〈上海博物館藏《詩論》簡校釋〉，《中國哲學史》2002.01，頁 9。俞志慧，《〈戰國楚竹書・孔子論詩〉校箋（上）〉，「簡帛研究」網，2002.01.17。王志平，〈〈詩論〉箋疏〉，《上博館藏戰國楚竹書研究》（上海：上海書店，2002），頁 213。董蓮池，〈上海博物館藏《戰國楚竹書（一）》解詁（二）〉，《古籍整理與研究學刊》2003.02，頁 9。鄭玉珊，《《上博（一）・孔子詩論》研究》（臺北：國立台灣師範大學國文研究所，碩士學位論文，2004），頁 115～116。

〔註408〕黃德寬、徐在國〈上海博物館藏戰國楚竹書（一）・〈孔子詩論〉釋文補正〉，《安徽大學學報（哲學社會科學版）》2002.03。

〔註409〕馬承源，《上海博物館藏戰國楚竹書（一）・孔子詩論考釋》（上海：上海古籍出版社，2001），頁 136。

言。」〔註410〕但胡平生以為「王公恥之」和〈十月〉無涉，不當將「這種現象王公們以為恥辱」和「〈十月〉善諞言」扯在一起。〔註411〕由於「善諞言」之下有一墨節「▄」將之與〈雨無正〉分開，而「〈十月〉善諞言」可以獨立為一個完整的句子，故此從胡平生之說。對於「皆言上之衰也，王公恥之」，馬承源的解釋是：

> 皆言上之衰也，王公恥之，〈雨無正〉小序云：「宗周既滅，靡所止戾。正大夫離居，莫知我勩。三事大夫，莫肯夙夜，邦君諸侯，莫肯朝夕」。又云：「如何昊天，辟言不信，如彼行邁，則靡所臻。凡百君子，各敬爾身。胡不相畏，不畏于天」。即言宗周滅亡後朝政了無綱紀的衰落現象。〈節南山〉謂「天方薦瘥，喪亂弘多」，「不弔昊天，亂靡有定。式月斯生，俾民不寧，憂心如酲，誰秉國成。」對於這些亂象，孔子特為指出「皆言上之衰也，王公恥之」。〔註412〕

劉信芳已指出其中「宗周既滅」應作「周宗既滅」，且「周宗既滅」一段是〈雨無正〉原文，非小《序》之言。〔註413〕〈雨無正〉：「周宗既滅，靡所止戾」言「周為天下宗主，今已等於滅亡，無可止傾危而安定。」〈節南山〉亦言周室衰微，大師尹氏亂政失職、誤王生亂，簡文評此二詩「皆言上之衰也」切合詩旨。

「王公恥之」一句，馬承源解釋為「這種現象王公們以為恥辱」，多數學者從之，鄭玉珊進一步說：「王公認為這樣的行為是極為可恥的，因此作詩以譴責之。」認為此處王公指的是詩的作者，其說可從。《詩》序：「〈雨無正〉，大夫刺幽王也。」、「〈節南山〉，家父刺幽王也。」「大夫」、「家父」皆在朝為官者之稱，當可稱之為「王公」。〔註414〕俞志慧則認為：

〔註410〕俞志慧，〈《戰國楚竹書・孔子論詩》校箋（上）〉，「簡帛研究」網，2002.01.17。

〔註411〕胡平生，〈讀上博藏戰國楚竹書〈詩論〉箚記〉，《上博館藏戰國楚竹書研究》（上海：上海書店，2002），頁 280～281。

〔註412〕馬承源，《上海博物館藏戰國楚竹書（一）・孔子詩論考釋》（上海：上海古籍出版社，2001），頁 136。

〔註413〕劉信芳，《孔子詩論述學》（合肥：安徽大學出版社，2003），頁 153。

〔註414〕馬承源，《上海博物館藏戰國楚竹書（一）・孔子詩論考釋》（上海：上海古籍出版社，2001），頁 136。鄭玉珊，《《上博（一）・孔子詩論》研究》（臺北：國立台灣

從「王公恥之」一語看，則三首詩之作者皆爲王公，然於詩歌文本和前賢研究無證，若是「王公之恥」則與詩合，亦與「言上之衰也」語氣一貫，頗疑是書手誤倒。〔註415〕

此說許子濱已有反駁：

> 許謂古之所謂「王公」，固然可指王和公，即天子、諸侯之代稱……從文獻所見，「王公」也可以泛指王之公卿，但王之公卿並不限於三公，而是泛指畿内有爵位者或王之公卿……〈節南山〉的作者是「家父」，至於〈十月〉和〈雨無正〉的作者，據《詩》序所記，都是幽王時的大夫，因此，不能排除論詩者正是用「王公」來通稱三詩之作者的可能性。〔註416〕

許之反駁有理，且在沒有證據的情況下，不應改動原文字序以合己意。本段簡文意爲：「〈雨無正〉、〈節南山〉皆敘述在上位者的衰敗亂象，作詩的大夫、家父以之爲恥。」

五、《小雅‧節南山之什‧小旻》

少旻多惡＝言不中志者也（簡8）→〈小旻〉多疑矣，言不中志者也。

簡文「少旻」，即指《詩‧小雅‧節南山之什‧小旻》。「惡＝」一字的「＝」究竟該視爲重文符或合文符，「惡＝」該讀爲哪兩字，都引起學者的討論，由於重文符和合文符皆有作兩短橫者，在此無法分辨，故僅就文義上來擇其適當說法。劉信芳將本句讀爲「〈小旻〉多擬，擬言不中志者也。」謂「多擬」即多打比方，「擬言不中志者也」，就是比論謀事拿不定主意的人。〔註417〕〈小旻〉：

> 旻天疾威，敷于下土，謀猶回遹，何日斯沮，謀臧不從，不臧覆用，
> 我視謀猶，亦孔之卭。

師範大學國文研究所，碩士學位論文，2004），頁119～120。

〔註415〕俞志慧，〈《戰國楚竹書‧孔子論詩》校箋（上）〉，「簡帛研究」網，2002.01.17。

〔註416〕許子濱，〈讀《上海博物館藏戰國楚竹書》（一）小識〉，《新出楚簡與儒學思想國際學術研討會論文集》（清華大學思想文化研究所／輔仁大學文學院　聯合主辦，2002.03.31～2002.04.02）。

〔註417〕劉信芳，《孔子詩論述學》（合肥：安徽大學出版社，2003），頁42～43。

潝潝訿訿，亦孔之哀，謀之其臧，則具是違，謀之不臧，則具是依，
我視謀猶，伊于胡厎。

我龜既厭，不我告猶，謀夫孔多，是用不集，發言盈庭，誰敢執其
咎，如匪行邁謀，是用不得于道。

哀哉爲猶，匪先民是程，匪大猶是經，維邇言是聽，維邇言是爭，
如彼築室于道謀，是用不潰于成。

國雖靡止，或聖或否，民雖靡膴，或哲或謀，或肅或艾，如彼泉流，
無淪胥以敗。

不敢暴虎，不敢馮河，人知其一，莫知其他，戰戰兢兢，如臨深淵，
如履薄冰。

觀其全文，第三、四兩章確實曾諷刺謀事拿不定主意的人，但〈小旻〉所病的
似不侷限於「拿不定主意」，更甚者乃爲「謀臧不從，不臧覆用」、「謀之其臧，
則具是違，謀之不臧，則具是依」，在拿不定主意外，還捨善而用不善，造成國
勢日傾、人民日危，此乃眞正之大病。再觀本段上下文〈雨無正〉、〈節南山〉、
〈小宛〉、〈小弁〉、〈巧言〉等篇皆就其內容立論，此處改就表現手法說〈小旻〉
「多擬」的可能性較小。

李零將本句簡文讀爲「〈小旻〉多疑，疑言不中志者也。」未有進一步闡
釋，在此暫不評論。〔註418〕廖名春則讀爲「〈小旻〉多疑，疑言不忠志者也。」
將「中」讀爲「忠」，並由〈小旻〉有「戰戰兢兢，如臨深淵，如履薄冰」等
句推敲，認爲此即「多疑之言反映出對上不忠之心」。〔註419〕依廖名春之說，
第二個「疑」字爲形容詞，「疑言」爲一名詞組，而「不忠志者也」爲「副詞
＋形容詞＋名詞＋語尾助詞」的結構，亦爲一名詞組，則「疑言不忠志者也」
句中沒有動詞，結構並不完整，無可表達「疑言『反映』不忠志者也」的意
思。

馬承源讀本句爲「〈小旻〉多疑矣，言不中志者也。」〔註420〕李學勤、俞

〔註418〕李零，《上博楚簡三篇校讀記》（臺北：萬卷樓圖書公司，2002），頁36。

〔註419〕廖名春，〈上海博物館藏〈詩論〉簡校釋〉，《中國哲學史》2002.01，頁9。

〔註420〕馬承源，《上海博物館藏戰國楚竹書（一）‧孔子詩論考釋》（上海：上海古籍出版
社，2001），頁136。

志慧亦如是讀，但未明言此「疑」字該如何訓解。〔註421〕李銳引《廣韻·之韻》：
「疑，恐也。」云：

> 《書·堯典》曰：「詩言志」，而此曰：「言不中志」，陳啓源《毛詩
> 稽古編》指出：「經文前五章，皆刺時之語，末一章獨爲自警之詞。」
> 原因蓋在乎「多疑」，所以簡 1 提倡「詩無志」。〔註422〕

從〈小旻〉原文看來，可知其志在刺上對於謀國之議善惡顛倒，爲謀者亦無決
是非之能、任咎責之忠，不法古人之常道，只會爭淺進之論，上之所用非賢，
又輕忽於小人黨爭之危國，故「言不中志」不能理解爲「詩言志」的相反。「疑」
字確有訓爲「恐」的用法，如《禮記·雜記下》：「故有疾飲酒食肉，五十不致
毀，六十不毀，七十飲酒食肉，皆爲疑死。」鄭玄《注》：「疑，猶恐也。」而
〈小旻〉的最後一章確爲恐懼之言，故要說〈小旻〉多恐」亦無不可，但「恐」
者乃〈小旻〉一詩之作者，由「人知其一，莫知其他」可知，並非人人皆能體
認小人之危害。而「言不中志」者，由詩中作者的斥責之言，知道既可能是「謀
猶回遹」之君子，亦可能是「謀夫孔多，是用不集。發言盈庭，誰敢執其咎？」
的眾臣，不單指作者而言，前後主詞不完全統一，亦非每個人皆因恐懼而「言
不中志」。

對於此句簡文董蓮池認爲：

> 「〈小旻〉多疑」是說〈小旻〉一詩內容上多多地表達對王的疑
> 慮。「言不中志者也」是說〈小旻〉一詩指刺王手下的那些從政者
> 雖然對王謀言甚多，均「謀猶回遹」（毛《傳》：「回，邪；遹，
> 辟。」）「謀之不臧」，雖「發言盈庭」都不符合詩人對其所期願。
>
> 〔註423〕

依董蓮池之說，「〈小旻〉多疑矣」和「言不中志者也」這兩句話，雖皆能合於

〔註421〕李學勤，〈上海博物館藏楚竹書〈詩論〉分章釋文〉，「簡帛研究」網，2002.01.16。
俞志慧，〈《戰國楚竹書·孔子論詩》校箋（上）〉，「簡帛研究」網，2002.01.17。

〔註422〕李銳，《《詩論》簡禮學思想研究》（北京：清華大學歷史學系碩士論文，2003），
頁 59。

〔註423〕董蓮池，〈上海博物館藏《戰國楚竹書（一）》解詁（二）〉，《古籍整理與研究學刊》
2003.02，頁 10。

〈小旻〉一詩內容，但前後兩句話並不相屬，關聯性不大，故筆者以爲不如將此「疑」字訓爲「猜疑」。

　　周鳳五、鄭玉珊二人皆訓爲「猜疑」。但周鳳五謂「多疑」爲君臣上下猜疑，「言不中志」在大臣指言不由衷，在幽王則忠言逆耳也；鄭玉珊則云：「指天子多疑，不信忠良之言，故忠良之言皆不合國君之心意。」〔註424〕兩人在解釋上有所不同，從〈小旻〉原文觀之，除一、二章言天子「謀臧不從，不臧覆用」，不信忠良之言外，三章言「潝潝訿訿，亦孔之哀」，毛《傳》：「潝潝然患其上，訿訿然思不稱乎上。」是與上爲患且不知報上，又言王之群臣謀議之人多卻不能定其是非、發言滿廷卻不敢執事敗之咎，四章言其謀議不以古人大道爲依歸，卻盡從淺近之言。其斥責重點除了君主外，還包括其下之讒臣小人，故簡文「多疑」當從周鳳五之說，訓爲「君臣上下猜疑」。至於「言不中志」，筆者認爲周鳳五所言「在大臣爲言不由衷，在王則忠言逆耳」之說可從。此外，還有一個可能性，「言不中志」指的可能是指〈小旻〉第四章所言：「匪先民是程，匪大猶是經。維邇言是聽，維邇言是爭。」即斥其謀議之言不以古人爲法則，亦非以大道爲依歸，反而聽從淺近之言，爲了淺近之言而相爭。「言不中志」即斥其言不能與古人大道相符合。

　　汪維輝將「䚽＝」的「＝」符號視爲合文符而非重文符，讀本句爲「〈小旻〉多疑心，言不中志者也。」引朱熹《詩集傳》：「大夫以王惑於邪謀，不能斷以從善，而作是詩。」認爲此即「〈小旻〉多疑心」之謂。〔註425〕「疑心」即「猜忌之心」，和周鳳五、鄭玉珊將「疑」字訓爲「猜疑」意思相近，但「多疑矣」之「疑」爲動詞，「多疑心」之「疑心」則爲名詞用法。而其引《詩集傳》曰：「王……惑於邪謀……」，似是認爲「疑心」的主詞爲「王」，與鄭玉珊之言近。

六、《小雅・節南山之什・小宛》

　　少䚽丌言不亞少又䚽安▆（簡8）→〈小宛〉其言不惡，小有念焉。

〔註424〕周鳳五，〈《孔子詩論》新釋文及注解〉，《上博館藏戰國楚竹書研究》（上海：上海書店，2002），頁158。鄭玉珊，《《上博（一）・孔子詩論》研究》（臺北：國立台灣師範大學國文研究所，碩士學位論文，2004），頁122～124。

〔註425〕汪維輝，〈上博楚簡《孔子詩論》釋讀管見〉，「簡帛研究」網，2002.06.17。

（一）小　宛

「小宛」，〈孔子詩論〉簡 8 作「少**翁**」。馬承源云：

> 「**翁**」字《說文》所無，從兔下有二肉。據以上所排序之詩，此「少**翁**」或當爲〈小宛〉，但另簡篇名有《**甶**丘》，詩句引文與〈宛丘〉相同。不可能「宛」字作「**翁**」，又再作「**甶**」。簡本、今本兩字並待考。〔註426〕

目前學界對於將〈詩論〉簡 8「少**翁**」讀爲「小宛」，〈詩論〉簡 22「**甶**丘」讀爲「宛丘」，沒有任何異議。但對於「**翁**」、「**甶**」二字之構形，則眾說紛紜，本節僅討論「**翁**」字。

「**翁**」字，王志平疑當隸定爲「腕」，但未說明原因。〔註427〕周鳳五只說「〈小宛〉本字作『惌』，小孔貌」，未分析其構形。〔註428〕俞志慧認爲「簡文只是將『夕（月）』繁構，成了三個『月』，又將『宛』字之『巳』置於最上『月』上，於是成了『宛』之異形。」〔註429〕何琳儀師以爲「**翁**」字可讀「冐」，下部所從二「肉」，可能屬繁化現象，「宛」、「冐」均屬元部。〔註430〕季旭昇分析此字應是從三「冐」，下二「冐」省爲二「肉」，從「冐」聲，故可讀爲「宛」。〔註431〕鄭玉珊從季說，並進一步析其當爲「合三文會意」，「冐」爲小蟲，故從三「冐」即會其「小」義。〔註432〕李守奎、許全勝分析此字從三「兔」，又「冤」與「宛」同在影紐元部，以此懷疑「兔」古代有元部讀音，故從三兔之「**翁**」

〔註426〕馬承源，《上海博物館藏戰國楚竹書（一）‧孔子詩論考釋》（上海：上海古籍出版社，2001），頁 136。

〔註427〕王志平，〈〈詩論〉箋疏〉，《上博館藏戰國楚竹書研究》（上海：上海書店，2002），頁 210～227。

〔註428〕周鳳五，〈〈孔子詩論〉新釋文及注解〉，《上博館藏戰國楚竹書研究》（上海：上海書店，2002），頁 152～172。

〔註429〕俞志慧，〈《戰國楚竹書‧孔子論詩》校箋（上）〉，「簡帛研究」網，2002.01.17。

〔註430〕何琳儀，〈滬簡詩論選釋〉，《上博館藏戰國楚竹書研究》（上海：上海書店，2002），頁 243～259。

〔註431〕季旭昇，〈由上博詩論〈小宛〉談楚簡中幾個特殊的從冐的字〉，《漢學研究》2002.02，頁 378～379。

〔註432〕鄭玉珊，〈讀《上博‧孔子詩論》箚記二則〉，「簡帛研究」網，2003。

可讀爲「宛」。〔註433〕李零說「宛」字原從「肉」從三「兔」，此字亦見於上博楚簡〈容成氏〉，其中當釋爲「琬」的字就是這樣寫。〔註434〕

在以上說法中，李零提出了一個很重要的證據，即〈容成氏〉中當讀爲「琬」之字，其原字形寫作：

由上圖可看出〈容成氏〉讀爲「琬」之字，所從乃三個同形部件，而同讀「宛」聲的「羕」字當是此形的簡省，不似何琳儀師所說是「肙」的繁化，亦不當隸定爲「腕」。〈容成氏〉此字一出，俞志慧的說法不攻自破。至於李零說此字「從肉從三兔」，則不知其義，由原簡字形看不出「從肉從三兔」的構形。那麼〈容成氏〉此字當理解爲從三「兔」還是從三「肙」呢？

李守奎雖提出「冤」、「宛」同在影紐元部，因此懷疑「兔」在古代有元部讀音，但畢竟只是猜測，就目前資料可見，「兔」字古爲透母魚部，而「宛」字古屬影紐元部，二字讀音相距甚遠，不太可能通轉。反觀，「肙」、「宛」兩字皆在元部，聲音相近，通轉沒有問題。而所討論字在〈詩論〉中讀爲「宛」，在〈容成氏〉中讀爲「琬」。此外，在楚簡中有幾個從「肙」的字皆可讀爲「宛」聲。故由聲韻和楚簡的通轉習慣來看，筆者認爲當將〈容成氏〉此字釋爲從三「肙」，〈詩論〉「羕」字如同季旭昇之說，將其視爲省形較合理。至於鄭玉珊分析從三「肙」的字形，才是被毛《傳》釋爲「小貌」的〈小宛〉之「宛」的本字，可從。

又董蓮池分析〈孔子詩論〉「羕」字：

上從兔，下爲二兔字之身，字之構形實從三兔，以居上一兔下壓二

〔註433〕李守奎，〈楚簡〈孔子詩論〉中的《詩經》篇名文字考〉，《上博館藏戰國楚竹書研究》（上海：上海書店，2002），頁 342～349。許全勝，〈宛與智──上博〈孔子詩論〉簡二題〉，《新出楚簡與儒學思想國際學術研討會論文集》（清華大學思想文化研究所／輔仁大學文學院 聯合主辦，2002.03.31～2002.04.02）。

〔註434〕李零，〈上博楚簡校讀記（之一）──〈子羔〉篇「孔子詩論」部分〉，「簡帛研究」網，2002.01.04。

兔會意，即冤字古文。故少🐘即小冤，今傳毛《詩》作〈小宛〉，
核之詩意，作「宛」頗不辭。作「冤」方是，則「宛」當是「冤」
之同音假借字。〔註435〕

前文已述「🐘」字當從「冐」而非「兔」，故董蓮池對於「🐘」字字形之分
析，筆者不表贊同。但「冤」、「冐」古音相近，「🐘」字仍有讀爲「冤」的可
能性，是否如董蓮池所說，今本作〈小宛〉之詩其實該讀爲〈小冤〉呢？黃懷
信已言：

「宛」當取詩首句字「宛」，如其前篇名〈小旻〉、後篇名〈小
弁〉，亦取首字冠一「小」字。冠「小」之故，可能因同屬《小
雅》。〔註436〕

黃懷信此說有理，觀察《小雅·小宛》之內容：

宛彼鳴鳩，翰飛戾天，我心憂傷，念昔先人，明發不寐，有懷二人。
人之齊聖，飲酒溫克，彼昏不知，壹醉日富，各敬爾儀，天命不又。
中原有菽，庶民采之，螟蛉有子，蜾蠃負之，教誨爾子，式穀似之。
題彼脊令，載飛載鳴，我日斯邁，而月斯征，夙興夜寐，毋忝爾所生。
交交桑扈，率場啄粟，哀我填寡，宜岸宜獄，握粟出卜，自何能穀。
溫溫恭人，如集于木，惴惴小心，如臨于谷，戰戰兢兢，如履薄冰。

毛《傳》：「興也。宛，小貌。鳴鳩，鶻鵰。翰，高。戾，至也。行小人之道，
責高明之功，終不可得。」由此可知「宛」乃用以形容「鳴鳩」，《方言》：「鳩
大者謂之鴳鳩，小者或謂之鶻鳩。」《釋文》引《字林》：「鶻鳩，小種鳩也。」
可知「宛」字訓爲「小貌」正合「鳴鳩」之形體。若以董蓮池之意，將篇名改
爲〈小冤〉，那麼首句的「宛彼鳴鳩」亦需讀爲「冤彼鳴鳩」，以「冤」來形容
鳴鳩，反與詩義不合。

（二）其言不惡少有🐇焉

「惡」字，原簡作「亞」，讀作「惡」，〈詩論〉簡 24「惡其人者亦然」亦

〔註435〕董蓮池，〈上海博物館藏《戰國楚竹書（一）》解詁（二）〉，《古籍整理與研究學刊》
2003.02，頁 10。

〔註436〕黃懷信，《上海博物館藏戰國楚竹書〈詩論〉解義》（北京：社會科學文獻出版社，
2004）。

寫作「亞」。于茀則以為讀為「其言不惡」於簡文文義不通，當讀為「其言不諰」，「諰」有「畏」、「忌」、「諱」諸義，「〈小宛〉其言不諰」即「〈小宛〉出言不畏忌」。〔註437〕于茀以為「各敬威儀，天命不又」、「教誨爾子，式穀似之」即〈小宛〉之「不畏忌」。若以此為標準，則〈雨無正〉直言「周宗既滅」、「三事大夫，莫肯夙夜」、「邦君諸侯，莫肯朝夕」，將所言的對象一一列出，較之〈小宛〉豈不更是「不畏忌」，沒道理僅特別強調〈小宛〉之不畏忌。且于茀將下文「少有恐安」解釋為「小有恐懼」，則〈小宛〉作者一方面出言沒有畏忌，一方面又小有恐懼，似乎有點前後矛盾，故此「亞」字仍以讀為「惡」較合理。

「秀」字整理者分析其結構為從「年」從「心」，但未有釋讀。〔註438〕俞志慧認為「秀」字由「禾」、「口」、「人」三部分組成，其中「口」形部件就如〈詩論〉某些「文」字所加，是無義的贅加部件，又以《說文》小篆「秀」字從「禾」從「人」，證「秀」字應釋為「秀」，更進一步申論「秀」有「華美」之義，認為「於此言詩詞之秀，蓋因〈小宛〉以蟲鳥為喻具生動形象之藝術效果也。」〔註439〕就字形上來說，以《說文》小篆字形為證在時代及區域上都不甚恰當，戰國楚文字之「秀」字寫作「秀」（包山89）形，未見如「秀」字所從之寫法。此外，〈詩論〉中「文」字雖常贅加口形部件，但其口形部件上部皆開口，如「文」（〈詩論〉1），不似「秀」字左下所從，在上端連接閉合。反觀〈詩論〉中之「心」旁，如「思」（〈詩論〉8）字所從，和「秀」字左下所從幾無二致。就文義上來說，將「秀」字釋為「秀」亦不妥。〈詩論〉簡8對於其他詩篇的評論說到「十月善諀言」、「雨亡正、節南山皆言上之衰也，王公恥之」、「小弁、巧言則言讒人之害也」等等，皆就詩篇內容文義來作評論，而俞志慧將此句理解為評論〈小宛〉一篇詩詞之秀，和本簡上下文格格不入。再者，《詩經》中以蟲鳥為喻者很多，並非〈小宛〉之特色，同簡所提到的〈小弁〉一篇，就有以「柳」、「蜩」為喻之手法，在此似不當把〈小宛〉「詩詞之秀」特地提出來作為評論。

〔註437〕于茀，〈上海博物館藏戰國楚簡詩論補釋〉，《北方論叢》2003.01，頁59。

〔註438〕馬承源，《上海博物館藏戰國楚竹書（一）・孔子詩論考釋》（上海：上海古籍出版社，2001），頁136。

〔註439〕俞志慧，〈《戰國楚竹書・孔子論詩》校箋（上）〉，「簡帛研究」網，2002.01.17。

　　朱淵清將「🔲」字直接隸定爲「悸」，認爲從「子」亦可作從「人」，是一種義近互換現象，並舉《字彙補》：「㑂，音義與信同。」郭店簡〈六德〉：「祖字爲宗族也，爲朋友亦然」之「祖字」應釋爲「祖免」，及無㠱簋器銘「季」字從「子」，但蓋銘「季」字卻從「人」爲證。最後又說「〈小宛〉末章：『惴惴小心，如臨於谷；戰戰兢兢，如履薄冰。』此種心境非『悸』而何？」〔註440〕秦樺林贊同此說，並進一步將「懟」和「悸」的心理狀態關聯起來，認爲〈詩論〉簡8的「悸」字和簡3論述《小雅》的「懟而怨懟」一詞，具有一致性。〔註441〕

　　朱淵清提出的三個例證中，《字彙補》成書於明代，時代較晚，可供參考，但說服力低。郭店簡〈六德〉一例，趙平安及季旭昇已先後指出，整理者隸爲「字」的這個字，實際上是由甲文「娩」演變而來，應隸爲「娩」，此說可從。〔註442〕故郭店簡〈六德〉「祖免」一例不能做爲「人」、「子」偏旁互換之證。無㠱簋蓋銘「季」字從「人」一例，對於「🔲」字釋爲「悸」可說是個有利的直接證據，但對於無㠱簋蓋銘寫作「🔲」的「季」字，一般皆將其理解作「誤寫爲年」，筆者贊同此看法，試看同一版銘文「十又三年」之「年」，寫作「🔲」，和釋爲「季」之「🔲」並無二致。當然，對於以上三個例證，筆者無法完全推翻，但我們要考慮到，戰國文字中義近偏旁互換的情形雖然不少，不過在此種現象的背後，仍有大致的規則存在，其中一種就是區別律，亦即讓不同音義的兩個文字不會造成混淆。就算「子」、「人」偏旁確可義近互換，但將「季」字所從之「子」換成「人」，便會和「年」字混淆，尤其是在像〈詩論〉簡8這種沒有固定辭例制約的情形下，書寫者應該會儘量避免造成混淆才對。再者，若要說到「悸」的心境，同簡〈小旻〉的評論亦有「戰戰兢兢，如臨深淵，如履薄冰」之句，和〈小宛〉「惴惴小心，如臨於谷；戰戰兢兢，如履

〔註440〕朱淵清，〈讀簡偶識〉，《上博館藏戰國楚竹書研究》（上海：上海書店，2002），頁403～407。

〔註441〕秦樺林，〈上博簡〈孔子詩論〉辯証〉，「簡帛研究」網，2002.08.31。

〔註442〕趙平安，〈從楚簡娩的釋讀談到甲骨文的娩㚽〉，《簡帛研究2001》（桂林：廣西師範大學出版社，2001）。季旭昇，〈從《新蔡葛陵》簡談戰國楚簡「娩」字——兼談《周易》「十年貞不字」〉，《文字學學術研討會論文集》（臺中：東海大學中國文學系，2004），頁88～98。

薄冰」所表達之義相同，何以只提〈小宛〉之「悸」，而忽略〈小旻〉之「悸」
呢？

周鳳五將此字視爲從「心」、「禾」聲的「危」字，舉郭店〈緇衣〉簡31「危」
字爲證。〔註443〕劉信芳亦認爲此字上從「禾」，爲「委」省聲。〔註444〕從整體
字形來看，將其理解爲左下從「心」，「禾」字豎畫下部拉長右撇，的確不無可
能，而在豎畫中加點爲飾亦爲〈孔子詩論〉常見的現象。但筆者觀察上博簡〈孔
子詩論〉和〈子羔〉中作偏旁之「禾」字，皆寫作「禾」形，未見有將其下部
拉長右撇或加點爲飾者，如「禔」（〈詩論〉24）、「森」（〈詩論〉29）、「禔」
（〈子羔〉12），若將「㣺」字字形分析爲從「心」、「禾」聲，似乎和〈詩論〉
書手的寫字習慣不符。再者，細看「㣺」字的放大圖版，下部的左右二撇和其
上圓點交接處，筆勢尖細且墨色較淺，和上部筆畫似乎不連貫，不應將圓點下
之右撇理解爲「禾」字豎畫之延伸。故周鳳五對「㣺」字的分析，筆者認爲是
值得商榷的。

楊澤生也將「㣺」字分析爲從「心」、「禾」聲，認爲「年」字包含了「禾」
的形體，因此仍可異讀爲「禾」，但楊澤生認爲周鳳五所舉郭店〈緇衣〉的
「危」字，其實應該讀作「禍」或「過」，故釋「㣺」爲「危」之說不可信，
而此處「㣺」字亦當讀爲「過」或「禍」。若讀爲「過」，則「〈小宛〉其言不
惡，小有過焉」，是說「〈小宛〉裡諷刺或勸諫周王的話並非惡言，只是稍微
過分一點或小有過失罷了。」若將此句讀爲「〈小宛〉其言不惡，少有禍焉」，
則指〈小宛〉一篇前半部諷諫周王的話並非惡言，而後半部詩句以自己遭受
禍患而勸人小心謹愼，其目的無非是希望「少有禍焉」。〔註445〕筆者在前文中
已指出，「㣺」字就字形上看來不當釋爲「從心、禾聲」。至於「年」字雖然包
含了「禾」旁，但是否可以異讀爲「禾」聲之字則值得懷疑。迄今的出土材
料和傳世文獻中似未見有「年」異讀爲「禾」之例，且「年」從「人」得聲，
在聲韻上和「禾」聲明顯有別，而「年」、「禾」二字又是常見字。就常理來
說，似不會將常見且聲音和「禾」字相差極遠的「年」字，用以異讀爲常見的

〔註443〕周鳳五，〈〈孔子詩論〉新釋文及注解〉，《上博館藏戰國楚竹書研究》（上海：上海
書店，2002），頁152～172。

〔註444〕劉信芳，《孔子詩論述學》（合肥：安徽大學，2003），頁157～158。

〔註445〕楊澤生，〈上海博物館所藏楚文字說叢〉，「簡帛研究」網，2002.02.03。

「禾」，或與「禾」音近的「過」、「禍」。

　　筆者認爲從字形上看來，整理者將「𢘑」字結構分析爲從「年」從「心」是較合理的說法。〔註446〕至於解析其構形的方式有二：其一，可將「𢘑」字左下「心」旁以外之構形視同郭店〈緇衣〉簡12寫作「𠂋」形的「年」字；其二，可將「𢘑」字視爲「年」和「心」共用左下斜筆，「年」字仍爲從「禾」從「人」的一般寫法。從整理者之隸定者，有李學勤、廖名春、李零、馮時等人，但各家在釋讀、釋義上各有不同。李零、許全勝以「𢘑」字從「年」，故可以音近讀「佞」，並釋「佞」之義爲「巧於言辭」，「其言不惡，少有佞焉」是說批評比較委婉。〔註447〕但筆者以爲「少有佞焉」只能說〈小宛〉少有言辭之巧，無法得出「批評比較委婉」的意思。

　　李學勤進一步將「𢘑」字釋爲「仁」，以爲「楚文字『仁』作從『身』從『心』，『年』、『身』、『仁』均在眞部，聲母也彼此相近」，並以爲〈小宛〉溫和婉轉，沒有太嚴厲的詞句。」許子濱從其說。〔註448〕從聲韻上來看，此說可能性頗高，而「仁」字既已有從「身」從「心」之異體，在「身」、「年」音近的前提下，再出現一個從「年」從「心」的「仁」字異體亦不無可能。但和〈孔子詩論〉同一書手的〈子羔〉簡10，已有從「身」從「心」之「仁」字出現，是楚簡中「仁」字的常見寫法，若將「𢘑」字釋爲「仁」，則其字義和〈子羔〉簡10之「仁」並無差別，在此條件下，同一書手既然在〈子羔〉選用了「仁」的一般寫法，似不應在〈詩論〉中出現前所未見，從「年」從「心」的「仁」字寫法。

〔註446〕馬承源，《上海博物館藏戰國楚竹書（一）·孔子詩論考釋》（上海：上海古籍出版社，2001），頁136。

〔註447〕李零，〈上博楚簡校讀記（之一）——〈子羔〉篇「孔子詩論」部分〉，「簡帛研究」網，2002.01.04。許全勝，〈宛與智——上博〈孔子詩論〉簡二題〉，《新出楚簡與儒學思想國際學術研討會論文集》（清華大學思想文化研究所／輔仁大學文學院聯合主辦，2002.03.31～2002.04.02）。

〔註448〕李學勤，〈釋〈詩論〉簡「兔」及從兔之字〉，清華大學簡帛講讀班第十二次研討會論文（2000.01.19）。原文未見。引自朱淵清，〈讀簡偶識〉，《上博館藏戰國楚竹書研究》（上海：上海書店，2002），頁403～407。許子濱，〈讀《上海博物館藏戰國楚竹書》（一）小識〉，《新出楚簡與儒學思想國際學術研討會論文集》（清華大學思想文化研究所／輔仁大學文學院　聯合主辦，2002.03.31～2002.04.02）。

　　馮時讀「𣪘」為「念」，並舉例證明「稔」、「年」音義全同，最後又舉甫人匜銘「年」或省作「人」、獸叔奐父盨「萬年無疆」作「萬人無疆」，證「年」可省成其聲符「人」，而《穀梁傳・莊公元年》：「始人之也」，孔穎達《左傳正義》引「人」作「念」，以此可證「年」、「念」兩字互通。「秊」從「年」聲，「念」從「今」聲，「念」之作「秊」唯聲符互換而已。是〈詩論〉以為〈小宛〉所言並非惡言，而有念傷先人之情。〔註449〕

　　筆者以為將「秊」讀為「佞」、「仁」、「念」，雖然都於音可通，但就文義解釋來看，將「秊」讀為「念」似乎更合於〈小宛〉詩句內容。就〈小宛〉和〈十月之交〉、〈雨亡正〉、〈節南山〉、〈小旻〉、〈小弁〉、〈巧言〉這幾篇的內容來看，皆有所感傷、有所諷諫，由〈小宛〉中的「彼昏不知，壹醉日富」和「毋忝爾所生」等直接批評的文句，看不出〈小宛〉相較於其他詩篇有比較婉轉的地方。但在這些詩篇中只有〈小宛〉對周文王、周武王有所感念，且在第一章就點出「宛彼鳴鳩，翰飛戾天。我心憂傷，念昔先人。明發不寐，有懷二人」的感念之心，所以孔子才會在相同性質的幾個詩篇中特地提出〈小宛〉雖有所刺，然非惡言也，因其不僅止於負面之「刺」，亦稍有正面之「念」。故筆者傾向於將此句讀為「〈小宛〉其言不惡，小有念焉」。

七、《小雅・節南山之什・小弁》、《小雅・節南山之什・巧言》

　　小𡥈考言則言𧥞人之害也▄（簡8）→〈小弁〉、〈巧言〉則言讒人之害也。

　　關於「𡥈」字，馬承源在考釋時說到：

> 即《詩・小雅・節南山之什・小弁》……「弁」通「𡥈」字，《曾侯乙編鐘》音變之字作「🔲」，從音臱聲，通作「變」。「弁」、「變」音同。〔註450〕

「𡥈」字還見於〈孔子詩論〉簡22「四矢𡥈以御亂吾喜之」：

〔註449〕馮時，《《詩經・小宛》教旨探義——讀《子羔・孔子詩論》札記之五》，《第四屆國際中國古文字學研討會論文集》（香港：香港中文大學中國語言及文學系，2003），頁309〜317。

〔註450〕馬承源，《上海博物館藏戰國楚竹書（一）・孔子詩論考釋》（上海：上海古籍出版社，2001），頁136。

今本《詩・國風・齊風・猗嗟》句云：「四矢反兮，以禦亂兮。」叀，《說文》所無。《曾侯乙編鐘》銘「變商」、「變徵」之「變」作「䚅」，從音，以叀爲聲符。〔註451〕

從辭例上來看，將「小叀」釋爲《詩經》篇名〈小弁〉，將「四矢叀」通讀爲「四矢反」是正確的。

從字形上來說，對於「叀」、「叀」、「叀」、「叀」、「叀」、「叀」等相近的形體，學者或釋爲「史」，或釋爲「弁」，頗多爭議。袁國華、張桂光、謝佩霓等人，曾分析大量金文及簡帛文字中和「史」、「弁」相關的字形，認爲「叀」、「叀」、「叀」等有向左右伸出之對稱短筆者多釋「弁」；「叀」、「叀」、「叀」等無此對稱短筆者多釋「史」，〔註452〕此說可信。〈孔子詩論〉簡8、簡22確定讀爲「弁」和「反」的兩字皆有向左右伸出之對稱短筆，但由於「史」、「弁」二字字形相近，仍有訛混之可能，故在釋讀時，仍需參酌辭例。既然「叀」多釋爲「弁」，「叀」多釋爲「史」，應視爲不同的兩個字，那麼馬承源將「叀」隸爲「叀」就不太恰當了，當隸爲「叀」以便和「叀」字區別。

在「小叀考言則言讒人之害也」一句話中，爭議最大的爲「讒」字，各家爭議的焦點集中在其所從「㐬」究竟該如何釋讀？筆者將由「㐬」旁的探討入手，接著進一步釋讀「讒」字，以期能將「小叀考言則言讒人之害也」一句話順利通讀。

（一）「㐬」旁解析

已有多位學者對「㐬」旁做過詳細的考釋，約可分爲下列幾種說法：其一，何琳儀、劉釗、李天虹、曾憲通、董蓮池等學者釋爲「㐬」，認爲是從甲文「毓」字右旁所從「倒子」之形演變而來。〔註453〕其二，李學勤、李零、沈培

〔註451〕馬承源，《上海博物館藏戰國楚竹書（一）・孔子詩論考釋》（上海：上海古籍出版社，2001），頁152。

〔註452〕袁國華，《包山楚簡研究》（香港：香港中文大學博士論文，1994），頁 87～97。張桂光，〈楚簡文字考釋二則〉，《江漢考古》1994.03。張桂光，〈《郭店楚墓竹簡・老子》釋注商榷〉，《江漢考古》1999.02。張桂光，〈《郭店楚墓竹簡》考釋續商榷〉，《簡帛研究》（桂林：廣西師範大學出版社，2001）。謝佩霓，《郭店楚簡〈老子〉訓詁疑難辨析》（南投：暨南國際大學碩士論文，2002），頁 47～61。

〔註453〕何琳儀，《戰國古文字典》（北京：中華書局，1998），頁22。劉釗，〈讀郭店楚簡

等釋「⿱」爲「蟲」之省。〔註454〕其三，顏世鉉認爲戰國「⿱」旁有不同來源，如「⿰氵⿱（流）」之「充」形源於「⿰⿱」，而「毓」之「充」則由「⿱」演變而來。〔註455〕

「⿱」旁在出土資料中數見，郑公鐘「陸⿰（終）」、望山楚簡和楚帛書「祝⿰（融）」、黃君孟器「永寶⿰（用）」，李學勤皆將其分析爲「蟲省聲」，在聲韻上皆可通，前兩者從聲韻關係來說，更較王國維將其分析爲從「章」得聲的說法來得直接。〔註456〕且《說文》分析「融」字爲「從鬲，蟲省聲」，又保存「融」字籀文作「⿰」形，右從「蟲」旁不省，可證「融」所從之「⿱」當爲「蟲」之省。如此看來，將「⿱」旁視爲「蟲」之省體在字形上更爲接近，在聲韻上亦沒有問題。

但在郭店簡〈緇衣〉簡30「故大人不倡⿰」、〈成之聞之〉簡11和簡14「非從末⿰者之貴」、〈尊德義〉簡28「德之⿰」、〈性自命出〉簡31「則⿰如也以悲」、〈性自命出〉簡46「不有夫詘詘之心則⿰」、〈語叢四〉簡7「⿰澤而行」等例句，出現了從「水」從「蚩」的「⿰」字，在《郭店楚墓竹簡》一書中皆釋爲「流」，由上下文看來可通。〔註457〕〈性自命出〉簡31、46「⿱」字，在上博簡〈性情論〉簡19、38其右旁寫作「⿱」形。新蔡簡中「融」字亦有「⿰」、「⿰」兩種不同寫法。皆在「⿱」形中間多出一個圈形部件，讓人不禁對「⿱」

字詞札記〉，《郭店楚簡國際學術研討會》（武漢：湖北人民出版社，2000），頁79。李天虹，〈上海簡書文字三題〉，《上博館藏戰國楚竹書研究》（上海：上海書店，2002），頁380～381。曾憲通，〈「子」字族群的研究〉，《第一屆中國語言文字國際學術研討會論文》（香港：香港中文大學，2002）。董蓮池，〈上海博物館藏《戰國楚竹書（一）》解詁（二）〉，《古籍整理與研究學刊》2003.02，頁10。

〔註454〕李學勤，〈談祝融八姓〉，《江漢論壇》1980.02，頁74。李零，〈古文字雜識（二則）〉，《第三屆國際中國古文字學研討會論文集》（香港：香港中文大學，1997），頁757。沈培，〈上博簡〈緇衣〉篇「悉」字解〉，《華學》第六輯（北京：紫禁城，2003），頁73，注23。

〔註455〕顏世鉉，〈上博楚竹書散論（一）〉，「簡帛研究」網，2002.04.14。

〔註456〕王國維，〈郑公鐘跋〉，《王觀堂先生全集（三）》（臺北：文華出版社，1968），頁876。

〔註457〕荊門市博物館，《郭店楚墓竹簡》（北京：文物，1998），頁130、167、174、175、180、181、217。

是否爲「蟲」之省形感到懷疑。又中山王𧊒壺「流」字右旁作「 」形，似非從二「虫」，當然亦非「蟲」之省。支持「 」旁從甲文「毓」字從「倒子」之形演變而來的學者，便據此推演其演變順序如下：

 （甲1760，「毓」所從）

→ （毓且丁卣，「毓」所從）

→ （中山王𧊒壺「流」所從）

→ （上博〈性情論〉簡19，「流」所從）

→ （郭店〈性自命出〉簡31，「流」所從）〔註458〕

蘇建洲亦同意「流」字從「㐬（毓）」，而「毓」和「鬻」同爲余母覺部，依此贊成新蔡簡甲三「 酓」，和包山簡「 酓」皆可讀爲楚國祖先名「鬻熊」。〔註459〕將「 」旁視爲由「 」形演變而來的說法，雖然能對新蔡簡和包山簡「 」、「 」兩字有很好的釋讀，但就其列出的演變過程來看，「 」、「 」兩形差異較大，其間的過渡仍缺乏證據。〔註460〕而在辭例上「 」、「 」兩形爲「毓」之偏旁，「 」、「 」、「 」三形爲「流」之偏旁，未見有「毓」從「 」旁、或「流」從「 」旁者。如此看來，由「 」形到「 」形的演變過程，剛好出現字形和辭例兩種斷層，讓人難以信服。且將「流」視爲從「毓」得聲，在聲音上較難說得通。

此外，龍宇純曾以「泙」字和「流」字相互參照：

> 都是善游水者上伸兩手挺併兩足的形象。他們所以一正一倒者，是由於所要表示的意思不同而不同的。蓋泙字所要表示的在人，所以人首向上，象人溯水而上以表示人之泙。流字所要表示的在水，所以人首朝下，象人從水而下以表示水之流。孟子說：「從流下而忘反謂之流。」這一個流字古義，不啻爲流字結構的注解。人游於水中

〔註458〕蘇建洲，〈楚簡文字考釋五則〉，《「文字學學術研討會」論文集》（台中：東海大學中國文學系，2004.03.13），頁233～236。

〔註459〕蘇建洲，〈楚簡文字考釋五則〉，《「文字學學術研討會」論文集》（台中：東海大學中國文學系，2004.03.13），頁233～236。

〔註460〕此意見由林清源師於討論時提出。

前進時，頭髮應該是緊貼著頭向後披拂的，流字**古**下的**川**應該不是髮形，而是水的樣子，說即是川字也無不可。所以**㴋**字實在是人正面從水而下的樣子，左右與前方都是水。小篆省作流，文字偏旁遞省作**㐬**，也都是人從水而下的樣子。〔註461〕

《說文》：「**㴋**，浮行水上也。從水子。古文或以汓爲沒字。」「游，旌旗之流也。從㫃汓聲。**㴱**，古文游。」段注：「**㴱**者，汓省聲也。」朱駿聲《說文通訓定聲》：「按此字從汓聲，……㝻，非古文子字。**巛**即水也。」據此看來，「流」、「汓」兩字構意相同，「**孚**」上「**川**」爲水，則「**古**」下「**川**」亦應爲水。龍宇純對「流」字的分析可從。若要說「流」從「蟲」得聲，不但聲韻差得較遠，由籀文「**㴋**」看來，其可能性也非常小。故「流」所從「**去**」、「**㐬**」比較可能是由人形和下方水形訛變而來。

綜合以上分析，不管將「**去**」旁釋爲「蟲」之省、「毓」所從「充」、或「流」所從「充」，都無法對從「**去**」的各種字形做出完備的解釋，因此筆者比較贊成顏世鉉將這些「**去**」旁視爲有不同的來源。〔註462〕到戰國時，在楚系文字中「蟲」旁省爲「**去**」形，「**㐬**」旁演變爲「**㐬**」形，又因形近而彼此影響，於是都可以寫成「**去**」、「**㐬**」兩形。在癲鐘中有兩「融」字，寫作「**䖵**」、「**䖵**」，其右旁上方「虫」形部件倒置，甲文「蜀」字，亦有將「虫」形倒置作「**䖵**」者（《甲》1209）。

（二）「**㴋人**」釋讀

既然將「**去**」旁釋爲「蟲」、「充」皆有其可能性，那麼就無法僅從字形上判定「**㴋**」該釋爲何字，需在字形的基礎上，再由辭例來推求。馬承源將「**㴋**」隸定爲「謻」，分析爲從「言」、「蜀」聲，讀爲「誆」。〔註463〕顯然是將上下結構的「**去**」，當成《說文》裡「讀若昆」的「蜀」字。陳美蘭、魏宜輝已指出，不應將上下結構的「**去**」逕視爲左右結構的「蜀」，兩者讀音不

〔註461〕龍宇純，〈說文古文「子」字考〉，《大陸雜誌》第 21 卷第 1、2 期合刊，頁 92～93。

〔註462〕顏世鉉，〈上博楚竹書散論（一）〉，「簡帛研究」網，2002.04.14。

〔註463〕馬承源，《上海博物館藏戰國楚竹書（一）·孔子詩論考釋》（上海：上海古籍出版社，2001），頁 137。

同。〔註464〕且先秦文獻中未見「詆人」一詞,「誑人」也僅見於郭璞曰:「幻惑欺誑人者」。甲文中已有「蚰」字,用爲神名或人、地名,蔡哲茂認爲和《說文》釋爲「昆」的「蚰」字可能是不同的字,將之釋爲「蟲」、讀爲「融」,即「祝融之神」,可備一說,但仍待更多材料的證明。〔註465〕

陳美蘭將「𧨼」隸爲「読」,會「流言」之義,認爲「𧨼」可能是「讒」字的會意字,並舉《荀子・大略》:「流言滅之,貨色遠之。」《荀子・大略》:「流言止焉,惡言死焉。」《禮記・儒行》:「過言不再,流言不極。」三例,證「流言」一詞在先秦時已有。〔註466〕我們的確不能排除「仌」旁作爲義符的可能性,但「讒」字當動詞時訓爲「中傷他人」,當名詞時訓爲「毀謗別人的話」或「中傷他人的人」,和「流言」訓爲「沒有根據之言論」稍有不同。〔註467〕故筆者以爲將「𧨼」隸爲「読」則可,但要將其視爲「讒」之會意字,可能還有待商確。

彭裕商亦隸「𧨼」爲「読」,但讀爲「誣」,訓爲「誹謗」之義。《呂氏春秋・知接》:「瞑者目無由接也。無由接而言見,読。」高注:「読讀誣妄之誣」。「誣」在先秦文獻中有訓爲「毀謗」之義者,如《易・繫辭》:「誣善之人其辭游」。〔註468〕由字形和字義上來說,此說法似乎很完美,但「誣人」一詞出現較晚。在先秦文獻中未見「読人」或「誣人」成辭之例。

李零說「𧨼人」也許是從「充」讀爲「流人」(指傳播流言的人?),或從「蟲」省聲,因「中」、「蟲」音近故可讀爲「中人」(古稱奄人爲「中人」),但更有可能是「讒人」,而「仌」旁乃是雙「兔」的訛寫。〔註469〕「流人」一詞,

---

〔註464〕陳美蘭,〈上博簡「讒」字芻議〉,「簡帛研究」網,2002.02.17。魏宜輝,〈讀上博簡文字箚記〉,《上博館藏戰國楚竹書研究》(上海:上海書店,2002),頁388～389。

〔註465〕蔡哲茂,〈上海簡〈孔子詩論〉「讒」字解〉,「簡帛研究」網,2002.03.06。

〔註466〕陳美蘭,〈上博簡「讒」字芻議〉,「簡帛研究」網,2002.02.17。

〔註467〕如《史記・屈原賈生傳》:「上官大夫見而欲奪之,屈平不與,因讒之。」《左傳・哀公十六年》:「楚大子建之遇讒也,自城父奔宋。」《晏子春秋・諫上》:「政不飾而寬于小人,近讒好優。」

〔註468〕彭裕商,〈讀《戰國楚竹書》(一)隨記〉,「簡帛研究」網,2002.04.12。

〔註469〕李零,〈上博楚簡校讀記(之一)──〈子羔〉篇「孔子詩論」部分〉,「簡帛研究」網,2002.01.04。

在先秦文獻中僅見於《莊子‧徐無鬼》：

> 曰：「子不聞夫越之流人乎？去國數日，見其所知而喜；去國旬月，
> 見所嘗見於國中者喜；及期年也，見似人者而喜矣；不亦去人滋久，
> 思人滋深乎？夫逃虛空者，藜藋柱乎鼪鼬之逕，踉位其空，聞人足
> 音跫然而喜矣，又況乎昆弟親戚之謦欬其側者乎！久矣夫莫以眞人
> 之言謦欬吾君之側乎！」

但此「流人」所指乃是「被放逐之人」，和李零所謂「傳播流言的人」不同。至
於將「䖵人」讀爲「中人」（即「奄人」），就如穆虹嵐所說：

> 在字義的範圍上似乎略嫌狹隘，即或詩人心有所指，但就「謹人」
> 一詞的字義範圍，實不該僅定位於奄人而已，所以釋「謹」爲「中」
> 也不適當。〔註470〕

那麼「䖵」字所從「𠱒」旁是否可能如李零所說，爲雙兔的訛寫呢？戰國時
「兔」字有作「𤔫」（石鼓文）、「𧰨」（睡虎地秦簡12）、「𦔮」（《璽彙》1616
「逸」字所從）、「𧰲」（《璽彙》2620「逸」字所從）等寫法，在楚系文字
中，則見於〈孔子詩論〉簡23「〈兔置〉其用人則吾取」、簡25「〈有兔〉不逢
時」，皆寫作「𤔫」形，要和「𠱒」訛混不易，故「𠱒」爲雙兔之訛的可能性
很小。

　　魏宜輝將「䖵人」讀爲「庸人」，認爲「庸人」亦有「讒人」之義。〔註471〕
「蟲」古音在定母冬部，「庸」古音在余母東部，音近可通。「庸」旁在戰國楚
文字中作「𩃢」形，和「䖵」形不同，但若單純以從「蟲」得聲的觀點來看，
讀爲「庸」是沒問題的。不過誠如魏宜輝自己所言，「庸人」一般指「平庸之人」，
少見其他用法。雖然他徵引《大戴禮記‧哀公問五義》：

> 哀公曰：「善！何如則可謂庸人矣？」孔子對曰：「所謂庸人者，
> 口不能道善言而志不邑邑，不能選賢人善士而托身焉，以爲己
> 憂。……」

〔註470〕穆虹嵐，〈釋上博簡中的「謹」字〉，《「第十四屆中國文字學全國學術研討會」論
　　　　文集》（高雄：國立中山大學中國文學系，2003.03），頁105～115。

〔註471〕魏宜輝，〈讀上博簡文字箚記〉，《上博館藏戰國楚竹書研究》（上海：上海書店，
　　　　2002），頁388～389。

認爲此段文字所評「庸人」口不能道善言，和《詩經》所言的「讒人」類似。但〈小弁〉、〈巧言〉所言之「讒」，由其詩意來看，當不僅僅是「口不能道善言」，而是會借其如簧巧舌去中傷他人的。將「𧩙人」讀爲「庸人」不但不合於「庸人」的一般用法，亦不能密切配合〈小弁〉、〈巧言〉之詩旨。

　　李學勤、廖名春將「𧩙」釋爲「讒」。〔註472〕俞志慧疑此字是「讒」或「譖」之異體，未有解釋。〔註473〕蔡哲茂、顏世鉉、穆虹嵐亦皆讀「𧩙」爲「讒」。〔註474〕以上學者除了未說明原因者，都以「𧩙」字從「蟲」得聲。「蟲」古音在定母多部，「讒」古音在崇母談部，兩者聲紐相近，但韻差得較遠。關於此點，蔡哲茂提出了文獻上的證據：

> 蟲上古音爲定母冬部，崇上古音爲崇母冬部，二字音近。萬蔚亭《困學紀聞集證》引錢大昕云：「崇、讒聲相近。」屠繼序《校補》説：「按廣韻冬侵二部古音相通，故崇、讒、岑可轉寫，其收崇入東部，收讒入咸者誤也。」文獻上「崇」字可讀作「讒」，《左傳‧昭公三年》之「讒鼎」《禮記‧明堂》寫作「崇鼎」；《周禮‧地官‧廛人》：「總布」與《周禮‧地官‧肆長》：「斂其總布」，鄭注引杜子春云：「總當爲讒」，《尚書‧酒誥》：「矧曰其敢崇飲」，崇飲即食崇飲，食崇通饞，即貪飲也。〔註475〕

由「蟲」和「崇」音近，而「崇」聲字在古文獻中常和「毚」聲字通假，證「蟲」、「讒」音近。顏世鉉引文獻資料證「侵」部、「談」部和「冬」部、「東」部相通：

> 《儀禮‧士昏禮》：「婦車亦如之、有裧。」鄭注：「裧，《周禮》謂之容。」按《春官‧巾車》云：「皆有容蓋。」

〔註472〕李學勤，〈〈詩論〉簡的編聯與復原〉，《中國哲學史》2002.01，頁7。廖名春，〈上海博物館藏〈詩論〉簡校釋〉，《中國哲學史》2002.01，頁9～10。

〔註473〕俞志慧，〈《戰國楚竹書‧孔子論詩》校箋（上）〉，「簡帛研究」網，2002.01.17。

〔註474〕蔡哲茂，〈上海簡〈孔子詩論〉「讒」字解〉，「簡帛研究」網，2002.03.06。顏世鉉，〈上博楚竹書散論（一）〉，「簡帛研究」網，2002.04.14。穆虹嵐，〈釋上博簡中的「謹」字〉，《「第十四屆中國文字學全國學術研討會」論文集》（高雄：國立中山大學中國文學系，2003.03），頁105～115。

〔註475〕蔡哲茂，〈上海簡〈孔子詩論〉「讒」字解〉，「簡帛研究」網，2002.03.06。

《詩・大雅・生民》:「蓺之荏菽。」《周禮・天官・大宰》賈疏引「荏」作「戎」。

《尚書・堯典》:「欽明文思安安。」《後漢書・陳寵傳》李注引《尚書緯・考靈耀》「欽明」作「聰明」。〔註476〕

又引出土資料爲證:

《周易・豫・九四》:「由豫,大有得,勿疑,朋盍簪。」其中「簪」字,《經典釋文》引荀爽本作「宗」,屈萬里:「『宗』爲聲之衍」。馬王堆帛書本作「讒」。由此也可見「讒」字和冬部字存在著密切關係。〔註477〕

由以上證據看來,將「𧪜」視爲從「蟲」聲,而讀爲「讒」,在聲韻上應當可以成立。「讒人」一詞,在古文獻中已有,如《詩經・甫田之什・青蠅》:「讒人罔極」、《春秋左傳・昭公二十五年》:「讒人以君徼幸」、《春秋左傳・昭公二十七年》:「夫無極,楚之讒人也」。且正如馬承源所言,〈小弁〉、〈巧言〉兩篇詩的重點在於描述「讒」人和「巧言如簧」之人,兩詩皆有「君子信讒」句,毛序:「〈巧言〉,刺幽王也,大夫傷於讒,故作是詩也。」因此將「𧪜人」讀爲「讒人」,就簡文文義來說,是非常合理的。

胡平生分析「𧪜」字從「言」、「蟲」聲,釋爲「佞」。〔註478〕「佞」古音在泥母耕部,和定母冬部的「蟲」音近可通。「佞」有「巧辯奉承」之意,「佞人」一辭在先秦文獻中已出現,如《論語・衛靈公》:

子曰:「行夏之時,乘殷之輅,服周之冕,樂則韶舞,放鄭聲,遠佞人,鄭聲淫,佞人殆。」

《管子・宙合》:

「毋訪于佞」,言毋用佞人也,用佞人,則私多行。

《晏子春秋・景公問治國之患》:

〔註476〕顏世鉉,〈楚簡「流」、「讒」字補釋〉,《「新出土文獻與古代文明研究」國際學術研討會會議論文集》(上海:上海大學,2002.07.28～2002.07.30)。

〔註477〕顏世鉉,〈上博楚竹書散論(一)〉,「簡帛研究」網,2002.04.14。

〔註478〕胡平生,〈讀上博藏戰國楚竹書〈詩論〉箚記〉,《上博館藏戰國楚竹書研究》(上海:上海書店,2002),頁281～282。

景公問晏子曰：「治國之患亦有常乎？」對曰：「佞人讒夫之在君側
者，好惡良臣，而行與小人，此國之長患也。」公曰：「讒佞之人，
則誠不善矣；雖然，則奚曾爲國常患乎？」

由《晏子春秋》直稱「佞人讒夫」、「讒佞之人」，可知「讒人」和「佞人」在意
義上雖稍有不同，卻有相近之處，如此一來，說〈小弁〉、〈巧言〉言「佞人之
害」，在文義上亦說得通。但《韓詩外傳》卷四：

哀公問取人。孔子曰：「無取健，無取佞，無取口讒。健，驕也。佞，
諂也。口讒，誕也。」

由此看來，在孔子心中「佞」和「讒」還是有不同定義的。

在分析了各家對〈孔子詩論〉簡8「**訟**人」一詞的釋讀後，筆者認爲釋爲
「佞人」和「讒人」兩種說法，不但在字音上可說得通，在文義上亦較切合
〈小弁〉、〈巧言〉兩篇的詩旨。但由兩詩篇皆提到「君子信讒」，又毛序：「〈巧
言〉，刺幽王也，大夫傷於讒，故作是詩也。」且在《韓詩外傳》卷四中，孔子
對「佞」和「讒」有所區別的情況看來，將「**訟**人」讀爲「讒人」較合理。故
筆者將「小**弁**考言則言**訟**人之害也」讀爲「〈小弁〉、〈巧言〉則言讒人之害
也」。

八、《小雅・鹿鳴之什・伐木》

伐木☐（簡8）→〈伐木〉。

實咎於其也▅（簡9）→實咎於己也。

本段簡文上無所評之篇名，馬承源認爲當在評《詩・小雅・鹿鳴之什，伐
木》，可與簡8連讀。〔註479〕學者對此說無異議，由〈伐木〉「微我有咎」之語
觀之，此說確可從。

簡文「**實**」字，馬承源隸爲「實」讀爲「貴」，周鳳五從之。〔註480〕黃人

〔註479〕馬承源，《上海博物館藏戰國楚竹書（一）・孔子詩論考釋》（上海：上海古籍出版
社，2001），頁138。

〔註480〕馬承源，《上海博物館藏戰國楚竹書（一）・孔子詩論考釋》（上海：上海古籍出版
社，2001），頁138。周鳳五，〈〈孔子詩論〉新釋文及注解〉，《上博館藏戰國楚竹
書研究》（上海：上海書店，2002），頁153。

二雖亦贊同此字讀爲「貴」，但已注意到「🔳」字和楚簡「貴」字的字形並不相同，故認爲此字爲「貴」之誤筆。〔註481〕李零、何琳儀、廖名春等先生指出「🔳」字形其實是楚簡常見的「實」字寫法，應釋爲「實」，劉信芳、姚小鷗、李銳、鄭玉珊皆同此說。〔註482〕楚簡「貴」字多作「🔳」形，「實」字則作「🔳」形，兩者下部構形相近，差別只在於「實」字上部從「宀」，「貴」字上部從「卜」形部件，本簡「🔳」字上部確從「宀」旁，當釋爲「實」字。胡平生、汪維輝、董蓮池等人將「🔳」字釋爲「貴」再轉讀爲「歸」。〔註483〕現既知「🔳」字爲「實」字，則此說法亦不可通。

　　本簡「其」字作「🔳」形，馬承源將之釋爲「其」，但未訓其義，僅云：「〈伐木〉爲朋友歡宴，孔子獨重責己之句」，當是認爲「其」爲指稱代名詞，指的是「微我有咎」的「我」。〔註484〕周鳳五、胡平生、汪維輝雖亦認爲此「其」字指詩文中的「我」，但認爲此字形與其他簡中讀爲「其」之字所用字形不同，當讀爲「己」，黃人二、陳英杰、季旭昇、鄭玉珊從之。〔註485〕筆者認爲讀爲

〔註481〕黃人二，《上海博物館藏戰國楚竹書（一）研究》（臺中：高文出版社，2002），頁38。

〔註482〕李零，《上博簡三篇校讀記》（臺北：萬卷樓圖書公司，2002），頁36。何琳儀，〈滬簡詩論選釋〉，《上博館藏戰國楚竹書研究》（上海：上海書店，2002），頁247～248。廖名春，〈上海博物館藏〈詩論〉簡校釋〉，《中國哲學史》2002.01，頁10。劉信芳，《孔子詩論述學》（合肥：安徽大學出版社，2003），頁161～162。姚小鷗，〈《周易》經傳與〈孔子詩論〉的哲學品格〉，《文學評論》2003.05，頁49。李銳，《〈詩論〉簡禮學思想研究》（北京：清華大學歷史學系碩士論文，2003），頁60。鄭玉珊，《《上博（一）・孔子詩論》研究》（臺北：國立台灣師範大學國文研究所，碩士學位論文，2004），頁137。

〔註483〕胡平生，〈讀上博藏戰國楚竹書〈詩論〉箚記〉，《上博館藏戰國楚竹書研究》（上海：上海書店，2002），頁282～283。汪維輝，〈上博楚簡〈孔子詩論〉釋讀管見〉，「簡帛研究」網，2002.06.17。董蓮池，〈上海博物館藏《戰國楚竹書（一）》解詁（二）〉，《古籍整理與研究學刊》2003.02，頁10。

〔註484〕馬承源，《上海博物館藏戰國楚竹書（一）・孔子詩論考釋》（上海：上海古籍出版社，2001），頁138。

〔註485〕周鳳五，〈〈孔子詩論〉新釋文及注解〉，《上博館藏戰國楚竹書研究》（上海：上海書店，2002），頁153。胡平生，〈讀上博藏戰國楚竹書〈詩論〉箚記〉，《上博館藏戰國楚竹書研究》（上海：上海書店，2002），頁282～283。汪維輝，〈上博楚

「其」或「己」雖然皆可視爲指示代名詞，但「其」的指示範圍較廣，有多種可能性，而「己」字的指稱範圍較小，更能與詩文之「我」切合。再加上本簡「其」字寫作「⿱⿰其」形和其他簡文作「丌」形不同，很可能是爲了區隔讀爲「其」和「己」這兩種不同的讀法。此外，劉信芳將此字讀爲「期」，引《說文》：「期，會也。」認爲此處「期」亦訓爲「約也」、「會也」，其文云：

> 詩中主人公備好了酒宴，而受邀者不來，〈伐木〉二章云：「既有肥牡，以速諸舅，寧適不來，微我有咎」。「微我有咎」應理解爲難道是我有過錯。戴震《毛詩補傳》（《戴震全書》（一）第 344 頁）：「微，猶非也」。可見〈伐木〉一詩，實質是歸咎於期也。「期」的具體涵義即「速諸父」而「不來」也。〔註486〕

〈伐木〉原文如下：

> 伐木丁丁，鳥鳴嚶嚶。出自幽谷，遷于喬木。嚶其鳴矣，求其友聲。
> 相彼鳥矣，猶求友聲。矧伊人矣，不求友生。神之聽之，終和且平。
> 伐木許許，釃酒有藇。既有肥羜，以速諸父。寧適不來，微我弗顧。
> 於粲洒埽，陳饋八簋。既有肥牡，以速諸舅。寧適不來，微我有咎。
> 伐木于阪，釃酒有衍。籩豆有踐，兄弟無遠。民之失德，乾餱以愆。
> 有酒湑我，無酒酤我。坎坎鼓我，蹲蹲舞我。迨我暇矣，飲此湑矣。

觀其全文，並未提到宴會之時間如何，當非「咎於期」。

對於簡文「〈伐木〉（簡 8）實咎於己（簡 9）」的訓解，大都認爲此「咎於己」與詩文「微我有咎」相應，「咎於己」即詩中主人翁咎於自己。姚小鷗則有不同看法：

> 〈伐木〉說：「寧適不來，微我有咎」，所以〈詩論〉說「實咎於其也」，即表面看來不咎，而「實咎」……作爲先秦舊文的〈孔子詩論〉爲什麼評論〈伐木〉時說「實咎於其」呢？詩篇所言不符合「懼以始終」要求，故言「實咎於其也」……〈伐木〉言「迨（苑鳳按：

簡〈孔子詩論〉釋讀管見〉，「簡帛研究」網，2002.06.17。陳英杰，〈讀楚簡札記〉，「簡帛研究」網，2002.11.24。鄭玉珊，《《上博（一）・孔子詩論》研究》（臺北：國立台灣師範大學國文研究所，碩士學位論文，2004），頁 137。

〔註486〕劉信芳，《孔子詩論述學》（合肥：安徽大學出版社，2003），頁 161～162。

當爲「迨」）我暇矣，飲此湑矣」，與「懼以始終」之敬慎態度也有
一定的差距。故以孔子的一貫思想來説，應當「咎」之。

觀其前半段論述，與「詩中主人翁咎於自己」之説相同，但在最後，又似乎以
孔子爲「咎」的主詞，即「孔子『咎』〈伐木〉」。〔註487〕若是以「孔子」爲「咎」
之執行者，則「咎於其」一段話是評論者在表明對〈伐木〉一詩的態度，認爲
〈伐父〉當咎。但在〈孔子詩論〉其他簡文中要表明孔子對某詩篇的態度皆用
「吾×之」的句式，用「吾」作爲主詞，如「〈文王〉吾美之」。本簡「〈伐木〉
實咎於其也」，在「實咎於其」之前並沒有「吾」字，當仍以〈伐木〉爲主詞，
則「實咎於其也」應是就〈伐木〉詩文內容而論，不太可能是在説孔子認爲〈伐
木〉當「咎」。

九、《小雅・鹿鳴之什・天保》

而保丌旻彔蔑畺矣巽頁惪古也▄（簡9）→〈天保〉其得祿蔑疆矣！
巽寡德故也。

「天」字原簡作「夯」，下部向內彎曲，寫法近於「而」字，與簡6「昊
＝」字所從「天」下部向外張開作「天」並不相同，但「夯保」之上有一墨
節「▄」與上文斷開，爲本評論句之句首，依〈孔子詩論〉體例「夯保」當爲
《詩》篇名，且今傳毛《詩》有《小雅・天保》一篇，其內容與簡文「得祿蔑
疆」相符合，而簡文「夯保」前後亦皆在評論《小雅》詩篇，知「夯保」即
〈天保〉。「旻彔蔑畺矣」，馬承源云：「即得福無疆之意。」〔註488〕此點學者未
有異議，王引之《經傳釋詞》卷十：「蔑，無也。常語。」

在本段評詞中，學者討論重點在於「巽寡惪古也」該如何斷讀。馬承源讀
爲「饌寡，德故也。」釋義爲「孝享的酒食不多，但守德如舊。」俞志慧從其
説。〔註489〕劉信芳雖從馬氏句讀，但將「古」字如字讀，釋「德古」爲「其德

〔註487〕姚小鷗，〈《周易》經傳與〈孔子詩論〉的哲學品格〉，《文學評論》2003.05，頁49。

〔註488〕馬承源，《上海博物館藏戰國楚竹書（一）・孔子詩論考釋》（上海：上海古籍出版
　　　　社，2001），頁138。

〔註489〕馬承源，《上海博物館藏戰國楚竹書（一）・孔子詩論考釋》（上海：上海古籍出版
　　　　社，2001），頁138。俞志慧，〈《戰國楚竹書・孔子論詩》校箋（上）〉，「簡帛研
　　　　究」網，2002.01.17。

古樸」。〔註490〕簡文「巽寡悳古也」，若採馬承源、劉信芳之說，則與前云「得祿蔑疆」語義無多大關聯，故筆者不從。

臧克和讀此句簡文為「饌圭悳古也」，訓「饌」為「具食」、「圭」為「潔」，而「悳」字在此用作動詞，引《說文》：「悳，外得於人，內得於已。」為證，「古」則為「祭祀古禮」，「〈天保〉其得祿蔑疆矣，巽寡悳古也」，即「〈天保〉其得福無疆，是由於具食精潔，合乎古禮。」〔註491〕「悳」在〈孔子詩論〉中還見於簡2、5、6、7、24，皆作為名詞使用，在其他出土資料中亦少見用作動詞者。在傳世文獻中，「德」字雖有動詞用法，但皆訓為「感激」、「感恩」，如《左傳·成公三年》：「王曰：『然則德我乎？』」「悳古」並不能有「合乎古禮」之義。再者，依臧克和之說，是將「悳」訓為「契合」，與「得」字用法相同，但《說文》：「外得於人，內得於已」之說，只在解釋「悳」之內容，不能證「悳」有「得」之用法，且〈孔子詩論〉其他簡文中「獲得」、「符合」義，皆用「導」字表示，如上文「導祿蔑疆」之「導」便是一例，不該獨在「悳古」一詞有不同用法。

周鳳五讀此句簡文為「贊寡德故也」，訓「贊」為「助」，謂臣下能助成寡君之德，故君臣上下「得祿無疆」。〔註492〕觀〈天保〉原文：

> 天保定爾，亦孔之固。俾爾單厚，何福不除。俾爾多益，以莫不庶。
> 天保定爾，俾爾戩穀。罄無不宜，受天百祿。降爾遐福，維日不足。
> 天保定爾，以莫不興。如山如阜，如岡如陵。如川之方至，以莫不增。
> 吉蠲為饎，是用孝享。禴祠烝嘗，于公先王。君曰卜爾，萬壽無疆。
> 神之弔矣，詒爾多福。民之質矣，日用飲食。群黎百姓，遍為爾德。
> 如月之恆，如日之升。如南山之壽，不騫不崩。如松柏之茂，無不爾或承。

由「俾爾單厚，何福不除」、「降爾遐福，維日不足」、「君曰卜爾，萬壽無疆」、

〔註490〕劉信芳，《孔子詩論述學》（合肥：安徽大學出版社，2003），頁162～163。

〔註491〕臧克和，〈上博楚竹書中的「詩論」文獻及範型〉，《學術研究》2003.09，頁123。

〔註492〕周鳳五，〈〈孔子詩論〉新釋文及注解〉，《上博館藏戰國楚竹書研究》（上海：上海書店，2002），頁159。

「群黎百姓，遍爲爾德」等句知簡文所謂「得祿蔑疆」者當是〈天保〉原文稱爲「爾」者，此「爾」當指君主，若依周鳳五之說，「巽寡悳古也」之主詞爲「臣」，則與上文「得祿蔑疆」之主詞爲「君」不同，在此情形下，〈孔子詩論〉當會將「巽寡悳古也」之主詞標明，但簡文在此卻省略主詞，則該句之主詞很可能和「得祿蔑疆」同爲「君」，不當爲「臣」。

楊澤生將「巽寡悳古也」讀爲「踐顧德故也」，謂「踐」爲「履行」、「實踐」，表示做某種事情，「顧」爲「顧惜」、「顧念」，譯本句爲「乃是顧念恩德的緣故」，又云：「〈天保〉是臣子因爲顧念君德而作，與簡文所說『踐顧德故也』相合。」〔註493〕將「巽寡悳古也」解爲「顧念恩德的緣故」，和上文「得祿蔑疆」不能有很好的呼應。且如筆者上段所論，〈天保〉中「得祿蔑疆」者爲君而非臣，讀爲「踐顧德故也」，則前後主詞不一。再觀「踐顧德故也」之語法，「踐」未見副詞用法，則「踐」、「顧」再此皆爲動詞，「實踐顧念恩德的緣故」語義並不通暢，且「顧念恩德」乃一種心理狀態，似不宜強調其「踐」。

李零讀爲「選寡德故也」，並曰：「疑連下句爲讀。」對句義沒有解釋。〔註494〕廖名春則訓「選」爲「善」，謂「寡德」即「君德」，簡文是說「〈天保〉得祿蔑疆，是以君德爲善的緣故。」並認爲小序：「〈天保〉，下報上也。君能下下，以成其政，臣能歸美矣，報其上焉。」其「歸美」即「善」、即「選」。〔註495〕楊澤生已指出「巽寡悳古也」之下有「▃」符號和下文斷開，故李零「疑連下句爲讀」是沒有必要的。〔註496〕而廖名春之說是以「臣」爲「選寡德故也」之主詞，則如前所述，「得祿蔑疆」和「選寡德故也」有前後主詞不一的情況。就算將「得祿蔑疆」之主詞也視爲「臣」，「以君德爲善」和「得祿蔑疆」之間的因果關係亦不明顯。

何琳儀師讀「巽寡」爲「遵路」，認爲即《鄭風·遵大路》之省簡，又云：

> 簡文「德古」應讀「德故」，即「以故人爲有德」，屬意動用法。所謂「巽（遵）寡（路），德古（故）也。」意謂「〈遵路〉的内容，

〔註493〕楊澤生，〈上海博物館所藏楚文字說叢〉，「簡帛研究」網，2002.02.03。

〔註494〕李零，《上博簡三篇校讀記》（臺北：萬卷樓圖書公司，2002），頁36。

〔註495〕廖名春，〈上海博物館藏〈詩論〉簡校釋〉，《中國哲學史》2002.01，頁10。

〔註496〕楊澤生，〈上海博物館所藏楚文字說叢〉，「簡帛研究」網，2002.02.03。

是歌詠不要拋棄故人。」《詩・鄭風・遵大路》:「遵大路兮,摻執子之袪兮。無我惡兮,不寁故也。」其中「故」即〈詩論〉之「古(故)」,也與《詩》序:「思君子也」之意頗爲吻合。〔註497〕

對於此說,楊澤生已有反駁,他指出五點:其一,前後文所論詩篇皆屬《小雅》,而〈遵大路〉屬《國風・鄭風》,不當置於其中。其二,〈遵大路〉非以「德故」爲主題。其三,「〈天保〉其德祿葭疆矣」一句文義未完整。其四,「遵路」與今本篇名「遵大路」有所區別。其五,第8、9號簡從評〈小弁〉至〈祈父〉,每一個評語結束都有句讀,因此在「天保」至「故也」之間似乎不應該包含有兩個評語。〔註498〕其中第三點並非一定,因句義的完整與否可因個人的解釋有所不同,但由其他四點可知「巽寡」確不應讀爲「遵路」。

姜廣輝讀「巽」爲「遜」,又謂「寡德」爲謙辭,釋「得祿葭疆,遜寡德故也」爲「人君之所以得祿無疆,由其能以寡德的緣故。」〔註499〕但由〈天保〉原文觀之,君主之所以能得祿無疆,似與「遜」、「寡德」之「退讓」、「自謙」義關係不大。「寡德」雖有自謙之意,猶如「寡人」亦爲君主謙稱,但此處由〈孔子詩論〉作者發言,沒有謙言「寡德」的必要,所以簡文「寡德」只能視爲「君主之德」的代稱。

李學勤讀簡文爲「天保其得祿葭疆矣,巽寡德故也。」未釋其義。〔註500〕學者多從李學勤將「巽」字如字讀,但訓解又有不同。秦樺林讀爲「巽顧德故也」,訓「巽」爲「順貌」,又訓「顧」爲「眷」,「巽顧德故也」即「恭順地眷顧恩德的緣故」。〔註501〕秦樺林舉《文選・張衡・東京賦》:「神歆馨而顧德。」薛綜注:「顧,眷也。」證「顧」有「眷」義。此說舉證之文獻時代較晚,在先秦文獻中,「顧」字一般不訓爲「眷」,且「眷顧」一般多用於上對下,不太適用於臣下對君上。再者,筆者前文已言,「巽寡惪古也」的主詞當與「得祿葭疆」一樣是君主,秦樺林之釋並不符合此點。董蓮池將「巽」訓爲「伏順」,謂「寡

〔註497〕何琳儀,〈滬簡〈詩論〉選釋〉,「簡帛研究」網,2002.01.17。

〔註498〕楊澤生,〈上海博物館所藏楚文字說叢〉,「簡帛研究」網,2002.02.03。

〔註499〕姜廣輝,〈關於古《詩序》的編連、釋讀與定位諸問題研究〉,「簡帛研究」網,2002.05.24。

〔註500〕李學勤,〈上海博物館藏楚竹書〈詩論〉分章釋文〉,「簡帛研究」網,2002.01.16。

〔註501〕秦樺林,〈上博簡〈孔子詩論〉辯証〉,「簡帛研究」網,2002.08.31。

德」爲「至高之德」，簡文之意爲「〈天保〉這首詩是言其獲得福祿無邊，究其這樣的原因是作爲臣子的能伏順於其君。」〔註502〕黃人二謂「巽」與「遜」通假、「寡」喻「君」，簡文「巽寡德故也」，乃以恭遜敬謹與君王言，故能「得祿蔑疆矣」。〔註503〕兩說亦皆將「巽寡悳古也」之主詞視爲臣下，其中黃人二之說更完全忽略「德」字，故筆者不從。

姚小鷗有二說，先云「巽寡德故」即「具寡德故」，〈天保〉所歌頌的對象具有「寡德」特質，故其「德祿蔑疆」。緊接著姚小鷗又云：

> 但「巽」字在這裡還有更好的、更符合〈詩論〉風格、更具理論意義的解釋。按「巽」在《周易》中含有「化」的意思。〈詩論〉用此意論證〈天保〉主人公之「得祿蔑疆」是由其以德化下之緣故……詩篇言主人公「知」「百姓」「日用飲食」，人民皆爲其德所化，而「神詒多福」即〈詩論〉所謂「得祿蔑疆」之意。〔註504〕

就算將「巽」訓爲「化」，依「巽寡德」之句式觀之，則被「化」者爲「寡德」，不能得出「以德化下」之義，與〈天保〉原文不符。筆者認爲當以姚小鷗的第一個說法爲是，「巽」訓爲「具」、「寡德」爲「君德」之代稱，前云君主得祿蔑疆，下則解釋其原因爲「具備君主之德」，前後語意連貫，亦與〈天保〉：「群黎百姓，遍爲爾德」之意相合。至於季旭昇和鄭玉珊將「巽」訓爲「順從」，釋簡文爲「〈天保〉稱美君主受福祿無疆，是因君王本身能順從其應有之德行的緣故。」〔註505〕，但既爲君王本身應有之德行，則君王相對於此德行之關係，應該是「具備」而非「順從」。故筆者將「天保亓尋彔蔑疅矣巽寡悳古也」讀爲「〈天保〉其得祿蔑疆矣，巽寡德故也」，其中「巽」訓爲「具」、「寡德」即「君

〔註502〕董蓮池，〈上海博物館藏《戰國楚竹書（一）》解詁（二）〉，《古籍整理與研究學刊》2003.02，頁11。

〔註503〕黃人二，《上海博物館藏戰國楚竹書（一）研究》（臺中：高文出版社，2002），頁38。

〔註504〕姚小鷗，《《周易》經傳與〈孔子詩論〉的哲學品格》，《文學評論》2003.05，頁49～51。

〔註505〕季旭昇，〈〈孔子詩論〉新詮〉，《經學研究論叢》第十三輯（臺北：學生書局，2005）。鄭玉珊，《《上博（一）·孔子詩論》研究》（臺北：國立台灣師範大學國文研究所，碩士學位論文，2004），頁140～141。

主之德」。

十、《小雅‧鴻雁之什‧祈父》

訴父之賕亦又呂也▄（簡9）→〈祈父〉之責亦有以也。

簡文「訴父」，馬承源認爲即《詩‧小雅‧鴻雁之什》之篇名〈祈父〉，此說各家無異議。〔註506〕多數學者認爲簡文「訴」字和今本毛《詩》「祈」字爲通假關係，但俞志慧引《說文》：「訴，讓也。」從字義上來論述，認爲〈祈父〉之所以又稱爲「訴父」，或因其詩有過責之意。〔註507〕但簡文已云：「亦有以也」，「以」字在此當訓爲「原因」，簡文既謂其責備亦是有原因的，可知當非過責。董蓮池則更進一步認爲毛《詩》之「祈父」實應作「訴父」，其文云：

《玉篇》：「訴，罵也。」據其內容，則「祈父」應作「訴父」……
訴父，爲一動賓結構，父應是被訴之對象，當是對這位爪牙的稱呼。
毛《傳》鄭《箋》均以「祈父」是時人以其職號之，當是據訛字爲說，不可信。〔註508〕

〈祈父〉原文如下：

祈父，予王之爪牙，胡轉予于恤，靡所止居。
祈父，予王之爪士，胡轉予于恤，靡所厎止。
祈父，亶不聰，胡轉予于恤，有母之尸饔。

由其內容可知在〈祈父〉一詩中「祈父」是被責罵之對象，若要用動賓結構來稱呼此爪牙，則「父」之前當會採用一個與此人負面作爲有關的動詞，如「讒人」之類的。「訴」字雖有「罵」之義，但「罵」並非此人之作爲，「罵」這個動作的執行者是此詩作者，不當用以形容此人。故筆者認爲簡文「訴」字與毛《詩》「祈」字，目前只能視其爲單純的通假關係。

〔註506〕馬承源，《上海博物館藏戰國楚竹書（一）‧孔子詩論考釋》（上海：上海古籍出版社，2001），頁138。

〔註507〕俞志慧，〈《戰國楚竹書‧孔子論詩》校箋（上）〉，「簡帛研究」網，2002.01.17。

〔註508〕董蓮池，〈上海博物館藏《戰國楚竹書（一）》解詁（二）〉，《古籍整理與研究學刊》2003.02，頁11。

在「誶」、「祈」二字的通假方面，劉樂賢特別提出「誶」、「祈」聲紐不近，似不能通假，又鑑於簡帛文字中「衣」、「卒」兩字常混，故認爲現今隸爲「誶」的這個字很可能是從「衣」得聲。〔註509〕「誶」字古音在心母物部，和群紐微部的「祈」字確實在聲音上相差較遠。而「衣」字古音在影紐微部，和「祈」字聲音較近，故筆者贊成此字從「衣」得聲的說法。

「賕」爲「責」之異體字，馬承源如字讀爲「責」，認爲與〈祈父〉責「王之爪牙」內容相同。俞志慧、劉信芳、邴尙白、董蓮池從之。〔註510〕而李零、劉樂賢則認爲「賕」應讀爲「刺」，劉樂賢並引毛《序》：「〈祈父〉，刺宣王也。」爲證。〔註511〕鄭玉珊則以爲「責」、「刺」兩者皆可通。〔註512〕「責」、「刺」兩字置於簡文中確實皆可通，但觀〈祈父〉內容，詩人用的手法是直接責備祈父，而非諷刺，故如字讀爲「責」似乎更恰當。又李學勤將本段簡文讀爲「〈祈父〉之責，亦有以也。」讀「賕」爲「貴」。〔註513〕讀爲「貴」似與原詩內容不合，但李學勤未釋其義，故在此不多作討論。

此外，在斷句方面，多數學者將「〈祈父〉之責，亦有以也。」視爲一整段。唯李零認爲本段簡文當連上句，讀爲「選寡得故也，〈誶父〉之刺亦有以也。」〔註514〕但「故也」之下有墨釘，當與「誶父」斷開。且〈孔子詩論〉多將其所

〔註509〕劉樂賢，〈讀上博簡札記〉，《上博館藏戰國楚竹書研究》（上海：上海書店，2002），頁384。

〔註510〕馬承源，《上海博物館藏戰國楚竹書（一）·孔子詩論考釋》（上海：上海古籍出版社，2001），頁138。俞志慧，〈《戰國楚竹書·孔子論詩》校箋（上）〉，「簡帛研究」網，2002.01.17。劉信芳，《孔子詩論述學》（合肥：安徽大學出版社，2003），頁165～166。邴尙白，〈上博〈孔子詩論〉札記〉，「『新出土文獻與古代文明研究』國際學術研討會」會議論文（上海：上海大學出版社，2002.07.28～2002.07.30）。董蓮池，〈上海博物館藏《戰國楚竹書（一）》解詁（二）〉，《古籍整理與研究學刊》2003.02，頁11。

〔註511〕李零，《上博簡三篇校讀記》（臺北：萬卷樓圖書公司，2002），頁36。劉樂賢，〈讀上博簡札記〉，《上博館藏戰國楚竹書研究》（上海：上海書店，2002），頁384。

〔註512〕鄭玉珊，《《上博（一）·孔子詩論》研究》（臺北：國立台灣師範大學國文研究所，碩士學位論文，2004），頁142～143。

〔註513〕李學勤，〈上海博物館藏楚竹書〈詩論〉分章釋文〉，「簡帛研究」網，2002.01.16。

〔註514〕李學勤，〈上海博物館藏楚竹書〈詩論〉分章釋文〉，「簡帛研究」網，2002.01.16。

評論之篇名置於句首，故李零此斷讀與〈孔子詩論〉體例並不相合。

十一、《小雅‧鴻雁之什‧黃鳥》

黃![鳥]則因天谷反丌古也多恥者丌![方]之虐（簡9）→〈黃鳥〉則困而
欲返其故也，多恥諸其方之乎。

（一）「![鳥]」字構形略論

對於上引簡文開頭「黃![鳥]」二字，馬承源疑即今本毛《詩》之〈黃鳥〉。
[註515]各家學者對此沒有異議，但對於「鳥」字爲何寫作「![鳥]」，則有不同
看法。汪維輝認爲「![鳥]」即「鳥」字，舉〈孔子詩論〉簡21「鳲鳩」之鳩作
「![鳩]」，證簡文「鳥」字有從「口」者，說因鳥類善鳴叫，故俗體常加「口」旁
爲意符。他又分析「![鳥]」之「口」與「鳥」爲左右結構，而「鳴」字所從之「口」
居於左下側或右下側，兩者結構有所不同。[註516]

就目前可見的材料來看，「鳥」字在甲、金文中未見加「口」旁者，在郭店
簡〈老子甲〉簡33有「鳥」字作「![鳥]」，楚簡中以「鳥」爲偏旁而未加「口」
旁之字更是不計其數，可見加「口」旁的「鳥」字並非常例。而「鳴」字所從
「口」旁的位置本不固定，左上、左下、右上、右下皆有之，如「![鳴]」（蔡侯盤
鐘）、「![鳴]」（包山簡95）、「![鳴]」（《京津》2136）、「![鳴]」（包山簡194），更有
汪維輝所謂左右結構者，如「![鳴]」（《京津》4012）、「![鳴]」（《石鼓文‧作原》），
故無法僅由「口」旁位置，即判斷簡文此字是「鳴」字或「鳥」字。再者，〈孔
子詩論〉簡21「![鳩]」字，馬承源將其分析爲「從鳥、咎聲」並無不妥，「咎」
字在包山簡中已見，如簡38、60共七例作「![咎]」形，無需將「口」形視爲「鳥」
旁的一部分。

李零和黃人二亦對「![鳥]」字構形提出看法，李零認爲簡9「![鳥]」字乃「鳥」
字的誤寫，黃人二以爲「誤筆」和「增飾」皆有其可能性。[註517]雖然「誤寫」

[註515] 馬承源，《上海博物館藏戰國楚竹書（一）‧孔子詩論釋文》（上海：上海古籍出版
　　　社，2001），頁138。

[註516] 汪維輝，〈上博楚簡〈孔子詩論〉釋讀管見〉，「簡帛研究」網，2002.06.17。

[註517] 李零，〈上博楚簡校讀記（之一）──〈子羔〉篇「孔子詩論」部分〉，「簡帛研究」
　　　網，2002.01.04。黃人二，《上海博物館藏戰國楚竹書（一）研究》（臺中：高文出
　　　版社，2002），頁39。

和「增飾」的確都有可能，但由〈孔子詩論〉簡 23「鹿鳴」之「鳴」作「🐦」觀察，可知〈孔子詩論〉之書手在寫「鳴」字時有其整體性，「🔻」置於上，而「🔻」和「🔻」分置其下，不似「🐦」字是先寫了左旁完整的「鳥」旁，再於其右加上「口」形部件，「鳥」、「口」截然二分。故筆者認爲「🐦」字爲「鳥」字增飾「口」形部件的可能性較高。〔註518〕

（二）「黃鳥則困而欲反其故也」所指為何？

今本毛《詩》中出現「黃鳥」一詞的共五篇，分別是《周南・葛覃》、《邶風・凱風》、《秦風・黃鳥》、《小雅・黃鳥》、《小雅・緜蠻》，後三篇「黃鳥」一詞皆出現於首句，依據先秦文獻往往以篇首數字爲題的命名原則來看，被稱爲「黃鳥」的可能性很大。其中《小雅・緜蠻》的內容爲：

> 緜蠻黃鳥，止于丘阿。道之云遠，我勞如何！飲之食之，教之誨之，
> 命彼後車，謂之載之。
>
> 緜蠻黃鳥，止于丘隅。豈敢憚行，畏不能趨。飲之食之，教之誨之，
> 命彼後車，謂之載之。
>
> 緜蠻黃鳥，止于丘側。豈敢憚行，畏不能極。飲之食之，教之誨之，
> 命彼後車，謂之載之。

其詩義和簡 9 此段文字較看不出關聯，引起爭議的是《秦風・黃鳥》和《小雅・黃鳥》，這兩篇今本毛《詩》皆直稱〈黃鳥〉。

馬承源認爲《小雅・黃鳥》似與簡文「黃鳥」有關。〔註519〕李學勤亦認爲「〈黃鳥〉則困而欲反其故也」顯然是指《小雅・黃鳥》，與《秦風・黃鳥》所述三良之死無關，龐樸、周鳳五、顏世鉉、姚小鷗皆贊同此說。〔註520〕李零對

〔註518〕林清源師對於將「口」形部件當作增飾的看法並不認同，他認爲此處讀爲「鳥」的「🐦」字，和楚簡常見從「口」從「鳥」的「鳴」字，實爲同形字，「鳥」、「鳴」同形猶如甲文中「隻」、「獲」二字皆寫爲「隻」，此說可能性很大。但筆者認爲甲文、金文和簡帛文字中，「鳥」、「鳴」二字區別的很清楚，未見混用例，故還是傾向於將「🐦」之「🔻」形部件視爲增飾。

〔註519〕馬承源，《上海博物館藏戰國楚竹書（一）・孔子詩論釋文》（上海：上海古籍出版社，2001），頁 138。

〔註520〕李學勤，〈《詩論》與《詩》〉，《中國哲學》第 24 輯，頁 125。龐樸，〈上博藏簡零箋〉，《上博館藏戰國楚竹書研究》（上海：上海書店，2002），頁 237。周鳳五，〈〈孔

此提出不同看法：

> 〈黃鳴〉，原書指出，即今《秦風‧黃鳥》。此詩批評秦穆公以三良
> 從葬，屢言「彼蒼者天，殲我良人」，恥其故而傷其情，故曰：「則
> 困天欲，恥其故也，多恥者其病之乎」。〔註521〕

劉信芳亦贊同簡文「黃鳥」爲《秦風‧黃鳥》，但斷句有所不同，讀此句爲「〈黃
鳥〉則困，天欲反其古也。多恥者其病之乎！」〔註522〕

　　簡文「黃鳥」究竟是指《小雅‧黃鳥》或《秦風‧黃鳥》，在文義皆能解釋
的情形下，首先應該考慮〈孔子詩論〉的體例。在〈孔子詩論〉中，我們可以
發現，作者常常將詩篇分組評論，如簡5到簡6〈清廟〉、〈烈文〉、〈昊天有成
命〉皆爲《頌》詩，簡8〈十月〉、〈雨無正〉、〈節南山〉、〈小旻〉、〈小宛〉、〈小
弁〉、〈巧言〉、〈伐木〉皆爲《小雅》之詩，又簡10〈關雎〉、〈樛木〉、〈漢廣〉、
〈鵲巢〉、〈甘棠〉、〈綠衣〉、〈燕燕〉皆爲《國風》詩篇。〔註523〕觀察簡9所提
到的《詩》篇，在〈黃鳥〉之前的有〈天保〉、〈祈父〉，在其後的有《小雅‧菁
菁者莪》、《小雅‧裳裳者華》兩篇，皆爲《小雅》篇章，就〈孔子詩論〉的體
例看來，不太可能在四段評論《小雅》詩篇的句子中，突然插入一段講述《秦
風‧黃鳥》的句子，故簡文「黃鳥」當爲今本毛《詩》之《小雅‧黃鳥》。

　　《小雅‧黃鳥》詩句如下：

> 黃鳥黃鳥，無集于穀，無啄我粟，此邦之人，不我肯穀，言旋言歸，
> 復我邦族。
>
> 黃鳥黃鳥，無集于桑，無啄我梁，此邦之人，不可與明，言旋言歸，

子詩論〉新釋文及注解〉，《上博館藏戰國楚竹書研究》（上海：上海書店，2002），
頁159。顏世鉉，〈上博楚竹書散論（一）〉，「簡帛研究」網，2002.04.14。姚小鷗，
〈《孔子詩論》第九簡黃鳥句的釋文與考釋〉，《新出楚簡與儒學思想國際學術研討
會論文集》（北京：清華大學，2002）。

〔註521〕李零，〈上博楚簡校讀記（之一）──〈子羔〉篇「孔子詩論」部分〉，「簡帛研究」
　　　　網，2002.01.04。在馬承源的釋文中未提到《秦風‧黃鳥》，未知李零所指「原書」
　　　　爲何。

〔註522〕劉信芳，《孔子詩論述學》（合肥：安徽大學出版社，2003），頁167～168。

〔註523〕簡5、簡6爲上下留白簡，形制和滿寫簡不一，當分爲兩組，但其論詩形式仍可
　　　　用爲參考。

復我諸兄。

黃鳥黃鳥，無集于栩，無啄我黍，此邦之人，不可與處，言旋言歸，

復我諸父。

齊詩說：「黃鳥來集，既嫁不荅，念我父母，思復邦國。」毛《傳》：「宣王之末，天下室家離散，妃匹相去，有不以禮者。」皆以此詩爲棄婦之辭。就其內容來看，馬承源將之斷爲「黃鴡則困而谷（欲）反丌（其）古也，多恥者丌（其）忞之唐（乎）？」無誤。〔註 524〕李學勤將之讀爲「〈黃鳥〉則困而欲反其故也」更和詩義相合。〔註 525〕此外，李零讀爲「〈黃鳥〉則困天欲，恥其故也」、王志平「〈黃鳥〉則困，天欲反其故也」、劉信芳「〈黃鳥〉則困，天谷（欲）反亓（其）古也」等斷句方式，皆在將簡文「黃鳥」視爲《秦風・黃鳥》的前提下斷句，其「困天欲」、「天欲反其古也」、「天欲反其故也」，對《小雅・黃鳥》的詩義皆無法說明。〔註 526〕

楚文字中「而」字和「天」字的差別，只在於下面四筆的筆勢是向內彎或向外開張，兩者易混。〔註 527〕「困欲反其故」之「」，就字形來看當釋爲「天」字，但在此處讀「天」不可通，當爲「而」之誤。「」，馬承源隸爲「反」，在此可從龐樸讀爲「返」，「返回」之意。〔註 528〕李零讀「」爲「恥」，未有解釋，「恥」字見於下文「多恥者」寫作「」，和「」形不同，故「」不當釋「恥」。「困」在此當訓爲「艱難困苦」，其「困」則在於「此邦之人，不我肯穀」、「此邦之人，不可與明」、「此邦之人，不可與處」，言其外邦夫婿不肯遇之以善，婦不能與明夫婦之道，亦不能與之居處，因而感到艱難困苦。「言旋

〔註 524〕馬承源，《上海博物館藏戰國楚竹書（一）・孔子詩論釋文》（上海：上海古籍出版社，2001），頁 137。

〔註 525〕李學勤，〈〈詩論〉與《詩》〉，《中國哲學》第 24 輯，頁 125。

〔註 526〕李零，〈上博楚簡校讀記（之一）——〈子羔〉篇「孔子詩論」部分〉，「簡帛研究」網，2002.01.04。王志平，〈詩論發微〉，《新出楚簡與儒學思想國際學術研討會論文集》（清華大學思想文化研究所／輔仁大學文學院　聯合主辦，2002.03.31～2002.04.02）。劉信芳，〈楚簡〈詩論〉述學九則〉，「簡帛研究」網，2002.07.31。

〔註 527〕詳參林清源師，《戰國楚文字構形演變研究》（臺中：東海大學中國文學研究所，博士學位論文，1997），頁 77～78。

〔註 528〕龐樸，〈上博藏簡零箋〉，《上博館藏戰國楚竹書研究》（上海：上海書店，2002），頁 237。

言歸」即「我旋我歸」,《詩》中常以「言」指稱自己,「旋」、「歸」皆有「返回」之義。〔註529〕其所欲回歸之處,由每章的最後一句「復我邦族」、「復我諸兄」、「復我諸父」,知欲回其父兄所在之邦族。簡文「〈黃鳥〉則困而欲返其故也」,意即「〈黃鳥〉一詩表達的是在外邦遭受到艱難困苦,因而興起返回其原來邦族的想法」。

(三)「多恥者其𡥃之乎」通讀

對於「多恥者其𡥃之乎」一句,學者爭議的焦點多在於「𡥃」字該如何釋讀、於簡文中訓爲何義,對於「多恥者」一詞的探討較少,但要釐清「𡥃」字的訓讀,必先明其上文「多恥者」在簡文中之用法。周鳳五曰:「其人爲多恥者所害,憂讒畏譏而思歸也」,將「多恥者」作爲名詞組來看待。〔註530〕周鳳五所言之「多恥者」,只知作爲名詞使用,卻未明說所指爲何人,就《小雅·黃鳥》之內容來看,所指大概是不可與處的「此邦之人」,但爲何稱「此邦之人」爲「多恥者」,則難以解釋。

姚小鷗由《周易·繫辭下》:「子曰:『小人不恥不仁,不畏不義』」一段話,而得出「在孔子的思想中,『多恥』與『無恥』,是君子與小人的重要分界線……故『多恥者』即眞正的君子……」的結論,認爲「多恥者」即「君子」。〔註531〕劉信芳云:「非獨國人哀之,『君子』亦爲之陳辭,豈非多恥者乎!」〔註532〕未明確說明其「多恥者」爲何意。姚小鷗所舉《周易·繫辭下》的全段文字爲:

> 子曰:「小人不恥不仁,不畏不義,不見利不勸,不威不懲,小懲而
> 大誡,此小人之福也。」

可知此處「不恥不仁」乃「不以不仁爲可恥」,此「不恥」和「無恥」的用法不

〔註529〕如《周南·葛覃》:「言告師氏,言告言歸。」毛《傳》:「言,我也。」

〔註530〕周鳳五,〈〈孔子詩論〉新釋文及注解〉,《上博館藏戰國楚竹書研究》(上海:上海書店,2002),頁159。

〔註531〕姚小鷗,〈〈孔子詩論〉第九簡黃鳥句的釋文與考釋〉,《新出楚簡與儒學思想國際學術研討會論文集》(清華大學思想文化研究所/輔仁大學文學院　聯合主辦,2002.03.31～2002.04.02)。姚小鷗,〈《周易》經傳與〈孔子詩論〉的哲學品格〉,《文學評論》2003.05,頁51。

〔註532〕劉信芳,《孔子詩論述學》(合肥:安徽大學出版社,2003),頁167～168。

同。「無恥」一詞在先秦文獻中常見，如：

> 《孟子·盡心上》：「孟子曰：人不可以無恥，無恥之恥，無恥矣！」

> 《禮記·表記》：「殷人尊神，率民以事神，先鬼而後禮，先罰而後
> 賞，尊而不親，其民之敝，蕩而不靜，勝而無恥。」

《論語·為政》：「子曰：道之以政，齊之以刑，民免而無恥。道之以德，齊之以禮，有恥且格。」據此可知，和「無恥」一詞相對者為「有恥」。「有恥」還見於以下文獻：

> 《論語·子路》：「子曰：行己有恥，使於四方，不辱君命，可謂士
> 矣。」

> 《管子·權修》：「凡牧民者，欲民之有恥也，欲民之有恥，則小恥
> 不可不飾也。小恥不飾於國，而求百姓之行大恥，不可得也。」

傳世先秦文獻未見「多恥」一詞，亦未見以「多恥者」指稱「君子」之例，故簡文以「多恥者」代稱「君子」的可能性很低。

　　董蓮池將「多恥者」解釋為「多有可恥者」，「多恥者其防之乎」即「其處多有可恥者，要對其加以提防，免遭其害」。〔註533〕但先秦文獻未見用「恥者」代稱「可恥者」之例。「可恥者」古書通常稱之為「無恥者」，如《莊子·盜跖》：「無恥者富，多信者顯」，若只用「恥者」二字，則難以分別其所欲表達的是「有恥者」還是「無恥者」，故筆者認為欲將「多恥者」釋為「多有可恥者」，必先證明「無恥者」有簡省為「恥者」之用法。

　　以上說法皆將「多恥者」視為名詞組，即「其𡥉之乎」的主語。顏世鉉則將「多恥者」讀為「多恥諸」，並舉《周禮·地官·司救》：「恥諸嘉石。」有「恥諸」一詞，鄭注曰：「嘉石，朝士所掌，在外朝之門左，使坐焉以恥辱之。」〔註534〕筆者認為顏說可從。「者」和「諸」乃聲母和聲子的關係，故「者」可讀為「諸」當無疑問。由以上「恥諸嘉石」即「使坐嘉石以恥辱之」的例子，看來，「多恥諸」的句法結構當為「副詞＋動詞＋介詞」。「多」表其程度之高，用以形容「恥」這個動詞，「多恥諸」即「非常以（某人、某事、某

〔註533〕董蓮池，〈上海博物館藏《戰國楚竹書（一）》解詁（二）〉，《古籍整理與研究學刊》2003.02，頁11。

〔註534〕顏世鉉，〈上博楚竹書散論（一）〉，「簡帛研究」網，2002.04.14，註11。

物）爲恥」。

「**㞷**」字，馬承源隸爲「㤅」，但未有釋。〔註535〕李零、劉信芳讀「**㞷**」爲「病」，訓爲「憂」。〔註536〕「病」字在楚文字中都寫作從「疒」（或省爲「爿」）從「方」，未見有從「心」從「方」之寫法，但「方」古音在幫母陽部，「病」在並母陽部，韻部相同而聲母皆爲雙唇音，音近可通，故我們無法排除由「方」聲通假爲「病」的可能性。然「病」字訓「憂」，放在「多恥諸其**㞷**之乎」一句中，和《小雅・黃鳥》之詩義似無關聯。姚小鷗將「**㞷**」依李學勤之說讀爲「病」，或讀爲「怲」，皆訓爲「憂」，也有和詩義不符之缺點。〔註537〕

汪維輝疑「**㞷**」字當讀作「仿」，並說「仿」爲人的一種行爲，與心理活動有關，故可從「心」作，但未說明「仿」字在此訓爲何義。〔註538〕「仿」有「效法」和「相似」兩義，由其說「仿」爲「人的一種行爲」，可知是將「仿」訓爲「效法」。但汪維輝在此對「多恥者」亦未有釋，故實不知「多恥者其仿之乎」如何解釋，且「效法」的動作及心理，和《小雅・黃鳥》之間似乎很難扯得上關係。

龐樸疑「**㞷**」爲「忿」之誤筆。〔註539〕郭店簡〈尊德義〉簡1「忿」字作「**分心**」，從「分」從「心」，「**㞷**」字從「方」從「心」，說「**㞷**」爲「忿」之誤筆，當是認爲「分」之左右兩撇誤連爲一橫畫而成「方」。此說或有其可能性，但其實「方」、「分」二字本就音近，要將「**㞷**」讀爲「忿」，只需從聲音說解便可相通，不必將其視爲誤字。龐樸在文中未釋「多恥者」之意，但由其曰：「忿

〔註535〕馬承源，《上海博物館藏戰國楚竹書（一）・孔子詩論釋文》（上海：上海古籍出版社，2001），頁137。

〔註536〕李零，〈上博楚簡校讀記（之一）──〈子羔〉篇「孔子詩論」部分〉，「簡帛研究」網，2002.01.04。劉信芳，《孔子詩論述學》（合肥：安徽大學出版社，2003），頁167～168。

〔註537〕姚小鷗，〈〈孔子詩論〉第九簡黃鳥句的釋文與考釋〉，《新出楚簡與儒學思想國際學術研討會論文集》（清華大學思想文化研究所／輔仁大學文學院　聯合主辦，2002.03.31～2002.04.02）。姚小鷗，〈《周易》經傳與〈孔子詩論〉的哲學品格〉，《文學評論》2003.05，頁51。

〔註538〕汪維輝，〈上博楚簡〈孔子詩論〉釋讀管見〉，「簡帛研究」網，2002.06.17。

〔註539〕龐樸，〈上博藏簡零箋〉，《上博館藏戰國楚竹書研究》（上海：上海書店，2002），頁237。

彼仇外的此邦之人也」，似將「多恥者」視爲《小雅‧黃鳥》中嫁入外邦之婦人，但前文已述古文獻中未見「多恥者」之用法，此婦人能否稱爲「多恥者」亦待商榷，若將之讀爲「多恥諸其忿之乎」則又於義不通。

董蓮池讀「𰀵」爲「防」，訓爲「提防」，說「多恥者其防之乎」爲「其處多有可恥者，要對其加以提防，免遭其害」，本論文於前文已述，「多恥者」不應釋爲「多有可恥者」，應讀爲「多恥諸」，故「提防」之義在此似不可通。〔註540〕

周鳳五對「𰀵」字有兩種解讀：其一，讀爲「方」，通「謗」，訓「言人之過惡」；其二，讀爲「妨」，訓「害也」，釋文意爲「其人爲多恥者所害，憂讒畏譏而思歸也」。〔註541〕顏世鉉則讀「𰀵」爲「謗」，釋此段文義爲「詩人身處困境而思歸故國，此乃因多爲毀謗之言所辱乎？」〔註542〕將「𰀵」字訓讀爲「謗」、「妨」，於簡文中於義可通，但由《小雅‧黃鳥》一詩中只能見其艱困，卻未見其遭言語誹謗之事。

比起將「𰀵」讀爲「謗」或「妨」，筆者認爲更有可能讀爲「方」。《小雅‧黃鳥》以「黃鳥」爲興，言黃鳥集木啄食乃其本性，今欲使之「無集于穀」、「無啄我粟」則失鳥性之所宜，喻其夫遇之不以道，失夫婦之禮，婦人因而思歸。故毛《傳》解之曰：「宣王之末，天下室家離散，妃匹相去，有不以禮者。」可知「外邦之人遇之不以禮」乃此詩之重點。「方」在此可訓爲兩義，一是訓爲「方式」，「多恥諸其方之乎？」即「多以外邦（夫家）違禮的對待方式爲恥」，亦即詩中婦人欲回歸父兄之邦的根本原因；或可訓爲「地方」，「其方」指詩中所言之「外邦」，意即「多以此外邦（違禮的言行）爲恥」。「之」字在此乃用以強調或補足語氣，無義，如《尚書‧西伯戡黎》：「殷之即喪！指乃功，不無戮于爾邦？」《史記‧陳涉世家》：「悵恨久之。」之用法。「乎」字在此亦無義，做爲句末語氣詞使用。至於董蓮池謂：「這當是論者借以宣揚窮途知返的思想」，筆者認爲由簡文中只能看到論者對《小雅‧黃鳥》詩意之說明，並未特別強調「窮

〔註540〕董蓮池，〈上海博物館藏《戰國楚竹書（一）》解詁（二）〉，《古籍整理與研究學刊》2003.02，頁11。

〔註541〕周鳳五，〈〈孔子詩論〉新釋文及注解〉，《上博館藏戰國楚竹書研究》（上海：上海書店，2002），頁159。

〔註542〕顏世鉉，〈上博楚竹書散論（一）〉，「簡帛研究」網，2002.04.14。

途知返」的思想。〔註543〕

基於以上理由，筆者將「黃鳥則困而谷反其古也多恥者其**亨**之乎」，讀爲「〈黃鳥〉則困而欲反其故也，多恥諸其方之乎？」意即「〈黃鳥〉一詩言在外邦遭受艱難困苦而思回歸故國，此乃因多爲外邦違禮的言行所辱乎？」

十二、《小雅・南有嘉魚之什・菁菁者莪》

靖=者莪則呂人**森**也（簡9）→〈菁菁者莪〉則以人益也。

簡文「**靖=**者莪」，馬承源認爲即今本《詩・小雅・南有嘉魚之什》之篇名〈菁菁者莪〉，對於「**森**」字則云「古文『益』」。〔註544〕學者對此並無異議，但在訓解「以人益也」一句，稍有不同看法。

俞志慧認爲「以人益也」之「人」即詩文中之「君子」，「益」字之義相當於「以友輔仁」之「輔」。〔註545〕〈菁菁者莪〉原文如下：

菁菁者莪，在彼中阿。既見君子，樂且有儀。
菁菁者莪，在彼中沚。既見君子，我心則喜。
菁菁者莪，在彼中陵。既見君子，錫我百朋。
汎汎楊舟，載沈載浮。既見君子，我心則休。

由詩文內容看來，「君子」當是給予人益處者，而簡文之「人」爲受益者，故此處「人」當非指詩文中之「君子」。「以人益」之「益」字在此當爲名詞，而「以友輔仁」之「輔」爲動詞，兩者並不相同。

廖名春引毛《序》：「〈菁菁者莪〉，樂育才也。君子能長育人才，則天下喜樂矣。」謂簡文「人益」即「益人」，使人長進，義與「長育人才」同。〔註546〕廖名春釋義可從，但「人益」不需作「益人」來理解，簡文爲「以人益」，「以」有「給予」之義，「以人益」即「給予人益處」，與「益人」之意相同。

鄭玉珊則云：

〔註543〕董蓮池，〈上海博物館藏《戰國楚竹書（一）》解詁（二）〉，《古籍整理與研究學刊》2003.02，頁11。

〔註544〕馬承源，《上海博物館藏戰國楚竹書（一）・孔子詩論考釋》（上海：上海古籍出版社，2001），頁138。

〔註545〕俞志慧，〈《戰國楚竹書・孔子論詩》校箋（上）〉，「簡帛研究」網，2002.01.17。

〔註546〕廖名春，〈上海博物館藏〈詩論〉簡校釋〉，《中國哲學史》2002.01，頁10。

　　本簡假借爲「益處」之「益」；即詩中「錫我百朋」、「樂且有儀」、「我心則喜」等過程。簡文「〈菁菁者莪〉則以人益也」是説〈菁菁者莪〉詩中，描述一位有大功勳之高級貴族覲見天子，得到天子賜以百朋的優厚賞賜。這即是天子對人才的尊重，並注重人才培育，才能得到人才效忠之益。〔註547〕

此說亦可通。簡文「益」字究竟爲「長育人才」之益，還是「天子賜與人才」之益，從簡文中無法得知，在此兩說皆有可能。

十三、《小雅・甫田之什・裳裳者華》

　　棠＝者芋則◻（簡9）→〈裳裳者華〉則

　　簡文「棠＝者芋」，馬承源謂即今本《詩・小雅・甫田之什》之篇名〈裳裳者華〉，並云：

> 毛亨傳「裳裳，猶堂堂也」。「堂堂」是盛張之辭。《説文》云：「芋，大葉實根駭人，故爲之芋也。從艸于聲」。段玉裁注云：「凡于聲字，多訓大，芋之爲物，葉大根實，二者皆駭人」。而「華」無駭人之理，則芋或爲詩句之本意字。〔註548〕

學者對「棠＝者芋」即「裳裳者華」並沒有意見，但對於「芋」、「華」二字如何相通，則有不同看法。

　　黃懷信看法與馬承源相近，以爲詩文「裳裳者華」之下接「其葉湑兮」，既已是「華」當無「葉」，故讀作「華」不如作「芋」。〔註549〕此說有其道理，但若讀爲「裳裳者華，其葉湑兮。」可將「華」、「葉」二字視爲互相映襯的手法，「葉」不一定要是「華」的附屬品。且下文云「或黃或白」比較像是「華」的特色，「芋」似乎不會「或黃或白」，故筆者仍傾向將簡文「芋」讀爲「華」。又對於「棠＝」，黃懷信由字義上立論，認爲讀爲「裳裳」置於此詩中無義可說，當

〔註547〕鄭玉珊，《《上博（一）・孔子詩論》研究》（臺北：國立台灣師範大學國文研究所，碩士學位論文，2004），頁147～148。

〔註548〕馬承源，《上海博物館藏戰國楚竹書（一）・孔子詩論考釋》（上海：上海古籍出版社，2001），頁138。

〔註549〕黃懷信，《上海博物館藏戰國楚竹書《詩論》解義》（北京：社會科學文獻出版社，2004），頁3。

以毛《傳》：「裳裳，猶堂堂也。」之「堂堂」爲本字。〔註550〕此說可從。

　　胡平生認爲〈裳裳者華〉一詩用花葉比喻上下互相映襯、共同繁榮茂盛，與馬承源所引「芋」之意義「大葉實根駭人」並無關係。〔註551〕〈裳裳者華〉原文如下：

> 裳裳者華，其葉湑兮。我覯之子，我心寫兮。我心寫兮，是以有譽處兮。

> 裳裳者華，芸其黃矣。我覯之子，維其有章矣。維其有章矣，是以有慶矣。

> 裳裳者華，或黃或白。我覯之子，乘其四駱。乘其四駱，六轡沃若。

> 左之左之，君子宜之。右之右之，君子有之。維其有之，是以似之。

「裳裳者華，其葉湑兮。」上句言其「華（花）」，下句言其「葉」，當如胡平生所言意在用花葉爲比喻，與「駭人」之意沒有關係，則馬承源以「芋」爲詩句之本義字之說不可通。至於簡文「芋」和今本「華」兩字之間的關係，胡平生據朱駿聲、段玉裁注《說文》「華」字皆云：「雩亦聲」，知「華」從「雩」得聲。而「雩」字《說文》又云：「艸木華也。從芔，亏聲。」知「華」之上古音在匣母魚部，而「芋」字上古音亦在匣母魚部，故簡文「芋」字乃「華」字之同音假借。〔註552〕劉信芳、鄭玉珊皆從胡平生之說。〔註553〕對胡平生之說，秦樺林提出反駁：

> 「華」有二音，〈裳裳者華〉之「華」，榮也，屬曉母魚部；「華」又有「光華」義，屬匣母魚部，如《詩經·齊風·著》：「尚之以瓊華乎而。」孔穎達《正義》：「華謂色有光華。」因此，〈裳裳者華〉之

〔註550〕黃懷信，《上海博物館藏戰國楚竹書《詩論》解義》（北京：社會科學文獻出版社，2004），頁3。

〔註551〕胡平生，〈讀上博藏戰國楚竹書〈詩論〉箚記〉，《上博館藏戰國楚竹書研究》（上海：上海書店，2002），頁280。

〔註552〕胡平生，〈讀上博藏戰國楚竹書〈詩論〉箚記〉，《上博館藏戰國楚竹書研究》（上海：上海書店，2002），頁280。

〔註553〕劉信芳，《孔子詩論述學》（合肥：安徽大學出版社，2003），頁169。鄭玉珊，《《上博（一）·孔子詩論》研究》（臺北：國立臺灣師範大學國文研究所，碩士學位論文，2004），頁150～151。

「華」與「芋」並非「同音通假」。

他同時提出新的看法，認爲本簡「芋」字之「于」旁實爲「琴」之省聲，此「芋」當是「華」之簡體，他舉了以下「華」旁簡爲「于」旁之例：

《墨子・備蛾傳》：「爲上下鈣而斷之」孫詒讓間詁：「《玉篇》云：鈣，同鏵。鏵，鍬也。」《說文》附「鈣」字：「鈣，或從金亏。」段注：「亏，聲也。華，琴聲。琴，亏聲。鏵，即鈣字也。」〔註554〕

陳英杰亦認爲「芋」當是「華」之別體。〔註555〕筆者以爲胡平生及秦樺林提出的兩種可能性皆存在，訓爲「榮也」的「華」字屬曉母魚部，與匣母魚部的「芋」字聲音仍非常接近，有通假的可能。而「華」從「琴」聲，「琴」又從「亏」聲，則「華」字的聲符「琴」自可省爲「亏」，故「芋」亦可能爲「華」的簡省寫法。

本簡下殘，不知對〈裳裳者華〉有何評論。

十四、《小雅・鹿鳴之什・鹿鳴》

□麇鳥吕樂台而會吕道交見善而孝冬虎不猒人▇（簡23）→〈鹿鳴〉
以樂始而會，以道交，見善而學，終乎不厭人。

對於本段簡文，學者的斷讀方式多樣，爲了能更一目瞭然，筆者據鄭玉珊所附表格加以增補改動，做成下表：

作　者	斷　句　釋　讀
馬承源	〈鹿鳴〉以樂詞而會，以道交見善而俲，終乎不厭人。〔註556〕
濮茅左	〈鹿鳴〉以樂始而會，以道交見善而效，終乎不厭人。〔註557〕
黃人二	〈鹿鳴〉以樂始而答，以道交見善而俲，終乎不厭人。〔註558〕
劉樂賢	〈鹿鳴〉以樂始而會，以道交，見善而效，終乎不厭人。〔註559〕

〔註554〕秦樺林，〈上博簡〈孔子詩論〉辯証〉，「簡帛研究」網，2002.08.31。

〔註555〕陳英杰，〈讀楚簡札記〉，「簡帛研究」網，2002.11.24。

〔註556〕馬承源，《上海博物館藏戰國楚竹書（一）・孔子詩論考釋》（上海：上海古籍出版社，2001），頁152。

〔註557〕濮茅左，〈〈孔子詩論〉簡序解析〉，《上博館藏戰國楚竹書研究》（上海：上海書店，2002），頁32。

〔註558〕黃人二，《上海博物館藏戰國楚竹書（一）研究》（臺中：高文出版社，2002），頁56。

〔註559〕劉樂賢，〈讀上博簡札記〉，《上博館藏戰國楚竹書研究》（上海：上海書店，2002），

姚小鷗	〈鹿鳴〉以樂始而會，以道交，見善而效，終乎不厭人。〔註560〕
劉信芳	〈鹿鳴〉以樂始而會，以道交，見善而俲，終乎不厭人。〔註561〕
鄭玉珊	〈鹿鳴〉以樂始而會，以道交，見善而俲，終乎不厭人。〔註562〕
曹　峰	〈鹿鳴〉以樂始而會，以道交，見善而學，終乎不厭人。〔註563〕
王志平	〈鹿鳴〉以樂始而會，以道俲，見善而學，終乎不厭人。〔註564〕
李學勤	〈鹿鳴〉以樂始而會以道，交見善而學，終乎不厭人。〔註565〕
黃懷信	〈鹿鳴〉以樂始而會以道，交見善而學，終乎不厭人。〔註566〕
李　銳	〈鹿鳴〉以樂怡而會以道，交見善而效，終乎不厭人。〔註567〕
李　零	〈鹿鳴〉以樂始，而會以道交，見善而俲，終乎不厭人。〔註568〕
周鳳五	〈鹿鳴〉以樂始，而會，以道交見善而效，終乎不厭人。〔註569〕
廖名春	〈鹿鳴〉以樂，始而會以道，交見善而效，終乎不厭人。〔註570〕

〔註571〕

頁 384。

〔註560〕 姚小鷗，〈《周易》經傳與〈孔子詩論〉的哲學品格〉，《文學評論》2003.05，頁 47 ～49。

〔註561〕 劉信芳，《孔子詩論述學》（合肥：安徽大學出版社，2003），頁 231。

〔註562〕 鄭玉珊，《《上博（一）·孔子詩論》研究》（臺北：國立台灣師範大學國文研究所，碩士學位論文，2004），頁 248～249。

〔註563〕 曹峰，〈從〈孔子詩論〉第八號簡以後簡序的再調整──從語言特色的角度入手〉，《上博館藏戰國楚竹書研究》（上海：上海書店，2002），頁 202。

〔註564〕 王志平，〈〈詩論〉箋疏〉，《上博館藏戰國楚竹書研究》（上海：上海書店，2002），頁 223。

〔註565〕 李學勤，〈上海博物館藏楚竹書〈詩論〉分章釋文〉，「簡帛研究」網，2002.01.16。

〔註566〕 黃懷信，《上海博物館藏戰國楚竹書〈詩論〉解義》（北京：社會科學文獻出版社，2004），頁 147。

〔註567〕 李銳，《〈詩論〉簡禮學思想研究》（北京：清華大學歷史學系碩士論文，2003），頁 80。

〔註568〕 李零，《上博簡三篇校讀記》（臺北：萬卷樓圖書公司，2002），頁 37～38。

〔註569〕 周鳳五，〈〈孔子詩論〉新釋文及注解〉，《上博館藏戰國楚竹書研究》（上海：上海書店，2002），頁 163。

〔註570〕 廖名春，〈上博〈詩論〉簡詩論簡「以禮說詩」初探〉，《清華簡帛研究》第二輯（北京：清華大學思想文化研究所，2002）。

〔註571〕 據鄭玉珊，《《上博（一）·孔子詩論》研究》（臺北：國立台灣師範大學國文研究

爲了討論的方便，再附上〈鹿鳴〉原文：

> 呦呦鹿鳴，食野之苹。我有嘉賓，鼓瑟吹笙。吹笙鼓簧，承筐是將。
> 人之好我，示我周行。
>
> 呦呦鹿鳴，食野之蒿。我有嘉賓，德音孔昭。視民不恌，君子是則
> 是傚。我有旨酒，嘉賓式燕以敖。
>
> 呦呦鹿鳴，食野之芩。我有嘉賓，鼓瑟鼓琴。鼓瑟鼓琴，和樂且湛。
> 我有旨酒，以燕樂嘉賓之心。

「𣇮」字，馬承源隸爲「詞」讀爲「詞」；周鳳五同其隸定，但轉讀爲「始」。〔註572〕李零、劉樂賢則將之隸定爲「台」讀爲「始」，認爲與下文「終」字相對。〔註573〕董蓮池分析「𣇮」字從「言」、「以」聲，亦讀爲「始」。〔註574〕李銳將「𣇮」字讀爲「怡」。〔註575〕當從李零、劉樂賢隸定爲「台」，「言」旁多見於〈孔子詩論〉作「𧥣」，與「𣇮」字下部並不相同。對於「以樂台」，馬承源讀爲「以樂詞」，並訓「樂」爲「和樂」，觀〈鹿鳴〉原文，並未以「和樂之詞」而會。李銳引《說文》：「怡，和也。」《爾雅・釋詁上》：「怡，樂也。」對句義則未作解釋，暫不討論。廖名春引《玉篇・人部》：「以，爲也。」謂「以樂」即「作爲燕樂」，又謂：「〈鹿鳴〉不但內容是寫燕群臣嘉賓，而且後世也是將其作爲燕禮之樂。」〔註576〕僅以一「樂」字似不能表達「燕禮之樂」的意思，且如果首句在講「〈鹿鳴〉爲燕禮之樂」這種非從詩文內容而言的評論，則下文

　　　所，碩士學位論文，2004），頁 247～248。有所增補與改動。

〔註572〕馬承源，《上海博物館藏戰國楚竹書（一）・孔子詩論考釋》（上海：上海古籍出版社，2001），頁 152。周鳳五，〈〈孔子詩論〉新釋文及注解〉，《上博館藏戰國楚竹書研究》（上海：上海書店，2002），頁 163。

〔註573〕李零，《上博簡三篇校讀記》（臺北：萬卷樓圖書公司，2002），頁 37～38。劉樂賢，〈讀上博簡札記〉，《上博館藏戰國楚竹書研究》（上海：上海書店，2002），頁384。

〔註574〕董蓮池，〈上海博物館藏《戰國楚竹書（一）》解詁（二）〉，《古籍整理與研究學刊》2003.02，頁 16。

〔註575〕李銳，《《詩論》簡禮學思想研究》（北京：清華大學歷史學系碩士論文，2003），頁 80。

〔註576〕廖名春，〈上博〈詩論〉簡詩論簡「以禮說詩」初探〉，《清華簡帛研究》第二輯（北京：清華大學思想文化研究所，2002）。

當有相關的解釋，不過下文所言似與「燕禮之樂」無關。從〈鹿鳴〉首章「鼓瑟吹笙」、「吹笙鼓簧」等字句看來，「樂」字應理解爲「音樂」，如同簡 1「樂無憐情」之「樂」。

馬承源讀爲「會」之字，原簡字形如下：

多數學者同馬承源將之釋爲「會」，黃人二則云：

「會」，郭店簡〈語叢四〉「聽君而會」，兩「會」字字形只一筆之差，
疑皆「答」字之誤筆，或假讀爲「答」。

郭店簡「會」字作：

（郭店簡〈性自命出〉簡 17）　（郭店簡〈語叢一〉簡 40）

和此字差別在於其中間爲「田」形部件，而此字中簡爲「日」形部件，少一豎畫，但在楚文字中「田」形部件和「日」形部件有混用之例，故此字釋爲「會」的可能性仍然很大。至於「答」字，見於和〈孔子詩論〉同一抄寫者的〈魯邦大旱〉，字形如下：

（上博簡〈魯邦大旱〉簡 1）　（上博簡〈魯邦大旱〉簡 3）

中間爲「口」形部件，「口」形部件亦有在中間加一橫而近於「日」形者，但通常作「ㅂ」形，上部筆畫突出，仍維持「口」形部件的特徵，以上兩例可證〈孔子詩論〉抄寫者在寫「答」字時亦維持此特徵，就此點觀之，〈孔子詩論〉「會」字釋爲「答」的可能性較小，且在此讀爲「以樂始而答」意義難明，故筆者認爲此字當釋爲「會」。「會」字學者訓爲「合也」，指主人與嘉賓之會。「以道交」，〈鹿鳴〉：「人之好我，示我周行。」毛《傳》：「周，至。行，道也。」如劉信芳所言，「示我周行」即簡文之「以道交」。〔註577〕

「見善而孝」的「孝」字，馬承源認爲即詩句「君子是則是傚」之「傚」。〔註578〕另外有讀爲「效」和讀爲「學」兩種說法，各家說法見上表。「傚」、

〔註577〕劉信芳，《孔子詩論述學》（合肥：安徽大學出版社，2003），頁 231。
〔註578〕馬承源，《上海博物館藏戰國楚竹書（一）・孔子詩論考釋》（上海：上海古籍出版

「效」、「學」三字皆有「摹仿」、「效法」之意，就文義來說皆可通。但「季」本為「教」、「學」的古文，字義又可和詩句之「傚」字相通，簡文評詩不一定要用詩句原文，而「君子是則是傚」之「傚」，在戰國時也有可能並不作「傚」，故筆者在此贊成就如字讀為「學」。由詩句「我有嘉賓，德音孔昭。視民不恌，君子是則是傚。」知是見嘉賓德之善故學習之。「冬慮不猒人」，馬承源讀為「終乎不厭人」，對此各家無異議。〔註579〕〈鹿鳴〉末章：「鼓瑟鼓琴，和樂且湛。我有旨酒，以燕樂嘉賓之心。」到最後都是一片和樂，故有此評。

　　至於本段簡文的斷讀，參上表可知馬承源、濮茅左、黃人二、李學勤、李銳、周鳳五、廖名春皆將「交見善而季」斷於一句之內，但由〈鹿鳴〉：「人之好我，示我周行。」「視民不恌，君子是則是傚。」等句觀之，「傚」者只有君子，而「嘉賓」乃示我以至道而可效法者，似非「交見善而季」。李零將「而會以道交」斷為一句，「會」、「交」兩字字義重覆。從〈鹿鳴〉原文觀之，筆者認為「〈鹿鳴〉以樂始而會，以道交，見善而學，終乎不厭人。」之斷讀，正合於原詩內容及敘述次序。

十五、《小雅‧甫田之什‧大田》、《小雅‧谷風之什‧小明》

　　大田之卒章智言而又豐▄少明不（簡25）→〈大田〉之卒章知言而有禮。〈小明〉不

　　簡文「大田」，馬承源謂即《詩‧小雅‧甫田之什》之篇名〈大田〉，又將「衾」讀為「卒」，「卒章」即「末章」之意。〔註580〕對以上說法學者皆無異議。〈大田〉末章云：

> 曾孫來止，以其婦子，饁彼南畝，田畯至喜。來方禋祀，以其騂黑，與其黍稷，以享以祀，以介景福。

〈孔子詩論〉評之為「智言而有禮」，多數學者讀「知言」，而董蓮池讀為「智

　　　　社，2001），頁152。

〔註579〕馬承源，《上海博物館藏戰國楚竹書（一）‧孔子詩論考釋》（上海：上海古籍出版社，2001），頁152。

〔註580〕馬承源，《上海博物館藏戰國楚竹書（一）‧孔子詩論考釋》（上海：上海古籍出版社，2001），頁155。

言」，但未釋其義。〔註581〕此「**智**言」與「有禮」並稱，爲動賓結構，當讀爲「知言」較好。廖名春認爲是指詩文描寫上下的和諧關係得當而符合禮節，並云：

> 其「以其婦子」，攜妻帶子，態度極其認眞。祭品又「以其騂黑，以其黍稷」，牛豬羊三牲和黍稷齊備，極其豐盛；故簡文稱「有禮」。
> 〔註582〕

從〈大田〉末章來看，此說可從。

至於簡末「小明不」三字，馬承源認爲在評今《詩・小雅・谷風之什・小明》。〔註583〕〈小明〉與上文〈大田〉皆位於《小雅》，接在〈大田〉之後評論很合理，故此說可從。惜因簡尾殘斷，評詞僅餘一「不」字，無法知其意。

十六、《小雅・谷風之什・蓼莪》

蓼莪又孝志▆（簡2）→〈蓼莪〉有孝志。

簡文「蓼莪」即《詩・小雅・谷風之什》篇名〈蓼莪〉，由下文「有孝志」之評語更可確定此點。〈蓼莪〉：

> 蓼蓼者莪，匪莪伊蒿。哀哀父母，生我劬勞。
> 蓼蓼者莪，匪莪伊蔚。哀哀父母，生我勞瘁。
> 缾之罄矣，維罍之恥。鮮民之生，不如死之久矣。
> 無父何怙，無母何恃。出則銜恤，入則靡至。
> 父兮生我，母兮鞠我，拊我畜我，長我育我。
> 顧我復我，出入腹我，欲報之德，昊天罔極。
> 南山烈烈，飄風發發。民莫不穀，我獨何害。
> 南山律律，飄風弗弗。民莫不穀，我獨不卒。

〔註581〕董蓮池，〈上海博物館藏《戰國楚竹書（一）》解詁（二）〉，《古籍整理與研究學刊》2003.02，頁16～17。

〔註582〕廖名春，〈上博〈詩論〉簡詩論簡「以禮說詩」初探〉，《清華簡帛研究》第二輯（北京：清華大學思想文化研究所，2002）。

〔註583〕馬承源，《上海博物館藏戰國楚竹書（一）・孔子詩論考釋》（上海：上海古籍出版社，2001），頁156。

詩中提到父母之好而詩人無法回報，《詩》序亦云：「〈蓼莪〉，刺幽王也。民人勞苦，孝子不得終養爾。」皆與「有孝志」之評相合。

十七、《小雅‧甫田之什‧青蠅》

青蠅智☐（簡 28）→〈青蠅〉智。

簡文「青蠅」，馬承源疑當爲《詩‧小雅‧甫田之什》的篇名〈青蠅〉，對此學者無異議。[註 584] 引起討論的是讀爲「蠅」的這個字的字形結構。「蠅」字原簡字形如下：

而一般楚系「興」字字形如下：

故李零、何琳儀等學者一般認爲「蠅」字上從「興」得聲。[註 585] 更精確一點，當如黃德寬、徐在國所言，此字從「興」省聲。[註 586] 而周鳳五、鄭玉珊認爲此字中間兩圈形部件爲「邑」，「蠅」字之中「興」、「邑」皆爲聲符。[註 587]「蠅」上古音在喻紐蒸部、「興」在曉紐蒸部，故「興」可爲「蠅」之聲符無疑。但「興」字本有從圈形部件之寫法，「蠅」字中央的兩個圈形部件究竟是「邑」旁，或是楚文字演變中的重複同形，在此不可知，故筆者暫不將兩圈形部件視爲「邑」旁。

由於此簡下部殘斷，故我們無法知道〈孔子詩論〉對〈青蠅〉一篇究竟有

〔註 584〕馬承源，《上海博物館藏戰國楚竹書（一）‧孔子詩論考釋》（上海：上海古籍出版社，2001），頁 158。

〔註 585〕李零，《上博簡三篇校讀記》（臺北：萬卷樓圖書公司，2002），頁 31。何琳儀，〈滬簡詩論選釋〉，《上博館藏戰國楚竹書研究》（上海：上海書店，2002），頁 256。

〔註 586〕黃德寬、徐在國，〈《上海博物館藏戰國楚竹書（一）‧孔子詩論》釋文補正〉，《安徽大學學報哲學社會科學版》2002.03。

〔註 587〕周鳳五，〈〈孔子詩論〉新釋文及注解〉，《上博館藏戰國楚竹書研究》（上海：上海書店，2002），頁 164。鄭玉珊，《《上博（一）‧孔子詩論》研究》（臺北：國立台灣師範大學國文研究所，碩士學位論文，2004），頁 276～278。

何評論。李學勤將本簡下接簡 29，讀爲「〈青蠅〉知患而不知人」以使文義完整。〔註588〕但如季旭昇所言，簡29「患」字之前似留有另一個字的墨跡，不能直接與簡 28 相接。〔註589〕又俞志慧舉《左傳・襄公十四年》戎子駒支賦〈青蠅〉時，取「愷悌君子，無信讒言」來規勸范宣子一例，認爲「不信讒言」或即本簡所謂「智」。〔註590〕但本簡殘斷，實無法由一「智」字推知是否爲「不信讒言」之意，況且此「智」字究竟讀爲「智」或「知」皆未可知，在此筆者暫如字讀爲「智」。

第六節　不確定所評何詩者

一、浴風忑

　　浴風忑▇（簡 26）→〈谷風〉忑。

　　馬承源隸定爲「忑」的字，原簡作「䨿」，馬承源將之分析爲從「心」、「不」聲，董蓮池從之。〔註591〕李零、俞志慧則認爲「䨿」字上從丕。〔註592〕周鳳五將「䨿」字隸定爲「忿」，謂「否」字下方「口」與「心」字有省筆，共用部分筆畫。〔註593〕劉釗謂：「此字從心從音」。〔註594〕觀「䨿」字字形，中間「口」形部件完整而明顯，且從「否」從「心」之字已見於郭店簡〈語叢二〉簡 11，作不共用筆畫的寫法：

〔註588〕李學勤，〈上海博物館藏楚竹書〈詩論〉分章釋文〉，「簡帛研究」網，2002.01.16。

〔註589〕季旭昇，〈〈孔子詩論〉新詮〉，《經學研究論叢》第十三輯（臺北：學生書局，2005）。

〔註590〕俞志慧，〈《戰國楚竹書・孔子論詩》校箋（下）〉，「簡帛研究」網，2002.01.17。

〔註591〕馬承源，《上海博物館藏戰國楚竹書（一）・孔子詩論考釋》（上海：上海古籍出版社，2001），頁 156。董蓮池，〈上海博物館藏《戰國楚竹書（一）》解詁（二）〉，《古籍整理與研究學刊》2003.02，頁 17。

〔註592〕李零，《上博簡三篇校讀記》（臺北：萬卷樓圖書公司，2002），頁 33。俞志慧，〈《戰國楚竹書・孔子論詩》校箋（下）〉，「簡帛研究」網，2002.01.17。

〔註593〕周鳳五，〈〈孔子詩論〉新釋文及注解〉，《上博館藏戰國楚竹書研究》（上海：上海書店，2002），頁 163。

〔註594〕劉釗，〈讀上海博物館藏戰國楚竹書（一）箚記〉，《上博館藏戰國楚竹書研究》（上海：上海書店，2002），頁 291。

故筆者贊成此字隸爲「㤴」。

　　在「㤴」字的訓讀方面，馬承源讀爲「背」，鄭玉珊從之，訓爲「背棄」。〔註595〕李零讀爲「負」，但認爲讀「背」亦可。〔註596〕劉釗、王志平、黃德寬、徐在國讀爲「倍」，皆未作訓解，在此可能是取其「違背」、「反叛」義，《說文》：「倍，反也。」〔註597〕不管就《小雅·谷風》或《邶風·谷風》的內容來看，將「㤴」讀爲「負」、「背」、「倍」，皆是在說詩中主人翁所遭遇到的負心、背叛，可和原詩內容相應。但觀其上文云：「《邶·柏舟》悶」，下文云：「〈蓼莪〉有孝志」、「〈隰有萇楚〉得而謀之」皆就詩中主人翁之心理狀態而論，則「㤴」當亦言〈谷風〉主人翁之心理狀態，論其遭遇的可能性較小。

　　李學勤將「㤴」字讀爲「悲」，董蓮池同之。〔註598〕李銳讀爲「怲」訓爲「恐懼」，廖名春從之。〔註599〕陳英杰讀爲「愔」訓爲「怒也」，曹峰亦認爲「㤴」字之義或許與「怒」有關。將「㤴」字訓爲「悲」、「怒」或「恐懼」，皆就詩中主人翁之心態而言，與上下文之論述相合。但要知道「㤴」字究竟該如何訓讀，需先釐清簡26〈谷風〉究竟指哪篇〈谷風〉。

　　對於本簡「浴風」，馬承源云：「今本《毛詩·國風·邶風》及《小雅》均有〈谷風〉篇名……今取《小雅》。」認爲「浴風」即《小雅·谷風》，李零、李學勤、俞志慧、李銳、廖名春從之。〔註600〕陳英杰、王志平、董蓮池認爲此

〔註595〕馬承源，《上海博物館藏戰國楚竹書（一）·孔子詩論考釋》（上海：上海古籍出版社，2001），頁156。鄭玉珊，《《上博（一）·孔子詩論》研究》（臺北：國立台灣師範大學國文研究所，碩士學位論文，2004），頁259。

〔註596〕李零，《上博簡三篇校讀記》（臺北：萬卷樓圖書公司，2002），頁33。

〔註597〕劉釗，〈讀上海博物館藏戰國楚竹書（一）箚記〉，《上海博物館藏戰國楚竹書研究》（上海：上海書店，2002），頁291。

〔註598〕李學勤，〈《詩論》與《詩》〉，《清華簡帛研究》第二輯（北京：清華大學思想文化研究所，2002）。董蓮池，〈上海博物館藏《戰國楚竹書（一）》解詁（二）〉，《古籍整理與研究學刊》2003.02，頁17。

〔註599〕李銳，《《詩論》簡禮學思想研究》（北京：清華大學歷史學系碩士論文，2003），頁57。廖名春，〈上海博物館藏〈詩論〉簡校釋〉，《中國哲學史》2002.01，頁15。

〔註600〕馬承源，《上海博物館藏戰國楚竹書（一）·孔子詩論考釋》（上海：上海古籍出版

段簡文當在評《邶風‧谷風》。〔註601〕季旭昇、鄭玉珊則認爲兩篇〈谷風〉皆有可能是本段簡文評論的對象。〔註602〕本句上講《詩‧邶風‧柏舟》與《邶風‧谷風》同國，下言《小雅‧蓼莪》與《小雅‧谷風》皆在《小雅》，從評論次序來看，確實是兩篇〈谷風〉皆有可能，無法確定的指出究竟是《小雅‧谷風》還是《邶風‧谷風》，故在此暫不做取捨。

二、腸＝少人

　　☐腸＝少人▆（簡25）→腸腸小人。

　　簡文「腸＝」，下有重文符，當釋爲「腸腸」，馬承源謂其可能本爲〈蕩〉之篇名，〈蕩〉之首句云：「蕩蕩上帝，下民之辟。」俞志慧從此說。〔註603〕但就如季旭昇所說，〈蕩〉之旨在「傷厲王無道」，若將其評爲「小人」似乎過淺，他又從體例上來說：

> 如果把「腸腸」解釋爲《大雅‧蕩》，那麼接下去是《王風‧兔爰》、《小雅‧大田》、《小雅‧小明》，次序似乎相當凌亂；如果釋作《王風‧君子陽陽》，那麼接下去是《王風‧兔爰》及《小雅》諸篇，似乎比較合理。〔註604〕

社，2001），頁156。李零，《上博簡三篇校讀記》（臺北：萬卷樓圖書公司，2002），頁33。李學勤，〈《詩論》與《詩》〉，《清華簡帛研究》第二輯（北京：清華大學思想文化研究所，2002）。俞志慧，〈《戰國楚竹書‧孔子論詩》校箋（下）〉，「簡帛研究」網，2002.01.17。李銳，《《詩論》簡禮學思想研究》（北京：清華大學歷史學系碩士論文，2003），頁57。廖名春，〈上海博物館藏《詩論》簡校釋〉，《中國哲學史》2002.01，頁15。

〔註601〕陳英杰，〈讀楚簡箚記〉，「簡帛研究」網，2002.11.24。王志平，〈《詩論》箋疏〉，《上博館藏戰國楚竹書研究》（上海：上海書店，2002），頁225。董蓮池，〈上海博物館藏《戰國楚竹書（一）》解詁（二）〉，《古籍整理與研究學刊》2003.02，頁17。

〔註602〕季旭昇，〈《孔子詩論》新詮〉，《經學研究論叢》第十三輯（臺北：學生書局，2005）。鄭玉珊，《《上博（一）‧孔子詩論》研究》（臺北：國立台灣師範大學國文研究所，碩士學位論文，2004），頁259。

〔註603〕馬承源，《上海博物館藏戰國楚竹書（一）‧孔子詩論考釋》（上海：上海古籍出版社，2001），頁155。俞志慧，〈《戰國楚竹書‧孔子論詩》校箋（上）〉，「簡帛研究」網，2002.01.17。

〔註604〕季旭昇，〈《孔子詩論》新詮〉，《經學研究論叢》第十三輯（臺北：學生書局，2005）。

季說有理，照此看來，「腸腸」不應視爲《大雅・蕩》。

李零、李學勤、廖名春皆認爲「腸腸」指的是《詩・王風・君子陽陽》，李銳、董蓮池、季旭昇、鄭玉珊亦同此說。[註605]〈君子陽陽〉：

> 君子陽陽，左執簧，右招我由房，其樂只且。

> 君子陶陶，左執翿，右招我由敖，其樂只且。

對於簡文評爲「小人」之義，各家又有不同。李零以爲此詩寫得意之態，簡文以爲小人。李學勤則以爲此「小人」，或即指君子所避之害。廖名春云：「在位君子只顧招呼爲樂，不求道行，故簡文稱之爲『小人』。」這些說法皆爲猜測之詞，我們無法由〈君子陽陽〉詩文內容來分辨何者爲是。更甚者，如鄭玉珊所言，本簡上有缺文，有可能「腸＝」根本不是篇名，或另有篇名而今不傳，然因簡文殘缺無法判斷。[註606]目前可見簡文的資料確實不足，故筆者在此對「腸＝小人」一段簡文所評詩篇及其文義皆不下結論。

三、亞而不慶

> ▢亞而不慶（簡28）→惡而不憫。

「亞」字在簡文中多讀爲「惡」，如〈孔子詩論〉簡8「其言不惡」、簡24「惡其人者亦然」皆是如此，則此簡「亞」字亦很可能讀爲「惡」，各家對此字釋讀爲「惡」未有異議，討論焦點集中在「慶」字的讀法和訓解。

簡文「慶」字，馬承源認爲可能是「麕」之異體，但未說明其讀法。[註607]

〔註605〕李零，《上博簡三篇校讀記》（臺北：萬卷樓圖書公司，2002），頁32。李學勤，〈釋〈詩論〉「兔」及從「兔」之字〉，《北方論叢》2003.01，頁56。廖名春，〈上海博物館藏〈詩論〉簡校釋〉，《中國哲學史》2002.01，頁16。李銳，《〈詩論〉簡禮學思想研究》（北京：清華大學歷史學系碩士論文，2003），頁64。董蓮池，〈上海博物館藏《戰國楚竹書（一）》解詁（二）〉，《古籍整理與研究學刊》2003.02，頁16。季旭昇主編，《上海博物館藏戰國楚竹書（一）讀本》（臺北：萬卷樓圖書公司），頁59。季旭昇〈〈孔子詩論〉新詮〉，《經學研究論叢》第十三輯（臺北：學生書局，2005）。

〔註606〕鄭玉珊，《《上博（一）・孔子詩論》研究》（臺北：國立台灣師範大學國文研究所，碩士學位論文，2004），頁251～252。

〔註607〕馬承源，《上海博物館藏戰國楚竹書（一）・孔子詩論考釋》（上海：上海古籍出版社，2001），頁158。

「廈」字原簡字形作：

此字形曾多次見於郭店楚簡，學者有讀爲「文」、「敏」、「且」等不同說法，不過在「節廈」這一辭例當中，對照傳世文獻，知當讀爲「節文」，則先不論「廈」字形構究竟該如何分析，我們至少知道其有讀爲「文」的用法。據此，李零認爲〈孔子詩論〉「廈」字疑讀爲「閔」，用法同「憫」。〔註608〕李學勤則將之讀爲「憫」，李銳、季旭昇從之。〔註609〕此兩種說法相近。鄭玉珊認爲本段簡文的相關資料不足暫時無法作結論，但提出了以下幾種可能性：

一、「惡」作動詞，爲「厭惡」義，則可讀爲：
（一）「□惡而不憫」即厭惡他，且不憐憫他。
（二）「□惡而不紊」指厭惡他，不替他掩飾過錯。
二、「惡」作形容詞，爲「壞的」義，則可讀爲：
（一）「□惡而不文」，指壞而無文采。
（二）「□惡而不敏」，指壞而不敏捷、不聰敏。〔註610〕

在《詩》中提到「惡的人（事、物）」或「厭惡某人（事、物）」的詩篇，通常詩的主人翁都是屬於較正面的一方，而詩的內容則在表達詩中主人翁對「惡」的批評或態度，此處若將「惡」視爲形容詞「壞的」，則是就被批評的惡人的行爲來下評論，謂其「惡而不文」或「惡而不敏」；若將「惡」視爲動詞「厭惡」，則是就詩中主人翁對惡人的態度來下評論，謂主人翁對此壞人其「惡而不憫」或「惡而不紊」。但「壞的」和「不文（無文采）」、「不敏（不聰敏）」並沒有直接的關係，故將「惡」視爲形容詞的後兩種說法，在文義上並不通暢。再者，觀〈孔子詩論〉的其他簡文，在評論時多就詩中主人翁之態度而論，故此處「惡」

〔註608〕李零，《上博簡三篇校讀記》（臺北：萬卷樓圖書公司，2002），頁31。

〔註609〕李學勤，〈上海博物館藏楚竹書〈詩論〉分章釋文〉，「簡帛研究」網，2002.01.16。李銳，《〈詩論〉簡禮學思想研究》（北京：清華大學歷史學系碩士論文，2003），頁66。季旭昇，〈〈孔子詩論〉新詮〉，《經學研究論叢》第十三輯（臺北：學生書局，2005）。

〔註610〕鄭玉珊，《《上博（一）·孔子詩論》研究》（臺北：國立台灣師範大學國文研究所，碩士學位論文，2004），頁270～271。

較可能爲動詞用法。

　　將「惡」視爲動詞的兩種可能性中，筆者認爲讀爲「惡而不憫」的可能性高於「惡而不紊」。因爲替人紊過本非儒家提倡的行爲，甚至先秦各家從未有特別提倡要替人紊過者，不替所厭惡之人紊過更是理所當然，簡文此處不需特別強調詩中主人翁不替壞人紊過的原因是因爲厭惡他。而「惻隱之心」是儒家所支持的道德之一，孟子更說：「惻隱之心，人皆有之。」所以此處詩論作者才要提出詩中主人翁對壞人不存憐憫之心，是因爲厭惡此人。故筆者認爲在鄭玉珊提出的四種可能性中，以讀爲「惡而不憫」的可能性較高。

　　但除此之外，由於「惡」字之上殘泐可補字，故「惡」亦可能爲名詞用法，用以指稱「惡人」或「惡事」。如李銳便補爲「〔〈巷伯〉言〕惡而不憫」，認爲本段簡文很可能是在評論《詩・小雅・節南山之什・巷伯》，並引《禮記・緇衣》：「惡惡如〈巷伯〉。」爲參考。〔註611〕李銳此說有其可能性，但鑑於《詩》中批評惡人惡事之詩篇爲數不少，而簡文給我們的資料又有限，在此實無法確定本段簡文在評何詩，故暫從缺不論。

四、卷而不智人

　　▢卷而不**智**人▃（簡 29）→〈卷耳〉不知人。

　　簡文「卷而」，馬承源以爲即《詩・國風・周南》之篇名〈卷耳〉，學者多從之。〔註612〕唯鄭玉珊認爲此簡上下端皆殘，「卷而」上所殘損之字無法估計，「卷而」兩字亦可能爲評論之語而非篇名。〔註613〕鄭玉珊的考量是必要且有其道理的，但觀下文評論其他詩篇的字數皆不多，且「卷而」讀爲〈卷耳〉從字音上來講亦暢通無礙，故「卷而」爲篇名〈卷耳〉的可能性還是很高，在此仍列入討論。

　　馬承源將「不**智**人」讀爲「不智人」，指詩中的僕人在馬勞累疲極之時，

〔註611〕李銳，《〈詩論〉簡禮學思想研究》（北京：清華大學歷史學系碩士論文，2003），頁 66。

〔註612〕馬承源，《上海博物館藏戰國楚竹書（一）・孔子詩論考釋》（上海：上海古籍出版社，2001），頁 158。

〔註613〕鄭玉珊，《《上博（一）・孔子詩論》研究》（臺北：國立台灣師範大學國文研究所，碩士學位論文，2004），頁 278～279。

尚且不智於人，而有「吁矣」之嘆。〔註614〕胡平生則認爲「暂」在此當讀爲「知」，「不知人」明講僕人不知詩中主人翁之心意，暗則譬喻一切「不知人」的事。〔註615〕〈卷耳〉原文如下：

> 采采卷耳，不盈頃筐。嗟我懷人，寘彼周行。
>
> 陟彼崔嵬，我馬虺隤。我姑酌彼金罍，維以不永懷。
>
> 陟彼高岡，我馬玄黃。我姑酌彼兕觥，維以不永傷。
>
> 陟彼砠矣，我馬瘏矣。我僕痡矣，云何吁矣。

若依馬、胡之說，則「不智人」者乃詩中的僕人，但僕人並非主角，而馬承源謂其「不智於人」更難明其義。

　　于茀則以爲「不知人」的「知」字可訓爲「匹配」，「不知人」不是說詩中主人翁沒有匹偶，而是不再嫁人，意在言其「貞靜專一」。〔註616〕但若要表達「貞靜專一」之意，似不需在二到四章一再強調路之難行、馬之疲病，甚至連僕人都生病了，這些都和忠貞沒有太大關係。

　　李山則有以下不同的看法：

> 「〈卷耳〉不知人」即〈卷耳〉一詩表現的是不相知、不相接之人的意思。那麼這「不相知、不相接」究竟指什麼呢？回答是：指的詩篇唱法所顯出的意謂，也就是詩篇第一章與其餘三章在歌唱中所見出的關係。換句話説，孔子不是從讀詩篇所得的印象出發詩此詩，而是從聽歌唱獲得的感受說〈卷耳〉。「不相知」告訴我們，原來第一章爲女子所唱之詞，第二、三、四章，則是男子的唱詞，錢鐘書先生說「話分兩頭」，猶未達一間，實際的情形應當是歌唱著的男女雖然同台，卻各唱各的，他們都在表達對對方的思念之情，卻是各表心事，猶如戲曲中的「背躬戲」。這便是〈孔子詩論〉所謂的「不知」，即不相知、不相接。後人的不甚了了，實際是由詩歌在古代從

〔註614〕馬承源，《上海博物館藏戰國楚竹書（一）・孔子詩論考釋》（上海：上海古籍出版社，2001），頁158。

〔註615〕胡平生，〈讀上博藏戰國楚竹書〈詩論〉箚記〉，《上博館藏戰國楚竹書研究》（上海：上海書店，2002），頁277～278。

〔註616〕于茀，〈上海博物館藏戰國楚簡詩論補釋〉，《北方論叢》2003.01，頁60～61。

聽覺的歌唱向可讀的文本變化造成的。〔註617〕

但觀〈孔子詩論〉其他簡文，多由詩篇內容來下評論，似不該獨此篇例外。再者，若〈卷耳〉爲男女對唱之詩，似不應女子唱一章、男子唱三章如此的不平均。

李零謂〈卷耳〉在傷所懷之人不可見，故曰「不知人」。〔註618〕廖名春云〈卷耳〉懷人，而不知所懷之人在何處，故謂之「不知人」。〔註619〕此二說義近，筆者以爲可從。第一章「嗟我懷人，寘彼周行。」知其良人可能前去從政而不得見，故女子只能用想的，後三章則女子猜測良人之路途難行，且馬、僕皆病，之所以只能猜測是因爲其人根本不得而見，自然不知其情形如何，此即所謂的「不知人」。〈卷耳〉後三章皆因「不知人」而起，故〈孔子詩論〉有此評語。

又劉冬穎謂「不知人」是說詩中女子想起丈夫鞍馬勞頓，卻不爲人所知，所以才會有詩中的「云何吁矣」之嘆。〔註620〕此意亦可通，但「不知人」理解爲主動的「不知其人如何」，似乎較理解爲被動的「不爲人所知」來得好。且依劉冬穎之釋，則「不知人」之主詞似當爲詩中主人翁之丈夫，而非詩中主人翁。

五、河水智

河水**智**▨（簡29）→〈河水〉智。

簡文「河水」未見於今本毛《詩》之詩篇名，僅見於《國語‧晉語四》：「秦伯賦〈鳩飛〉，公子賦〈河水〉。」知當時確有〈河水〉一篇，但韋昭《注》以爲：「河，當作沔，字相似誤也。其詩曰：『沔彼流水，朝宗於海』。言以返國，當朝事秦。」但馬承源以爲簡文「河」、「沔」兩字筆劃有清楚的分別，不太可能訛誤，故謂簡文「河水」當爲逸詩篇名，李學勤亦認爲將簡文「河水」

〔註617〕李山，〈關于「〈卷耳〉不知人」——〈孔子詩論〉札記之二〉，「簡帛研究」網，2002.06.20。

〔註618〕李零，《上博簡三篇校讀記》（臺北：萬卷樓圖書公司，2002），頁30。

〔註619〕廖名春，〈上海博物館藏〈詩論〉簡校釋〉，《中國哲學史》2002.01，頁14。

〔註620〕劉冬穎，〈上博竹書〈孔子詩論〉與風雅正變〉，《古籍整理與研究學刊》2003.02，頁20。

暫時視爲佚詩較好。〔註 621〕俞志慧、季旭昇的看法與馬、李二人不同，俞志慧認爲正如〈小宛〉有〈鳩飛〉之異名一般，〈沔水〉亦能有〈河水〉之異名，並謂：

> 詳觀文本，〈沔水〉有「民之訛言，寧莫之懲」之句，又與《韓詩外傳》相參：「《傳》曰：鳥之美羽勾喙者，鳥畏之。魚之侈口垂腴者，魚畏之。人之利口瞻詞者，人畏之。是以君子避三端：避文士之筆端，避武士之鋒端，避辯士之舌端。《詩》曰：『我友敬矣！讒言其興。』」所謂「流言止於智者」也，於此，「〈河水〉智」之意得以落實。〔註 622〕

季旭昇則謂《國語》中公子所賦「河水」，韋昭以爲「河」即「沔」之誤，而杜預以之爲逸詩，兩者看法雖有不同，但他們所引「朝宗於海」之句，見於今本《詩・小雅・沔水》，極有可能先秦〈沔水〉又名〈河水〉，本簡〈河水〉很有可能就是〈沔水〉。〔註 623〕不過本簡上文所討論者皆爲《國風》詩篇，而〈沔水〉位於《小雅》之中，相較之下，以下將本簡「河水」視爲《國風》詩篇的說法或許更有可能。

「河水」一詞在今本《詩》中又見於《邶風・新臺》、《衛風・碩人》、《魏風・伐檀》。廖名春認爲此處當指《魏風・伐檀》，其文云：

> 〈伐檀〉詩云：「坎坎伐檀兮，寘之河之干兮，河水清且漣猗。不稼不穡，胡取禾三百廛兮？不狩不獵，胡瞻爾庭有縣貆兮？彼君子兮，不素餐兮？」取「河水清且漣猗」等爲名，故曰〈河水〉。《小序》：「〈伐檀〉，刺貪也。在位貪鄙，無功而受祿，君子不得進仕爾。」朱熹《辯說》：「此詩專美君子之不素餐。《序》言刺貪，失其旨矣。」從簡文「〈河水〉智」看，朱說是。君子「不稼不穡」而「取禾三百廛」，「不狩不獵」而「庭有縣貆」，正是所謂「智」也，這種「不素

〔註 621〕馬承源，《上海博物館藏戰國楚竹書（一）・孔子詩論考釋》（上海：上海古籍出版社，2001），頁 158。李學勤，〈詩論與詩〉，《清華簡帛研究》第二輯（北京：清華大學思想文化研究所，2002）。

〔註 622〕俞志慧，《《戰國楚竹書・孔子論詩》校箋（下）》，「簡帛研究」網，2002.01.17。

〔註 623〕季旭昇主編，《上海博物館藏戰國楚竹書（一）讀本》（臺北：萬卷樓圖書公司，2004），頁 67～68。

食」之「智」正是孟子所謂「勞心者治人」。〔註624〕

何琳儀師則認爲本簡上文〈褰裳〉以男女淫亂爲說，而〈碩人〉、〈伐檀〉兩篇皆與此無關，故疑簡文「河水」即〈新臺〉。〔註625〕許全勝亦云簡29上文多涉及士女之事，則〈河水〉當與此相類，而《邶風·新臺》：

> 新臺有泚，河水瀰瀰。燕婉之求，蘧篨不鮮。
>
> 新臺有洒，河水浼浼。燕婉之求，蘧篨不殄。
>
> 魚網之設，鴻則離之。燕婉之求，得此戚施。

其內容正論士女之事，故疑此處「河水」即《邶風·新臺》。由簡文上下文的整體性來看，此說較有可能。

〈孔子詩論〉在指稱《詩》中詩篇時，常會採取和今本毛《詩》不同的詞句作爲詩篇名，偏偏本簡「〈河水〉智」之下殘斷，不得見〈孔子詩論〉對〈河水〉之完整評論，亦無法由此推敲此處〈河水〉是否爲逸詩，或者當對照《詩》中哪一篇，只能說以上四種說法皆有可能，但皆不能確定。對照上文其他篇的詩評，本簡〈河水〉爲《邶風·新臺》的可能性似乎大一點。

六、行此者其有不王乎

▨行此者丌又不王虖■（簡1）→行此者其有不王乎？

簡文「行此者丌又不王虖」，馬承源讀爲「行此者其有不王乎」，對於此點，各家無異議。但本簡「乎」字之下有一墨節「■」，使學者懷疑「行此者丌又不王虖」究竟是否與〈孔子詩論〉同屬一篇。

馬承源和李零皆將「行此者其有不王乎」與〈孔子詩論〉之內文視爲不同的兩部分，但馬承源認爲此兩部分屬於不同的「篇」或「卷」。〔註626〕而李零雖將之分爲兩大部分，但認爲此兩大部分同屬於《子羔》篇。〔註627〕據筆者之

〔註624〕廖名春，〈上海博物館藏〈詩論〉簡校釋〉，《中國哲學史》2002.01，頁14～15。

〔註625〕何琳儀，〈滬簡詩論選釋〉，《上博館藏戰國楚竹書研究》（上海：上海書店，2002），頁257。

〔註626〕馬承源，《上海博物館藏戰國楚竹書（一）·孔子詩論考釋》（上海：上海古籍出版社，2001），頁121。

〔註627〕李零，《上博楚簡三篇校讀記》（臺北：萬卷樓圖書公司，2002），頁13～15。

分析，〈孔子詩論〉簡1的「■」符號作用在於分章，「■」之前的「行此者其有不王乎」一段文字亦爲〈孔子詩論〉的一部分，但和「■」之後的「孔＝曰詟亡隱志樂亡隱情文亡隱🦅」屬於〈孔子詩論〉篇之內的不同章，而〈子羔〉、〈孔子詩論〉、〈魯邦大旱〉比較可能是同一卷之內不同的三篇，書手爲同一人。〔註628〕

　　李學勤認爲「行此者其有不王乎」屬於〈孔子詩論〉，此點筆者贊同，但將簡1接於簡5之後，筆者認爲不妥。〔註629〕從內容來看，若如李學勤排定之簡序，將簡1置於簡5之後，便如季旭昇所言：

　　　　無法解釋簡1的總論文字爲何會和簡234（苑凤按：當爲「簡2、3、

　　　　4」）的總論文字中間會插入一段簡5分論〈清廟〉的文字。〔註630〕

將〈清廟〉之論述獨立爲一章，篇幅似嫌過短，簡1之前當有缺簡。

七、詟亡隱志樂亡隱情文亡隱🦅

孔＝曰詟亡隱志樂亡隱情文亡隱🦅▢（簡1）→孔子曰：詩無憐志，樂無憐情，文無憐意。

（一）孔＝

「孔＝」原簡作「🦅」，馬承源認爲是「孔子」合文，並以〈子羔〉、〈魯邦大旱〉中「孔子」亦寫作相同字形爲證，朱淵清、江林昌、何琳儀師、彭林、鄭玉珊皆贊成此看法。〔註631〕反對此說法者，多從字形爲說，認爲目前確定爲

〔註628〕詳參本論文第二章第一節。

〔註629〕李學勤，〈上海博物館藏楚竹書〈詩論〉分章釋文〉，「簡帛研究」網，2002.01.16。

〔註630〕季旭昇，〈〈孔子詩論〉新詮〉，《經學研究論叢》第十三輯（臺北：學生書局，2005）。

〔註631〕馬承源，《上海博物館藏戰國楚竹書（一）·孔子詩論考釋》（上海：上海古籍出版社，2001），頁123～125。朱淵清，〈讀簡偶識〉，《上博館藏戰國楚竹書研究》（上海：上海書店，2002），頁403～404。江林昌，〈上博竹簡〈詩論〉的作者及其與今傳本《毛詩序》的關係〉，《上博館藏戰國楚竹書研究》（上海：上海書店，2002），頁101。何琳儀，〈滬簡詩論選釋〉，《上博館藏戰國楚竹書研究》（上海：上海書店，2002），頁243～244。彭林，〈關於《戰國楚竹書·孔子詩論》的篇名與作者〉，《孔子研究》2002.02，頁7～8。鄭玉珊，《《上博（一）·孔子詩論》研究》（臺北：

「孔」或「孔子」合文的字，皆從「乚」，和「![字]」寫法並不相同，而〈子羔〉、〈魯邦大旱〉之「![字]」，亦沒有明確證據可證明當讀爲「孔子」，故「![字]」不當釋爲「孔子」。但廖名春指出：

> 當讀爲「孔子」。《古文四聲韻》上聲董韻「孔」字作「![字]」，自注出《籀韻》（承周鳳五告）。李遇孫《尚書隸古定釋文》卷三「![字]壬」條：「《集韻》，孔，古作![字]，《隸辨》載《衡立碑》，儀問![字]芬。《張壽碑》，有![字]甫風。並作![字]」（承朱淵清告）《篇海類編・人物類・子部》：「![字]，音孔，義同。」《字彙補・子部》：「![字]，古孔字。」由此看來，是從「孔」訛爲「![字]」再訛爲「![字]」。

由此看來，「![字]」確有釋爲「孔子」的可能。

　　據多位學者指出，裘錫圭、李學勤在 2000 年 8 月 19 日的「新出簡帛國際學術研討會」中，提出「![字]」可能是「卜子」的意見，廖名春、范毓周贊同此看法。〔註 632〕其中裘、李、廖三人在《上博（一）》出版後，皆轉而接受馬承源之說，釋「![字]」爲「孔子」合文。〔註 633〕釋「![字]」爲「卜子」的學者所持之理由，除了認爲「![字]」字右上爲「卜」旁外，還著眼於「卜子」（即「卜商」、「子夏」）是孔子門下以藝文見稱且以傳經見重於世者，而且三家詩皆託稱子夏所授，毛《詩》更以子夏所授標榜，故認〈孔子詩論〉中常引用其言的「![字]」，很有可能是「卜子」。對於「![字]」即「卜子」的說法，已有學者提出反駁，黃錫全提出以下三點理由反駁「卜子」之說：（1）「![字]」右上所從雖與甲、金文「卜」字同，但與戰國楚系郭店簡「卜」字作「![字]」（郭店簡〈緇衣〉簡 46）並不相類，而相較之下，郭店簡是較接近上博簡的材料；（2）上博書法館宣傳圖冊公布的楚簡〈孔子閒居〉中已出現「〔子〕夏問於孔子，詩曰」云云，

國立台灣師範大學國文研究所，碩士學位論文，2004），頁 22。

〔註 632〕見於黃錫全，〈「孔子」乎？「卜子」乎？「子上」乎？〉，「簡帛研究」網，2001.02.26。廖名春，〈上海簡〈詩論〉篇管窺〉，《詩經研究叢刊》第一輯，頁 270～279。范毓周，〈關於《文匯報》公布上海博物館所藏〈詩論〉第一枚簡的釋文問題〉，「簡帛研究」網，2000.12.10。

〔註 633〕裘錫圭，〈關於〈孔子詩論〉〉，《國際簡帛研究通訊》2002.01。李學勤，〈詩論與詩〉，《清華簡帛研究》第二輯（北京：清華大學思想文化研究所，2002）。廖名春，〈上海博物館藏〈詩論〉簡校釋〉，《中國哲學史》2002.01，頁 9。

稱「子夏」並不稱「卜子」；(3)典籍中未見子夏單稱「卜子」者。〔註634〕彭林亦云：

> 子夏是傳《詩》者，不是《詩》的開宗立義之人。子夏傳《詩》，是
> 傳孔子的《詩》說，所以必須以孔子為宗，以孔子的善之、喜之、
> 信之、美之為旨，不得偏離孔子對《詩》各篇的立場。如果將此處
> 的「𦉪」理解為「卜子」，則文中的善之、喜之、信之、美之云云
> 就成了卜子的《詩》說，如此，置子夏傳《詩》之說於何地？於情
> 於理都難容。即便是子夏對《詩》的見解與孔子一致，也應該引孔
> 子之說，而不應該引子夏之說，否則子夏不僅有掠美之嫌，而且易
> 遭以卑凌尊之譏。筆者以為，吾善之、吾喜之、吾信之、吾美之的
> 口氣，只有孔子可以當之，絕非七十子所可輕用。因此，該篇的論
> 《詩》諸簡中的「𦉪」仍以整理者的意見為是，得定為孔子。〔註635〕

彭林此由情理推敲，雖非一定，但自有其道理。由此觀之，「𦉪」當非「卜子」。

董蓮池亦認為「𦉪」是「子卜」合文，也可逕釋為「卜」，在指稱「子夏」，但與「卜子」合文之說法不同的是，他認為「𦉪」整體指「子夏」，而其中的「子」指「孔子」、「卜」指「子夏」，文云：

> 「𦉪」的寫法當非「孔子」合文，他應是書寫者所寓「孔子」含意
> 之外的其他什麼字。疑應是「子卜」二字合書，其中「子」指孔子，
> 孔門一向把「子」作為對孔子的特稱，「卜」則指卜商，亦即子夏。
> 史載《詩》定自孔子，發明章句始於子夏，則孔門這篇《詩序》作
> 者即當是子夏。子夏序《詩》於其姓氏上加孔子特稱「子」，書寫時
> 特令「子」大於「卜」，其用意一當是表明尊卑；二當是表明師承，
> 史載子夏曾受《詩》於孔子；三當是表明他是孔門學術傳人。史載
> 子夏嘗為莒父宰，晚年居西河教授，為魏文侯師。故「𦉪」其所指
> 即為卜商，字逕釋為卜亦可。〔註636〕

〔註634〕黃錫全，〈「孔子」乎？「卜子」乎？「子上」乎？〉，「簡帛研究」網，2001.02.26。

〔註635〕彭林，〈關於《戰國楚竹書‧孔子詩論》的篇名與作者〉，《孔子研究》2002.02，頁7～8。

〔註636〕董蓮池，〈上海博物館藏《戰國楚竹書（一）》解詁（一）〉，《古籍整理與研究學刊》

但不管在傳世文獻或出土資料中，皆未見將學生姓氏和老師稱謂合爲一字，以表尊師並說明師承的用法，故筆者認爲此說不可從。

黃錫全認爲「兆」可能是「子上」，其中「上」字借用了「子」字的筆畫，子上是孔子的曾孫，是著名學者子思的兒子，可能承其家學，對《詩》有獨到的理解或研究。[註637]〈子羔〉和〈魯邦大旱〉篇有子羔和魯哀公問教於「兆」的記載，雖然說據《史記・仲尼弟子列傳》子羔小孔子三十歲，但子上是孔子的曾孫，比子羔和魯哀公晚出生許多，不太可能是子羔與魯哀公問教的對象。而且若子上對《詩》和治國確有獨到見解，讓〈孔子詩論〉作者說《詩》時要特地引用其言論、子羔要找其討論三王之作、魯哀公在遇到魯邦大旱時還要特去向他請教，這麼一個深受當世倚重的人，不太可能典籍上從未記載其說《詩》或論治國的事跡，故筆者認爲「兆」當非「子上」。

從「兆」的合文結構，及「兆」此人讓談《詩》者必引其言，而子羔和魯哀公亦向他虛心求教的地位來看，「兆」比較可能是「孔子」。

（二）訔亡隱志樂亡隱情受亡隱訔

馬承源對其隸爲「訔」之字，有以下說明：

> 從言從止，古文「詩」。《說文》：「詩，志也，從言寺聲，訟，古文詩省。」簡文「詩」字多作「訔」。[註638]

此字上部作四筆的寫法，當從鄭玉珊隸爲「訔」。[註639]「受」字原簡作「炎」或「炎」，在「文」字上增加「口」形部件，仍讀爲「文」。「訔」字下殘，馬承源認爲此與〈孔子詩論〉其他七個「言」字寫法一致，故當釋爲「言」字。[註640]多數學者從馬承源之說。李學勤則認爲：

2002.02，頁 14～15。

[註637] 黃錫全，〈「孔子」乎？「卜子」乎？「子上」乎？〉，「簡帛研究」網，2001.02.26。

[註638] 馬承源，《上海博物館藏戰國楚竹書（一）・孔子詩論考釋》（上海：上海古籍出版社，2001），頁 125。

[註639] 鄭玉珊，《《上博（一）・孔子詩論》研究》（臺北：國立臺灣師範大學國文研究所，碩士學位論文，2004），頁 22。

[註640] 馬承源，《上海博物館藏戰國楚竹書（一）・孔子詩論考釋》（上海：上海古籍出版社，2001），頁 126。

先說末了的「意」字，這個字大家多釋爲「言」，字的下部已經缺損
詩論簡文「言」字出現了幾次，字的頂上都沒有小橫，這個字卻有
小橫。我認爲字不是「言」而是「意」。字的寫法可參看《金文編》
譯「意」字。〔註641〕

季旭昇、鄭玉珊皆從李說，鄭玉珊並從文法的次序來看，認爲「詩」、「樂」、「文」都是人爲的外發動作，「志」、「情」則是內在情感，因此「」當與「志」、「情」一致，是內在的情感，故讀爲「意」，比讀爲「言」更爲適當。〔註642〕據此，筆者也認爲李學勤之說可從。

在本段簡文中爭議性最大的是「」字，「」字在本簡共三見，由所處的位置看來，將其理解爲動詞當無疑議，至於究應釋爲何字，到目前爲止，已有七種不同說法。在以下討論中，筆者將以考釋「」字爲主，再借由〈孔子詩論〉的其他簡文爲輔助，期能釐清「孔子曰：『詩亡志樂亡情文亡意。』」一段文字的意義。

對於「詩亡志樂亡情文亡意」的「」字，目前共有釋讀爲「離」、「隱」、「泯」、「吝」、「陵」、「忞」、「憐」等七種說法。讀爲「離」的說法由馬承源於《上海博物館藏戰國楚竹書（一）》提出，認爲「」字由「叟」得聲，而離、叟、鄰都爲雙聲，韻部爲同類旁對轉，故可讀爲「離」，第一簡此段文字可以讀爲「詩不離志、樂不離情、文不離言」，並舉《史記・燕召公世家》：「因搆難數月，死者數萬，眾人恫恐，百姓離志。」及《說苑・政理》：「孔子曰：夫荊之地廣而都狹，民有離志焉」爲例，證明「離志」成詞其來有自。〔註643〕黃人二和曹峰皆贊成馬承源的釋讀，但曹峰又認爲「離」和「叟」在聲韻上是否能通轉還有疑問。〔註644〕

〔註641〕李學勤，〈談〈詩論〉「詩無隱志」章〉，《清華簡帛研究》第二輯（北京：清華大學思想文化研究所，2002），頁26。

〔註642〕季旭昇，〈〈孔子詩論〉新詮〉，《經學研究論叢》第十三輯（臺北：學生書局，2005）。

〔註643〕馬承源，《上海博物館藏戰國楚竹書（一）・孔子詩論考釋》（上海：上海古籍出版社，2001），頁125～126。

〔註644〕黃人二，〈「孔子曰詩無離志樂無離情文無離言」句跋〉，《上博館藏戰國楚竹書研究》（上海：上海書店，2002），頁327～334。曹峰，〈試析已公布的兩支上海戰

　　李學勤則認為「隱」從「㬅」聲，而「🔣」只是把聲符「㬅」換成「奻」，仍應釋為「隱」。就聲韻來說，「奻」字上部為「鄰」字古文，古音在來母真部，馬王堆帛書《周易》「奻」可讀作來母文部的「吝」，因真、文兩韻音近而通。「㬅」是影母文部字，而來母或明母文部的字，多與喉音曉、匣、影一系同韻的字相關，故李學勤以此推論「奻」字既可借為來母文部的「吝」，也就可以和影母文部的「㬅」相通了，並舉「侖（來母文部）」和「輪（匣母文部）」、「雯（明母文部）」和「鼖（曉母文部）」等例子為證。〔註645〕裘錫圭、周鳳五、俞志慧、鄭玉珊、黃懷信等人皆採此說。〔註646〕

　　饒宗頤則說「🔣」字當是「吝」字繁寫，並引陶潛《五柳先生傳》：「曾不吝情去留」為例，證「吝情」成詞，認為「語雖後出，亦可參證」；又認為〈性自命出〉簡39「愆（偽）斯慝矣，慝斯慮矣。」讀「偽斯吝矣，吝斯慮矣」亦通，不必改讀為「文」，「詩不吝志，樂不吝情，文不吝言」在簡文中也是文從字順；董蓮池、葉國良皆同意「🔣」當為「吝」。〔註647〕范毓周、李零、王志平、林素清等人，大致上都同意此字應讀為「吝」，但細節又有不同。范毓周和李零都認為「🔣」字實應釋為「憐」，但在此簡中讀為「吝」。〔註648〕王志平則

國楚簡〉，「簡帛研究」網，2002.03。

〔註645〕李學勤，〈談〈詩論〉「詩亡隱志」章〉，《清華簡帛研究》第二輯（北京：清華大學思想文化研究所，2002），頁26～28。

〔註646〕裘錫圭，〈關於孔子詩論〉，《國際簡帛研究通訊》2002.01。周鳳五，〈〈孔子詩論〉新釋文及注解〉，《上博館藏戰國楚竹書研究》（上海：上海書店，2002），頁152～172。俞志慧，〈〈孔子詩論〉五題〉，《上博館藏戰國楚竹書研究》（上海：上海書店，2002），頁307～326。鄭玉珊，《《上博（一）・孔子詩論》研究》（臺北：國立台灣師範大學國文研究所，碩士學位論文，2004），頁26～28。黃懷信，《上海博物館藏戰國楚竹書《詩論》解義》（北京：社會科學文獻出版社，2004），頁9。

〔註647〕饒宗頤，〈竹書〈詩序〉小箋〉，《上博館藏戰國楚竹書研究》（上海：上海書店，2002），頁228～232。董蓮池，〈上海博物館藏《戰國楚竹書（一）》解詁（一）〉，《古籍整理與研究學刊》2002.02，頁15。葉國良，〈上博楚竹書〈孔子詩論〉箚記六則〉，《臺大中文學報》第17期，頁11～14。

〔註648〕范毓周，〈關於《文匯報》公布上海博物館所藏〈詩論〉第一枚簡的釋文問題〉，「簡帛研究」網，2000.12。李零，《上博楚簡三篇校讀記》（臺北：萬卷樓圖書公司，2002），頁21。

引《後漢書・黃憲傳》將「吝」訓作「貪」。〔註649〕林素清則分析「叟」字「○○」、「文」兩偏旁皆爲聲符，但因「叟」旁已大量出現，故「叟」爲聲符說亦可成立，而「𦟛」字據「叟」旁可讀爲「吝」。〔註650〕

廖名春、邱德修皆主張將「𦟛」字釋爲「泯」，但在「亡」字的釋讀上有所不同。邱德修認爲「隱」字從「文」聲，而從「文」聲的字和從「民」聲的字多可互作，故〈孔子詩論〉簡1的「隱」爲借字，本字爲「泯」。由古文獻可求得「泯」的本義爲「滅」，故此段文字應讀爲「詩亡泯志、樂亡泯情、文亡泯言」，釋爲「詩亡滅志、樂亡滅情、文亡滅言」。此處「詩亡泯志」的「亡」，當同於《孟子・離婁下》的「王者之跡熄而《詩》亡，《詩》亡然後《春秋》作」的「亡」字，應訓作「失也」，專指某種作品或是某種經籍的消失，故「詩亡泯志、樂亡泯情、文亡泯言」可以解釋爲「《詩經》如果散亡了，就會泯滅人志；樂章如果散亡，就會泯滅人情；文詞如果散亡，就會泯滅文獻。」〔註651〕廖名春雖亦將「𦟛」字釋爲「泯」，訓爲「滅」，但將「亡」字釋爲否定意義的「無」，故說：「『詩無泯志』即『詩言志』之否定之否定。」〔註652〕

何琳儀師則認爲「𦟛」字爲「鄰」之異文，而「鄰」與「陵」雙聲，典籍中往往可以通假，並舉傳世「鄰陽壺」之地名「鄰陽」應讀「陵陽」爲例，證明簡文「𦟛」應讀「陵」。又舉《禮記・學記》：「不陵節而施之謂孫」，疏：「陵，猶越也。」爲例，證明「陵」可訓「越」，認爲此〈孔子詩論〉簡20「其隱志必有以俞（逾）」的「隱」字亦應訓「越」恰可互證。最後歸結出「隱」有馳騁超越之意，在簡文中爲使動用法。其大意謂「詩歌不可使心志陵越，音樂不可使感情陵越，文章不可使言辭陵越」。凡此種種，都合乎儒家「過猶不及」的中

〔註649〕王志平，〈〈詩論〉箋疏〉，《上博館藏戰國楚竹書研究》（上海：上海書店，2002），頁210～227。

〔註650〕林素清，〈釋吝——兼論楚簡的用字特徵〉，《中央研究院歷史語言研究所集刊》第74本，頁294～296。

〔註651〕邱德修，〈上博簡（一）詩亡隱志考〉，《上博館藏戰國楚竹書研究》（上海：上海書店，2002），頁297～302。

〔註652〕廖名春，〈上海博物館藏〈詩論〉簡校釋〉，《上博館藏戰國楚竹書研究》（上海：上海書店，2002），頁260～276。

庸之道，「游於藝」則應體現所謂「溫柔敦厚」之悟也。〔註653〕

　　將「🈂️」字釋爲「忢」的說法，是由李銳提出，他認爲「忢」可假借爲「悟」，《說文》：「悟，不憭也。」故「忢」有不了之意，「詩無忢志」，是說《詩》中沒有一明瞭的志向，而〈詩論〉簡20「其陾志必有以俞也」，「俞」當讀爲曉諭之「諭」，正與此相應。〔註654〕

　　張桂光以「奻」爲「鄰」，「陾」是「奻」疊加形符之繁文，仍應釋「鄰」，「隱」則爲從「心」、「陾」聲的形聲字，自當以釋「憐」爲宜，並認爲「憐」有「吝」義，引申可指「隱留」，簡文「亡憐」即有「盡情」、「無保留」之意。故將此段文字讀作「詩無憐志、樂無憐情、文無憐言」，解釋爲「詩當無保留的述志，樂當無保留的抒情，文當無保留的記言。」〔註655〕

　　以上「🈂️」字七種釋讀各有其道理，究竟哪種說法較爲合理呢？「🈂️」字從「阜」從「心」從「奻」，依聲符使用習慣來看，「阜」旁和「心」旁一般都不用作聲符，在此只能將其視爲義符或贅加偏旁，故「🈂️」字從「奻」得聲當無太大問題。那麼「奻」爲何字？聲音爲何？是否爲「吝」之異體？即爲解決問題之關鍵。目前所見從「奻」之字至少見於以下幾處：

　　中山王鼎：「🈂️邦難親。」

　　郭店簡〈老子甲〉簡9：「若畏四🈂️。」

　　郭店簡〈六德〉簡3：「親父子和大臣，歸四🈂️。」

　　郭店簡〈窮達以時〉簡12：「故莫知之而不🈂️。」

　　郭店簡〈尊德義〉簡15：「則民少以🈂️。」

　　郭店簡〈性自命出〉簡48：「急斯🈂️壴（矣），🈂️斯慮壴（矣）。」

　　上博簡〈情性論〉簡39：「急斯🈂️矣，🈂️斯慮矣。」

　　上博簡〈孔子詩論〉簡1：「詩亡🈂️志樂亡🈂️情文亡🈂️意。」

〔註653〕何琳儀，〈滬簡詩論選釋〉，《上博館藏戰國楚竹書研究》（上海：上海書店，2002），頁243～259。

〔註654〕李銳，〈讀上博楚簡箚記〉，《上博館藏戰國楚竹書研究》（上海：上海書店，2002），頁397～402。

〔註655〕張桂光，〈戰國楚竹書孔子詩論文字考釋〉，《上博館藏戰國楚竹書研究》（上海：上海書店，2002），頁335～341。

上博簡〈孔子詩論〉簡 20：「其█志必有以俞也。」

馬王堆帛書〈老子〉乙本：「若畏四█。」

馬王堆帛書《周易》屯卦 63：「往█。」

由以上字例可看出，「娛」字上半所從二圈形部件，多爲一筆完成，和古文字中常見寫作兩筆且上部兩端出頭的「口」字不類，尤其郭店簡〈窮達以時〉簡 12「█」字上部之寫法，和楚簡常見「口」字寫法，如「古」（郭店簡〈窮達以時〉簡 12）、「谷」（郭店〈老子〉甲簡 10）之所從，差異更大，故「娛」字上部應爲兩並排之圈形部件，而非並排之兩個「口」旁。

何琳儀師認爲此並排之圈形部件實由「鄰」之古文「○○」演變而來，後加「文」爲疊加聲符，[註656]筆者同意其看法，可參看包山簡 141「厶」字作「○」、郭店〈老子〉甲簡 2 作「●」，和「娛」所從之圈形部件皆極爲相似，在璽印文字中「厶璽」之「厶」亦常寫作一圈形部件。在傳抄古文中有其他證據顯示此並排之二圈形部件應爲「鄰」之古文：

《汗簡》6.83：○○（鄰，引自《碧落文》）

《古文四聲韻》1.31：○○（鄰，引自古〈老子〉）

《古文四聲韻》1.31：👯（鄰，引自古《尚書》）

《說文》古文：👯（鄰）

其中引自《碧落文》和古〈老子〉的寫法，同於中山王鼎及郭店簡〈老子〉、〈六德〉、〈尊德義〉等「娛」字所從，而《說文》古文和古《尚書》鄰字上部出頭的寫法則與郭店簡〈窮達以時〉「娛」字上部寫法類似，其演變順序當和「厶」字的演變相同：

$$○○ \longrightarrow 👯 \longrightarrow 厶厶$$

至於「鄰」字爲何在兩圈形部件下又加「文」旁，筆者認爲當如何琳儀師所說爲疊加聲符。邱德修曾經論述「娛」系之字原本爲複聲母（ml），後來才分化爲 L 系字和 M 系字，可供對照。[註657]但筆者以爲「○○（鄰之古文）」加注

〔註656〕何琳儀師於靜宜大學客座時提到（2002.12.11）。

〔註657〕邱德修，〈上博簡（一）詩亡隱志考〉，《上博館藏戰國楚竹書研究》（上海：上海書店，2002），頁 297～302。

了「文」這個聲符後，仍應釋爲「鄰」較合宜，非如馬承源、邱德修等學者所說爲「吝」之異體。《說文》：「吝，恨惜也，從口、文聲。」從甲骨文、戰國文字到《說文》古文之「吝」字從「口」甚明，且「叟」上所從之圈形部件從未見有省成一個的，亦未見將圈形部件置於「文」旁之下者，「吝」字見下文所引：

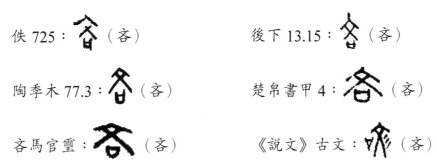

佚725：（吝）　　　　後下13.15：（吝）

陶季木77.3：（吝）　　楚帛書甲4：（吝）

吝馬官璽：（吝）　　　《說文》古文：（吝）

江陵雨臺山21號墓竹律管：（吝）

由以上字例可知，「吝」和「叟」字形雖相似，但仍有差別，筆者以爲現階段還是將「吝」和「叟」字之關係視爲音近通假較爲恰當，若要說他們爲異體字關係，則有待更多出土材料證明。

既然「叟」有從「鄰（L系）」得聲和從「文（M系）」得聲兩種可能性，那麼以「叟」爲聲符的「」字，當然也有從「鄰」或從「文」得聲的兩種可能，從這一點來看，「離」、「隱」、「吝」、「泯」、「陵」、「忞」、「憐」七種說法在聲韻上多能符合要求，但其中「離」爲來母歌部，和來母眞部的「鄰」在韻部上是否能通轉仍有疑問。「隱」爲影母文部，「文」爲明母文部，在聲母上亦有隔閡，在李學勤所舉例證中，實無影母和來母、明母直接通轉的證據。由聲韻上看來，讀爲「離」或釋爲「隱」的證據較弱。

就「詩亡志樂亡情文亡意」的文義來看，上述七種說法當然都可以說得通，但都缺乏直接的文獻證據，證明「」字可和「志」、「情」、「意」成詞，又能符合簡文的意思。其中「離」、「隱」兩種說法，連和「鄰」或「文」通假的證據都沒有，且馬承源所舉古文獻中「離志」的例子，就如同張桂光所說，都是「離異之心」、「離異之志」的意思，和簡文之義不合。至於邱德修將本段文字釋爲「《詩經》如果散亡了，就會泯滅人志；樂章如果散亡，就會泯滅人情；文詞如果散亡，就會泯滅文獻。」筆者以爲《詩經》和「志」，「樂章」

和「情」，並非一方散失另一方就會泯滅的關係，在意思上不好說。

從〈孔子詩論〉全篇簡文看來，釋爲「詩亡憐志」或「詩亡吝志」的「無保留」、「宣泄」義，似乎較合於〈孔子詩論〉的整體文義。我們可參照上博簡以下簡文：

簡 8： 十月善諄言雨無正節南山皆言上之衰也……

簡 10： 關雎之改樛木之恃漢廣之智鵲巢之歸甘棠之保綠衣之思燕燕之情曷日動而皆賢於其初者也……

簡 11： ……關雎之改則其思益矣樛木之時則以其祿也漢廣之智則知不可得也……

簡 12： 好反入於禮不亦能改乎……

簡 13： 可得不攻不可能不亦知恆乎鵲巢出以百輛不亦有當乎……

簡 15： 及其人敬愛其樹其報厚矣……

簡 16： ……綠衣之憂思古人也燕燕之情以其獨也……

簡 26： ……蓼莪有孝志……

由於〈孔子詩論〉簡 2 到簡 7 的留白簡是否和其它滿寫簡同屬一篇仍有爭論，在此暫不以之爲證。從簡 8 開始的各簡皆在談論《詩經》篇章之詩旨，其中簡 10 到簡 16 對於〈關雎〉、〈樛木〉、〈漢廣〉、〈鵲巢〉、〈甘棠〉、〈綠衣〉、〈燕燕〉等七篇詩志的探討，更是層層深入，簡 26 又直說「蓼莪有孝『志』」，由此看來將「𢖶」字釋爲「忞」，將「詩亡𢖶志」解釋爲「《詩經》中沒有一明瞭的志向」，實在跟簡文大要不合。至於「含蓄、溫柔敦厚的詩教」似乎也不是本篇簡文的重點，故「𢖶」字讀爲「陵」的可能性也不大。由〈孔子詩論〉談論各篇詩旨的簡文內容看來，將「𢖶」字釋爲「憐」或「吝」，「亡」字訓爲否定義，將「詩亡𢖶志樂亡𢖶情文亡𢖶意」解釋爲「詩當無保留的述志，樂當無保留的抒情，文當無保留的表意」，應該是較爲合理的。

若再由字形來看，「㷼」在文獻中多通假爲「鄰」，加「阜」旁可能是「鄰」字添加義符，再加上心旁以釋爲「憐」較合適。「吝」、「憐」音義相近，「憐」有再轉讀爲「吝」的可能，但「憐」本身已有「疼惜」、「愛惜」之意，如《禮記・表記》：「母之親子也，賢則親之，無能則憐之。」《爾雅・釋詁下》：「憐、惠，愛也。」「不疼惜」、「不愛惜」，自然可衍申出「無保留」之義，故筆者認

爲將「🦋」字直接讀「憐」即可，不必再轉讀爲「吝」。

　　綜上所論，筆者認爲「🦋」字以「叟」爲聲符，而「叟」乃從「鄰」的古文「○○」而來，此「○○」字在早期可能爲複聲母「ml」，所以後來又疊加「文」旁爲聲符，仍應釋爲「鄰」。複聲母的「叟」後來分化成 L 系（從「鄰」得聲）和 M 系（從「文」得聲）兩種讀法，故「🦋」字之讀音也有從「鄰」和從「文」得聲兩種可能。

　　在「🦋」字的七種釋讀說法中，「離」、「吝」、「陵」、「憐」等四種說法是以「鄰」聲爲考量，「隱」、「泯」、「忞」三種說法則以「文」聲爲考量，其中「離」的韻部和「隱」的聲母在轉讀上證據較弱。從〈孔子詩論〉全篇簡文來看，則以釋讀爲「憐」和「吝」較能切合簡文言明各篇詩旨的內容。若再回頭考量「🦋」字的構形，從「阜」從「心」從「叟」應可釋爲「憐」字，而「憐」字本身即有「疼惜」、「愛惜」之意，不必再通轉爲「吝」。因此，上博簡〈孔子詩論〉簡1的這段文字可釋讀爲「詩亡憐志，樂亡憐情，文亡憐意」，即「詩當無保留的述志，樂當無保留的抒情，文當無保留的表意」。

第五章 〈孔子詩論〉在學術上的價值

第一節 糾正《詩經》文字傳抄的訛誤及錯簡

一、傳抄的訛誤

在今傳本毛《詩》中，有一篇題名為〈雨無正〉，但該詩內容並無「雨無正」三字，故歷來說解者皆就詩文內容強自為說，欲與「雨無正」三字扯上關係，如毛《序》：「〈雨無正〉，大夫刺幽王也。雨自上下者也，眾多如雨，而非所以為政也。」而朱熹《詩集傳》引北宋劉安世《語略》云：「嘗讀《韓詩》有《雨無極》篇，至其詩文則比毛《詩》篇首多『雨無其極，傷我稼穡』八字。」朱熹認為劉說似有理，但又認為「第一、二章本皆十句，今遽增之，則長短不齊，非詩之例。」而今〈孔子詩論〉寫作「雨亡政」，知毛《詩》篇名無誤，當為後世在傳抄韓《詩》時有所訛誤。如許全勝所言：

> 「極」與「亟」通，「亟」與「政」形近易混。「政」與「正」通，「雨無其極」，原應做「雨無其政（正）」，「正」猶定也、準也，與「極」義亦通，是形音並近而致訛。〔註1〕

〔註1〕許全勝，〈孔子詩論零拾〉，《上博館藏戰國楚竹書研究》（上海：上海書店，2002），頁365～366。

再觀此詩篇名，既然在〈孔子詩論〉時代已作〈雨無正〉，則篇首很可能當參斟韓《詩》補「雨其無正，傷我稼穡」八字。

二、提示傳抄過程中的錯簡

〈孔子詩論〉簡 27 有「中氏君子」一詞，馬承源將之讀為「仲氏」，認為即《小雅・節南山之什・何人斯》第七章：「伯氏吹壎，仲氏吹篪」之「仲氏」。〔註2〕學者雖不贊成此看法，但由此得到提示，認為《詩》中原有名為「仲氏」之詩篇。李學勤、楊澤生以為簡文「仲氏」即《邶風・燕燕》第四章「仲氏任只，其心塞淵。終溫且惠，淑慎其身。先君之思，以勗寡人。」之「仲氏」，謂當時此章可能不接於〈燕燕〉之後。〔註3〕張劍有更詳細的論述，楊擇生將之整理為以下四點：

其一，從藝術風格看，前三章於後一章的風格絕然不同。前三章為民歌情致，後一章則完全是統治者口吻，風格情調迥然有別。

其二，從作者身份看，前三章與後一章也完全不同。《詩經》中第一人稱代詞「我」共用 466 例，無一指稱國君；而從前三章末句所用的人稱代詞「我」可以看出，其作者當是個一般人。相反，後一章的作者當是一位國君無疑。

其三，從內容看，前三章與後一章截然不同且毫無聯繫。前三章是寫「我」為一個出嫁的女子送行，是送女出嫁的詩。後一章則寫自稱「寡人」的國君對一個姓任的賢妃的贊許，贊美她「其心塞淵，終溫且惠，淑慎其身」、「以勗寡人」；而這完全由於「先君之思」，即己去世國君的深思恩賜。

其四，從《詩經》疊詠章與獨立章的關係看，他們在意義上、句式上或語詞上總有某種內在的牽涉和貫連、某種照應和承接，但是〈燕燕〉無論從哪個方面都看不出有任何聯繫，完全是不同特徵的

〔註2〕 馬承源，《上海博物館藏戰國楚竹書（一）・孔子詩論考釋》（上海：上海古籍出版社，2001），頁 158。

〔註3〕 李學勤，〈《詩論》與《詩》〉，《清華簡帛研究》第二輯（北京：清華大學思想文化研究所，2002）。楊澤生，〈試說〈孔子詩論〉中的篇名〈中氏〉〉，《上博館藏戰國楚竹書研究》（上海：上海書店，2002），頁 355～362。

句式，不同風格的語言，不同身份的人稱，表達了截然不同的思想內容。因此他認爲「前三章與後一章原本是各自獨立的兩首詩，祇是由於後一首詩的前面一章或兩章亡佚掉了，故誤合給了前一首」。〔註4〕

筆者雖較傾向於將本簡「中氏」解爲〈螽斯〉，但亦覺此說有理無法反駁，若此說爲是，則〈燕燕〉第四章當爲錯簡誤入者。

第二節　稍解千百年來說《詩》學者的《詩》義之爭

一、進一步認識孔子對《詩》的看法

　　《詩》學一直是儒家的重點學問之一，故歷來對於孔子「刪詩」、「整理詩」及誰作《詩》序等議題爭論不休，對《詩》旨的說法更是眾說紛云，而孔子可說是儒家《詩》學之先河，其意見不得不重視。上博簡〈孔子詩論〉中多處引用孔子評詩之言論，有多處可與傳世文獻所記載孔子對《詩》的看法相呼應，如簡1「詩無憐志，樂無憐情，文無憐意」之論就合於「詩言志」及「溫柔敦厚」等儒家《詩》教。

　　王初慶已指出從〈孔子詩論〉所揭示孔子（或繼承孔子思想的再傳弟子）對《詩經》的看法，知孔門論詩乃前有所承，非孔子始創。〔註5〕如〈孔子詩論〉簡4「《頌》，平德也，多言后。其樂安而遲，其歌伸而易，其思深而遠，至矣！」便和《左傳‧襄公二十九年》所記載「季札觀樂」中季札對《頌》的評論相近：

　　　爲之歌《頌》，曰：「至矣哉！直而不倨，曲而不屈，邇而不偪，遠而不攜，遷而不淫，復而不厭，哀而不愁，樂而不荒，用而不匱，廣而不宣，施而不費，取而不貪，處而不底，行而不流。五聲和，八風平。節有度，守有序，盛德之所同也。」

〔註 4〕張劍，〈關於《邶風‧燕燕》的錯簡〉，《孔子研究》2001.02，頁112～114。楊澤生，〈試說〈孔子詩論〉中的篇名〈中氏〉〉，《上博館藏戰國楚竹書研究》（上海：上海書店，2002），頁355～362。

〔註 5〕王初慶，〈由上海博物館所藏〈孔子詩論〉論孔門詩學〉，《輔仁學誌‧人文藝術之部》第29期，頁9～12。

同樣以「至矣！」來總評《頌》，一樣分論《頌》詩的思想和樂曲風格，對於《頌》的歌樂，皆描述為和緩平正的情境。這種相近的情形，亦見於對《大雅》、《小雅》的評論，兩者間的用字用詞雖有不同，但由其中的思想理路可看出兩者的承襲關係。

又〈孔子詩論〉評詩之法，多與傳世毛《序》、鄭《箋》有所不同。若拿〈孔子詩論〉與毛《序》相較，毛《序》說詩多賦與其政治背景，亦因此將許多看來在讚美的詩篇，皆視為反諷之刺詩；〈孔子詩論〉說《詩》則多就原詩文內容而論，不加過多的政治色彩，採取以詩論詩的方式，在此筆者不論孰是孰非，因兩者可能站在不同的立場來看待詩篇。但相較之下，〈孔子詩論〉以詩論詩的做法，更有助於瞭解原詩篇內涵。

二、理解《詩經》原義

（一）《國風・周南・漢廣》之二、三章釋義

〈漢廣〉二、三章：

翹翹錯薪，言刈其楚，之子于歸，言秣其馬，漢之廣矣，不可泳思。
江之永矣，不可方思。

翹翹錯薪，言刈其蔞，之子于歸，言秣其駒，漢之廣矣，不可泳思。
江之永矣，不可方思。

歷來說〈漢廣〉詩者，常以此兩章為男子追求游女的示愛之辭，如鄭《箋》云：「楚、雜薪之中尤翹翹者，我欲刈取之。以喻眾女皆貞潔，我又欲取其尤高潔者。」「之子，是子也。謙不敢斥其適己，於是子之嫁，我將秣其馬，致禮餼，示有意焉。」晁福林據〈孔子詩論〉簡文，對此亦有說：

> 詩旨在於講喬木可休而不休，漢江之水可渡而不渡。明明是可以做
> 到也可能做到的事情，到了詩人嘴裡卻變成了不可以和不可能。這
> 不是矯情，而是詩之婉約使然。依照詩人之意，蓋謂應當是把「困
> 難」想得更多一些……〈詩論〉第 10 號簡謂：「〈灘（漢）往（廣）〉
> 之智害（曷）？曰：童（終）而皆賢於其初者也。」依照〈詩論〉
> 簡文的分析，〈漢廣〉一詩的作者態度是明智的。唯有明智，所以才
> 能得到最好的結果。那麼，「〈漢廣〉之智」所帶來的，亦即與「其

初」相比所表現出來的，最好的結果哪裡呢？愚以爲在〈漢廣〉詩
的第二、三章可以看到。這個結果，就是心慕已久的漢女來嫁……
爲什麼能夠有如許的好結果呢？原因就在於〈漢廣〉詩中所說的那
位愛慕「漢之游女」的男子保持了明智態度，開始就把困難想得多
一些，將自己控制在禮義的範圍之內。〔註6〕

認爲二、三章所表達的，是漢之游女嫁給了此男子。但季旭昇則認爲「翹翹錯
薪，言刈其楚，之子于歸，言秣其馬。」指的是游女即將出嫁，家中準備婚事
的情形。〈漢廣〉言男子見漢女出遊，心生愛慕，但女子已許配他人，故男子
只能放棄追求之心。〔註7〕就簡文屢言「不可得」、「不可能」觀之，當沒有成
功，甚至沒有開始追求的動作，由 不求不 可得，不攻不可能」，推想可知男
子因知事之不可爲，所以「不曾強求」。就〈漢廣〉二、三章看來，在描述了
婚禮情形之後，又云：「漢之廣矣，不可泳思。江之永矣，不可方思。」更可知
漢女欲嫁者，非此男子，才會有「不可」之嘆。以此觀之，季旭昇之說，宜可
信從。

（二）《國風・陳風・宛丘》、《國風・齊・猗嗟》、《國風・曹風・鳲鳩》其義皆在「美」而非「刺」

對於〈宛丘〉、〈猗嗟〉、〈鳲鳩〉等篇，毛《序》皆以爲其用意在「刺」：

〈宛丘〉，刺幽公也。淫荒昏亂，游蕩無度焉。

〈猗嗟〉，刺魯莊公也。齊人傷魯莊公有威儀技藝，然而不能以禮防
閑其母，失子之道，人以爲齊侯之子焉。

〈鳲鳩〉，刺不壹也。在位無君子，用心之不壹也。

而方東樹《原始》：「〈猗嗟〉，魯莊公材藝之美也。」朱熹《詩集傳》謂〈鳲
鳩〉：「詩人美君子之用心均平專一。」皆與毛《序》之說不同。今觀〈孔子詩
論〉簡文，可看到孔子對此三篇詩的態度爲：「〈宛丘〉吾善之。〈猗嗟〉吾喜之。
〈鳲鳩〉吾信之。」皆爲正面肯定，和毛《序》說法不同，當以方東樹、朱熹

〔註6〕晁福林，〈上博簡〈詩論〉「〈漢廣〉之智」與《詩・漢廣》篇探論——並論儒家情
愛觀的若干問題〉，《古籍整理與研究學刊》2003.02，頁38～39。

〔註7〕轉引自鄭玉珊，《《上博（一）・孔子詩論》研究》（臺北：國立台灣師範大學國文
研究所，碩士學位論文，2004），頁159～160。

之說爲是。從〈宛丘〉、〈猗嗟〉、〈鳲鳩〉三篇詩文內容觀之，其詩義亦當在美而非刺。

三、否定「漢人竄雜淫詩」之說

葉國良等已提出，〈孔子詩論〉中明確出現若干《國風》篇名，至少可以部分否定宋人「漢儒竄雜淫詩」的說法。〔註8〕

《國風》裡有爲數不少的詩篇在談論男女情愛，其中亦不乏一些較爲奔放的作品，有些研究《詩經》的學者將之斥爲「淫詩」，這種情形在宋代最爲顯著，首先由朱熹提出質疑：

> 鄭、衛詩多是淫奔之詩。鄭詩如〈將仲子〉以下，皆鄙俚之言，只是一時男女淫奔相誘之語。〔註9〕

> 鄭、衛皆淫奔之詩，〈風雨〉、〈狡童〉皆是，又豈是思君子、刺忽？〔註10〕

車似慶進一步認爲漢以後的三百篇已非孔子所刪之三百篇正詩，而是竄入了本已被孔子所刪除之淫詩：

> 《詩》之未刪，邪正雜糅，不知其幾。自夫子正之，刪其蕪穢，筆之簡冊者，皆正詩也。而邪詩習熟於時人之口耳，布傳於宗室之簡冊者，猶在天下，夫子豈能刪之哉？……漢興以來，諸儒收拾殘篇斷簡於壞亡之餘，補綴遺逸，而《詩》之三百大抵不全，取天下口傳之詩，以補秦火之餘，黨同專門，各是其師，將非夫子所刪三百之全文也。〔註11〕

方岳更直斥淫詩竄入乃漢儒之罪：

> 黷亂如〈牆茨〉之比，淫奔如〈桑中〉之類，皆夫子所刪之詩也。刪之矣，則曷爲存？秦火之燼，漢儒亂之也。漢儒奚其亂之？火於

〔註 8〕葉國良等，〈上博楚竹書〈孔子詩論〉箚記六則〉，《臺大中文學報》第 17 期，頁 16～19。

〔註 9〕宋・朱熹，《朱子語類》（北京：中華書局，1986），卷 80，頁 2078。

〔註 10〕宋・朱熹，《朱子語類》（北京：中華書局，1986），卷 81，頁 2107。

〔註 11〕清・王棻，《台學統》（上海：上海古籍出版社，《續修四庫全書》本，1997），卷 20，頁 294。

秦者不能盡記，而孔子所刪之詩，流傳習熟于人之口耳者猶在也。

亡者不可復，則取其在者以足之耳。此漢儒之罪也。〔註12〕

但〈孔子詩論〉一出，「漢儒竄雜淫詩」之說法便不攻自破，因爲其中出現了《衛風・木瓜》、《王風・采葛》、《王風・大車》、《鄭風・將仲》四篇被宋人視爲淫詩的詩篇，而且還以〈木瓜〉得「幣帛之不可去」，可見在當時並不把這些詩篇看作是淫詩，甚至可由其中觀得人生道理。其實由毛《傳》所引孔子曰：「吾於〈木瓜〉，見苞苴之禮行。」亦可知孔子對〈木瓜〉的看法並不是負面的，不過〈孔子詩論〉的時代更早，而且並非轉引者，所以更能叫人信服。

第三節　可供觀察《詩》句異文及篇名異稱

一、詩句異文

在〈孔子詩論〉中有引詩篇原文，而後再加以評論的體例，而所引原文或有與今本毛《詩》用字、用詞不同者，此種異文有助於我們從不同角度分析詩篇原意。

（一）《大雅・文王之什・皇矣》

〈孔子詩論〉簡 7 句首有「懷爾明德」四字，當爲《大雅・皇矣》之引文，但毛《詩》寫作「予懷明德」，有一字之差，學者因此對此段詩文產生懷疑，或認今本毛《詩》誤，或認爲〈孔子詩論〉誤。其實本段詩文在傳世文獻中本有異文，《墨子・天志下》：

> 於先王之書《大夏（雅）》之道之然：「帝謂文王，予懷而（爾）明德，毋大聲以色，毋長夏以革，不識不知，順帝之則。」帝善其順法則也，故舉殷以賞之，使貴爲天子，富有天下，名譽至今不息。

《墨子・天志中》：

> 帝謂文王：「予懷明德，不大聲以色，不長夏以革，不識不知，順帝之則。」帝善其順法則也，故舉殷以賞之，使貴爲天子，富有天下，名譽至今不息。

《中庸》：

予懷明德，不大聲以色。

若依毛《傳》：「懷，歸也。」之訓，「予懷爾明德」、「予懷明德」、「懷爾明德」等異文，在意義上並無不同，只是對於「予」、「爾」兩代名詞有所省略，故〈孔子詩論〉「懷爾明德」和毛《詩》：「予懷明德」當為異文關係，而非對錯關係。

（二）《國風・齊風・猗嗟》

〈孔子詩論〉簡 22 所引「四矢叀呂御亂」在今本毛《詩》寫作「四矢反兮，以禦亂兮」，在韓《詩》則「反」作「變」，「弁」字從音理上來說，通為「反」、「變」皆可，但由楚簡「弁」字通假習慣及下文「以禦亂」之義觀之，簡文「四矢弁」似以讀為「四矢變」較好，是以〈孔子詩論〉在本句讀法上近於韓《詩》。

二、篇名異稱

〈孔子詩論〉在指稱所評詩篇時所用篇名，大部分與今本毛《詩》相同，但亦有相異者，取名相異者或在不同程度上造成簡文理解上的障礙，但也讓我們瞭解在當時《詩》之篇名可以有與毛《詩》篇名不同的指稱方式。〔註 13〕以下列出〈孔子詩論〉中出現的詩篇名及與之相對應的毛《詩》篇名，供讀者參考：

在《詩經》之位置	〈詩論〉篇名	《詩經》篇名	簡　號
？	浴（谷）風	谷風	26
？	河水	？	29
頌・周頌	清宙（廟）	清廟	5
頌・周頌	昊天有成命	昊天有成命	6
頌・周頌	烈文	烈文	6
大雅・文王之什	文王	文王	21、22
小雅・甫田之什	裳=（裳裳）者芋（華）	裳裳者華	9
小雅・甫田之什	大田	大田	25
小雅・甫田之什	青蠅（蠅）	青蠅	28

〔註13〕筆者所謂的「異稱」不包括用字不同但可假借者，未確定在指稱何詩篇者（如簡 29〈河水〉）亦不列入此論。

小雅・谷風之什	贓（將）大車	無將大車	21
小雅・谷風之什	少（小）明	小明	25
小雅・谷風之什	翏（蓼）莪	蓼莪	26
小雅・南有嘉魚之什	靖=（菁菁）者莪	菁菁者莪	9
小雅・南有嘉魚之什	審（湛）霚（露）	湛露	21
小雅・鹿鳴之什	天保	天保	9
小雅・鹿鳴之什	鹿鳴	鹿鳴	23
小雅・源雁之什	黃鳴	黃鳥	9
小雅・節南山之什	十月	十月	8
小雅・節南山之什	少（小）弁	小弁	8
小雅・節南山之什	少（小）蒬（宛）	小宛	8
小雅・節南山之什	少（小）文（旻）	小旻	8
小雅・節南山之什	考（巧）言	巧言	8
小雅・節南山之什	雨亡（無）政（正）	雨無正	8
小雅・節南山之什	即（節）南山	節南山	8
小雅・鴻雁之什	詠（祈）父	祈父	9
國風・王風	荣（采）蒚（葛）	采葛	17
國風・王風	湯（揚）之水	揚之水	17
國風・王風	又（有）兔	兔爰	25
國風・召南	甘棠	甘棠	10、15、24
國風・周南	關雎	關雎	10（2次）、11
國風・周南	灘（漢）坒（廣）	漢廣	10、11
國風・周南	梂（樛）木	樛木	10、11、12
國風・周南	鵲欒（巢）	鵲巢	10、11、13
國風・周南	禼（葛）蚧（覃）	葛覃	16
國風・周南	兔虘（罝）	兔罝	23
國風・周南	中（螽）氏（斯）	螽斯	27
國風・邶風	綠衣	綠衣	10、16
國風・邶風	嬰=（燕燕）	燕燕	10、16
國風・邶風	白（柏）舟	柏舟	26
國風・邶風	北風	北風	27

國風・唐風	折（杕）杜	有杕之杜	18、20
國風・唐風	七（蟋）衞（蟀）	蟋蟀	27
國風・唐風	角枕	葛生	29
國風・曹風	遅（鳲）鳩	鳲鳩	21、22
國風・陳風	邍（宛）丘	宛丘	21、22
國風・鄘風	牆又（有）薺（茨）	牆有茨	28
國風・齊風	東方未明	東方未明	17
國風・齊風	於（猗）差（嗟）	猗嗟	21、22
國風・齊風	條而	著	29
國風・衛風	木苽（瓜）	木瓜	18、19
國風・鄭風	將中（仲）	將仲子	17
國風・鄭風	子立（衿）	子衿	27
國風・鄭風	涉秦	褰裳	29
國風・檜風	隰又（有）長（萇）楚	隰有萇楚	26

　　〈孔子詩論〉二十九支簡提到的《詩經》篇名近六十個，而相異者不到十個，可以猜測當時對於《詩經》篇章的定名雖然有與今本毛《詩》相異者，但大致上相去不遠。

　　此外，鄭玄、朱熹認為《國風・邶風・綠衣》之篇名乃「褖衣」之誤，鄭《箋》：「綠當為褖，故作褖，轉作綠，字之誤也。」朱熹《詩集傳》：「褖兮衣兮者，言褖衣自有禮制也。」現由〈孔子詩論〉簡10、16之「綠衣」知毛《詩》所傳之〈綠衣〉篇名無誤。

　　亦有學者從〈孔子詩論〉評論詩篇的順序來觀察當時《風》、《雅》、《頌》的排列順序，欲論定當時《詩經》的編排順序是否與今本毛《詩》不盡相同。但筆者認為〈孔子詩論〉有缺簡，留存下來的簡文亦多有殘斷，無法由僅存的二十九支簡窺其完整內容或確定其簡序，要以此來論定當時《詩經》排列順序是有困難的。再者，就算〈孔子詩論〉沒有缺簡，並且內容完整，其評論順序亦不能代表當時《詩經》編排順序，因為〈孔子詩論〉有可能只是對《詩經》詩篇作選擇性的評論，其中甚至在同一支竹簡上有《國風》、《小雅》的交錯評論，似乎沒有一定的《風》、《雅》、《頌》順序。

第四節　有助於字形之分析理解

　　〈孔子詩論〉之文字為戰國時期的楚文字，不但字數多，而且其中多述《詩》篇名，可與毛《詩》相對照，又有上下文義可供參考，故雖非科學考古出土，仍不減其在古文字學上的價值。其中有些字形有助於理解原本有疑問之文字分析，新出字形更能提供學者研究戰國楚文字的新材料，以下舉例論之。

一、《說文》對「漢」字之分析無誤

　　汪維輝認為簡文「灘些」之「灘」字，當為「從水，難聲」，並有以下論述：

> 《說文・水部》「漢」字下云：「從水，難省聲。」段玉裁注：「按難暵字從堇聲，則『漢』下亦云『堇聲』是矣。『難省聲』蓋淺人所改，不知文殷、元寒合韻之理也。」朱駿聲《說文通訓定聲》以為當作「暵省聲」。今按，《鄂君啟節》和上博此簡可證《說文》作「難省聲」不誤，段、朱之說均失於武斷。〔註14〕

「漢」古音在曉母元部，「難」在泥母元部，兩字韻同聲近，「曉」、「泥」二母有通假之例，故「難」確可為「漢」字標音偏旁。「堇」字古音有見母文部和群母文部二音，「見」、「群」二母與「曉」母皆有通假例，「文」、「元」二部音近，亦多通假之例，故「漢」亦有從「堇」得聲的可能。但誠如汪維輝所說，戰國文字中既已見「漢」字從「難」旁者，則當從《說文》分析為「難省聲」，而簡文「灘」字亦當分析為「從水，難聲。」〈孔子詩論〉簡文「漢」寫作「灘」，可證《說文》對「漢」字分析無誤。

二、「𤲃」字在楚簡中的簡化和訛變

　　金文中有「𤲃」字作以下寫法：

（陳公子甗）　　（史敖簋）　　（饗𤲃父鼎）

（魯𤲃父簋）　　（魯𤲃鐘）　　（單伯昊）

一般認為「𤲃」可讀為「原」。到了戰國時期，秦系「𤲃」字仍保有與金文相近

〔註14〕汪維輝，〈上博楚簡〈孔子詩論〉釋讀管見〉，「簡帛研究」網，2002.06.17。

的構形，晉系「邊」字則可省「辵」、「象」二旁寫作「畐」形，而戰國楚系卻一直未見確定與金文「邊」字一脈相承的文字，直到〈孔子詩論〉的出現，讓我們對楚系「邊」字的寫法開始有了一些概念。

〈孔子詩論〉簡 21、22 有「畐」、「畐」二字，二字字形皆未見於前此出土的戰國文字，在甲、金文中似亦未見相同字形，但由二字的上下文觀之，確定「畐」、「畐」二形實爲一字之異體，皆當讀爲〈宛丘〉之「宛」。何琳儀師及季旭昇已指出「畐」、「畐」二形很可能爲「邊」之省變形體。〔註15〕經筆者分析，何師及季旭昇之說宜可信從，「邊」字在楚系文字中大概可省略「辵」、「象」二旁，近於晉系，但晉系「邊」字上部的「夂」旁作「夊」形，是一般正常寫法，而楚系「畐」、「畐」二形上部繼承魯邊鐘之「夂」旁作「𠂤」形的訛誤寫法，又進一步訛變。〔註16〕

三、「冎」旁與「兔」、「象」二旁的訛混

〈孔子詩論〉簡 8 有「少象」一詞，由其所處位置觀之，當爲篇名，對照今本毛《詩》及簡文論述順序，可知當讀爲「小宛」。但讀爲「宛」的「象」字前此未見，其上部字形與楚簡常見的「象」、「兔」偏旁寫法相似，故有學者主張此字上部所從爲「兔」，但「兔」、「宛」二字的上古音相差較遠，不宜通轉。

季旭昇曾對楚簡從「冎」之字作一全面性探討，認爲「冎」旁字形有訛變爲「象」的可能，從〈孔子詩論〉「象」字讀爲「宛」知此說可從。「象」、「兔」二字上古音與「宛」皆相差較遠，不宜通轉，而「冎」字上古音與「宛」較近，且楚簡中從「冎」之字常讀爲「夗」聲系字（如〈孔子詩論〉簡 3「象」、簡 18「象」皆可讀爲「怨」），知「象」字當從「冎」旁而非「兔」旁。

由〈孔子詩論〉「象」字從「冎」的例子可知戰國楚系文字中，「冎」旁和「兔」、「象」兩旁存有相混的可能性，在後續處理「象」偏旁時，除了「象」、「兔」兩種選擇外，或許能再加入多一層的考量。

〔註15〕何琳儀，〈滬簡詩論選釋〉，《上博館藏戰國楚竹書研究》（上海：上海書店，2002），頁 243～259。季旭昇，〈讀郭店、上博簡五題：舜、河浒、紳而易、牆有茨、宛丘〉，《中國文字》新 27 期（臺北：藝文印書館，2001），頁 113～120。

〔註16〕詳參本論文第四章第一節《國風・陳風・宛丘》小節。

書刊簡稱對照表

簡　　稱	全　　　　名
《乙》	《殷虛文字乙編》
《上博（一）》	《上海博物館藏戰國楚竹書（一）》
《上博（二）》	《上海博物館藏戰國楚竹書（二）》
《上博（三）》	《上海博物館藏戰國楚竹書（三）》
《屯南》	《小屯南地甲骨》
《古幣》	《古幣文編》
《甲》	《殷虛文字甲編》
《存》	《甲骨續存》
《京津》	《戰後京津新獲甲骨集》
《前》	《殷虛書契前編》
《後》	《殷虛書契後編》
《珠》	《殷契遺珠》
《陶彙》	《古陶彙編》
《新典》	《古錢新典》
《粹》	《殷契粹編》
《說文》	《說文解字》
《輯證》	《湖北出土商周文字輯證》
《璽彙》	《古璽彙編》

釋字檢索

徵引書目

一、傳世古籍

1. 〔先秦〕老子著，謝汝韶校，《老子》，臺北：藝文印書館，1965。

2. 〔先秦〕墨翟著，《墨子》，臺北：藝文印書館，1969。

3. 〔先秦〕荀子著，葉衡選註，《荀子》，臺北：臺灣商務印書館，1973。

4. 〔先秦〕管仲著，《管子》，杭州：人民出版社，1989。

5. 〔西漢〕司馬遷著，《史記》，臺北：鼎文出版社，1976。

6. 〔東漢〕許慎撰，徐鉉校，《說文解字》，北京：中國書店，1995。

7. 〔東漢〕許慎撰，段玉裁注，《說文解字注》，臺北：宏業出版社，1971。

8. 〔宋〕方岳，《秋崖小藁》，臺北：國家圖書館藏，明嘉靖鈔本。

9. 〔宋〕朱熹，《朱子語類》，北京：中華書局，1986。

10. 〔宋〕朱熹，《詩集傳》，臺北：藝文印書館，1959。

11. 〔宋〕郭忠恕、夏竦編，李零、劉新光整理，《汗簡、古文四聲韻》北京：中華書局，1983。

12. 〔清〕王棻，《台學統》，上海：上海古籍出版社，《續修四庫全書》本，1997。

13. 〔清〕胡承珙，《毛詩後箋》，上海：上海古籍出版社，1995。

14. 〔清〕馬瑞辰著，《毛詩傳箋通釋》，臺北：藝文印書館，1957。

15. 〔清〕阮元注，《十三經注疏》，臺北：藝文印書館，1993。

二、近人著作（依姓氏筆劃排列）

1. 于省吾，《甲骨文字詁林（二）》，北京：中華書局，1996。

2. 于茀，〈上海博物館藏戰國楚簡詩論補釋〉，《北方論叢》2003.01。

3. 方銘，〈〈孔子詩論〉與孔子文學目的論的再認識〉，《文藝研究》2002.02。

4. 王志平，〈〈詩論〉箋疏〉，《上博館藏戰國楚竹書研究》，上海：上海古籍，2002。

5. 王志平，〈詩論發微〉，《新出楚簡與儒學思想國際學術研討會論文集》，清華大學思想文化研究所／輔仁大學文學院　聯合主辦，2002.03.31～2002.04.02。

6. 王初慶，〈由上海博物館所藏〈孔子詩論〉論孔門詩學〉，《輔仁學誌・人文藝術之部》第 29 期。

7. 王國維，〈邾公鐘跋〉，《王觀堂先生全集（三）》，臺北：文華出版社，1968。

8. 王齊洲，〈孔子、子夏詩論比較——兼論上海博物館藏戰國楚竹書〈詩論〉之命名〉，《華中師範大學學報（人文社會科學版）》2002.09。

9. 王禮卿，《四家詩恉會歸》，臺中：青蓮出版社，1995。

10. 白於藍，〈《上海博物館藏戰國楚竹書（一）》釋注商榷〉，《中國文字》新二十八期，臺北：藝文印書館。

11. 刑文，〈說《關雎》之「改」〉，《新出楚簡與儒學思想國際學術研討會論文集》，清華大學思想文化研究所／輔仁大學文學院　聯合主辦，2002.03.31～2002.04.02。

12. 朱淵清，〈〈孔子詩論〉與〈清廟〉——〈清廟〉考（一）〉，「簡帛研究」網，2002.08.11。

13. 朱淵清，〈〈清廟〉考（一）〉，新出土文獻與古代文明研究國際學術研討會，上海：上海大學，2002.07.28～2002.07.30。

14. 朱淵清，〈《甘棠》與孔門《詩》教〉，《中國哲學史》2002.01。

15. 朱淵清，〈《詩》與音——論上博〈詩論〉一號〉，「簡帛研究」網，2000.11.16。

16. 朱淵清，〈「孔」字的寫法〉，「簡帛研究」網，2001.12.18。

17. 朱淵清，〈上博〈詩論〉一號簡讀後〉，「簡帛研究」網，2000.10.27。

18. 朱淵清，〈釋「悸」〉，「簡帛研究」網，2002.02.15。

19. 朱淵清，〈讀簡偶識〉，《上博館藏戰國楚竹書研究》，上海：上海書店，2002。

20. 朱湘蓉，〈〈詩論〉二十六簡「愍」字之我見〉，「簡帛研究」網，2003.06.03。

21. 江林昌，〈上博竹簡〈詩論〉的作者及其與今傳本毛《詩》序的關係〉，《上博館藏戰國楚竹書研究》，上海：上海書店，2002。

22. 江林昌，〈上博竹簡〈詩論〉的作者及其與今傳本毛《詩》序的關係〉，《中國古代近代文學研究》2004.08。

23. 江林昌，〈由上博簡〈詩說〉的體例論其定名與作者〉，《孔子研究》2004.02。

24. 江林昌，〈由上博簡〈詩說〉的體例論其定名與作者〉，新出土文獻與古代文明研究國際學術研討會，上海：上海大學，2002.07.28～2002.07.30。

25. 何琳儀，〈滬簡〈詩論〉選釋〉，「簡帛研究」網，2002.01.17。

26. 何琳儀，〈滬簡詩論選釋〉，《上博館藏戰國楚竹書研究》，上海：上海書店，2002。

27. 何琳儀，《戰國古文字典》，北京：中華書局，1998。

28. 余瑾，〈清華大學簡帛講讀班上博簡研究綜述〉，《中國哲學史》2002.01。

29. 吳振武，〈燕國銘刻中的「泉」字〉，《華學》1996.12。

30. 李山，〈舉賤民而躐之——《戰國楚竹書・孔子詩論》札記之一〉，「簡帛研究」網，2002.05.26。

31. 李山，〈關于「〈卷耳〉不知人」——〈孔子詩論〉札記之二〉，「簡帛研究」網，2002.06.20。

32. 李天虹，〈上海簡書文字三題〉，《上博館藏戰國楚竹書研究》，上海：上海書店，2002。

33. 李守奎，〈《戰國楚竹書・孔子詩論・邦風》釋文訂補〉，《古籍整理與研究學刊》2002.02。

34. 李守奎，〈楚簡〈孔子詩論〉中的〈詩經〉篇名文字考〉，《上博館藏戰國楚竹書研究》，上海：上海書店，2002。

35. 李守奎，《楚文字編》，上海：華東師範大學，2003。

36. 李添富，〈上博楚簡〈詩論〉馬氏假借說申議〉，《輔仁學誌・人文藝術之部》第29期。

37. 李零，〈上博楚簡校讀記（之一）——《子羔》篇「孔子詩論」部分〉，「簡帛研究」網，2002.01.04。

38. 李零，〈上博楚簡校讀記（之二）：〈緇衣〉〉，《上博館藏戰國楚竹書研究》，上海：上海書店，2002。

39. 李零，〈古文字雜識（二則）〉，《第三屆國際中國古文字學研討會論文集》，香港：香港中文大學，1997。

40. 李零，《上博楚簡三篇校讀記》，臺北：萬卷樓圖書有限公司，2002。

41. 李銳，〈〈孔子詩論〉簡序調整芻議〉，《上博館藏戰國楚竹書研究》，上海：上海書店，2002。

42. 李銳，〈「懷爾明德」探析〉，「簡帛研究」網，2001.10.06。

43. 李銳，〈上博楚簡續札〉，《新出楚簡與儒學思想國際學術研討會論文集》，清華大學思想文化研究所／輔仁大學文學院　聯合主辦，2002.03.31～2002.04.02。

44. 李銳，〈讀上博楚簡劄記〉，《上博館藏戰國楚竹書研究》，上海：上海書店，2002。

45. 李銳，《〈詩論〉簡禮學思想研究》，北京：清華大學歷史學系，碩士學位論文，2002。

46. 李學勤，〈〈詩論〉的體裁和作者〉，《上博館藏戰國楚竹書研究》，上海：上海書店，2002。

47. 李學勤，〈〈詩論〉與《詩》〉，《中國哲學》第24輯。

48. 李學勤，〈〈詩論〉簡的編連與復原〉，《中國哲學史》2002.01。

49. 李學勤，〈上海博物館藏楚竹書〈詩論〉分章釋文〉，「簡帛研究」網，2002.01.16。

50. 李學勤，〈談〈詩論〉「詩無隱志」章〉，《清華簡帛研究》第二輯，北京：清華大

學思想文化研究所，2002。

51. 李學勤，〈談祝融八姓〉，《江漢論壇》1980.02。

52. 李學勤，〈釋〈詩論〉簡「免」及從免之字〉，清華大學簡帛講讀班第十二次研討會論文，2000.01.19。原文未見。引自朱淵清，〈讀簡偶識〉，《上博館藏戰國楚竹書研究》，上海：上海書店，2002。

53. 沈培，〈上博簡〈緇衣〉篇「悊」字解〉，《華學》2003.06。

54. 汪維輝，〈上博楚簡〈孔子詩論〉釋讀管見〉，「簡帛研究」網，2002.06.17。

55. 周鳳五，〈〈孔子詩論〉新釋文及注解〉，《上博館藏戰國楚竹書研究》，上海：上海書店，2002。

56. 周鳳五，〈論上博〈孔子詩論〉竹簡留白問題〉，《上博館藏戰國楚竹書研究》，上海：上海書店，2002。

57. 周鳳五，〈論上博〈孔子詩論〉竹簡留白問題〉，「簡帛研究」網，2002.01.19。

58. 孟蓬生，〈〈詩論〉字義疏證〉，《新出楚簡與儒學思想國際學術研討會論文集》，清華大學思想文化研究所／輔仁大學文學院　聯合主辦，2002.03.31～2002.04.02。

59. 季旭昇，〈〈孔子詩論〉「木瓜之報以喻其婉」說〉，「簡帛研究」網，2004.01.07。

60. 季旭昇，〈〈孔子詩論〉分章編聯補缺〉，2004.01，「中國古文字研究會第十四次年會」，杭州：浙江省文物考古研究所，2004.11.08～2004.11.10。

61. 季旭昇，〈古璽雜識二題〉，《中國學術年刊》第二十期，臺北：國立台灣師範大學國文研究所。

62. 季旭昇，〈由上博詩論「小宛」談楚簡中幾個特殊的從肙的字〉，《漢學研究》第20卷第2期。

63. 季旭昇，〈讀郭店、上博簡五題：舜、河滸、紳而易、牆有茨、宛丘〉，《中國文字》新二十七期。

64. 季旭昇，《說文新證（上）》，臺北：藝文印書館，2002。

65. 季旭昇，〈〈孔子詩論〉新詮〉，《經學研究論叢》第十三輯，臺北：學生書局，2005。

66. 季旭昇，《《上海博物館藏戰國楚竹書（一）》讀本》，臺北：萬卷樓圖書公司，2004。

67. 林素清，〈釋各──兼論楚簡的用字特徵〉，《中央研究院歷史語言研究所集刊》第74本。

68. 林清源師，《戰國楚文字構形演變研究》，臺中：東海大學中國文學研究所博士論文，1997。

69. 林清源師，《簡牘帛書標題格式研究》，臺北：藝文印書館，2004。

70. 邱德修，〈上博簡（一）詩亡隱志考〉，《上博館藏戰國楚竹書研究》，上海：上海書店，2002。

71. 邴尚白，〈上博〈孔子詩論〉札記〉，「『新出土文獻與古代文明研究』國際學術研討會」會議論文，上海：上海大學，2002.07.28。

72. 俞志慧，〈〈孔子詩論〉五題〉，《上博館藏戰國楚竹書研究》，上海：上海書店，

2002。

73. 俞志慧，〈〈孔子詩論〉五題〉，「confucius2000」網，2002.09.12。

74. 俞志慧，〈《戰國楚竹書・孔子論詩》校箋（上）〉，「簡帛研究」網，2002.01.17。

75. 姜廣輝，〈〈孔子詩論〉宜稱「古〈詩序〉」〉，「簡帛研究」網，發表日期不明。

76. 姜廣輝，〈《上海博物館藏戰國楚竹書》（一）幾個古異字的辨識〉，《新出楚簡與儒學思想國際學術研討會論文集》，清華大學思想文化研究所／輔仁大學文學院聯合主辦，2002.03.31～2002.04.02。

77. 姜廣輝，〈古《詩序》留白簡的意含暨改換簡文排序思路〉，「簡帛研究」網，2002.01.19。

78. 姜廣輝，〈古《詩序》復原方案（修正本）〉，「簡帛研究」網，2002.05.22。

79. 姜廣輝，〈關於古《詩序》的編連、釋讀與定位諸問題研究〉，「簡帛研究」網，2002.05.24。

80. 姜廣輝，〈釋「動而皆賢於其初」——解讀《關雎》等七首詩的詩教意含〉，「簡帛研究」網，2002.01.30。

81. 姚小鷗，〈〈孔子詩論〉第九簡黃鳥句的釋文與考釋〉，《新出楚簡與儒學思想國際學術研討會論文集》，清華大學思想文化研究所／輔仁大學文學院 聯合主辦，2002.03.31～2002.04.02。

82. 姚小鷗，〈〈孔子詩論〉第六簡釋文考釋的若干問題〉，《上博館藏戰國楚竹書研究》，上海：上海書店，2002。

83. 姚小鷗，〈《周易》經傳與〈孔子詩論〉的哲學品格〉，《文學評論》2003.05。

84. 胡平生，〈讀上博藏戰國楚竹書〈詩論〉劄記〉，《上博館藏戰國楚竹書研究》，上海：上海書店，2002。

85. 范毓周，〈〈詩論〉留白問題的再探討〉，「簡帛研究」網，2002.08.03。

86. 范毓周，〈〈詩論〉第三枚簡釋讀〉，「簡帛研究」網，2002.05.07。

87. 范毓周，〈〈詩論〉第四枚簡釋論〉，「簡帛研究」網，2002.05.09。

88. 范毓周，〈上海博物館藏楚簡〈詩論〉第2簡的釋讀問題〉，「簡帛研究」網，2002.03.06。

89. 范毓周，〈關於〈詩論〉簡序和分章的新看法〉，「簡帛研究」網，2002.02.17。

90. 范毓周，〈關於《文匯報》公布上海博物館所藏〈詩論〉第一枚簡的釋文問題〉，「簡帛研究」網，2000.12.10。

91. 孫海波，《甲骨文編》，北京：中華書局，1965。

92. 容庚，《金文編》，北京：中華書局，1985。

93. 徐在國，《隸定古文疏證》，合肥：安徽大學，2002。

94. 晁福林，〈《上博簡・孔子詩論》「樛木之時」釋義——兼論《詩・樛木》的若干問題〉，《古籍整理與研究學刊》2002.03。

95. 晁福林，〈《詩・燕燕》與儒家「慎獨」思想考析〉，《中國古代近代文學研究》2004.05。

96. 晁福林，〈上博簡〈詩論〉「〈漢廣〉之智」與《詩・漢廣》篇探論——並論儒家

情愛觀的若干問題〉,《古籍整理與研究學刊》2003.02。

97. 晁福林,〈上博簡〈詩論〉「《浴(谷)風》」釋義——並論先秦儒家婚姻觀念的若干問題〉,《中華文化論壇》2003.02。

98. 晁福林,〈上博簡〈詩論〉之「雀」與《詩·何人斯》探論〉,《文史》2003.03。

99. 晁福林,〈上博簡《甘棠》之論與召公奭史事探析——附論《尚書·召誥》的性質〉,《南都學壇》2003.05。

100. 秦樺林,〈上博簡〈孔子詩論〉辯証〉,「簡帛研究」網,2002.08.31。

101. 秦樺林,〈上博簡〈詩論〉「……溺志,既曰『天也』猶有怨言」解〉,「簡帛研究」網,2004.12.26。

102. 秦樺林,〈以詩解詩——上博簡〈孔子詩論〉保存的孔詩教的方法之一〉,「簡帛研究」網,2002.10.18。

103. 荊門市博物館,《郭店楚墓竹簡》,北京:文物出版社,1998。

104. 袁國華,《包山楚簡研究》,香港:香港中文大學博士論文,1994。

105. 袁國華,〈郭店竹簡「卬」(卲)、「其」、「卡」(下)諸字考釋〉,《中國文字》新二十五期。

106. 馬承源,〈〈詩論〉講授者為孔子之説不可移〉,《中華文史論叢》第 67 輯。

107. 馬承源,《上海博物館藏戰國楚竹書(一)》,上海:上海古籍出版社,2001。

108. 馬承源,《上海博物館藏戰國楚竹書(二)》,上海:上海古籍出版社,2002。

109. 馬承源,《上海博物館藏戰國楚竹書(三)》,上海:上海古籍出版社,2003。

110. 馬銀琴、王小盾,〈上博簡〈詩論〉與《詩》的早期形態〉,「簡帛研究」網,2003.04.14。

111. 高亨,《古字通假會典》,山東:齊魯書社,1989。

112. 康少峰,〈「忨」字本義辨析〉,「簡帛研究」網,發表日期不明。

113. 張桂光,〈《郭店楚墓竹簡·老子》釋注商榷〉,《江漢考古》1999.02。

114. 張桂光,〈《郭店楚墓竹簡》考釋續商榷〉,《簡帛研究》,桂林:廣西師範大學出版社,2001。

115. 張桂光,〈《戰國楚竹書·孔子詩論》文字考釋〉,《上博館藏戰國楚竹書研究》,上海:上海書店,2002.03。

116. 張桂光,〈楚簡文字考釋二則〉,《江漢考古》1994.03。

117. 張劍,〈關於《邶風·燕燕》的錯簡〉,《孔子研究》2001.02。

118. 曹建國,〈論上博〈孔子詩論〉簡的編連〉,「簡帛研究」網,2003.04.11。

119. 曹峰,〈從〈孔子詩論〉第八號簡以後簡序的再調整——從語言特色的角度入手〉,《上博館藏戰國楚竹書研究》,上海:上海書店,2002。

120. 曹峰,〈試析已公布的兩支上海戰國楚簡〉,「簡帛研究」網,2000.12.17。

121. 許子濱,〈讀《上海博物館藏戰國楚竹書(一)》小識〉,《新出楚簡與儒家思想國際學術研討會論文集》,清華大學思想文化研究所／輔仁大學文學院　聯合主

辦，2002.03.31～2002.04.02。

122. 許全勝，〈〈孔子詩論〉零拾〉，《上博館藏戰國楚竹書研究》，上海：上海書店，2002。

123. 許全勝，〈宛與智——上博〈孔子詩論〉簡二題〉，《新出楚簡與儒學思想國際學術研討會論文集》，清華大學思想文化研究所／輔仁大學文學院　聯合主辦，2002.03.31～2002.04.02。

124. 郭錫良，《漢字古音手冊》，北京：北京大學，1986。

125. 陳立，〈〈孔子詩論〉的作者與時代〉，《上博館藏戰國楚竹書研究》，上海：上海書店，2002。

126. 陳佩芬，《上海博物館藏戰國楚竹書（一）·緇衣釋文》，上海：上海古籍出版社，2001。

127. 陳秉新，〈《上海博物館藏戰國楚竹書（一）》補釋〉，《東南文化》2002.09。

128. 陳美蘭，〈上博簡「讒」字芻議〉，「簡帛研究」網，2002.02.17。

129. 陳英杰，〈讀楚簡札記〉，「簡帛研究」網，2002.11.24。

130. 陳偉武，〈上博藏簡識小錄〉，《第一屆中國語言文字國際學術研討會論文》，香港：香港中文大學，2002。

131. 陳斯鵬，〈初讀上博楚簡〉，「簡帛研究」網，2002.02.05。

132. 陳劍，〈〈孔子詩論〉補釋一則〉，《上博館藏戰國楚竹書研究》，上海：上海書店，2002。

133. 陳劍，〈說慎〉，《簡帛研究2001》，桂林：廣西師範大學出版社，2001。

134. 陳劍，〈釋〈孔子詩論〉的幾條簡文〉，轉引自劉信芳，《孔子詩論述學》，合肥：安徽大學，2003。

135. 彭林，〈「詩序」、「詩論」辨〉，《上博館藏戰國楚竹書研究》，上海：上海書店，2002。

136. 彭林，〈關於《戰國楚竹書·孔子詩論》的篇名與作者〉，《孔子研究》2002.02。

137. 彭林，〈〈詩論〉留白簡與古書的抄寫格式〉，《新出楚簡與儒學思想國際學術研討會論文集》，清華大學思想文化研究所／輔仁大學文學院　聯合主辦，2002.03.31～2002.04.02。

138. 彭裕商，〈讀《戰國楚竹書》（一）隨記〉，「簡帛研究」網，2002.04.12。

139. 彭裕商，〈讀《戰國楚竹書》（一）隨記三則〉，《新出楚簡與儒學思想國際學術研討會論文集》，清華大學思想文化研究所／輔仁大學文學院　聯合主辦，2002.03.31～2002.04.02。

140. 曾憲通，〈「子」字族群的研究〉，《第一屆中國語言文字國際學術研討會論文》，香港：香港中文大學，2002.03。

141. 湯餘惠，《戰國文字編》，福州：福建人民出版社，2001。

142. 程二行，〈楚竹書〈孔子詩論〉關於「邦風」的二條釋文〉，《武漢大學學報（人文科學版）》2002.05。

143. 賀福凌,〈釋上博楚簡〈孔子詩論〉中的「慜」字——兼辨《檜風・隰有萇楚》詩義〉,《古漢語研究》2004.01。

144. 馮時,〈《詩經・小宛》教旨探義——讀《子羔・孔子詩論》札記之五〉,《第四屆國際中國古文字學研討會論文集》,香港:香港中文大學中國語言及文學系,2003。

145. 馮勝君,〈讀上博簡〈孔子詩論〉札記〉,《古籍整理與研究學刊》2002.02。

146. 馮勝君,〈讀上博簡〈孔子詩論〉札記〉,「簡帛研究」網,2002.01.11。

147. 黃人二,〈「孔子曰詩無離志樂無離情文無離言」句跋〉,《上博館藏戰國楚竹書研究》,上海:上海書店,2002。

148. 黃人二,《上海博物館藏戰國楚竹書(一)研究》,臺中:高文出版社,2002。

149. 黃德寬、徐在國,〈上海博物館藏戰國楚竹書(一)・〈孔子詩論〉釋文補正〉,《安徽大學學報哲學社會科學版》2002.02。

150. 黃錫全,〈「孔子」乎?「卜子」乎?「子上」乎?〉,「簡帛研究」網,2001.02.26。

151. 黃懷信,《上海博物館藏戰國楚竹書〈詩論〉解義》,北京:社會科學文獻出版社,2004。

152. 葉國良等,〈上博楚竹書〈孔子詩論〉箚記六則〉,《臺大中文學報》第 17 期。

153. 楊澤生,〈「既曰『天也』,猶有怨言」的是《鄘風・柏舟》〉,《新出楚簡與儒學思想國際學術研討會論文集》,清華大學思想文化研究所/輔仁大學文學院 聯合主辦,2002.03.31～2002.04.02。

154. 楊澤生,〈上海博物館所藏楚文字說叢〉,「簡帛研究」網,2002.02.03。

155. 楊澤生,〈試說〈孔子詩論〉中的篇名〈中氏〉〉,《上博館藏戰國楚竹書研究》,上海:上海書店,2002。

156. 董蓮池,〈上海博物館藏《戰國楚竹書(一)》解詁(一)〉,《古籍整理與研究學刊》2002.02。

157. 虞萬里,〈上博〈詩論〉簡「其歌紳而蕩」臆解〉,《新出楚簡與儒學思想國際學術研討會論文集》,清華大學思想文化研究所/輔仁大學文學院 聯合主辦,2002.03.31～2002.04.02。

158. 裘錫圭,〈談談上博簡和郭店簡中的錯別字〉,《新出楚簡與儒學思想國際學術研討會論文集》,清華大學思想文化研究所/輔仁大學文學院 聯合主辦,2002.03.31～2002.04.02。

159. 裘錫圭,〈關於〈孔子詩論〉〉,《國際簡帛研究通訊》2002.01。

160. 裘錫圭,〈釋「蚩」〉,《古文字論集》,北京:中華書局,1992。

161. 廖名春,〈上海博物館藏〈詩論〉簡校釋〉,《上博館藏戰國楚竹書研究》,上海:上海書店,2002。

162. 廖名春,〈上海簡〈詩論〉篇管窺〉,《詩經研究叢刊》第一輯。

163. 廖名春,〈上博〈詩論〉簡的天論和「誠」論〉,《新出楚簡與儒學思想國際學術研討會論文集》,清華大學思想文化研究所/輔仁大學文學院 聯合主辦,

2002.03.31～2002.04.02。

164. 廖名春，〈上博〈詩論〉簡的作者和作年——兼論子羔也可能傳《詩》〉，《孔子研究》2002.02。

165. 廖名春，〈上博〈詩論〉簡的形制和編連〉，《孔子研究》2002.02。

166. 廖名春，〈上博〈詩論〉簡「以禮說詩」初探〉，《清華簡帛研究》第二輯，北京：清華大學思想文化研究所，2002。

167. 廖名春，〈上博簡〈關雎〉七篇詩論研究〉，《中州學刊》2002.01。

168. 廖群，〈樂毋離情：〈孔子詩論〉「歌言情」說〉，《文藝研究》2002.02。

169. 臧克和，〈上博楚竹書中的「詩論」文獻及範型〉，《學術研究》2003.09。

170. 臧克和，〈釋上海博物館藏《戰國楚竹書》中的「詩論」文字〉，《語言文字學》2002.10。

171. 趙平安，〈從楚簡娩的釋讀談到甲骨文的娩妨〉，《簡帛研究2001》，桂林：廣西師範大學出版社，2001。

172. 趙建偉，〈「關雎之改」解〉，「簡帛研究」網，2003.06.24。

173. 趙建偉，〈上博簡拾零〉，「簡帛研究」網，2003.07.06。

174. 劉冬穎，〈上博竹書〈孔子詩論〉與風雅正變〉，《古籍整理與研究學刊》2003.02。

175. 劉信芳，〈楚簡〈詩論〉述學九則〉，「簡帛研究」網，2002.07.31。

176. 劉信芳，〈關於上博藏楚簡的幾點討論意見〉，《新出楚簡與儒學思想國際學術研討會論文集》，清華大學思想文化研究所／輔仁大學文學院　聯合主辦，2002.03.31～2002.04.02。

177. 劉信芳，《孔子詩論述學》，合肥：安徽大學，2003。

178. 劉釗，〈讀《上海博物館藏戰國竹書（一）》札記（一）〉，「簡帛研究」網，2002.01.08。

179. 劉釗，〈讀郭店楚簡字詞札記〉，《郭店楚簡國際學術研討會》，武漢：湖北人民出版社，2000。

180. 劉釗，《古文字構形研究》，吉林：吉林大學博士學位論文，1991。

181. 劉樂賢，〈讀上博簡札記〉，《上博館藏戰國楚竹書研究》，上海：上海書店，2002。

182. 滕壬生，《楚系簡帛文字編》，武漢：湖北教育出版社，1995。

183. 蔡哲茂，〈上海簡〈孔子詩論〉「讒」字解〉，「簡帛研究」網，2002.03.06。

184. 鄭玉珊，〈讀《上博·孔子詩論》箚記二則〉，「簡帛研究」網，2003.05.29。

185. 鄭玉珊，《《上博（一）·孔子詩論》研究》，臺北：國立臺灣師範大國文研究所，碩士學位論文，2004。

186. 鄭杰文，〈上博藏戰國楚竹書〈詩論〉作者試測〉，《文學遺產》2002.04。

187. 鄭杰文、穆虹嵐，〈釋上博簡中的「謹」字〉，《「第十四屆中國文字學全國學術研討會」論文集》，高雄：國立中山大學中國文學系，2003。

188. 龍宇純，〈說文古文「子」字考〉，《大陸雜誌》第21卷第1、2期合刊。

189. 濮茅左，〈〈孔子詩論〉簡序補析〉，《上博館藏戰國楚竹書研究》，上海：上海書

店，2002。

190. 謝佩霓，《郭店楚簡〈老子〉訓詁疑難辨析》，南投：暨南國際大學碩士論文，2002。

191. 顏世鉉，〈上博楚竹書散論（一）〉，「簡帛研究」網，2002.04.14。

192. 顏世鉉，〈上博楚竹書散論（二）〉，「簡帛研究」網，2002.04.18。

193. 顏世鉉，〈楚簡「流」、「讒」字補釋〉，《「新出土文獻與古代文明研究」國際學術研討會會議論文集》，上海：上海大學，2002.07.28～2002.07.30。

194. 魏宜輝，〈讀上博簡文字札記〉，《上博館藏戰國楚竹書研究》，上海：上海書店，2002。

195. 魏慈德，〈說古文字中的「改」字〉，《第十五屆中國文字學國際學術研討會論文集》，輔仁大學中國文學系／中國文字學會主辦，2004.04.17～2004.04.18。

196. 龐樸，〈上博藏簡零箋（二）〉，「簡帛研究」網，2002.01.04。

197. 龐樸，〈上博藏簡零箋〉，《上博館藏戰國楚竹書研究》，上海：上海書店，2002。

198. 蘇建洲，〈楚簡文字考釋五則〉，《「文字學學術研討會」論文集》，臺中：東海大學中國文學系，2004.03.13。

199. 饒宗頤，〈竹書《詩序》小箋〉，《上博館藏戰國楚竹書研究》，上海：上海書店，2002。

三、相關網站

1. 「confucius2000」網（http://www.confucius2000.com/）。
2. 「簡帛研究」網（http://www.jianbo.org/）。